Das Moor des Vergessens

Val McDERMID

Das Moor des Vergessens

Roman

Aus dem Englischen
von Doris Styron

Weltbild

Die englische Originalausgabe erschien 2006 unter dem Titel
The Grave Tattoo bei Harper Collins Publishers, London.

Besuchen Sie uns im Internet:
www.weltbild.de

Genehmigte Lizenzausgabe für Verlagsgruppe Weltbild GmbH,
Steinerne Furt, 86167 Augsburg

Ein Unternehmen der Droemerschen Verlagsanstalt
Th. Knaur Nachf. GmbH & Co. KG, München.
Übersetzung: Doris Styron
Umschlaggestaltung: ZERO Werbeagentur, München
Umschlagmotiv: (Schilf) Zero Fine Pic, München / (Himmel/See) Getty Images, München
Gesamtherstellung: Bagel Roto-Offset GmbH & Co.KG, Schleinitz
Printed in the EU

ISBN 978-3-8289-8803-3

2010 2009 2008 2007
Die letzte Jahreszahl gibt die aktuelle Lizenzausgabe an.

Für Kelly – mein Schneeblümchen

O Reader! had you in your mind
Such stores as silent thought can bring,
O gentle Reader! you would find
A tale in every thing.

William Wordsworth
Simon Lee

O Leser! Hättest in deinem Sinn
gehortet still Gedankenwert,
du fändest dann in jedem Ding,
o Leser, eine Mär.

Ahnentafel

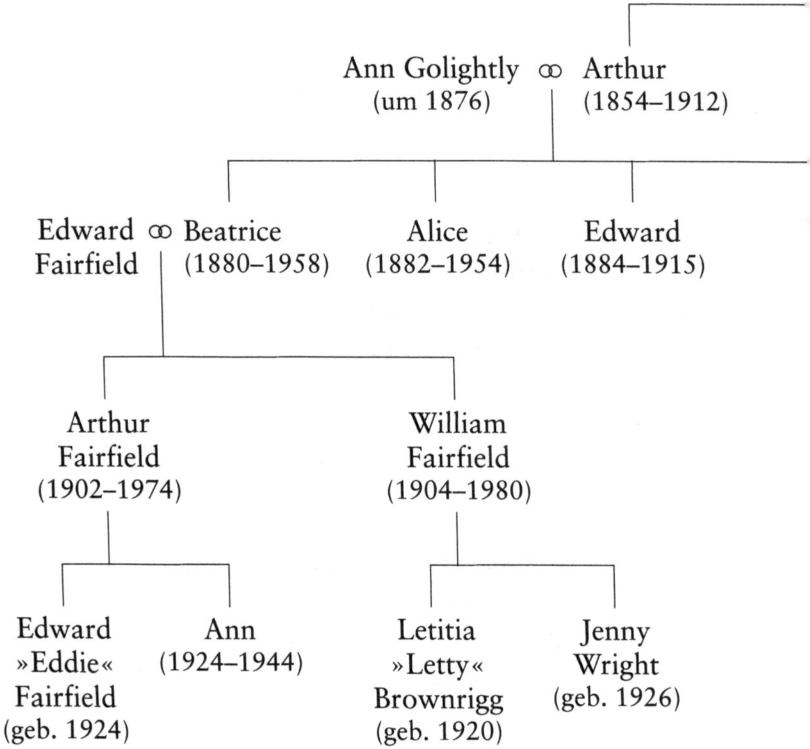
Ann Golightly ∞ Arthur
(um 1876)
(1854–1912)
Edward Fairfield ∞ Beatrice
(1880–1958)
Alice
(1882–1954)
Edward
(1884–1915)
Arthur Fairfield
(1902–1974)
William Fairfield
(1904–1980)
Edward »Eddie« Fairfield
(geb. 1924)
Ann
(1924–1944)
Letitia »Letty« Brownrigg
(geb. 1920)
Jenny Wright
(geb. 1926)

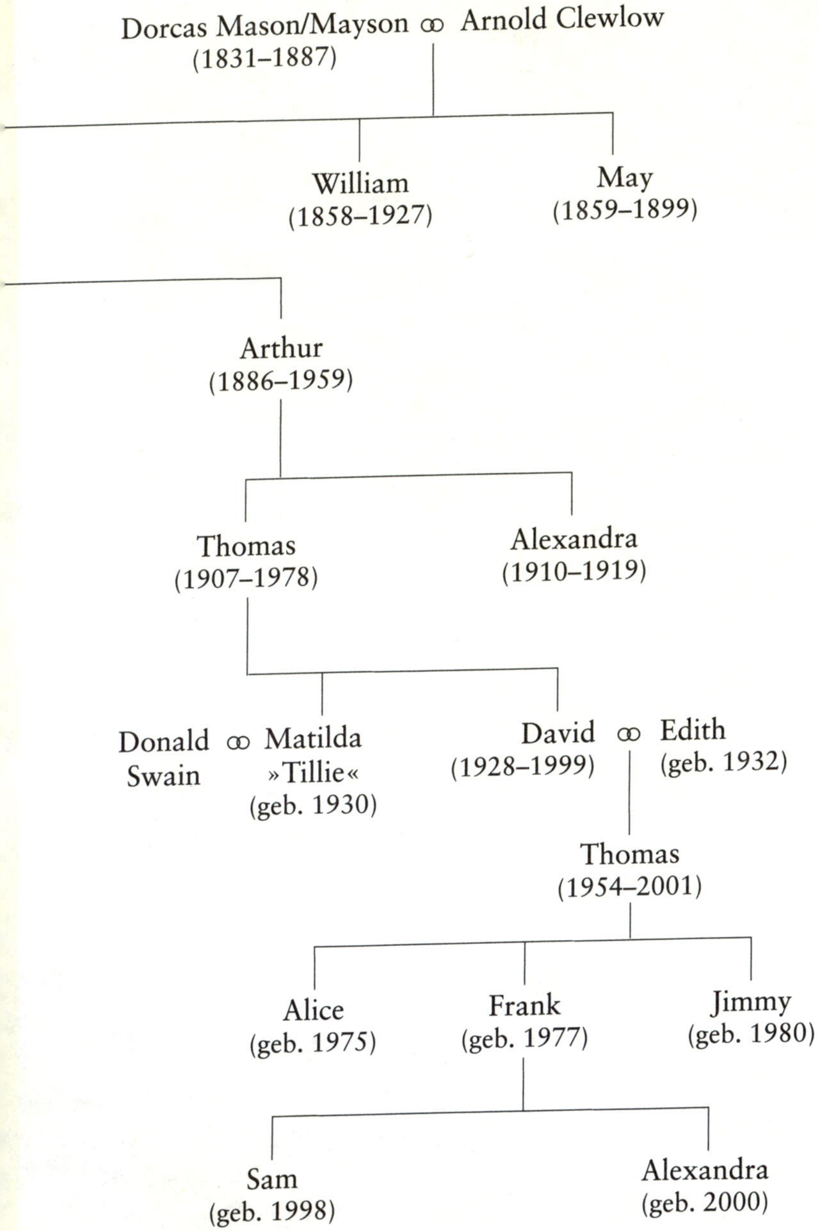
Dorcas Mason/Mayson ∞ Arnold Clewlow
(1831–1887)
William
(1858–1927)
May
(1859–1899)
Arthur
(1886–1959)
Thomas
(1907–1978)
Alexandra
(1910–1919)
Donald Swain ∞ Matilda »Tillie«
(geb. 1930)
David ∞ Edith
(1928–1999)
(geb. 1932)
Thomas
(1954–2001)
Alice
(geb. 1975)
Frank
(geb. 1977)
Jimmy
(geb. 1980)
Sam
(geb. 1998)
Alexandra
(geb. 2000)

Präludium

September 2005

Jede Landschaft hat ihr Geheimnis. Schicht für Schicht ist die Vergangenheit unter der Oberfläche verborgen. Nur selten ist ihr Geheimnis unwiederbringlich verloren, es wartet nur darauf, dass durch menschliche Eingriffe oder die Unbilden des Wetters in der Gegenwart ihr Skelett unter Haut und Fleisch wieder zum Vorschein kommt. Die Vergangenheit bleibt uns immer erhalten, genau wie die Armut.

Diesen Sommer regnete es in England, als sei das Land in die Tropen versetzt worden. Das Wasser ergoss sich in Sturzbächen, zerstörte wundervolle Gärten und machte aus den Wiesen einen Morast, auf dem das Vieh bis zu den Fesseln im Matsch watete. Die Flüsse traten über die Ufer, ihre plötzlich befreiten Wassermassen suchten sich ihren eigenen Weg und zerstörten alles, was ihnen in die Quere kam. Auf den überschwemmten Straßen der bisher malerischen Dörfer wurden die Autos wie Spielzeug mitgerissen und blieben im Hafen liegen, der vom Chaos zerschmetterter Metallteile blockiert war. Fahrzeuge wurden durch Erdrutsche verschüttet, und die Farmer klagten über ihre verdorbene Ernte.

Kein Teil des Landes blieb vom dichten nadelfeinen Regen verschont. Stadt und Land litten gleichermaßen unter der

Last des nassen Elements. Im Lake District prasselte es auf Berge und Täler nieder und veränderte sogar unmerklich die Konturen der jahrhundertealten Landschaft. Die Wasserstände der Seen erreichten in diesem Sommer Rekordhöhen, und der einzige erkennbare Vorteil war, dass alles in einem üppigeren Grün als sonst leuchtete, wenn gelegentlich die Sonne schien.

Über dem Dorf Fellhead an den Ufern des Langmere hatte die ungestüme Macht des Wassers den alten Torfhexen neue Form verliehen. Und als es langsam Herbst wurde, gab die Erde nach und nach eines ihrer wohlgehüteten Geheimnisse preis.

Aus der Ferne sah es wie ein faltiges Stück Zeltplane mit braunen Flecken vom brackigen Moorwasser aus. Auf den ersten Blick schien es unbedeutend, nur Abfall, der an die Oberfläche gekommen war. Aber wenn man genauer hinsah, war es etwas, das einen schaudern ließ, das weit über die Jahrhunderte zurückreichte und viel dramatischere Veränderungen mit sich bringen sollte als das Wetter.

Mein geliebter Sohn,
ich hoffe, dass ihr alle, du und deine Kinder, bei guter Gesundheit seid. Ich habe dieser Tage etwas gefunden, das mir Sorgen macht – von der Hand deines Vaters geschrieben. Es mag dich überraschen, dass ich, obwohl wir so vertraut miteinander waren, zu seinen Lebzeiten nichts davon wusste, und ich wünschte mir sehr, es hätte so bleiben können. Du wirst sicher verstehen, dass dies ein Geheimnis bleiben musste, solange dein Vater noch lebte, und er hinterließ mir keine Anweisung, wie ich damit verfahren soll. Da es dich so direkt betrifft und vielleicht noch mehr Schmerz verursachen würde, will ich dir die Entscheidung überlassen, wie damit umgegangen werden soll. Ich übergebe dir die Sache also zu treuen Händen. Du musst so handeln, wie es dir recht erscheint.

Deine dich liebende Mutter

1

So wie es in diesem Sommer regnete,
es hätte dir das Herz gebrochen.
Die Wassermassen zerbarsten
und schossen über die Blechdächer
trostloser Bahnhöfe.
Und ich saß da und wartete auf Züge,
die Füße in einer trüben Pfütze,
im Kopf nichts als Leere und Regen,
und dachte an dich, so viele Meilen entfernt von mir
unter der griechischen Sonne,
wo niemals Regen fällt.

Jane Gresham starrte auf das, was sie geschrieben hatte, hinunter und strich es dann mit einem ungeduldigen Federstrich so heftig durch, dass das Papier zerriss. Dieser Scheiß-Jake, dachte sie wütend. Sie war doch erwachsen, kein verliebter Teenager. Und pseudo-lyrische Ergüsse waren etwas, das sie schon seit Jahren hinter sich haben sollte. Sie konnte sich selbst gut genug einschätzen, dass ihr bereits bei ihrem ersten Uniexamen klar gewesen war, eine Dichterin würde sie nie sein. Sie war gut im Studium von Gedichten anderer, im Interpretieren ihrer Werke, den thematischen Zusammenhängen ihrer Verse, und konnte sie in ihrer Komplexität anderen zugänglich machen, denen sie, so hoffte sie jedenfalls, darin einige Schritte voraus war. »Gemeiner Kerl«, sagte sie laut, zerknüllte das Blatt und warf es in den Papierkorb. Er verdiente es nicht, dass sie sich seinetwegen den Kopf zerbrach. Und genauso wenig hatte er den ihr so vertrauten Schmerz verdient, der sie bei dem Gedanken an ihn ergriff.

Sie wollte nicht mehr an Jake denken und wandte sich in dem engen Zimmer, das die Wohnungsbehörde zwar als Schlafzimmer einstufte, das sie aber in bewusster Anmaßung ihr Arbeitszimmer nannte, einem Stoß CDs neben dem Schreibtisch zu. Sie las die Titel und fing bei der Suche nach einem Song, der sie nicht an ihn erinnerte, absichtlich am unteren Ende an. Was war er eigentlich? Ihr Ex? Ihr ehemaliger Liebhaber? Ihr zeitweilig nicht verfügbarer Lover? Wer wusste das? Sie jedenfalls nicht. Und sie hatte wirklich Zweifel daran, dass er nach einer Woche überhaupt noch einen Gedanken an sie verschwenden würde. Leise vor sich hin murmelnd, zog sie Nick Caves *Murder Ballads* heraus und legte sie ins CD-Laufwerk ihres Computers. Die dunkel grollende Stimme passte so gut zu ihrer Stimmung, dass sie paradoxerweise wie ein Gegenmittel wirkte. Unwillkürlich lächelte Jane.

Sie nahm das Buch, das sie hatte lesen wollen, bevor Jake Hartnell sie abgelenkt hatte. Aber sie brauchte nur ein paar Minuten, bis ihr klar wurde, wie weit sie in Gedanken davon entfernt war. Ärgerlich über sich selbst schlug sie heftig das Buch zu. Wordsworths Briefe von 1807 würden eben warten müssen.

Bevor sie sich entschieden hatte, was sie als Nächstes in Angriff nehmen wollte, klingelte der Wecker ihres Mobiltelefons. Jane runzelte die Stirn und verglich die Zeit auf ihrem Telefon mit der auf ihrer Uhr. »Verflixt«, sagte sie. Wie war es möglich, dass es schon nach halb zwölf war? Wo war der Morgen geblieben?

»Scheiß-Jake«, sagte sie wieder, sprang auf und schaltete den Computer ab. So viel Zeit mit dem Gedanken an ihn zu vertrödeln, wo es doch bessere Dinge gab, auf die man sich stürzen konnte. Sie griff nach ihrer Tasche und ging ins andere Zimmer. Offiziell war dies ihr Wohnzimmer, aber Jane nutzte es als Wohn-/Schlafraum, weil sie lieber einen Raum ausschließlich zum Arbeiten haben wollte. Dadurch war der Rest der Wohnung etwas beengt, aber sie fand, das war kein zu hoher Preis dafür, dass sie einen Platz hatte, wo sie ihre Bücher und Papiere liegen lassen konnte, ohne jedes Mal alles wegräumen zu müssen, wenn sie essen oder zu Bett gehen wollte.

Das kleine Zimmer bot selbst für ihren spartanischen Lebensstil kaum genug Raum. Ihre Bettcouch nahm den meisten Platz ein, obwohl sie jetzt zusammengeklappt war. An der gegenüberliegenden Wand stand ein Tisch mit drei darunter geschobenen Stühlen. Ein kleiner Fernseher war hoch oben auf einem Wandarm montiert, und ein Knautschsessel lag ganz hinten in der Ecke. Aber mit dem frischen lindgrünen Anstrich wirkte das Zimmer hell und freundlich. Der Couch gegenüber hingen einige farbige Digitalfotos vom Lake District, die auf A3-Format vergrößert und laminiert waren. Mitten in der Landschaft lag Greshams Farm, wo ihre Familie, so weit man zurückdenken konnte, ihr mageres Auskommen gefunden hatte. Egal, wie es draußen vor den Fenstern aussah, Jane konnte morgens in der Welt aufwachen, in der sie aufgewachsen war und die ihr immer noch an jedem einzelnen Tag ihres Stadtlebens fehlte.

Sie zog ihre Freizeithose und ihr Oberteil aus Fleecestoff aus und eine enge schwarze Jeans und ein schwarzes Stretchtop mit spitzem Ausschnitt an, das ihre ansehnlichen Brüste betonte. Es war keineswegs ihre Lieblingskleidung, aber die Erfahrung hatte ihr gezeigt, dass sie mehr Trinkgelder von den Gästen bekam, wenn sie ihre Vorzüge unterstrich. Glücklicherweise wirkte sie dank ihres dunklen Teints in schwarzer Kleidung nicht sterbenskrank, und ihr Kollege Harry hatte ihr versichert, dass sie in dem engen Top nicht so plump aussah, wie sie sich vorkam. Nach einem Blick aus dem Fenster auf das Wetter nahm sie ihre Regenjacke vom Haken, streifte sie über und eilte zur Wohnungstür. Es war ihr egal, dass sie alles andere als chic aussah, bei diesem Platzregen war es ihr wichtiger, trocken und warm zur Arbeit zu kommen.

Jane warf wie immer einen letzten Blick auf die Ansichten vom Lake District, bevor sie in eine völlig andere Welt hinausging. Sie glaubte nicht, dass irgendjemand in Fellhead sich ihre jetzige Umgebung vorstellen konnte, nicht einmal in seinen schlimmsten Träumen. Als sie ihrer Mutter gesagt hatte, dass ihr eine Sozialwohnung in der Marshpool-Farm-Siedlung zugeteilt worden sei, hatte Judy Gresham gestrahlt.

»Das ist aber schön, Schatz«, sagte sie. »Ich wusste gar nicht, dass es in London Farmen gibt.«

Jane schüttelte resigniert, aber zugleich amüsiert den Kopf. »Es gibt dort seit Ewigkeiten keine Farm mehr, Mum. Es ist eine Wohnsiedlung aus den sechziger Jahren. Beton so weit das Auge reicht.«

Enttäuschung trat auf das Gesicht ihrer Mutter. »Ach. Na ja, wenigstens hast du ein Dach über dem Kopf.«

Dabei beließen sie es. Jane kannte ihre Mutter gut genug, um sich darüber klar zu sein, dass sie die Wahrheit gar nicht wissen wollte. Jane erfüllte nämlich so wenige der erforderlichen Bedingungen, dass die einzige Wohnung, die die Wohnungsbehörde ihr anbieten würde, genau einer solchen Behausung entsprach, in der sie gelandet war. Ein Hasenstall, für den kaum ein Mieter zu finden war, in einer heruntergekommenen Siedlung im East End, wo fast niemand legale Arbeit hatte, wo Tag und Nacht die Kinder ohne Aufsicht herumtobten und wo es mehr gebrauchte Kondome und Spritzen gab als Grashalme. Nein, Judy Gresham würde sich auf keinen Fall vorstellen wollen, dass ihre Tochter an einem solchen Ort lebte. Von allem anderen abgesehen, würde es ja auch die Möglichkeiten sehr einschränken, mit Jane und ihrem Erfolg anzugeben.

Aber ihrem Bruder Matthew hatte sie es erzählt. Alles war ihr recht, um die Bitterkeit zu dämpfen, die er empfand, weil sie diejenige war, die es geschafft hatte, wegzugehen, während er, wie er sich ausdrückte, im hinterletzten Kaff verschimmelte, wo ja wegen der Eltern jemand bleiben musste. Es spielte dabei keine Rolle, dass er als der Ältere zuerst ausgeflogen war, studiert und dann beschlossen hatte, zu der Arbeit zurückzukommen, die er sich immer schon gewünscht hatte. Matthew, dachte Jane, war einfach schon beleidigt zur Welt gekommen.

Das Ironische daran war, dass Jane London sofort gegen Fellhead eingetauscht hätte, wenn sie dort die geringste Chance gehabt hätte, der Arbeit nachzugehen, die sie liebte. Aber es gab im Lake District keine Stellen für Akademiker, nicht einmal für eine Wordsworth-Spezialistin wie sie. Höchstens wenn sie die streng wissenschaftliche Forschung gegen Vorträge in Schulen über die Dichter des Lakeland eingetauscht hätte. Doch bestimmt hätte nichts anderes ihre Liebe zum Wort schneller zerstört. Also saß sie hier im schlimmsten städtischen Inferno fest. Jane drückte das Kinn auf die Brust, als sie über die Galerie zum Treppenhaus ging. Die Bauweise ihres Blocks konnte sie nur einer bösartigen Laune des Architekten zuschreiben, denn der Wind aus der meistens vorherrschenden Richtung pfiff so über die Fußwege, dass einem selbst die sanfteste Sommerbrise stürmisch und unangenehm vorkam. An diesem regnerischen Herbsttag fegte der Wind in jede Ecke und jeden Winkel des Gebäudes und drang in die Kleider der Bewohner, die sich aus ihren Wohnungen herauswagten.

Jane wandte sich dem Treppenhaus zu und hatte kurz Ruhe vor ihm. Mit dem Aufzug fahren zu wollen war sinnlos. Sie ignorierte die Graffiti mit den vielen Rechtschreibfehlern,

die unappetitlichen Abfallhäufchen, die vom Wind in die Ecken geweht worden waren, und den Gestank von Fäulnis und Urin und ging die Treppe hinunter. An der ersten Biegung drehte es Jane fast den Magen um. Der Anblick war ihr so vertraut, dass sie eigentlich daran hätte gewöhnt sein müssen, aber jedesmal, wenn sie die kleine Gestalt im wackeligen Lotossitz drei Stockwerke höher auf dem schmalen Treppengeländer sitzen sah, zitterten ihr die Knie.
»He, Jane«, rief die kleine Gestalt leise.
»Hallo, Tenille«, antwortete Jane und zwang sich trotz ihrer Angst zu einem Lächeln.
Tenille streckte die Beine aus und ließ sich mit todesverachtender Lässigkeit auf den feuchten Beton neben Jane gleiten.
»Weißte was Neues?«, fragte die Dreizehnjährige, während sie neben ihr herging.
»Ich weiß nur, dass ich zu spät zur Arbeit komme, wenn ich mich nicht beeile«, sagte Jane, beschleunigte ihre Schritte und lief die Treppe hinunter. Tenille ging genauso schnell, und ihre langen Dreadlocks hüpften auf ihren schmalen Schultern.
»Ich komm mit«, sagte Tenille und versuchte mit recht kümmerlichem Erfolg den großspurigen Gang der kleinen Gangster nachzuahmen, die sich im Labyrinth dieser trostlosen Siedlung herumtrieben und ihr Gewerbe von älteren Brüdern, Cousins oder sonst irgendjemandem lernten, der es geschafft hatte, lange genug außerhalb der Knastmauern zu bleiben, um es ihnen beizubringen.
»Ich hör mich nicht gern wie 'ne alte spießige Nervensäge an, Tenille, aber solltest du nicht in der Schule sein?« Es war Janes üblicher Spruch, und sie wusste die Antwort schon im Voraus.
»Die Lehrer ham mir nix zu sagen«, antwortete Tenille automatisch und machte noch größere Schritte, um mit Jane mithalten zu können, als sie die Straße erreichten. »Was wissen die schon von meinem Leben?«

Jane seufzte. »Ich hab's so satt, Tenille, immer wieder das Gleiche von dir zu hören. Du bist doch viel zu intelligent, um dich mit dem Mist abzufinden, der auf dich zukommt, wenn du keine Ausbildung hast.«

Tenille steckte die Hände in die Taschen ihrer dünnen Jacke aus Lederimitat und zuckte abwehrend die schmalen Schultern. »Ach, scheiß drauf«, sagte sie. »Ich will doch kein Brutkasten für so 'n kleenen Scheißer sein. So 'n Baby-Mamma-Drama is nix für Tenille.«

Sie passierten einen Durchgang unter dem Wohnblock und kamen neben einer Schnellstraße wieder heraus, wo Autos vorbeirasten, deren Fahrer sich freuten, endlich aus dem zweiten Gang hochschalten zu können, sodass die Reifen auf dem nassen Asphalt zischten. »Schwer, sich vorzustellen, wie du das vermeiden willst, wenn du deinen Kopf nicht anstrengst«, sagte Jane trocken und hielt gebührenden Abstand von der Straße und den vorbeifahrenden, spritzenden Fahrzeugen.

»Ich will so sein wie du, Jane.« Dies war ein Wunsch, den Jane schon unzählige Male von Tenille gehört hatte.

»Dann geh in die Schule«, sagte sie und versuchte, ihre Frustration zu verbergen.

»Ich hasse das sinnlose Zeug, was wir dort machen müssen«, sagte Tenille und verzog die Lippen zu einem spöttischen Grinsen, das ihr unbefangenes nettes Gesicht zu einer starren verächtlichen Maske machte. »Es ist nicht so wie die Sachen, die du mir zu lesen gibst.« Ihre Ausdrucksweise hatte sich vom Straßenslang zu vorschriftsmäßigem Englisch gewandelt, als erlaube ihr das Verlassen der Siedlung, ihre Rolle abzustreifen und sich als normaler Mensch zu geben.

»Das ist mir klar. Aber auch ich habe mein Ziel noch nicht erreicht, weißt du. Als ich angefangen habe, wollte ich eigentlich nicht in Bars und Seminarräumen jobben, während ich mein Buch schreibe, damit ich eine richtige Stelle bekommen kann. Aber um auch nur so weit zu kommen, musste ich den gleichen Mist durchmachen. Und es stimmt, ich betrachte den größten Teil davon als Mist«, fuhr sie fort und übertönte damit, was immer Tenille noch hatte einwenden wollen. Sie wünschte, sie könnte ihr etwas anderes als Plattitüden bieten, aber sie wusste nicht, was sie einer dreizehnjährigen Waise mit dunkler Haut sagen sollte, die Wordsworth, Coleridge, Shelley und De Quincey nicht nur verehrte, sondern auch die Bedeutung ihrer Werke mit einer Leichtigkeit erfasste, die zu erreichen Jane selbst zehn Jahre konzentrierten Studiums gekostet hatte.

Tenille wich einem Kinderwagen aus, in dem ein Kleinkind mit schokoladebeschmiertem Mondgesicht und einem Schnuller im Mund lag, der wie ein Stöpsel die Luft zu stoppen schien, damit die dicken Backen aufgeblasen blieben. Die junge Frau, die den Kinderwagen schob, wirkte nicht viel älter als Tenille. »So was schaff ich einfach nicht, Jane«, sagte Tenille niedergeschlagen. »Vielleicht könnte ich irgendwas anderes mit Versen machen. Rappen wie Ms. Dynamite«, fügte sie hinzu, klang aber nicht sehr überzeugt.

Sie wussten beide, dass es nie so weit kommen würde. Außer wenn jemand eine Droge zur Hebung des Selbstbewusstseins erfände, die Jane ihr spritzen könnte, bevor sie dem Heroin verfiel, das die halbe Siedlung als Beruhigungsmittel zu nehmen schien. Jane blieb an der Bushaltestelle stehen und wandte sich Tenille zu. »Niemand kann dir die Worte in deinem Kopf wegnehmen«, sagte sie.

Tenille zupfte an einem abgekauten Fingernagel und starrte auf den Gehweg. »Meinst du, das weiß ich nicht?«, schrie sie beinahe. »Wie sonst meinst du, verdammt noch mal, schaffe ich es, zu überleben?« Plötzlich drehte sie sich auf den Fußballen um, lief weg und sprang mit überraschend eleganten Bewegungen wie eine Gazelle den unebenen Bürgersteig entlang. Sie verschwand in einer Gasse, und Jane empfand die gewohnte Mischung aus herzlicher Zuneigung und Frust. Während der zehn Minuten Busfahrt dachte sie weiter darüber nach, und der Gedanke verfolgte sie immer noch, als sie die Tür der Weinbar aufstieß.

Fünf Minuten vor zwölf wirkte die Viking Bar kahl und leer. Das helle Holz, Glas und Chrom glänzten unter den Halogenleuchten, ein Zeichen, dass noch niemand da gewesen war, seit die Putzfrau nach Hause gegangen war. Harry hatte Michael Nymans CD *The End of an Affair* aufgelegt, und der Klang der Streicher schien fast sichtbar in der Stille zu strahlen. In zwanzig Minuten, wenn die Großstädter hereindrängten und in ihrer kurzen Pause schnell so viel wie möglich zu essen und zu trinken versuchten, würde die Viking Bar sich verwandeln. Es würde laut hergehen, die Luft vom Rauch und den vielen Menschen verbraucht sein, und Jane würde keine Sekunde Zeit haben, an etwas anderes zu denken als an die Gäste, die sich an der Bar drängten.

Aber im Moment war es noch friedlich. Harry Lambton stand mit aufgestützten Armen am einen Ende der langen bogenförmigen Theke aus Birkenholz und überflog die Zeitung. Das Licht schimmerte auf dem Kranz seiner kurzen, steil hochstehenden blonden Haare und ließ ihn wie einen postmodernen Heiligen aussehen. Als er Janes Schritte auf dem Holzboden hörte, sah er auf und winkte ihr einen kurzen Gruß zu, während ein Lächeln sein scharf geschnittenes, schmales Gesicht belebte. »Regnet's noch?«, fragte er.

»Ja, regnet noch.« Jane beugte sich zu ihm und küsste ihn auf die Wange, als sie an ihm vorbei in die kleine Kammer ging, wo das Personal seine Mäntel aufhängte. »Sind alle da?«, fragte sie, als sie in die Bar zurückkam, während sie ihre langen dunklen Korkenzieherlocken mit einem Haargummi zusammenband.

Harry nickte. Gott sei Dank, dachte Jane, schlüpfte an seinem muskulösen Rücken vorbei und vergewisserte sich, dass alles da stand, wo sie es brauchte, damit ihre Schicht so problemlos wie möglich verlaufen würde. Sie hatte diese Stelle bekommen, weil Harrys Freund Dan ein Bekannter und ein

Kollege von ihr an der Uni war, aber sie wollte nicht, dass man ihr vorwerfen würde, sie nutze diese Beziehung aus. Außerdem behauptete Harry, dass er das Lokal nur vorübergehend führe. Eines Tages werde er vielleicht wirklich aus seinem Leben das machen, was er eigentlich vorhatte, und Jane wollte ihren Kollegen keine Gelegenheit geben, sie bei ihrem neuen Chef als faul oder unfähig anzuschwärzen. Die Arbeit in der Viking Bar war anstrengend, ermüdend und wurde schlecht bezahlt, aber sie brauchte sie.
»Ich hab endlich einen Titel gefunden«, sagte sie, während sie sich eine lange weiße Kellnerschürze umband. »Für das Buch.« Harry neigte fragend den Kopf zur Seite. *Der große Dichter und sein Image. Politik, Poetik und Anspruch in William Wordsworths Werken.* Was hältst du davon?«
Harry runzelte die Stirn und überlegte. »Gefällt mir«, sagte er. »Da klingt der alte Langweiler sogar halbwegs interessant.«
»Interessant ist gut, das verkauft sich.«
Harry nickte, blätterte um und ließ den Blick über die Seite schweifen. Dann wurden seine dunkelblauen Augen schmal und zwischen seinen hellbraunen Augenbrauen entstand eine Falte. »He«, sagte er. »Fellhead, ist das nicht der Ort, wo du herkommst?«
Mit einem Glas Oliven in der Hand drehte Jane sich um. »Stimmt. Sag bloß, da hat endlich mal jemand was getan, das in die Nachrichten gekommen ist?«
Er zog die Augenbrauen hoch. »Das könnte man wohl sagen. Eine Leiche wurde gefunden.«

Heute Abend wurde ich an unsere Zeit in Alfoxden erinnert, wo auf Coleridge und mich der Verdacht fiel, wir seien Agenten des Feindes und sammelten als Spione Informationen für Bonaparte. Ich habe Coleridges Erklärung noch in Erinnerung, dass es gegen den gesunden Menschenverstand verstieße, zu meinen, Dichter eigneten sich für ein solches Unterfangen, da wir doch alles als Material für unsere Verse ansehen und keine Neigung dazu hätten, Geheimnisse, die unserer Berufung dienen könnten, in der Brust zu verschließen. Er hatte in diesem wichtigen Punkt Recht, dass die Ereignisse des heutigen Tages mich bewegen und nach einem Ausdruck in Versen suchen. Aber im Hinblick auf die weit wichtigere Tatsache, dass wir unsere Meinung nicht für uns behalten können, hat er, glaube ich, Unrecht, denn meine Begegnung in unserem abgeschiedenen Garten hat mir bereits eine schwere Wissenslast auferlegt, eine Last, die mir und meiner Familie noch sehr beschwerlich werden könnte. Zuerst wähnte ich zu träumen, denn ich glaube nicht an Erscheinungen der Toten als Geister. Aber dies war kein Geist. Es war ein Mann aus Fleisch und Blut, ein Mann, den ich niemals wiederzusehen geglaubt hätte.

2

Matthew Gresham trank den letzten Schluck Kaffee und stellte seinen Becher in die Spüle. Alle vom Lehrkörper sollten eigentlich ihre Tassen selbst spülen, aber Matthew fand, eine höhere Stellung müsse doch ein paar Vorteile bieten, und ließ daher seit seiner Beförderung zum Schulleiter sein schmutziges Geschirr stehen, damit sich irgendjemand anders darum kümmerte. Außerdem hatte er schließlich Wichtigeres zu tun. Bisher hatte niemand seine Überheblichkeit kritisiert, obwohl er Marcia Porters missbilligende Blicke schon mehr als einmal bemerkt hatte. Aber Marcia hatte nun mal ihre Chance verpasst. Als er es an ihr vorbei in die höchste Position geschafft hatte, gab sie den Versuch auf, die Welt nach ihren Wünschen zu formen. Es war, als hätte sie aufgegeben. Was Matthew tat, mochte ihr zwar nicht gefallen, aber sie versuchte nicht, ihn herauszufordern. Es war nicht so wie vorher, als sie sich theoretisch gleichberechtigt gegenüberstanden, abgesehen davon, dass sie ständig ihr höheres Dienstalter betonte. Dieser Tage machte sie einen möglichst großen Bogen um ihn, so weit das in einer Dorfschule mit fünf Lehrern und vier Helferinnen möglich war.

Helferinnen. Das war ein Witz. Mütter, die Zeit hatten und dem irrigen Glauben anhingen, einfach dadurch, dass sie ein Kind zur Welt gebracht hatten, das Insiderwissen zu besitzen, wie man Kinder erzieht. Aber sie waren noch in der Zeit vor der Einführung der Standardtests und des landesweit gültigen Lehrplans zur Schule gegangen und hatten keinen blassen Schimmer von den hohen Anforderungen, mit denen echte Lehrer wie er täglich leben mussten. Matthew versäumte keine Gelegenheit, sie daran zu erinnern, wie sehr sich die Welt verändert hatte. Die wichtigste Folge dieser Ermahnungen war, dass sie genauso wie seine anderen Mitarbeiter so wenig Zeit wie möglich im Lehrerzimmer herumsaßen. Dies war Matthew recht, denn sein Büro genügte seiner Meinung nach kaum seinen eigenen Bedürfnissen. Er arbeitete viel lieber im Lehrerzimmer, wo er sich einen Kaffee machen konnte, wann immer er Lust hatte.

Er musste sich leicht bücken, um in den Spiegel über dem Spülbecken zu sehen, der so aufgehängt war, dass er besser für Lehrerinnen als für Rektoren passte, die über einen Meter achtzig groß waren. Dunkelblaue Augen sahen ihn aus einem Gesicht mit etwas dunklerem Teint, als hier üblich war, an. Dieses Erbe seines Großvaters aus Cornwall hatten Matthew und Jane von ihrer Mutter. Er fuhr sich durch die dunklen ungebärdigen Locken, die er von der anderen Seite der Familie geerbt hatte. An seiner Schwester sahen sie toll aus, aber ihm gaben sie einfach das Gefühl, eine billige Imitation von Harpo Marx zu sein. Er lächelte ironisch und dachte an den Unterricht, den er gleich in den beiden obersten Klassen halten würde. Genealogie und Genetik, deren gewundene Bahnen zusammengehörten wie die Doppelspirale der DNA, einschließlich der Abweichungen, die zu allen möglichen unvorhergesehenen Folgen führen konnten. An seiner Abstammung konnte es keinen Zweifel geben, auch nicht an der Verwandtschaft mit seiner Schwester. Ihr Vater hatte die gleichen Korkenzieherlocken wie der Großvater vor ihm.

Die Glocke rief zum Nachmittagsunterricht, und Matthew verließ eilig das Lehrerzimmer. Als er sich dem Klassenzimmer näherte, hörte er leises Murmeln, das verstummte, als die fünfzehn Kinder ihn auf der Türschwelle sahen. Das war einer der Vorteile kleiner Dorfschulen, dachte Matthew. Sie lernten zusammen mit den Inhalten des nationalen Lehrplans auch noch Manieren. Er beneidete die armen Kerle nicht, die die Kinder aus der Siedlung unterrichten mussten, wo Jane wohnte. »Guten Tag, Kinder«, sagte er, während er mit seinen langen Beinen schnell den kurzen Weg zum Tisch zurücklegte.

»Guten Tag, Mr. Gresham«, erwiderte der holprige Chor der Schüler.

Er öffnete seinen Laptop und drückte auf eine Taste, um ihn aus dem Wartemodus zu holen. Sogleich erschien auf dem Whiteboard hinter ihm das Abbild des Bildschirms mit der Überschrift *Stammbäume*. Matthew saß auf der Ecke des Tischs, von wo er die Tastatur leicht bedienen konnte. »Heute fangen wir ein wichtiges neues Projekt an, das wir auch bei der Weihnachtsfeier zeigen werden. Also, wir alle haben Vorfahren. Wer kann mir sagen, was ein Vorfahr ist?«

Ein kleiner Junge mit einem dichten Schopf schwarzer Haare und dem Gesicht eines kleinen Klammeraffen stieß den Finger in die Luft. Vor lauter Eifer rutschte er auf seinem Stuhl herum.

»Sam?«, sagte Matthew und bemühte sich, nicht genervt zu klingen. Immer war es Sam Clewlow.

»Es ist unsere Familie, Sir. Nicht die Familie, die jetzt lebt, sondern alle, die vor uns da waren. Wie zum Beispiel die Großeltern und deren Großeltern.«

»Richtig. Unsere Vorfahren sind die Menschen, die vor uns gelebt und uns zu dem gemacht haben, was wir sind. Jeder von uns ist der Mensch, der er ist, durch die Art und Weise, wie sich unsere Gene im Lauf der Zeit zusammengesetzt haben. Also, weiß jemand, was ein Stammbaum ist?«

Wieder hob Sam Clewlow die Hand. Die anderen sahen gleichgültig oder zufrieden zu, wie Sam alle Arbeit tat und ihnen die Mühe ersparte. Diesmal wartete er nicht, bis er gefragt wurde. »Sir, es ist wie eine Landkarte unserer Familiengeschichte. Da stehen alle Geburtstage drauf und wann und wen sie geheiratet haben und wann sie Kinder bekamen und wann sie gestorben sind und all das.«

»Genau, Sam. Und was wir in den nächsten Wochen machen werden, ist Folgendes: Wir werden versuchen, unsere eigenen Familien darzustellen. Für einige von euch wird das leichter sein als für andere. Diejenigen, deren Familien seit Generationen hier in der Gegend gelebt haben, werden sie in den Kirchenbüchern zurückverfolgen können. Für diejenigen, deren Familien relativ neu hier sind, wird es schwerer sein. Aber was wir bei diesem Projekt vor allem tun werden, ist, die vielen verschiedenen Möglichkeiten aufzuspüren, mit denen wir unsere Vergangenheit ergründen können. Das Besondere an diesem Projekt ist, dass ihr mit den älteren Mitgliedern eurer Familie zusammenarbeiten müsst, hauptsächlich mit den Großeltern oder Großtanten und Großonkeln.«

Wieder einmal war Matthew dankbar, dass er nicht an einer städtischen Problemschule unterrichten musste. Ein solches Projekt wäre dort, wo die Lebensläufe nicht kontinuierlich verliefen und die Ansichten von dem, was eine Familie darstellte, auseinander gingen, völlig undenkbar. Aber in Fellhead hatten alle entweder seit Generationen in einer Großfamilie gelebt oder waren Zugezogene aus netten Familien der Mittelklasse, in denen, selbst wenn man so tat, als gehöre man zur New-Age-Bewegung, Trauscheine meist noch an der Tagesordnung waren.

»Um euch zu erklären, was wir machen wollen, werde ich euch den Stammbaum meiner eigenen Familie zeigen.« Ein Mausklick, und sein Name erschien auf dem Bildschirm. Darunter stand sein Geburtsdatum. Er klickte noch einmal, und diesmal gesellte sich Diane Brotherton mit einem Gleichheitszeichen dazu. »Könnt ihr raten, was dieses Zeichen bedeutet? Jonathan?«, fragte er einen stämmigen rothaarigen Jungen und ignorierte Sams eifrig erhobene Hand.

Jonathan Bramley sah leicht erschrocken drein. Er runzelte vor Anstrengung die Stirn.

»Weiß nich«, gab er endlich zu.

Matthew unterdrückte seine Frustration und sagte geduldig: »Es bedeutet ›verheiratet mit‹. Mrs. Gresham war Diane Brotherton, bis sie mich heiratete.« Er klickte noch einmal, und eine senkrechte Linie erschien, die sie mit Gabriel Stephen Gresham verband.

»Das ist Ihr Kind«, platzte eines der Mädchen ungefragt heraus.

»Stimmt, Kylie.« Matthew klickte wieder. Jetzt waren neben jedem Namen kleine Bilder zu sehen. »Wir können sogar Fotos dazunehmen. So können wir sehen, wie die Ähnlichkeiten in der Familie in den verschiedenen Generationen auftreten. Also, wir können alle unsere Stammbäume mit dem anfangen, was wir schon wissen.« Er tippte auf die Tastatur und zeigte ein anderes Bild auf dem Bildschirm. Es waren seine Eltern und seine Schwester, inklusive Fotos, Geburtsorte und Berufe.

»Aber wir werden noch mehr tun. Wir werden in die Vergangenheit zurückgehen und unsere Stammbäume so weit zurückverfolgen, wie wir können.« Diesmal waren auf dem Stammbaum, den er zeigte, seine Großeltern mit einbezogen, ein Großvater war als Umsiedler aus den Zinnminen Cornwalls zugezogen, der in den Lake District gekommen war, um Schiefer abzubauen, der andere war ein Schäfer aus Cumberland – und auch seine Tanten, Onkel, Cousins und Cousinen.

»Und wir werden auch erfahren, wie so eine Gemeinde wie unsere im Lauf der Jahre gewachsen ist. Wir werden viele Verbindungen zwischen den Familien finden, von denen ihr unter Umständen nichts gewusst habt. Vielleicht werdet ihr sogar gemeinsame Vorfahren entdecken und eine Ahnung davon bekommen, wie sich das Leben der Leute im Lauf der Jahrhunderte verändert hat.« Matthews Gabe, seine Begeisterung auf andere zu übertragen, riss die Kinder jetzt mit. Sie hingen an seinen Lippen.

»Wir werden mit euren nächsten Angehörigen beginnen. Seht euch meinen Stammbaum an, damit ihr wisst, wie ihr es auf eurer Seite einteilen müsst. Und heute Abend, wenn ihr nach Hause geht, könnt ihr die anderen Mitglieder eurer Familie bitten, euch zu helfen, damit ihr den Rest eintragen könnt. Nach und nach werden wir uns verschiedene Wege ausdenken, wie man Informationen über seine Familiengeschichte und seine Vorfahren finden kann. Jetzt fangt ein frisches Blatt in eurem Heft an und legt los.«

Matthew wartete, bis sie sich alle an die Arbeit gemacht hatten, und setzte sich dann an seinen Tisch. Er zog einen Stoß Mathematikhefte zu sich heran und begann, die Aufgaben durchzusehen und zu benoten. Wegen des leisen Gemurmels und Kicherns im Zimmer konnte er sich nicht recht konzentrieren. Als er aufsah, hatte Sam Clewlow einen roten Kopf, und seine Augen glänzten feucht von unterdrückten Tränen. Jonathan Bramley sah schadenfroh drein.

»Was ist los?«, fragte Matthew und stand auf. Niemand wollte ihm in die Augen sehen. »Jonathan? Was ist los«?

Jonathan presste die Lippen aufeinander. Er wusste es noch nicht, aber seine eigene Dummheit zusammen mit seiner Unfähigkeit, sich zu verstellen, sollte ihm sein ganzes Leben lang immer wieder ein Schnippchen schlagen. »Nix«, murmelte er schließlich.

»Du kannst es mir jetzt sagen oder nach dem Unterricht hier bleiben und es dann tun«, sagte Matthew streng. Er hatte die Klagen der Lehrer nie begreifen können, die behaupteten, sie kämen mit den Kindern nicht zurecht. Man musste ihnen nur zeigen, wer das Sagen hatte, und es ihnen immer wieder klar machen.

»Ich hab nur gesagt …« Jonathan verstummte und sah sich verzweifelt um, ob ihm nicht jemand zu Hilfe käme.

»Du hast was gesagt?«

»Ich hab gesagt, dass wir alle wissen, wer Sams Vorfahr war«, murmelte er vor sich hin.
»Sehr interessant«, sagte Matthew. »Und an wen genau hast du da gedacht?«
Jonathans Ohren wurden rot, und er hielt den Blick gesenkt. »Der Affenmann oben im Moor«, flüsterte er mit kaum hörbarer Stimme.
»Du meinst die Leiche im Moor?«, fragte Matthew. Der gruselige Fund war schon seit ein paar Tagen Hauptgesprächsthema im Dorf.
Jonathan nickte und schluckte. »Es war nur ein Witz.«
»Witze sollten komisch sein«, sagte Matthew tadelnd. »Aber Beleidigungen sind keine Witze. Und es gehört sich nicht, Witze über die Toten zu machen. Als der Mann noch lebte, hatte er Freunde und Verwandte, die ihn gern hatten, genau wie du. Stell dir mal vor, wie du dich fühlen würdest, wenn jemand gestorben wäre, den du gern hattest, und ein gedankenloser Mensch würde Witze über ihn machen.«
»Aber Herr Lehrer, es gibt doch niemanden mehr, der sich was aus dem Affenmann macht«, sagte Kylie, die sich nie unterkriegen ließ.
Matthew stöhnte innerlich. Es würde wieder eines dieser schwierigen Gespräche werden, das wusste er schon jetzt. Er glaubte an den Sinn seiner Arbeit, aber manchmal wünschte er sich, er hätte den Kindern nicht ganz so gut beigebracht, ihre wissbegierigen Köpfchen zu nutzen. »Warum nennst du ihn Affenmann?«, fragte er.
»Weil, so sieht er doch aus«, meldete sich ein Junge. »Da war eine Sendung im Fernsehen über den einen, den sie unten in Cheshire gefunden haben. Der hat wie ’n Affe ausgesehen.«
»Deshalb nennen wir ihn den Affenmann«, fügte ein anderer hinzu.
Sam Clewlow lachte verächtlich. »Das ist ja dumm«, sagte er.

»Warum ist es dumm, Sam?«, fragte Matthew.
»Weil der Mann, der im Moor in Cheshire gefunden wurde, in der Steinzeit gestorben ist. Deshalb sieht er so aus. Aber der von hier oben ist nicht so alt. Deshalb sieht er nicht wie 'n Affe aus, er sieht aus wie wir«, sagte Sam bestimmt.
Unterdrücktes Lachen folgte auf seine Worte. »Der sieht nich aus wie ich«, platzte Jonathan heraus. »Der Jason hat gesagt, er sieht im Gesicht aus wie 'n alter Lederbeutel. Und der muss es wissen, er spielt Darts mit Paul Lister, der wo die Leiche gefunden hat.« Jonathan lehnte sich auf seinem Stuhl zurück. Jetzt, da sie alle an seinen Lippen hingen, war die Demütigung von vorhin vergessen.
»Vielleicht ist er ja einer von unseren Vorfahren«, meldete sich Sam.
»Ja«, sagte Kylie begeistert. »Vielleicht ist er ermordet und im Moor begraben worden.«
»Stimmt. Nämlich, wie wär er sonst da hingekommen?«, sagte ein anderer.
»Er hätte auch einfach verunglückt sein können, als er dort oben war«, sagte Matthew, um ihre Begeisterung für das Makabre etwas zu bremsen. »Er hätte hinaufgehen können, um nach einem Schaf zu sehen, ist dann gestürzt und im Moor gestorben.«
»Aber dann hätte ihn doch jemand gesucht, und sie hätten seine Leiche gefunden«, argumentierte Sam vernünftig. »Er wäre doch nur da oben im Moor gelandet, wenn jemand ihn dort vergraben hätte, weil er nicht wollte, dass man wusste, was mit ihm passiert ist. Ich glaube, Kylie hat Recht. Ich glaube, jemand hat ihn ermordet.«
»Na ja, bevor die Wissenschaftler nicht ihre Untersuchungen durchgeführt haben, werden wir nichts Genaues wissen«, sagte Matthew bestimmt.
»Es wird so sein wie in ›Der stumme Zeuge‹«, sagte Kylie. »Der Arzt wird herausfinden, wie er gestorben ist, und dann wird die Polizei herauskriegen müssen, was passiert ist.«

Matthew lächelte unwillkürlich. »Ich glaube nicht, dass es ganz so sein wird, Kylie. Nach allem, was ich gehört habe, müsste der Mörder auch schon längst tot sein, falls der Tote im Moor ermordet wurde. Aber bis wir Tatsachen haben, schlage ich vor, dass wir uns wieder mit dem beschäftigen, was wir wissen.« Er hielt eine Hand hoch, damit sie aufhörten zu schwatzen. »Und wer weiß, vielleicht entdeckt ja einer von euch einen Urahn, der zur passenden Zeit verschwunden ist.«

Sam Clewlow starrte ihn mit offenem Mund an. »Das wäre phantastisch«, flüsterte er.

Ich war mit der Gestaltung meines langen Gedichts über mein Leben beschäftigt und dachte darüber nach, wie ich die Dinge, die mir lieb sind, am treffendsten darstellen könnte, als ich eine Gestalt am Tor erblickte. Beim ersten Hinsehen glaubte ich, es sei einer jener fahrenden oder wandernden Burschen, die von Zeit zu Zeit an unsere Tür klopfen und um Essen bitten. Meine Schwester pflegt ihnen Speise und Trank zu geben, bevor sie sie weiterziehen lässt. Bei solcher Gelegenheit hat sie Geschichten von ihnen erfahren, die mir als Stoff für Gedichte dienten, und so halte ich sie nicht von dieser bescheidenen Wohltätigkeit ab. Der Mann am Tor mit seinen von der Reise verschmutzten Kleidern und dem breitkrempigen Hut, der ihn vor Sonne und Regen gleichermaßen schützte, schien ein solcher Wanderer zu sein. Gerade wollte ich ihn an die Küchentür schicken, als er zu sprechen begann. Zu meinem Erstaunen nannte er mich beim Vornamen und sprach mich voll Herzlichkeit und Vertrautheit an. »William, ich sehe, du arbeitest hart. Ich habe gehört, du bist der größte Dichter unserer Zeit, und jetzt sehe ich das selbst.« Ich hatte immer noch keine Vorstellung, wer dieser Mann war, aber er öffnete ohne Zögern das Tor und kam durch den Garten auf mich zu. Sein etwas krummbeiniger Gang hatte etwas von einem Seemann an sich, und als er näher kam, wurde ein unmöglicher Verdacht, der mir in den Sinn kam, immer stärker.

3

Um halb vier war in die Viking Bar die vorübergehend unterbrochene Stille und Leere zurückgekehrt. Ein paar Nischen im hinteren Teil waren noch von Männern besetzt, die bei einem Espresso Geschäfte besprachen. Sie hatten schon gezahlt, und das Personal war aus ihrem Blickfeld verschwunden. Jane stellte die letzten Gläser in die Geschirrspülmaschine und setzte sich dann auf einen Hocker am Ende der Bar, um ihre schmerzenden Füße zu entlasten.

Harry kam aus der Küche mit einer Platte belegter Brote, die übrig geblieben waren.

Jane nahm sich eines, während Harry sich einen Hocker heranzog und neben sie setzte. »Wo hast du die Zeitung hingelegt?«, fragte sie.

»Ich hol sie.« Harry sprang vom Stuhl, trat hinter die Bar, zog die Zeitung aus einem der Regale und gab sie ihr.

Jane nahm sich gleich den Artikel vor, den richtig zu lesen sie wegen des Ansturms zur Mittagszeit keine Zeit gehabt hatte.

Leiche im Lakeland-Moor gibt Rätsel auf

Die Leiche eines Mannes, die im Moor im Lake District gefunden wurde, könnte Hunderte von Jahren alt sein, sagte die Polizei gestern.

Zunächst dachte man, die Überreste seien Tausende

von Jahren unentdeckt geblieben wie die Funde aus der Steinzeit an ähnlichen Fundorten.
Aber bereits die erste Untersuchung durch Gerichtsmediziner deutet darauf hin, dass die Leiche nicht so alt ist. Detective Chief Inspector Ewan Rigston sagte: »Wir glauben, dass die Leiche schon sehr lange Zeit in der Erde liegt, vielleicht Hunderte von Jahren. Aber wir meinen nicht, dass sie so alt ist wie manche der sterblichen Überreste, die an anderen Orten gefunden wurden.
Wir werden mehr wissen, wenn die Gerichtsmediziner ihre Arbeit gemacht haben.«
Auf die Frage, wann der Mann gestorben sei, sagte DCI Rigston, es sei noch nicht möglich, dies zu beantworten.
Die Leiche wurde von einem in der Gegend ansässigen Schäfer entdeckt, der nach einem verlorenen Schaf suchte. Die Polizei glaubt, dass die uralten Torfbänke bei Carts Moss in der Nähe des Dorfes Fellhead durch die starken Regenfälle dieses Sommers teilweise weggeschwemmt worden waren.
Paul Lister, 37, wohnhaft in Coniston Cottages in Fellhead, berichtete gestern Abend von der schauerlichen Entdeckung. »Ich ging auf der Suche nach einem verlorenen Lamm hinter meinem Hund über Carts Moss. Auf dem nassen Gras rutschte ich aus und fiel in eine der Spalten zwischen den Torfhexen.
Als ich an meiner Hand etwas Glattes spürte, sah ich hin. Zuerst begriff ich nicht, was ich da sah. Ich dachte, es wäre Rindsleder oder so etwas. Dann wurde mir klar, dass es ein menschliches Gesicht war.
Ich konnte es kaum fassen. Es war wie in einem Horrorfilm.«
Während er auf die Polizei wartete, konnte Mr. Lister den schrecklichen Fund näher betrachten. »Er hatte schwarzes Haar, und es sah aus, als hätte er auf den Armen und dem Körper schwarze Tätowierungen. Aber

ich weiß nicht, ob das nur die Folge davon war, dass er so lange im Moor gelegen hat.«
Die forensische Anthropologin Dr. River Wilde der University of Northern England wurde hinzugezogen, um bei dem Versuch, das Geheimnis um die Leiche im Moor zu lüften, mit Experten aus der Umgebung zusammenzuarbeiten. DCI Rigston sagte: »Bevor Dr. Wilde ihre Untersuchungen nicht abgeschlossen hat, können wir nichts weiter sagen.«

Jane verschluckte sich fast an ihrem Sandwich. »Sieh dir das mal an, Harry«, sagte sie, als sie sich erholt hatte, und zeigte auf den vorletzten Abschnitt.
Bevor Harry antworten konnte, legte jemand den beiden eine Hand auf die Schulter. Ein rasierter Schädel tauchte zwischen ihnen auf. »Was gibt es so Interessantes?«, fragte eine wohl bekannte Stimme.
Jane drehte sich um und küsste Seabourne auf die glatte Wange. »Dan! Was für eine Überraschung! Harry hat nicht gesagt, dass du kommen würdest.«
»Harry wusste es nicht«, sagte Harry etwas verdrießlich.
»Mein Seminar um drei Uhr wurde abgesagt, da dachte ich, ich könnte vorbeikommen und dich abholen«, sagte Dan und fuhr seinem Freund durchs Haar.
»Oder wolltest du etwa überprüfen, wie es zwischen Harry und dem neuen italienischen Koch steht?«, witzelte Jane. »Ich hab's ja gleich gewusst, dass wir dich nie wieder los werden, wenn du Giaco erst mal in seiner weißen Kochmontur gesehen hast.«
Dan hob die Hand zum Herzen und tat so, als sei er schockiert. »Du hast ja den großen Durchblick«, seufzte er. Dann griff er an ihr vorbei nach einem Hocker. »Jane, ich hab dich schon eine Woche lang nicht gesehen. Versteckst du dich etwa vor mir?«
Jane seufzte. »Es ist wegen des Buchs. Ich soll es doch bis

Ende des Jahres fertig haben, und im Moment glaube ich, das werde ich nur schaffen, wenn Mephisto mir ein Angebot macht, dem ich nicht widerstehen kann. Als ich den Vertrag unterschrieben habe, dachte ich, es wäre kinderleicht, aus dieser Doktorarbeit ein Buch zu machen.« Sie lachte. »Da war ich ganz schön auf dem Holzweg.«

»Vielleicht solltest du mal 'ne Weile raus aus der Stadt und ganz konzentriert daran arbeiten, bis es fertig ist«, sagte Dan. »Ich könnte für deine Kurse die Vertretung übernehmen.«

Jane grinste. Sie und Dan saßen im gleichen Boot. Sie waren nach ihrer Promotion in der Forschung an der Universität tätig und immer auf der Jagd nach eventuellen Kursen, die sie dem fast unerreichbaren Ziel einer festen Anstellung näher bringen würde. Und sie bemühten sich, ihre Professorin zu beeindrucken und gleichzeitig mit ihren kümmerlichen Einkünften auszukommen. Eigentlich hätten sie sich gegenseitig Konkurrenz machen müssen, aber ihre weit in die frühe Studienzeit zurückreichende Freundschaft verhinderte das. »Und auch meine Honorare kassieren? Das könnte dir so passen, Dan«, scherzte sie und stieß ihm den Ellbogen in die Rippen. »Du bist völlig skrupellos, weißt du das? Du solltest dich zusammenreißen und selbst ein Buch schreiben.«

Dan breitete die Arme aus und unterstrich damit seine Unschuldsmiene. »He, ich wollte ja nur helfen. Ein bisschen weniger Ablenkung wäre doch gut für dich, oder?«

Harry zog die Zeitung zu sich heran. »Nach dem, was hier steht, hat man auch in Fellhead genug Zerstreuung.« Er zeigte auf den Artikel und gab ihn an Dan weiter. »Der Tod geht im Moor um.«

Harry und Jane aßen weiter, während Dan den Artikel las. »Na, wenigstens müsstest du dir keine Sorgen machen, dass ein durchgeknallter Axtmörder frei herumläuft«, sagte er. »Wenn dies ein Mordopfer ist, muss sein Mörder schon fast genau so lange unter der Erde sein.«

»Lassen wir den Mord mal beiseite«, sagte Jane und zeigte

auf den vorletzten Absatz. »Mich interessiert eher die Tätowierung.«

»Tätowierung?«, fragte Dan.

»Schwarze Tätowierungen. Woran erinnert dich das?«

Dan zuckte die Schultern. »Außer an David Beckham an überhaupt nichts.«

»Achtzehntes Jahrhundert, Seeleute, Südseeinseln. Viele von ihnen hatten Tätowierungen wie die Einheimischen. Wie Fletcher Christian.«

Dan grinste. »Deine Lieblingssaga aus dem Hinterland da oben.«

»Wovon redet ihr beiden?«, fragte Harry.

»Was weißt du über die Meuterei auf der *Bounty*?«, sagte Jane.

Harry zuckte die Schultern. »Mel Gibson. Sehr sexy in seiner engen Hose.«

Jane stöhnte. »Du hast ja wirklich gut zugehört.«

»Ach, ich mach doch nur Spaß, bin doch nicht nur 'n Dandy, Jane«, protestierte Harry. »Ich erinnere mich an die Stelle, als Mel die Meuterei anstiftet, den bösen Captain Bligh in einem offenen Boot aussetzt und dann nach Tahiti segelt.«

»Sehr gut, Harry. Nur dass es eigentlich nicht Mel Gibson war, sondern Fletcher Christian, der die Meuterei anführte. Und was mich daran interessiert, ist nicht die Meuterei, sondern das, was danach kam. Nach Blighs heldenhafter langer Reise an einen sicheren Ort und schließlich zurück nach London wurde der Marine der Auftrag erteilt, die Meuterer ausfindig zu machen und sie nach London zurückzubringen, wo sie vor Gericht gestellt werden sollten. Jahre danach wurde eine Gruppe von ihnen auf Tahiti gefunden und zurückgeholt. Aber das Schicksal von Fletcher und seiner kleinen Gruppe von Meuterern blieb lange Zeit ein Geheimnis. Tatsächlich sind sie schließlich mit einigen der einheimischen Frauen und Männer auf der Insel Pitcairn gelandet und haben dort eine Siedlung gegründet.«

Harry nickte. »Pitcairn … Da gab es doch vor ein paar Jahren einen Skandal wegen Sex mit Kindern, oder?«

»Stimmt. Und da kamen einige direkte Nachkommen der Meuterer vor. Aber das war nicht der erste Aufruhr im Paradies«, sagte Jane. »Im Grunde gab es nicht genug Frauen dort. Die offizielle Version ist, dass die Meuterer einen Streit mit den Eingeborenen hatten und es zu einem Massaker kam. Angeblich war Fletcher Christian der erste Weiße, der umgebracht wurde. Ende der Geschichte.«

»Aber …? Ich meine, es muss doch ein Aber geben, oder? Andernfalls wärst du doch wegen einer schwarz tätowierten Leiche nicht so aufgeregt«, sagte Harry.

»Das ist Janes Hirngespinst«, mischte sich Dan ein.

Jane wirkte eine bisschen verlegen. »Es hat im Lake District immer ein Gerücht gegeben, dass Fletcher Christian nicht auf Pitcairn gestorben sei und dass das Massaker nur etwas vertuschen sollte. Irgendwie gelang ihm die Flucht von der Insel, und er schaffte es, nach England zurückzukommen, wo er, durch Familie und Freunde vor dem Arm des Gesetzes geschützt, den Rest seines Lebens verbrachte. Es war für alle Beteiligten eine hochriskante Sache. Wenn Fletcher verraten oder entdeckt worden wäre, hätte man ihn als Anführer der Meuterei auf jeden Fall gehängt. Und auch jeden, der wissentlich mit ihm Kontakt hatte, ohne ihn an die staatlichen Behörden auszuliefern.«

Harrys Gesichtsausdruck wechselte von Überraschung zu Zweifel. »Das meinst du doch nicht ernst? Ich meine, es ist doch nur Gerede?«

»Wie ich schon sagte, das ist Janes Lieblingsgeschichte aus der Provinz«, sagte Dan und zündete sich eine Zigarette an.

Jane schüttelte den Kopf, und ihre langen Locken glänzten im Licht. »Es ist nicht nur Geschwätz. John Barrows Buch hat diese Frage schon 1831 aufgeworfen.«

»Was Verschwörungstheorien angeht, muss man zugeben, dass diese nicht schlecht ist«, sagte Dan. »Mr. Christian ver-

anstaltete ein Massaker und segelte dann in den Sonnenuntergang davon. Ach so, warte mal. Wie ist er eigentlich geflohen, Jane? Sie haben das Schiff doch verbrannt, oder?«
Jane lehnte sich an den Tresen. »Ja. Aber die *Bounty* hatte zwei Jollen an Bord, und man hat nie klären können, was mit ihnen geschehen war. Außerdem ist da noch die Sache mit dem fehlenden Logbuch.« Sie grinste. »Hier solltest du sagen: ›Was für ein fehlendes Logbuch?‹«
Dan neigte den Kopf und hielt mit gespieltem Erstaunen die Hände hoch. »Was für ein fehlendes Logbuch?«
»Fletcher Christian war Wachoffizier. Er war daran gewöhnt, ein Logbuch zu führen. Es musste ihm in Fleisch und Blut übergegangen sein.«
»Klar«, sagte Harry.
»Es wäre doch merkwürdig, wenn es keine Aufzeichnungen darüber gäbe, wie Pitcairn besiedelt wurde. Es gab keinen Mangel an Papier und Schreibzeug. Sie haben diese Dinge viele Jahre später noch in der Schule benutzt, die sie für ihre Kinder einrichteten. Aber der einzige authentische Bericht, der je bekannt wurde, ist von einem der anderen Meuterer, Edward Young. Und er fängt erst nach dem Massaker an, woraus zu schließen ist, dass jemand anders bis dahin die Aufzeichnungen machte. Und wer wohl sonst als Fletcher? Wenn er gestorben wäre, ist doch klar, dass das Logbuch erhalten geblieben wäre. Aber wenn er auf See ging ...« Jane verstummte.
»Dann hätte er es mitgenommen, stimmt's?«, schloss Harry. Sie sah, dass auch er sehr interessiert war, obwohl er sich die ganze Zeit so unbeteiligt gab. »Okay, ich gebe zu, dass dies zumindest darauf hindeutet. Aber wie du selbst sagst, es sind alles nur Spekulationen.«
»Nicht alles. Ich erzähle dir mal etwas über Peter Heywood. Er war einer der Meuterer, die zurückkamen. Aber anders als bei den meisten anderen, die vor Gericht gestellt wurden, hatte seine Familie die Mittel und Beziehungen, um sicherzu-

stellen, dass ihrem Liebling die Strafe erlassen wurde. Statt gehängt zu werden, machte er danach noch eine glänzende Karriere bei der Marine. Aber das wirklich Interessante an Peter Heywood ist, dass er weitläufig mit Fletcher Christian verwandt war. Er wuchs auf der Isle of Man auf, wo Fletcher während seiner Jugend einige Zeit verbracht hatte. Heywood hatte also neben der gemeinsamen Zeit auf dem Schiff noch eine persönliche Verbindung zu Fletcher. Er kannte ihn gut«, sagte Jane. »Und irgendwann um 1809 herum sah Peter Heywood Fletcher Christian in Plymouth.«

Harry runzelte die Stirn. »Aber Plymouth war doch ein Stützpunkt der Marine, oder? Er wäre doch verrückt gewesen, wenn er am helllichten Tag in Plymouth herumgelaufen wäre, als bekanntester Meuterer in der Geschichte der britischen Marine. Ich meine, selbst jemand wie ich, der sich nicht für Geschichte interessiert, hat von ihm gehört. Und deiner Meinung nach hat dieser Mann alles mögliche unternommen, um nach der Meuterei nicht in Schwierigkeiten zu geraten, ein Mann, dem der Strick des Henkers sicher war, hätte man ihn je erwischt. Und trotzdem macht er einen Spaziergang in einer Stadt, die voll von Marineoffizieren und anderen Angehörigen der Marine ist. Und dann trifft er doch tatsächlich seinen alten Kumpel Peter Heywood.« Harry hob die Hände wie ein Mann, dessen Argument sich nicht widerlegen lässt. »Und selbst wenn man annimmt, dass es so war, dass Heywood und Christian sich so gut kannten, wie du sagst, warum hätte er zugeben sollen, dass er Christian gesehen hatte? Das ergibt keinen Sinn.«

»Er hat es nicht zugegeben, Harry. Zumindest nicht öffentlich. Es kam erst nach seinem Tod heraus. Und ich kann spekulieren«, sagte Jane mit sanfter Stimme. »Was wäre, wenn er ein Treffen mit Heywood geplant hatte und Heywood in letzter Minute vielleicht einen seiner Kollegen nicht loswerden konnte? Und als Fletcher sah, dass Heywood nicht allein war, floh er.«

Harry schüttelte den Kopf. »Aber warum hätte Fletcher Christian die Insel Pitcairn überhaupt verlassen sollen? Er war doch bestimmt sicher dort. Warum sollte er das aufs Spiel setzen?«

»Ich weiß nicht, ob er sich sicher fühlte«, sagte Jane. »Es steht fest, dass es neben den Problemen mit den Eingeborenen tiefe Gegensätze zwischen den Meuterern gab. Es gibt auch Hinweise, dass die anderen Meuterer ihm, dem einzigen übrig gebliebenen Offizier, seine Autorität verübelten. Und er war ein anständiger Mann, vergiss das nicht. Vielleicht wollte er Frieden mit sich machen wie der Matrose in der *Ballade vom alten Seemann.* Vielleicht wollte er erklären, wie es überhaupt dazu kommen konnte, dass er zum Meuterer wurde«, argumentierte Jane. »Aber als er zurückkam, entdeckte er, dass Bligh nicht nur überlebt hatte, sondern dank seiner erstaunlichen Leistung als Schiffsführer auf dem Pazifik zum Helden geworden war. Ganz zu schweigen von der Tatsache, dass er jede Menge Zeit gehabt hatte, um seine Version der Meuterei bekannt zu machen. Was immer Fletchers Motive dafür waren, dass er die Besatzung gegen Bligh aufstachelte, es war jetzt auf jeden Fall zu spät für ihn, seine Sache vorzubringen.«

»Aber was hätte er vorbringen können?«, fragte Harry. »Meuterei bleibt Meuterei, oder?«

»Es gab *eine* Entschuldigung für Meuterei, auf die Christian sich hätte berufen können«, sagte Dan.

Harry zog die Augenbrauen hoch. »Bist du jetzt plötzlich der Experte für Rechtsfragen bei der Marine?«

»Nein, aber ich weiß etwas über die Geschichte der Unterdrückung von Homosexuellen, mein Lieber«, sagte Dan. »Was wäre, wenn Christian Bligh widernatürliche Unzucht vorgeworfen hätte? Das war damals ein Vergehen, für das man gehängt wurde, oder? Wenn er hätte beweisen können, dass Bligh ihn gezwungen hatte, gegen seinen Willen Sex mit ihm zu haben, hätte das nicht als strafmildernder Umstand bei der Meuterei gegolten?« Er hielt inne, runzelte die Brauen und biss sich auf die Unterlippe. »Natürlich hätte er einen unabhängigen Zeugen gebraucht, um dies hieb- und stichfest zu machen. Damals verlangten die Kriegsgerichte mehr als das Wort eines Mannes gegen das eines anderen, weil dies eine Anschuldigung war, die zwar leicht vorzubringen, aber sehr schwer glaubhaft zu machen war. Und Christian muss das gewusst haben.«

»Vielleicht gab es tatsächlich einen Zeugen«, sagte Jane nachdenklich, »und vielleicht war das einer der Gründe, warum Fletcher die Meuterei anführte – weil er diesen Zeugen schützen wollte …« Sie verstummte und starrte gedankenverloren durch das leere Lokal.

»Wie meinst du das?« Harry war noch immer fasziniert.

Jane hielt einen Finger hoch und machte eine Pause, um ihren Standpunkt zu überdenken. »Lasst uns zu Peter Heywood zurückkehren«, sagte sie und ging im Kopf ihr Wissen durch, das sie in Jahren leidenschaftlichen Interesses gesammelt hatte. »Fletcher war früher schon mit Bligh gesegelt, und es ist überliefert, dass er der Favorit des Kapitäns war. Die gleiche Geschichte wie bei der Fahrt der *Bounty* bis nach Tahiti. Dann verbringt Fletcher sechs Monate an Land, nimmt sich eine eingeborene Konkubine …«

»Konkubine, das Wort finde ich toll«, sagte Dan und sprach es genießerisch aus.

»Jedenfalls«, sagte Jane bestimmt, »als das Schiff Tahiti verlässt, will Fletcher nicht wieder Blighs …«

»Lustknabe. Das ist der Ausdruck, den du suchst. Noch so ein schönes Wort«, unterbrach Dan sie.

»Was auch immer. Bligh fängt an, ihn beschissen zu behandeln. Und diese Entscheidung hat Fletcher auch noch in ein anderes Dilemma gestürzt. Er glaubt, für den jungen Peter Heywood, seinen Verwandten, eine Sorgepflicht zu haben. Es ist nämlich genau belegt, dass Heywood nach Fletcher Blighs zweiter Favorit war. Also will Fletcher Heywood schützen, aber nicht um den Preis, sich selbst Bligh wieder unterwerfen zu müssen.«

»Und so zettelt er eine Meuterei an, obwohl er weiß, dass ihm der Tod sicher ist, sollte er je erwischt werden? Alles, um Peter Heywoods Ehre zu schützen?« Harry schien das zu bezweifeln.

»Vielleicht schützte er sich auch selbst«, sagte Dan. »Wenn Bligh auch Heywood bedrängt hatte, dann war er für Christian ein Zeuge. Dann konnte Christian vorbringen, dass die Meuterei die einzige Möglichkeit war, einen Verfolger mit sexuellen Motiven davon abzuhalten, dass er fern vom Heimathafen seine Mannschaft ausnutzte. Das würde doch funktionieren?«

»Ich nehme an, ja«, sagte Harry widerwillig. »Mann, du hast ja deinen Standpunkt ganz schön geändert. Du warst doch derjenige, der dies alles Janes Hirngespinst genannt hat. Jetzt verteidigst du ihre Ideen, und ich bin derjenige, der dies alles auf Janes Phantasie zurückführt.«

Jane stand auf und ging hinter den Tresen, um fertig aufzuräumen. »Das sind eben die Überzeugungskräfte einer Frau, Harry. Und außerdem hast du Unrecht. Es gibt etwas, das ein bisschen konkreter ist. Die Meuterer, die schließlich vor Gericht standen, darunter auch Peter Heywood, hatten Christian gebeten, sie nach Tahiti zurückzubringen. Diese Jungs kamen niemals nach Pitcairn. Als die beiden Gruppen sich trennten, nahm Fletcher Heywood zur Seite. Und als Fletcher sich privat von Heywood verabschiedete, bat er ihn, der Familie Christian zu Hause eine Nachricht zu überbringen. Aber Heywood hat nie verraten, was Fletcher gesagt hatte. Warum sollte er schweigen, wenn die Nachricht nicht als beschämend betrachtet wurde, wahrscheinlich sowohl für ihn selbst als auch für Fletcher? Der tiefere Grund für Fletchers Meuterei könnten also Blighs sexuelle Übergriffe gegenüber Christian und Heywood gewesen sein.«

Harry lachte laut auf. »Jane, du solltest Romane schreiben,

keine Interpretationen. Gilt so was als streng wissenschaftliche Arbeit in der anglistischen Abteilung?« Er trat zu ihr hinter den Tresen, nahm Gläser aus dem Geschirrspülautomaten und stellte sie auf die Regale.

Jane stützte sich auf die Theke und grinste. »Vielleicht sollte ich ja tatsächlich Romane schreiben. Und wenn ich es täte, dann würde ich mit William Wordsworths verschollenem epischem Gedicht beginnen.«

»Wordsworths verlorenes episches Gedicht?«, sagte Harry verwirrt.

»Sie hat das Beste bis zum Schluss aufgehoben, Harry«, sagte Dan. »Das ist jetzt der große Moment. Du wirst begeistert sein.«

Jane sprach trotzdem weiter. »›Unschuld und Verworfenheit, die wahre Geschichte der Meuterei auf dem Schiff *Bounty* in der Südsee‹, oder etwas ähnlich Wordsworthmäßiges.«

»Hä?«, sagte Harry.

»Sie sind zusammen zur Schule gegangen, Harry. William Wordsworth, der verehrte Dichter und Meister der Romantiker aus dem Lakeland, und Fletcher Christian, der Meuterer auf der *Bounty*, sind zur gleichen Zeit auf der Hawkshead School gewesen. Fletchers Bruder Edward unterrichtete sie. Er wurde dann Juraprofessor an demselben College in Cambridge, wo Wordsworth seinen Abschluss machte. Und er vertrat die Familie Wordsworth in einem wichtigen Prozess. Wem also sollte Fletcher seine Version der Ereignisse mitteilen, wenn nicht seinem alten Schulfreund? Dem Freund seiner Familie, der später ein berühmter Literat werden sollte. Und selbst wenn er wusste, dass er es wegen der möglicherweise schlimmen Folgen selbst nie würde veröffentlichen können, hätte Wordsworth eine so bedeutsame Geschichte nicht links liegen lassen können, oder?«

Obwohl ich ihm nicht antwortete, sprach er weiter. Der Mann schien ganz unbefangen und machte es sich auf der Bank bequem, die neben meinem Arbeitstisch steht. Er streckte die Beine aus und legte die Füße übereinander. »Erkennst du mich immer noch nicht, William?«, sagte er mit amüsiertem Unterton. Beim Sprechen schob er den Hut nach hinten und ließ mich zum ersten Mal sein ganzes Gesicht sehen. Viele Jahre waren vergangen, seit ich zum letzten Mal einen Blick auf sein Antlitz geworfen hatte, aber ich erkannte ihn sofort. Zeit und Erfahrung hatten ihre Spuren darauf hinterlassen, aber nicht vermocht, seine charakteristischen Gesichtszüge zu verwischen. Meine Vermutung wurde zur Gewissheit, und das Herz tanzte mir vor Freude in der Brust.

4

Tenille wusste alles über Chancen. Ihr war klar, dass die Lehrer, obwohl sie so gern ihre scheinheiligen Sprüche über die Möglichkeiten ihrer Schüler losließen, eigentlich meinten, Menschen wie sie hätten keine Wahl. Nicht auf die gleiche Art und Weise wie die Lehrer und ihre Schüler aus der Mittelschicht. Im Grunde ihres Herzens dachten sie, dass Schüler wie Tenille in ihrem derzeitigen Leben ohne Hoffnung auf eine Verbesserung bleiben würden. Was immer sie also versprachen, ihr Verhalten verkündete etwas anderes, nämlich: Du wirst Drogen nehmen, in Geschäften klauen, als Teenager schwanger werden und ein beschissenes Leben in einer elenden Wohnsiedlung führen, bis du vorzeitig sterben wirst, weil du rauchst, trinkst oder arm bist. Warum gebe ich mir also Mühe, euch irgendetwas beizubringen?

Aber sie täuschten sich. Sie hatte Möglichkeiten, auch wenn sie nicht so offenkundig oder vielfältig waren wie die der meisten Dreizehnjährigen. Tenille war sich verdammt sicher, dass sie mehr auf dem Kasten hatte als der Rest der Null-Bock-Kids aus der Marshpool-Farm-Siedlung. Deshalb trieb sie sich nicht mit den anderen Schulschwänzern herum. Ihr ging es nicht darum, den Aufpassern in der Schule oder den Sicherheitsleuten in den Einkaufspassagen und Spielsalons zu entgehen. Sich den Banden anzuschließen, die billige Kleider und wertloses Make-up klauten, hatte für sie keinen Reiz. Nicht dass sie sich zu gut dazu gewesen wäre, Sachen mitgehen zu lassen. Nur eben nicht den Schrott, den die anderen interessant fanden. Sie konnte sich nicht vorstellen, dass Aleesha Graham und ihre Bande zum Überfall auf eine Waterstone-Buchhandlung zu überreden wären, um Gedichtbände an sich zu bringen. Von allem anderen abgesehen, würde sie in einer Buchhandlung ja auch genauso auffallen wie ein Businessdreiteiler im wilden Tanzgewühl eines Hip-Hop-Konzerts. Schon bei dem Gedanken daran verdrehte sie die Augen und verzog die Lippen zu einem spöttischen Lächeln. Und sie hatte auch nicht die Absicht, ihre Tage in irgendeinem Dreckloch von Wohnung zu verbringen und sich DVDs mit einem Haufen von Losern reinzuziehen, die sich nur mit Gras, extra starkem Apfelwein oder Alkopops zudröhnen wollten.

Als Sharon noch allein war und im Café unten arbeitete, war es nicht so schlimm gewesen. Wenn ihre Tante um zehn wegging und sie sicher sein konnte, dass sie nicht zurückkommen würde, schlich sich Tenille wieder in die Wohnung, kuschelte sich unter ihre Steppdecke und las, bis der Unterricht beendet war und sie einen der Computer in der Bücherei benutzen konnte, um online zu gehen und sich in den Chatrooms aufzuhalten. Dort fand sie andere Außenseiter, die Lyrik lasen und darüber sprechen wollten. Wenn sie unbedingt eine andere menschliche Stimme hören wollte, ging sie in Jane Greshams Wohnung hinunter. Wenn Jane zu Hause war, ließ sie Tenille normalerweise hereinkommen. Sie durfte dann in den Büchern schmökern, und wenn Jane nicht zu viel zu tun hatte, tranken sie manchmal miteinander Kaffee und unterhielten sich. Außer wenn Jane sie reinlegte und ihr mal wieder predigte, sie solle doch nicht so herumgammeln.

Als ob irgendjemand ihr in dem Saftladen, der sich Marshpool-Gesamtschule nannte, jemals etwas beibrächte, das sie im Leben auch nur einen Schritt voranbringen würde.

Jane hatte Tenille von den Chatrooms erzählt und ließ sie

sogar gelegentlich, wenn sie las oder den Rechner gerade nicht brauchte, ihren Computer benutzen. Die Chatrooms waren für Tenille zum Rettungsanker geworden und boten ihr einen Zufluchtsort, wo sie der Mensch sein konnte, für den sie sich tief in ihrem Inneren in Wirklichkeit hielt. Nach den Maßstäben der meisten Leute war das nicht viel. Aber es genügte, um einen dünnen Lichtstrahl von Optimismus in Tenilles Leben hereinzulassen.

Ein paar Wochen zuvor war das aber alles in die Brüche gegangen. Es fing damit an, dass Sharon die Stelle im Café aufgab, um eine Arbeit in der Werkskantine einer Plastikfabrik am Ort anzunehmen. Statt regulärer Arbeitszeit am Tag arbeitete sie jetzt Schicht, und Tenille verlor in zwei von drei Wochen tagsüber jeweils eine beträchtliche Anzahl an Stunden an ihrem Zufluchtsort.

Das wäre schlimm genug gewesen, obwohl Tenille immer neue Ideen entwickelte und Mittel und Wege fand, das Problem zu umgehen. Aber Sharon hatte jetzt auch noch einen neuen Freund gefunden.

In den sieben Jahren, seit ihrer Tante offiziell das Sorgerecht für sie übertragen worden war, hatte Tenille sich an den stetigen Strom von Männern gewöhnt, die sich auf unbestimmte Zeit in der Wohnung niederließen. Sie hatte gelernt, ihnen aus dem Weg zu gehen, wenn sie da waren. Sharon wollte nicht, dass der Bastard ihrer toten Schwester, die ein Junkie gewesen war, sie vertrieb, und machte Tenille klar, sie solle weder zu sehen noch zu hören sein, wenn sie Besuch hatte. Also schloss sich Tenille stundenlang in ihrem Zimmer ein und versuchte, die animalischen Geräusche zu überhören, die durch die Wände und unter der Tür hindurchdrangen. Sie schlich hinaus, wenn die Luft rein war, und stürzte sich auf alles, was sie im Kühlschrank und den Küchenschränken finden konnte, um den Hunger zu stillen, der sie plagte. Manchmal kam sie sich vor wie das unsichtbare Kind, ein Phantom, das sich in Ritzen und Winkeln verkroch, wo sich

sonst niemand aufhalten wollte. Der Gedanke war ihr nicht angenehm, aber in letzter Zeit hatte sie sich nach dieser Art von Unsichtbarkeit gesehnt.
Es war ihr natürlich schon vor Geno Marleys Erscheinen in ihrem Leben aufgegangen, dass es eindeutig von Vorteil war, wenn man sich der Aufmerksamkeit gewisser Leute entziehen konnte. Schuleschwänzen und Ladendiebstahl wurden dadurch sehr erleichtert. Aber was Sharons Freunde anging, hatte sie geglaubt, der einzige Vorteil, den sie davon hatte, unbemerkt zu bleiben, liege darin, dass sie Sharons Wutanfällen entging, die immer dann auftraten, wenn sie versehentlich das Liebesleben ihrer Tante störte. Obwohl sie theoretisch darüber Bescheid wusste, dass Männer Kinder wie sie belästigten, hatte sie selbst noch keine Erfahrung damit gemacht. Der Typ von Männern, die die eher reiferen Reize ihrer Tante anziehend fanden, hatte bisher keine Vorliebe für sie gezeigt. Schließlich war an Sharon nichts Kindhaftes, sie war eine robuste dunkelhäutige Frau mit der Ausstrahlung einer reifen und versierten Sexualität, die eher die Verlockungen der Erfahrung als die Versuchungen der Unschuld versprach. Sie gehörte nicht zu jenen Frauen, die zum Scheitern verurteilte Rückzugsgefechte gegen das Altern führten. Sharon akzeptierte, dass die erste Blüte der Jugend vorbei war, und begriff, dass der Hammel ein viel schmackhafteres Fleisch bieten kann als das Lamm. Und deshalb waren ihre Männer meist solche, die sich eher eine überlegene Expertin der Lust wünschten.
Sharons Beziehungen hätten wahrscheinlich länger Bestand gehabt, wenn sie sich nur auf ihre sexuellen Bedürfnisse beschränkt hätte. Aber bisher hatte sie keinen Mann finden können, der sich länger als ein paar Monate mit ihrer ständigen Unsicherheit und ihrer Nörgelei abfinden konnte. Tenille war daran gewöhnt, dass ihr grundlos die Schuld am Verschwinden eines weiteren tyrannisierten Liebhabers gegeben wurde, und jedesmal, wenn das passierte, verstärkte

sich Tenilles Wunsch, dem nächsten Kerl aus dem Weg zu gehen.
Sie war nicht schnell genug gewesen, um die Begegnung mit Geno Marley zu vermeiden, hauptsächlich deshalb, weil sie ihn nicht erwartet hatte. Normalerweise war sie sicher in ihrem Zimmer eingeschlossen, wenn ein neuer Mann zum ersten Mal in Sharons Bett taumelte. Aber Tenille hatte die Schichtarbeit nicht einkalkuliert. Sharon wäre eigentlich um zwei Uhr fertig gewesen, also verließ Tenille die Wohnung rechtzeitig. In der Bücherei hatte sie an diesem Nachmittag kein Glück gehabt. Eine Vierergruppe von Gruftis hatte die Computer in Beschlag genommen und war von einem Enkel mit fettigen Haaren in die ersten Schritte des Surfens eingeführt worden. Als ob die sich jemals MP3-Musik runterladen oder sich demnächst in Chatrooms aufhalten würden, dachte Tenille verächtlich. Sie trieb sich dort eine Weile herum, aber es war klar, dass die grauen Panther kaum in absehbarer Zeit das Feld räumen würden.
Als sie zu Hause eine leere Wohnung vorfand, war sie überrascht. Sharon hätte schon vor zwei Stunden zu Hause sein sollen.
Tenille nahm an, dass ihre Tante einkaufen gegangen war. Und das hoffte sie auch, denn es war verdammt wenig zu essen und trinken da. Sie schaltete den Fernseher ein und rekelte sich auf dem Sofa, da sie zu wütend und zu hungrig war, um zu lesen. Das Geräusch der sich öffnenden Wohnungstür hörte sie kaum, aber das unterdrückte Kichern und das tiefe Murmeln einer Männerstimme versetzten sie in Alarmbereitschaft. Sie rappelte sich auf, bereit, zu verschwinden, aber es gab keinen Fluchtweg.
Die Wohnzimmertür ging auf, und Sharon tänzelte unsicher, die Arme eines Mannes um ihre Taille, herein. Auf ihrem Gesicht lag das dümmliche Lächeln einer Betrunkenen, und der hellbraune Café-au-lait-Ton ihrer Haut war gerötet. Als sie Tenille sah, trat ein finsterer Blick an die Stelle ihres fröh-

lichen Gesichtsausdrucks. »Was machsn du hier?«, nuschelte sie.
»Ich wohne hier«, murmelte Tenille.
Ein Gesicht blickte sie über Sharons Schulter teils neugierig, teils ungeduldig an. »Wer'sn das?«, fragte er mit einem Anflug von Lüsternheit in seinem Lächeln.
»Meine Nichte. Ich hab's dir doch gesagt, erinnerst du dich?« Sharon war verärgert, das war eindeutig.
Der Mann nahm die Hände von Sharons Taille und machte einen Schritt zur Seite, damit er hereinkommen konnte. Tenille erkannte den Blick wieder, den sie schon wahrgenommen hatte, wenn er auf andere, aber bis jetzt noch nie auf sie gerichtet war, wahrscheinlich weil die formlosen Klamotten, die sie auf der Straße trug, ihre sich in letzter Zeit entwickelnde Figur eher verbargen als sie zu betonen. Aber zu Hause hatte sie nur ein T-Shirt und enge tief geschnittene Jeans an. Und dieser Mann verschlang sie so gierig mit den Augen, wie Sharon es offensichtlich in irgendeiner Kneipe mit ihren Drinks gemacht hatte. Tenille gefiel das absolut nicht.
»Aha, kleine Nichte, hast du einen Namen?« Er kam näher, mit einer Hand lässig auf Sharons Hüfte.
»Tenille«, murmelte sie zögernd.
»Hübscher Name für 'n hübsches Mädchen.«
»Und deiner?«, fragte Tenille plötzlich.
Er grinste und ließ dabei einen goldenen Eckzahn sehen. »Ich bin Geno«, sagte er. »Wie Geno Washington.«
Tenille fragte sich, ob sie von dem Namen, den sie noch nie gehört hatte, beeindruckt sein sollte. Sie zog die Augenbrauen hoch, eine angedeutete Geste der Verachtung. »Wer'sn das, Mann?«
Er tat erstaunt. »Du hast noch nie von Geno gehört? Mädchen, du hast ja keine Ahnung. Geno war der größte Soulsänger, den es in diesem gottverlassenen Land gegeben hat.«

Sharon, ungeduldig wegen all dieser Aufmerksamkeit, die nicht ihr galt, mischte sich ein und sagte gereizt: »Hasse nich irgend 'nen Kram, wo de dich drum kümmern musst?«

Dankbar für die Gelegenheit zu entkommen, näherte sich Tenille der Tür. Aber Geno wollte nicht weichen. Tenille musste um ihn herumgehen und Sharon zur Seite treten, wobei sie ärgerlich den Kopf schüttelte. Dann war sie frei, draußen im Flur, und nahm plötzlich wahr, dass ihr Atem schneller ging.

Das war nur der Anfang gewesen. Tenille fühlte sich unbehaglich und nervös, wann immer Geno da war und sie sich nicht verdrücken konnte. Im Allgemeinen gelang es ihr, ihm auszuweichen, aber im Lauf der nächsten Wochen, als sich herausstellte, dass er Sharon nicht so bald verlassen würde, wurde es immer schwieriger. Nach drei Wochen war er praktisch zu ihr gezogen und immer da, wenn Sharon zu Hause, und manchmal sogar, wenn sie bei der Arbeit war. Tenilles Leben spielte sich immer mehr außerhalb der Wohnung ab. Wenn es ging, war sie bei Jane, und wenn es nicht klappte, hielt sie sich auf der zugigen Galerie vor den Wohnungen und in den nasskalten Treppenhäusern der Siedlung auf. Vor sich selbst tat sie sogar so, als sei das alles das Resultat ihrer eigenen freien Entscheidung. Denn das war immer noch besser, als der Angst einen Namen zu geben, die sie nicht akzeptieren wollte.

Aber sie konnte sich nicht ewig etwas vormachen. Sharon würde früher oder später auch mal Nachtschicht haben, und als diese Woche kam, war Tenille nicht erstaunt, dass ihre Tante verkündete, Geno würde in der Wohnung übernachten, um ein Auge auf sie zu haben. Es war keine Überraschung, sie spürte nur eine heiß im Bauch aufsteigende Angst.

»Ich hab noch nie einen Babysitter gebraucht, wenn du mal nachts weg warst«, hatte Tenille protestiert.

»Meinst du, ich hätte mich dabei wohl gefühlt, dich allein zu lassen?«, forderte Sharon sie heraus.

»Ich bin doch kein kleines Kind. Ich brauch keinen Babysitter.«
»Du bist noch nicht volljährig. Ich hab ein besseres Gefühl, wenn ich weiß, dass jemand hier bei dir ist.« Sharon sammelte ihre Make-up-Sachen zusammen und stopfte sie in ihre unechte Louis-Vuitton-Tasche, die ihr Geno geschenkt hatte. Er war eingebildet herumstolziert wie ein Pfau, während Tenille ihn verächtlich ansah, denn sie wusste, dass er sie auf einem Straßenmarkt für 'n paar Groschen mitgenommen hatte.
»Es hat dir doch sonst nie was ausgemacht. Du hast mich hier machen lassen, seit ich acht bin.«
»Und das war nicht richtig. Geno hat mir das klar gemacht. Er hat mir gesagt, dass in letzter Zeit den Mädchen in der Gegend hier schlimme Sachen passiert sind.«
Tenille zitterte. »Mir passiert schon nix. Ich brauch Geno nicht, damit er mich beschützt. Ich mag Geno nicht«, versuchte sie verzweifelt sich durchzusetzen, schämte sich aber irgendwie, auszusprechen, was sie wirklich an ihm störte.
»Er ist ein guter Mann«, sagte Sharon. »Ärgere ihn nicht, hörst du?« Ihr Ton klang endgültig und bestimmt, und Tenille wusste, dass es nichts brachte, dagegen anzugehen. Sie nahm ihren Mantel vom Stuhl und trat auf die Tür zu. »Er wird später da sein. Bring ihn nicht durcheinander, hörst du?«, fügte sie hinzu und drehte sich, einen finsteren Blick misstrauischer Wut auf ihrem hübschen Gesicht, rasch zu ihr um.
Tenille schmollte und murmelte: »Ich hab's gehört.« Die Tür hatte sich kaum hinter ihrer Tante geschlossen, als sie aufstand, ihre Jacke überstreifte, einen MP3-Player und zwei Bücher in ihren Rucksack warf und in die frühe Abenddämmerung hinausging. Sie steuerte direkt auf Janes Wohnung zu, aber drinnen war es dunkel, und auf ihr Klopfen hin kam keine Reaktion. Tenille steckte die Hand in die Tasche und tastete nach dem Schlüssel. Sie hatte sich schon vor Monaten

den Extraschlüssel aus der Küchenschublade »geliehen«, ihn nachmachen lassen und dann zurückgebracht, bevor Jane bemerkt hatte, dass er weg war. Aber sie gebrauchte ihn nur mit Vorsicht. Es war nur eine Absicherung, solange Jane nicht wusste, dass sie ihn hatte. Als dieser nichtsnutzige Wichser Jake noch da war, hatte sie es nie gewagt, sich hineinzuschleichen, da sie nicht sicher war, wann er kam und ging. Sie hatte es seit damals nur zweimal riskiert, und bei beiden Gelegenheiten hatte sie Jane zum Bus begleitet und war sicher gewesen, dass sie die nächsten vier Stunden im Viking sein würde. Heute Abend hatte sie keine Ahnung, wo Jane war oder wann sie zurückkommen würde. Es war zu gefährlich.

Mit einem Seufzer wandte sich Tenille ab und stapfte zu dem übelriechenden Treppenhaus zurück. Als sie die Galerie verließ, traf sie ein Regenschwall mitten ins Gesicht, und sie fluchte leise vor sich hin. Dieses eine Mal wünschte sie, sie würde nicht alle anderen Kids ihres Alters so verachten. Heute Abend machte sie der Gedanke, sich zusammen mit Aleesha Graham und ihrer Gang eine blöde DVD anzuschauen, fast wehmütig. Tenille durchsuchte ihre Taschen. Genug für zwei Cola. Wenn sie an dem Burger King direkt um die Ecke zum nächsten Burger King etwa eine Meile weiter ging, war es möglich, dass niemand drin war, den sie kannte. Wenn sie Glück hatte, war vielleicht nicht viel Betrieb, und man würde sie ein paar Stunden in ein Buch vertieft ruhig in einer Ecke sitzen lassen.

Die Zeit verrann, während Tenille in Byrons *Childe Harold* vertieft war, und als der dünne Junge mit dem Pickelgesicht hinterm Tresen sich gegenüber von ihrem Tisch auf den Besen stützte und sagte: »Wir schließen jetzt«, war sie überrascht. Sie packte ihre Sachen, ging zur Tür und sah dabei auf ihre Uhr. Halb elf. Und es regnete nicht mehr, was hieß, dass sie, die Kapuze zum Schutz gegen den Wind auf dem Kopf, nach Hause schlendern konnte.

Es war Viertel nach elf, als Tenille langsam ihren Schlüssel ins Schloss steckte und lautlos die Wohnungstür öffnete. Wie ein Schatten schlüpfte sie leise in den Flur, alle Sinne vor prickelnder Angst angespannt. Ein Lichtkegel fiel aus der halb offenen Wohnzimmertür. Aus dem Fernseher ertönten dumpfe Stimmen mit schleppendem amerikanischem Akzent. Sie rümpfte die Nase und verzog das Gesicht zu einer Grimasse, als sie den süßlichen Geruch von Gras und den sauren von Bier wahrnahm, und riskierte einen kurzen Blick durch den Türrahmen. Geno lag ausgestreckt auf dem Sofa, die Beine gespreizt, eine Hand auf der Innenseite des Oberschenkels und die andere auf den Boden hängend. Sein Kopf wurde von einem schmuddeligen Kissen mit unechtem Samtbezug gestützt, sein Mund stand offen, und in einem Mundwinkel glänzte ein Speichelfaden. *Besoffen und hinüber*, dachte sie zufrieden mit einer Mischung aus Erleichterung und Verachtung.

Tenille schlich in ihr Zimmer und schob leise ihre Kommode vor die geschlossene Tür. Ohne sich auszuziehen, schlüpfte sie unter ihre Steppdecke und versuchte einzuschlafen, indem sie sich in dunklen Phantasien vorstellte, wie eine rasiermesserscharfe Klinge quer über Geno Marleys einladend dargebotene Kehle einen zweiten roten Mund malte.

»Ich kenne Sie, mein Herr«, sagte ich, als sich meine Überraschung so weit gelegt hatte, dass ich sprechen konnte. Ich sagte ihm, dass ich ihn entweder tot oder viele Meilen von unserer Himmelsgegend entfernt vermutet und geglaubt hätte, ich würde ihn nie wiedersehen. Er antwortete, dass er so gut wie tot sei, wenn die Männer Seiner Majestät ihn erblickten, und dass er hoffe, sich bei mir sicher fühlen zu dürfen. Ich versicherte ihm, dass meine Familie ihm wegen der guten Dienste seines Bruders sehr verbunden sei und dass ich alles, was er mir anvertraute, in meiner Brust verschließen würde. Er dankte mir und gab mir die Hand, sodass ich nicht umhin konnte zu bemerken, dass er immer noch unter der starken Transpiration der Handflächen litt, die ihn als jungen Burschen bis in seine frühen Mannesjahre geplagt hatte. Jeder noch bestehende Zweifel meinerseits war zerstreut, als ich diese Hand schüttelte.

5

Dr. River Wilde tippte mit dem Stift auf den Notizblock auf ihrem Schreibtisch. »Hören Sie, ich verstehe, dass Sie viel zu tun haben, aber da sind Sie nicht der Einzige. Ich bin heute schon von Pontius zu Pilatus geschickt worden. Ich glaube, Sie wissen gar nicht, wie viele Angestellte sich damit beschäftigen, Leute wie mich davon abzuhalten, mit einem Mann in Ihrer Position zu sprechen. Ich bitte ja nur um eine Entscheidung. Kann das so schwer sein?«

Die Stimme am anderen Ende klang frustriert. »Ich habe es Ihnen bereits erklärt. Um für den Sender einen Auftrag zu bekommen, müssen wir eine ganze Reihe bürokratischer Hürden bewältigen. Ich bin nicht berechtigt, auf der Stelle eine solche Entscheidung zu treffen.«

River warf dem Telefonhörer einen wütenden Blick zu. »Phil, Sie haben mir gesagt, Sie seien de facto Programmdirektor von Northern TV. Das bedeutet doch sicherlich, dass Sie einigen Einfluss darauf haben, was auf unseren Bildschirmen erscheint?«

»Ich habe nur die Entscheidungsgewalt über eine begrenzte Anzahl von Regionalprogrammen. Alles andere muss seinen vorgeschriebenen Weg gehen.«

River unterdrückte nur mühsam den Impuls, diesen Mann anzuschreien. Nach und nach wurde ihr klar, dass sich der Verwaltungsapparat der Universität im Vergleich zur Bürokratie bei den Fernsehsendern ziemlich harmlos ausnahm.

Sie stach brutal auf ihren Notizblock ein. »Aber diese Sache kann nicht warten. Ich muss so bald wie möglich mit der Untersuchung der Leiche beginnen. Ich verlange kein Vermögen und habe per E-Mail schon eine grobe Kostenschätzung geschickt.«

Er versuchte, sie zu unterbrechen, aber sie schnitt ihm einfach das Wort ab.

»Hören Sie, Phil, das ist doch preiswertes Material fürs Fernsehen. Spottbillig. Sie brauchen lediglich ein Kamerateam. Sie zeichnen meine Untersuchung der Leiche auf. Ihr Team ist von Anfang an bei der Arbeit dabei. Glauben Sie mir, das Ambiente ist phantastisch. Ich habe mit dem Bestattungsinstitut vor Ort abgesprochen, dass der Großteil der Arbeit an der Leiche dort durchgeführt werden kann. Es sind wunderbare Räume in altem viktorianischem Stil, alles in Mahagoni und mit gefliesten Wänden, sieht sehr nach Conan Doyle aus, mit viel Atmosphäre, und das ergibt einen tollen Kontrast zu all den modernen Apparaten. Sie können in den Labors filmen, wo die technischen Untersuchungen stattfinden werden, kein Problem. Sie können die Stelle filmen, wo die Leiche vergraben lag. Sie bekommen meinen Expertenbefund und die besten sachkundigen Meinungen aus den anderen Fachbereichen, denen wir diese Leiche vorlegen werden, und das alles für einen Pappenstiel. Kommen Sie, Phil, Sie wissen, Ihre Zuschauer würden so etwas toll finden. Reality-TV trifft auf Geschichtsbetrachtung. Moorleichen gibt es nicht sooft. Und diese weist wirklich ungewöhnliche Merkmale auf – die Tätowierungen sind bemerkenswert. Ich bin überzeugt, dass wir im Lauf der Untersuchungen wirklich faszinierende Dinge herausfinden werden. Hier geht es nicht um einen besoffenen Dorftrottel, der ins Moor fiel, sondern um etwas Besonderes. Ich denke, es könnte mit der Südsee zu tun haben. Stellen Sie sich nur vor, wie viel interessanter – und preisgünstiger – es sein wird, den Ablauf einer echten gerichtsmedizinischen Untersuchung zu verfolgen, als

sich nur auf Rekonstruktionen zu verlassen.« Sie bemühte sich, so vernünftig und überzeugend zu klingen, wie sie nur konnte.
»Dr. Wilde, ich stimme Ihnen zu, dass das, was Sie vorschlagen, eine sehr spannende Sendung wäre. Aber es ist unmöglich, die normalen Regeln der Auftragserteilung zu umgehen.«
River lachte ironisch. »Und was ist mit den Dokumentarsendungen, die Sie immer sofort aus dem Ärmel schütteln, wenn es eine Katastrophe oder einen politischen Skandal gibt? Da finden Sie Mittel und Wege, die Vorschriften zu umgehen.«
Phil Toner seufzte. »Eine Leiche im Moor im Lake District ist keine Sache von nationaler Bedeutung. Also, wenn Sie nächste Woche irgendwann mal vorbeikommen möchten ...«
»Das genügt nicht. Hören Sie, Phil, riskieren Sie es doch und tun Sie es einfach trotzdem. Was kann schlimmstenfalls schon passieren? Sie haben eine Reihe absolut faszinierender Regionalberichte, die Sie fast nichts kosten. Und wenn es gut läuft, wie wir beide erwarten, können Sie beim Sender einen großen Coup landen, der praktisch geschenkt ist. Kommen Sie, Sie wissen doch, dass es Sinn macht.« Sie spürte das Zögern am anderen Ende. »Phil, habe ich schon erwähnt, dass ich verdammt gut aussehe? Und dass ich vor der Kamera einfach toll herauskomme?«, fügte sie mit einem glucksenden Lachen hinzu.
Sie wurde mit tief dröhnendem, heiterem Beifall belohnt. »Und außerdem sind Sie auf einen super Titel gekommen. Geben Sie mir Zeit, es zu überlegen«, sagte er endlich. »Ich melde mich.«
»Wann?« River wusste, dass sie für ihre Hartnäckigkeit bekannt war, die sie aber lieber als Beharrlichkeit bezeichnete.
»Für heute schließen wir. Sie bekommen meine Antwort.«
»Danke, Phil. Ich freue mich auf Ihren Anruf.« River legte auf und stieß ihre geballte Faust in die Luft. »Ja!« Sie sprang auf und eilte aus dem kleinen Käfig, den die University of

Northern England in einem seltenen Anfall von Humor als ihr Büro bezeichnete. Zehn Sekunden später war sie wieder da, schnappte sich einen Hefter von ihrem Schreibtisch und lief wieder hinaus.

Sie fand den Leiter der Abteilung bei der skeptischen Betrachtung eines Kieferknochens vor. Donald Percival war ein Mann, der zu Zweifeln neigte. Er betrachtete jede Art von Sicherheit mit Misstrauen, außer wenn sie mit untadeligen wissenschaftlichen Daten untermauert war. Seine schmalen Lippen waren stets missbilligend gespitzt, und River hätte schwören mögen, dass er jedesmal, wenn sie in seine Nähe kam, die Stirn noch gequälter runzelte. Als sie ins Labor stürmte, saß er vor dem Gegenstand seiner Aufmerksamkeit, schien die Schultern schützend hochzuziehen und ließ sie voller Ungeduld eine ganze Minute warten, bis er den Blick seiner wässrigen blauen Augen auf sie richtete. »Guten Tag, Dr. Wilde«, sagte er.

»Wunderbare Neuigkeiten, Professor«, rief River. »Es sieht so aus, als hätte ich Northern TV an Bord. Sie wollen eine Dokumentation über die Untersuchung der Leiche in Fellhead machen. Das bedeutet, dass wir weit mehr als die grundlegenden Untersuchungen durchführen können, für die Sie mir schon die Mittel zugesichert haben.«

Percival zog die Stirn in Falten. »Fernsehen? Ist das eine gute Idee? Wollen wir wirklich, dass die Kameras uns bei der Arbeit über die Schulter schauen?«

River wischte seine Einwände mit einer Handbewegung beiseite. »Sie werden uns nicht stören.«

»Aber vermitteln wir der Welt da draußen damit die richtige Vorstellung von diesem Institut?«

»Ich glaube, es zeigt der Welt da draußen, dass wir erfolgreich sind. Und das wiederum heißt, dass mehr Projekte an uns herangetragen werden und dadurch Geld in die Abteilung fließt«, sagte River und zielte damit geschickt auf die Achillesferse aller Wissenschaftler unserer Zeit. »Mehr Geld bedeutet eine bessere Ausstattung und mehr Studenten«, fügte sie hinzu, denn sie war noch nie davor zurückgeschreckt, eine Sache mit ein wenig theatralischer Rhetorik ins richtige Licht zu setzen. »Und was dieses Projekt angeht, heißt das, dass wir uns eine komplette Computertomographie, Isotopenanalyse und TCA, eine tooth cement annulation, zur Altersbestimmung anhand des Zahnbefunds leisten können. Die volle Bandbreite. Und wir können die Paläobotaniker und die Archäologen hinzuziehen, ohne dass diese wegen einer Belastung ihres Budgets zurückschrecken. Denken Sie doch mal an die Vorteile eines solchen fächerübergreifenden Lehrangebots für die Studenten. Es ist eine tolle Übung für die Feldarbeit.«

Percival schaute verdrießlich seinen Kieferknochen an und drehte ihn in den behandschuhten Händen hin und her. »Sie sind hier, um zu lehren und zu forschen, Dr. Wilde, nicht um dieses Institut als Sprungbrett für Ihre persönliche Karriereleiter zu nutzen.«

Das war ein Schlag unter die Gürtellinie, was River vermuten ließ, dass Percival keine vernünftigen professionellen Einwände gegen ihren Vorschlag hatte finden können. Sie grinste. »Ich hab's nicht darauf abgesehen, als nächste Stardozentin im Fernsehen bekannt zu werden«, sagte sie. »Mir ist die Arbeit wichtig. Und ich bin bereit, alles zu tun, was dazu beiträgt, unsere Arbeit bestmöglich voranzubringen.«

Percival seufzte müde. »Das weiß ich, Dr. Wilde. Deshalb habe ich Sie hier angestellt. Gut. Nehmen Sie die Sache in die Hand. Aber treffen Sie keine festen Vereinbarungen mit den Leuten, bis ich die Bedingungen dieser Übereinkunft gesehen habe.«

»Danke, Professor«, sagte River und unterdrückte den Impuls, wieder in die Luft zu boxen. »Sie werden es nicht bereuen.«

Er seufzte erneut. »Hoffentlich nicht. Also, bevor Sie zur Maske aufbrechen, könnten Sie vielleicht mal einen Blick hier draufwerfen?« Er hielt den Kieferknochen mit einer Geste hoch, die sie als Zeichen der Versöhnung betrachtete. »Die Art der Abnutzung dieser Backenzähne verwirrt mich doch ein wenig.«

Als Jane Gresham ihre Arbeit in der Bar hinter sich hatte, versuchte sie, ihre Gedanken auf das Seminar zu lenken, das sie in der folgenden Woche über die Lyrik der Romantik und ihre Sicht der von menschlichen Gefühlen beseelten Natur halten sollte. Sie hatte überhaupt keine Idee dazu, sodass sie sogar die Bände der »Proceedings of the Modern Language Association« durchforstete, ob sich nicht etwas finden ließe, das irgendwie helfen könne, ihrem Seminar einen konkreten Bezug zu geben. Sie war in einen besonders langweiligen Artikel über Coleridge' Frühwerk vertieft, als Dans Kopf oben über ihrer Lesenische erschien.

»Hab ich mir doch gedacht, dass ich dich hier finden würde«, sagte er ziemlich selbstgefällig.

»Ist ja kaum 'ne Spitzenleistung«, erwiderte Jane trocken, »wenn man bedenkt, dass ich immer am gleichen Platz sitze.«

Er kam um die Trennwand herum und zog ein Gesicht, als er sah, womit sie beschäftigt war. »Mein Gott. Wenn man schon PMLA zu Rate ziehen muss, muss man ja der Verzweiflung nahe sein.«

Jane schob das Buch zur Seite. »Die ist schon da.«

»Dann darf ich dich wohl von hier entführen und zu einem Kaffee einladen.«

»Eigentlich nicht, denn ich muss dieses Seminar vorbereiten.«

Dan zog die Augenbrauen hoch und die Mundwinkel nach unten. »Glaub mir, du wirst dich nach etwas Koffein und einer halben Stunde in meiner Gesellschaft wohler fühlen.«

Nachdem Jane kurz so getan hatte, als wolle sie sich sträuben, stand sie auf und steckte ihren Stift in die Tasche. »Ich lasse meine Notizen hier«, sagte sie und meinte damit, dass sich ihre Bereitschaft, sich zerstreuen zu lassen, in Grenzen halte.

Ohne weiter darüber zu diskutieren, gingen sie aus dem Gebäude hinaus um die Ecke zum Bear and Staff. In diesem Lokal bekam man anständigen Kaffee, und anders als in der Mensa war es den Rauchern hier noch erlaubt, ihrem Laster zu frönen. Jane fühlte sich gleich besser, als Dan mit zwei großen Tassen Mokka und einem Berg Sahne zu ihrer Ecknische zurückkam. »Du bist mir ein Schlimmer«, scherzte sie.

»Ich glaube nicht an halbe Sachen.«

»Ich weiß nicht, wie du so schlank bleibst«, klagte Jane und betrachtete den Waschbrettbauch unter seinem weißen T-Shirt.

»Jede Menge Bewegung, Schätzchen. Und Zigaretten. Sie nehmen einem den Appetit, weißt du.«

»Ganz zu schweigen von denjenigen von uns, die sich mit deinem Rauchen abfinden müssen.« Jane trank dankbar einen Schluck von ihrem Mokka und genoss den Kontrast zwischen der kühlen Sahne und dem heißen Kaffee. »Hm. Das ist ja genau das Richtige. Also, Dan, was soll ich hier?«

Er tat unschuldig. »Jane, du überraschst mich aber. Ich hab dich doch auch sonst schon mal zu einem Kaffee eingeladen.«

Jane verdrehte die Augen. »Du hast dir aber noch nie die Mühe gemacht, mich in der Bibliothek aufzusuchen und in ein Lokal zu schleppen.« Mit einem Schulterzucken breitete er die Arme aus, eine Geste, die sie bereits kannte. *Süßer kleiner Junge gibt sich naiv*, dachte sie. *Dafür wirst du aber langsam zu alt, Danny Boy.*

»Was soll ich sagen? Du hast mich durchschaut. Ja, ich habe einen Hintergedanken.«

»Dann solltest du mir sofort sagen, was es ist, ich habe nämlich keine Zeit zum Rätselraten. Also, was ist los?«

Dan strich sich die Augenbraue glatt. Sie kannte diese Geste aus seinen Seminaren, wo sie beobachtet hatte, dass sie ihm dazu diente, Zeit zu gewinnen. »Das, was wir da neulich besprochen haben – Christian und Wordsworth –, das hat mich nicht mehr losgelassen«, sagte er.

»Wieso nicht mehr losgelassen?«

»Wir sind schon lange befreundet, Jane. Ich glaube, ich kenne dich ziemlich gut.« Er nickte, um das zu unterstreichen. »Aber bis zu dem Tag neulich war mir nicht klar, wie wichtig dir diese Geschichte mit Fletcher Christian ist. Und ich würde sagen, von allen meinen Kollegen bist du diejenige, die sich am wenigsten von einem grundlosen Gerücht beeindrucken lässt.«

Jane spürte plötzlich eine Anspannung am Nacken. »Sehr schmeichelhaft, Dan. Aber wir haben alle unsere Schwächen. Arthur Conan Doyle glaubte an Feen. Hugh Trevor-Roper glaubte an die Hitler-Tagebücher. Ich glaube an Wordsworths verschollenes Gedicht. Es lohnt sich nicht, sich deswegen graue Haare wachsen zu lassen.«

»Netter Versuch, Jane, aber das reicht nicht ganz. Ich glaube dir nicht. Ich meine, an der Sache ist mehr dran, als du mir gesagt hast. Und ich will dir helfen.«

Jane starrte in ihre Tasse. Sie hatte dieses Geheimnis schon so lange Zeit gehütet, dass sie manchmal dachte, sie hätte vielleicht nur davon geträumt. Sie hatte es niemandem gesagt, nicht einmal Jake, obwohl sie ihn liebte, und wenn irgendjemand die Echtheit dessen, was sie gesehen hatte, bestätigen konnte, dann war er es. Oder zumindest würde er jemanden kennen, der dazu in der Lage war. Und wie konnte sie es Dan erzählen, wenn sie es Jake vorenthalten hatte? Dabei ließ sich nicht leugnen, dass er ihr vielleicht helfen könnte. Seine eigene Doktorarbeit über die linguistischen Gemeinsamkeiten der Lakeland-Romantiker könnte ihr sehr wohl dabei helfen, herauszufinden, was an Wortwahl und Grammatikstrukturen typisch für Wordsworth war.

Aber trotzdem legte sich ihr Widerstreben nicht. »Bitte, Dan. Glaub mir einfach.«
»Jane, sieh mich an«, sagte er mit besorgter und ernster Stimme. Sie hob den Kopf. »Träume sind dazu da, dass man sie weiterverfolgt. Wie wirst du dich fühlen, wenn es etwas zu finden gibt, das aber von jemand anders entdeckt wird?«
Diese Frage hatte sie sich selbst schon oft gestellt. Sie strich sich die Locken aus dem Gesicht und fasste einen Entschluss.
»Wie gut kennst du das Dove-Cottage-Archiv?«
Dan schien überrascht. Was immer er auch erwartet hatte, dachte sie, das war es nicht gewesen. »Ich habe dort nachgeforscht, als ich die linguistischen Vergleiche von De Quinceys frühen Werken und Wordsworths Prosa durchgeführt habe. Es ist ein sehr großes Archiv. Mehr als fünfzigtausend Bücher und Schriften oder so.
So viele, dass man sie niemals endgültig katalogisiert hat. Jedenfalls wird bald eine neue Bibliothek mit einem Studienzentrum eröffnet, deshalb ist viel von dem Material vor dem Umzug in Kartons verpackt worden. Sie sind also mehr oder weniger unzugänglich für alle, die sie zu Studienzwecken unter die Lupe nehmen möchten.« Jane schwieg kurz und schüttelte den letzten Rest von Zweifel ab.
Sie fuhr fort: »Ich wollte Briefe an Familienmitglieder untersuchen, und natürlich waren gerade die weggepackt, die ich brauchte. Aber ich kenne Anthony Catto, den Leiter des Zentrums, seit meiner Schulzeit. Ich habe als Studentin im Sommer öfter dort gearbeitet. Also habe ich Anthony überredet, mich herumstöbern zu lassen. Und unter all den Sachen, die ich zu finden erwartet hatte, stieß ich auch auf etwas, das ich nie in irgendwelcher Sekundärliteratur erwähnt gefunden hatte.«
»Dramatische Pause«, sagte Dan trocken. »Komm, Jane, du spannst mich auf die Folter.«
»Er steckte in einem falschen Umschlag, zusammen mit dem richtigen Brief, der darin sein sollte. Ich glaube, niemand

hatte es bemerkt. Der Brief war nicht besonders wichtig, weißt du. Er war wahrscheinlich seit Jahren nicht mehr angerührt worden.«

»Jane«, sagte Dan laut.

Sie schloss einen Moment die Augen und versuchte, es sich in Erinnerung zurückzurufen. »Es war ein Brief von Mary Wordsworth an einen ihrer Söhne. John, nehme ich an, da sie Kinder, aber keine Frau erwähnt, und John Witwer war. ›Mein geliebter Sohn, ich hoffe, dass ihr alle, du und deine Kinder, bei guter Gesundheit seid. Ich habe dieser Tage etwas gefunden, das mir Sorgen macht – von der Hand deines Vaters geschrieben. Es mag dich überraschen, dass ich, obwohl wir so vertraut miteinander waren, zu seinen Lebzeiten nichts davon wusste, und ich wünschte mir sehr, es hätte so bleiben können. Du wirst sicher verstehen, dass dies ein Geheimnis bleiben musste, solange dein Vater noch lebte, und er hinterließ mir keine Anweisung, wie ich damit verfahren soll. Da es dich so direkt betrifft und dir vielleicht noch mehr Schmerz verursachen würde, will ich dir die Entscheidung überlassen, wie damit umgegangen werden soll. Ich übergebe dir die Sache also zu treuen Händen. Du musst so handeln, wie es dir recht erscheint.‹« Jane machte die Augen auf und sah Dan ernst an. »Verstehst du, was das bedeuten könnte?«

Dan runzelte die Stirn. »Es könnte fast alles bedeuten, Jane«, sagte er sanft.

»Nein, Dan. William und Mary führten eine sehr vertrauensvolle Ehe. Sie hatten keine Geheimnisse voreinander. Trotzdem waren sie gut darin, Familiengeheimnisse zu hüten. Sieh dir doch an, wie lange es dauerte, bis die Welt über Williams Affäre mit Annette Vallon und die uneheliche Tochter der beiden erfuhr. Über ganze Generationen kam kein Sterbenswörtchen über den Skandal heraus.«

»Ja gut, ja gut, das gebe ich zu. Aber trotzdem …«

Jane war jetzt nicht mehr zu bremsen. »Wenn William etwas

vor seiner Frau verborgen hielt, dann muss es etwas Wichtiges gewesen sein, bei dem es um Leben und Tod ging. Das ist die eine Seite der Sache. Die andere ist, dass die Angelegenheit auch seinen Sohn betraf. Also, John war mit Isabella Christian Curwen, der Tochter von Henry Christian Curwen, verheiratet. Und er war Fletcher Christians Cousin. Als Wordsworth starb, war Isabella schon tot. Und die Ehe war ziemlich unglücklich gewesen. Sie war ein verwöhntes wohlhabendes Mädchen, das seine Kränklichkeit genoss. Ich meine wirklich genoss. John hatte schon genug unter Christian Curwens Familie gelitten. Ich habe mir alles mögliche überlegt, um auf eine Alternative zu kommen. Aber das Einzige, was mir einfällt, das sowohl die Heimlichtuerei als auch den möglichen Anlass für Johns Schmerz erklärt, ist, wenn ich Recht habe, dass Fletcher nicht nur zurückkam, sondern William auch die ganze Geschichte erzählte.«

»Trotzdem etwas dürftig«, sagte Dan. »Ich meine, es hätte ja etwas Ehrenrühriges über Isabella sein können, das William herausgefunden hatte.«

Jane schien enttäuscht. »Siehst du, ich hab dir ja gleich gesagt, dass es nur ein Spleen von mir ist«, meinte sie unsicher und versuchte, es herunterzuspielen.

»Nein, versteh mich nicht falsch. Ich glaube, es ist schon mehr als das. Worauf immer Mary sich bezogen haben mag, es ist etwas, mit dem sich niemand sonst beschäftigt hat, und das ist vom wissenschaftlichen Standpunkt aus an sich schon interessant. Ich glaube, du solltest der Sache nachgehen. Und zwar bald, Jane.«

»Ich hab's jetzt schon länger als ein Jahr für mich behalten, Dan. Es kann warten, bis ich Zeit habe, um es im neuen Archiv richtig anzugehen.« Sie trank ihren Mokka aus, zog den Mantel an und machte sich zum Gehen bereit.

»Meinst du?«

»Warum nicht?«

»Jane, du hast doch selbst betont, dass die Moorleiche und

ihre Tätowierungen nach Südsee klingen. Was wäre, wenn sich diese Leiche tatsächlich als Fletcher Christian herausstellen sollte? Nachdem wir neulich darüber sprachen, habe ich ein paar grundlegende Dinge im Internet recherchiert. Und unter anderem las ich, dass Fletcher sich als Schmuggler betätigt haben soll, nachdem er zurückgekommen war. Das ist genau die Art von Beruf, der zu einem geheimnisvollen Tod draußen auf dem Moor hätte führen können. Er könnte es wirklich sein. Und wenn er's ist, werden Hinz und Kunz sich auf jedes Archiv im Lake District stürzen. Und dann wird es zu spät sein. Jemand anders wird dir deinen Traum stehlen.« Er fasste nach ihrer Hand und drückte sie fest. »Du musst schnell etwas tun. Und du brauchst Hilfe. Hilfe und Fachwissen. Und dafür bin ich da.«

»Ich wusste, dass ich Vertrauen in dich setzen kann, Willy«, sagte er. »Mein Bruder sprach von deiner Güte und wie du mich gegen die Verleumdungen verteidigt hast, die gegen mich in der Öffentlichkeit im Umlauf waren.« Ich hatte tatsächlich, als persönlichen Gefallen seinem Bruder Edward gegenüber, dem Herausgeber des »Weekly Entertainer« geschrieben und die Lügen gebrandmarkt, die unter dem Namen meines alten Freundes publiziert worden waren. »Wie kommst du hierher?«, fragte ich ihn. Er sagte, es sei eine lange Geschichte und dazu eine, die er mir gern erzählen würde. »Gemeine Lügen sind über mich in Umlauf gesetzt worden, und ich will, dass die Wahrheit bekannt wird. Ich kann mir keinen besseren Mann denken, der meine Geschichte den Menschen überliefern könnte, als dich, meinen alten Freund.« Ich muss gestehen, dass mich der Gedanke erstaunte, sein Berichterstatter zu werden, aber je mehr ich darüber nachsann, desto geeigneter erschien mir der Stoff für die Versform. Die Arbeit an meinem langen Versgedicht über mein Leben hat bei mir eine Vorliebe für das Epische im Vergleich zum Lyrischen geweckt, und so wird diese Erzählung gewiss episch werden und das Beste und Schändlichste am Charakter eines Mannes erfassen, so wie es sein sollte.

6

Jake Hartnell blieb einen Moment im warmen Schatten unter dem Wellblechvordach des Koutras-Minimarktes stehen und trug die schweren Plastiktüten in einer Hand. Es war drei Wochen her, seit er England verlassen und Nachrichten gehört oder mehr als nur einen flüchtigen Blick auf die Schlagzeilen einer britischen Zeitung geworfen hatte. Die Sonne mochte seine olivbraune Haut zwar so gebräunt haben, dass er fast als ein im südlichen Mittelmeerraum geborener Einheimischer durchgehen konnte, aber er wusste, dass es ganz anders war. Als er die vertrauten Namenszüge auf den Titelseiten erblickte, packte ihn plötzlich ein unerwartet starkes Heimweh.

Er überquerte die schmale Straße und stellte die Einkäufe hinten in den offenen Geländewagen. Dann kehrte er zum Ständer mit den ausländischen Zeitungen zurück. Er schätzte, dass sie schon ein paar Tage alt waren, aber da er so weit von zu Hause weg war, machte das nichts aus. Er zog *The Times* und den *Guardian* aus den Fächern und ging in den kühlen klimatisierten Markt zurück, um die Wucherpreise für Auslandsausgaben zu zahlen, und trat dann in merkwürdig heiterer Stimmung die kurze Rückfahrt an.

Als er von Caroline Kerr in ihr Haus auf Kreta eingeladen wurde, um London zu entfliehen, hatte er sich eine prächtige Villa mit Terrasse und Olivenhain vorgestellt, obwohl sie den einschränkenden Begriff »klein« erwähnt hatte. Schließlich war ihr Londoner Heim ein dreistöckiges Haus, fünf Minuten von Hampstead Heath entfernt, erlesen eingerichtet mit Antiquitäten, die den Betrachter dezent daran erinnerten, dass er hier die Schätze einer alteingesessenen Familie betrachtete, die sich Geschmack leisten konnte. Außerdem gab man in ihren Kreisen nicht mit dem an, was man hatte. Die »kleinen Häuschen« auf dem Land waren meistens mächtige gregorianische Pfarr- oder Landhäuser, deren Größe im Lauf der Zeit aufs Dreifache angewachsen war. Deshalb hatte er hohe Erwartungen gehegt.

Die zwanzig Minuten Fahrt vom Flughafen durch das ausgedörrte Rot und das staubige Salbeigrün der Halbinsel Akrotiri war nicht besonders vielversprechend, aber als das türkisfarbene Meer in Sicht kam, schlug sein Herz höher. Caroline war eine steile Straße hinuntergerast, an einer winzigen weißen Kapelle vorbei, die über einer Bucht dicht an einer Felsenwand lehnte, wo es auch eine Taverne aus Holz gab, deren Stühle und Tische im Sand standen. Hinter der Taverne hielt sie abrupt an, um ihre Schlüssel abzuholen.

Jake hatte sich umgesehen, weiter hinten in der Bucht beifällig mehrere imposante Häuser bemerkt und sich gefragt, welches der Schauplatz seines neuen Lebens in der Sonne sein würde.

Zu seinem Erstaunen fuhr Caroline an den Häusern vorbei und über eine kleine Bootshelling hinauf zu einer Gruppe von drei Häuschen auf einem schmalen Felsgrat mit Blick auf die Bucht und das Meer. »Hier sind wir«, sagte sie zufrieden. Jake konnte seine Enttäuschung kaum verbergen, als er ihr über die kleine, mit Steinplatten belegte Terrasse in das winzige Haus folgte. Für das hier hatte er doch wohl nicht sein Leben hinter sich gelassen, fluchte er insgeheim. Die Tür führte direkt in ein kleines Wohnzimmer, das mit zwei Sesseln, einem einfachen Esstisch mit vier Stühlen und einer teuren Stereoanlage ausgestattet war. An einer Wand gab es eine einfache Küchenzeile – Spüle, Kühlschrank, Backofen, Kochstelle, zwei Schränke und eine Arbeitsplatte. Auf dem kühlen gefliesten Boden lagen keine Teppiche. Eine Gruppe kleiner minoischer Figuren stand auf einem Regal über dem offenen Kamin. Sie waren die einzige Dekoration in diesem Raum. Caroline stieß einen leisen Seufzer der Zufriedenheit aus. Sie ging die paar Schritte zur anderen Seite des Raums und öffnete eine der zwei Türen. »Hier ist das Schlafzimmer«, sagte sie. »Stell das Gepäck einfach da rein.«

Es war ein schlichtes Zimmer, beherrscht von einem breiten geschnitzten Bett. Ein Moskitonetz hing von der Decke. An Möbeln gab es sonst nur noch einen schmuckloser Schrank. Das Einzige, worin sich die Einrichtung von einer Grundausstattung für Rucksackreisende unterschied, waren zwei wunderbare Bokhara-Seidenteppiche als Bettvorleger. Herrgott noch mal, dachte er, das war ja fast so dürftig wie ein Leben als Bauer.

Jake hatte die Koffer abgestellt und kam ins Wohnzimmer zurück.

Caroline wies auf die andere Tür. »Das ist das Badezimmer«, sagte sie. »Ein bisschen besser als die primitive griechische Variante wirst du es schon finden, glaube ich.«

Neugierig hatte er die Tür geöffnet. Er wusste von Carolines Londoner Haus, dass ihr Körperpflege wichtig war, aber er war auf griechischen Standard gefasst und hatte nichts Besonderes erwartet. Zu seinem Erstaunen stand er in einer kleineren Variante des pompösen Badezimmers der Wohnung in Highgate. Marmorböden, eine tief gesetzte Badewanne, doppelte Duschkabine, zwei Waschbecken und all der Luxus, den modernes Design zu bieten hat. »Donnerwetter«, sagte er und kam rückwärts wieder heraus. »Wie hast du das hingekriegt?«

Caroline schüttelte mit einer vertrauten lässigen Geste ihre blonde Mähne aus dem Gesicht. »Beziehungen, mein Schatz, Beziehungen.« Sie ging ins Schlafzimmer und machte ihren

Koffer auf. »Saubere Klamotten und dann einen sehr großen Drink.«
Klang gut, fand Jake. »Es ist einfach wunderbar«, sagte er, während er sich ihr anschloss und seinen Koffer nach einem Paar Shorts durchsuchte. »Aber wie, um Himmels willen, können wir hier arbeiten?«
Caroline verstand ihn falsch und lachte. »Ich weiß. Es ist sehr verführerisch. Das Meer, der Strand, die Taverne. Es ist schwierig, aber ich denke immer daran, dass ich einen Aufenthalt von zwei Monaten pro Jahr hier nur rechtfertigen kann, wenn ich am Ball bleibe.«
»Nein, ich meine, rein technisch gesehen. Du hast keinen Computer, kein Fax oder Telefon, soweit ich sehen kann.«
Shorts und T-Shirt in der Hand, richtete Caroline sich auf. »Also ehrlich, Jake, du lebst manchmal wirklich noch im zwanzigsten Jahrhundert. Laptop, Blackberry, drahtlose Internetverbindung, das ist alles, was ich brauche. Ich bekomme die Auktionskataloge online, und wenn ich bieten will, mach ich das per Handy. Und hier im Ort habe ich gute Kontaktleute, die Ausschau nach Dingen halten, die mich interessieren könnten. Glaub mir, es gibt hier ganz außerordentliche Objekte. Wunderschöne illustrierte Texte aus den Klöstern, herrliche Notenblätter aus dem Mittelalter, es rührt einen zu Tränen. Ich verspreche dir, du wirst nicht enttäuscht sein von dem, was wir auf dieser Reise finden werden. Ich bin jedes Mal wieder erstaunt, und es erinnert mich an die reine Freude bei dem Gedanken, dass diese wunderbaren Dinge durch meine Hände gehen. Du wirst schon sehen.«
»Ich dachte, dass man es hier ziemlich genau nimmt, wenn es um Antiquitäten geht, die außer Landes gebracht werden?«, fragte Jake so nebenbei, während er seine vom Flug und der Fahrt verschwitzten Jeans auszog.
»So ist es auch. Aber es gibt immer Möglichkeiten«, erwiderte sie in einem Ton, der weitere Fragen nicht zuließ.
Inzwischen war ihm klar, was sie damit meinte. Für jeman-

den, dessen Hauptgeschäft im Kaufen und Verkaufen von Schriftstücken bestand – authentische Briefe, alte und neue Manuskripte, illustrierte Notenblätter –, war es leicht, illegal erworbenes Material nach England zu schicken. Solange der Umschlag nach unauffälliger Geschäftspost aussah – etwa einer Werbebroschüre für eine Villa oder einem Prospekt für ein neues Baugebiet –, würde niemand bei der britischen Post es sich genauer anschauen. »In den zwölf Jahren, seit ich das so mache, ging nur eine Sendung in der Post verloren«, hatte ihm Caroline nüchtern erklärt, als sie zum ersten Mal zur Hauptpost in Chania gegangen waren, »und die war nicht besonders wertvoll. Die Leute fangen nur an, sich für die Dinge zu interessieren, wenn man sie als Einschreiben schickt und versichert. Sonst wird es selbstverständlich als einfache Postsendung behandelt und geschickt.«

Bald verliefen ihre Tage nach einem bestimmten Rhythmus. Sie schliefen lange, dann fuhr Jake nach Horafakia und holte frisches Brot, Obst und Joghurt. Sie frühstückten auf der Terrasse und gingen dann zum Schwimmen an den Strand. Manchmal fuhren sie nach Chania, damit Caroline einen ihrer griechischen Kontaktleute treffen konnte, die gelegentlich ein Stück mitbrachten, das ihm den Atem verschlug. Sonst schrieb Caroline E-Mails und erledigte Anrufe, während Jake Auktionskataloge las oder sich mit einem Buch in die Sonne setzte. Ab und zu vertieften sie sich in ein Manuskript, sprachen über die Handschrift des Verfassers, woher es wohl stammen und was es schließlich bringen könnte. Er war angenehm überrascht, wie viel er von Caroline lernte. Auf das Mittagessen in der Taverne folgte Sex, dann schliefen sie, nahmen Drinks und spielten Backgammon. Abends fuhren sie irgendwohin zum Essen. Der Tag wurde mit einer weiteren Runde Sex beschlossen. Jake begann nach und nach zu begreifen, warum Caroline gerne jüngere Liebhaber hatte. Männer ihres Alters, das wurde ihm glaubhaft versichert, hatten im Allgemeinen nicht die Vitalität, um ihren Anforderungen zu genügen. Es störte ihn nicht. Er hatte gern Sex, und sie war eine begeisterte und phantasievolle Partnerin. Was ihn aber doch störte, war die Langeweile, die sich langsam immer öfter an die Oberfläche seines Bewusstseins stahl. Wie die meisten Männer Ende zwanzig hatte er von einem solchen Leben geträumt. Sonne, Meer, Sex und eine reife Frau, die einen aushielt und alles zahlte. Caroline war eine amüsante Gefährtin mit boshaftem Humor, klammerte nie und war meist ausgeglichener Stimmung und großzügig bei der Weitergabe ihres Wissens. Aber trotzdem verspürte Jake eine gewisse Unzufriedenheit.

Er hatte keine Gewissensbisse, denn er hatte sich eingeredet, dass er recht daran tat, Jane nicht die ganze Wahrheit über Caroline zu sagen. Das würde sie nur verletzen. Und er hatte erklärt, dass es gute praktische Gründe dafür gebe, dass er und Jane die Bande ihrer Beziehung lockerer gestalteten; er würde beruflich reisen, zwei Monate in Griechenland bleiben müssen, und es wäre Jane gegenüber nicht fair, auf ihn warten zu müssen. Er hatte gesagt, dass Caroline Anfang vierzig sei, hatte aber vermieden, ihren schlanken, geschmeidigen Körper, ihre wohlgeformten Beine, ihre dunkelblonde Mähne oder ihre funkelnden grünen Augen zu erwähnen. Oder dass der Sex mit Caroline ein atemberaubendes Abenteuer gewesen war, gleich von ihrer ersten von Kokain angeheizten Begegnung auf Tom D'Arblays Party an. Das war die Party, zu der Jane nicht mitkommen konnte, weil sie einen Vortrag bei diesem blöden langweiligen Symposium in Cardiff halten musste.

Er hatte es nur für einen One-Night-Stand gehalten. Niemand war mehr überrascht als er, dass Caroline ihm am nächsten Tag eine SMS schickte und vorschlug, sich doch auf einen Drink zu treffen. Beim Cocktail in einer schicken Bar in Soho war Caroline klug und hinreißend gewesen und

zeigte ihm eine Originalhandschrift von John Keats, die sie an diesem Nachmittag gekauft hatte. Dann machte sie ihm einen Vorschlag. Sie hatte es satt, die ganze Organisation allein zu machen, und suchte einen Teilhaber für ihre Firma, der ihr half, seltene Dokumente zu kaufen und zu verkaufen. Er sei derjenige, den sie sich dafür wünsche, sagte sie. Er wüsste genug über die technischen Aspekte der Dinge, die sie kaufen und verkaufen würden, sodass er nicht auf eindeutige Fälschungen und gefälschte Herkunftsangaben hereinfallen würde. Offensichtlich sei er klug und ehrgeizig. »Und Sie sind auch ziemlich gut im Bett«, hatte sie hinzugefügt und ihm über ihr Glas hinweg anzüglich zugelächelt.
Sie hatte ihm eine Woche Zeit gegeben, darüber nachzudenken. Er hatte sich schon am nächsten Morgen entschieden. Sein Chef war wütend und Jane entsetzt, dass er die Stelle im Museum aufgab, eine Arbeit, bei der Integrität und Hingabe als wichtig galten, um sich der gnadenlosen Welt der Sammler und Spieler zuzuwenden, und sein Vater hatte ihn davor gewarnt, was passiert, wenn schöne Frauen sich langweilen. Nichts davon war ihm wichtig gewesen, denn Jake hatte zum ersten Mal seit langem Spaß am Leben. Kreta schien ihm nur das Sahnehäubchen zu sein.
Bis die Realität seine Phantasiewelt einholte und er sich zum ersten Mal, seit er dreizehn Jahre alt war, langweilte.
Jake hielt vor dem Häuschen an. Er fuhr sich durch seinen dichten dunklen Haarschopf und fragte sich, ob Caroline die Bedeutung der Zeitungen begreifen würde. Er nahm die Einkäufe und legte alles, was er gebracht hatte, zu dem, was schon auf dem Tisch auf der Terrasse lag. Caroline kam gerade mit einem Krug frisch gepresstem Saft aus dem Haus, als er sich auf einen Stuhl fallen ließ und die Zeitungen wie einen Schild vor seine Brust hielt.
Ein Lächeln umspielte ihre Lippen. »Gut gemacht, Jake«, sagte sie und füllte die Gläser.
»Was?«

»Du hast länger ausgehalten als alle anderen, die ich hierher mitgenommen habe. Drei Wochen und zwei Tage. Das ist ein Rekord.« Sie beugte sich vor und küsste ihn, fuhr ihm mit einer Hand durch die Haare und ließ die andere vorn über seine Shorts gleiten.

»Es macht dir nichts aus?«, sagte Jake, der sich ertappt fühlte.

»Warum sollte es mir etwas ausmachen? Ich bin kein Vogel Strauß. Ich bin nicht hier, um vor etwas zu fliehen.« Sie ließ sich elegant auf ihren Stuhl gleiten und zog die Sonnenbrille vom Haar herunter vor die Augen. »Ich bin hier, weil ich es so mag und weil ich hier sein kann, ohne mein Leben oder meine Geschäfte zu gefährden. Der einzige Grund, weshalb ich dich nicht jeden Morgen eine Zeitung von Koutras mitbringen lasse, ist, dass ich das Zeug online lese, Schätzchen.«

Sie vertieften sich in die Zeitungen, wobei Carolines Herablassung Jake bedrückte. Er fing an, sich zu fragen, wie ernst sie sein Wissen nahm. Allzu oft fühlte er sich wie ein Gigolo, der nur wegen seiner Qualitäten im Bett geschätzt wurde und nicht wegen seiner überragenden geistigen Fähigkeiten. Er bekam das, was er las, nur halb mit, aber als sein Blick auf einen vertrauten Namen fiel, hielt er inne und fing an, den Artikel noch einmal zu lesen. »Das gibt es ja nicht …«, sagte er leise.

Caroline sah auf. »Was ist los, Schatz?«

Jake schüttelte den Kopf. »Ach, nichts.« Er reichte ihr die Zeitung über den Tisch hinweg und zeigte auf einen Artikel. »Nur der Ort, wo es passiert ist.«

Caroline überflog den Artikel. »Fellhead«, sagte sie mit ausdruckslosem Gesicht. »Das ist wohl der Ort, wo die reizende Jane herkommt?«

Sie hatten bisher, einer stillschweigenden Abmachung folgend, nicht viel über die Vergangenheit gesprochen, aber als

Caroline plante, einen Packen Briefe von Robert Southey zu kaufen, hatte Jake erwähnt, dass er einige Zeit mit Jane im Lake District verbracht hatte. »Stimmt«, sagte er und grinste dann. »Ich hoffe, sie hat diesen Artikel gesehen.«
»Warum? Weil Fellhead nicht gerade oft in den Schlagzeilen ist?«
»Nein …« Er beugte sich hinüber und zeigte auf den vorletzten Absatz. »Weil sie überzeugt sein wird, dass dies ein Beweis für eine ihrer verrückten Theorien ist.«
»Ich verstehe nicht«, sagte Caroline in einem Ton, der deutlich machte, dass dies bei ihr höchst selten der Fall war.
»Die schwarzen Tätowierungen. Es sind solche, die sich die Seeleute früher in der Südsee machen ließen, als Segelschiffe auf den Inseln anlegten, um Vorräte an Bord zu nehmen und mit den Eingeborenen Handel zu treiben«, erklärte Jake. »Zum Beispiel ließen sich die meisten Seeleute der *Bounty* tätowieren, während sie auf Tahiti Brotfrüchte sammelten, die sie mit nach Hause bringen sollten.«
»Was für ein kurioses Detail.«
»Jane hat mir ihre Lieblingstheorie so oft vorgetragen, dass ich sie nicht vergessen habe.« Jake lehnte sich auf seinem Stuhl zurück und freute sich, dieses eine Mal im Mittelpunkt zu stehen. »Sie glaubt, dass Fletcher Christian nicht auf Pitcairn umgekommen, sondern in den Lake District zurückgekommen ist und von seiner Familie beschützt wurde. Das ist ein Gerücht, das in der Gegend dort schon seit fast zweihundert Jahren kursiert.«
»Amüsant«, sagte Caroline. »Und auch erstaunlich, dass es solche unglaublichen Geschichten, die sonst meist in Städten entstehen, schon gab, bevor die Städte sich ausbreiteten.«
Er lächelte und fand es genauso komisch wie sie. »Aber Jane ist noch einen Schritt weitergegangen. Das ist das Verrückte an der Sache. Sie ist überzeugt, dass Christian, wenn er nach Hause zurückgekommen wäre, darauf gebrannt hätte, seine Geschichte zu erzählen, um die Sache klarzustellen.«

»Da hat sie wahrscheinlich Recht«, sagte Caroline, nahm sich lässig eine Zigarette und zündete sie an. »Wer hätte an seiner Stelle seine Geschichte nicht bekannt machen wollen?«

»Na ja, Jane glaubt, dass er seinen alten Schulfreund William Wordsworth besuchte und ihm seine Version der Ereignisse erzählte. Und dass William alles in Form eines langen, narrativen Gedichts niederschrieb, das er aber nie ohne schlimme Folgen für sich selbst und die ganze Familie Christian hätte veröffentlichen können.«

Caroline hatte sich kerzengerade aufgerichtet, riss sich die Sonnenbrille vom Gesicht und starrte ihn an. »Fletcher Christian ging mit Wordsworth zusammen zur Schule?«, fragte sie.

»Offenbar ja. Jane sagt, dass dieser Teil der Geschichte auf unstrittigen Tatsachen beruht. Aber der Rest ist nur Gerücht, Klatsch und Janes Phantasiegebilde.«

»Jake, hast du eine Ahnung, was solch ein Gedicht wert wäre, wenn wir mal annehmen, dass es wirklich existiert?«

Plötzlich war die griechische Maske abgefallen, und die gerissene Londoner Geschäftsfrau kam zum Vorschein, die er auf der Party kennen gelernt hatte.

Er runzelte die Stirn, fühlte sich unbehaglich und ertappt. »Das hab ich mir noch nie überlegt. Hunderttausend?«

Caroline schüttelte ungläubig den Kopf. »Mindestens zehnmal so viel. Wahrscheinlich mehr. Ich würde schätzen, zwischen einer und zwei Millionen, je nachdem, wie lang das Gedicht ist.«

Jake pfiff leise. »Schade, dass es nicht Realität ist«, sagte er bestimmt.

Caroline starrte ihn mit unergründlichem Gesichtsausdruck an. »Wieso weißt du, dass das Gedicht nicht existiert?«

Jake stieß hervor: »Es gibt keine Beweise, dass es existiert. Oder je existiert hat. Es ist nur eine verrückte Idee von Jane.«

»Das ist die gleiche Jane, deren wissenschaftliches Fachgebiet Wordsworth ist?«, fragte Caroline mit einer gewissen Schärfe, die in ihrem freundlichen Ton mitschwang.

»Ja, aber …«

»Sie ist also wahrscheinlich auf ihrem Fachgebiet sehr beschlagen.«

»Du kannst das doch nicht ernst nehmen«, protestierte Jake, und der Zorn darüber, dass sie schon wieder einfach über ihn hinwegging, brodelte unter der Oberfläche.

»Du stehst erst am Anfang deiner Karriere in diesem Geschäft, Jake. Kannst du es dir leisten, so etwas nicht ernst zu nehmen?«

Ich sagte ihm, ich sei geneigt, seine Bitte wohlwollend zu überdenken, dass ich aber unerfreuliche Folgen befürchtete, sollte ich einen solchen Bericht veröffentlichen. »Du wirst gesucht, und wenn ich behaupte, in meinem Gedicht die Wahrheit zu sagen, würde das gleiche Verhängnis über mir schweben. Einem bekannten Verbrecher Unterschlupf zu gewähren ist ein Vergehen gegen Seine Majestät, und ich möchte nur sehr ungern meine Frau des Ehemanns und meine Kinder ihres Vaters berauben, auch wenn es darum geht, die Ehre eines alten Freundes, wie du es bist, zu verteidigen. Außerdem würde es eine große Jagd nach dir an diesem Ort auslösen, wo du dich am sichersten fühlst.« Diese Befürchtung war meinem Freund noch nicht gekommen, aber er begriff schnell, wie begründet sie war. »Ich sorge mich nicht meinetwegen darum, was geredet wird, sondern wegen meiner Familie«, sagte er. Schließlich kamen wir überein, dass bis nach unser beider Tod nur wir davon erfahren sollten, wenn ich sein Schicksal in Verse fasste. So würden wir uns selbst schützen und gleichzeitig seinen Ruf wiederherstellen.

7

Professor Maggie Elliot schaute über die randlosen Brillengläser auf ihrer Nase hinweg. »Mir scheinen hier zwei unterschiedliche Dinge vorzuliegen, Jane. Einmal der Brief von Mary Wordsworth, der auf etwas anspielt, das unseres Wissens in der Fachliteratur noch nie erwähnt wurde. Das Zweite ist der Fund einer Leiche im Lake District, die die für die Südseeinseln in der Zeit der Meuterei auf der *Bounty* typischen Tätowierungen aufweisen mag oder auch nicht. Würden Sie dieser Analyse der Dinge zustimmen?«

Jane rutschte auf ihrem Stuhl herum. »Nun, ja.«

»Aber Ihres Erachtens könnten diese beiden Faktoren untrennbar miteinander verbunden sein? Und das auf der Grundlage eines Gerüchts, das Sie als Kind gehört haben?«

»Ein Gerücht, das sich seit fast zweihundert Jahren hält«, sagte Jane mit einem eigensinnigen Ausdruck im Gesicht.

»Aber immerhin nur ein Gerücht.«

Jane hasste Professor Elliot wegen ihres professoralen Gehabes eines Vertreters altehrwürdiger Eliteuniversitäten, obwohl sie ihre drei akademischen Qualifikationen an banalen modernen Unis erworben hatte. Ihrem Alter entsprechend hätte sie eher als lockere Anhängerin demokratischer Neuerungen und nicht als verknöcherte alte Schachtel auftreten sollen, die sich zwanzig Jahre älter und in ihrer sozialen Stellung mehrere Stufen höher platziert gab, als es tatsächlich der Fall war. »Ein Gerücht, das sich auf eine beträchtliche Anzahl von Indizien stützen kann«, sagte Jane, entschlossen, sich nicht unterkriegen zu lassen. »Wie ich Ihnen schon berichtet habe. Und dann gibt es da noch eine andere Sache …«

Professor Elliot zog fragend die Augenbrauen hoch. »Ja?«

»Eines der Notizbücher von Samuel Taylor Coleridge im Britischen Museum enthält den Vermerk: ›Abenteuer von Christian, dem Meuterer.‹ Es ist das gleiche Heft, in das er seine Notizen während der Arbeit an der *Ballade vom alten Seemann* eintrug. Und wenn man das Gedicht im Licht dieser Eintragung liest, ist es nicht schwierig, Verbindungen zur Fahrt der *Bounty* zu finden.«

»Welche, zum Beispiel?«

»Die schrecklichen Stürme, denen sie auf der Fahrt um das Kap der Guten Hoffnung ausgesetzt waren. Der Kurs, auf dem sie südwärts in Richtung der Eisregionen abgetrieben wurden, bevor sie es bis in die Südsee schafften. Und der Albatros. Es ist historisch belegt, dass die Mannschaft der *Bounty* während ihrer Reise Albatrosse erlegt und verzehrt hat. Soweit ich weiß, gab es damals keinen Aberglauben in Bezug auf das Töten dieser speziellen Vogelart. Aber damit sein Gedicht Sinn machte, brauchte Coleridge eine Metapher für den Begriff der Sünde. Und das Töten eines schönen umherschweifenden Vogels erschien seiner romantischen Seele als das vollkommene Bild dafür.« Jane zeichnete mit den Händen eine anschauliche Skizze in die Luft, als sie den Vogel beschrieb. »Aber wir wissen auch aus zeitgenössischen Berichten, dass es Wordsworth war, der bei einem ihrer Spaziergänge auf die Idee mit dem Albatros kam. Ich glaube, es ist nicht übertrieben, anzunehmen, dass ihm dieser Gedanke schon durch das vertraut war, was er über die *Bounty* wusste.«

Professor Elliot schüttelte den Kopf. »Aber Ihre Zeitangaben sind ganz sicher falsch. Coleridge schrieb *Die Ballade vom alten Seemann*, als er mit Wordsworth zusammen in

Dorset war. Das ist viel zu früh, um Fletcher Christians Rückkunft in England zu datieren. Und bestimmt gibt es keinen Grund, anzunehmen, dass er in Dorset war.«

Jane nickte. »Ich behaupte nicht, dass Wordsworth die Geschichte damals aus erster Hand von Fletcher erfuhr. Aber ich glaube, sie weist auf ein vorhandenes Interesse an der Meuterei hin. Und Edward Christian war für ihn die perfekte Quelle, um seine Neugier zu befriedigen. Edward wird bestimmt von den Meuterern, die nach England zurückgebracht wurden, oder durch Blighs Berichte von der Tötung des Albatros gehört haben. Ein solches Detail ist genau das, was Wordsworth besonders beeindruckt hätte. Und wenn William schon Interesse an der Meuterei gezeigt hatte, gab es doch einen Grund mehr für Edward, Fletcher zu ihm zu schicken, als der endlich nach Hause kam.«

Professor Elliot antwortete mit einem Lächeln, das sich kaum anders als herablassend nennen ließ. »Diese These ist noch dürftiger als die einer mutmaßlichen Verbindung zwischen Leiche und Brief. Was lässt Sie vermuten, dass es von besonderer Dringlichkeit ist, die Interpretation des Briefes vorzunehmen?«

Jane hatte die drei Stunden, seit sie mit Dan zusammengesessen hatte, genutzt, um ihre Argumente zu ordnen. »Nicht nur die Leiche macht die Sache dringender. Das Jerwood Centre der Wordsworth-Stiftung wird demnächst seine Pforten öffnen. Eher früher als später wird jeder Fetzen Papier in dem Archiv unter die Lupe genommen werden. Und wahrscheinlich wird derjenige, der Marys Brief findet, kenntnisreich genug sein, dass ihm klar ist, was er da vor sich hat, und dass es weiter untersucht werden muss. Ich habe diesen Brief gefunden und will diejenige sein, die sich auf die Spurensuche begibt, wohin immer diese Suche führen mag.«

Professor Elliot seufzte. »Das kann Ihnen aber doch nicht neu sein, Jane. Sie haben diesen Brief vor einem Jahr gefunden. Warum haben Sie sich nicht früher darum gekümmert?

Während der langen Semesterferien, zum Beispiel? Warum haben Sie bis Semesterbeginn gewartet, wo Sie Kurse zu geben haben?«

Jane spürte Zorn in sich aufsteigen und versuchte, gelassen zu bleiben. »Maggie, vielleicht ist es Ihnen nicht klar, aber ich verdiene hier nicht genug mit meiner Arbeit an der Universität, um meinen Lebensunterhalt zu bestreiten. Ich habe einen großen Teil des Sommers in einem Lokal gearbeitet und den Rest mit dem Versuch zugebracht, meine Dissertation zu einem Buch umzuarbeiten, da ich erstaunlicherweise ein Angebot zur Veröffentlichung bekommen habe. Aber selbst wenn wir annehmen, ich hätte die Zeit gehabt, der Sache nachzugehen, war ein großer Teil des Wordsworth-Archivs wegen der Renovierungs- und Umbauarbeiten geschlossen. Daran hätte ich nichts ändern können, selbst wenn ich gewollt hätte. Ja, die Leiche erhöht meiner Meinung nach den Zeitdruck, aber das ist bei weitem nicht die einzige Überlegung.«

Die Institutsleiterin lächelte, diesmal ohne herablassend zu wirken. »Ich habe dafür Verständnis, Jane. Glauben Sie mir, wenn ich eine Möglichkeit hätte, Sie und Ihre Kollegen besser zu bezahlen, würde ich es tun. Ich verstehe, welch negative Auswirkung das auf Ihre Forschungstätigkeit hat. Obwohl Sie das anscheinend angenommen haben, schließe ich die mögliche Bedeutsamkeit der im Moor gefundenen Leiche durchaus nicht aus. Wenn sich herausstellt, dass es sich um Fletcher Christian oder auch um ein anderes Mitglied der Besatzung der *Bounty* handelt, würde es die Chancen für die Existenz eines solchen Manuskripts, von dem Sie sprechen, beträchtlich erhöhen.« Sie zog die Tastatur ihres Computers zu sich heran und warf Jane einen kurzen Blick über die Brillengläser zu. »Es mag Ihnen merkwürdig vorkommen, aber ich habe durchaus noch eine Erinnerung an das aufregende Gefühl einer wissenschaftlichen Neuentdeckung. Sie ist nicht völlig von der Bürde der Verwaltungsarbeit verdrängt worden.« Nach einem Mausklick schaute sie auf den Bildschirm. »Sie halten zwei Seminare pro Woche und betreuen drei Studenten, stimmt das?«

»Ja. Aber ...«

Professor Elliott bat mit erhobenem Finger um Ruhe, während sie auf dem Institutsstundenplan hin und her fuhr. »Lassen Sie mich mal sehen«, murmelte sie.

»Dan Seabourne hat sich angeboten, meine Stunden für zwei Wochen zu übernehmen, wenn wir den Stundenplan so arrangieren könnten, dass die zwei Seminare am gleichen Tag stattfinden«, wagte es Jane, diese Arbeit zu unterbrechen.

Auf der anderen Schreibtischseite gingen die Augenbrauen in die Höhe. »Ach wirklich? Das passt ja gar nicht zu ihm, sich zusätzliche Arbeit aufzuladen.«

Jane grinste. »Er ist nicht so bequem, wie es manchmal den Anschein hat. Nur fehlt ihm noch ein fester Plan, wo er demnächst arbeiten wird.«

Professor Elliott räusperte sich missbilligend. »Und Sie sind sicher, dass er auf Ihrem Arbeitsgebiet bewandert genug ist, dass er die Kurse halten kann?«

»Ich glaube schon. Es sind Anfänger-Seminare. Es ist nicht so schwierig, der Gruppe einen Schritt voraus zu sein. Zumindest dieser Tage nicht, wo in den Seminaren so viele Teilnehmer sitzen wie früher in den Vorlesungen«, fügte Jane mit einem Anflug von Bitterkeit hinzu.

»Auch das ist etwas, worüber ich kaum Kontrolle habe«, sagte Professor Elliott. Sie sah wieder auf den Bildschirm. »Das müsste gehen. Na gut. Mr. Seabourne also. Ich schicke ihm eine E-Mail, damit er genau weiß, wann und wo er sein soll. Sie haben« – sie warf noch einen Blick auf den Stundenplan – »zwei Wochen und drei Tage, bevor Sie sich zurückmelden müssen. Ich hoffe, das wird reichen.«

Jane stand auf. »Wenn ich bis dahin nicht vorangekommen bin, lässt sich das Problem wohl nur mit einigen Schwierigkeiten lösen.«

»Und wenn Sie vorankommen?«
Jane nahm ihre Tasche. »Dann werde ich wohl wieder als Bittstellerin hier stehen.«
Professor Elliott sah sie streng an. »Das hoffe ich nicht. Ich möchte nicht, dass Ihre Akte so wie die von jemandem aussieht, der es an Engagement für unser Institut mangeln lässt. Man weiß nie, wann die nächsten Kürzungen anstehen.«
Als Jane den schmuddeligen Korridor entlangging, dachte sie, dass sie einer rückhaltlosen Unterstützung durch Maggie Elliott noch nie so nahe gewesen sei. Es war nicht gerade eine begeisterte Ermutigung gewesen, die Sache anzupacken und das zu finden, was sie suchte, aber es war tausendmal besser als nichts.

Die Dämmerung hatte sich schon auf die Hochmoore und dunklen Wasserflächen des Lake District gesenkt, als der Leichenwagen diskret vor dem Hintereingang des Memorial Hospital in Keswick vorfuhr. Die Türen gingen auf und ließen einen schwarzen Leichensack auf einer Krankenbahre erkennen, an deren einem Ende ein Mann vom Transportdienst stand. River Wilde beaufsichtigte das Einladen der kostbaren Fracht in den Leichenwagen und vereinbarte dann, dass sie die Angestellten des Bestattungsinstituts in der Leichenhalle treffen würde.
Wir stellen einen ziemlich merkwürdigen Leichenzug dar, dachte sie, als sie den schweren Landrover vorsichtig aus dem Parkplatz fuhr und sich dem Leichenwagen anschloss. Ein ungleiches Paar. Eine Leiche ohne Trauernde und eine forensische Anthropologin, die ihr alle ihre Geheimnisse entlocken will. Eine Limousine und ein Geländewagen. Sei's drum, ich hätte die Leiche einfach hinten reinladen und Gibsons Männern die Mühe sparen können.
Es wäre viel einfacher gewesen, den Leichnam einfach im Krankenhaus zu lassen, aber die Verwaltung hatte hartnäckig darauf bestanden, dass ihr Leichenkeller nur für kürzlich

Verstorbene und nicht für solche da sei, die schon in der Erde gelegen hatten, bevor jemand sich auch nur hätte träumen lassen, dass hier einmal ein Krankenhaus stehen würde. Sie hatte daran erinnert, dass man bereits die Zustimmung dazu gegeben hatte, die Klinikeinrichtungen zur Verfügung zu stellen, und das hieß, dass sie die Leiche »wie ein großes sperriges Paket« zurückbringen würde, aber die Verwaltung war dazu nicht zu bewegen. Dafür wurde nun der Moorpirat, wie sie ihn insgeheim nannte, bewegt. Sie fragte sich, ob das vielleicht der menschlich ansprechende Faktor sei, über den das Fernsehteam sich freuen würde.

Sie war recht zufrieden mit sich. Eine Stunde zuvor hatte Phil Toner angerufen und ihr gesagt, er habe entschieden, das Projekt zu realisieren. Ein Recherchespezialist werde morgen früh zu ihr stoßen, den Zeitplan mit ihr durchsprechen und die Drehs vereinbaren. Nicht nur das, man hatte auch ihre Kostenaufstellung und ihren Honorarvorschlag unbesehen akzeptiert. Sie verzog bedauernd das Gesicht. »Hast dich zu billig verkauft, meine Liebe«, murmelte sie halblaut. Aber wenigstens würde sie sich alle Untersuchungen leisten können, die erforderlich waren, um von dem geheimnisvollen Toten ein so vollkommenes Bild wie möglich zu schaffen. Es war ein unerhörter Luxus, weil der praktische Teil ihrer Arbeit zur Identifizierung menschlicher Überreste normalerweise einen Minimalaufwand erforderte. Meistens diente ihre Arbeit dazu, dass die Lebenden einen Schlussstrich ziehen konnten. Für die Verwandten von Soldaten, bei Zivilisten, die bei Massakern umgekommen waren, bei Opfern von Naturkatastrophen, Bergsteigern oder in flachen Gräbern verscharrten Leichen ging es nur um die Identität. Dies hier war dagegen etwas ganz anderes. Hier ging es darum, die Geschichte eines Mannes zu enträtseln. Die Identifizierung wäre dabei nur ein zusätzlicher Bonus.

Sie folgte dem Leichenwagen auf den Parkplatz hinter der imposanten viktorianischen Villa, in der sich Gibsons Bestattungsunternehmen befand, und wartete geduldig, während die Männer die Leiche auf eine Rollbahre legten und dann in den Präparierungsraum fuhren. Laut Andrew Gibson, dem jetzt etwa dreißigjährigen Ururenkel des ersten Gibson, war diese Halle eingerichtet worden, als das Haus im Jahr 1884 gebaut wurde, und außer den modernen Sanitäranlagen war kaum etwas verändert worden. Die Wände wurden von rechteckigen weißen Fliesen bedeckt, deren altersbedingter leichter Craquelé-Effekt sie weniger kalt wirken ließ. Die Arbeitstische waren aus massivem Mahagoni und die ursprünglichen Keramikeinsätze durch solche aus Edelstahl ersetzt worden. Die Arbeitsflächen und die Schränke waren alle aus dem gleichen Holz. Durch die Glastüren sah sie Becher und Messkolben, die aus derselben Zeit hätten stammen können. Man konnte sich leicht Männer in Frack und Vatermörder vorstellen, die in diesen vier Wänden ihrer Arbeit an den Toten nachgingen. River war sofort begeistert gewesen, als sie diesen Raum zum ersten Mal sah. Und sie wusste einfach, dass das Fernsehteam genauso reagieren würde. Sie hoffte, dass bei den Aufnahmen eine Atmosphäre wie in einem Sherlock-Holmes-Krimi entstehen würde, nur wäre es eben Wirklichkeit.

Die Männer luden ihre Last auf einem der Tische ab. River zog langsam den Reißverschluss des Sacks auf und ließ Luft an die sterblichen Überreste heran.

Sie sah auf die fleckige Haut, die verschrumpelten Gliedmaßen und das dunkle Haar hinunter und versuchte sich vorzustellen, wie der Mann ausgesehen haben mochte. Einst hatten diese Beine ihn über die Pfade der Hochmoore getragen. Einst, darauf würde sie wetten, hatten sie ihm geholfen, auf dem schwankenden Deck eines Segelschiffs das Gleichgewicht zu halten. Diese Arme hatten Segel gesetzt, hatten ihn beim Auftakeln gehalten und Taue gesplissen. Sie hatten andere warme Körper umarmt. Dieser Mund hatte geküsst, gegessen, gesprochen und auch getrunken. Er war ein lebendiges, atmendes Geschöpf gewesen, genau wie sie. Jetzt war es ihre Aufgabe, ihn noch einmal zum Leben zu erwecken.

Dreihundert Meilen von ihr entfernt verspeiste Jane zusammen mit Dan und Harry in der Trattoria Guido einen großen Teller Spaghetti.

Dan hatte das Restaurant in einer kleinen Seitenstraße in der Nähe der Universität entdeckt. Es sah aus, als hätte sich an der Einrichtung seit den siebziger Jahren nichts geändert. Rot-weiß karierte Tischdecken, tropfende Stearinkerzen auf Chiantiflaschen, schlechte Wandbilder von Sorrent – all das gab einem das Gefühl, die Zeit sei stehen geblieben. Auch an der Speisekarte waren alle modischen Neuerungen vorübergegangen. Man suchte vergeblich nach Balsamico-Essig, getrockneten Tomaten, Büffelmozzarella oder Rucola. Die Grundlage aller Speisen hier waren Spaghetti, Penne und Tagliatelle, die Standardsaucen waren Bolognese, Carbonara, Arrabiata und Marinara. Aber das Essen war gut, die Portionen waren üppig und die Preise niedrig. Deshalb hatte man die Stammgäste, Büroangestellte und Studenten, halten können, denen Substanz wichtiger war als die Form. Jane aß hier mindestens zweimal die Woche.

Harry kaute noch an seiner Lasagne und sagte: »Ich kann's kaum glauben, dass Miss Elliott dir deine Geschichte abgekauft hat, Jane. Nach dem, was Dan mir von ihr erzählt hat, dachte ich, sie sei zäh wie Juchtenleder.«

»Ist sie auch«, sagte Dan. »Aber sie ist auch schlau genug, dass sie mit an Bord sein will, wenn sich herausstellt, dass Jane Recht hat. Also, Jane, wie lautet der Aktionsplan?«

»Immer vorne anfangen«, sagte sie. »Du hast morgen ein Seminar, und ich werde in den Lake District fahren und mit Anthony Catto im Wordsworth Trust reden, ob in letzter Zeit neues, noch nicht katalogisiertes Material dazugekommen ist. Inzwischen kannst du dir den Stammbaum der

Familie Wordsworth mal ganz genau ansehen, um Johns Nachkommen ausfindig zu machen. Von dem, was Mary in Williams Papieren fand, was immer es war, wissen wir nur, dass sie es an John schickte. Soviel ich weiß, hätte jemand von der Familie es die letzten hundertfünfzig Jahre versteckt halten können.«

»Ach nein!«, murmelte Harry.

»Harry, dies ist eine Familie, die es geschafft hat, Williams französische Geliebte und ihre gemeinsame uneheliche Tochter einhundertzwanzig Jahre geheim zu halten«, betonte Jane. »In der englischen Literaturgeschichte gibt es keinen anderen Dichter, der mit solch besessener Hingabe an seinem Image arbeitete und dabei von seiner Familie voll und ganz unterstützt wurde. Nichts wurde je gesagt oder getan, das dem Bild widersprochen hätte, das William von sich selbst hatte, auch wenn das hieß, dass man die krassesten Versäumnisse einfach übersah. Das *Präludium* ist eine erstaunliche poetische Großtat, aber es ist auch ein frühes Beispiel einer unerhörten, erstaunlichen Selbstdarstellung. Ein umgekehrter Dorian Grey – je mehr die Zeit William seiner Jugend und Kraft beraubte, desto glänzender wurde das *Präludium.*«

»Sie hat Recht«, sagte Dan und füllte ihre Gläser mit Guidos schwerem Rotwein, der ohne Etikett auf den Tisch kam. »Dass Wordsworth so zwanghaft an seinem Leben herumbastelte, ist einer der Gründe, weshalb ich glaube, dass Jane da wirklich etwas entdeckt hat. Von allen Dichtern, die ich mir ins Gedächtnis rufen kann, ist Wordsworth wahrscheinlich der einzige, der ein wichtiges Werk hätte verfassen können, nur um dann zu beschließen, dass niemand es zu Gesicht bekommen sollte, weil die Umstände beim Schreiben ein schlechtes Licht auf ihn hätten werfen können.«

»Aber trotzdem würde man doch meinen, dass in den vielen Jahren jemand der Versuchung erlag, davon zu profitieren, wenn es wirklich existiert.« Harry schob seinen Teller zur

Seite, den letzten Rest Spaghetti mit Fleisch schaffte er nicht mehr.
»Aber nicht in dieser Familie«, sagte Jane. »Der gute Ruf, immer und immer wieder nur der gute Ruf. Das sollte wirklich auf ihrem Wappen stehen.«
»Und du bist die Frau, die dieses Schweigen brechen wird, Jane«, sagte Dan zuversichtlich. »Also, wo werden wir deine Mission feiern?«
»Ich wollte eigentlich nach Hause gehen und packen.«
Dan meinte abschätzig: »Jane, Jane, was machen wir bloß mit dir?«
»Du wirst wirklich ziemlich abgeklärt«, bestätigte Harry. »Dan hat Recht, wir sollten mal ordentlich einen draufmachen.«
Jane stöhnte. »Na ja, gut. Aber ich will nicht wieder tanzen, bis es hell wird, wie letztes Mal. Um Mitternacht verwandle ich mich in einen Kürbis, das versprech ich euch.«
Drei Stunden später kamen sie aus einem Pub in Soho und waren auf dem Weg zu einem Club in der Nähe, beschwipst, aber durchaus nicht außer Kontrolle. Das ließ sich von Geno Marley nicht sagen, bei dem alle Sinne zum Leben erwachten, als er hörte, dass die Tür der Wohnung in der Marshpool-Farm-Siedlung sich leise öffnete.
Tenille hatte bisher Glück gehabt, aber das war jetzt vorbei.

Mein Freund ist um seine Sicherheit besorgt, und wem ginge es in seiner Lage nicht ebenso? Sollte er festgenommen werden, wird er gehängt. Daran besteht wenig Zweifel. Obwohl seit der denkwürdigen Meuterei auf der Bounty viele Jahre vergangen sind und obwohl jetzt, wo Admiral Nelsons Name in aller Munde ist, nur wenige noch an Captain Bligh denken, gibt es weiterhin viele, die lächeln würden, streifte der Henker die Schlinge über diesen gebräunten und sehnigen Nacken. »Sind wir hier vor neugierigen Blicken sicher?«, fragte er. Ich sagte ihm, dass der Garten von Dove Cottage mir zum alleinigen Gebrauch überlassen ist, wenn ich arbeite. Es gibt einen Durchgang – wir nennen ihn The New Door –, aber niemand kommt hier herein, wenn man weiß, dass ich an der Arbeit sitze. Der Garten selbst ist vor der müßigen Neugier der Vorübergehenden durch eine dichte Hecke aus Heckenrosen und Geißblatt geschützt. Wir sind hier so einsam wie auf dem Gipfel des Helvellyn.

8

Jane wurde langsam klar, dass das Klopfen nicht in ihrem Kopf war. Sie stöhnte und versuchte, die Augen zu öffnen. »Trottel«, schalt sie sich selbst, denn sie merkte, dass sie ins Bett getaumelt war, ohne sich abzuschminken. Sie rieb sich das Mascara von den Wimpern und seufzte. Dann setzte sie sich langsam auf und wünschte, sie hätte es nicht getan. Ihr Magen rebellierte, saures Aufstoßen neben dem üblen Geschmack in ihrem Mund bildete ein unangenehmes Gemisch. Ihre Stirn tat weh, und unerklärlicherweise schmerzten auch ihre Beine, als sie sie bewegen wollte.

Irgendwie quälte sie sich aus dem Bett und torkelte zur Tür, wobei sie sich im Vorbeigehen ihren Morgenrock schnappte. Sie hatte Mühe, in die Ärmel zu schlüpfen, und rief dem, der ihre Tür eintreten wollte, zu: »Okay, okay, ich komm ja schon.« Der laute Klang ihrer eigenen Stimme ließ sie zusammenzucken. Jane schloss auf, nahm die Sicherungskette ab und riss die Tür auf. »Was, zum Teufel ...«, fing sie an, merkte dann aber, dass sie nur ins Leere redete, denn Tenille hatte sich an ihr vorbeigedrängt und stürzte ins vordere Zimmer. Jane rieb sich mit der Hand übers Gesicht. Allerdings wurde ihr dadurch nichts klarer, also schloss sie mit einem Seufzer die Tür und folgte Tenille.

Jane stand an den Türrahmen gelehnt und betrachtete das Häufchen Elend, das sich auf dem Knautschsessel zusammenkauerte. »Bevor du den Mund aufmachst, Tenille, sollte ich dir sagen, dass ich einen höllischen Kater hab. Ich hoffe, du hast einen guten Grund, mich zu wecken.«

Tenille zitterte und steckte einen Finger in den Mund. Jane sah, dass sie fest darauf biss. Sie brauchte in ihrem benebelten Zustand einen Moment, bis sie das erkannte, aber schließlich wurde ihr klar, dass das Kind mit aller Macht gegen die Tränen ankämpfte. Das war so schockierend, dass Jane schlagartig klar im Kopf wurde. Seit sie Tenille kannte, hatte sie sie wütend, frustriert, unter Ungerechtigkeit leidend, trotzig und herausfordernd gesehen, aber nie den Tränen so nahe wie jetzt. Sie hatte auch noch nie so jung ausgesehen. Die Augen waren groß, aber der Rest ihres Gesichts schien eingefallen zu sein. Der zukünftige Schönheit verheißende Reiz war verschwunden, und an seine Stelle war eine angespannte Verletzlichkeit getreten.

Jane ging zu Tenille und ließ sich neben ihr in die Hocke nieder. Vorsichtig legte sie ihr einen Arm um die Schulter. Normalerweise hatten sie keinen Körperkontakt. Aber Tenille ließ sich angespannt und steif in ihre Arme fallen. Jane sagte nichts, sondern streichelte nur immer wieder den Arm des Mädchens. Dann war der Bann gebrochen. Tenille drückte sich an sie wie ein Lamm, das mit dem Kopf gegen seine Mutter stößt, und fing an zu weinen. Es begann mit stillen Tränen und schwoll dann zu einem verzweifelten, würgenden Schluchzen an, dessen Gewalt sie beide erschütterte.

Jane war völlig ratlos. Sie konnte sich an kein Trauma ihrer Jugendzeit erinnern, das sie so mitgenommen hätte. Sie hatte Tränen vergossen, aber niemals auf diese hemmungslose, hilflose Weise. Plötzlich verfiel sie in die abgenutzten üblichen Plattitüden wie: »Soso« und »Ist ja schon gut, Tenille, alles in Ordnung.« Aber nichts schien gegen diesen überwältigenden Schmerz zu helfen.

Schließlich legte sich das schreckliche Schluchzen, Tenille richtete sich auf und wischte Augen und Nase mit dem Handrücken ab. Ihre Lider waren geschwollen, und sie atmete heftig durch den Mund. »Tut mir leid«, sagte sie mit dumpfer Stimme.

»Ist schon gut. Dafür hat man ja Freunde«, sagte Jane und verachtete sich dafür, dass ihr nur Klischees einfielen. »Willst du mir sagen, was los ist?«

Tenille wandte den Blick ab. »Du wars ja gestern Abend weg«, sagte sie vorwurfsvoll. »Ich bin vorbeigekommen, aber du wars weg.«

»Ich bin mit Freunden feiern gewesen«, sagte Jane.

»Dann bin ich zur Wohnung runter. Ich wollte nicht, weil ich wusste, dass er da ist, aber du wars nicht hier, und ich konnte sonst nix machen.«

»Wer war da?« Jane fragte sich, ob ihr wegen des Alkohols etwas entfallen war. Wichtige logische Elemente schienen ihr in dieser Unterhaltung zu fehlen.

»Geno.« Tenille stieß das Wort hervor, als wolle sie einen üblen Geschmack im Mund loswerden.

»Sharons Freund?« Kalte Furcht ergriff Jane.

»Sharons verdammter Scheißfreund.«

O nein, o Mist. »War Sharon nicht da?«

»Sharon hat Nachtschicht. Sie sagt, er muss bei uns übernachten, damit mir auf keinen Fall was Schlimmes passiert.« Sie stieß ein kurzes, bitteres Lachen aus. »Sie ist so verdammt dämlich. Sie kapiert nicht, dass er das Schlimme ist, was mir passieren könnte.«

Jane fuhr ihr tröstend über den Rücken. »Hat er dich … belästigt?«

»Er sieht mich so an, weißt du?«

Jane wusste, was sie meinte. »Was noch?« Sie fürchtete sich vor der Antwort.

»Er sagt so Sachen, wenn Sharon nicht im Zimmer ist. Wie sehr er süßes junges Fleisch mag, so 'n bescheuertes Geschwafel. Mann, ich hab doch *gewusst*, dass er nur die richtige Zeit abwartet, bis sie auf Nachtschicht ist.«

»Was ist passiert, Tenille?«

Sie fing an, hektisch am Reißverschluss ihrer Jacke zu ziehen. »Die ersten zwei Nächte war er besoffen und ist auf dem Sofa weggeratzt. Aber gestern hat er auf mich gewartet. Kaum war ich drin, da stand er schon in der Tür und hat sich die Hose aufgemacht.« Sie schauderte. »Hat gesagt, es wäre an der Zeit, dass ich die Liebe kennen lerne.« Sie verzog verächtlich den Mund. »Scheißkerl. Ich wollte wieder raus, aber er war zu schnell. Er hat mich am Arm gepackt, ins Wohnzimmer reingezogen und mich aufs Sofa geschmissen.« Sie schüttelte den Kopf, als wolle sie die Erinnerung daran abschütteln. »Dann hat er sein' Schwanz rausgeholt. Mann, ich hab noch nie im Leben so Angst gehabt. Ich war ganz sicher, dass er mich vergewaltigen würde. Dann hab ich gemerkt, ich sollte ihm einen blasen. Schon bei dem verdammten Gedanken daran wurde mir schlecht. Da hab ich mir die Lampe vom Tisch geschnappt und sie ihm auf den Kopf gehauen.«

Janes Herz zog sich vor Angst und Mitgefühl zusammen. »Du hast das Richtige getan, Tenille.«

»Ich hab ihn nicht fest genug getroffen. Ich hätte ihn einfach umbringen sollen. Aber er war bloß betäubt. Da bin ich aufgesprungen und in mein Zimmer gerannt. Ich hab die Kommode und das Bett vor die Tür geschoben, damit er nicht reinkonnte. Ich hab gezittert, Mann, total gezittert. Gleich drauf hämmerte er an die Tür und brüllte wie 'n verdammter Stier. Jane, ich hab nicht gewusst, was ich machen soll. Er war wie ein Geisteskranker. Die Tür hat gewackelt. Ich hab gedacht, er würde sie eintreten.« Sie lachte unsicher. »Dann kam meine Rettung.«

»Was ist passiert?«

»Du kennst doch das Arschloch, das neben uns wohnt? So 'n großer schmieriger Bikertyp?«

Jane nickte. »Ich hab ihn schon mal gesehen. Ein hässlicher Kerl, oder?«

»Hässlich und böse. Er war an der Wohnungstür und hat

Geno gesagt, er sollte nicht so ’n Krach machen, sonst würd er die Scheißtür eintreten und Geno seine dreckige Leber aus dem Leib reißen. Und plötzlich war alles still. Das Letzte, was ich von Geno vor meiner Tür gehört hab, war: ›Du kannst ja nicht ewig da drinbleiben, du Miststück.‹ Ich hab mir fast in die Hose gemacht. Ich sag dir, ich hab die ganze Nacht kein Auge zugetan. Hab gewartet, bis Sharon nach Haus kam, dann nix wie raus und hier runter. Mann, ich hab vielleicht gebetet, dass du daheim bist.«

»Das hast du richtig gemacht, Tenille.« Jane sammelte ihre wirren Gedanken. Sie würde etwas unternehmen müssen. Tenille durfte Sharons krankem Bastard von Freund nicht ausgeliefert sein. »Du kannst erst mal hier bleiben«, sagte sie. »Ich muss zwei Wochen wegfahren, aber ich werde eine Lösung finden, bevor ich fahre.«

Tenille sah sie ungläubig an. »Du? Was willst’n machen? Geno wird nicht auf dich hören. Es bringt nix, es Sharon zu sagen, sie wird es nur so hindrehen, dass ich dran schuld sein soll, wie immer.«

Jane stand auf. Tenille wusste vielleicht in praktischen Dingen besser, wo’s langgeht, aber Jane wusste etwas, was dem Mädchen unbekannt war. Vielleicht war es ja nur Klatsch, der in der Siedlung umging, aber sie hatte das Gefühl, dass es mehr war. Und wenn sie Recht hatte, würde sie die Möglichkeit haben, zu bewirken, dass Geno schneller abhaute als ein wild gewordener Stier. Jane straffte die Schultern und versuchte, wie jemand auszusehen, der die Sache professionell in die Hand nehmen würde. »Glaub mir, Tenille. Ich bring das in Ordnung.«

Jake streifte seine Sandalen ab und ließ den kühlen Marmorboden auf sich wirken. Ihm war zu heiß, was verrückt war, wenn man bedachte, für welche niedrigen Temperaturen die Klimaanlage am Flugplatz von Chania verantwortlich war. Er vermutete, dass die Einrichtung in Dunkelblau, Grau und

Weiß beruhigend wirken sollte, aber das half ihm auch nicht, sich weniger unbehaglich zu fühlen. Merkwürdig, dass er sich gerade am Tag vorher seinen Träumen von der Rückkehr nach Hause hingegeben hatte. Aber jetzt, in der Abflughalle und mit einem Ticket nach London in der Tasche, empfand er eine merkwürdige Mischung aus Furcht und der Entschlossenheit, Caroline zu beweisen, dass er genug Mut hatte.

Es war alles so schnell gegangen. Nur wenige Minuten nach ihrem Gespräch war Caroline online und suchte bei den Billiganbietern einen Flug für ihn. Als er versucht hatte, sie zu fragen, was sie vorhätte, hatte sie ihn ungeduldig zum Schweigen gebracht. »Wir reden gleich darüber, Jake. Jetzt lass mich das hier erledigen.«

Lange Minuten verstrichen, bevor sie rief: »Perfekt.« Sie klickte noch zweimal mit ihrer Maus und lehnte sich dann mit einem zufriedenen Lächeln zurück. »Hier, Jake«, sagte sie und drehte ihm den Bildschirm zu. Offenbar war er jetzt für einen Flug von Chania nach Athen mit Anschluss nach Heathrow gebucht. Für den nächsten Tag.

»Du kommst nicht mit?«

Caroline warf ihm einen konsternierten Blick zu. »Aber das ist doch deine Show, Jake. Ich wäre dir bei deinem Arbeitsstil nur hinderlich. Du glaubst doch bestimmt nicht, dass Jane begeistert wäre, mich an deinem Arm zu sehen?«

»Ich verstehe nicht, was du von mir willst, Caroline.« Er versuchte, lässig zu klingen, aber er klang eher gereizt.

»Sehr einfach. Du hast gerade den Zugang zu einem faszinierenden und wertvollen Fund ermöglicht. Ich will, dass du ihn aufspürst. Und wenn du es nicht selbst schaffst, möchte ich, dass du der Person auf den Fersen bleibst, die ihn findet.«

Er strich sich mit einer frustrierten Geste das Haar aus der Stirn. »Aber, Caroline, wir haben keinen Beweis, dass das verdammte Ding überhaupt existiert.«

»Nach deiner eigenen Aussage scheint Jane aber daran zu glauben«, sagte sie mit glasklarer Logik.
»Es ist doch nur eine verrückte Theorie.«
»Glaub mir, ich habe aufgrund von viel konfuseren Unternehmungen große Entdeckungen gemacht. Betrachte die Sache doch so: Jane ist in einer einzigartigen Lage. Sie ist Wordsworth-Expertin. Und sie kommt aus Fellhead. Also, nach meiner Erfahrung regen sich ernsthafte Forscher nicht weiter über solche Dinge auf, außer wenn sie einen guten Grund dafür haben. Vergiss nicht, Jane hat dir vielleicht nicht alles gesagt, was sie weiß.«
Zweifel und dann Erstaunen huschten über Jakes gut aussehendes Gesicht. »Warum sollte sie etwas für sich behalten? Willst du damit sagen, dass sie mir nicht vertraut?«
Caroline lachte leise. »Wenn Wissenschaftler etwas zu haben glauben, das ihnen einen Vorsprung verschaffen könnte, trauen sie niemandem. Mein Lieber, egal, wie sehr Jane dich liebte, du kannst deinen letzten Dollar darauf verwetten, dass sie Kenntnisse, die ihr den Weg zu beruflichem Ruhm ebnen könnten, für sich behalten hätte. Und diese Leiche im Moor könnte der Auslöser dafür werden, dass die Dinge schneller in Bewegung geraten.«
»Das ist ja verrückt«, sagte Jake.
»Nein, Jake, hier geht's ums Geschäft. Wenn du im Ernst darauf eine Karriere aufbauen willst, wirst du bereit sein müssen, deine Kontakte zu nutzen. Und wenn sich etwas Gutes zeigt, musst du Mittel und Wege finden, demjenigen auf den Fersen zu bleiben, der seine gierigen Hände danach ausstreckt.«
»Das begreife ich schon«, sagte er und fühlte sich überheblich und herabsetzend behandelt, sah aber keine Möglichkeit, sich dagegen zu wehren. »Mir ist nicht klar, was ich eigentlich tun soll. Praktisch gesehen.«
Caroline blies eine dünne Rauchwolke in die Luft. »Geh Jane besuchen. Versuche, so viele der Sprünge zu kitten wie

nötig, damit du an ihrer Seite bleiben kannst. Gib dich zerknirscht. Sag ihr, du hättest den Artikel in der Zeitung gelesen und das hätte dich darauf gebracht, dass du zu Unrecht ihre Theorien nicht ernst genommen hättest. Überzeuge sie, dass sie der einzige Mensch ist, der dieses verdammte Manuskript aufspüren kann, und lass sie es tun. Das verlange ich von dir.« Sie wandte den Kopf und sah auf die Bucht hinaus, gereizter, als er sie je gesehen hatte.

»Ich glaube nicht, dass sie sehr erfreut sein wird, mich zu sehen«, murmelte er.

»Natürlich nicht. Du hast sie ja verlassen. Aber du wirst alles tun, was nötig ist, damit du bei ihr wieder gut angeschrieben bist, Jake.«

»Was meinst du damit, ›alles, was nötig ist‹?«

»Muss ich dir das ausdrücklich im Einzelnen erklären? Sag ihr, du willst dieses Manuskript finden, um mir eins auszuwischen, wenn das dabei hilft.« Sie lächelte gelassen. »Das überlasse ich dir.«

»Es wird nicht leicht sein.«

»Setz deinen ganzen Charme ein, Jake. Sonst wäre es doch wenig sinnvoll, ihn zu haben, oder?«

Als Jake sich an ihre Worte erinnerte, stieg neue Entschlossenheit in ihm auf. Er würde Caroline zeigen, dass er mehr sein konnte als ein Spielzeug. Er würde sie zwingen, ihn ernst zu nehmen, koste es, was es wolle.

Die Dusche hatte etwas geholfen, aber Jane fühlte sich immer noch mitgenommen und schlapp. Sie kochte Kaffee für sie beide und schluckte zwei Schmerztabletten. Sie war nicht sicher, ob ihr Plan das Richtige war, aber sie sah keine Alternative und wollte alles tun, was ihr möglich war. Sie holte die Tassen und setzte sich auf den Bettrand. »Ich muss noch bei jemandem vorbeischauen«, sagte sie. »Ich will, dass du hier wartest.«

»Zu wem gehst du?«, fragte Tenille. Nachdem sie sich die

Geschichte von der Seele geredet hatte, schien sie sich wieder gefasst zu haben.
»Zu jemandem, der, glaube ich, helfen kann.« Jane hoffte, dass ihr Tonfall weitere Fragen verhindern würde.
Tenille starrte in ihren Kaffee. »Mein Dad«, sagte sie tonlos.
Jane versuchte, ihre Überraschung zu verbergen. Nicht lange, nachdem Tenille angefangen hatte, sich öfter bei ihr aufzuhalten, hatte sich Jane einmal an der Bushaltestelle mit einer Nachbarin unterhalten, einer jungen Mutter, die zwei Türen weiter wohnte. »Es geht mich ja nichts an«, hatte die Frau gesagt, »aber ich habe bemerkt, dass Tenille öfter in Ihrer Wohnung ist. Sie sollten aufpassen.«
»Warum denn?«, hatte Jane ärgerlich gefragt. »Sie scheint doch ein aufgewecktes Mädchen zu sein.«
»Ja, klar ist sie aufgeweckt. Aber Sie sollten wegen ihrem Alten vorsichtig sein.«
Jane runzelte die Stirn. »Ich glaube, Sie verwechseln sie mit einem anderen Kind. Sie hat keinen Vater. Sie sagt, sie weiß nicht, wer ihr Vater ist. Ihre Mutter wollte es ihr nie sagen, und Sharon behauptet, sie hat keine Ahnung.«
Die Frau schnaubte verächtlich. »Wenn Tenille es nicht weiß, dann ist sie die Einzige. Alle hier wissen, dass der Hammer ihr Dad ist.«
Jane wurde sich bewusst, dass sie schockiert die Augen aufriss. »John Hampton?«
»Genau. Er hat immer auf sie aufgepasst, aber nur so aus der Ferne. Sharon will nicht, dass sie es weiß, verstehen Sie? Ich meine, Sie wissen schon, warum, oder?«
Natürlich verstand Jane, warum. Sie hatte sehr früh erfahren, dass John »der Hammer« Hampton so etwas wie das kriminelle Pendant zum Bürgermeister von Marshpool Farm war. Er war ein richtiger Gangster, kein Möchtegernkrimineller. Drogen, Sex und Gewalt waren seine Ware, und es gab keinen Zweifel, dass er die illegalen Geschäfte in der

Wohnsiedlung fest in der Hand hatte. Jane hatte Geschichten darüber gehört, dass wer auch immer glaubte, sich selbstständig im kriminellen Milieu betätigen zu können, ohne Hammer seinen Anteil abzugeben, zur Strafe zusammengeschlagen wurde.

Und jetzt hatte Tenille ganz offen etwas zugegeben, das Jane als weitgehend unbekannt betrachtet hatte. »Du weißt Bescheid, wer dein Dad ist?«, fragte Jane, um Zeit zu gewinnen, bis sie es richtig begreifen konnte.

»Dass es der Hammer ist?« Jane nickte. Tenille zuckte die Schultern. »Ich weiß es eigentlich schon seit Jahren, jemand in der Schule hat's mir gesagt. Zuerst hab ich ihm nicht geglaubt. Wollte es nicht glauben, wahrscheinlich. Aber eines Tages, als Sharon weg war, hab ich ihre Unterlagen durchgesehen. Und ganz hinten in einer Schublade habe ich ein Foto gefunden mit meiner Mum und Hammer. Er hatte den Arm um sie gelegt. Sie haben sich angelächelt, als ob sie verknallt wären oder so. Und da war ich dann sicher.« Sie holte tief Luft. »Er hat nie etwas zu mir gesagt. Er ist immer an mir vorbeigegangen, ohne mich anzusehen. Ich hab mir gedacht, er will's nicht wissen.«

»Oder er will dich schützen«, sagte Jane und versuchte, die Sache zu beschönigen, um Tenille ein positiveres Bild ihres Vaters zu geben. »Er muss Feinde haben. Wenn er sich nichts hat anmerken lassen, heißt das: ›Die ist mir scheißegal‹, und das bedeutet, dass du als Zielscheibe weniger attraktiv bist für jemanden, der ihm wehtun will.«

Tenille schien skeptisch. »Oder er will einfach nichts mit seinem Balg zu tun haben, jetzt, wo die Mutter nicht mehr da ist. Er hat ja allerhand andere Frauen gehabt, seit meine Mum gestorben ist. Er hat sie wahrscheinlich total vergessen.«

Sie hatte vermutlich Recht, dachte Jane bekümmert. Aber im Moment konnte sie sich nur eine einzige Möglichkeit vorstellen, Tenilles Sicherheit wiederherzustellen, nämlich, dass sie mit dem Hammer sprach. Es war kein angenehmer Gedanke. Ihr schauderte vor Angst und Abscheu. Nach dem, was sie gehört hatte, waren die Dinge, für die man den Hammer verantwortlich machte, nicht dazu angetan, dass man gerne Zeit mit ihm verbringen würde. »Wir werden sehen«, sagte sie vor sich hin.

»Redest du mit ihm wegen Geno?« Tenille sah sie ungläubig an.

»Na klar.« Jane trank ihren Kaffee aus und stand auf.

»Respekt«, sagte Tenille und klang, als sei sie selbst über ihren Kommentar überrascht. »Du bist aber ziemlich gewieft für 'ne Weiße.«

Oder ziemlich dumm. »Bleib hier, bis ich zurückkomme. Lass niemand rein, okay?«

»Weißt du, wo du ihn finden kannst?«, fragte Tenille.

»Ich hab ja 'ne Zunge im Mund und kann fragen.«

»Brauchst du nicht. Um diese Zeit ist er wahrscheinlich zu Hause. Block D, ganz am Ende, Wohnung 87.«

Jane nickte und nahm ihren Mantel. »Mach dir keine Sorgen, Tenille. Das mit Geno kriegen wir schon hin.«

Wir sind übereingekommen, dass er in drei Tagen zurückkommt, wenn uns beide nichts hindert und wir keine anderen Verpflichtungen haben. Ich gestehe, dass ich seiner Geschichte mit Neugier entgegensehe. So viel ist über das Schicksal dieses Schiffes gesagt und geschrieben worden, aber wir haben es nur von einer der Hauptpersonen gehört. Es ist gewiss, dass der Bericht meines Freundes uns neue Erkenntnisse über die Meuterei selbst bringen und dass das Geheimnis gelüftet werden wird, was später mit der Bounty und denen geschah, die sich ihrer bemächtigt hatten. Außer meinem Freund lebt, glaube ich, niemand mehr auf unseren Inseln, der das Schicksal der Bounty kennt, nachdem sie Tahiti mit ihrer Mannschaft von Meuterern und Eingeborenen verließ. Mich verlangt danach, diese Geschehnisse zu verstehen und sie zu einem Gedicht zu formen. Durch mein großes Poem bin ich für ein so langes Werk wohl geübt und vorbereitet. Es wird ein außerordentliches Unterfangen werden.

9

Jane schloss die Wohnungstür hinter sich, hielt einen Moment inne und holte tief Luft. Wahrscheinlich war das, was sie tun wollte, verrückt. Wenn sie unangekündigt einfach bei dem Hammer erschien und ihm sagte, es sei an der Zeit, sich um seine Tochter zu kümmern, die er bisher ignoriert hatte, würde sie ganz dreist und ziemlich sicher viele ungeschriebenen Gesetze brechen, was immer diese auch vorschreiben mochten. Aber Tenille hatte niemanden sonst, der sie schützen konnte. Sie hatte so vielversprechende Anlagen, Jane wusste, sie konnte nicht einfach weggehen und das Kind seinem Schicksal überlassen.

Sie schlug ihren Kragen gegen den Wind hoch und ging durch die Siedlung zum Block D, dem höchsten der acht L-förmigen Gebäude, aus denen Marshpool Farm bestand. Er befand sich an der Nordseite und war zwei Stockwerke höher als die anderen Wohnblocks. Zu ihrer Überraschung war die hintere Eingangshalle frei von Müll und Graffiti. Es lag sogar der leichte Tannenduft eines Desinfektionsmittels in der Luft. Da sie in den achten Stock musste, würde sie zumindest mal probieren, ob der Aufzug funktionierte, dachte sie. Und er kam nicht nur, sondern er war innen so sauber, als wäre er einer aus den hohen Bürogebäuden von Canary Wharf. Wenn sie Beweise für John Hamptons Macht brauchte, sah sie diese hier vor sich.

Wohnung Nr. 87 war gleich gegenüber dem Aufzug. Die Tür

war dunkelrot gestrichen, ein starker Gegensatz zu dem schmuddeligen Graublau der anderen Türen auf dem Stockwerk. Stabjalousien an den Fenstern verwehrten den Blick nach innen. Jane straffte die Schultern und drückte auf die Klingel. Eine Weile passierte nichts. Dann ging die Tür auf, und ein kräftiger gemischtrassiger Mann Mitte zwanzig stand, mit einer Jogginghose bekleidet, in der Tür. Seine breite Brust hätte als ein lebendes Anschauungsmodell für einen Anatomiekurs dienen können, so groß und deutlich traten seine Muskeln hervor. Er starrte auf sie hinunter. »Wasn los?«, fragte er in schleppendem amerikanischem Akzent.

»Ich muss mit John Hampton sprechen«, sagte sie, ihre Stimme war eine halbe Oktave höher als sonst, und ihre Aussprache kam ihr selbst beängstigend bürgerlich vor.

Der Mann schien belustigt. »Er erwartet Sie nicht.« Er wollte schon die Tür schließen.

Jane streckte eine Hand aus, um ihn aufzuhalten. Obwohl ihr klar war, dass sie nicht die geringste Chance gegen seine mächtigen Schultern hatte, versuchte sie es trotzdem. »Ich muss ihn sehen«, sagte sie. »Es geht um eine Familienangelegenheit.«

Er warf ihr einen ungläubigen Blick zu. »Das glaub ich nicht.«

»Bitte. Sagen Sie ihm, Jane Gresham muss wegen einer Familienangelegenheit mit ihm sprechen. Ich warte.«

»Das könnte ziemlich lang dauern, Jane Gresham.« Er drückte leicht gegen die Tür, und sie ließ die Hand sinken. Sie hoffte, dass die Frau an der Bushaltestelle die Wahrheit gesagt hatte, als sie ihr erzählte, Hammer behalte Tenille im Auge. Wenn es stimmte, würde er wissen, wie wichtig Jane in Tenilles Leben war. Vielleicht genügte das, um ihr Zutritt zu verschaffen.

Sie ging zwischen Tür und Aufzug hin und her, und es schien ihr sehr lange zu dauern, aber wahrscheinlich waren es nur zwei Minuten. Als sie hörte, dass die Tür aufging, wirbelte sie herum und erblickte den gleichen jungen Mann, der ihr ein Zeichen gab, sie solle hereinkommen. »Ein Glückstag für Sie«, sagte er. »Mr. Hampton hat sehr viel zu tun, aber er kann sich fünf Minuten für Sie Zeit nehmen.«

»Das reicht mir schon.« Sie folgte ihm in die Wohnung, die keiner der anderen in Marshpool Farm glich, die sie gesehen hatte. Der dicke Teppich im Flur passte zum Dunkelrot der Wohnungstür, und die hell gestrichenen Wände waren mit gerahmten Fotos von Sportwagen geschmückt. Der Mann winkte ihr, sie solle ins Wohnzimmer kommen, und schloss dann die Tür hinter ihr. Im Zimmer roch es leicht nach Sandelholz. Ein kleiner, stämmiger Schwarzer in Jeans und weißem T-Shirt saß ihr gegenüber auf einem cremefarbenen Ledersofa unter einem riesigen Druck von einem der Film-Noir-Bilder im Goldrahmen von Jack Vettriano. Sein Kopf war so glatt wie eine Bowlingkugel, und die braunen Augen lagen tief in den Höhlen, als seien sie die Löcher für die Finger. Jane war nie so nah an John Hampton herangekommen, hatte ihn nur aus der Ferne gesehen. So war sie nicht auf seine starke Ausstrahlung vorbereitet. Hinterher hätte sie das Zimmer nicht beschreiben können, denn seine Gegenwart beherrschte ihr ganzes Bewusstsein. Sie begriff sofort, wie John Hampton es zu der Macht gebracht hatte, die er ausübte.

»Dr. Jane Gresham«, sagte er mit tiefer grollender Bassstimme. »Was bringt eine Englischdozentin dazu, mich zu besuchen und von Familie zu sprechen?«

»Ich möchte mit Ihnen über Tenille reden«, sagte sie und bemühte sich, nicht zu zeigen, wie entnervt sie war. »Darf ich mich setzen?«

Er wies auf einen zu der Couch passenden Sessel in der Ecke. »Bitte. Tenille?«, sagte er und tat so, als versuche er krampfhaft, sich zu erinnern, wer das sei. »Eines der Kinder in der Siedlung hier, oder?«

»Die Leute sagen, sie sei Ihre Tochter.«
»Die Leute sagen viel, Dr. Gresham. Die meisten reden Blödsinn.« Sein Gesicht war unbewegt, seine Körperhaltung entspannt.
»Es stimmt, dass sie Ihnen nicht ähnlich sieht«, sagte Jane. »Aber ich habe den Verdacht, dass sie Ihren Ehrgeiz geerbt hat. Und Ihre Hartnäckigkeit. Und Ihre Intelligenz.«
»Durch Schöntun kriegen Sie keinen Unterhalt aus mir raus, wenn Sie darauf aus sind.«
»Es gibt mehr als eine Art von Unterhalt und Hilfe, Mr. Hampton. Und gerade jetzt braucht Tenille etwas von Ihnen.« Sie konnte kaum fassen, wie unerschrocken sie war.
Er seufzte und drehte den Kopf, als seien seine Nackenmuskeln verspannt. »Sie haben Mut, das muss ich zugeben. Aber Sie verwechseln mich mit jemandem, dem was daran liegt.«
Jane gab trotzdem nicht auf. Solange sie noch im Zimmer war, hatte sie eine reelle Chance, seine offensichtliche Gleichgültigkeit zu durchbrechen. »Ihre Tante hat einen Freund, Geno Marley. Er hat sich an Tenille herangemacht. Gestern Abend hat er versucht, sie zu vergewaltigen.« Jetzt spürte sie, dass sie seine ganze Aufmerksamkeit hatte, obwohl sie nicht genau hätte sagen können, was sich geändert hatte.
»Ich verstehe nicht, warum Sie mir das sagen, Dr. Gresham. Dieser Marley-Typ gehört doch nicht zu meinen Leuten.«
»Aber Tenille schon. Und ein Wort von Ihnen würde ihn aus ihrem Leben entfernen.«
»Und warum sollte ich das tun?«
Jane zuckte die Schultern. »Wenn sie Ihre Tochter ist, dann liegt die Antwort auf der Hand. Und wenn sie es nicht ist, na ja, dann wäre es trotzdem richtig, es zu tun, oder?«
»Halten Sie mich für 'n Sozialarbeiter oder so was? Dass ich dazu da bin, um die Probleme anderer Leute zu lösen?«
Sie spürte, dass er mit ihr spielte, aber sie wusste nicht, wie sie bei seinem Spiel mitmachen konnte. Sie stand auf, denn auch wenn sie blieb, konnte sie nichts weiter erreichen. »Sie

müssen tun, was Sie für richtig halten«, sagte sie. »Also, wenn Sie mich jetzt entschuldigen, ich habe zu tun.«

Er nickte. »Ich werd mit ihm reden, Dr. Gresham. Ich mag das Pack, das junge Mädchen belästigt, genauso wenig wie Sie. Sie können Tenille sagen, sie wird sicher sein.«

»Danke.« Sie wandte sich, die Hand auf der Türklinke, zum Gehen. »Wer immer Tenilles Vater ist, er sollte stolz auf sie sein. Sie ist etwas Besonderes.«

»Auf Wiedersehen, Dr. Gresham. Ich nehme an, wir werden uns nicht wieder treffen«, sagte er. Er klang so sehr nach einem Schurken aus einem James-Bond-Film, dass der Bann gebrochen war.

Jane grinste. »Man kann ja nie wissen«, sagte sie.

Als sie die Wohnung verließ, war sie in Hochstimmung. Trotz der Gleichgültigkeit, die Hammer ihr vorgespielt hatte, war sie sicher, dass sie erreicht hatte, was sie sich vorgenommen hatte. Sie könnte mit gutem Gewissen und im Vertrauen darauf, dass Tenille nichts Schlimmes passieren würde, nach Fellhead fahren können.

Einer der größten Vorteile, die Carlisle bot, war die hinreißende Landschaft in der unmittelbaren Umgebung, dachte Dr. River Wilde. Sie hatte entdeckt, dass man in jeder beliebigen Richtung nicht lange zu fahren brauchte, um sich in einer Landschaft von atemberaubender Schönheit wiederzufinden, sei es das düstere hügelige Hochland von Northumberland mit dem Hadrianswall als Querbalken zum Penninischen Gebirge oder die majestätische Schönheit des Lake-District-Nationalparks mit seinen Hochmooren, Wäldern und düsteren Wasserflächen. Sie war in der Nähe von Cambridge in einer rundum flachen Gegend aufgewachsen, die nur wenig Abwechslung bot. Hier oben im Norden nahmen die Jahreszeiten irgendwie schneller Gestalt an, und jeder Tag brachte eine fein schattierte Änderung der Welt um sie herum. Es war eine Landschaft, deren Geschichte zur Analyse genauso geeignet war wie der menschliche Körper, dachte sie. Kürzlich hatte sie sich einer Gruppe von Universitätsangestellten angeschlossen, die jeden Sonntag in den Bergen wanderte, und erst eine Woche zuvor hatte die beiläufige Bemerkung eines ihrer Kollegen sie erstaunt innehalten lassen. Als sie die Ostseite des Great Gable hinaufgegangen waren, hatte er gesagt, wenn Wordsworth jetzt nach England zurückkäme, würde er in seiner Heimatlandschaft, dem Lake District, viel mehr Veränderungen feststellen als auf dem Universitätsgelände seines Cambridger Colleges.

»Wir halten die Landschaft für unveränderlich, aber da haben wir Unrecht«, sagte er. »Überall sehen wir hier die Auswirkung der menschlichen Hand oder eigentlich der Füße. Betrachten Sie nur die Erosion auf diesen Wegen und die Straßen«, fügte er hinzu und wies in die Richtung von Buttermere und Derwent Water, wo die Sonne auf den Stahldächern der Autos glänzte. »An jedem schönen Sommertag erstickt alles im Verkehr. Zu Wordsworths Zeiten ging man über die Pfade der Viehtreiber, nicht über Straßen, die aus den Bergen herausgeschnitten sind wie aus einem Stück Käse. Und die Wege waren meist leer. Diese Landschaft erzählt die Geschichte der letzten zweihundert Jahre deutlicher als jedes weit ausgedehnte Stadtgebiet.«

»Ganz zu schweigen von der Geschichte der Teestube«, hatte ein anderer Kollege düster eingeworfen. »Ich bin überrascht, dass uns oben auf dem Great Gable noch keine erwartet.«

River hatte ihre Gedanken dazu für ein andermal aufgehoben, und heute Morgen, als sie auf der alten römischen Straße in Richtung Bothel aus Carlisle hinausfuhr, dachte sie wieder darüber nach. Fast zweitausend Jahre waren vergangen, seit diese Straße von Legionären gebaut wurde, die viele Meilen von ihrer Heimat entfernt gezwungen waren, fremdländische Kost zu essen und sich an die oft höllischen Winter der nördlichsten Gegenden des Reichs zu gewöhnen. Sie fragte sich, wie viel von dem, was sie jetzt sah, bei den Geistern der Legio-

näre noch Erinnerungen wecken würde. Vielleicht der Horizont, vielleicht die Farben. Aber sonst nicht viel.
Sie liebte auch die Ortsnamen, die an eine weitere Welle von Eindringlingen erinnerten. Die Wikinger hatten den Orten, die sie besetzten – Ireby, Branthwaite, Whitrigg –, in den Nachsilben ihren Stempel aufgedrückt. Und es gab andere wunderbare Namen, deren Herkunft sie nicht kannte – Blennerhasset, Dubwath und Bewaldeth. Die Fahrt von Carlisle nach Keswick war nicht nur angenehm, es war reine lebende Poesie.
Sie bog nach links auf die gewundene Straße ab, die zwischen dem bewaldeten Gebirgsmassiv von Skiddaw und dem langgestreckten Bassenthwaite hindurchführte. Überall um sie herum verfärbten sich die Blätter der Bäume. Auf den Bergen wurden vor dem kräftigen Hochlandgras, das durch die Sommerregen noch ein lebhafteres Grün als gewöhnlich hatte, die Farne braun. Der See glitzerte dunkelblau in der Herbstsonne, und River war beglückt, nicht nur am Leben, sondern auch in dieser atemberaubend schönen Natur zu sein.
Sie fragte sich, wie wohl die letzte Reise des Moorpiraten oberhalb von Coniston Water verlaufen war. Wenn sie Glück hatte, konnten die Paläobotaniker ihr vielleicht sagen, in welcher Jahreszeit er gestorben war. Aber niemand würde je wissen, ob er seinen letzten Weg bei Tag oder Nacht, bei Sonnenschein, Regen oder Nebel zurückgelegt hatte. Hatte er die Schönheit wahrgenommen, die ihn umgab, oder war er einer von denen gewesen, die ihre Umgebung nicht beachtet hatten? War dies hier seine Heimat, oder war er nur auf dem Weg zu einem anderen Ziel hier durchgekommen? Das wenigstens war etwas, was sie letzten Endes wahrscheinlich würde beantworten können. Und wenn sie erst einmal festgestellt hatte, wie alt die Leiche war, würde sie zeitgenössische Zeichnungen und Gemälde aufspüren können, die vielleicht zeigten, was ihr Toter gesehen hatte, als er über

diese Hügel gewandert war. All dies würde die Fernsehdokumentation bereichern und zugleich ihren eigenen Wissensdrang befriedigen.
Ihre Überlegungen lösten sich auf, als sie die Randbezirke von Keswick erreichte und sich auf den Weg konzentrieren musste. Sie fuhr auf den Besucherparkplatz vor dem Polizeirevier, eilte hinein und setzte für die Begegnung mit DCI Rigston ihre professionelle Miene auf. Es tat ihr fast leid, dass sie nicht zusammenarbeiten würden. Schon als er ihr die ersten kurzen Informationen gab, hatte sie ihn gemocht, was bei ihrer Zusammenarbeit mit Polizeibeamten nicht allzu oft vorkam.
Der Mann in Zivil am Empfangstisch wies ihr den Weg zur Kantine, wo sie Rigston fand, der ein Schinkenbrötchen verzehrte. Er stand sofort auf, und nachdem er sich die Finger an einer Papierserviette abgewischt hatte, schüttelte er ihr die Hand. »Darf ich Ihnen etwas zu essen holen? Ich wurde extra früh zum Dienst gerufen, hab das Frühstück verpasst«, sagte er und wies entschuldigend auf seinen Teller.
»Lassen Sie sich nicht stören, ich brauche nichts«, sagte River und setzte sich ihm gegenüber. »Es tut mir leid, dass ich Sie beim Essen störe, aber es wird nicht lange dauern. Ich dachte, Sie würden wahrscheinlich gern wissen, was meine Voruntersuchungen mich vermuten lassen: Der Fall dieser Leiche liegt völlig außerhalb Ihres Zuständigkeitsbereichs.«
Rigston grinste und zeigte eine Reihe ebenmäßiger weißer Zähne. »Hab ich mir schon gedacht«, sagte er. »Aber ich bin trotzdem froh, es offiziell bestätigt zu bekommen. Wissen Sie, wie lange er dort drin gelegen hat?«
»Beim jetzigen Stand der Untersuchungen ist es schwierig, etwas Genaues zu sagen, aber schätzungsweise seit der Zeit zwischen 1785 und 1815. Das ist allerdings nur so über den Daumen gepeilt«, fügte sie hastig hinzu. »Nageln Sie mich nicht darauf fest. Ich werde eine bessere Antwort haben, wenn wir mit der Untersuchung fertig sind.«

»Sie werden ihn also der ganzen Bandbreite von Tests unterziehen?« Rigston sah etwas überrascht aus.
»Das volle Programm. Und das Beste daran ist, ich habe jemanden, der dafür zahlt.« Während sie sprach, sah sie ihm beim Essen zu. Man konnte an der Art und Weise, wie ein Mensch aß, viel über ihn erfahren. Ewan Rigston nahm kleine Bissen und kaute sorgfältig mit geschlossenem Mund, bevor er schluckte. Zwischen den Bissen hielt er inne und überlegte, wo er weitermachen wollte. Also kein Mann, der die Dinge anging wie ein wilder Stier. Gemessen, nachdenklich und vielleicht ein bisschen gehemmt, dachte sie.
»Wie haben Sie das geschafft?«
»Northern TV wird die ganze Sache filmen. Sie machen eine Dokumentarserie über meinen Moorpiraten.«
»Schön für Sie. Vielleicht könnte ich die als Sponsor für meine Ermittlung zu einem bewaffneten Überfall gewinnen«, fügte er bitter hinzu. »Aber was ist das mit dem ›Moorpiraten‹?«
»Sie haben immer gern einen netten einprägsamen Namen. Wir haben ihn im Moor gefunden, daher der Name. Und seine Tätowierungen sind typisch für einen Seemann, also habe ich meiner Phantasie freien Lauf gelassen. Außerdem klingt es besser als Moorseemann.«
»Da haben Sie Recht. Viel Glück.«
»Danke. Möchten Sie, dass ich Sie auf dem Laufenden halte?«
Er nickte. »Das wäre prima. Also ...« Er zögerte kurz und sagte dann sehr schnell: »Sie hätten wohl keine Lust, mal etwas mit mir trinken zu gehen?«
Der Gedanke war River tatsächlich überhaupt noch nicht gekommen. Aber je mehr sie darüber nachdachte, desto besser gefiel ihr die Idee. Sie lächelte. »Doch, eigentlich schon. Und Sie können mir mit Ihrem Fachwissen helfen.«
»Wie denn?«
»Na ja« – sie brach mit einem verlegenen Lachen ab –, »mir

ist gerade klar geworden, dass ich nicht mal Ihren Vornamen weiß.«

Sie lachten beide. »Ewan. Heißt das, ich darf Sie fragen, woher Ihr Name kommt?«

River war etwas verlegen. »Hippie-Eltern.«

»So ein Name macht es einem bestimmt nicht einfach, ernst genommen zu werden. Ich muss zugeben, ich dachte, jemand hätte sich einen Spaß erlaubt.«

»Tatsächlich?« Sie warf ihm ein Lächeln zu, das aber nicht bis zu ihren Augen reichte. »Immerhin bricht er das Eis.« Das Lächeln war verschwunden. »Ich erwarte allerdings, dass man mich ernst nimmt.«

Ihre Entschlossenheit, die nicht zu übersehen war, rief bei Rigston die Erinnerung an seine zwölfjährige Tochter wach, die er immer seltener sah, seit ihre eigenen Angelegenheiten wichtiger geworden waren als das Bedürfnis, einen Vater zu sehen, der seit fünf Jahren nicht mehr mit ihr unter einem Dach wohnte. River Wilde machte genau wie Marnie den Eindruck, sie wolle etwas beweisen und sei absolut entschlossen, Erfolg zu haben. Er sagte sich jedoch, dass diese Frau kein Kind mehr war, egal, wie jung sie schien. Sie war es gewohnt, Dinge zu sehen, mit denen seine Tochter, so hoffte er, nie fertig werden müsste. »Natürlich würde ich mir etwas anderes auch nicht einmal im Traum einfallen lassen.« Sein Gesichtsausdruck war freundlich und offen. River entspannte sich. »Also, wozu brauchen Sie mein Fachwissen?«, fuhr er fort.

»Weil er bestimmt ein Fall für Sie wäre, wenn er nicht schon so lang tot wäre. Ganz sicher werde ich es wissen, wenn wir Röntgenaufnahmen und die CT-Untersuchung vom ganzen Körper gemacht haben, aber momentan neige ich zu der Meinung, dass unser Moorpirat keines natürlichen Todes gestorben ist. Ich glaube, jemand hat ihm den Schädel eingeschlagen.«

Für Tenille war das Glück, allein in Janes Wohnung sein zu dürfen, fast den Anlass wert, durch den es dazu gekommen war. Jane war gut gelaunt von ihrem Treffen mit Hammer zurückgekommen, sagte aber wenig darüber, außer dass sie überzeugt sei, Tenille würde keine Probleme mehr mit Geno haben. »Hm«, brummte Tenille.
»Ich kann verstehen, dass du vielleicht Zweifel hast«, meinte Jane. »Aber ich habe das Gefühl, dass Hammer nichts sagt, was er nicht auch ernst meint. Also, tut mir leid, aber ich muss jetzt gehen, Tenille, muss den Zug noch erwischen. Ich werde zwei Wochen weg sein. Du kannst den Rest des Tages hier bleiben, wenn du willst. Lass einfach die Tür hinter dir ins Schloss fallen, okay?«
»Ja, okay. Kann ich an den Computer gehen?«
Jane überlegte einen Moment und nickte dann. »Aber heute Abend musst du nach Hause. Ich will nicht, dass du dich endlos lange hier verkriechst. Versprichst du das?«
Tenille hatte so getan, als schmolle sie, hatte es aber versprochen. Sie würde später die Wohnung verlassen, und wenn Geno da war, würde sie einfach in Janes Wohnung zurückgehen. Sie hatte den Schlüssel, und da sie wusste, dass Jane weg war, hatte sie die Freiheit, die Bude zwei Wochen als ihre eigene zu nutzen. Irgendwie würde sich die Lage bis dahin von selbst beruhigen, sagte sie sich. Egal, was Jane davon hielt, sie war nicht überzeugt, dass Hammer sich Geno vorknüpfen würde. Er war kein Mann, der sich von einer Frau etwas vorschreiben ließ, und schon gar nicht von einer Frau der weißen Mittelschicht.
Tenille wartete geduldig, während Jane eine Tasche mit Kleidern und Büchern packte, und sobald sie weg war, ging sie ins Arbeitszimmer. Sie setzte sich, und ihr Finger verharrte über dem Anschaltknopf. Sie fühlte sich zu aufgedreht, um online zu gehen. Im Lauf der letzten Jahre hatte sie sich beigebracht, sich so zu fühlen, als sei sie allein auf der Welt, ein einzelnes Teilchen, das im Leben anderer Menschen herum-

schwirrte. Seit ihre Mutter gestorben war, hatte sie sich nie erlaubt, sich irgendwo als dazugehörig zu fühlen. Sharon wollte sie nicht haben, das wusste sie. Ihre Tante handelte aus Pflichtgefühl, nicht aus Liebe. Ohne ihre Mum war Tenille von der Welt abgekoppelt, mit nichts verbunden und frei. Sie hatte sich selbst glauben machen wollen, es sei am besten, so zu leben, und zum Teil war ihr das auch gelungen. Als ihr jemand zum ersten Mal sagte, der Hammer sei ihr leiblicher Vater, hatte dieser Teil von ihr, der sich so unabhängig fühlte, es nicht glauben wollen. Sie hätte es damals nicht ausdrücken können, aber es hatte etwas damit zu tun, dass sie keine solche Verbindung wollte, weil sie sich dadurch, dass sie mit jemandem verbunden war, verletzlich machte.

Die Erkenntnis, dass der Hammer, selbst wenn er ihr Vater war, nichts mit ihr zu tun haben wollte, hatte bewirkt, dass sie sich bei dem Gedanken fast wohl fühlte. Er hatte ihre Existenz nie anerkannt, und schon gar nicht irgendeine Beziehung zwischen ihnen. Nie hatte er die Dinge getan, zu denen sich selbst hoffnungslos schlechte Väter, die nie da waren, gelegentlich durchrangen. Nie kam er an Weihnachten mit einem Arm voll schlecht verpackter, teurer und unpassender Geschenke. Auch setzte er sich beim Krippenspiel in der Schule nie heimlich in die letzte Reihe. Nie war er mit ihr ins Kino oder zu McDonald's gegangen. Kurz gesagt, er hatte nie das geringste Interesse an ihr gezeigt.

Und das machte es nur noch unwahrscheinlicher, dass er etwas tun würde, um sie gegen Geno zu verteidigen. Was würde es schließlich über ihn aussagen, wenn er es täte? Es wäre so, als würde er vom obersten Stock im Block D bekannt geben, dass sie seine Tochter sei. Er würde vielleicht plötzlich beschließen, dass er die anderen Dinge tun wolle, zu denen ein Vater verpflichtet war, zum Beispiel darauf achten, dass sie zur Schule ging, und all den Mist. Diese Art von Zwang wollte Tenille wirklich nicht in ihrem Leben haben.

Andererseits wollte sie, verdammt noch mal, auch Geno auf keinen Fall in ihrem Leben. Und wenn der Hammer nichts dagegen unternahm, war sie nicht sicher, wie sie das schaffen konnte. Es war ja nicht so, dass sie jemanden kannte, der gegen Geno ein Gegengewicht hätte schaffen können, und sie konnte es sich nicht leisten, einen der Schläger aus der Siedlung zu beauftragen, ihm Bescheid zu stoßen. Sie fluchte leise vor sich hin, schaltete den Computer an und beschloss, nicht mehr daran zu denken.

Ich schreibe dies auf, wie es mir in den Worten meines Freundes berichtet wurde:
Ich war zuvor schon mit Leutnant Bligh gesegelt, bevor ich für die Reise auf der Bounty anheuerte, und hatte ihn als einen Mann kennen gelernt, dessen Stimmungen unmöglich vorherzusagen waren. Wenn während der Reise alles gut ging, war er die Liebenswürdigkeit selbst. Ich hatte Gelegenheit, dies öfter als die meisten anderen zu erfahren, denn auf der ersten Reise wollte er mich immer in seiner Nähe haben und lud mich oft zum Abendessen in seine Kajüte ein. Aber wenn unerwartet etwas an Bord misslang, war er cholerisch und unbeherrscht und suchte immer einen anderen, dem er die Schuld zuschieben konnte. Niemals wurde ein Tadel gegen ihn selbst ausgesprochen. Er war auch sehr bedacht auf seine Stellung und verlangte als sein Recht den Respekt, der einem Kapitän entgegengebracht werden muss. Bligh verschenkte durch seine scharfe böse Art die Gelegenheiten, bei denen die Männer sich eine gute Meinung von ihm hätten bilden können. Seeleute sind nicht für ihre feine Ausdrucksweise bekannt, aber selbst unter Deck in den scheußlichsten Situationen habe ich nie so unflätige Reden gehört, wie Bligh sie führte, wenn er Verachtung und Wut herausließ. Aber er war ein guter Steuermann, und ich wusste, dass ich an seiner Seite viel lernen konnte, und so war ich bereit, über meine bösen Ahnungen hinwegzusehen und ihn wieder zu begleiten, dazu noch auf einer so langen Reise.

10

Sogar die Luft roch anders, dachte Jane, als sie den Bahnsteig in Oxenholme betrat. Sie erblickte ihren Vater beim Ausgang und winkte ihm fröhlich zu. Allan Gresham hob zur Antwort leicht die Hand, als kleine Geste eines bescheidenen Mannes, dem bei seinen Herdwickschafen auf dem Hochmoor wohler war, als es ihm jemals dort sein würde, wo viele Menschen zusammenkamen.

Jane stellte ihre Tasche ab, schlang die Arme um ihn und küsste ihn flüchtig auf die raue Wange. »Danke, dass du gekommen bist, Dad«, sagte sie.

»Auf die Busse kann man sich ja nicht verlassen«, erwiderte er und wuchtete mit einem überraschten Stöhnen ihre Tasche hoch. »Was hast du da drin? Goldbarren?«

»Ich wünschte, es wäre so. Bücher und Papier. Und 'n paar Kleider.« Jane ging neben ihm her zum Landrover auf dem Parkplatz.

Als sie die Lichter des Bahnhofs hinter sich gelassen hatten und die frühe Abenddämmerung ihre Gesichter verbarg, räusperte sich Allan. »Du bist doch nicht in Schwierigkeiten, oder?«

»Warum sollte ich in Schwierigkeiten sein?« Jane klang erstaunt.

Allan stellte ihre Tasche hinten in den Landrover, zuckte ratlos die Schultern und hob die Arme. »Ich weiß nicht. Nur … es ist ja mitten im Semester. Du hast doch Arbeit. Studenten, die du unterrichten musst. Ich hab nicht gedacht, dass du einfach so ohne Vorwarnung losziehen kannst.«

»Hab ich auch nicht gemacht, Dad. Es ist ganz offiziell. Freistellung zu Forschungszwecken. Da hat sich etwas ergeben, das ich untersuchen muss, und meine Chefin hat mir zwei Wochen Urlaub dafür gegeben.«

Sie stiegen ein, und Allan ließ den Motor an. Er hob die Stimme, damit sie ihn trotz des rhythmischen Brummens des Dieselmotors hören konnte. »Ich hab gedacht, du hast mit toten Dichtern zu tun? Wie kann es da was Dringendes geben?«

»Es ist wegen der Moorleiche, Dad«, sagte Jane.

Er lachte leise. »Fletcher Christian, was? Ich hab mich schon gefragt, wie lang es dauern würde, bis du dir eingeredet hast, dass es bei dem Toten um den von dir gesuchten Mann geht.«

»Vielleicht ist er es nicht«, wandte Jane ein. »Ich hab ja gar nicht behauptet, dass er es ist. Und es kann sehr gut sein, dass er nichts mit Christian oder der *Bounty* zu tun hat. Aber dadurch hab ich einen Aufhänger, an dem ich meine Theorie festmachen kann, und das genügt, um mir Zeit zu verschaffen, damit ich etwas anderes genau untersuchen kann, was ich letzten Sommer gefunden habe.«

»Du hast schon immer so ein Überredungstalent gehabt«, sagte Allan, und in seinem resignierten Tonfall klangen alte Konflikte an. »Wenn er also dein Mann ist, wie kommt es dann, dass er tot in einem Moorstück in Cumberland liegt?«

»Ich habe keine Ahnung. Und um ehrlich zu sein, das interessiert mich am wenigsten. Das überlasse ich den Historikern.«

Ihr Vater nickte. »Jedenfalls bin ich froh, dass es keine Probleme gibt.« Er warf einen kurzen Seitenblick auf sie. »Wir machen uns eben Sorgen um dich, so weit weg da unten.«

Dies war eine verschlüsselte Frage nach Jake, das war ihr klar. Es war die vertraute Gewohnheit der Familie, über Dinge zu reden, ohne sie eigentlich zu erwähnen. »Mir geht's gut, Dad. Was man nicht heilen kann, muss man aushalten. Und ich bin gut im Aushalten.«

»Manche kennen den Unterschied zwischen Zuckerschlecken und Mühsal gar nicht.« Sie verstummten, und die Stille wurde nur durch das Geräusch der Scheibenwischer auf der Windschutzscheibe unterbrochen.

»Wie geht's Gabriel?«, fragte Jane, als sie nach Fellhead abbogen.

»Ach, dem geht's prima«, sagte ihr Vater stolz. »Ein großer starker Junge. Fängt schon an zu krabbeln. Deine Mutter hat zu Diane gesagt: ›Jetzt ist es mit deiner Ruhe vorbei.‹« Er lachte leise vor sich hin. »Ich denke noch daran, als du angefangen hast zu laufen. Du hast dir in den Kopf gesetzt, dass du irgendwohin wolltest, und nichts konnte dich aufhalten. Das ist seltsam, du warst anders als Matthew. Er hat immer alles gleichzeitig gemacht, und du hast ihm die ganze Zeit zugesehen. Aber er besaß nie deine zielstrebige Hartnäckigkeit, die du schon hattest, als du noch ganz klein warst. Wenn Gabriel jetzt loslegt, werden wir einen Vorgeschmack davon bekommen, schätze ich, wie er später sein wird.«

Jane kannte diesen Ausspruch. Es war einer von vielen, bei denen Matthew immer eine finstere Miene aufsetzte. »Es wird schön sein, Gabriel zu sehen. Sie verändern sich so schnell, wenn sie so klein sind. Sieht er immer noch Granddad Trevithick ähnlich?«

»Ja. Deine Mutter sagt, das kommt nur daher, dass er keine Haare und ein rundes Gesicht hat. Aber ich glaube, sie sagt das nur, damit Dianes Mutter sich nicht ärgert. Die meint, er sähe wie Dianes Bruder im gleichen Alter aus. Was auch immer, später wird er wie er selbst aussehen.«

»Ob er wohl die Locken der Greshams bekommt?« Sie streckte die Hand aus und zerwühlte das dichte Haar ihres Vaters.

»Wenn ja, wird er uns bestimmt nicht dankbar sein. Für

Mädchen ist es ja in Ordnung, aber wir Jungs sehen nicht gern so aus, als wären wir den halben Tag beim Friseur gewesen.«

Als sie den Rand des Dorfes erreichten, schaute Jane aus dem Fenster. Jedes Häuschen hatte sich tief in ihrem Gedächtnis eingeprägt, und sie hätte jedes einzelne in einer Reihe ähnlicher sofort erkannt. Die meisten waren wunderschön und gepflegt, aber hin und wieder gab es ein Haus, das seinen Besitzern entweder gleichgültig war oder die sich die Reparaturen nicht leisten konnten. Die Ortsansässigen fürchteten den Tod dieser Bewohner mehr als den aller anderen, weil die Häuser immer an Auswärtige verkauft wurden, die von der romantischen Vorstellung erfüllt waren, ein Ferienhäuschen im Lake District zu haben, und sich für die Idee begeisterten, ein Schnäppchen gemacht zu haben, das sie dann nach ihren eigenen Vorstellungen verändern konnten. Ihre vollen Brieftaschen hatten sogar die Preise für halb zerfallene Häuser in Höhen getrieben, die für die meisten, die von den im Lakeland erwirtschafteten Einkommen leben mussten, unerschwinglich waren. Der Anblick eines neuen Verkaufsschilds bedrückte Jane. »Was ist mit Miss Forsyth passiert?«, fragte sie.

»Sie hat noch einen Schlaganfall gehabt, kam in dem Haus nicht mehr klar und ist in ein Heim in Keswick gegangen«, sagte ihr Vater knapp, als er den Landrover den schmalen Weg entlangsteuerte, der zum Farmhaus am Dorfrand hinaufführte.

»Ich nehme an, das wird dann also auch ein Ferienhaus«, seufzte Jane. In ihrem kurzen Leben hatte sie bereits erlebt, wie ein Drittel der Häuser im Dorf von Familien, die ihre Vorfahren Hunderte von Jahren zurückverfolgen konnten, in die Hände von Zugezogenen übergingen, die in weit entfernten Supermärkten einkauften und kein Interesse am Dorfleben hatten, außer dass sie es wie eine Rarität in Aspik betrachteten.

»Ich glaube, in der Gegend hier hat niemand genug Geld, es zu kaufen«, stimmte ihr Allan zu. »Allerdings hat ein Paar, das das ganze Jahr hier wohnt, das Haus bei der Post gekauft. Sie macht irgendwas mit Computern, und er veröffentlicht eine Zeitschrift für Wanderer.« Er schüttelte den Kopf. »Hört sich nicht an wie richtige Arbeit, finde ich, aber wenigstens sind es nicht nur Wochenendbesucher.«

Allan lenkte den Wagen in die Einfahrt zu ihrem Hof und parkte beim Lammschuppen. Das niedrige Farmhaus schien sich an den Abhang zu schmiegen, und der vom Wetter mitgenommene Stein passte sich nahtlos der Landschaft an. Weiches gelbes Licht fiel aus den Küchenfenstern, deren Umrisse im dichten Nieselregen nur undeutlich zu sehen waren. Sie gingen durch den Regen zur Hintertür und schüttelten sich wie Hunde, als sie im Flur auf den Steinplatten standen. Das herrliche Aroma von Lamm mit Rosmarin und Knoblauch hüllte sie ein und hieß sie willkommen.

Judy Gresham erschien an der Küchentür und wischte sich die Hände an ihren Jeans ab. »Jane«, rief sie und strahlte vor Zufriedenheit. Trotz des harten Lebens als Frau eines Bergfarmers sah man Judy ihr Alter nicht an. Sie schien eher etwas über vierzig als die Mittfünfzigerin zu sein, die sie tatsächlich war. Ihr dunkelbraunes Haar war immer noch so dicht und üppig wie damals, als Jane es als Kind so gern um ihre Finger wickelte.

Jane hatte sich stets über den überraschten Ausdruck auf den Gesichtern ihrer Studienfreunde gefreut, wenn sie bei einem Besuch ihre Mutter kennen lernten. Ihr Vater war genauso, wie sie ihn sich vorgestellt hatten – er hatte ein von Wind und Wetter gerötetes Gesicht, war untersetzt und trug einen Overall über Jeans und karierten Hemden. Aber ihre Mutter versetzte sie in Erstaunen. Statt der Frau mit Apfelbäckchen in Faltenrock und Schürze, die für den Stand der Landfrauen zur Melodie von »Jerusalem« die Marmelade rührte, sahen sie sich einer schlanken, gut frisierten Frau in

Jeans und schicken Blusen gegenüber, die man in der Öffentlichkeit nie ohne Make-up, Ohrringe und Nagellack sah. Ihr kleines ovales Gesicht war wohlgeformt, und Jane wünschte, sie hätte dies Züge statt der tief liegenden Augen, den breiten Backenknochen und der sehr ausgeprägten Nase ihres Vaters geerbt. Neben ihrer Mutter kam Jane sich immer enttäuschend groß und ungepflegt vor. Aber das war nur ihre eigene Projektion. Judy hatte nie mit einem Blick oder Wort angedeutet, dass sie etwas anderes als Entzücken über die Erscheinung ihrer Tochter empfand.

Jetzt umarmte sie Jane herzlich, drückte sie und hielt sie dann auf Armeslänge von sich, um sie kritisch zu betrachten.

»Das ist ja so schön, dich zu sehen«, sagte sie. »Es kommt mir wie eine Ewigkeit vor, seit du zu Hause warst.«

»Es ist doch nur ein paar Wochen her, Mum«, widersprach Jane.

»Eher Monate.« Ihre Mutter wandte sich der Küche zu, überzeugt, dass Tochter und Mann ihr folgen würden. Der sauber gescheuerte Kiefernholztisch, an dem die Familie unzählige Mahlzeiten eingenommen hatte, war zum Abendessen gedeckt, und Wassergläser glänzten in dem matten Licht.

»Genau richtig«, fuhr Judy fort. »Der Braten ist gerade fertig. Setzt euch.«

Als Jane ihrer Mutter zusah, wie sie Bratkartoffeln, Pastinaken und dicke Scheiben Lammbraten auf die Teller häufte, dachte sie: Gerade mal fünf Minuten im Haus, und schon war London so weit weg wie ein fremdes Land. Es spielte keine Rolle, wie sehr sie versuchte, sich selbst vom Gegenteil zu überzeugen – sie gehörte einfach hierher. Hier fühlte sie sich am lebendigsten. Es war unmöglich, sich vorzustellen, dass sie erst heute Vormittag einem Londoner Gangster in seinem eigenen Wohnzimmer gegenübergestanden hatte. Ihren Eltern würde vor Schock der Mund offen stehen bleiben, und aus ihren Blicken würden Besorgnis und Fassungslosigkeit sprechen, wenn sie es ihnen erzählte. *Und sie hatten ja*

Recht, dachte sie, griff nach ihrem Teller und stellte ihn vor sich hin.
Nach zwei Bissen zarten Lammbratens hörte Jane, dass die Hintertür aufgemacht wurde. »Nur ich«, war die Stimme ihres Bruders aus dem Flur zu hören, wo er seine Jacke auszog.
Judy sah leicht schuldbewusst aus. »Matthew, das ist aber 'ne nette Überraschung«, sagte sie, als ihr Sohn hereinkam und sich die feuchten Locken aus der Stirn strich.
Matthew Gresham schaute mit einem bitteren Lächeln auf die Szene. »Sehr schön. Ich hab die Zeitschrift gebracht, die du wolltest, Diane hat's mir ausgerichtet«, sagte er zu Judy und warf eine zusammengerollte Gartenzeitschrift auf den Tisch, zog dabei einen Stuhl heran und ließ sich darauf fallen wie ein schmollendes Kind. Jane beobachtete, wie die Zeitung sich aufrollte, und wartete, bis der zweite Teil der Vorstellung folgte. »Was tust du hier zu Hause mitten in der Woche und im Semester?«, fragte er in verdächtig freundlichem Ton. »Hast du dich unmöglich gemacht, Schwesterchen?«
»Freistellung zu Forschungszwecken«, antwortete Jane. »Es ist schön, dich zu sehen, Matthew«, fügte sie hinzu und gab sich Mühe, freundlich zu klingen.
»Manche kriegen das hin«, sagte Matthew. Er schnupperte. »Guter Lammbraten. Hast du geschlachtet, Dad? Ich freu mich auf etwas Leckereres als Pasta arrabbiata am Sonntag.«
Judy presste die Lippen aufeinander, sagte aber nichts. Jane fragte sich, ob ihr Bruder sich anders entwickelt hätte, wenn ihre Mutter nicht zugelassen hätte, dass er als Kind seine Schwester immer dominierte.
»Deine Mutter macht sehr gute Pasta«, sagte ihr Vater. »Selbstgemachte Tagliatelle sind unschlagbar. Und es ist viel zeitaufwendiger als ein Braten. Das wüsstest du auch, wenn du jemals in der Küche helfen würdest.«

Matthew zog die Augenbrauen hoch. »Was ist denn mit dem Forschungsurlaub? Extra Freizeit, um ein gebrochenes Herz zu heilen?«

Jane schüttelte starr lächelnd den Kopf. »Ich sehe, du bist immer noch dabei, dir Charme und Diplomatie anzueignen. Nein, Matthew, es hat nichts mit Jake zu tun. Es gibt da einen Quellennachweis, den ich hier oben suchen muss, und meine Professorin findet auch, dass ich es ziemlich bald tun sollte.«

»Ein Quellennachweis, den du suchen musst? Du reitest doch nicht immer noch auf Wordsworths verlorenem Meisterwerk herum?« Matthew beugte sich vor, nahm ein Stückchen Lammfleisch von der Platte und schob es mit einem beifälligen Murmeln in den Mund. Dann platzte er plötzlich mit einem lauten Lachen heraus. »Ach, jetzt versteh ich. Du hast deine leichtgläubige Chefin überzeugt, dass die Leiche im Moor kein anderer ist als Fletcher Christian – voilà.« Sein Gesicht verdüsterte sich wieder. »Mein Gott, du hast es leicht da unten. Ein paar Tage im Lakeland mit guter Hausmannskost gefällig? Ich weiß, man braucht nur eine bekloppte Idee zu haben und die Welt dazu zu bringen, nach seiner Pfeife zu tanzen.«

»Jetzt hör aber mal auf, Matthew«, sagt Allan. »Deine Schwester ist kaum fünf Minuten hier.«

»Und du brauchst dich ja nicht zu beklagen«, sagte Judy munter. »Ein wunderbares Baby, eine liebe Frau und eine gute Stelle. Es gibt Millionen, die sich über ein Los wie deines sehr freuen würden.«

»Darum geht es also, Jane?«, fuhr Matthew unerbittlich fort und beachtete seine Mutter gar nicht. »Du tauchst wieder hier auf, findest Willies Gedicht über die *Bounty* und machst dabei dein Glück?«

Jane schluckte ihren halb gekauten Bissen hinunter und starrte ihren Bruder an. »Ich erforsche bestimmte Hinweise. Aber wenn ich tatsächlich etwas finde, werde nicht ich reich, sondern die Erben von Wordsworth. Oder wer immer den Rechtsanspruch auf den Fund hat.«

Matthew sah sie spöttisch an. »So naiv wollen wir doch nicht sein, Schwesterchen. Gut, du bist der einzige Mensch, der an dieses magische Manuskript glaubt. Aber wenn du es wirklich finden solltest, dann bist du doch eine gemachte Frau. Eine glänzende Karriere, alles auf dem Rücken der Lakeland-Gegend.«

»Und wie würden die Leute hier ihren Unterhalt verdienen, wenn es den Tourismus aufgrund der historischen Orte nicht gäbe?«, erwiderte Jane. »Es gibt andere Gegenden in England, die genauso schön sind, aber die haben keine Einkünfte aus dem Tourismus. Die Geschichte des Lake District im literarischen Leben ist einer der Hauptgründe, weshalb die Leute hierher kommen, ob es um Wordsworth oder Beatrix Potter, Ruskin oder Arthur Ransome geht. Ihr Vermächtnis hat diesem Landstrich viel mehr zurückgegeben, als sie je bekommen haben.«

»Aber das hier? Das wird doch nichts sein, was Geld und Jobs im Tourismus bringt, oder? Das wird keine Arbeitsplätze für die Kinder bringen, die ich unterrichte, und für ihre Familien. Nur einige Fremde werden dabei reich werden.« Er schüttelte den Kopf. »Ich habe nie geglaubt, dass du zu denen gehörst, die unser Land hier als Milchkuh behandeln, die sich endlos melken lässt.«

»Dafür gibt es eine lange und edle Tradition, Matthew. Wordsworth und seine Freunde gehörten auch dazu. Verachtest du sie ebenfalls?« Jane war jetzt wütend. Sie wusste, das würde reichen, um Matthew zum Nachgeben zu zwingen.

Er hob die Arme und gab auf. »Du hast ja immer eine Antwort parat, Jane.« Er schob seinen Stuhl zurück, der auf den Steinplatten quietschte. »Ich sollte gehen, muss meinen Unterricht vorbereiten. Näher komm ich wohl an den Forschungsurlaub nicht heran.« Er stand auf. »Wie lange bleibst du hier?«

»Zwei Wochen. Wann kann ich Diane am Samstag am besten besuchen?«
Matthew zuckte die Schultern. »So ziemlich den ganzen Tag, wenn es regnet. Und es sieht ja so aus, als würde es das in den nächsten Tagen tun.«
»Sag ihr, ich komme vorbei. Ich will unbedingt Gabriel sehen.«
»Bist du sicher, dass du die Zeit erübrigen kannst, dich mit deinem Neffen abzugeben? Ich meine, du sollst ja Studien betreiben, oder?«
»Ach, sei doch nicht so kindisch, Matthew«, sagte Allan missmutig.
Matthew schnaubte: »Ich bin doch nicht hinter dem goldenen Schuh her, Dad. Wenn jemand sich von der Insel der Phantasie verabschieden muss, dann ist es Jane. Wach auf und komm wieder auf den Boden runter, Schwester. Am Ende des Regenbogens gibt es keinen Topf mit Gold. Es ist Zeit, wieder bei uns in der wirklichen Welt mitzumischen.«

Bevor wir zur Fahrt in die Südsee die Segel setzten, waren auf der Bounty zusätzliche Vorrichtungen angebracht worden, damit wir auf der Rückreise unsere Ladung von Brotfruchtsetzlingen befördern konnten. Deshalb war die Unterbringung für alle an Bord sehr beengt, für die Offiziere genauso wie für die einfachen Matrosen. Es war so eng, dass es immer Streit unter den Männern gab, und für uns Offiziere war es unmöglich, uns aus den kleinlichen Streitigkeiten herauszuhalten, die an Bord eines Schiffes lange vor sich hin schwelen können. Aber das war gar nichts im Vergleich zu Blighs tyrannischer Willkür. Er führte sich wie ein Leuteschinder auf und war den Offizieren gegenüber nicht viel anders. Meistens hatte ich das Glück, dass ich von dieser allgemeinen Behandlung ausgenommen wurde. Bligh schien es immer noch wichtig zu sein, dass ich ihn schätzte, und wann immer ich nicht Wache hielt, musste ich mit ihm in seiner Kajüte zu Abend essen. Ich gebe zu, dass ich mich von Anfang an nicht wohl dabei fühlte, so bevorzugt zu werden. Ich wollte nicht, dass die Mannschaft glaubte, ich sei Blighs Verbündeter. Und ich war auch beunruhigt über die Art seiner Zuneigung zu mir.

11

Ein feuchter Dunst drückte die verschmutzte Stadtluft zu Boden. Sie reizte die Rachenschleimhaut, ließ Raucherhusten schlimmer werden, und im Licht der Straßenlaternen hatten alle Köpfe einen Heiligenschein. Die Helligkeit in den Fenstern sah im Nebel romantisch aus, aber davon ließ sich niemand täuschen. Die Gehsteige waren leer. An einem solchen Abend konnte man die Menschen nicht von ihren Fernsehern zu Hause weglocken.

Tenille streckte sich und sah auf dem Bildschirm, wie spät es war. Kurz nach zehn, Zeit, zu gehen. Einesteils wäre sie gern hier geblieben, im Schutz von Janes Wohnung und allein an einem Ort, wo sie so tun konnte, als sei ihr Leben anders als die harte Wirklichkeit. Aber andererseits wollte sie das Übereinkommen von Jane und ihrem Vater auf die Probe stellen. Sie sammelte ihre Sachen zusammen und stapfte zur Tür. Nach einem letzten Blick zurück und nachdem sie sich vergewissert hatte, dass sie den Schlüssel noch in der Tasche hatte, trat sie aus der warmen Wohnung in die Nacht hinaus. Die feuchte kalte Luft ließ sie frösteln, als sie über die Galerie zu den Treppen eilte. Sie hatte gerade angefangen, die zwei Treppen zu ihrem Stockwerk hinaufzugehen, als sie einen leisen Knall hörte. Der Nebel dämpfte das Geräusch und machte es unmöglich, die Richtung, aus der der Knall kam oder was ihn verursacht hatte, zu erraten. Aber unerklärliche Geräusche waren nicht gerade ungewöhnlich in der

Marshpool-Farm-Siedlung, und sie nahm ihn kaum zur Kenntnis.
Als Tenille auf die letzte Treppenbiegung zuging, wurde ihr klar, dass jemand die Treppe herunter auf sie zukam. Der Klang der Schritte verriet jemanden, der groß und selbstbewusst war. Instinktiv duckte sie sich zur Seite und machte Platz für denjenigen, der vorbeiwollte. In dieser Umgebung konnte ein solcher Rückzug manchmal den Unterschied ausmachen, ob man unversehrt nach Hause kam oder nicht.
Sie umrundete die letzte Treppenbiegung und stand John Hampton direkt gegenüber. Eine wirre Mischung von Gefühlen erfasste sie: eine böse Vorahnung, Angst und Neugier. Falls er überrascht war, sie zu sehen, so zeigte er es nicht. Er blieb nicht einmal stehen, sondern warf ihr mit ausdruckslosem Gesicht nur einen kurzen Blick zu. Als er an ihr vorbeikam, sagte er leise: »Jetzt ist keine gute Zeit, nach Hause zu gehen, Tenille.«
Sie blieb stehen und starrte ihm nach. Ein zartes Glücksgefühl begann in ihr zu keimen. Er hatte es getan. Er hatte es für sie getan. Tenille grinste und rannte die wenigen noch verbleibenden Stufen hinauf. Zum ersten Mal war sie begierig, Geno zu sehen. Sie glaubte, er würde sich in nächster Zeit ihr gegenüber zurückhalten.
Die Wohnungstür war angelehnt. Sie stieß sie auf und ging in die Wohnung. Ein merkwürdiger Geruch wie von Feuerwerkskörpern hing in der Luft. Im Flur war es dunkel, nur ein dünner Lichtschein deutete die Umrisse der Wohnzimmertür an. Tenille stieß sie auf, und ein erwartungsvoll gespanntes Lächeln erschien auf ihrem Gesicht.
Der Anblick, der sich ihr bot, war ganz und gar nicht das, was sie erwartet hatte. Sie hatte geglaubt, Geno qualvoll zusammengerollt auf dem Sofa vor sich zu sehen, doch es war nur noch seine Hose zu erkennen.
Die obere Hälfte seines Körpers war unkenntlich und bestand nur aus zerfetztem Gewebe und zerrissenem Stoff.

Hautstücke hingen wie eine makabre Dekoration von seinem Kopf und Hals herunter. Blut, Haare und Fleisch klebten überall auf dem Sofa und der Wand dahinter. Im Zimmer selbst roch es anders. Der Gestank von Exkrementen, Schießpulver und etwas Metallischem blieb ihr in der Kehle stecken. Sie spürte, dass ihr übel wurde, aber die schauerlichen Überreste auf dem Sofa übten zugleich eine schreckliche Faszination auf sie aus. Es war, als sei ihr Bewusstsein zweigeteilt. Einerseits war sie sehr froh, dass sie in Sicherheit war. Die andere Hälfte ihres Bewusstseins fragte sich, warum sie nicht laut schrie.

Tenille trat einen Schritt näher und stolperte beinahe über etwas, das auf dem abgetretenen Teppich lag. Benommen und schockiert bückte sie sich und hob es auf. Das Holz der abgesägten Schrotflinte in ihrer Hand fühlte sich warm an. Mit der anderen Hand fuhr sie zerstreut über das glatte Metall des Laufs. Das hier war ihr Freund und Retter gewesen. Dieses Werkzeug hatte ihr Vater gewählt.

Der Gedanke an John Hampton wurde übermächtig. Die schreckliche Szene vor ihr traf sie wie der laute Knall einer zugeworfenen Tür. Entsetzt und zitternd warf sie die Waffe weg. Ihre Fingerabdrücke waren jetzt auf der Flinte. Vage dämmerte ihr – schließlich hatte sie Dutzende von Fernsehkrimis gesehen –, wie sich das hier ausnehmen würde. Sie musste etwas tun. Nur die Flinte abzuwischen genügte nicht. Sie wusste, dass es mikroskopisch kleine Spuren geben würde, egal, wie schlau ihr Vater gewesen sein mochte. Sie hatte genug kriminaltechnische Dokumentarsendungen gesehen, um zu wissen, dass sich weder sie noch ihr Vater in Sicherheit wiegen konnten.

Sie zwang sich, den Blick von Geno abzuwenden und sich zusammenzunehmen, und atmete tief und zitternd durch. Sie musste etwas tun. Aber was? Sie musste das Zimmer verlassen, damit sie richtig denken konnte.

Tenille stolperte in den Flur hinaus, sank in die Hocke und

ließ den Kopf in ihre Hände sinken. Sie musste doch etwas tun können, um sicherzugehen, dass kein Verdacht auf ihren Vater fallen würde. Er war gekommen, um sie zu retten, als sie ihn brauchte. Jetzt meinte sie, sie müsse ihm mit einer vergleichbaren Geste zeigen, dass sie zu schätzen wusste, was er für sie getan hatte.

Sie zermarterte sich den Kopf und versuchte, sich an die Sendungen über echte Kriminalfälle zu erinnern, die sie spätnachts im Satellitenfernsehen verfolgt hatte. Jeden Abend ein neuer Tod. Und nach jedem Tod eine neue Ermittlung. Tipps und Hinweise für alle, die genug Grips hatten, um ihre tiefere Bedeutung zu erfassen, und dazu einen so kühlen Kopf, dass sie sie umsetzen konnten.

Ihr Gesicht hellte sich auf. Feuer – das konnte alles bereinigen. Es würde die Tatsache, dass Geno vor Ausbruch des Feuers von einer abgesägten Schrotflinte weggepustet worden war, nicht verschleiern können. Aber ein großes Feuer würde alle Spuren beseitigen, die sie oder ihr Vater eventuell am Tatort hinterlassen hatten.

Tenille stand auf. Sie musste nur dafür sorgen, dass der Brand sich ausbreitete. Sie wünschte, sie würde in einem dieser Häuser wohnen, wo es einen Gartenschuppen voll Materialien gab, die wie eine Leuchtkugel losgehen würden. Benzinkanister für den Rasenmäher, Gasflaschen zum Grillen, so was in der Art.

Tenille ging in die Küche und machte den Schrank unter der Spüle auf. Bleiche, Weichspüler, Neutralreiniger. Alles total unbrauchbar. Sie schlug die Tür zu und ging in das Zimmer ihrer Tante. In Parfüm war Alkohol, und es würde Dämpfe abgeben, die helfen konnten, ein Feuer zu entfachen, glaubte sie. Sie nahm die wenigen Fläschchen von Sharons Frisierkommode und bemerkte dann eine große Flasche mit Nagellackentferner. Der würde brennen, da war sie ganz sicher. Tenille fügte ihn ihrer Beute hinzu. Sie wollte gerade ins Wohnzimmer zurückgehen, als sie einen kleinen Behälter in einer halb offenen Schublade bemerkte. Sie riss sie auf und nahm das Fläschchen mit Feuerzeugbenzin heraus.

An der Tür zum Wohnzimmer schloss sie kurz die Augen und versuchte, sich zu fassen. »Nimm dich zusammen«, sagte sie laut und zwang sich, in das Zimmer zurückzugehen. Diesmal bemühte sie sich, Geno nicht anzusehen. Sie ging zum Sofa, wo sie sämtliche Flaschen entleerte. Der widerwärtig süßliche Duft hüllte sie ein und überdeckte alle Gerüche der brutalen Mordtat. Dann drückte sie die Öffnung des Benzinbehälters fest gegen die Holzlehne des Sofas. Das Benzin entwich, floss über das zerkratzte Furnier und wurde von dem Bezugsstoff aufgesaugt. Wegen des beißenden, öligen Gestanks rümpfte Tenille die Nase und wandte das Gesicht ab. Sie leerte den ganzen Behälter aus, bevor sie ihn zu Boden warf.

Jetzt brauchte sie den Mist nur noch anzuzünden. Wo war das Feuerzeug des verdammten Kerls? Ihre Euphorie war verflogen. Sie begann die Endgültigkeit seines Todes und die fast beiläufige Art zu begreifen, wie er über ihn verhängt worden war. Wie dankbar sie ihrem Vater auch war, sie konnte sich doch nicht länger vormachen, dass dies eine gute Lösung war. Sie wollte Geno wirklich nicht ansehen.

Tenille wich den über das Sofa hinausragenden Füßen aus und schob mit dem Fuß das Gewehr näher heran. Dieses Sofa würde lichterloh brennen wie ein Strohbündel. Sharon hatte es in irgendeinem dubiosen Secondhand-Laden gekauft, es konnte gar nicht anders als feuergefährlich sein. Sie sah auf den mit allerhand Sachen überhäuften Beistelltisch neben Geno hinunter. Das Glas, aus dem er getrunken hatte, war von umherfliegendem Schrot zersplittert, und seine Zigaretten und sein Feuerzeug lagen in einem Haufen von Glasscherben und einer Rumlache. Tenille streckte die Hand nach dem Feuerzeug aus und verzog das Gesicht, als der klebrige Alkohol an ihren Fingern haften blieb. Rückwärts wich sie in Richtung Tür zurück und überlegte, was sie als

Nächstes tun könnte. Wenn sie das Feuer entfachte, wollte sie nicht allzu nah am Sofa sein. Aber sie musste dicht genug rangehen, um das Feuer in Gang bringen zu können.

»Hör auf herumzupfuschen«, tadelte sie sich selbst, ging wieder einen Schritt auf das Sofa zu und machte das Feuerzeug an. Die Flamme schien höher als sonst. Sie hielt den ausgestreckten Arm an das benzingetränkte Polster und war noch einige Zentimeter davon entfernt, als mit einem plötzlichen Brausen eine Flammenwand über die Stellen zischte, die sie eingesprüht hatte. Sofort begannen die Flammen auf die Kissen und auf Geno überzugreifen.

Nervös sprang Tenille zurück, zur Flucht bereit. Aber sie wollte sicher sein, dass es nicht nur ein kurzes Aufflammen war, sondern wirklich so brennen würde, wie sie es für nötig erachtete. Innerhalb von Sekunden hatte sie die Antwort. Die Flammen züngelten blitzschnell über das billige Kunststoffpolster, das zusammenschmolz und dicke schwarze Rauchspiralen aufsteigen ließ.

Es war Zeit, zu verschwinden, sagte sich Tenille, wandte sich um und rannte zur Tür. Sie warf sie hinter sich zu und lief dann die Galerie entlang zum Treppenhaus. Gott sei Dank hatte sie Janes Schlüssel. Sie konnte sich dort verkriechen, ihre Kleider in Janes Maschine waschen und behaupten, sie sei die ganze Nacht nicht in der Nähe ihrer Wohnung gewesen. Jane würde bestätigen müssen, was sie sagte, denn sie hatte keine Ahnung von dem Schlüssel. Soweit sie wusste, konnte Tenille nicht in die Wohnung zurückkehren, wenn sie sie verlassen hatte.

Tenille erreichte die Treppe und sah sich ein letztes Mal um. Der einzige Unterschied zum Normalzustand war, dass das Licht, das durch die Vorhänge schimmerte, von einem intensiveren Orange war. Sie überlegte, ob sie die Feuerwehr anrufen sollte. Sie wollte nicht, dass das Feuer weiter um sich griff und vielleicht andere Todesopfer forderte. Das wäre das Schlimmste, was passieren konnte. Aber wenn sie anrief,

würde sie sich verdächtig machen. Sie wusste, dass die 999-Anrufe aufgenommen und gespeichert wurden.
Die Vorhänge bewegten sich. Bald würden sie auch in Flammen aufgehen, und jemand würde sehen, was los war. Man würde die Feuerwehr rufen. Tenille wandte sich auf dem Absatz um und rannte die Treppe hinunter. Es war in Ordnung. Jemand würde es sehen.
Allerdings wusste sie nicht, dass es schon jemand gesehen hatte.

Wenn ich so spreche, tue ich das nicht, um Bligh niedrige Motive zu unterstellen. Er hat nie versucht, mit mir Unzucht zu treiben, noch habe ich je gehört, dass er eine solche Neigung gegenüber einem anderen gezeigt hatte. Nein, es ist eher so, dass der Mann meine Zuneigung zu irgendeinem anderen als persönliche Kränkung auslegte, da er mich zu seinem Protegé auserwählt hatte. Einer meiner Kameraden unter den Offizieren, Peter Heywood, war ein entfernter Verwandter, dessen Familie den Meinen Freundlichkeit erwiesen hatte, als wir gezwungen waren, uns auf die Isle of Man zurückzuziehen. Es war mir ein Vergnügen und zugleich meine Pflicht, diesen jungen Mann unter meine Fittiche zu nehmen, und Bligh tadelte mich oft dafür. »Junger Mann, der Bursche muss seinen eigenen Weg machen«, pflegte er zu sagen. Er schien nicht zu begreifen, dass meine Fürsorglichkeit für Heywood genau das Gleiche war wie seine Fürsorge für mich als seinen ihm persönlich Anbefohlenen. Seine Eitelkeit hinderte ihn daran, das gutzuheißen, was er so verstand, als zöge ich seiner Gesellschaft die eines anderen vor. Diese Dinge spitzten sich schließlich in Tahiti auf sehr unglückliche Art und Weise zu.

12

Als Jane auf ihrem Mountainbike aus dem Hof herausfuhr, atmete sie tief ein und genoss die würzige Luft des Herbstmorgens. Es war ein herrlicher Tag, überraschend mild für die Jahreszeit. Nach dem Regen in der Nacht lag ein Strahlen in der Luft, das die sich verfärbenden Blätter heller und die Grau- und Grüntöne der Landschaft dunkler erscheinen ließ. Die Sonne ging hinter dem Helvellyn auf, und ein goldener Schimmer lag über dem Gipfel. Sie wandte sich um und schaute zu dem großen Felsblock von Langmere Fell hinauf, dessen schroffe Klippen sich dunkel gegen den Himmel abhoben. Sie sah die Schafe ihres Vaters, blassgraue und cremefarbene Kleckse zwischen dem Farn und dem struppigen Gras des hohen Moorbodens, auf dem sie grasten. Ein Lächeln breitete sich auf ihrem Gesicht aus, und sie ließ jeden Gedanken an die Stadt hinter sich. Sie gehörte hierher.

Sie drehte das Rad und fuhr ins Dorf hinunter, eine Fahrt, die sie schon unzählige Male gemacht hatte. Wie immer war sie ergriffen von dem weiten Blick, der sich ihr plötzlich bot, davon, wie das Licht auf dem Thirlmere glitzerte und die Spitzen und Klippen dahinter sich eng nebeneinander über dem Horizont erhoben. Wie war es wohl für Fletcher Christian gewesen, fragte sie sich, als er nach seiner Zeit in der Südsee in die Heimat zurückkehrte? Ob sein Geist sich wohl vor Freude und Erleichterung emporschwang, wieder von den heimatlichen Bergen umgeben zu sein, deren gedämpfte

Farben er aus seiner Jugend kannte? Oder sehnte er sich nach den üppigen Tropen mit ihren atemberaubenden Farben? Verlangten seine Knochen in dieser Kälte und Feuchtigkeit nach der wärmeren südlichen Sonne? Erschienen ihm die Frauen blass und farblos nach der exotischen Schönheit, die ihm einen Sohn geschenkt hatte? Hatte er das Gefühl, nach Hause gekommen zu sein, oder war ihm dies hier nur eine andere Art von Gefängnis als das auf Pitcairn?

Wie immer seine Geschichte verlaufen war, sie musste unweigerlich William Wordsworths Phantasie angeregt haben. Vor ihrem geistigen Auge beschwor sie ein Bild des in seinem Garten von Dove Cottage sitzenden Dichters herauf, den Kopf über die widerspenstigen Zeilen des *Präludiums* gebeugt, dieser langen Schilderung seines frühen Lebens, die zu schreiben und zu ändern nahezu fünfzig Jahre in Anspruch nahm. So vieles ließ er dabei aus, und vieles beschönigte er. Obwohl er den Anschein freimütigen Bekennens erweckte, hatten die Biographen nachgewiesen, dass das Gedicht in Wirklichkeit ein Gedankengebäude war, das aus dem Leben des jungen Wordsworth alles Skandalöse oder politisch Fragwürdige ausklammerte. Das schmälerte den Wert seiner dichterischen Schönheit keineswegs, aber es ergaben sich daraus ernsthafte Zweifel an seinem biographischen Wert. Und paradoxerweise glaubte Jane gerade deshalb umso mehr an die Berechtigung ihrer Theorie. Da es so viel anderes gab, das ausgelassen worden war, brauchte die Tatsache, dass es keine direkten Beweise im veröffentlichten Werk Wordsworths gab, nicht zu bedeuten, dass die Begebenheiten, die sie sich ausmalte, sich nicht auch tatsächlich ereignet hatten.

Jane fuhr weiter den Langmere Fell hinunter, wo zu ihrer Linken munter plätschernd und randvoll der Lang Burn auf den Thirlmere zustürzte. Als sie vor der Kreuzung an der Landstraße bei Town Head abbremste, fragte sie sich, ob William den Rückkehrer sofort erkannt hatte, als sie wieder aufeinander trafen. Blighs Beschreibung des Dreiundzwanzigjährigen zu Beginn der Reise hatte sich ihr eingeprägt. Er war ein Meter sechsundsiebzig groß, also für damalige Zeiten überdurchschnittlich hochgewachsen. Er hatte einen auffällig dunklen Teint, der im Lauf der Jahre in Wind und Sonne der Südsee noch dunkler geworden war. Laut Bligh war er von »kräftiger Statur«, aber leicht O-beinig. Sie stellte sich ihn wie eine Figur von Caravaggio vor, ein Helldunkel aus Licht und Schatten am Kapitänstisch, seine dunklen Augen im Kerzenlicht blitzend. Er war eindrucksvoll und außergewöhnlich. Sie glaubte nicht, dass der aufmerksame Dichter lange brauchte, um den vermeintlich fremden Mann mit dem lebhaften Jungen in Verbindung zu bringen, den er aus seiner Jugendzeit kannte. Die Situation musste ihn zutiefst beunruhigt haben. Gerade als er sein eigenes, leicht unrühmliches Vorleben beschönigt und sich selbst als Dichter mit moralischer Autorität neu erfunden hatte, stand da plötzlich eine der berüchtigtsten Gestalten seiner noch nicht lange zurückliegenden Vergangenheit vor ihm und erhob Anspruch auf seine Freundespflicht. Es war hochdramatisch. Wenigstens blieb es William wohl erspart, dass ein Zeuge seine Verlegenheit mitbekam. Ihre Zusammenkunft fand wahrscheinlich unter vier Augen statt, da Fletcher sich wohl keine öffentliche Begegnung leisten konnte.

Jane fuhr an der Abzweigung nach Grasmere vorbei und weiter durch die Kurve, die die Straße vollführte. Jetzt sah sie die Schilder, die auf Dove Cottage und das Wordsworth Museum hinwiesen. Wenigstens würden heute nicht allzu viele Besucher da sein, dachte sie. Nicht wie im Hochsommer, wenn die Touristen sich in den winzigen Räumen drängten, wo die Familie Wordsworth ihr beengtes geselliges Leben geführt hatte. William hatte dies bestimmt als etwas betrachtet, das ihm zustand. Er hatte nie an seiner Genialität gezweifelt und beklagte sich nur, dass die Welt in dieser Hinsicht noch nicht ganz so weit war wie er selbst.

Jane stellte ihr Fahrrad ab und betrat das hübsche Café mit den Tischen und Stühlen aus Fichtenholz. Anthony Catto saß in einer Ecke und las die Morgenzeitung. Mit seinen langen, silbergrauen, zu einem Pferdeschwanz gebundenen Haaren und der ovalen Designerbrille auf der Nase wirkte er eher wie ein in die Jahre gekommener Rocker als wie ein Museumsdirektor. Er trug – Jane kannte diese Aufmachung als seine Dienstkleidung – Arbeitsstiefel, verwaschene Jeans, ein Jeanshemd und eine braune Lederweste mit Taschen voller Merkzettel, die er ständig schrieb und dann den »Arbeitsakten« zuordnete. Aber trotz dieses Äußeren gab es niemanden unter den Lebenden, der mehr über William Wordsworths Leben, Werk und Familie wusste. Seit er erwachsen war, hatte er sein Leben der fast schon ans Fanatische grenzenden Suche nach Erkenntnis über den Dichter und seine Welt gewidmet. Ja, es ging noch weiter: Anthony hütete sein Wissen keineswegs mit der Eifersucht, die im akademischen Leben deprimierend weit verbreitet war. Er war mit seiner Gelehrsamkeit fast zu großzügig. Manche hätten vielleicht gesagt, er treibe es so weit, dass es ermüdend werden konnte. Jane fand das allerdings nicht.

»Morgen, Anthony«, rief sie, als sie auf den Tisch zuging.

Er sah hoch, und auf sein zerfurchtes Gesicht trat ein Lächeln. »Jane, meine Liebe«, sagte er mit voller Stimme, so pflaumenweich wie Jack Horners Pudding im Kindervers. »Wie schön, dich zu sehen.« Er erhob sich und hielt ihr die Hand hin. Jane drückte seine trockene warme Hand mit ihrer eiskalten. »Du meine Güte, du bist aber kalt«, rief er aus.

»Ich bin von Fellhead mit dem Fahrrad gekommen. Als ich losfuhr, kam es mir nicht so kalt vor, aber dann war es doch ein bisschen rauer, als ich erwartet hatte«, gab sie reumütig zu.

»Das Stadtleben macht dich empfindlich. Die Abhärtung durch unsere Gegend hier fehlt dir«, sagte er, während er ihr Kaffee in eine Tasse goss.

»Nein, das ist angeboren. Da muss es schon noch ein bisschen schlimmer kommen, um mich abzuschrecken.« Jane trank dankbar ihren Kaffee.
»Also, Jane, dieser Brief von Mary fasziniert mich richtig. Nachdem wir gesprochen haben, suchte ich ihn an der Stelle, die du mir genannt hattest.« Er schüttelte den Kopf und verzog missbilligend den Mund. »Bemerkenswert, dass noch nie jemand darauf gestoßen ist. Also, ich sage, bemerkenswert. Aber es gibt viel zu vieles im Archiv, das noch nicht vollständig in den Katalog aufgenommen ist.«
»Und er steckte in dem falschen Umschlag. Meinst du, er bezieht sich auf ein Gedicht?«
Anthony zupfte an seinem Ohrläppchen. »Mary ist so ärgerlich vage, nicht wahr? Es könnte ein Brief, es könnten Notizen zu einem Gedicht, oder es könnte auch das Gedicht selbst sein. Oder tatsächlich alle drei. Sag mir, wieso du denkst, dass es ein Gedicht sein könnte.«
»Ich glaube, Fletcher Christian ist zurückgekommen«, sagte Jane abrupt. Sie hatte das Gefühl, diese Geschichte in der einen oder anderen Form schon seit Tagen zum Besten zu geben. Aber sie wusste, dass sie sich Anthonys Hilfe sichern musste, also versuchte sie, ihr einen neuen Anstrich zu geben.
Anthonys Lächeln war fast schon nachsichtig zu nennen. »Ach, diese alte harte Nuss aus dem Lakeland. So recht glaubwürdig ist es nicht, aber trotzdem im Bereich des Möglichen.«
»Es freut mich, dass du das denkst. Also, ich glaube, er hat Pitcairn in der Zeit zwischen 1793 oder 1794 verlassen. Bestimmt, bevor die Kinder alt genug waren, um sich an ihn erinnern zu können. Es ist schwer zu sagen, wie lange er für die Reise zurück nach England brauchte. Ob er auf einem Walfangschiff floh oder es schaffte, in einer der Jollen bis nach Südamerika zu segeln, er hätte immer noch den Atlantik zu überqueren gehabt und auf seiner Rückreise arbeiten

müssen, wahrscheinlich als einfacher Matrose. All das hätte viel Zeit verschlungen, vielleicht Jahre.«

Anthony nickte. »Einverstanden.«

»Nun, obwohl er wusste, dass er wahrscheinlich in Abwesenheit wegen Meuterei verurteilt worden war, hatte er keinen Grund, anzunehmen, dass irgendjemand außerhalb der offiziell mit der Seefahrt verbundenen Kreise etwas davon wusste. Er konnte nicht wissen, dass Blighs sensationelle Reise die Meuterei in eine Form von *Ich bin ein Star, holt mich hier raus* des 18. Jahrhunderts verwandelt hatte. Es muss ein wahnsinniger Schock gewesen sein, als er herausfand, dass er überall bekannt war.«

Anthony runzelte die Stirn. »Er war ein cleverer Bursche, dein Mr. Christian, oder?«

»Auf jeden Fall, ja. Warum fragst du?«

»Es wäre für ihn doch relativ sinnvoll gewesen, in Übersee zu bleiben, während er mit jemandem zu Hause in Verbindung stand, dem er vertrauen konnte. Wenn auch nur, um seine Rückkehr in dic Wcgc zu leiten.«

Jane nickte. »Sehr sinnvoll.«

»Und das könnte sehr gut den merkwürdigen Vorfall mit Williams Brief an den *Weekly Entertainer* erklären«, sagte Anthony. »Du weißt natürlich Bescheid über den Brief?«

»William schrieb an die Zeitung, um ein angeblich von Fletcher verfasstes Pamphlet zurückzuweisen, in dem dieser seine Abenteuer nach der Meuterei auf der *Bounty* beschrieb. Ich habe das Pamphlet gesehen, es ist grotesker Unsinn.«

»Aber es war offenbar in der Öffentlichkeit bekannt geworden, dass William sich weit aus dem Fenster lehnte, um es als Fälschung zu verurteilen. Der Brief enthält nicht nur die einzige Erwähnung der Meuterei, die es in seinen Schriften gibt, sondern es ist auch das einzige Schreiben, das er je, statt eines Pseudonyms mit seiner eigenen Unterschrift versehen, an eine Zeitung schickte. Äußert er nicht irgendetwas wie, dass er über die beste Quelle für seine Behauptung verfüge?

Und das könnte bedeuten, dass Edward Christian genau wusste, wo sein Bruder war. Oder er wusste zumindest genug, dass er William überreden konnte, unmissverständlich zu konstatieren, dass das Pamphlet eine Ansammlung von Lügen sei.« Anthony lehnte sich, mit seiner Erklärung zufrieden, auf seinem Stuhl zurück. »So weit ist das alles logisch. Aber wie kommen wir von diesem Punkt zu dem mutmaßlichen Gedicht?«
Jane lächelte. »Alles eine Frage des Timings. Ich glaube, Fletcher blieb weg, bis die Meuterei auf der *Bounty* kein Thema mehr war. Ich glaube, er kam etwa 1804 zurück.«
»Warum gerade dann?«
»Da führte England bereits Krieg gegen Frankreich, und jeder Seefahrer dachte nur noch an Napoleon. Nelson, nicht Bligh, war der seefahrende Held, über den alle sprachen. Es war zehn Jahre nach Fletchers Flucht von Pitcairn, und ich würde vermuten, er war ziemlich erbittert und frustriert darüber, dass Bligh ihm diese Zeit gestohlen hatte, die er nicht zu Hause hatte verbringen können. Würdest du das auch so sehen?«
»Klar.« Anthony rieb sich das Kinn. »Ich verstehe jetzt, was du vorhast. 1804 war William nicht nur ein recht bekannter Dichter, er hatte auch sein Interesse von kurzen lyrischen Stücken auf epische Formen verlagert. Er arbeitete bereits am *Präludium*. Er *träumte* wahrscheinlich sogar in jambischen Pentametern und war in genau der kreativen Verfassung, um sich dieses Material vorzunehmen.«
»Stimmt. Und was wäre naheliegender, als dass Fletcher sich an William wendete? Wer könnte die Geschichte, wie er sie sah, besser erzählen als jemand, den er seit seiner Schulzeit kannte?«
»Stell dir vor, wie enttäuscht Fletcher gewesen sein muss, als ihm klar wurde, dass William das Gedicht nie veröffentlichen würde.« Anthony lächelte ihr zu, um seine grauen Augen bildeten sich in den Augenwinkeln kleine Fältchen.

»Jane, du hast ein sehr schönes Gespinst fast aus dem Nichts gewoben. Wie willst du es aber fester in der Realität verankern?«

Jane lächelte. »Na ja, in einer idealen Welt, Anthony, würden wir eine der Schachteln öffnen und Williams Notizen und das vollendete Gedicht finden.«

»Und da wir so eine Welt nicht haben?«

»Ich muss Johns Antwort an Mary finden. Das könnte Aufschluss darüber geben, wo ich mit dem Suchen dessen anfangen könnte, was William geheim halten wollte, was immer es gewesen sein mag.«

Anthony schürzte die Lippen. »Ich erinnere mich nicht, etwas Derartiges gelesen zu haben.«

Und du würdest dich erinnern, hättest du es gelesen, dachte Jane. Sie wusste noch, dass sie Anthony einmal gefragt hatte, ob er wisse, wann die Hintertür von Dove Cottage gezimmert worden war. Ohne Zögern hatte er geantwortet: »Es muss im oder ungefähr um den März 1804 herum gewesen sein. Dorothy erwähnt in diesem Monat in einem Brief, dass sie eingebaut worden sei.« Wenn Johns Brief an seine Mutter im Archiv war, würde Anthony es wissen. »Schade«, sagte sie.

Anthony hob mahnend einen Finger. »Aber da sind zwei Schachteln mit Briefen der Familie, die noch nicht katalogisiert sind. Sie haben seit Jahren ganz hinten im Schrank gestanden. Wir haben sie erst gefunden, als wir die Archivmaterialien zum Umzug ins neue Zentrum zusammengepackt haben. Deborah hat schnell mal reingesehen: Die Briefe wurden in der Zeit nach Williams Tod geschrieben, da schien es nicht so dringend, sie sich vorzunehmen. Du kannst sie gerne selbst durchgehen.« Da er nichts von langem Zögern hielt, trank er seinen Kaffee aus und stand erwartungsvoll auf. »Aber das hat natürlich seinen Preis«, fügte er hinzu, während sie in die Küche zurückgingen.

Jane war leicht irritiert und überrascht. Es sah Anthony gar nicht ähnlich, so direkt einen Gefallen einzufordern. Normalerweise war er dazu viel zu diplomatisch. »Natürlich«, sagte sie.

»Du musst deiner unendlichen Bewunderung für unser neues Jerwood Centre Ausdruck verleihen«, sagte er und wandte sich mit einem verschmitzten Lächeln zu ihr um.

»Ich glaube, das kann ich mir gerade noch leisten«, antwortete sie und folgte ihm auf dem Weg aus dem Café.

Nach einer langen und unsicheren Reise kamen wir am fünfundzwanzigsten Tag des Oktober 1788 in Tahiti an. Wir hatten das Kap Horn nicht umrunden können, mussten deshalb umkehren und unsere Reise auf der langen Route um das Kap der Guten Hoffnung herum fortsetzen. Die Männer waren erschöpft und krank, trotzdem bestand Kapitän Bligh darauf, dass sie jeden Tag zur körperlichen Ertüchtigung an Deck tanzten. Tahiti erschien allen wie ein Paradies auf Erden, gesegnet mit allem, was man sich wünschen konnte. Ich hielt mich für vom Glück begünstigt, dass ich ausgesandt wurde, um an Land ein Lager einzurichten, wo ich das Sammeln der Brotbäume überwachen sollte, deren Transport der eigentliche Zweck unserer Fahrt war. Unter den Männern, die ich als meine Begleiter auswählte, war der junge Peter Heywood, auch deshalb, weil ich glaubte, er werde unter meiner Aufsicht sicherer sein als an Bord unter der Obhut eines Kapitäns, der nicht zögern würde, ihn einer rachsüchtigen Laune zu opfern. Wenn ich jetzt darauf zurückblicke, glaube ich, dass ich vielleicht den falschen Weg eingeschlagen habe.

13

Tenille erwachte abrupt und konnte sich einen Moment lang nicht erinnern, wieso das Licht aus der falschen Richtung kam. Sie schlug die ungewohnte Decke in dem fremden Bett zurück und sah sich mit wildem Blick um, während sie versuchte, sich zu orientieren. Dann brach die Erinnerung an die letzte Nacht über sie herein, und sie war von einem Kaleidoskop von Schreckensbildern umgeben. Nach dem Schlaf war sie verschwitzt, hatte verklebte Augen, und die qualvollen Träume waren wie ein schlechter Geschmack in ihrem Mund.

Sie fiel halb aus dem Bett, rannte ins Badezimmer und schaffte es gerade noch, sich in die Toilette zu übergeben. Zusammengekauert lag sie auf dem Boden und schauderte bei der Szene, die ungebeten in ihrem Kopf ablief. Genos Blut, sein zerfetzter Körper und seine zerrissenen Kleider. Es tat ihr nicht leid, dass er tot war, ihre jugendliche Sicht der Welt ließ nicht viele Zwischentöne zu, und soweit sie wusste, war er Abschaum gewesen. Aber es tat ihr leid, dass sie hatte sehen müssen, was noch von ihm übrig war, nachdem ihr Vater ihm das gegeben hatte, was er verdiente.

Sie zog sich hoch, stand langsam wie eine alte Frau auf und schlurfte in die Küche. Nach der Entleerung ihres Magens war sie hungrig. Im Kühlschrank war nur ein Stück Cheddar, eine Packung Orangensaft, ein halbes Glas Mayonnaise und die Überreste von einem Bund Frühlingszwiebeln. Keine

Milch, keine Cola. »Das bringt's nicht«, murmelte sie vor sich hin und öffnete die Schranktüren. Eine Packung Haferkekse, Nudeln, Reis, Dosen mit Tomaten, weißen Bohnen und Linsen, ein paar Päckchen chinesische Nudeln, Kaffee, Earl-Grey-Tee, Trinkschokolade, eine Schachtel Frühstücksflocken – mit getrocknetem Obst und Körnern. Leise murrend nahm Tenille die Frühstücksflocken, schüttete sie in eine Schale, goss Orangensaft darüber und nahm alles mit ins Wohnzimmer.

Sie schaltete das Radio ein und suchte den Lokalsender, denn sie musste herausfinden, was über Genos Tod berichtet wurde. Dann setzte sie sich mit ihrem Essen wieder ins Bett und kaute traurig vor sich hin, während sie auf die Nachrichten wartete.

Zuerst kam irgendein Politikscheiß. Warum klangen die Sprecher immer so gut gelaunt, fragte sie sich. Wem glaubten sie etwas vorzumachen? Meinten sie etwa, die Leute würden den Mist nicht bemerken, wenn sie ihn so vorlasen, als sagten sie einem, man hätte in der Lotterie gewonnen? Der schonungslos heitere Ton hielt auch noch bei der zweiten Meldung an. »Die Polizei hat nach einem gefährlichen Feuer in einer Wohnung der berüchtigten Marshpool-Farm-Siedlung in Bow Ermittlungen zu einem Mord eingeleitet. Von der Feuerwehr, die den Brand bekämpfte, wurde die Leiche eines Mannes entdeckt. Detective Inspector Donna Blair, die die Ermittlungen leitet, hat gebeten, dass sich Zeugen melden sollen.« Eine andere Stimme sagte ausdruckslos: »Wir glauben, dass das Opfer eventuell erschossen und das Feuer gelegt wurde, um die Tat zu vertuschen. Wir fordern alle, die gestern Abend zwischen zehn und elf etwas Verdächtiges in oder um den Block G der Marshpool-Farm-Siedlung gesehen haben, auf, sich zu melden.«

Tenille lachte belustigt. Keine guten Aussichten. Niemand würde den Hammer verpfeifen, wenn er seinen nächsten Geburtstag noch erleben wollte. Der Sprecher ging weiter zur nächsten Meldung über, und sie stellte den Ton leiser. Die Meldung hatte nichts Überraschendes enthalten. Sie wusste aus den Dokumentarsendungen zu Kriminalfällen, die sie sich angesehen hatte, dass das Feuer nicht die Tatsache verdecken würde, dass Geno erschossen worden war. Aber es gab die Hoffnung, dass es die Spuren zerstört hatte, die zu ihrem Vater führen könnten.

Sie musste sich überlegen, ob sie sich nicht zeigen sollte. Sharon würde sich nicht zu sehr sorgen, wenn ihr die Polizei gesagt hatte, dass es in dem Feuer nur eine Leiche gab. Sie würde einfach annehmen, dass Tenille spät nach Hause gekommen war, und als sie die vielen Polizisten und die Feuerwehr sah, das getan hatte, was jeder Bewohner von Marshpool Farm tun würde: Sie tauchte unter. Aber sie sollte es nicht zu weit treiben. Sie beschloss, bis in den späten Nachmittag die Nachrichten zu verfolgen, sich dann zu melden und zu behaupten, sie hätte bei einer Freundin übernachtet, da sie zu große Angst gehabt hätte, zur Polizei zu gehen. Das würde genügen.

Zwei Stunden später, als sie sich gerade online über Keats' »Ode an eine griechische Urne« unterhielt, wurde sie durch ein Klopfen an der Tür gestört. »Scheiße«, murmelte sie. Leise ging sie in Richtung Tür, schrak aber zusammen, als es noch einmal lauter und länger klopfte. Tenille schlich langsam zur Tür, machte sich leise an den Spion heran und riskierte einen schnellen Blick.

Vor Überraschung fiel ihr die Kinnlade herunter. Den letzten Menschen, den sie vor Janes Tür erwartet hätte, war dieser Mistkerl Jake Hartnell. Es war doch ewig her, seit er sich davongemacht hatte. Jane hatte nicht viel dazu gesagt, aber Tenille hatte an ihrem Gesicht ablesen können, wie unglücklich sie war, als sie erzählt hatte, dass er nach Griechenland fahre. Jetzt sah es so aus, als hätte Griechenland nicht funktioniert, und der elende Wichser war zurückgekommen. Na ja, sie würde jedenfalls ganz bestimmt nicht aufmachen. Und sie hatte auch nicht die Absicht, Jane zu sagen, dass er hier angeklopft hatte.

Die Postklappe an der Tür klapperte, und Tenille presste sich wieder flach an die Wand und hielt die Luft an. »Jane?«, rief er. Als ob das bewirken konnte, dass Jane angelaufen kam, dachte Tenille verächtlich. Sie blieb still stehen, denn sie wollte sicher sein, dass er weg war, bevor sie ins Arbeitszimmer flüchtete. Einige lange Sekunden vergingen, dann klapperte es noch einmal am Briefschlitz, und ein Blatt Papier aus einem Notizbuch fiel auf die Fußmatte. Tenille zählte bis sechzig, dann bückte sie sich und hob den Zettel auf. Erbost schüttelte sie ungläubig den Kopf, als sie ihn las. *Liebe Jane, ich bin gerade aus Kreta zurück und gleich bei dir vorbeigekommen, aber du warst nicht da. Du hast mir gefehlt, und ich will dich sehen. Ich ruf dich später an und hoffe, wir können uns zu einem Drink oder Essen treffen. Hab dich lieb, Jake.*

Liebe, dachte Tenille. Erwachsene konnten sich so dumm benehmen. Man brauchte nicht gerade ein Genie zu sein, um zu begreifen, dass Jakes alberne Botschaft überhaupt keine Chance hatte, etwas zu erreichen. So wie er Jane gekränkt hatte, müsste er die Ware eines ganzen Blumenladens vor ihr ausbreiten, damit sie vielleicht überlegen würde, von ihm eine Flasche Sekt anzunehmen. Zumindest wäre es so, wenn Jane noch bei Trost war, was Tenille allerdings wirklich bezweifelte, da es um Jake ging. Sie knüllte den Zettel zusammen, warf ihn in den Papierkorb und kehrte in ihren Chatroom zurück. Niemals würde sie Jane eine Chance geben, sich noch einmal wegen Jake lächerlich zu machen.

Dafür, dass Jane die Sache mit Geno in die Hand genommen hatte, war dies das Mindeste, was sie als Gegenleistung für sie tun konnte.

Jake wandte sich ab und ging rasch die zugige Galerie entlang. Frustriert, dass Jane nicht da war, fragte er sich, wo sie wohl sein könnte. Er war sicher, dass heute keiner ihrer Arbeitstage im Viking war, und sie hatte auch keinen Unterricht. Eigentlich müsste sie zu Hause sein. Er kam gar nicht auf die Idee, wie unvernünftig die Erwartung war, dass ihr Leben noch im gleichen Rhythmus verlief wie damals, als er noch dazugehörte.

Er rannte die Stufen hinunter und versuchte die Frage zu verdrängen, wieso es so beißend nach Rauch statt nach Pisse roch, und eilte zum Wagen zurück. Er war erleichtert, dass Carolines Audi offensichtlich noch unbeschädigt dastand. Da er Marshpool-Farm gut genug kannte, war ihm klar, dass es für einen schicken Wagen auch am helllichten Tag keine Sicherheitsgarantie gab. Auch nicht, wenn zwei Streifenwagen in der Nähe parkten. Als er eingestiegen war, verriegelte er die Türen und überlegte, was er als Nächstes tun könnte. Er würde daran arbeiten müssen, die Beziehung zu Jane wiederherzustellen. Unter vier Augen wäre das am leichtesten zu schaffen. Das Viking kam nicht in Frage. Harry wäre dort an ihrer Seite und würde ihm Kontra geben. Harry hatte ihn nie gemocht. Auch die Universität versprach keine bessere Möglichkeit. Dort würde sie von Kollegen, Freunden und Studenten umgeben sein, die ihr als bequemer Schutzschild dienen konnten. Und die Bibliothek war ebenfalls keine gute Idee. Es war zu leicht für sie, in der Stille ihre Zuflucht zu suchen.

Eines stand fest. Er konnte hier in der Siedlung nicht wie ein schäbiger Privatdetektiv herumhängen. Damit würde er viel zu viel Aufmerksamkeit von Leuten auf sich ziehen, die keinen Moment zögerten, das zu tun, was nötig war, um ihn um sein Auto, seine Brieftasche und sein Handy zu erleichtern. Ganz zu schweigen von der Polizei, die sich für jeden interessieren würde, der mit einem Auto wie dem Audi in Marshpool herumfuhr.

Schließlich rief er in der Uni an, weil ihm nichts anderes einfiel. Wenn sich ihr Stundenplan geändert hatte und sie heute unterrichtete, wäre es viel leichter, dort ein Auge auf sie zu haben. Dann konnte er ihr folgen und den richtigen Moment abwarten.

Als er endlich mit dem Sekretariat der Anglistischen Abteilung verbunden war, ließ ihn die Sekretärin warten, während sie nachfragte. Jake trommelte ungeduldig mit den Fingern aufs Steuerrad und versuchte, Stings blecherne weinerliche Stimme auszublenden. Was wohl in die Leute gefahren war, die diese Musik aussuchten, um die Ohren der Anrufer zu beschäftigen, fragte er sich. Warum konnte man nicht etwas Ruhiges, Besänftigendes nehmen, damit die Mordgelüste des endlos am Telefon wartenden Anrufers eher gemildert statt verschlimmert würden? Er war zutiefst dankbar, als die Musik plötzlich abbrach und die Frauenstimme sich wieder meldete. »Sie haben leider kein Glück«, sagte sie. »Jane Gresham hat heute kein Seminar. Eigentlich hat sie frei. Sie wird erst in zwei Wochen wieder hier sein.«

»Frei? Wieso? Gibt es einen Notfall in der Familie oder so etwas?«

»Ich kann Ihnen nur sagen, was im Plan hier eingetragen ist. ›Freistellung zu Forschungszwecken‹ steht hier. Wenn Sie eine Nachricht hinterlassen wollen, kann ich es ihr ins Fach legen.«

»Nein, danke, geht schon in Ordnung. Ich danke Ihnen.«

Jake legte mit Herzklopfen auf. Freigestellt mitten im Semester. Der Grund konnte nur sein, dass etwas Unvorhergesehenes, Dringendes dazwischengekommen war.

Eine Leiche im Moor vielleicht.

Detective Inspector Donna Blair runzelte die Stirn über den kriminaltechnischen Bericht. »Sind Sie sicher?«, fragte sie.

»Ja«, sagte der Spezialist für Fingerabdrücke. »Ihre Jungs haben die Überreste einer abgesägten Schrotflinte vom Tatort mitgebracht. Der Schaft war zu verbrannt, als dass noch Fingerabdrücke zu finden wären, aber mit dem Lauf haben wir Glück gehabt. Obwohl das Feuer den Wassergehalt verdampfen lässt, bleiben die Fettreste am Metall, wenn es nicht zu heiß ist. Wir haben dieses Sudanschwarz versucht …«

»Verschonen Sie mich mit den Details«, sagte Donna.

Der Techniker zuckte die Schultern. »Steht alles im Bericht. Wir haben zwei Abdrücke gefunden. Sie passen zu keinen in der Datenbank, stimmen aber mit den Abdrücken aus Tenille Coles Zimmer überein, die wir genommen haben, um sie auszuschließen.«

Donna schüttelte bei dem Gedanken deprimiert den Kopf. »Es passt zusammen. Wir haben auch einen Zeugen, der sagt, er habe sie gesehen, als sie, etwa fünf Minuten bevor das Feuer gemeldet wurde, die Wohnung verließ. In Ordnung, danke.«

Ganz der Vater, dachte Donna, als sie zum Verhörbüro hinunterrannte. Hammers Tochter schien in die Fußstapfen des Alten zu treten. Die Medien würden begeistert sein. Der Ansturm der Reporter würde in dem Moment losgehen, in dem sie gecheckt hatten, dass die Hauptverdächtige ein hübscher Teenager mit undurchsichtiger Vergangenheit war, ein Gottesgeschenk für ein journalistisches Feuerwerk. Es spielte keine Rolle, dass der Hammer nichts zu ihrer Erziehung beigetragen hatte. Die Verbindung genügte, um Tenille Cole zu einer kaltblütigen Mörderin zu machen, die die Herzen der Leser erstarren ließ. Und diese Leser waren nur allzu bereit, jede Bevölkerungsgruppe zu dämonisieren, die erkennbar anders als sie selbst war.

Donna machte einen Umweg in die Damentoilette, wo sie sich in eine Kabine einschloss. Wenn ihre Hauptverdächtige die Mörderin war, dann gab es nicht allzu viele glaubhafte Motive. Das offensichtlichste war dasjenige, das Sharon Cole total wütend machen würde. Donna wollte für den Aufruhr gewappnet sein. Sie setzte sich auf die Toilette, schloss die Augen und atmete tief durch. Sie versuchte, sich zu beruhigen, stellte sich Wellen vor, die sich an einem Strand

im Winter brachen, bis sie spürte, dass ihre Schultern sich entspannt senkten.
Ein paar Augenblicke später schritt sie den Flur entlang auf das Verhörbüro zu. Sharon Coles Kopf schnellte hoch, sobald sie Donna den Raum betreten sah. Ihre Augen waren gerötet, aber sie saß aufrecht auf ihrem Stuhl. »Wieso behaltet ihr mich hier?«, fragte sie. »Ich bin doch das Opfer.«
Donna verstand die Gefühle, die sich hinter Sharons herausforderndem Benehmen verbargen. Sie hatte eine Begabung dafür, sich einzufühlen. Aber während die meisten Polizisten, die diesen Trick auch kannten, ihn dazu nutzten, um ihrer Zielperson näher zu kommen und ihr Informationen zu entlocken, hatte Donna eine andere Methode. Sie setzte ihr Verständnis ein, um sich der Achtsamkeit der Zeugen oder Angeklagten zu entziehen und direkt auf ihre Schwachstellen zuzusteuern. Je unwohler sie sich fühlte, desto sicherer war sie, dass sie ihren Gegner beunruhigte. Es gab einen bestimmten Punkt, an dem sie sich einfach öffnen würde. Ihre Kollegen betrachteten ihr Geschick, Zeugen und Verdächtige zu zerlegen, mit Argwohn. Aber das war ihr egal. Sie bekam Ergebnisse, und das allein zählte. Sie war dafür da, die Scheißkerle von den Straßen zu holen, und nicht, um sozial Schwache zu unterstützen.
Donna wartete, bis sie sich Sharon gegenübergesetzt hatte, bevor sie zu sprechen anfing. »Kommen Sie mir nicht mit der Geschichte vom Opfer, Sharon. Sie sind verdammt schuldig, und Sie wissen es genau.«
Verwirrung huschte über Sharons unsicheres Gesicht. Sie hatte nicht erwartet, so angegriffen zu werden, nicht nach der sorgsamen Behandlung durch die Beamten, die sie hergebracht hatten. »Ich war den ganzen Abend bei der Arbeit. Fragen Sie die anderen Leute. Die werden es Ihnen sagen.«
»Sie haben vielleicht Geno nicht ins Nirwana geschickt. Sie haben vielleicht Ihre Wohnung nicht angezündet. Aber Sie sind verantwortlich für das, was dort gestern Nacht passiert

ist.« Donna spürte Sharons Ärger. Sie wollte, dass Sharon wütend wurde, aber sie war noch nicht so weit.

»Das ist Blödsinn. Sie sagen, ich hätte einen Killer beauftragt? Warum sollte ich so etwas tun? Ich habe Geno geliebt.«

Donna verdrehte die Augen. »Ach bitte, ersparen Sie mir das. Alles, was Sie verband, war doch nur die Gelegenheit, miteinander ins Bett zu gehen. Obwohl, wenn ich mir das überlege, hätten manche Leute in Ihrer Situation vielleicht beschlossen, sich irgendeinen kleinen Ganoven zu nehmen.«

»Was soll das heißen ›in meiner Situation‹?«

Jetzt war die Gereiztheit da. Zeit für Donna, ihren Schachzug zu machen. »Eine Frau, deren Freund sich mit ihrer dreizehnjährigen Nichte vergnügt«, sagte Donna. »Manche Frauen …«

»Einen Moment, verdammt noch mal«, schrie Sharon, sie unterbrechend. »Was meinen Sie denn damit? Wollen Sie damit sagen, dass Geno sich an Tenille herangemacht hat?« Sie strengte sich an, eine verächtliche Miene aufzusetzen. Aber ihre zitternden Lippen verrieten sie.

»Ich kann mir keinen anderen Grund vorstellen, warum Tenille den Dreckskerl erschießen sollte, Sie vielleicht?«

Sharons Augen weiteten sich, und sie zischte durch die Zähne. »Sie sind ja ein verrücktes Biest. Tenille würde doch so was nie tun.«

»Ich glaube nicht, dass ich verrückt bin«, sagte Donna. »Tenilles Fingerabdrücke sind auf der Flinte. Tenille wurde gesehen, wie sie, ein paar Minuten bevor Alarm geschlagen wurde, aus der Wohnung wegrannte. Und seitdem wurde sie nicht mehr gesehen. Es schaut nicht gut aus für die Kleine, Sharon.«

Sharon zuckte zusammen, ihr Blick richtete sich auf Donna, hinter ihrer Fassade zeigte sich jetzt Angst. »Geno war auf keinen Fall ein Pädo. Er wollte mich haben. Sie versuchen nur, mich in Rage zu bringen. Ich glaube Ihnen nicht.«

Donna zuckte die Schultern. »Als würde mich das kümmern. Im Augenblick ist Tenille meine Verdächtige Nummer eins. Und Sie werden mir sagen, wo ich sie finden kann.«

»Überlegen Sie doch mal, Sie blödes Weibsstück. Warum sollte ich Ihnen helfen, sie wegen Mordes zu überführen?«

Donna wusste, dass der Widerstand nur oberflächlich war. Es würde nicht viel nötig sein, um ihn zu brechen. Sie beugte sich vor und richtete den grimmigen Blick ihrer blauen Augen auf Sharons wässerige braune Augen. »Weil ich, wenn Sie es nicht tun, davon ausgehe, dass Sie über Genos Missbrauch Bescheid wussten und das Mädchen dazu angestiftet haben, ihn umzubringen, um sich zu schützen und um für Ihren verletzten Stolz Rache zu nehmen. Und ich werde dafür sorgen, dass Tenille und ihr Rechtsanwalt wissen, dass ich so denke. Es wird einiges von dem Druck von ihr nehmen und ihn direkt auf Sie richten, Sharon.«

Sharon blickte sie finster an. »Selbst wenn ich wüsste, wo Tenille ist, würde ich es Ihnen nicht sagen, Sie blödes Weib. Geno hat nichts mit ihr gehabt, auf keinen Fall, und wenn ich das gedacht hätte, hätte ich es nicht Tenille überlassen, damit fertig zu werden.«

»Ach nein? Zu wem wären Sie denn gegangen? Etwa zu ihrem Vater?«

Sharon wandte den Blick ab. »Sie hat keinen Vater.«

»In Marshpool wird aber etwas anderes erzählt. Sie sagen, dass der Hammer ihr Vater sei.« Donna ließ die Worte einen Moment so stehen. »Das wäre vielleicht sogar eine bessere Möglichkeit. Ich könnte zu Hammer gehen und ihm vorschlagen, er könne seine Tochter am besten dadurch schützen, dass er behauptet, ihre Tante Sharon hätte sie dazu angestiftet. Ich bin sicher, dem Hammer würde es nicht schwerfallen, irgendeinen armen Kerl zu finden, der zugibt, Ihnen die Flinte gegeben zu haben, Sharon. Ich glaube, der Hammer macht sich mehr aus seinem Kind als aus Ihnen.«

Sharon zog ihre Zigaretten aus der Tasche. Donna schlug ihr

die Packung aus der Hand. »Hier drin wird nicht geraucht«, sagte sie. »Außerdem werden Sie mehr brauchen als Nikotin, um sich vor dem Hammer zu schützen. Wo ist sie, Sharon?«

Sharon warf ihr einen kurzen angewiderten Blick zu und schaute dann weg. »Ich weiß nicht, wo sie ist, das ist die Wahrheit.«

»Freunde. Nachbarn. Bei wem hält sie sich öfter auf?«

Sharon seufzte. »Sie ist eine Außenseiterin. Sie passt sich nicht an. Sie treibt sich in der Bibliothek herum.«

Donna lachte. »Moment mal. Sie meinen, dass die Tochter von Hammer ihre Freizeit im Lesesaal zubringt?«

»Wir sind nicht alle ungebildetes Gesindel, wissen Sie«, sagte Sharon wütend. »Tenille ist ein intelligentes Mädchen. Sie will etwas aus sich machen.«

»In der Schule ist man da anderer Meinung. Auf der Anwesenheitsliste sieht es mies für sie aus, und das wissen Sie genau.«

Sharon zischte irritiert: »Vielleicht. Aber das Mädchen könnte sogar ihren Lehrern das eine oder andere beibringen.«

»Und alles das lernt sie in der Bibliothek?«, fragte Donna misstrauisch.

»Manche Lehrer haben mehr Verständnis als die in der Schule«, sagte Sharon. »Hier in der Siedlung wohnt eine Frau. Sie ist Dozentin an der Universität. Tenille schaut manchmal bei ihr vorbei.«

Donnas Interesse erwachte, als sie die Wahrheit ahnte. »Name und Adresse«, verlangte sie und nahm Stift und Papier zur Hand.

Sharon zuckte die Schultern. »Ich weiß nicht. Sie wohnt in unserem Block, glaube ich. Aber ich weiß nicht genau, wo.«

»Sie wollen damit sagen, dass Tenille ihre Zeit in der Wohnung einer fremden Frau verbracht hat, und Sie wissen nicht, wo sie ist?«, sagte Donna mit gespielter Empörung. Sie wusste, dass an Sharons Verhalten nichts Ungewöhnliches war, jedenfalls nicht in der Marshpool-Siedlung, wo eine deprimierend hohe Zahl von Eltern nicht die leiseste Ahnung hatte, wo ihre Kinder zu jeder beliebigen Tages- oder Nachtzeit waren.

»Es ist besser, als sich in der Siedlung herumzutreiben und Drogen zu rauchen und zu trinken«, sagte Sharon kampflustig. »Ich weiß über die Frau nur, dass sie Jane heißt und Dozentin an der Universität ist.«

»An welcher?«

Sharon schien verblüfft. »Einfach an der Universität.«

Donna schob ihren Stuhl zurück, und die Stuhlbeine quietschten auf dem PVC-Belag. »Ich werde dem nachgehen. Hoffentlich lügen Sie nicht, Sharon. Was mich betrifft, stehen Sie so lange unter Verdacht, bis ich mit Tenille gesprochen habe.«

»Das können Sie doch nicht machen«, widersprach Sharon und stand auf. »Ich will gehen.«

Donna sprang auf und ging mit atemberaubender Geschwindigkeit um den Tisch herum. Sie stand so nah vor Sharon, dass sie den Geruch von Kochfett in ihrem Haar wahrnehmen konnte, und sah ihr fest in die Augen. »Bringen Sie mich nicht dazu, Sie zu verhaften, Sharon. Ich kann Sie wegen Verabredung zu Mord und Brandstiftung hier so schnell einbuchten lassen, dass Sie große Augen machen würden. Also, jetzt sind Sie so nett und setzen Sie sich.«

Sharon wich vor ihr zurück. Sie stieß mit den Kniekehlen an den Stuhl und sank unbeholfen auf die harte Sitzfläche.

Donna lächelte. »Ich lasse Ihnen eine Tasse Tee bringen.« Sie ging zur Tür. *Jetzt krieg ich dich, Tenille.*

Die Arbeit war zwar ermüdend, aber nicht schwer. Unsere Aufgabe war es, achthundert Brotbaumsetzlinge zu sammeln, und das hatten wir in zwei Wochen erledigt. Aber wenn wir zu dieser Zeit zur Heimreise in See gestochen wären, hätte das an Selbstmord gegrenzt. Kein Kapitän, der auf die Erhaltung seines Schiffes und seiner Ladung bedacht ist, würde versuchen, den Pazifik in der Regenzeit zu überqueren, und er hätte auch gar keine Chance, gegen die Gewalt des meist direkt aus der Gegenrichtung kommenden Windes die Torresstraße zu passieren. Und so mussten wir bis zum vierten April des nächsten Jahres auf Tahiti ausharren. Im Grunde bedeutete das weder für die Offiziere noch für die Mannschaft eine Härte. Die Eingeborenen erwiesen uns große Gefälligkeiten, das Essen war gut und reichlich und das Wetter herrlich. Wir erlernten die Sprache der Eingeborenen, und sie nannten mich Titreano, besser konnten sie meinen Familiennamen nicht aussprechen. Ich schloss viele Freundschaften, unter anderem mit Mauatua, die später meine Frau werden sollte und die ich Isabella, nach meiner Cousine Isabella Curwen, taufte. Für meine Person war die Trennung von Bligh nur noch ein zusätzlicher Vorteil des angenehmsten Lebens, das ich je gekannt hatte.

14

Auf den ersten Blick sah es nicht nach viel Material aus. Ein halbes Dutzend Archivkartons, das war alles. Aber Jane wusste, dass es nicht ganz so war. In jeder dieser Schachteln würde ein Stoß von brüchigen Papieren liegen, manche davon waren seit einer Generation oder länger nicht mehr angefasst worden. Briefe in verschiedenen Handschriften, gekritzelt oder wie gestochen, hingeworfene Notizen und Fragmente in verblasster Tinte, unleserliche Entwürfe mit ausgestrichenen Stellen und Überarbeitungen. All dies lag in chaotischer Fülle bereit, um ihre Augen und die Grenzen ihres Wissens zu strapazieren.

Anthony hatte ihr versichert, es gebe keine weiteren Unterlagen im Besitz der Stiftung, die noch nicht katalogisiert seien. »Natürlich ist eine beträchtliche Menge von anderen Wordsworth-Materialien noch irgendwo da draußen in der Welt, aber wir haben keine Möglichkeit, zu erfahren, was es ist und in wessen Besitz es sich befindet«, sagte er. Als er Janes bedrückte Miene sah, lächelte er. »Lass dich nicht entmutigen. Wir haben auf jeden Fall viel mehr Material als irgendjemand sonst. Und wir wollen die Tatsache nicht aus den Augen verlieren, dass du hier deinen ersten Hinweis gefunden hast.«

Janes Lächeln war so düster wie der Winter in Fellhead. »Ich werde an dem Gedanken festhalten«, sagte sie und hob in dem kleinen Zimmer, das Anthony ihr als Arbeitsraum zugeteilt hatte, den ersten Karton auf den Tisch. »Schreckliche Familie. Meinst du, sie hätten jemals irgendeinen Fetzen Papier weggeworfen?«

»Es ist eine gute Methode, um Dinge unter Verschluss zu halten, die die Leute nicht erfahren sollen«, sagte Anthony und schob einen Stoß Bücher auf dem Boden zur Seite, um mehr Platz für Janes Arbeit zu schaffen. »Man erweckt durch die bloße Menge des vorhandenen Materials den Eindruck von Offenheit. Und weil so viel vorliegt, denkt niemand daran, nachzufragen, was vielleicht nicht dabei sein könnte. Erst wenn Skelette wie Annette Vallon aus dem Schrank fallen, wird uns klar, dass wir uns manipulieren ließen.« Er lächelte. »Aber selbst die effizienteste Taktik ist nur so gut wie die Menschen, die sie anwenden. Und ab und zu schlüpft etwas durch die Maschen. Wie zum Beispiel Marys Brief. Wenn er dich dorthin führt, wo du hinwillst, wirst du in die Annalen der Literaturgeschichte eingehen.«

Jane zuckte die Schultern. »Aus diesem Grund tue ich das nicht.«

»Das weiß ich.« Anthony zwinkerte, und sein Lächeln wurde breiter. »Du willst es lesen, oder?«

»Ja. Die Meuterei auf der *Bounty*, das ist ein außergewöhnlicher Stoff. Und wenn ich Recht habe, bekam ihn William auf der Höhe seiner schöpferischen Kraft in die Hände. Ich will sehen, was er daraus gemacht hat.« Sie breitete die Arme aus. »Es geht dabei genau um meine Spezialität. Williams Persönlichkeit und seine poetische Begabung – angewendet auf eine Geschichte, die damals sehr brisant war. Und wie geheim er das alles hielt, das ist absolut typisch für ihn.«

»Schon ein interessanter Gedanke, nicht wahr? Diese Vorstellungskraft, die ein gewaltiges Rohmaterial verarbeitet. Es könnte möglicherweise das Beste sein, was er je schrieb.«

Jane überfiel ein leichtes Zittern. »Lass das, Anthony. Ich kann es mir nicht leisten, so etwas nur zu denken. Ich könnte mich täuschen. Oder ich könnte Recht haben, und das Material existiert vielleicht nicht mehr. Ich muss versuchen, mit beiden Beinen auf der Erde zu bleiben.«

»Ich verstehe. Viel Glück, Jane. Ich bin den ganzen Tag da, falls du mich brauchst. Entweder im Büro oder im Museum.«

Er schlüpfte aus der kleinen Kammer hinaus und überließ Jane ihren Papieren. Sie nahm den Deckel des ersten Kartons ab und schaute hinein. Er war bis oben voll mit Pappheftern und einem Stoß brauner Kuverts. Jemand hatte zumindest die einfachsten Vorkehrungen getroffen, um dieses Material zu erhalten, selbst wenn man es noch nicht in den Katalog aufgenommen hatte. Mit einem Seufzer nahm Jane das erste Kuvert aus der Schachtel und begann mit ihrer mühsamen Arbeit.

DI Donna Blair blickte über die Schulter zurück, ob der Streifenwagen mit den Uniformierten hinter ihr anhielt. Sie wusste, dass ihre männlichen Kollegen insgeheim über sie feixten, weil sie sich geweigert hatte, ohne Unterstützung durch die uniformierten Beamten an die Türen in Marshpool zu klopfen, aber sie machte sich nichts daraus. Außerdem würden sie sich auch nicht gerade freuen, wenn sie sich ohne Begleitschutz in die Krisenzone vorwagen sollten. Der einzige Unterschied war, dass die Kerle einen Vorwand finden würden, indem sie das angebliche Bedrohungspotential hochspielten. Wie zum Beispiel durch einen Tipp von einem ihrer Spitzel, dass der Verbrecher, den sie suchten, bis an die Zähne bewaffnet sei. Donna befasste sich nicht mit dieser Art von angeberischen Spielchen. Das ärgerte die Typen vielleicht am meisten, dachte sie, als sie aus dem Wagen stieg und ihre maßgeschneiderte Jacke glattzog, damit sie richtig saß.

Detective Sergeant Liam Chappel ging mit hohlwangigem Gesicht, das so heiter wie ein verregnetes Wochenende in Walthamstow dreinschaute, hinter ihr zu den vier Constables in Uniform hinüber. »Nichts Aufregendes, Jungs«, sagte Donna, wobei die Schärfe in ihrer Stimme die Angespanntheit verriet, die sie alle spürten. Sie hatte mehrere Stunden gebraucht, bis es ihr gelungen war, von der Verwaltung der Wohnsiedlung Namen und Adresse zu bekommen, und die Verzögerung hatte ihre Stimmung nicht gerade gehoben. Eine Reihe kleinlicher Federfuchser hatte versucht, sie mit ihrem idiotischen Datenschutz zu blockieren, aber sie hatte ihnen gesagt, das Wählerverzeichnis sei sowieso frei zugänglich und sie könne dort die Informationen bekommen, die sie brauchte. »Ich bitte Sie nur, mir das Leben durch einen Blick auf Ihr Mieterverzeichnis ein bisschen leichter zu machen«, knurrte sie. »Wir bekommen beide unser Gehalt aus dem gleichen Topf, es wird erwartet, dass wir zusammenhalten.« Schließlich hatte sie sich durchgesetzt, allerdings nicht, ohne mehr Energie aufwenden zu müssen, als so ein hochnäsiger sturer Bürokrat eigentlich verdiente.

Donna schwang das bedruckte Blatt, das sie dem murrenden Beamten der Stadtverwaltung letzten Endes abgerungen hatte. »Es geht hier nicht um eine der üblichen Festnahmen in Marshpool. Jane Gresham ist keine Schlampe. Sie ist eine ehrbare Bürgerin. Sie hat sogar eine Arbeit, was hier ungefähr genau so üblich ist wie ein Preis für regelmäßige Anwesenheit in der Schule. Wir werden also an Ms. Greshams Tür klopfen und vernünftig mit ihr darüber reden, wo sich Tenille Cole aufhält, anstatt ihre Tür einzutreten.«

»Und wenn wir feststellen, dass sie so eine radikale feministische Lesbe ist, die sich für die Bürgerrechte stark macht und uns nicht reinlässt, damit wir uns höflich mit ihr unterhalten können?«, fragte DS Chappel.

»Dann treten wir die Tür ein«, sagte Donna, wandte sich ab und starrte den gigantischen, neben ihr aufragenden Betonblock an. »Also gut, Jungs, nehmt den Rammbock mit.« Sie ging voran. »Will jemand eine Wette darauf abschließen, dass der Aufzug funktioniert?«

Es war seltsam, dachte Tenille, dass ein sonst so geschätztes Gut, das nur selten zu haben war, seine Anziehungskraft verlor, wenn es als einzige Möglichkeit übrig blieb. Normalerweise wurde sie nie müde, sich in den Chatrooms aufzuhalten und sich mit Gleichgesinnten über Dinge zu unterhalten, die sie interessierten. Aber heute, wo sie unbegrenzten Zugriff hatte und nichts sie störte, ödete sie das Internet an wie noch nie. Sie hätte sehr gern ferngesehen, und seien es auch nur die Lokalnachrichten. Nur stand der Fernseher im Wohnzimmer, und man konnte wahrscheinlich durch die Gardinen, die Jane vor dem Fenster zum Weg aufgehängt hatte, das Flackern sehen. Sollte man kommen und sie suchen, würde dadurch sofort verraten, dass sich jemand in der Wohnung aufhielt.
Schließlich hatte sie den Knautschsack und das Radio ins Arbeitszimmer geschafft, die Lautstärke heruntergedreht und, auf dem Boden sitzend, versucht, sich so zu konzentrieren, dass sie lesen konnte. Aber es war schwierig, zur Ruhe zu kommen. Die Angst quälte sie, und je mehr sie sich einredete, alles sei in Ordnung, desto schwerer war es, das zu glauben.
Sie war fast erleichtert, als sie ein Klopfen an der Wohnungstür hörte. Tenille erstarrte, mit weit aufgerissenen Augen hielt sie krampfhaft das Buch fest. Erneutes Klopfen, dann eine Frauenstimme. »Miss Gresham? Hier ist die Polizei. Machen Sie bitte auf.« Die Stille schien sich endlos zu dehnen.
Dann klapperte es am Briefschlitz. Die gleiche Stimme, jetzt klarer. »Miss Gresham, ich warne Sie, wenn Sie die Tür nicht freiwillig öffnen, werden wir uns mit Gewalt Zutritt verschaffen.«
Tenille kam es vor, als klebe ihre geschwollene Zunge am harten Gaumen. Vor Angst musste sie aufs Klo. Was war das für ein Mist? Wieso spuckten die so große Töne, dass sie Janes Tür aufbrechen wollten? Selbst wenn sie die Verbindung zwischen ihr und Jane hergestellt hätten, würden sie

doch nicht kommen und mit einem Rammbock nach Zeugen suchen.
Bevor sie den nächsten logischen Schritt vollziehen konnte, wurde schon wieder geklopft, diesmal von Rufen begleitet. Dann plötzlich Stille, unterbrochen von der unverkennbaren krächzenden Stimme der verrückten Irin von nebenan: »Jesses, Marie und Josef, wieso um Himmels willen macht ihr da so 'n Krach?« Auf ihre Frage folgte der übliche Anfall von schleimigem Husten.
»Und wer sind Sie?«
»Ich bin Noreen Gallagher. Ich bin diejenige, die vor dem Fernseher 'n Nickerchen machen wollte, bis ihr so laut wart, dass die Toten aufwachen.«
»Wir suchen Jane Gresham«, sagte die Polizistin. Tenille konzentrierte sich mit halb zusammengekniffenen Augen, um kein einziges Wort zu verpassen.
»Die werden sie jetzt nicht hier finden, oder?«, sagte Noreen verächtlich.
»Das ist doch ihre Wohnung, nicht wahr?«
»Natürlich ist es ihre Scheißwohnung. Aber sie ist nicht da. Sie ist für zwei Wochen nach Hause gefahren in den Lake District. Gestern früh ist sie gefahren, hat angeklopft und mir gesagt, dass sie weggeht. Großen Rucksack auf'm Buckel und alles. Ihr werdet also Jane Gresham nicht hier finden. Was wollt ihr überhaupt von ihr?«
»Das ist Sache der Polizei, Mrs. Gallagher. Ist sonst jemand in Miss Greshams Wohnung?«
Noreen räusperte sich gründlich. »Nicht seit sie diesen Freund losgeworden ist. Nichtsnutziger Flegel. Ich hab ihr gesagt, du hast was Besseres verdient. Aber die Jungen lassen sich ja nichts sagen, was? Sie müssen ihre eigenen Fehler machen.«
»Sind Sie sicher, dass es nicht noch jemanden gibt, der einen Schlüssel hat?«
Noreen zog die Nase so laut hoch, dass Tenille das Pfeifen in

ihrer Luftröhre hören konnte. »Sie können mir glauben, wenn jemand da drin wäre, würd ich es wissen. Die Wände sind so dünn, dass man eine Maus furzen hört.«
Pause. Dann schaltete sich die Polizistin wieder ein. »Kennen Sie Tenille Cole?«
»Ich kenne Tenille. Sie ist in Ordnung. Hat 'n Mundwerk wie manche von den schwarzen Schlampen.«
»Haben Sie Tenille heute schon gesehen?«
»Hab Ihnen ja grade gesagt, dass Jane weg ist. Jesses, was soll Tenille hier machen, wenn Jane weg ist?«
»Sie hat keinen Schlüssel zu der Wohnung?«
Noreen hustete lange und heftig. »Jane ist doch nicht blöd. Sie hat 'n Auge auf Tenille, aber so was Dummes würd sie nicht machen. Ich sag Ihnen, ich hab Tenille nie in der Wohnung gesehen oder gehört, ohne dass Jane da war. Ach, Moment mal«, sagte sie, und die Erkenntnis schien sie anzuregen. »Sagen Sie bloß, Sie wollen Tenille in die Schuhe schieben, sie hätte den schwarzen Gockel erschossen, mit dem ihre Tante ins Bett gegangen ist?«
»Über Angelegenheiten der Polizei kann ich nicht sprechen, Mrs. Gallagher.« Diese Polizistin konnte sich behaupten, das war offensichtlich.
»Komisch, so dumm sehen Sie gar nicht aus«, sagte Noreen. »Aber das Aussehen kann natürlich täuschen. Jedenfalls kann ich Ihnen sagen, wenn Sie das so angehen, machen Sie sich lächerlich. Es gibt hier viele, die einen umbringen würden, sobald sie einen sehen, aber Tenille gehört nicht dazu. Also, ziehen Sie ab und verschwenden Sie nicht weiter meine Zeit.«
Nach dem Gemurmel mehrerer Stimmen steigerte sich Noreen Gallaghers Stimme zu einem richtigen Keifen. »Ihr brecht diese Tür nicht auf. Was habt ihr vor, verdammt noch mal? Ich sag euch doch, da ist niemand drin. Jane Gresham ist eine anständige Frau, sie hat Wertsachen in der Wohnung. Ich guck doch nicht zu, wie ihr ohne guten Grund ihre Tür

aufbrecht, dann lasst ihr alles offenstehen für die Gauner hier, die alles bis auf die nackten Wände mitgehen lassen. Gar nicht zu reden davon, dass sie zu denen gehört, die Rechtsanwälte kennen, die Sie dafür bis auf Ihr letztes Hemd verklagen würden.«

»Treten Sie von der Tür zurück.« Diesmal war es eine Männerstimme. »Ich will Sie nicht festnehmen müssen.«

»Schon gut, Sergeant.« Die Polizistin hatte wieder die Führung übernommen. »Mrs. Gallagher hat Recht. Wir machen es so, Mrs. Gallagher. Ich lasse einen Mann hier, der Miss Greshams Wohnung bewacht, und wir werden Kontakt mit ihr aufnehmen und diese Sache klären. Also, wissen Sie, wohin sie im Lake District gefahren ist?«

»Ich habe keine Ahnung. Wo ihre Familie wohnt. In irgendeinem Dorf, nicht in einer Stadt. Das ist alles, was ich weiß. Bei ihrer Arbeit werden sie es wissen, oder?«

»Das werden wir versuchen. Vielen Dank, Mrs. Gallagher.«

»Nächstes Mal könnten Sie ein bisschen leiser sein.« Stoßweise hustend entfernte sie sich. Tenille hörte noch ein letztes Krächzen von ihr durch die Wand.

Scheiße, Scheiße, Scheiße, dachte Tenille. Was jetzt? Sie konnte nicht hier blieben, das stand fest. Und wenn ein Bulle vor der Tür stand, konnte sie die Wohnung auch nicht verlassen. Sie war total aufgeschmissen.

Jane gähnte und streckte sich, denn ihr Rücken war steif, da sie schon stundenlang über den langweiligsten Schriftstücken hockte, mit denen sie es je zu tun gehabt hatte. Ihre Augen taten vom Entziffern verschiedener Handschriften weh, von denen manche einhundertfünfzig Jahre alt waren. Es waren Familienbriefe, Bruchstücke von Reiseberichten, selbst Anweisungen an einen Maurer zur Errichtung eines Milchschuppens auf einer nicht näher benannten Farm. Aber bis jetzt war weder etwas in William Wordsworths eigener Handschrift aufgetaucht noch irgendetwas, das mit Mary

Wordsworths rätselhaftem Brief zu tun hatte. Nichts außer schrecklich langweiligen, profanen Dingen in den Worten derer, denen die literarische Begabung des Dichters oder seiner Tagebuch führenden Schwester Dorothy fehlte.

Jane sah auf ihre Uhr. Noch eine Viertelstunde, dann mal schauen, ob ein Kaffee ihre Lebensgeister so weit wecken würde, dass sie weiterarbeiten konnte. Seufzend griff sie in die dritte Schachtel und zog einen Papphefter heraus, der ein halbes Dutzend vergilbter Blätter mit den üblichen braunen Stockflecken enthielt. Sie waren eng mit einer schrägen Schrift beschrieben, die Jane als die von Williams ältestem Sohn, John, erkannte. Alle Briefe schienen an seinen Bruder Willy gerichtet zu sein und waren im Sommer und Herbst 1850 geschrieben worden, nur Monate vor Williams Tod. Die ersten drei enthielten gewöhnliche Familiennachrichten ohne tiefere Bedeutung. Aber als sie das vierte Blatt zu lesen begann, wurde ihr klar, dass dieser Brief etwas anderes war. Es schien die zweite Seite eines Briefes zu sein, und als Jane ihn las, spürte sie, wie ihr Gesicht sich rötete und ihr am Haaransatz der Schweiß ausbrach.

Zuerst konnte sie ihren Augen kaum trauen. Sie fragte sich fast, ob die Intensität ihres Wunsches dazu geführt hatte, genau das zu finden, wonach sie auf der Suche war. Aber es war keine Illusion. Je mehr sie las, desto klarer wurde es Jane, dass das, was sie da in Händen hielt, ein weiterer Baustein zu ihrer Theorie war.

Mit zitternden Fingern schob sie das brüchige Blatt in eine durchsichtige Plastikhülle. Sie starrte es ein paar Minuten lang intensiv an, dann erhob sie sich etwas unsicher. Sie musste Anthony suchen.

… was, das wirst du verstehen, eine Sache ist, die mir sehr am Herzen liegt. Ich möchte nicht schlecht von den Toten sprechen, aber die letzten Jahre meiner Ehe mit Isabella brachten uns alle mehr Kummer als Freude. Ich meine, man sollte nicht von mir erwarten, dass ich die Schande und das Unglück billige, das meine Verbindung mit dieser unglückseligen Familie mit sich brachte. Die Worte unseres Vaters blieben, solange er lebte, unbekannt und wurden nicht angezweifelt, und ich sehe keinen Vorteil darin, dies zu ändern. Kurz, ich habe die Anweisung unserer Mutter befolgt und getan, was sie für richtig befand. Ich habe Dorcas angewiesen, es sogleich aus meinem Haus zu entfernen und dafür zu sorgen, dass kein Auge es je wieder erblickt. Ich verbürge mich dafür, dass es jetzt, wo ich dies schreibe, nicht mehr existiert. Nichts würde durch irgendeine andere Handlungsweise erreicht, als dass der Name unseres Vaters beschmutzt würde, darin pflichtest du mir hoffentlich bei. Lass uns nicht mehr davon sprechen. Ich bete zu Gott, dass ihr alle guter Gesundheit seid, und hoffe, euch noch vor dem Monatsende zu sehen.

Dein dich liebender Bruder John

15

Anthony hielt die Sichthülle an den Ecken fest und konzentrierte sich mit gerunzelter Stirn intensiv auf den Text. Jane biss sich auf die Lippe und wartete seinen Urteilsspruch ab. Es dauerte eine ganze Weile, bis er es auf seinen Schreibtisch legte, an seinem Pferdeschwanz herumfingerte und endlich den Blick hob und sie ansah. »Willst du Jake anrufen, oder soll ich es tun?«, fragte er.

Seine Worte führten zu einem erschreckten Kribbeln in Janes Magen. »Jake?«

»Die Echtheit muss beglaubigt werden. Und die von Marys Brief genauso. Vordergründig betrachtet scheinst du ein weiteres Glied in der Kette entdeckt zu haben, das deine Theorie stützt, aber bevor wir sicher sein können, dass sie keine kunstvolle Fälschung sind, müssen die Dokumente untersucht werden.« Er lächelte. »Das gibt dem lieben Jake einen perfekten Vorwand, uns zu besuchen. Obwohl ich mir vorstelle, dass er keinen Vorwand braucht.«

Jane war verlegen und kam sich zugleich töricht vor. Sie und Jake hatten sich durch Anthony überhaupt erst kennen gelernt. Er war zum Dove Cottage bestellt worden, um zu bestätigen, dass ein Bündel Briefe, das der Stiftung zum Kauf angeboten worden war, echt war. Weil sie sich so besonders für Wordsworth interessierte, hatte Anthony ihn ins Café geführt, damit er sie kennen lernte. Anthony hatte nicht gerade den Liebesboten gespielt – bei dem bloßen Gedanken daran, dass man ihm solche niedrigen Motive zutrauen könnte, hätte er vor Entsetzen gebebt. Aber er hatte sie beide zum Essen mit seiner Frau Deborah eingeladen, und war er auch nicht gerade der Geburtshelfer ihrer gegenseitigen Zuneigung, so war er doch bei der Geburt dabei gewesen.

»Es wäre nicht angebracht, Jake zu fragen«, sagte sie ausweichend und überlegte, wie sie Anthony sagen könnte, dass die Beziehung beendet war, ohne dass es peinlich für sie beide wurde.

Als Anthony die richtige Antwort erriet, zog er die Augenbrauen hoch. »Aha«, sagte er. »Heißt das, dass ihr beiden nicht mehr miteinander geht?«

Jane spürte, dass sie rot wurde. »Wir treffen uns nicht mehr, aber was die Briefe betrifft, spielt das sowieso keine Rolle. Jake ist nicht der richtige Ansprechpartner, weil er nicht mehr im Museum arbeitet.«

»Wirklich? Davon hatte ich noch nicht gehört.«

Jane mochte Anthony viel zu sehr, als dass sie ihm erläutern wollte, wieso der letzte Winkel im Lakeland District nicht gerade ein Mittelpunkt für Klatsch und Tratsch sei. »Er arbeitet für eine Frau namens Caroline Kerr. Sie ist eine …«

»Händlerin«, sagte Anthony, und alle Verachtung der Welt lag in diesem einen Wort. »Ich kenne Caroline Kerr. Ich hatte geschäftlich mit ihr zu tun. Nicht weil ich es wollte, verstehst du, sondern weil etwas in ihrem Besitz war, das wir ziemlich dringend haben wollten. Sie hatte eine verdächtig klare Vorstellung davon, wie wichtig es uns war und wie viel zu zahlen wir bereit sein würden. Und sie hat uns den letzten Penny abgeknöpft, den wir hatten.« Sein Mund verzog sich widerwillig. »Clevere Frau und leidenschaftlich ihrer Arbeit ergeben, aber ich mochte ihren Stil nicht. Ach, Jake hat sich an allen Fronten als große Enttäuschung erwiesen. Das tut mir leid, Jane.«

Sie lächelte schwach. »In Anbetracht dessen, dass er sich auf die dunklere Seite geschlagen hat, ist es wahrscheinlich am besten so, Anthony. Ich bin sicher, das Museum kann jemanden für dich finden, der mindestens genauso gute Qualifikationen hat.«

»Oh, kein Zweifel«, sagte er ungeduldig und bestrebt, diese Peinlichkeit hinter sich zu lassen. »Und ich werde die Sache sofort in Gang bringen. Aber nehmen wir jetzt erst mal an, beide Dokumente seien das, was sie mutmaßlich sind. Das ist ein ansehnlicher Fund, Jane. Zumindest widerspricht er deiner Theorie nicht. Und es gibt da diesen aufschlussreichen Satz: ›Ich meine, man sollte nicht von mir erwarten, dass ich die Schande und das Unglück billige, das meine Verbindung mit dieser unglückseligen Familie mit sich brachte.‹ Das scheint doch eindeutig in die Richtung von Christian Curwens Familie zu deuten. Ich kann mir keine andere Familie vorstellen, von der John in solchen Worten sprechen würde. Er war sehr verbittert wegen Isabella, selbst noch nach ihrem Tod.«

»Das könnte man doch nicht erfinden, diese Sachen?«, sagte Jane. »Manche Historiker glauben, dass Fletcher Christian sich in Isabella Curwen verliebt hatte und deshalb seine tahitianische Frau Isabella nannte. Aber ganz gleich, aus welchem Grund, sie entschied sich für seinen Cousin John, und Fletcher fuhr zur See. Dann kommt Fletcher nach der Sache auf der *Bounty* zurück, wird wahrscheinlich von John Christian Curwen und Isabella aufgenommen, vertraut sich dann William an, der die Geschichte aufschreibt, aber verborgen hält. Fünfzehn Jahre später heiratet schließlich sein Sohn Isabellas Tochter. Es ist wie ein Barbara-Cartland-Roman.«

»Und es ist eine weitere Verbindung, die deine Theorie stützt. Wenn William auch nur im Mindesten versucht gewesen wäre, dies später einmal zu veröffentlichen, wäre die Verbindung zu seinem Sohn dabei ein starkes Hindernis gewesen.« Er nahm den Brief noch einmal zur Hand. »Die Frage, die wir auf jeden Fall stellen müssen, ist jedoch, ob dies hier uns irgendwie weiterbringt.«

»Es würde uns schon weiterbringen, wenn ich wüsste, wer Dorcas war.«

Anthony schien überrascht. »Tut mir leid, ich dachte, das wäre dir klar.«

Jane seufzte. »Nein, Anthony. Ich besitze nicht dein enzyklopädisches Wissen über die beteiligten Personen. Ich habe keine Ahnung, wer Dorcas ist.«

»Dorcas kam als Magd ins Dove Cottage, nachdem Janet, die lange gedient hatte, 1847 starb.« Anthony runzelte die Stirn. »Dorcas Mason, so hieß sie. Es kann nicht sehr lustig gewesen sein, damals bei den Wordsworths in Diensten gestanden zu haben. William gab sich dem Schmerz hin, nachdem sein Lieblingskind, Dora, gestorben war. Seine Schwester Dorothy wurde immer tyrannischer. Dann Isabellas Tod und alle damit zusammenhängenden Probleme mit den Enkeln. Das war wahrscheinlich der Grund, weshalb sie nicht lange blieb.«

»Wann ging sie weg?«

»Das werde ich nachsehen müssen.« Er nahm seine Maus, klickte damit herum und sah zwinkernd zu ihr auf. »Du siehst, ich bin auch nicht der Born alles Wissens, Jane.« Er hielt eine Sekunde inne, tippte dann etwas auf der Tastatur. »Hier ist es. Ein Brief von Mary Wordsworth an ihre Freundin Isabella Fenwick, August 1851. Ein Jahr und vier Monate nach Williams Tod. ›Wir werden unsere treue und fleißige Dorcas verlieren, die sich noch vor Ende des Monats verheiraten wird. Sie wird eine gute Ehefrau werden und verdient ihr Glück, nachdem sie dieses traurige Haus mit solcher Geduld ertragen hat.‹ Bitte, Jane. Jetzt weißt du alles, was ich über Dorcas Mason weiß.«

»Leider gibt uns das keinen Hinweis darauf, was sie mit dem Manuskript gemacht haben könnte, nachdem John es ihr gegeben hatte«, seufzte Jane. »Es ist so frustrierend.«

»Ich denke, es hängt davon ab, wie wörtlich sie Johns Anweisung nahm. Sie gab es Mary vielleicht wieder zurück, aber damit hätte sie gegen Johns Wünsche verstoßen. Sie könnte ihn so verstanden haben, dass sie es vernichten sollte. Aber sie hatte drei Jahre zu diesem Haushalt gehört, lange genug, um von dem Gedanken an Williams geradezu gottgleichem Ansehen in der literarischen Welt durchdrungen zu sein. Es ist möglich, dass sie es nicht über sich brachte, etwas anderes zu tun, als seine Worte zu verwahren. Sie hat es vielleicht behalten, Jane. Sie behielt es, zeigte es aber nie jemandem, aus Respekt vor Johns Wunsch.«

Jane beugte sich auf ihrem Stuhl vor. »Wenn Dorcas es behalten hat, dann wäre es doch bis heute bestimmt schon aufgetaucht?«

»Man sollte meinen, ja. Aber es ist möglich, dass es mit anderen Papieren, die nie richtig untersucht worden sind, an ihre Nachfahren weitergegeben wurde. Oder dass dem Erben, wer immer das war, eingeprägt wurde, es gehöre nicht der Familie und müsse zu treuen Händen aufbewahrt werden.« Anthony zuckte die Schultern. »Uns sind schon Papiere übergeben worden, die drei oder vier Generationen in Dokumentenkassetten gelegen hatten.«

»Ich würde wirklich gern glauben, dass es noch existiert«, sagte Jane wehmütig. »Aber wahrscheinlich ist das nicht, oder?«

»Möglich ist es, und das genügt. Jane, du musst anfangen, Dorcas Masons Nachkommen aufzuspüren. Du kannst es dir nicht leisten, die Chance nicht zu ergreifen, wie klein sie auch scheinen mag.« Anthony stieß seinen Stuhl vom Schreibtisch zurück, und die Rollen rumpelten über den Holzboden.

Jane nickte, denn sie wusste, dass er Recht hatte. »Ich habe nicht die leiseste Ahnung, wo ich anfangen könnte. Mit Ahnenforschung kenne ich mich nicht aus.«

»Das County-Archiv in Carlisle hat alle alten Kirchenbücher mit den Einträgen zu Geburten, Hochzeiten und Todesfällen. Dann gibt es ja auch noch die Volkszählung. Und das St.

Catherine's House in London. Du bist doch geübt im Recherchieren, Jane, du hast die nötigen Fähigkeiten.«
»Ich habe einen Arbeitskollegen in London. Er könnte dort loslegen, während ich hier anfange«, sagte Jane, und ihr Gesichtsausdruck hellte sich auf.
»Na, siehst du.« Anthony stand auf »Also, dann geh jetzt. Ich muss veranlassen, dass die Echtheit dieser Dokumente bescheinigt wird.«
Als sie aus Anthonys Büro kam, war der blaue Himmel hinter einer niedrigen Wolkenbank verschwunden. Große Regentropfen klatschten auf den Boden und hinterließen Spuren wie hingestreute Münzen. Sie rannte ins Café, zog ihr Mobiltelefon heraus und rief ihre Mutter an. Die Märtyrerin zu spielen war nie Janes Stärke gewesen. Auf keinen Fall würde sie bei diesem Wetter mit dem Rad nach Hause fahren.

Wenn Teenager verzweifelt sind, gibt es keinen Mittelweg. Entweder verschwindet die Verzweiflung so schnell wie ein Kreidestrich im Platzregen, oder sie nimmt das Gewicht eines Granitblocks an. Bei Tenille war es erstere Variante. Schon Minuten nachdem sie begriffen hatte, dass ihre Chancen zur Flucht aus Janes Wohnung sehr gering waren, und sie in abgrundtiefe Verzweiflung gestürzt war, entwickelte sie bereits einen Aktionsplan für den Fall, dass sich ihr auch nur die geringste Gelegenheit bieten sollte.
Das Wichtigste war, sich relativ weit von Marshpool zu entfernen. Die erste Aufregung sollte sich zunächst mal legen, während sie überlegte, wie sie sich davonmachen konnte. Der einzige Ort, an dem sie glaubte, Unterschlupf finden zu können, war bei Jane in Fellhead. Das Dringendste war also, auszutüfteln, wie sie dorthin gelangen konnte. Sie hatte etwas Geld, war aber nicht so dumm, in Betracht zu ziehen, dass sie den Zug oder den Schnellbus nehmen könnte. Wenn die Bullen sie aufs Korn nehmen wollten, hätten sie ihre

Beschreibung und vielleicht sogar ein Foto von ihr schon überallhin durchgegeben. Jeder Polizist würde nach ihr Ausschau halten und sie an den Bahnhöfen von Bussen und Zügen suchen. Trampen kam aus demselben Grund nicht in Frage. Da blieben also nur noch die lokalen Busse übrig. Sie musste eine Route ausarbeiten, auf der sie von London nach Fellhead kommen konnte, indem sie von Ort zu Ort fuhr.
Tenille ging ins Internet und fand eine Seite mit einem Routenplaner für Autofahrer, wo sie sich nach einer Route erkundigte, die Autobahnen aussparte. Das würde ihr einen Überblick über die Orte geben, die sie ansteuern sollte. Sie druckte die Karte mit der Route aus und kreiste die Städte ein, durch die sie fahren musste. Dann ging sie auf die Websites der Busgesellschaften. Es war eine quälend öde Angelegenheit, bis sie schließlich eine Liste der jeweiligen Fahrpläne ausgedruckt hatte, die sich mehr oder weniger koordinieren ließen, um sie nach Fellhead zu bringen. Es würde zwei Tage dauern, aber sie war ziemlich sicher, dass sie es schaffen konnte.
Allerdings war es nicht gut, ein Risiko einzugehen. Sie würde es ihnen nicht leicht machen und musste ihr Aussehen verändern, für den Fall, dass ein Schlaumeier mit Adleraugen vorhatte, sich einen Namen zu machen. Sie betrachtete sich kritisch im Spiegel. Die langen Dreadlocks abzuschneiden wäre ein Anfang. Aber sie würde, sie *musste* mehr tun. In engen Kleidern war ihr Geschlecht klar zu erkennen. Aber in den weiten sackartigen Klamotten, in denen die jungen schwarzen Rapper herumliefen, konnte sie leicht als Junge durchgehen. Jeder, der die Augen nach einem jungen Mädchen offen hielt, würde bei dem Gang und dem Stil der Kleidung gleich wieder wegsehen. Sie würden sie in ihrer Verkleidung nicht erkennen. Besonders da sich die meisten Leute ja gar nicht wünschten, mit einem jungen Schwarzen Augenkontakt aufzunehmen. Manchmal waren Vorurteile auch von Vorteil.

Sie überlegte, ob Janes Garderobe ihr zu der richtigen Verkleidung verhelfen könnte. Jane war nicht groß, aber doch größer und auch stämmiger als Tenille. Eine schnelle Durchsicht der Kleidung zeigte, dass sie damit kein Glück haben würde. Nichts mit den richtigen Markennamen, nichts, in dem ein Straßenrapper sich sehen lassen konnte. Und vor allem keine große weite Jacke, um sich vor dem Wetter und den neugierigen Blicken zu schützen.

Tenille ging ins Bad, stöberte in dem Schränkchen, das an der Wand hing, und fand eine Nagelschere. Damit schnitt sie sich sorgfältig die Haare ab und ließ überall auf dem Kopf feste krause Löckchen stehen, wo die Dreadlocks gewesen waren. Das Gesicht im Spiegel war ihr jetzt fremd. Durch den Verlust der Haare, die das Gesicht eingerahmt hatten, wurden ihre feinen Knochen und die vollen Lippen betont. Sie fand, sie müsste als Junge durchgehen. Auf jeden Fall sah sie nicht mehr wie Tenille aus. Sie sammelte die Haare aus dem Waschbecken und schlich ins Arbeitszimmer zurück. Den Bullen würde sie keinen Hinweis hinterlassen. Mit einem Griff über den Schreibtisch machte sie das Fenster einen Spalt auf und ließ ihre abgeschnittenen Locken in die kalte Luft hinausfliegen, wo es schon dunkel wurde. Sie beobachtete, wie sie zur Erde trudelten, und stellte sich vor, dass sie da unten wie seltsame haarige Raupen auf dem Boden liegen bleiben würden.

Als Nächstes ging sie auf Zehenspitzen in die Küche. Sie wusste, wo Jane das hatte, was sie brauchte. Unter der Spüle fand sie einen Hammer und in der Schublade eine Taschenlampe. Sie nahm beide mit und verstaute sie in ihrem Rucksack.

Tenille starrte in den Abend hinaus, wo alles still war. Alles, was sie jetzt tun konnte, hatte sie erledigt. Und sie war immer noch eingesperrt, immer noch ohne Fluchtmöglichkeit. Bedrückt hockte sie auf dem Stuhl und fragte sich, wie sie es, verdammt noch mal, schaffen konnte, irgendwohin zu fahren, wo sie ihren Plan ausführen konnte. Sie saß da und starrte schon zehn Minuten trübsinnig auf die Busfahrpläne, als sie vor Schreck fast vom Stuhl fiel. Das plötzliche Klopfen an der Wand verwirrte sie total. Was hatte die bescheuerte Noreen Gallagher bloß vor? Es klopfte einige Male schnell nacheinander, dann eine Pause, dann wieder eine kurze Salve. Danach Stille.

Und die wurde von dem unverwechselbaren Geräusch unterbrochen, als Mrs. Gallagher ihre Wohnungstür öffnete. Tenille hörte das vertraute heisere Husten von Janes Nachbarin, dann: »Sie frieren sich doch hier draußen den Arsch ab. Kommen Sie mal rein und trinken Sie ein Tässchen Tee.« Ihre Stimme klang so unwirsch, dass es tatsächlich nur ihre sein konnte.

Tenille schlich in den Flur, damit sie besser hörte, was sich da tat. Die Antwort konnte sie klar verstehen, obwohl der Polizist leiser als Mrs. Gallagher sprach. »Das ist sehr nett von Ihnen, Ma'am, aber ich muss auf meinem Posten bleiben.«

Ein lautes gurgelndes Lachen folgte. »Man könnte ja meinen, Sie bewachten die Kronjuwelen, mein Guter. Hören Sie, Sie haben doch mitgekriegt, was ich Ihrer Chefin gesagt habe. Diese Wände sind wahnsinnig dünn, es ist ein Ding der Unmöglichkeit, dass jemand da drin sein könnte, ohne dass ich es höre. Wenn Tenille kommt, werden Sie hören, wie sie an die Tür klopft. Aber auch wenn sie einen Schlüssel hätte, hören Sie, wenn die Tür aufgeht. Es bleibt nichts geheim in Marshpool, das können Sie mir glauben. Außerdem haben Sie doch überhaupt keine Chance, sie zu kriegen, solange Sie wie 'ne Niete da draußen stehen. Wenn sie die Treppe runterkommt, wird sie Sie sehen, weil Sie da oben rumstehen wie 'n großer Ochse. Und dann ist sie weg wie 'n Windhund, der den Hasen im Blick hat. Aber wenn Sie in meinem Wohnzimmer sitzen, könnten Sie sie hören, sich ranschleichen und sie überraschen.« Tenille konnte sich Mrs. Gallagher vorstellen, die Arme vor der mageren Brust verschränkt, Zigarette im Mundwinkel und einen Ausdruck schlauer Gewissheit im Gesicht.

Und sie hörte das Zögern in der Stimme des Polizisten. »Meinen Sie?«

»Ich weiß es. Hören Sie, ich kann Ihnen sagen, wann es nebenan Bohnen zum Abendessen gegeben hat. Kommen Sie, kommen Sie doch rein. Das Wasser kocht, in einer Minute hab ich Ihnen einen schönen Tee gebraut.«

Tenille hörte die schweren Schritte des Polizisten, als er über die Schwelle in Mrs. Gallaghers Wohnzimmer trat, dann das Klappern der sich schließenden Wohnungstür und ihre gemurmelte Unterhaltung. Ihr war nicht klar, warum Mrs. Gallagher darauf aus war, ihr eine Chance zu verschaffen, aber sie wusste, dass sie diese auf jeden Fall nutzen würde.

Tenille schlich zurück ins Wohnzimmer, holte ihre Jacke und ihren Rucksack und ging auf Zehenspitzen zur Tür. Sie machte sie leise einen Spalt auf und horchte, hörte aber nichts Außergewöhnliches. Dann machte sie die Tür langsam etwas weiter auf, sodass sie hinausschlüpfen konnte. Danach steckte sie den Schlüssel ins Schloss und drehte ihn um, damit der Riegel wieder zurückglitt. Vorsichtig zog sie die Tür zu, ließ das Schloss einschnappen und zog ihren Schlüssel heraus. Sie drehte sich auf dem Absatz um und bewegte sich so vorsichtig wie auf rohen Eiern die Galerie entlang.

Beim nächsten Teil ihres Plans musste es dunkel sein, was mindestens noch eine Stunde dauern würde. Aber das machte nichts. Die Marshpool-Siedlung war ihr Revier. Sie würde kein Problem haben, sich bis dahin versteckt zu halten. Das Schwierigste war vorbei. Jetzt konnte sie loslegen.

Sobald wir uns für die Rückreise eingeschifft hatten, wurde mir klar, dass ich jetzt für die Freuden an Land würde büßen müssen. Gleich von Anfang an hatte Bligh an jeder Arbeit, die ich als Teil meiner Pflichten erledigte, etwas auszusetzen. Er beschimpfte mich vor den Männern, demütigte mich und warf mir die absurdesten Dinge vor. Und doch erwartete er noch immer, dass ich ihm in seiner Kajüte Gesellschaft leistete und ihm zuhörte, wenn er sich über die Kränkungen ausließ, die ihm von allen anderen zugefügt würden. Er nutzte diese Gelegenheiten, um mir meine Fehler vorzuhalten. Ich bemühte mich, dieses abscheuliche Benehmen mit Gleichmut zu ertragen, aber ich konnte ein so niederträchtiges Verhalten mir gegenüber nicht in alle Ewigkeit hinnehmen. Als er mich schließlich anklagte, widernatürliche Gefühle gegenüber Peter Heywood zu hegen und diese auf Tahiti ausgelebt zu haben, konnte ich mich nicht mehr zurückhalten und sprach sehr unbeherrscht zu ihm. Seine Antwort war, ich solle meine Zunge im Zaum halten oder ich würde den Rest der Reise hinter Gittern zubringen. Seine Selbstherrlichkeit verletzte mich tief, und sein Verhalten traf mich sehr.

16

Bis Judy im Dove Cottage ankam, hatte Jane ihren angeborenen Enthusiasmus wieder zurückgewonnen. Auf der Heimfahrt, das Fahrrad war im Kofferraum, erzählte Jane ihrer Mutter, was sie entdeckt hatte. »Ich bin nicht sicher, ob ich genau verstehe, worum es dabei geht«, sagte Judy. »Aber nach dem, was du sagst, glaubst du wohl, deine Idee könnte wirklich zutreffen? Dass Fletcher Christian zurückkam und Wordsworth seine Geschichte erzählte?«

Jane verzog das Gesicht. »Einen richtigen Beweis habe ich nicht. Aber die Indizien dafür werden immer stärker.«

»Das ist bestimmt aufregend für dich«, sagte Judy. »Ich nehme an, das ist in deiner Umgebung 'ne große Sache, dieses Manuskript?«

»Es wäre eine Sensation, Mum. Stell dir vor, man könnte ein Gedicht von Wordsworth lesen, das kaum jemand gesehen hat, seit es vor zweihundert Jahren geschrieben wurde.«

Judy lachte. »Erwarte bloß nicht, dass ich es lese. Ich habe den Kerl schon immer furchtbar langweilig gefunden.«

»Na ja, er hat unseren Lebensstil möglich gemacht«, sagte Jane.

Judy warf ihr ein überraschtes Lächeln zu. »Wie meinst du denn das?«

»Er hat den Lake District in Mode gebracht, hat zu seiner Beliebtheit beigetragen. Die Leute sind seinetwegen hierher gekommen.«

»Danke, William – für die Touristen mit ihrem Müll und ihren Abgasen und dafür, wie sie die Wege kaputtmachen«, sagte ihre Mutter bitter.

»Ja. Aber auch danke, William, für die Schafe.«

Judy sah sie ungläubig an. »Was hat er mit den Schafen zu tun?«

»Wenn Beatrix Potter nicht in ihren Ferien hierher gekommen wäre und sich in die Herdwickschafe verliebt und sie zum großen Projekt ihres Lebens gemacht hätte, wären sie wahrscheinlich ausgestorben, und was würden wir dann auf der Farm machen? Und wie würde die Landschaft aussehen? Es wäre kein offenes Gelände mit klugen Herdwickschafen, die sich nicht von ihrem Hügel entfernen, auf dem sie geboren wurden. Alles wäre eingezäunt wie für die Cheviots, damit die dummen Schafe nicht weglaufen können. Die, welche Dad die geringwertigen Rassen nennt. Obwohl ich es genauso wenig mag wie du, dass wir von den Städtern und Touristen überrannt werden, nehme ich das als den Preis für die Schafe und die Landschaft in Kauf.«

»Alles klar«, sagte Judy, denn sie wusste durch lange Erfahrung, dass sich gegen die Leidenschaft ihrer Tochter für das Land nicht viel einwenden ließ. Manchmal dachte sie, Jane sei so an Langmere Fell gefesselt wie die Schafe selbst. »Danke, William, für die Schafe. Was ist also dein nächster Schritt? Musst du noch nach weiteren Dokumenten suchen?«

Jane schüttelte den Kopf. »Ich habe alle Materialien durchgesehen, die noch nicht katalogisiert sind. Etwas anderes konnte ich nicht finden. Nein, ich muss jetzt herausbekommen, ob Dorcas Mason noch heute lebende Nachkommen hat, und sie besuchen und fragen, ob sie etwas über das Manuskript wissen. Ich muss Dan sagen, dass er zum St. Catherine's House gehen soll, und muss die Kirchenbücher hier durchforsten.«

»Da musst du mit Barbara Field sprechen.«

»Die strenge Barbara Field, Vorsitzende der Landfrauen?«

»Wie viele Barbara Fields meinst du denn, dass es hier gibt?«, sagte Judy trocken. »Ja, die gestrenge Barbara Field von den Landfrauen. Ahnenforschung ist ihr Hobby. Sie hält bei anderen Ortsgruppen der Landfrauen Vorträge darüber. Sie sagt den Leuten, wie sie etwas herausfinden können. Matthew macht ein Projekt über Stammbäume mit den Kindern, und er hat viele seiner Informationen von Barbara bekommen. Sie ist hilfsbereit, weißt du.« Judy hielt im Hof an. »Lass das Rad drin, bis es aufhört zu regnen«, sagte sie, machte die Wagentür auf und rannte unter das Dach.

Jane rannte hinter ihr her und schüttelte den Kopf wie ein nasser Hund, als sie das Haus betrat. »Vielleicht telefoniere ich mal mit ihr.«

»Ich rufe sie schnell an. Gleich erledigt ist doch immer das Beste.« Judy hängte ihre nasse Jacke an den Haken und ging ins Büro. Jane folgte dem Duft, der aus der Küche kam, und genoss das Aroma eines üppigen Fleischeintopfs.

Ihr Vater sah von seiner Zeitschrift *Farming Today* auf. »Guten Tag gehabt?«

»Besser als gut. Ich habe noch ein Puzzlestück gefunden. Einen Brief, der meine Theorie stützt.«

»Ist ja großartig für dich. Wenn du dieses Gedicht findest, wirst du dann reich?«

Jane schüttelte den Kopf und zog dabei einen Mundwinkel ironisch lächelnd hoch. »Ich glaube nicht. Es wird mich in akademischen Kreisen bekannt machen und mich schneller in der Karriere voranbringen, die ich einschlagen will.« Sie bemerkte die Enttäuschung im Blick ihres Vaters. »Hast du aus einem bestimmten Grund gefragt?«

Allan rieb sich die Wange mit der Hand. »Bescheuerter Optimismus«, sagte er. »Ein bisschen Geld kommt auf einer Farm immer gerade recht, das weißt du ja. Ich habe nur gedacht, dass ein paar Schilling drin wären, weil du gestern Abend gesagt hast, es wäre unbezahlbar.«

»Schon, aber nicht für mich. Wer immer den Rechtsanspruch

darauf geltend machen kann, ist derjenige, der reich wird. Tut mir leid. Aber wenn ich das Manuskript wirklich finde, ist für mich ein Vertragsabschluss für ein Buch drin, vielleicht auch ein paar Zeitungsartikel.« Sie legte ihre Hand auf die schwielige Hand ihres Vaters. »Ich würde es gerne teilen.«

Allan schüttelte den Kopf. »Ich würde kein Geld nehmen, für das du gearbeitet hast. Ein unverhoffter Glücksfall, das wäre etwas anderes. Aber ich werde dich nicht für uns arbeiten lassen. Uns geht es gut, deiner Mum und mir. Mach dir keine Sorgen um uns.«

Bevor sie antworten konnte, kam Judy geschäftig in die Küche. »Das ist dann erledigt. Bossy Barbara erwartet dich gegen acht Uhr bei sich zu Hause.«

Jane verdrehte die Augen. »Du bist zu lieb zu mir.«

Judy fuhr ihr über die Haare, als sie zum Herd ging. »Und es gibt Rindfleisch mit Oliven zum Abendessen.«

»Man merkt, sie will nicht, dass du nach London zurückgehst«, sagte Allan.

»Dann sind wir schon zu zweit«, sagte Jane und ging auf die Tür zu. »Ich muss Dan anrufen.« Sie setzte sich an den überfüllten Schreibtisch im Büro. »Hi, Dan«, sagte sie. »ich habe eine gute und eine schlechte Nachricht.«

Er stöhnte. »Sag mir zuerst die schlechte.«

»Du hast den falschen Stammbaum erforscht. Tut mir leid, ich hab deine Zeit verschwendet mit den Nachforschungen über die Familie Wordsworth.«

»Du sagst das, als gäbe es einen anderen Stammbaum, mit dem ich mich beschäftigen sollte«, sagte er vorsichtig. »Was ist passiert? Hast du etwas gefunden?« Jane erklärte, was sie entdeckt hatte, und las ihm den Brief vor. »Aber das ist ja phantastisch«, sagte er, als sie endete. »Es steht nicht endgültig fest, das weiß ich, aber es deutet darauf hin, dass es auf jeden Fall etwas gibt, dem man auf der Spur bleiben sollte. Selbst wenn es nicht das *Bounty*-Gedicht ist, könnte es etwas anderes sein, das genauso bedeutend ist. Willst du also, dass ich anfange, Dorcas Mason und ihre Familie zu suchen?«, fragte er.

»Das würde mir sehr helfen. Ich werde hier tun, was ich kann – Anthony sagt, in Carlisle gibt es einiges an Material, und Mum hat mich mit einer ihrer alten Bekannten zusammengebracht, die offenbar in Ahnenforschung einsame Spitze ist. Gemeinsam sollten wir in der Lage sein, etwas aufzuspüren, um es damit versuchen zu können.«

»Es wird harte Arbeit sein, aber es lohnt sich, wenn wir etwas finden.«

»Ich war noch nie im St. Catherine's House, du?«, sagte Jane besorgt.

»Nein. Aber Ahnenforschung ist heutzutage populär, ich wette, sie haben dort alles ganz einfach und benutzerfreundlich gestaltet. Überlass es mir, ich mach das schon.«

»Ich bin dir dankbar dafür.«

»Nein, ich bin derjenige, der dir zu danken hat, dass du mir Einblick gewährst.«

»Wie ist das Seminar heute gelaufen?«

Dan stöhnte dramatisch. »Du hast Recht, Damien Joplin ist eine Nervensäge.« Er fuhr fort, ihr über das Seminar zu berichten, das er für sie am Nachmittag gegeben hatte. Am Ende seiner Schilderung kicherten sie beide und machten die Studenten und ihre nicht gerade scharfsinnigen Beobachtungen zu den *Lyrical Ballads* nach. »Du verpasst nichts«, schloss Dan.

»Hört sich so an. Okay, wir reden bald wieder.« Sie beendeten ihr Gespräch, und Jane saß einen Moment da und starrte aus dem Fenster auf das Tal hinunter. Das Geld war nicht wichtig, der Ruhm auch nicht. Sie wollte nur das Manuskript in Händen halten und es lesen.

Nachdenklich fuhr Dr. River Wilde mit dem Finger über den Ausdruck der CAT-Aufnahme. Sie hatte den ganzen Tag mit dem Filmteam verbracht und sich bereits mit den Leuten angefreundet, war beim Rücktransport des Moorpiraten ins Krankenhaus dabei gewesen und hatte die Röntgenaufnahmen und die CAT-Untersuchungen beaufsichtigt, bevor sie ihn zu Gibson's Bestattungsinstitut zurückbegleiteten. Alles hatte wegen der Filmaufnahmen zweimal so lange gedauert wie sonst, aber das machte ihr nicht viel aus. Bis jetzt wogen die Vorteile, die das Geld vom Fernsehen mit sich brachte, die Unannehmlichkeiten bei weitem auf. Sie hatte zugesagt, sich mit Ewan Rigston auf einen Drink zu treffen, aber nicht genug Zeit gehabt, in ihr Büro zurückzugehen und die Filme und Bilder dort zu lassen, bevor sie sich um sieben Uhr mit ihm in Keswick traf.

Also hatte sie sich stattdessen eine stille Ecke in der Hotelbar gesucht, wo sie verabredet waren, und die CAT-Bilder auf dem Tisch ausgebreitet. Ehrlich gesagt war dies wahrscheinlich die am wenigsten aufschlussreiche Untersuchung, die sie an der Leiche durchführen ließ, aber trotzdem hatte sie etwas über ihren Piraten erfahren. Dabei fragte sie sich, ob DCJ Ewan Rigston genauso schwierig zu enträtseln sein würde.

Es war schon eine Weile her, seit River eine Beziehung in Erwägung gezogen hatte, die nicht nur rein beruflicher Natur war. Bittere Erfahrungen hatten sie gelehrt, dass die meisten Männer sich von ihrem Beruf abgestoßen oder aber auf unangebrachte Weise angemacht fühlten. Beide Reaktionen waren ihr nicht angenehm. Eigentlich war sie nicht überzeugt, dass Ewan Rigston anders sein würde, aber sie wollte ihn auch nicht ohne weiteres zurückweisen. Gedankenverloren trank sie einen Schluck von ihrem Tomatensaft und zwang sich dazu, zu ihren Gedanken über die Aufnahme, die sie vor sich hatte, zurückzukehren.

Während sie eine Stelle eingehend betrachtete, die auf eine Schädelfraktur hinwies, zog Rigston den Stuhl ihr gegenüber unter dem Tisch hervor. »Ich störe, oder?«, sagte er mit entschuldigend gerunzelter Stirn. »Ich weiß, ich bin ein bisschen früh dran. Kann mich auch an die Bar setzen, bis Sie so weit sind, wenn Sie noch Arbeit haben.«

»Nein, ich hab mir das nur angeschaut, um mir die Zeit zu vertreiben«, antwortete sie, und es überraschte sie, wie erfreut sie war, ihn zu sehen. »Ich bin auch zu früh da gewesen.«

»Nehmen Sie noch einen?« Er zeigte auf die dünnen roten Reste in ihrem Glas.

»Ja, danke.« Sie gab ihm das Glas.

»Mit oder ohne Wodka?«

»Ohne, ich muss fahren.«

Er nickte und ging zur Bar hinüber. Er war ein kräftiger Mann, das ließ sich nicht bestreiten. Breite Schultern und kräftige Schenkel, die von seinem Konfektionsanzug nicht verborgen wurden, ein großer Kopf mit kurzgeschnittenem Haarkranz um die kahle Mitte, große Hände, in denen das kleine Glas fast verschwand. Sie dachte, er würde gut auf ein Rugbyfeld passen. Wahrscheinlich war er zehn Jahre älter als sie, aber beim Verhältnis Muskeln zu Fett lag er trotzdem vorne. Sie hatte den Verdacht, dass ihn seine Größe Frauen gegenüber vorsichtig machte, da er fürchtete, sie ungewollt zu verletzen. Ein plötzliches Verlangen überkam sie. Sie wünschte sich, seine mutmaßliche Rücksicht zu durchbrechen und es hemmungslos mit ihm zu treiben. »Nimm dich zusammen«, schalt sie sich leise.

Als er mit ihrem Tomatensaft und einem Bier für sich zurückkam, hatte sie sich wieder unter Kontrolle, obwohl sie sich immer noch fragte, woher dieser Impuls gekommen war. Sie nahm ihren Drink und blätterte in den Unterlagen.

»Ist das unsere Moorleiche?«, fragte Rigston.

»Genau. Wir haben gerade Röntgenaufnahmen des ganzen Körpers und dazu CAT-Scans gemacht. Meine Vermutung, über die wir sprachen, hat sich bestätigt.« Sie zog eine Röntgenaufnahme heraus. »Sehen Sie ...« Sie strich mit dem Finger über die Stelle, um die es ging. »Eindeutig ein Schädelbruch. Er scheint von einem stumpfen Gegenstand mit rundem Endstück verursacht worden zu sein, der wahrscheinlich weniger als fünf Zentimeter Durchmesser hatte. Wenn ich raten sollte, würde ich bei der in Frage kommenden Zeit und dem Ort auf den Griff eines Spazierstocks oder so etwas Ähnliches tippen.«

Rigston fuhr sich über eine Augenbraue, während er mit dem unbewegten Gesicht eines Menschen zuhörte, der daran gewöhnt ist, nichts zu verraten. »Verdacht auf eine nicht natürliche Todesursache.«

River zuckte die Schultern. »Ich würde sagen, ja. Mord. Oder vielleicht wollte er jemanden berauben, der sich wehrte?«

»Wir werden es nie erfahren.« Rigston trank einen großen Schluck von seinem Bier.

»Aber wir wissen schon viele andere Einzelheiten«, sagte River. Sie zeigte auf die Kanten, wo die Schädelknochen aneinander stießen. »Sehen Sie sich diese Nähte an, mit dem Alter verwachsen sie nach und nach. Ich kann daran sehen, dass unser Mann etwa vierzig war, vielleicht ein paar Jahre jünger oder älter.« Sie blätterte in ihren Unterlagen und zog eine andere Röntgenaufnahme und zwei CAT-Aufnahmen heraus. »Und wir wissen auch, dass er mit Mitte zwanzig in die Schulter geschossen wurde.« Sie zeigte auf das Schulterblatt mit einer unregelmäßig runden Stelle, die zerfurcht und uneben aussah im Vergleich zu der glatten Struktur außen herum. »Klassische Verwundung durch Eindringen eines Gegenstandes.«

»Sie können das Alter so präzise datieren?« Rigston schien beeindruckt.

»Das Skelett stellt sich wieder her. Die Knochen regenerieren sich. Verschiedene Knochen heilen mit unterschiedlicher Geschwindigkeit. Bei den Rippen geht es schnell, der Oberschenkelknochen braucht mehr Zeit, und beim Schädel dauert es noch länger. Eine solch schwere Verletzung an einem flachen Knochen wie dem Schulterblatt wird Jahre brauchen und nie völlig ausheilen. Im Winter schmerzte die Stelle wahrscheinlich. Ich würde sagen, er hat diese Kugel zehn oder fünfzehn Jahre vor seinem Tod abgekriegt.«

»Sie scheinen ziemlich sicher zu sein, dass es eine Schusswunde war.«

River lächelte. »Ganz einfach, mein lieber Rigston.« Sie zeigte auf zwei Flecken am Rand des beschädigten Knochens. »Metallstückchen. Damals bestanden Kugeln aus Blei mit Beimischungen. Weiches Metall ist hängen geblieben, als es den Knochen durchdrang.« Er lächelte, und sie war sehr zufrieden mit sich.

»Eindrucksvoll«, sagte er. »Was noch?«

Sie hob die Hände. »Das ist erst mal alles. Aber es kommt noch eine Menge.«

»Was, zum Beispiel?«

Sie warf ihm einen misstrauischen Blick zu. »Wollen Sie es wirklich wissen? Oder wollen Sie mir nur den Spaß nicht verderben?«

Rigston schüttelte belustigt den Kopf, und um seine blassblauen Augen bildeten sich Fältchen. »Es interessiert mich. Ich weiß, was bei einer Obduktion gemacht wird, aber ich habe so gut wie keine Ahnung davon, was Sie tatsächlich machen. Und ich bin nicht jemand, der Ignoranz besonders schätzt.«

River warf ihm einen abschätzenden Blick zu. Ihr erster Impuls war, zu glauben, dass sein Interesse echte intellektuelle Wissbegier war, keine geile Neugier.

Sie beschloss, sich darauf zu verlassen. »Also, wir werden eine Obduktion vornehmen, aber keine, wie Sie sie kennen – mit einem großen Y-förmigen Einschnitt auf der Brust. Ich will eine minimalinvasive Untersuchung durchführen. Die meisten inneren Untersuchungen werden mit einer Kamera gemacht – wie die Laparoskopie. Ich werde Gewebeproben von allen wichtigen Organen nehmen, die noch da sind, wie eine Schlüssellochbiopsie.«

»Warum machen Sie das auf diese Art?«

»Wir können den Körper erhalten. So eine Leiche wird wahrscheinlich am Schluss in einem Museum oder in einer Universität landen. Es hilft, wenn ich sie nicht völlig durch den Versuch zerstöre, möglichst alles herauszufinden, was wir erfahren können.« Sie hielt ihm ihr Glas entgegen. »In ein paar Jahren werden Ihre Pathologen vom Innenministerium viel mehr Untersuchungen auf diese Art durchführen. Sie haben in Leicester schon die erste virtuelle Obduktion vorgenommen. Von allem anderen abgesehen, hilft es, die religiösen Empfindlichkeiten von Juden und Moslems zu schonen.«

Rigston grinste. »Ganz zu schweigen von der Empfindlichkeit der Polizisten, die bei den Obduktionen dabei sein müssen. Man wird die Neulinge nicht mehr vom Boden auflesen müssen, wenn der Geruch sie umgehauen hat.«

River nickte zustimmend. »Wussten Sie, dass das, was wir essen, den Geruch ausmacht, den wir ausströmen, wenn wir tot sind? Menschen und Schweine riechen süßlich, Hunde ranzig und Pferde eher sauer. All das hat mit dem Stickstoffgehalt zu tun.«

Er verzog das Gesicht. »Ich bin nicht sicher, ob ich es süßlich nennen würde.«

»Aber Dichter tun es. Sie sprechen vom süßen Geruch der Verwesung.«

»Ich lese nicht gerade viele Gedichte«, sagte Rigston. »Und ich glaube auch nicht, dass andere Polizisten das tun. Es hat keinen Bezug zu unserer konkreten Arbeit.«

»Oder zu meiner. Es ist nichts Poetisches daran, den Inhalt eines Magens oder eines Darms abzusaugen.«

»Müssen Sie das machen?« Rigston schien fasziniert statt angeekelt. River war froh, dass ihr Gefühl sie bis jetzt nicht getrogen zu haben schien.

»Ja, wir müssen das machen. Besonders in einem Fall wie diesem, wo der Mageninhalt wahrscheinlich gut erhalten ist und der untere Teil des Magen-Darm-Trakts sehr wohl Samen und Pflanzenfasern enthalten könnte, die uns noch mehr über seine Ernährung sagen können. Einer meiner Kollegen hat ein ganzes Rosenkohlröschen auf dem Weg nach draußen gefunden.«

Diesmal schien Rigston tatsächlich angewidert. »Das ist mir jetzt etwas zu viel Information«, sagte er, auf seinem Stuhl hin und her rutschend. »Können wir wieder über wissenschaftliche Dinge sprechen?«

»Schwächling«, sagte River leichthin. »Okay. Wir hoffen und beten, dass genug Muskelgewebe erhalten ist, um Proben zu nehmen, und vielleicht genug Gehirnmasse, um toxikologische und DNA-Tests machen zu können. Und dann kommen wir zu den wirklich interessanten Dingen. Die Zähne werden uns sagen, wo er lebte und wann sie gewachsen sind. Wir werden wissen, ob er hier im Vereinigten Königreich geboren wurde, und wenn ja, in welchem Teil. An den Knochen werden wir sehen, ob er in den zehn oder fünfzehn Jahren vor seinem Tod irgendwo anders in der Welt gelebt hat.« Sie grinste triumphierend.

Er lächelte breit und ließ seine eigenen gleichmäßigen weißen Zähne sehen. »Das ist echt erstaunlich«, sagte er. »Und Sie können sagen, welche Krankheiten er hatte?«

Sie zuckte die Schultern. »Bei manchen, ja. Nicht bei so vielen, wie uns lieb wäre. Ich kann Ihnen jetzt schon sagen, dass er keine Syphilis hatte. Keine zerfressenen Knochen. Unser Seemann hat also ein erstaunlich sauberes Leben geführt, oder er hatte Glück.«

Rigston trank einen großen Schluck und sagte: »Ich beneide Sie.«

»Warum?

»Was Sie machen, ist wirkliche Detektivarbeit. Bei dem meisten, was ich tue, geht es nur darum, herauszufinden, welcher von den einschlägigen Gaunern wohl mit der größten Wahrscheinlichkeit das dämliche Verbrechen begangen hat, das gerade auf meinem Schreibtisch gelandet ist. Ganz anders als in all den Büchern und Fernsehkrimis habe ich fast nie die Möglichkeit, die verschiedenen Faktoren eines Falls zusammenzutragen, um das Rätsel zu lösen. Als ich mich zur Polizei gemeldet habe, dachte ich, ich würde meinen Verstand einsetzen können.« Er seufzte. »Das Problem ist, die meisten Gauner haben nur so viel Hirnschmalz, wie der Herrgott einem Herdwickschaf gegeben hat.«

»Das muss deprimierend sein.«

»Ja, das ist es. Also, sprechen wir nicht mehr darüber.« Er trank sein Bier aus und lehnte sich auf dem Stuhl zurück.

Einen Moment war sie enttäuscht. War das alles? Der erste Mann seit Monaten, der sich nicht gefragt hatte, warum ein nettes Mädchen wie sie sich mit alten Leichen abgab, und dann blieb er nicht mal auf ein zweites Glas Bier? »Müssen Sie bald nach Carlisle zurück, oder würden Sie gern noch ein Curry essen gehen?«, fragte Rigston.

Rivers Magen begann zu flattern, was aber mit Essen nichts zu tun hatte. »Nur wenn wir nicht über Berufliches reden. Weder über Ihre noch über meine Arbeit.«

Er grinste. »Abgemacht.«

In dieser Nacht lag ich wach und dachte über die Bedeutung von Blighs Worten nach. Es war mir klar, dass ich gezwungen sein würde, eine andere Qual zu ertragen, wenn ich seine ungerechte und ungerechtfertigte Behandlung nicht über mich ergehen ließ. Weder das eine noch das andere erschien mir annehmbar. Als ich mich so schlaflos hin und her warf, erinnerte ich mich an den Abend, den ich mit meinem Bruder Charles in Spithead verbrachte. Wir waren an Bord der Bounty und warteten auf den Befehl zum Auslaufen, und Charles kam gerade als Schiffsarzt im Dienst der East India Company aus Madras zurück. Ich mietete ein kleines Boot und ging an Bord seines Schiffes, der Middlesex, die noch unter Segeln stand. Im Lauf einer Unterhaltung an diesem schönen Abend bekannte mein Bruder, dass es auf der Rückreise eine Meuterei gegeben hatte und dass er als einer der Offiziere dabei gewesen sei. Der Kapitän hatte solche Aufregung und Unzufriedenheit unter seinen Männern hervorgerufen, dass ihm schließlich ein Offizier die geladene Pistole an die Brust hielt. Vier Offiziere, darunter mein Bruder, versuchten, ihm das Kommando zu entreißen, was ihnen aber nicht gelang. Als wir miteinander sprachen, hatte mein Bruder noch keine Vorstellung davon, welche Strafe ihn erwartete. Aber da er auf einem privaten Schiff gemeutert hatte, bestand seine einzige Strafe darin, dass ihm zwei Jahre der Dienst bei der East India Company verwehrt wurde. Merkwürdig, nicht wahr, dass mein Bruder bei dem gleichen Fehltritt so gut davonkam, für den sie mich jetzt noch hängen würden, wenn sie meiner habhaft werden könnten.

17

Ein dunkler Schatten in der Finsternis eines Treppenhauses bewegte sich kaum merklich. Die Nacht war für die Geheimnisse in der Marshpool-Farm-Siedlung ein bemerkenswert guter Schutz, da die Hälfte der Straßenlampen nicht funktionierte. Manche Glühbirnen waren ganz normal ausgebrannt. Aber die größere Anzahl war kaputt, weil die Händler von Marshpool, anders als legal arbeitende Verkäufer, für ihre Transaktionen den Schutz der Dunkelheit vorzogen. Es spielte keine Rolle, ob sie mit Drogen dealten, geschmuggelten Alkohol und Zigaretten, gestohlene DVD-Player oder ihre Körper verkauften. All diese Aktivitäten wurden durch das fehlende Licht begünstigt. Es ließ sich nicht leugnen, dass das auch für Tenille das Leben an diesem Abend leichter machte. Hatte irgendjemand sie von einem Ende der Siedlung zum anderen flitzen sehen, dann ließ er es jedenfalls weder sie noch die Polizei wissen.

Tenille arbeitete sich vorsichtig zum anderen Ende von Marshpool vor, wo eine Reihe baufälliger abschließbarer Garagen die Grenze zwischen der Siedlung und der Welt da draußen markierte. Eine niedrige Brüstung schirmte die flachen Dächer vor Personen auf dem Parkplatz darunter ab. Sie ging hinter den Garagen vorbei und quetschte sich in einen schmalen Spalt zwischen den Mauern an der Rückseite und den hohen Holzzäunen der Privathäuser dahinter. Ungefähr fünfzig Meter weiter kam sie an eine Stelle des Zauns, der stabiler war als die anderen Teile. Einer der Einbrecher aus der Siedlung, der über Unternehmungsgeist verfügte, hatte kleine Holzklötze an den Zaun geschraubt und so eine Reihe primitiver Stufen geschaffen. Sie gewährten einen leichten Einstieg in einen Garten der angrenzenden Vorstadt, von wo man wiederum zu den Nachbargärten und dann weiter gelangte.

Aber Tenille hatte vor einiger Zeit entdeckt, dass diese Stufen auch eine Zugangsmöglichkeit zu den Dächern der Garagen eröffneten. An schönen Tagen saß sie gerne friedlich lesend auf dem Dach und sonnte sich. Das Dach war jedoch brüchig. Sie hatte gelernt, vorsichtig immer nur auf einen Querbalken zu treten, wenn sie das Dach überquerte, weil die Dachpappe mit den Jahren morsch geworden war. Heute Nacht plante sie, dies zu ihrem Vorteil zu nutzen.

In dem Zwischenraum war es stockdunkel, und Tenille musste sich langsam vortasten. Als sie den Teil erreichte, den sie suchte, lehnte sie sich an den Zaun, hielt sich an den Holzklötzen weiter oben fest und schwang sich hinauf. Nach einer kurzen Kletterstrecke saß sie rittlings auf dem Zaun, drei Meter hoch über dem Weg. Behutsam, mit einer Hand auf dem Zaun, duckte sie sich, damit sie nicht herunterfiel. Unendlich langsam bewegte sie die andere Hand auf das Garagendach zu. Als sie die raue Oberfläche des Dachs fühlte, richtete sie sich auf und ließ sich in Richtung Dach fallen, hielt sich mit beiden Händen daran fest und stieß sich mit aller Kraft vom Zaun ab, über die Lücke hinweg. Dabei drehte sie sich so, dass sie liegend am Rand des Dachs landete.

Tenille keuchte. So weit hatte sie es geschafft. Jetzt kam der schwierige Teil. Von hier oben sah man nicht, wo das Ende der einen Garage und der Anfang der nächsten war. Aber sie wusste, dass es zehn waren. Diejenige, zu der sie vordringen wollte, war die drittletzte vor dem Ende, wo sie sich in die Lücke geschoben hatte. Es war schwierig, es genau zu berechnen, aber sie meinte, sie müsste sich noch ungefähr zwei Meter nach links bewegen, um an der richtigen Stelle zu sein. Tenille rutschte langsam auf dem Dach entlang; dass sie dabei ihre Kleider beschädigte, war ihr egal. Sie würde sie sowieso nicht mehr brauchen. Als sie an der richtigen Stelle zu sein glaubte, nahm sie vorsichtig ihren Rucksack ab und holte den Hammer heraus.

Beim ersten Schlag bekam der alte Belag Risse, mit dem zweiten schlug sie ein Loch hinein. Tenille nahm den Klauenhammer, um so viel von der brüchigen Pappe zurückzuziehen, dass sie mit ihrem Hammer ein Loch in die Gipsplatte der Decke hauen konnte. Mit der Taschenlampe leuchtete sie hinein und stieß einen Seufzer der Erleichterung aus. Sie hatte richtig geraten, denn sie war direkt über der Garage, in der Junior B und sein Bruder ihre Sachen aufbewahrten. An den Wänden sah sie Kartons aufgereiht, manche schon offen, und der Strahl der Lampe glänzte auf den Plastikbeuteln, die die Ware für Junior Bs Marktstand enthielten.

Sie brauchte nicht lange, um das Loch groß genug zu machen, damit sie durchschlüpfen konnte, war aber darauf bedacht, so wenig Geräusch wie möglich zu machen. Obwohl die meisten Leute in Marshpool es sich zur Lebensaufgabe gemacht hatten, nie etwas Verdächtiges zu sehen oder zu hören, gab es doch gewisse unerwartete Geräusche, die eine weitere Untersuchung nach sich ziehen konnten. Sobald Tenille sicher war, dass sie einsteigen und wieder herauskommen konnte, ließ sie ihren Rucksack durch das Loch fallen. Er landete auf einem Stoß Kartons nicht weit unter ihr. Sie fand, es sei sicher.

Innerhalb von zehn Minuten hatte sie sich mit einer Schlabberhose, einem Polohemd, einem weiten Hemd zum Darüberziehen und einer wasserdichten Jacke, dazu mit einer Baseballmütze ausgestattet. Alles hatte die passenden Markenzeichen, damit sie als cooler Typ durchgehen konnte. Es waren natürlich sämtlich gefälschte Waren. Sie hatte auch

noch eine Extrahose und zwei T-Shirts genommen und in ihren Rucksack gestopft. Alles klar. Jetzt musste sie nur wieder rauskommen.
Die Kartons zu einem hohen Turm aufzustapeln war schwieriger, als sie erwartet hatte. Es schien eine Ewigkeit zu dauern und war harte Arbeit. Als sie endlich eine Pyramide aufgebaut hatte, die sie besteigen konnte, keuchte und schwitzte sie. Nur der verzweifelte Wunsch, nicht erwischt zu werden, trieb sie voran.
Endlich, fast eine Stunde nach dem Einbruch in die Garage, war sie wieder auf dem Dach. Sie ließ sich, so weit sie konnte, hinunter, sprang die restlichen zwei Meter in die Tiefe, und jeder Knochen ihres Körpers erzitterte, als sie auf dem harten Beton landete. Sie zog ihren Busfahrplan aus der Tasche. Um den letzten Bus nach Oxford nicht zu verpassen, musste sie zur Victoria Station. Schaff ich locker, dachte sie und lief mit angeberisch schaukelnden Schritten in die Nacht hinaus. Sie war auf Achse.

Barbara Fields kleines Cottage sah wie ein Denkmal zu Ehren der ländlichen Blumenpracht Englands aus. Rosen wucherten üppig auf ihrer Couchgarnitur, Klematis kletterten und wanden sich an ihren Gardinen empor, und die Tapete wartete mit mehr Wildblumensträußen auf, als ein Muttertag normalerweise zu bieten hatte. Überall waren getrocknete Blumenarrangements, und an den Wänden hingen gerahmte Kreuzstichbilder mit Landhausgärten. Jane dachte, eigentlich müsste es eine Exkursion zu Barbaras Wohnzimmer geben. Barbara hatte sie mit den Worten begrüßt: »Wir trinken eine Tasse Tee, und du kannst mir sagen, was du suchst. Dann gehen wir ins Büro und sehen mal nach, was wir ausgraben können.« Keineswegs überraschend waren auch auf der Tasse Blumenmotive: eine Hecke mit Primeln und Schlüsselblumen.
Barbara hatte Jane, die erklärte, was sie zu finden hoffte,

aufmerksam zugehört und gelegentlich übertrieben verständnisvoll genickt, was bewirkte, dass Jane sich sehr jung und sehr dumm vorkam. Aber Bossy Barbara, wie Jane sie in ihrer Kindheit genannt hatte, hatte ihr immer schon das Gefühl gegeben, sehr jung und sehr dumm zu sein. Ihre Frisur, die so fest wie ein Motorradhelm und so perfekt wie eine permanent gestärkte weiße Bluse aussah, die niemals Flecken von Soße, Tinte oder der Gartenarbeit aufwies, ließ einen vermuten, sie ziele absichtlich darauf ab, allen anderen das Gefühl der Unterlegenheit zu geben, dachte Jane. »Na, das klingt ja alles sehr einfach«, sagte Barbara munter am Ende ihres Berichts. »Gehen wir doch mal und sehen nach, welche Tricks uns die Zauberkiste zeigen kann«, fügte sie hinzu und erinnerte Jane damit an ihre Angewohnheit, alles mit absurden Umschreibungen zu versehen. Sie scheuchte Jane aus dem Zimmer und durch den Flur in einen Raum, an den diese sich vage aus ihrer Jugendzeit als »das Familienzimmer« erinnerte. Das hatte sie schon immer verwirrt, da Barbara und Brian Field keine Kinder hatten. Es war, meinte sie, genauso seltsam wie Barbaras Begeisterung für die Ahnenforschung, da ja ihre eigenen Gene mit ihr untergehen würden. Aus dem Zimmer war ein erstaunlich schlichtes Büro mit einem Computertisch, einem Arbeitstisch mit drei Stühlen und einem tragbaren Fernseher auf einem kleinen Rollwagen geworden. Statt der gestickten Bilder waren die Wände hier mit Stammbäumen bedeckt, die mit kunstvoller Schönschrift ausgeführt waren. »Mein Heiligtum«, sagte Barbara zufrieden. »Brian hat seinen Pflanzschuppen, ich habe meinen kleinen Schrein für unsere Vorfahren.« Sie zog einen der Stühle vom Tisch zum Schreibtisch hinüber und stellte ihn schräg neben ihren eigenen Bürostuhl. »Also, sehen wir mal nach, was die Datenautobahn uns über Dorcas Mason zu sagen hat.«

Es überraschte Jane, wie flink ihre Finger über die Tasten glitten, denn sie war mehr an das Zweifingersystem ihrer

Mutter bei deren Ausflügen in die Buchführung der Farm gewöhnt. »Das machen Sie aber sehr gut«, sagte Jane.

Barbara lächelte affektiert. »Ich sehe mich gern so, dass ich immer das Beste herausgeholt habe, wenn ich mich mit etwas beschäftige. Ihr jungen Leute schreibt uns ja alle ab, sobald wir uns einen Seniorenpass für den Bus geholt haben, aber auf einer alten Geige lässt sich noch manch schöne Melodie spielen.«

Jane biss die Zähne zusammen und lächelte. »Ich würde doch nicht so einfältig sein, Sie zu unterschätzen, Mrs. Field.«

Barbara öffnete ihre Favoritenliste und klickte auf »County-Archiv«. Während sie tippte und klickte, erklärte sie Jane alles. »Als ich anfing, unsere Stammbäume zusammenzutragen, hieß das, die Bücher in den Pfarreikirchen durchzusehen. Aber jetzt werden die meisten Kirchenbücher zentral in den Archiven der Grafschaft aufbewahrt, und man kann sie für eine kleine Gebühr einsehen. Die Daten der Volkszählung stehen im Internet und genauso die Testamente ab 1858, als das Nachlassgericht eingesetzt wurde. Und dann sind da natürlich noch die Mormonen.«

»Die Mormonen?« Jane bemühte sich, höflich statt verblüfft zu klingen, da ihr das Gehörte vollkommen unlogisch erschien.

»Sie haben eine riesige genealogische Datenbank. Ich glaube, der Gedanke dahinter ist, die Toten zu taufen …« Barbara verstummte zerstreut, weil sie Befehle in die Suchmaschine eingab. »Also, Dorcas Mason, sagtest du?«

»Genau.«

»Wissen wir, wann sie ungefähr geboren wurde?«

»Sie arbeitete 1847 als Dienstmagd für die Familie Wordsworth, da muss sie mindestens vierzehn Jahre alt gewesen sein. Also irgendwann vor 1833.«

»Suchen wir mal ab 1800«, sagte Barbara, tippte die Daten ein und klickte schwungvoll mit der Maus herum. Es vergingen Sekunden, dann erschien eine Nachricht auf dem Bildschirm: *1 Eintrag gefunden. Bitte geben Sie Ihr Passwort ein.*

Barbara sah Jane vielsagend an. Aber die brauchte einen Moment, bis sie begriff, dass sie wegschauen sollte, während Barbara ihr persönliches Passwort eingab. Als sie wieder auf den Bildschirm sah, waren Auszüge aus den Kirchenbüchern zu sehen. Dorcas Mason war am fünften April 1831 in Cockermouth im Sheepfold Cottage der Gemeinde Brigham als Tochter von Thomas und Jean Mason geboren worden. Ihr Vater war mit dem Beruf eines Hufschmieds eingetragen, und sie war drei Wochen später getauft worden. Barbara wandte sich mit einem triumphierenden Lächeln an Jane. »Das Wunder der modernen Technik«, verkündete sie, als sei es ganz allein ihre Erfindung. »Ich drucke es dir aus.«

»Das ist toll«, sagte Jane, und ihre Stimmung hellte sich auf bei dieser ersten offiziellen Spur von der Frau, die Williams geheimnisvolles Manuskript weggebracht hatte. »Und das hilft mir sehr. Aber eigentlich bin ich mehr an dem interessiert, was später mit ihr passierte. Sie soll den Haushalt der Wordsworths 1851 verlassen haben, um zu heiraten. Wird es Unterlagen zu Heirat und Kindern geben? Und von ihrem Tod?«

»Natürlich.« Barbara wandte sich wieder dem Bildschirm zu und gab die Suchbefehle ein. Diesmal war die Wartezeit etwas länger und die Antwort weniger zufriedenstellend: *0 Einträge gefunden*. Jane war enttäuscht. Sie hatte das Gefühl gehabt, als sei Dorcas konkret fassbar gewesen, nur um ihr wieder weggeschnappt zu werden.

»Wie ärgerlich«, sagte Barbara.

»Bestimmt ist sie doch nicht einfach verschwunden.«

»Nein. Zu dieser Zeit war die Gesellschaft schon eher geordnet. Ohne Eintragung in die Bücher schlossen die Leute keine Ehe oder bekamen Kinder. Entweder heiratete sie und lebte mit ihrer Familie in einer Gemeinde, deren Bücher nicht

in der Datenbank online sind, was öfter vorkommt, als mir lieb ist.« Barbara sprach davon, als sei dieses Versäumnis eine gegen sie persönlich gerichtete Kränkung. »Oder sie hat außerhalb der Grafschaft geheiratet und ist weggezogen.«
»Wie würde ich herausfinden, was der Fall war?«
Barbara zog scharf die Luft ein. »Na ja, weißt du, wie du die Sache angehst, das ist ziemlich ungewöhnlich. Normalerweise arbeiten sich die Leute rückwärts vor. Sie wissen ungefähr, worauf sie zusteuern, weil jedes Dokument ihnen Hinweise darauf gibt, wo sie nach dem nächsten suchen können. Wenn man sich nach vorwärts durcharbeitet, ist das eine ganz andere Sache, weil wir keine Ahnung haben, wo anfangen. Wenn sie keinen Mann von hier geheiratet hat, hätte deine Dorcas schließlich irgendwo anders im Land leben können. Sogar in Schottland.« Barbara sprach dieses Wort aus, als rede sie von den fernen Weiten der Galaxie.
»Was kann ich also als Nächstes unternehmen?« Jane bemühte sich, ihre Ungeduld zu verbergen.
»Ich würde das Archiv der Grafschaft in Carlisle vorschlagen. Dort sind alle Originalunterlagen der Personenstandsregister auf Papier. Wenn Dorcas für die Online-Version nicht erfasst worden ist, dann sind die Urkunden trotzdem dort. Wenn das nicht klappt, wirst du anfangen müssen, die Geburts-, Heirats- und Sterbeurkunden im St. Catherine's House unten in London zu durchstöbern. Man kann das von professionellen Rechercheuren erledigen lassen. Es ist nicht billig, aber sie sind sehr effizient.«
»Dafür hab ich schon gesorgt. Einer meiner Kollegen in London sucht dort bereits. Wie steht's mit ihrem Testament? Könnte das online sein?«
»Es kommt darauf an, wann sie gestorben ist. Vor 1870 hatten Frauen keinen Anspruch auf eigenes Eigentum, und sie hätte deshalb kein Testament machen können. Danach konnten nur verheiratete Frauen ein Testament hinterlassen und selbst dann nur Eigentum vererben, das ihnen persön-

lich und für ihre eigene und persönliche Nutzung übertragen worden war.« Barbara tätschelte ihren Arm. »Und ich glaube kaum, dass ein Dienstmädchen dazu in der Lage gewesen wäre, meinst du nicht auch, Jane?«

»Wahrscheinlich nicht. Aber es hätte doch etwas ...« Jane verstummte kläglich.

»Wenn es etwas gäbe, dann nur unter dem Namen, den sie nach der Heirat trug. Und da wir ihn nicht kennen, kommen wir nicht weiter.« Barbara verließ das Internet mit einer abschließenden Geste. »Ich glaube, es ist das Beste, zu hoffen, dass dein Kollege im St. Catherine's House mehr Glück hat.«

Jane entging es nie, wenn sie abgewiesen wurde. »Vielen Dank, Mrs. Field. Sie haben mir sehr geholfen.« Drei Minuten später ging sie wieder den Weg nach Hause hoch, entschlossen, sich nicht unterkriegen zu lassen. Dorcas Masons Nachkommen gab es irgendwo da draußen. Sie und Dan würden sie irgendwie gemeinsam aufspüren. Und sobald das gelungen war, würden sie herausfinden, was die Wordsworths mit so großer Entschlossenheit versteckt hielten.

»Scheißregen. Scheißpampa«, rief Jake Hartnell verzweifelt aus. »Wer fährt denn um zehn Uhr abends mit so einem Dreckstraktor herum? Und alles nur, weil ich ein verdammtes Straßenschild verpasst habe und hier in der hinterletzten Provinz gelandet bin.«

Völlig unbeeindruckt von seiner Wut fuhr der Traktor mit dreißig Kilometer Geschwindigkeit weiter. Die Straße hatte so viele Kurven, dass Jake kein Überholmanöver riskieren konnte, also fuhr er langsam näher an den Traktor heran, fiel aber gleich wieder zurück, wenn eine neue Ladung Schmutz an seine Windschutzscheibe spritzte. Was auf der Halbinsel Akrotiri vielleicht noch halbwegs lustig hätte sein können, machte ihn in der Dunkelheit mitten im Lake District einfach rasend. »Mein Gott, das ist ja das Letzte hier«, klagte er. »Was machst du bloß hier, Jane? Ich hätte eher gedacht, du bist froh, dem gottverlassenen Kaff entkommen zu sein und dass du nicht bei jeder Gelegenheit hierher zurückläufst. Herrgott nochmal, wie konnte ich bloß so blöd sein und Caroline von der Sache erzählen? Meine Chance, die Mannschaft der verdammten *Marie Celeste* zu finden, ist größer, als Wordsworths verlorenes Meisterwerk aufzutreiben. Dreckstraktor.«

Nach zwei Meilen bog der Traktor endlich ab, und Jake brauste vorbei. Innerhalb von ein paar Minuten war er am Ortsrand von Keswick. »Gott sei Dank«, sagte er. Nachdem er kurz durch die Stadtmitte gekurvt war, entschied er sich für das Hotel, das am gepflegtesten aussah. Er fuhr durch den niedrigen Torbogen in einen Hof mit Kopfsteinpflaster, wo überraschend viele Wagen standen. Endlich fand er in der hinteren Ecke einen Parkplatz und quetschte den Audi zwischen einen Kombiwagen und einen Rangerover mit einer erschreckenden Anzahl von Kratzern und Dellen.

An der Rezeption war niemand, obwohl die Bar noch viele Gäste zu haben schien. Müde klingelte Jake. Während er wartete, blätterte er beiläufig die ausliegenden Broschüren nach Sehenswürdigkeiten der Gegend durch. *Guter Gott, ein Bleistiftmuseum*, dachte er. Welche Hoffnung gab es für ihn an einem Ort, dessen einzige Schlechtwetter-Attraktion ein ganzes Museum zu sein schien, das dem Einführen von Graphit in Holz gewidmet war?

Schließlich tauchte eine matronenhafte Frau auf und begrüßte ihn mit einem strahlenden Lächeln. »Tut mir leid, dass Sie warten mussten. Kann ich Ihnen helfen, Sir?«, sagte sie vergnügt.

Jake fragte sich kurz, was sie wohl genommen hatte und ob sie ihm etwas davon abgeben könnte. »Haben Sie ein Zimmer?«

Die Frau machte ein skeptisches Gesicht. »Ist es nur für eine Nacht?«

Sie schlug ein dickes Buch auf und fuhr mit dem Finger über die Seite.

Wenn's bloß so wäre. »Ich werde ein paar Nächte hier sein«, sagte er. »Ich weiß noch nicht genau, wie lange.«

Der dickliche Finger hielt an. »Wir haben noch ein Einzelzimmer«, sagte sie. »Ich kann es Ihnen für vier Nächte geben.«

»Das genügt mir«, sagte er und betete, dass das ausreichen würde, um die Dinge mit Jane zu regeln. Er nahm seine Brieftasche heraus und legte seine Firmenkreditkarte vor. »Gibt es einen Internetanschluss?«, fragte er, ohne Hoffnung auf eine positive Antwort.

»Sie können sich analog über das Telefon anschließen, aber es gibt auch einen drahtlosen LAN-Anschluss gleich neben der Derwent Bar«, sagte sie so lässig, als hätte er gefragt, ob es fließendes Wasser gäbe. »Also, brauchen Sie etwas zu essen? Die Küche ist schon geschlossen, aber ich kann Ihnen eine Suppe und ein Sandwich organisieren, wenn Sie möchten.«

»Das wäre toll«, sagte er – und nicht nur aus Freundlichkeit. »Und könnte ich irgendwo die Lokalzeitung bekommen?«

Weniger als eine Stunde später lag er auf seinem Bett, gestärkt von einem Schinkensandwich, Lauch-Kartoffel-Suppe und Theakston's bestem Starkbier. »Die heißt doch tatsächlich *Keswicker Mahnruf*«, sagte er zu Caroline, die noch bemerkenswert wach klang, da es auf Kreta bereits ein Uhr morgens war.

»Wie wunderbar viktorianisch«, sagte sie. »Stehen die Mastviehpreise immer noch auf der ersten Seite?«

Er lachte. »Ganz so schlimm ist es nicht.«

»Wenn man dort auch total auf dem Land ist, hat man ja trotzdem alles, was man braucht«, sagte Caroline. »Hast du schon mehr über die Moorleiche herausgefunden?«

»Hier vor Ort gibt es jede Menge Gerüchte, aber wenig Einzelheiten über die Leiche selbst. Ich nehme an, die forensische Anthropologin hatte vor Redaktionsschluss kaum Zeit für ihre Untersuchungen.«

»Schade. Hast du Jane schon kontaktiert?«

»Ich bin ja gerade angekommen, und sie gehen hier in der Gegend früh zu Bett«, wandte Jake ein. »Außerdem dachte ich, ich sollte mich erst mal hier umschauen. Mal sehen, ob ich mich mit dieser Anthropologin, Dr. Wilde, unterhalten kann. Vielleicht kann sie das Alter der Leiche ungefähr bestimmen.«

Er hörte Caroline seufzen. »Die Leiche ist nicht so wichtig, Jake. Wir sind an Janes Manuskript interessiert. Sobald du kannst, musst du sie auf deine Seite ziehen.«

»Es ist nicht so einfach, wie es in London gewesen wäre«, sagte er. »Es wird schwierig sein, sie allein anzutreffen. Und ich muss unter vier Augen mit ihr sprechen. Wenn ich auf der Cold Comfort Farm auftauche, wird ihr Dad mich wütend anstarren und ihre Mum mich mit arsenversetztem, selbst gebackenem Kuchen traktieren.«

»Was schlägst du also vor?«

Jetzt war Jake an der Reihe mit dem Seufzen. »Ich werde mich wie ein verdammter alberner Spion verhalten müssen. Ich muss einen günstigen Aussichtspunkt suchen, von wo aus ich die Farm beobachten und Jane folgen kann, wenn sie herauskommt, und einfach hoffen, dass sie irgendwo hingeht, wo ich mit ihr sprechen kann.«

Caroline konnte das Lachen kaum unterdrücken. »O Gott, ich wäre ja so gerne eine Fliege an der Wand. Jake beim Vorsprechen für seine Mantel-und-Degen-Rolle.«

»Ich halte dich auf dem Laufenden«, sagte er, ärgerlich darüber, dass sie ihm offenbar nicht besonders viel zutraute.

»Tu das. Ich erwarte Großes von dir, Jake. Träum schön.«

Und weg war sie. *Träum schön*, dachte er und hopste zur Probe auf der viel zu weichen Matratze herum. *Das kann ja heiter werden.*

Der abnehmende Mond stand tief über dem Parkplatz und ließ die letzten Blätter an den herunterhängenden Zweigen wie zerlumpte Fetzen erscheinen. River fröstelte in der feuchten Kälte, die in die Hotelhalle hereindrang, als Ewan Rigston die Tür für sie aufhielt. »Brrr«, sagte sie, »diese Luft im Lakeland vertreibt die Wärme aber wirklich gründlich.«

»Du würdest also einen kleinen Spaziergang um Derwent Water herum nicht verlockend finden?«, neckte er sie und ging neben ihr her.

»Ist das etwa dein Ernst?«

Er lachte. »Ich hab dafür nicht die richtigen Sachen an. Und selbst wenn, würde ich nicht an so einem Abend wie heute losziehen.« Er schnupperte und zeigte auf eine Wolkenbank, die sich auf Castlerigg Fell zubewegte. »Es wird Regen geben.«

»Dann sollten wir für heute Schluss machen. Ich will nicht, dass uns irgendetwas den Abend verdirbt.« Sie hatten ihren Landrover erreicht, River wandte sich zu ihm um und war sich plötzlich nicht sicher, was sie wollte. »Es war ein sehr schöner Abend, Ewan.«

Er neigte den Kopf. »Find ich auch. Ich kann mich nicht erinnern, wann ich zum letzten Mal so guter Stimmung war.« Sein Gesicht lag im Schatten, und sie konnte seinen Ausdruck nicht erkennen. »Wir könnten es ja irgendwann mal wiederholen?«

»Das würde mir gefallen. Du könntest mich über den Moorpiraten auf dem Laufenden halten.«

Sie war enttäuscht. »Wenn du möchtest.«

Er lehnte sich an den Landrover. »Weißt du, was die Leute im Ort hier sagen?«

»Über den Moorpiraten? Nein, was denn?«

»Sie sagen, dass Fletcher Christian endlich zur letzten Ruhe gebettet werden kann.«

River runzelte die Stirn. »Fletcher Christian? Der von der Meuterei auf der *Bounty*? Was hat der mit unserer Leiche zu tun?«

»Fletcher war hier aus der Gegend. Und man hat immer er-

zählt, dass er später nach Hause zurückkam. Manche sagen, er sei oben am Solway Firth Schmuggler gewesen. Und manche meinen, seine Familie auf der Isle of Man hätte ihm Unterschlupf gewährt.« Er zuckte die Schultern. »Wer weiß.«
River war fasziniert. Sie ließ das Revue passieren, was sie über ihre Leiche wusste, und verglich es mit den wenigen Fakten, die ihr von der Geschichte der *Bounty* bekannt waren. »Ich nehme an, es ist möglich. Der Moorpirat ist in der Südsee gewesen, das steht außer Frage. Aber ich müsste recherchieren. Die Daten und sonst noch einiges nachsehen.« Sie grinste. »Das würde meine Fernsehleute in Aufregung versetzen. Ich muss es ihnen gleich morgen früh sagen.« Sie stellte sich auf die Zehenspitzen und küsste Rigston auf die Wange. »Ich danke dir dafür.«
Bevor sie weggehen konnte, zog er sie zu sich heran. »Danke für diesen Abend«, sagte er mit leiser dunkler Stimme. Dann lagen seine Lippen fest auf ihren, seine feinen Bartstoppeln sandten ihr einen Schauer über den Rücken, der nichts mit der Kälte zu tun hatte. Ihre Lippen öffneten sich, und ihre Zungen berührten sich. Wärme stieg von ihrem Bauch auf, und ihre Hände wanderten unter seine Jacke. Als sie sich trennten, atmeten beide schwer. »Tut mir leid«, keuchte er, »ich wollte nicht ...«
Sie schob ihre Hand nach vorne über seine Hose und strich mit den Fingern über die Konturen seines Penis. »Oh, ich glaube, du wolltest aber doch«, murmelte sie. »Zu mir sind es fünfundvierzig Minuten. Wie lange dauert es zu dir?«

Zweihundertfünfzig Meilen weit weg rumpelte ein Bus durch die Randbezirke von Oxford. Die Fahrgäste waren ein bunt zusammengewürfelter Haufen: Ein kleiner Beamter, der den Feierabend mit einer Kollegin im Kino verbracht hatte, eine Hand voll Studenten, die von einem Indie-Konzert in Sheperd's Bush zurückkamen, drei australische Rucksacktouristen auf dem nächsten Abschnitt ihrer Weltreise, einige Paare und Singles, die von einem Abend in der großen Stadt nach Hause zurückkehrten. Manche dösten, lasen, schwatzten, manche starrten durch ihr eigenes Spiegelbild im Fenster auf die Läden und Häuser, die an der Busstrecke durch Headington zur schmalen Durchgangsstraße nach St. Clements standen.

Der schwarze Jugendliche, der krumm auf einem Sitz in der Mitte des Busses saß, war niemandem auch nur einen zweiten Blick wert gewesen. Der größte Teil seines Gesichts lag im Schatten unter dem Schirm seiner Baseballmütze, eine vorbeugende Maßnahme gegen die Art von unverschämten Blicken, die bei den anderen Fahrgästen eine leichte Besorgnis hätten auslösen können.

Tenille rutschte auf ihrem Sitz zur Seite und sah auf die Uhr. Der Bus war pünktlich. Sie hatte keine Ahnung, was für eine Stadt Oxford war, außer dass es viele Studenten und alte Gebäude gab. Aber sie dachte, es könnte nicht schwierig sein, einen stillen Winkel zu finden, wo man sich zum Schlafen hinlegen konnte. Es war ihr egal, wenn sie nicht lange schlafen konnte. Sie würde den ganzen Tag mit Bussen fahren und konnte sich dort ausruhen. Außerdem riskierte sie jedes Mal, wenn sie einnickte, wieder diese albtraumhaften Bilder von Geno vor sich zu sehen, Geno, der zurückkam und sie verfolgte. Schlaf war wirklich nicht wichtig. Das einzig Wichtige war, den Polizisten nicht über den Weg zu laufen. Und sie war ganz sicher, dass sie das schaffen konnte.

Sie fragte sich, ob sie schon außerhalb von Marshpool nach ihr suchten und bereits Kontakt mit Jane aufgenommen hatten.

Aber nicht mal eine Sekunde lang fragte sie sich, ob das, was sie tat, richtig sei.

Die Erinnerung an die Geschichte meines Bruders hatte einen Samen in meine Vorstellung gepflanzt, der nicht mehr weichen wollte, wie sehr ich auch versuchte, ihn zu vergessen. Die Meuterei auf der Middlesex war gescheitert, weil es bei den Matrosen nur eine ungenügende Bereitschaft für eine Meuterei gab. Aber ich hätte eine Wette eingehen können, dass Bligh verdammt wenige Anhänger unter den Männern hatte. Zu viele von ihnen hatten unter seiner bösen Zunge und seinem kleinlichen tyrannischen Wesen gelitten. Da entschied ich mich auf der Stelle für den Ausweg, den mein Bruder gewählt hatte, und dafür, die Folgen zu akzeptieren, welche das auch sein mochten, sollte die Behandlung durch Bligh unerträglich werden. Am folgenden Tag kam das letzte noch fehlende Sandkorn zu dem Berg hinzu, der mich schon erdrückte. Bligh warf mir im Beisein der Männer vor, ich sei ein ganz gewöhnlicher Dieb, und bestrafte dann die ganze Mannschaft für mein angebliches Vergehen, seine Kokosnüsse entwendet zu haben. Ich weiß nicht, was ein stärkerer Mann unter solchen Umständen getan hätte. Ich weiß nur, dass ich die Bürde seiner Launen, seiner Eitelkeit und Boshaftigkeit nicht länger ertragen konnte.

18

Nur eine einzige Straße zog sich durch Fellhead. Wenn ein Fahrer nicht entschlossen war, sich über die Seite des Langmere Fell hinaufzuschlängeln und einen schwierigen schmalen Bergpass zu nehmen, gab es also nur einen einzigen Weg ins Dorf hinein und hinaus. Jake stellte seinen Wecker auf sechs, und um Viertel vor sieben war er am Ende der Straße durch Fellhead, erschöpft von der Reise der zurückliegenden Tage und verärgert, dass er in Keswick keinen anständigen Becher Kaffee zum Mitnehmen auftreiben konnte, der sein Gehirn in Gang hätte bringen können. Ein unbarmherziger dünner Nieselregen behinderte die Sicht und wusch die Farben aus der Landschaft. Tief hängende Wolken bedeckten die Bergkuppen, und Tieflandschafe kauerten sich an Steinmauern und Bäume.

Er wollte nicht ins Dorf hineinfahren. Einige wenige Bewohner würden ihn vielleicht von früheren Besuchen bei Jane wiedererkennen. Und er hatte jedenfalls keine Lust, Judy Gresham in die Arme zu laufen, die im Tante-Emma-Laden vorbeischaute. Was immer Jane über das Ende ihrer Beziehung gesagt hatte, war bestimmt nicht geeignet gewesen, ihm die Zuneigung der Eltern einzubringen. Also parkte er auf einem mit Kies bestreuten Platz zwanzig Meter vor der Straßenkreuzung. Hier konnten Wanderer ihre Autos direkt an dem Fußweg stehen lassen, auf dem man den Langmere Fell besteigen konnte.

Es war mehr Verkehr auf der schmalen Straße, als Jake erwartet hatte, und es gab zweimal falschen Alarm. Ein Landrover sah aus der Entfernung ziemlich genau so aus wie der andere. Aber kurz nach acht wurde seine Geduld belohnt. Rote Fiestas wie der, den Judy fuhr, waren nicht so häufig, und als einer aus dem Dorf heraus- und auf ihn zufuhr und beschleunigte, zog Jake den Schirm seiner Baseballmütze weiter über die Augen herunter und spähte darunter hervor. Als der Wagen auf gleicher Höhe mit ihm war, erkannte er Janes Profil. Er wartete, bis sie auf der Landstraße in nördlicher Richtung fuhr, legte dann den Gang ein und folgte ihr.

Die Straße nach Thirlmere verlief schnurgerade entlang der alten römischen Straße, also blieb Jake ein gutes Stück zurück. Zumindest garantierte das Wetter, dass Jane die Scheinwerfer eingeschaltet ließ, sodass es leicht war, sie im Blick zu behalten. Er beachtete beim Fahren weder die im Dunst verschwimmmende Schönheit des Sees zu seiner Linken noch die geisterhaften Umrisse der Bäume zu seiner Rechten, sondern konzentrierte sich nur auf die roten Rücklichter vor ihm. Er bemerkte nicht einmal die Schilder, die Straßenarbeiten ankündigten. Janes Wagen verschwand um eine Kurve, und als er diese hinter sich hatte, sah er das Desaster. Die Ampel, die den Verkehr auf der einspurigen Fahrbahn und an der Baustelle vorbei regulierte, sprang gerade auf Rot, als Jane durchfuhr. Er war in Versuchung, Gas zu geben und ihr nachzufahren, aber in letzter Sekunde verließ ihn der Mut, er trat auf die Bremse und kam schleudernd zum Stehen, als sich von der anderen Seite her schon Scheinwerfer näherten. Mit klopfendem Herzen packte er das Steuerrad. Mein Gott, das war knapp gewesen.

Jake wischte sich den Schweiß von der Oberlippe und wartete ungeduldig darauf, dass die Ampel grün wurde. Er warf einen Blick auf die Karte, um sicherzugehen, dass das stimmte, was er vermutet hatte. Es gab hier keine Stelle, wo Jane abbiegen konnte, erst wieder am Ende des Sees. Auf der einen Seite war Wasser, auf der anderen waren die steilen, bewaldeten Hänge des Helvellyn. Wenn er ordentlich Gas gab, konnte er sie vielleicht noch einholen. Als die Ampel von Gelb auf Grün sprang, schoss er los und raste die Straße entlang. Aber als er die Stelle erreichte, wo er sich entscheiden musste, war immer noch kein Fiesta zu sehen. Hier war Jane entweder nach Keswick weitergefahren oder rechts auf die große Straße zur M6 abgebogen. Jake zögerte einen Moment und versuchte dann sein Glück mit der Straße, die er als den Weg in die Zivilisation betrachtete. Sein schnelleres Auto, das auch besser auf der Straße lag, würde vielleicht genügen, um sie einzuholen. Und wenn nicht, konnte er immer noch nach Keswick zurückkehren und auf den Parkplätzen nachsehen.

Nach einer Meile kam er um eine Kurve und fuhr fast auf einen Traktor auf, der zwischen den niedrigen Steinmauern am Straßenrand dahinzuckelte. Es war an der Zeit, die Jagd aufzugeben. Schrecklich frustriert nutzte er die nächste Toreinfahrt, um zu wenden, und fuhr nach Keswick zurück. Nachdem er eine weitere halbe Stunde gesucht hatte, sah er sich gezwungen, seine Niederlage einzugestehen.

Es würde nicht viel bringen, ans Ende der Straße zurückzukehren. Wenn Jane wieder dort vorbeikam, würde sie nach Hause fahren, zurück in den schützenden Schoß der Familie. Und ihm fiel keine andere Möglichkeit ein, ihr zu begegnen. Zumindest konnte er ziemlich sicher sein, dass Jane kein beweiskräftiges Dokument für ihre These gefunden hatte, denn sonst hätte sie ihre Zeit mit Anthony Catto im Dove Cottage verbracht.

Bei dem Gedanken machte sein Gehirn einen dieser unerklärlichen Sprünge, die Wissenschaftler Intuition und Priester göttliche Eingebung nennen. Als er und Jane noch zusammen gewesen waren, hatten sie eine Woche gemeinsam in Barcelona verbracht. Um Gepäck zu sparen, hatten sie nur seinen Laptop mitgenommen. Sie installierte ihr E-Mail-

Programm auf seinem Rechner, und er hatte es nie gelöscht. Es müsste noch drauf sein, inklusive gespeichertem Passwort. Er konnte also ihre E-Mails durchstöbern, ohne dass sie es jemals erfuhr, und er hatte keinen Zweifel, dass ihn das auf eine Spur bringen würde. Heutzutage bekam man doch immer irgendetwas per E-Mail.

Dr. River Wilde zog einen weißen Kittel über ihre Kleider, die sie am Tag zuvor getragen hatte. Trotz lediglich zwei Stunden Schlaf hatte sie das Gefühl, dass ihre Gehirnzellen Funken sprühten. Guter Sex hatte immer diese Wirkung, dachte sie, streckte die Arme über den Kopf und genoss das Wohlgefühl, das sie durchströmte. So viel Spaß hatte sie schon lange nicht mehr gehabt.

Es hatte sich keine Verlegenheit eingestellt, als sie zusammen aufwachten. Allerdings hatten sie nicht viel gesprochen, das stimmte schon, denn sie war darauf erpicht, schnell online zu gehen, um zu sehen, welche Informationen sie über Fletcher Christian herausfinden konnte, und er hatte sie gerne seinen Computer benutzen lassen. Alles war sehr gelassen und natürlich gewesen. Sie hatte keine Ahnung, wie es sich weiterentwickeln würde. Aber im Moment folgte sie dieser Route nur allzu gern.

River knöpfte ihren Kittel zu, nahm das Klemmbrett mit ihren Notizen und eilte in den Raum des Bestattungsinstituts, wo der Moorpirat unter dem grellen Licht der Neonröhren und der Scheinwerfer für die Fernsehaufnahmen auf sie wartete. Beim Eintreten warf sie einen prüfenden Blick auf ihr Publikum: Zwei Studenten, die ihren Master in forensischer Anthropologie machen wollten, einer von der Archäologie und ein Paläobotaniker. Und auf der Seite ein Kameramann, eine Tonfrau und ein Regisseur. »Bevor wir anfangen«, sagte sie mit einem Blick auf die Studenten, »möchte ich mich schon im Voraus bei Ihnen entschuldigen. Manches von dem, was wir heute durchgehen, wird sehr vereinfacht sein, denn ich muss mich auf ein Fernsehpublikum einstellen, das nicht über Ihre bereits erworbenen Kenntnisse verfügt. Wenn wir mit den Aufnahmen fertig sind, können wir uns zusammensetzen und die Sache noch einmal mit etwas mehr wissenschaftlicher Exaktheit erörtern. Aber verfolgen Sie bitte trotzdem aufmerksam, was ich tue, und wenn nötig machen Sie sich Notizen. Sind Sie alle einverstanden?«

Sie nickten und brummten zustimmend. »Sie müssen alle eine Einwilligungserklärung unterschreiben«, warf der Regisseur ein, »die uns berechtigt, Sie im öffentlichen Programm zu zeigen.«

»Gibt es dafür ein Honorar?«, fragte einer der männlichen Studenten etwas rebellisch.

»Dass Sie hier sein können, sollte als Honorar genügen«, sagte River. »Eine solche Gelegenheit gibt es nicht oft. Ich kann mit einiger Sicherheit sagen, dass Sie die einzigen zwei Studenten in einem Master-Studiengang sind, denen dieses Jahr eine so hautnahe Erfahrung mit einer Moorleiche ermöglicht wird. Sie sollten also einfach dankbar sein, dass Sie für diesen Gefallen nicht zu zahlen brauchen.« Sie wandte sich an den Regisseur. »Bevor wir anfangen, wollte ich Sie über einiges informieren. Ich höre, es gibt Gerüchte in der Stadt, dass dies die Leiche von Fletcher Christian sein könnte.«

»Wer ist Fletcher Christian?«, fragte der Regisseur.

River musste sich zwingen, nicht die Augen zu verdrehen. »Der Typ, der die Meuterei auf der *Bounty* anführte.«

»Was? Wie in dem Film mit Mel Gibson?«

»Genau.«

Der Regisseur sah sie an, als sei sie verrückt. »Wie ist der denn in ein Moor auf Langmere Fell gekommen? Ich meine, das war doch im Südpazifik, oder?«

»Stimmt. Aber offenbar stammte er aus der Gegend hier. Und es gab ein Gerücht, dass er es schaffte, in den Lake District zurückzukommen.«

»Cool.« Der Regisseur sah irgendwie beeindruckt aus.
»Ich habe mir überlegt, ob wir diese Vermutungen mit einbeziehen könnten. Würde das die Sache für die Zuschauer nicht attraktiver machen?«
»Ich nehme an, ja. Aber das werde ich mit Phil besprechen müssen. Er ist der Chef.«
River versuchte, ihre Ungeduld unter Kontrolle zu halten. »Ich habe heute früh schon recherchiert. Warum verfahren wir nicht einfach so, dass ich diese Sache erwähne, während ich arbeite. Wenn sich Phil dann dagegen entscheidet, können Sie es ja einfach herausschneiden. Wie wär's?«
Der Regisseur hob die Arme. »Warum nicht? Wir tun alles, um einer Leiche ein bisschen Sex-Appeal zu geben.«
River erlaubte sich das Lächeln einer Frau, die wusste, was attraktiv wirklich bedeutet. »Sind wir so weit?«
Die Tonfrau starrte auf ihre Knöpfe hinunter und murmelte: »Ton läuft.« Der Kameramann schaute durch den Sucher und sagte: »Kamera läuft.«
River sah auf die Leiche hinunter. »Selbst eine so alte Leiche wie diese hier gibt uns eine Menge Informationen. Unser Körper wird zu einem Kode unserer persönlichen Identität. Er teilt der Welt mit, was mit ihm geschehen ist und wie er sich selbst verhalten hat. Sogar die oberflächlichste Untersuchung kann uns schon etwas sagen.« Sie wies beim Sprechen auf die Leiche. »Der Schädel, die Beckensymphyse, die Abnutzung der Gelenke – sie alle wirken zusammen und geben uns Auskunft, dass der Mann etwa vierzig Jahre alt war.«
Sie sah zu den Studenten auf. »Diese Leiche wurde in Carts Moss gefunden, einem Sumpfgebiet am Fuß des Langmere Fell. Das ist an sich schon so ungewöhnlich, dass es hier in der Gegend Aufsehen erregt. Aber als man von den Tätowierungen hörte …« Sie hielt inne, um auf die dunklen Schattierungen auf der dunkelbraunen Haut hinzuweisen, hob dann wieder den Blick und fuhr fort: »… entstand ein viel größeres Interesse.«

Sie fuhr mit der Hand sanft über die sterblichen Überreste auf dem Tisch. »Die forensische Anthropologie hat sehr viel mit Identität zu tun. Wer war dieser Mensch? Was geschah mit ihm in seinem Leben, und welchen Einfluss hatte dies darauf, wie er gestorben ist? Meistens gehen wir von wissenschaftlich fundierten Fakten aus. Aber wie die Archäologen müssen wir uns auch auf andere Hinweise verlassen. Manche davon beruhen auf Berichten und Erzählungen, manche haben mit den gesellschaftlichen Gegebenheiten zu tun, denn ohne ein Umfeld ist die Wissenschaft bedeutungslos. Was anekdotische Berichte angeht, haben wir hier eine faszinierende Möglichkeit. Könnte dies die Leiche eines Einwohners von Cumbria sein, der Fletcher Christian hieß und auf der *Bounty* eine Reise in die Südsee machte, wo er eine Meuterei gegen seinen Kapitän anführte? Bestimmt glauben einige der Ortsansässigen hier daran. Im Lauf der Untersuchungen, die wir durchführen werden, um all das zu entdecken, was diese Leiche uns zu sagen hat, wollen wir die Möglichkeit nicht vergessen, dass wir in der Lage sein könnten, diese Leiche sehr genau zu identifizieren, obwohl sie schon zweihundert Jahre in der Erde gelegen hat.«
Sie wandte sich zu der weißen Tafel hinter ihr um. »Und danke«, sagte der Regisseur. »Wir müssen die Kameraeinstellung ändern, River. Damit wir sehen können, was Sie schreiben.«
Ein paar Minuten später war alles wieder bereit. River nahm einen blauen Stift und fing an, auf die rechte Seite der Tafel eine Liste zu schreiben. Die Überschrift war *Fletcher Christian.* Darunter listete sie das auf, was sie bei ihrem schnellen Streifzug durchs Internet gesammelt hatte.

Geboren am 25. 9. 1764 in Moorland Close, bei Cockermouth, Cumbria
Männlich
Größe: 175 cm

Haarfarbe: sehr dunkles Braun
Dunkle Haut
Kräftiger Körperbau
Sterntätowierung links auf der Brust
Tätowierungen im Stil der Südseeinseln – Gesäß vollkommen schwarz, wahrscheinlich am oberen Rand mit dekorativen Linien
Leicht O-beinig
Sehr zum Schwitzen neigend, vor allem an den Händen –? primäre Hyperidrose?
Von seinem Tod auf Pitcairn gibt es eine Version, die besagt, er sei in die Schulter geschossen worden

Sie trat zurück und ließ den Blick über das Geschriebene schweifen. »Es ist nicht viel, ich weiß, aber wir haben insofern Glück, als es uns konkrete Hinweise auf körperliche Merkmale gibt, an die wir uns halten können.«
River wandte sich wieder der Leiche zu. »Nun, wir wissen, dass unsere Leiche ein Mann war. Wir wissen auch, dass das Alter mit dem von Mr. Christian übereinstimmt. Und er hatte tatsächlich langes dunkles Haar. Dies wird wohl durch die Zeit im Moor nachgedunkelt sein, aber wir können Tests durchführen, um die ursprüngliche Haarfarbe genauer festzustellen.« Sie nahm ein Maßband aus der Tasche und rollte es an der Seite der Leiche aus. »Einhundertsiebzig Zentimeter. Offenbar fünf Zentimeter kleiner als unser Mann. Will jemand etwas dazu sagen?«
Die Studentin der forensischen Anthropologie sagte: »Wir werden alle kleiner, wenn wir älter werden. Und wir können uns nicht darauf verlassen, dass die ursprünglich angegebenen Maße genau waren. Das schließt also nicht aus, dass er es ist.«
»Korrekt«, sagte River. »Leider können wir sein Gewicht nicht schätzen, weil wir keine Ahnung haben, wieviel Gewebe von der Säure im Moor weggefressen wurde. Es ist nur

noch sehr wenig übrig und auf keinen Fall genug für eine sinnvolle Schätzung. Aber die Schulterpartie sieht recht breit aus. Also auch dies widerspricht unserer kühnen Hypothese nicht. Die andere Enttäuschung wegen des fehlenden Gewebes ist, dass wir nicht feststellen können, ob unsere Leiche an einer Störung des sympathischen Nervensystems litt, die zu einer Hyperidrose geführt hätte. So, jetzt sehen wir uns mal die Knochen seiner Beine an. Hat jemand dazu etwas zu sagen?«

Alle drängten sich um den Tisch. Der Regisseur ergriff die Gelegenheit, seine Leute anders zu postieren, um einen neuen Winkel zu erfassen. Die gleiche Studentin sagte: »Die Knochen scheinen mir ziemlich gerade zu sein. Ich hätte nicht vermutet, dass er O-beinig war.«

»Das finde ich nicht«, sagte ihr Kommilitone. »Sieh dir doch mal die Knie an. Die mittlere Partie beider Kniegelenke ist sehr abgenutzt. Wenn er zuerst nur leicht O-beinig gewesen wäre, hätte das im Lauf der Jahre die Innenseite des Kniegelenks belastet und diese Art von arthritischem Erscheinungsbild verursacht. Besonders, wenn er ein körperlich aktives Leben führte.«

»Die Arthritis könnte auch nichts mit den O-Beinen zu tun haben«, wandte die Studentin ein. »Es hätte einfach Abnutzung sein können, besonders wenn er übergewichtig war.«

»Ich glaube, es gab nicht viele dicke Seeleute im achtzehnten Jahrhundert«, entgegnete der junge Mann. »Das Essen war furchtbar und die Arbeit schwer. Und außerdem ist er mit vierzig noch ziemlich jung für diesen starken Gelenkverschleiß.«

»Ich würde Ihnen zustimmen«, sagte River. »Wiederum können wir auf der Basis unserer Erkenntnisse Mr. Christian nicht ausschließen. Bisher können wir also nur sagen, nichts von dem, das wir mit unseren Augen gesehen haben, widerspricht dieser Möglichkeit. Und wir haben ein Detail aus den nicht invasiven Untersuchungen, das unserer Meinung einiges Gewicht verleiht.« Sie griff unter den Tisch und zog eine Röntgenaufnahme und die CAT-Bilder von der Schulter der Leiche heraus. Während sie wartete, bis die Kamera auf den tragbaren Röntgenschaukasten eingestellt war, den sie von den Studenten aus Carlisle hatte bringen lassen, legte sie das dar, was sie schon Ewan Rigston über die Schulterverletzung gesagt hatte. Dann wiederholte sie es noch zweimal vor der Kamera.

Am Ende ihrer Ausführungen begann ihr eigener Vortrag sie anzuöden. Es war Zeit, schnell weiterzumachen.

»Den Rest der Zeit werden wir diesmal dazu verwenden, dem Leichnam Proben zu entnehmen. Wir werden Zahnmaterial für die Isotopenanalyse nehmen, um herauszufinden, wo er lebte, als er seine Zähne bekam. Außerdem untersuchen wir weitere Zähne, um sein Alter genauer festzustellen. Eine Knochenprobe vom Oberschenkel für die Isotopenanalyse, um zu sehen, wo er in den letzten zehn bis fünfzehn Jahren seines Lebens gewesen war. Wir werden sie in der Universität mit dem Massenspektrometer analysieren. Wir werden auch Haar- und Nagelproben nehmen, um sie auf toxische und verschiedene andere Nahrungssubstanzen zu untersuchen. Und den Inhalt des Magen-Darm-Trakts, damit die Paläobotaniker ihre Freude haben. Wir werden versuchen, genug weiches Muskelgewebe zu finden, das wir für DNA- und toxikologische Tests brauchen. Und wenn wir all das getan haben, werden wir eine viel klarere Vorstellung von der Identität dieses Mannes haben. Er kann sich nicht vor uns verstecken, mag er nun Fletcher Christian sein oder nicht.«

River sah direkt in die Kamera. »Und wenn wir mehr darüber wissen, wer er ist, werden wir vielleicht sogar eine Vorstellung davon bekommen, wer ihn umgebracht hat.«

Die Ereignisse dieser schicksalsschweren Nacht sind von mehreren der Anwesenden beschrieben worden. Mein Bruder Edward hat mir diese Berichte vorgelegt, und ich meine, im Großen und Ganzen stimmen sie mit dem tatsächlichen Geschehen überein, obwohl sie notwendigerweise dort irrig sein können, wo sie Gedanken und Motive schildern. Man kann sich anhand ihrer Erzählungen leicht über den wahren Verlauf der Geschehnisse unterrichten. Sehr klar und deutlich muss ich aber zu meiner eigenen Verteidigung sagen: Ich strebte nicht danach, dass Leutnant Bligh und seine Gefährten umkommen oder die Strapazen der schrecklichen Fahrt in einem offenen Boot über den Pazifischen Ozean erleiden sollten. Als wir sie von der Bounty vertrieben, war leicht erreichbares Land in der Nähe. Ein Schiffsführer mit Blighs Fähigkeiten und seiner Kenntnis der dortigen Gewässer muss gewusst haben, dass er dort, wo er war, leicht an Land gehen konnte. Nur Blighs anmaßende Eitelkeit war der Grund, dass sie solche Qualen ertragen mussten. Er wurde dadurch zwar zum Helden, aber er hätte auch alle töten können. Und nach diesem Maßstab muss man diesen Mann messen.

19

Als DI Donna Blair die letzte angeblich dringende Angelegenheit auf ihrem Schreibtisch erledigt hatte, sah sie hinaus ins angrenzende Großraumbüro und rief: »Kumar.«
Der junge Constable, der Jane Gresham aufspüren sollte, sah ängstlich von seinem Tisch auf. »Ja, Ma'am?«
»Kommen Sie rein.« Donna trommelte ungeduldig auf ihren Schreibtisch, während sie wartete, dass er in ihr Büro geeilt kam. »Haben wir Jane Gresham schon?«
»Nein, Ma'am. Ich habe endlich ihren Arbeitsplatz gefunden. Sie arbeitet am Centre for Editing Lives and Letters an der Queen Mary University in London, aber dort ist nur die Adresse in Marshpool bekannt. Die Frau, mit der ich gesprochen habe, sagte, Gresham sei irgendwo zu Forschungszwecken, sie glaubt, ihre Chefin wüsste vielleicht, wo. Und die Chefin wird mich zurückrufen.«
»Herrgott nochmal. Ich hab immer noch 'nen Uniformierten vor der Tür stehen. Das kostet uns mehr Geld, als wir haben. Sie wissen ja, wie es mit so einer Ermittlung wie dieser ist. Sie steht nicht im Mittelpunkt des Interesses, und deshalb kriegen wir keine Gelder dafür.«
»Sicher hätte sich das Mädchen doch inzwischen gezeigt, wenn sie vorhätte, sich dort zu verstecken?« PC Kumar war noch so neu, dass er meinte, sich bei seiner Chefin lieb Kind machen zu können, indem er Dinge zu bedenken gab, die sowieso auf der Hand lagen.

Donna verdrehte die Augen. »Und vielleicht hat sie sich irgendwo anders in der Siedlung versteckt und wartet, bis sich die Lage beruhigt und sie sicher nach Hause gehen kann.« Sie seufzte. »Machen Sie weiter. Haben Sie schon versucht, das Telefonbuch vom Lake District durchzugehen, ob es da Einträge für Gresham gibt?«

»Das wollte ich, aber dann sagte die Frau an der Uni etwas von Freistellung, und ich dachte, vielleicht hätte ihre Nachbarin es falsch verstanden.« Sobald er das gesagt hatte, wusste Kumar, dass es ein Fehler war.

»Ich werde hier fürs Denken bezahlt«, sagte Donna. »Nehmen Sie sich das Telefonbuch vor, während Sie warten, bis Jane Greshams Chefin anruft. Ich vermute, es gibt nur einige Dutzend Greshams in der Gegend. Und bevor Sie sich dahinein vertiefen, verbinden Sie mich mit dem Medienzentrum oder wie immer die Pressestelle sich diese Woche nennt. Jetzt, wo es so aussieht, als hätte sie sich davongemacht, ist es Zeit, ihr Foto zu veröffentlichen.«

Kumar zog sich zurück, und Donna warf ihm einen finsteren Blick nach. Eigentlich war sie nicht wütend auf ihn. Was sie wirklich ärgerte, war, von einer Dreizehnjährigen an der Nase herumgeführt zu werden. Sollte noch jemand Zweifel an Tenille Coles Abstammung haben, so lag die Antwort mittlerweile auf der Hand.

Nach einigem Wühlen in ihrer Schublade fand sie einen Nikotinkaugummi. Sie wollte nicht mit John Hampton, dem Hammer, sprechen, hatte aber ein ungutes Gefühl, dass es dazu kommen würde. Nicht dass diese Aussicht ihr Angst eingejagt hätte. Eher graute ihr vor dem Gedanken an ein weiteres sinnloses Gefecht, das den Fall nicht voranbringen würde. Aber es ließ sich nicht vermeiden. In dieser Zeit, wo so viele alte Fälle wieder aufgerollt wurden, konnte es beruflichen Selbstmord bedeuten, irgendetwas unversucht zu lassen, wie einige ihrer älteren Kollegen in letzter Zeit erfahren hatten.

Bitte, lass Kumar Jane Gresham finden, dachte sie. *Und bitte mach, dass Jane Gresham weiß, wo sich Tenille aufhält.*

Matthew lächelte seinen Schülern zu, ein aufrichtiges Lächeln, das den Ausdruck seines dieser Tage permanent beleidigten Gesichts verwandelte. So kam die Ähnlichkeit mit seiner Schwester besser heraus, deren optimistischere Lebenshaltung ihren Gesichtszügen einen freundlicheren Ausdruck verliehen hatte. Es war ein Lächeln, das sein Sohn öfter sah als irgendjemand sonst, und seine Schüler lernten, sich bei diesem warmen Lächeln zu entspannen. »Ihr habt eure Sache alle sehr gut gemacht«, sagte er, und dieses Lob war ehrlich gemeint. Er war angenehm überrascht gewesen, wie weit sie alle ihre Stammbäume hatten zurückverfolgen können und wie viele Einzelheiten sie zusammengetragen hatten. Die Ausführung war zugegebenermaßen sehr unterschiedlich. Zwei waren mit dem Computer hergestellt, inklusive eingescannter Fotos. Beide Arbeiten waren von den Kindern der Zugezogenen, deren Eltern in der IT-Branche arbeiteten. Aber selbst Jonathan Bramley, dessen Handschrift Matthew immer noch zur Verzweiflung trieb, hatte sich redlich bemüht, seinen Stammbaum so auszuarbeiten, wie er sein sollte.

»Das wird ein sehr eindrucksvoller Teil unserer Ausstellung am Ende des Schuljahres«, fuhr Matthew fort. »Wir haben also genügend Zeit, herauszufinden, ob wir noch weiter in die Geschichte zurückgehen können. Jetzt werden wir uns genauer ansehen, wie unsere Vorfahren gelebt haben, wie ihre Lebensbedingungen waren, was für Berufe sie hatten und wie ihre Familien miteinander zusammenhingen.«

Er lächelte wieder. »Aber bevor wir uns damit beschäftigen, sollen Sam und Jonathan mit ihren Stammbäumen nach vorne kommen.«

Die beiden Jungen blickten einander an, während sie in den vorderen Teil des Klassenzimmers gingen. Sam sah argwöh-

nisch und Jonathan verdrießlich aus. Sams Arbeit war übersichtlich angeordnet, klar und informativ gestaltet. Die von Jonathan sah daneben eher dürftig aus, aber sie war anschaulich genug für Matthews Zwecke. »Habt ihr beide mal eure Arbeiten angesehen?«, fragte Matthew und ging in die Hocke, damit er auf gleicher Höhe wie die Jungen war.
Beide schüttelten den Kopf. »Also gut. Jetzt dreht euch mal zur Klasse um und haltet sie hoch, damit wir sie alle gut sehen können.« Matthew hielt inne, während sie das taten. »Das Erste, was wir an diesen zwei Stammbäumen sehen, ist, dass Sam und Jonathan ihre Vorfahren über mehrere Generationen zurückverfolgen können. Das kommt daher, dass sie aus Familien hier am Ort stammen. Erst in den letzten dreißig Jahren oder so sind die Menschen mobil geworden. Davor blieben die meisten Leute in der Nähe ihres Geburtsorts. Wenn sie mehr als zwanzig Meilen wegzogen, dann im Allgemeinen nur, weil sie Arbeit suchen mussten. Mein Großvater zum Beispiel kam aus Cornwall nach Cumbria, weil er Bergarbeiter war und die Zinnminen in Cornwall geschlossen wurden. Aber er hörte, dass es hier Arbeit beim Schieferabbau gab, und so verließ er seine Heimat und seine Familie und kam nach Cumbria. Er hat ein Mädchen von hier geheiratet und blieb hier.
Sam und Jonathan stammen von alten Familien aus Cumbria ab. Und wenn wir sechs Generationen zurückblicken«, sagte Matthew, hinter den Jungen stehend, und zog mit dem Finger die Verästelungen nach, »finden wir wirklich etwas sehr Interessantes. Hier ist Sams Ururururgroßvater, Arthur Clewlow. Und hier ist Jonathans Urururgroßmutter May Bramley. Ihr Name war May Clewlow, bevor sie heiratete. Und wenn wir dann am Baum einen Zweig höher gehen, finden wir, dass Jonathan und Sams Familie aus einer gemeinsamen Wurzel bevorgehen, der Heirat von Arnold Clewlow und Dorcas Mason im August 1851.« Er fuhr ihnen mit der Hand durch die Haare und zerzauste sie.

»Wenn also die Leiche im Moor der Affen-Ahnherr von Sam Clewlow ist, dann meine ich, hat er auch einen Affen aus dir gemacht, Jonathan.«

Jane rieb sich die Augen, aber sie waren immer noch müde, als sie sie wieder aufmachte. Es stand außer Frage, man hatte bei diesen Kirchenbüchern niemals das Ziel guter Leserlichkeit im Auge gehabt. Wirre Krakel wechselten mit winziger Schrift ab, Schnörkel irritierten sie, und Abkürzungen machten sie ratlos. Selbst mit Hilfe einer Lupe machte es große Mühe, die Eintragungen zu verstehen. Sie beneidete die armen Kerle nicht, die die Aufgabe gehabt hatten, die im Internet zugänglichen Daten aus den Akten einzugeben. Das warf auch die Frage auf, wie genau diese Online-Verzeichnisse waren. Sie war daran gewöhnt, alte Manuskripte zu lesen, aber es gab manche Einträge, bei denen sie einfach hatte aufgeben müssen, andere waren kaum zu entziffern, und über die Interpretation wieder anderer ließ sich streiten. Hatte ein Weber in Ambleside seinem Sohn wirklich den Namen Endocrine gegeben? Eigentlich glaubte sie das nicht, konnte sich aber kein anderes Wort vorstellen, das zu dem Gekritzel passte.
Die Aufgabe, die Jane sich gesetzt hatte, war ermüdend und viel weniger unterhaltsam als ihre sonstigen Recherchen. Wenn sie ihre wissenschaftlichen Ziele verfolgte, fand sie im Allgemeinen kleine Nebenwege und Aspekte, die die Arbeit auflockerten wie Hefe den Teig. Aber im County-Archiv war alles nur ein zäher Teigklumpen.
Jane seufzte und wandte sich dem nächsten staubigen Band zu. Sie hoffte nur, dass Dan mehr Erfolg hatte als sie.

Jake saß im Schneidersitz auf dem Bett, den geöffneten Laptop vor sich. Die Modem-Verbindung über den Telefonanschluss war ermüdend langsam im Vergleich zur drahtlosen Verbindung, aber er wollte, dass sein Raubzug unentdeckt blieb. Er rief Janes E-Mail-Programm auf und war erfreut zu sehen, dass ihr Passwort zum Anmelden, wie vermutet, noch gespeichert war. Er zögerte einen Augenblick. Was er da plante, gehörte mit zum Schäbigsten, was man tun konnte, und Jake hielt sich nicht gern für schäbig. Aber er musste an seine Zukunft denken. Offen gestanden, ein bisschen Schäbigkeit hatte nicht viel zu sagen, wenn das alles war, was zwischen ihm und der literarischen Entdeckung des Jahrhunderts stand.

Dieses Argument allein genügte, um seine Skrupel zu zerstreuen. Janes Briefkasten enthielt einige Mails, die gelesen und als neu gespeichert waren. Jake wusste aus Erfahrung, dass es E-Mails waren, die sie entweder nicht beantwortet hatte oder nicht löschte, um Dinge nachsehen zu können. Es gab nur eine noch ungelesene Nachricht, und sobald Jake den Absender sah, verstärkte sich seine Neugier. Wenn Anthony Catto an Jane schrieb, ging es höchstwahrscheinlich um ihre Recherchen. Aber wenn Jake sie vor ihr las, würde sie merken, dass jemand ihr E-Mail-Programm geöffnet hatte. Und niemand außer ihm kannte die nötigen Daten. Diese Erkenntnis würde jede Chance zunichte machen, sie auf seine Seite zu ziehen.

Die Alternative war, sie zu öffnen und dann zu löschen. Wenn sie wichtig war, konnte er ja eine E-Mail von Jane an Anthony fälschen und ihn bitten, seine Nachricht noch einmal zu schicken. Bevor er es sich anders überlegen konnte, öffnete er sie.

Liebe Jane,
ich habe heute früh mit der Dokumentenabteilung der British Library gesprochen, und man hat mir zugesagt, die Briefe zur Bestätigung ihrer Echtheit und im Hinblick auf das Eigentumsrecht zu untersuchen. Bravo, dass du sie gefunden und ihre potentielle Bedeutung erkannt hast.

Nach unserer gestrigen Unterhaltung erinnerte ich mich an etwas, das entfernt mit deiner These zu tun hat.
WW schrieb im Jahr 1841 über die Gegend um Windermere: »Dieser Landstrich wurde lange als so abgelegen angesehen, dass Menschen, die vor dem Arm des Gesetzes flohen, sich oft auf der Suche nach einem Versteck dorthin wandten, und manche waren so kühn, dass sie häufig Ausflüge von ihrem Zufluchtsort aus machten, um neues Unrecht zu begehen.« Es erscheint seltsam, dass er dergleichen zum Ausdruck brachte, es sei denn, er hätte persönlich Kenntnis von so etwas gehabt, meinst du nicht auch?
Lass mich wissen, wie du mit Dorcas vorankommst.
Beste Grüße

Anthony

»Donnerwetter«, sagte Jake leise. Sie hatte also tatsächlich etwas gefunden. Etwas, das ihre These bezüglich Fletcher Christian untermauerte.
Jetzt war er gespannt und rief die Liste der E-Mails auf, die Jane geschickt hatte. Die letzte Nachricht war an Dan Seabourne gegangen. Er erinnerte sich an Dan, seine clevere Schlagfertigkeit, sein gepflegtes Aussehen und seine nur notdürftig verhehlte Abneigung gegen Jake. Dan war Jane immer nahe gewesen. Wenn sie irgendeinem ihrer Kollegen etwas anvertrauen würde, dann wäre er es.
Ungeduldig öffnete er die E-Mail und wusste, er war auf eine Goldader gestoßen. Jane erwähnte einen Brief von Mary Wordsworth über einen geheimnisvollen Gegenstand, der sich in Williams Besitz befand. Sie hatte auch eine Kopie eines Briefes von John, dem Sohn der Wordsworths, beigelegt, vermutlich, um Dan bei der Suche nach Dorcas Masons Nachkommen im St. Catherine's House zu helfen. Hastig kopierte Jake beide E-Mails und schickte sie an seine eigene Mailbox. Dann schrieb er schnell eine Notiz an Anthony

Catto, in der er sich als Jane ausgab, behauptete, aus Versehen Anthonys Nachricht gelöscht zu haben, und ihn bat, sie noch einmal zu schicken. Ein Computerexperte würde zweifellos nachvollziehen können, was er getan hatte, aber er glaubte, sein Laptop würde für einen solchen Spezialisten niemals von Interesse sein. Er war überzeugt, dass er genug getan hatte, um seine Spuren zu verwischen.

Nachdem er Janes E-Mail-Programm geschlossen hatte, öffnete er sein eigenes und vergewisserte sich, dass die abgeschickten Mails sicher bei ihm angekommen waren. Dann griff er nach seinem Mobiltelefon und rief Caroline an. »Ich weiß, was sie entdeckt hat«, verkündete er ohne weitere Einleitung, als sie abnahm.

»Sie hat es dir gesagt?«

»Eigentlich nicht. Ich habe ihre E-Mails gelesen.«

»Ist es etwas Gutes?«

Jake erklärte ihr, was er herausgefunden hatte. »Es gab jedenfalls irgendwas«, schloss er. »Ob es noch da ist, ist natürlich eine andere Sache. Aber wir können Jane die Sucharbeit machen lassen, solange ich alles mitbekomme.«

»Nein, das können wir nicht«, sagte Caroline langsam. »Es gibt keinen Grund, ihr nicht ein Schnippchen zu schlagen. Mach mit deinem ursprünglichen Plan auf alle Fälle weiter. Es kann nicht schaden, zu wissen, welche Pläne Jane hat. Aber wenn wir eher als Jane an Dorcas' Nachkommen herankommen, umso besser.«

»Wie sollen wir das machen?«

»Wir werden einen Experten mit der Recherche im Archiv in London beauftragen«, war Carolines rasche und nüchterne Antwort.

»Wo finden wir so jemanden?«

»Ich kenne einen Anwalt für Nachlassangelegenheiten am Lincoln's Inn. Er muss öfter solchen Problemen nachgehen. Du hast ja keine Ahnung, wie die Leute lügen, wenn es um Geld geht. Wo ist Jane jetzt?«

»Ich weiß nicht. Heute früh habe ich versucht, ihr zu folgen, aber ich habe sie wegen Straßenbauarbeiten verloren.«

»Schon gut. Zumindest hast du für heute etwas vorzuweisen. Ich rufe dich an, sobald ich etwas aus London höre. Und viel Glück mit Jane, Schatz. Tu, was du tun musst.«

Der Regen fiel ohne Erbarmen auf den Lake District und ergoss sich auch auf Derbyshire. Tenille merkte es kaum. Ihr Rucksack diente ihr als Kissen zwischen Kopf und regenbespritztem Fenster des gemächlich von Ashbourne nach Buxton fahrenden Busses. Es war an diesem Tag schon ihr vierter Bus, und sie war total erschöpft.

Oxford hatte in puncto Nachtlager nicht viel zu bieten gehabt. Weil sehr viele Leute bis zu den frühen Morgenstunden in der Stadtmitte unterwegs waren, gab es auch Polizeistreifen. Die wenigen Plätze, die sie in der Nähe des Busbahnhofs ausmachen konnte und die funktioniert hätten, waren schon von Leuten besetzt gewesen, neben denen sie sich nicht schlafen legen wollte, selbst wenn sie den Platz mit ihr geteilt hätten. Andererseits wollte sie sich nicht zu weit vom Busbahnhof entfernen, damit sie sich auf dem Rückweg nicht verirren und den frühen Bus verpassen würde, mit dem sie das nächste Stück der Reise zurücklegen wollte. Schließlich war sie in einer Gasse hinter einem Restaurant gelandet, eingezwängt zwischen zwei Mülltonnen, die nach fauligem Essen rochen. Sie schlief schlecht, die Nacht schien kein Ende zu nehmen.

Als Tenille sich endlich zum Busbahnhof schleppte, stellte sie sich die Frage, ob ihr Plan vernünftig war. Vielleicht sollte sie sich einfach an die nächste Polizeiwache wenden und alles zugeben. Es konnte nicht viel ungemütlicher werden als die letzte Nacht.

Aber nachdem sie ein Schinkenbrötchen gefrühstückt und eine Dose Cola dazu getrunken hatte, war ihre Entschlusskraft wieder zurückgekehrt. Sie war in den Bus gestiegen, der um 7 Uhr 22 nach Banbury ging, und war entschlossen, es nach Fellhead zu schaffen. Sie wusste nicht genau, was Jane für sie tun konnte. Aber Jane war der einzige erwachsene Mensch in der Welt, dem sie zutraute, überhaupt etwas tun zu können. Und außerdem hatte Jane ihr dieses Schlamassel eingebrockt, also war es Janes Aufgabe, sie wieder da rauszuholen.

Ich hatte mir schon oft Gedanken darüber gemacht, was für eine Art Kapitän ich wäre, sollte ich jemals das Glück haben, der Herr meines eigenen Schiffes zu sein. Und ich gestehe, dass ich auf der Reise in die Ferne oft darüber Betrachtungen angestellt hatte, wie ganz anders als mein Kapitän ich das Schiff führen würde. Aber diese Ideen in die Tat umzusetzen erwies sich als ein nicht gerade leichtes Vorhaben. Ich wusste, ich würde die Fähigkeit besitzen müssen, den Männern zu zeigen, dass mir ihr Wohl am Herzen lag, dass ich ihren Respekt verdiente und es wert war, das Kommando zu führen. Ich wollte ohne Autokratie Disziplin durchsetzen und ermutigte die Männer gleich von Anbeginn an, Zusammenkünfte abzuhalten und zu besprechen, wie wir verfahren sollten. Am zweiten Tag nach der Meuterei befahl ich, dass die Oberbramsegel in Streifen geschnitten und zu Uniformen für die Mannschaft verarbeitet werden sollten, und gab meine eigene Offiziersmontur her, damit sie blau eingefasst werden konnte. Ich glaubte, dass dies die Eingeborenen beeindrucken, aber auch einen Geist der Kameradschaft und Ordnung in meiner Mannschaft hervorbringen werde. Auch beaufsichtigte ich die Verteilung des Proviants und der Habe derer, die mit Bligh weggegangen waren. Kurzum, ich versuchte, der Mann zu sein, unter dem ich selbst gern gedient hätte.

20

Matthew konnte seine Freude über Janes Abwesenheit nicht verbergen, als er mit Gabriel zu ihrem üblichen Freitagsbesuch zum Tee kam. Wenn Jane nicht da war, kam man seinen Wünschen entgegen, widersprach selten seiner Meinung, und seine Anwesenheit wurde dankbar aufgenommen, als bringe er ein kostbares Geschenk. Wofür er sich selbst natürlich sowieso vorbehaltlos hielt.

Und so kam er gerne mit Gabriel zum Tee zu den Großeltern. Natürlich machten sie großes Aufhebens um den Kleinen, und Matthew sah es auch als eine Befreiung an, wenn ihm der eher banale Teil von Gabriels Betreuung abgenommen wurde. Er liebte seinen Sohn, gar keine Frage. Aber er hatte einfach keine große Lust auf die praktische Umsetzung dieser Liebe, besonders wenn es darum ging, Windeln zu wechseln und das Essen zu machen.

»Ist Jane nach London zurückgefahren?«, fragte er fast sofort, nachdem er Gabriel inmitten vieler Spielsachen auf dem Flickenteppich auf dem Küchenboden abgesetzt hatte. »Hab ich mir gedacht, dass sie sich hier bald langweilen würde.«

»Sie tut alles andere als sich langweilen«, sagte Judy. »Sie macht echte Fortschritte. Gestern hat sie einen Brief im Jerwood Centre gefunden und ist gleich nach Carlisle zum County-Archiv gefahren, weil sie versuchen will, eine Frau zu finden, die für die Wordsworths gearbeitet hat.«

»Zeitverschwendung«, spottete Matthew. »Aber so sind sie,

diese Akademiker. Bei jedem Irrlicht, auf das sie aufmerksam werden, machen sie sich auf und davon, mit der Bewerbung für eine Projektförderung in der Hand und darauf erpicht, es an die große Glocke zu hängen.«

»So ist Jane doch gar nicht«, sagte Judy, setzte sich neben Gabriel auf den Boden und kitzelte ihn am Bauch. Gabriel lachte gurgelnd und wand sich unter ihren Fingern. »Sie glaubt wirklich an ihre Arbeit.«

Matthew verdrehte die Augen. »Sie sollte mal eine Woche in der wirklichen Welt arbeiten, da würde sie sehen, wie ihr das gefällt. Wenn sie täte, was ich jeden Tag schaffen muss, würde sie nach einem Tag in die Knie gehen.«

Allan Gresham kam gerade noch rechtzeitig in die Küche, um die Worte seines Sohnes zu hören. Er brauchte keine Erklärung, wen Matthew meinte. »Jane arbeitet in der wirklichen Welt, Matthew. Sie bedient in einem Lokal, sie unterrichtet Studenten. Sie hatte jeden Sommer einen Studentenjob. Und daneben macht sie noch ihre eigene Arbeit. Du kannst deiner Schwester wirklich nicht vorwerfen, dass sie sich hinsetzt und die Hand aufhält.«

»Vielleicht nicht. Aber sie darf genau das machen, was sie will. Und so war es schon immer. Sie hat keine Verantwortung zu tragen wie ich.«

Allan schwieg. Er hatte gelernt, die ewige Unzufriedenheit seines Sohnes zu ignorieren. Darauf einzugehen machte es nur noch schlimmer. Er setzte den Wasserkessel auf, als Jane hereinkam. Sie strahlte, als sie ihren Neffen sah, der mit Armen und Beinen in der Luft wedelte. »Hallo, Gabriel«, sagte sie, ging dorthin, wo ihre Mutter mit ihm spielte, sank in die Hocke und hielt ihm einen Finger hin, damit er ihn packen konnte. »Ach Gott, ist der süß«, sagte sie. Ihre Stimme wechselte automatisch in den Tonfall, den alle bei kleinen Kindern anschlagen. »Du bist ein toller Kerl, stimmt's, kleiner Mann?«

»Und dir auch 'nen guten Tag, Jane«, sagte Matthew.

»Wie war's heute?«, fragte ihre Mutter und mobilisierte, noch bevor Jane antworten konnte, wie gewohnt die Pufferzone in der Familie.
Jane setzte sich zurück auf die Fersen. »Enttäuschend. Es ist merkwürdig, als hätte sich diese Frau in Luft aufgelöst. Ich habe die Geburtsurkunde, habe den Brief von Mary gesehen, in dem steht, dass sie 1851 den Haushalt verließ, um zu heiraten, aber es gibt keine Spur von einer Heiratsurkunde. Ich habe alle Bücher bis Ende 1853 durchgesehen, aber kein Anzeichen davon. Und auch ihr Tod ist nicht verzeichnet. Dorcas Mason verschwand spurlos.«
Matthew verbarg seine Überraschung, als er einen Namen hörte, der ihm am selben Tag schon mal untergekommen war. »Wer?«, fragte er.
Jane nahm ihren Neffen hoch, stand auf und lächelte ihm zu. »Dorcas Mason. Sie hat als Dienstmädchen bei den Wordsworths gearbeitet.«
»Warum bist du so interessiert an einem Dienstmädchen? Hat der gute alte Willie ein Techtelmechtel mit dem Dienstmädchen gehabt?«
Jane starrte ihn an. »Selbst wenn er nicht so ein liebevoller und treuer Ehemann gewesen wäre, glaube ich, dass er zu der Zeit, als sie ins Haus kam, weit über ein solches Interesse hinaus gewesen wäre.«
»Was ist denn so Besonderes an dieser Dorcas – wie hieß sie nochmal?«, beharrte Matthew und tat so, als sei er sich des Namens nicht sicher.
»Mary Wordsworth hat nach Williams Tod so etwas wie ein Manuskript gefunden. Sie regte sich darüber auf – was immer es gewesen sein mag – und schickte es an ihren Sohn John, weil sie fand, dass es ihn und seine Familie am meisten betraf. John war mit Isabella Christian Curwen verheiratet, der Tochter von Fletcher Christians Cousin.«
»Du glaubst also, dieses Manuskript sei dein Phantasiegedicht?«

»Ich weiß nicht, aber es könnte sein.«
»Interessant.« Matthew nahm eine Tasse Tee von seinem Vater entgegen. »Und was hat Dorcas damit zu tun?«
»Dorcas brachte John das Manuskript, der es nach dem Kummer, den Isabella ihm bereitet hatte, nicht im Haus haben wollte. Deshalb sagte er ihr, sie solle darüber verfügen. Und das ist das Letzte, was wir davon wissen.«
Matthew zog die Augenbrauen hoch. »Sie hat es also zum Feueranmachen genommen oder hat es behalten, wolltest du damit sagen?«
Jane nickte. »Wenn es nicht zerstört wurde, ist es ein wohl gehütetes Familiengeheimnis geblieben. Das heißt, wenn wir davon ausgehen, dass sie wissen, was sie da zu Hause haben.«
»Macht's jemand etwas aus, wenn ich den Fernseher anstelle wegen der Nachrichten?«, sagte Allan, die Hand an der Fernbedienung des tragbaren Geräts, das auf der Arbeitsfläche in der Küche stand.
»Nein, schalt ruhig an«, sagte Jane geistesabwesend, mit den Gedanken noch bei ihrer Arbeit. »Ich habe ehrlich gesagt keine große Hoffnung, aber ich kann es nicht einfach so aufgeben. Ich muss versuchen herauszufinden, was mit Dorcas geschehen ist.«
Matthew setzte an, etwas zu sagen, aber seine Mutter redete dazwischen. »Natürlich. Gehst du nächste Woche zurück nach Carlisle?«
»Das bringt nichts, ich habe alles wichtige Material schon durchgesehen. Meine einzige Hoffnung ist jetzt, dass Dan etwas im St. Catherine's House finden könnte.«
Im Hintergrund fingen die Nachrichten an, der Ton war so leise gestellt, dass die Unterhaltung nicht gestört wurde. »Das ist doch da, wo du wohnst«, rief Allan und drückte auf den Lautstärkeknopf der Fernbedienung. »Marshpool Farm Estate.«
Aller Augen richteten sich auf den Fernseher, wo die Nach-

richtensprecherin der Kamera ihr bestes ernstes Gesicht präsentierte. »... vor zwei Nächten. Die Polizei versucht, ein dreizehnjähriges Mädchen zu finden, das mit seiner Tante in der Wohnung lebte, wo der Mord sich ereignete.« Ein Schulfoto erschien auf dem Bildschirm. Jane stockte der Atem. »O Gott«, sagte sie.

Die Sprecherin fuhr fort. »Tenille Cole ist nicht gesehen worden, seit das Feuer in der Wohnung im sechsten Stock wütete, wo der Ermordete, Geno Marley, gefunden wurde.« Jetzt wechselte das Bild zu einem Kriminalbeamten, der vor dem vertrauten grauen Beton der Marshpool-Siedlung stand und sagte: »Wir sind auf der Suche nach Tenille. Sie ist seit der Schießerei und dem Brand nicht mehr gesehen worden, und wir sind sehr um ihr Wohl besorgt. Wir bitten dringend jeden, der weiß, wo sie ist, sich zu melden.«

Zurück zur Nachrichtensprecherin. »Die Regierung hat neue Maßnahmen angekündigt, um ...« Allan stellte den Ton ab und wandte sich an Jane. Ihr Gesicht war kreideweiß, und sie hielt Gabriel so fest, dass er anfing zu wimmern.

»Um Gottes willen«, sagte Matthew, stand auf und streckte die Arme nach seinem Sohn aus. »Du machst ihm ja Angst.«

Jane biss sich auf die Unterlippe und gab ihm Gabriel ohne ein Wort zurück. Judy sah sie nur kurz an, eilte zu ihr und legte die Arme um sie. »Ist alles in Ordnung?«

»So ist es in London«, sagte Matthew. »Wenn es keine Selbstmordattentäter sind, dann eben Mörder. Man ist nicht mal in seiner eigenen Wohnung sicher.«

Allan schüttelte den Kopf. »Gott sei Dank, dass du hier oben warst, Jane.«

Jane ließ sich von ihrer Mutter umarmen. »Ich wusste, dass es schlimm ist, wo du wohnst«, sagte ihre Mutter, und man hörte ihrer Stimme an, dass sie sich Vorwürfe machte. »Wir hätten dich niemals diese Wohnung nehmen lassen dürfen. Wir müssen sehen, was wir tun können, damit du woanders wohnen kannst.«

Jane machte sich los und klopfte ihrer Mutter auf die Schulter. »Es ist nicht so, Mum. Jemand wie ich ist nicht in Gefahr. Diese Sachen, die sind intern. Leute, die mit ihresgleichen abrechnen. Ihr Leben, ihre Welt, das hat nichts mit mir zu tun.«

»Aber warum tust du dann so, als hättest du einen Geist gesehen?«, fragte Matthew, ausnahmsweise einmal nicht herzlos. »Was hältst du vor uns geheim, Jane?«

Es war ihr anzusehen, dass sie sich zusammennahm. »Ich kenne Tenille, nichts weiter.«

»Das schwarze Mädchen auf dem Bild? Du kennst sie?« Ihr Vater klang verblüfft, als ob eine fremde außerirdische Welt die Hand nach seiner Tochter ausgestreckt hätte. »Wieso kennst du so jemanden?«

»Meinst du, weil sie schwarz ist, oder weil sie ein Teenager ist?«, fragte Jane etwas gereizt, was ihrem Vater gegenüber selten vorkam.

»Weil sie mit einem Mord zu tun hat, meint dein Vater«, sagte Judy, der Friedensengel. »Und das ist doch eine gute Frage. Wieso kennst du ein Mädchen, das von der Polizei in Verbindung mit einem Mord gesucht wird?«

»Sie wird nicht in dem Sinn von der Polizei gesucht, wie sich das bei euch anhört. Sie sind besorgt ihretwegen«, sagte Jane abwehrend.

»Und das ist genau das, was sie immer sagen, wenn sie hinter einem Verdächtigen her sind«, betonte Matthew. »Woher kennst du sie also?«

»Sie wohnt im gleichen Block wie ich. Wir sind einmal ins Gespräch gekommen, und ich habe entdeckt, dass sie Gedichte mag. Sie wohnt bei ihrer Tante, der sie vollkommen egal ist, und in der Schule wird sie kaum ermutigt, deshalb kommt sie zu mir, leiht sich Bücher und redet über Dichtung.« Jane schüttelte den Kopf. »Ich kann's nicht fassen.«

»Du behauptest also, sie ist die einzige unter den schwarzen Jugendlichen in deiner Slumsiedlung, die es geschafft hat, sich die Hände nicht schmutzig zu machen?« Matthew klang skeptisch.

»Ach bitte, verschone mich doch mit diesen spießigen Vorurteilen«, sagte Jane frustriert. »Es gibt viele anständige Leute, Schwarze oder Weiße, die in Marshpool wohnen. Ehrlich gesagt, wenn man bedenkt, wie wenig Möglichkeiten sie hatte, finde ich es ein Wunder, dass Tenille so geworden ist, wie sie ist.«

»Was? Eine, die im ganzen Land von der Polizei gesucht wird?« Matthew lachte. »Es gibt offensichtlich noch eine andere Seite in ihrem Leben, von der du nichts weißt.«

»Das hat nichts mit Tenille zu tun«, sagte Jane ungeduldig. »Der Ermordete, Geno Marley, ist der Freund ihrer Tante. Was immer er an Problemen gebracht hat, es hat nichts mit Tenille zu tun.« Jane wandte sich plötzlich ab, weil sie nicht wollte, dass ihre Mutter ihr Gesicht sah. Judy hatte immer schon die Gabe, Lügen zu erkennen. »Ich geh nach oben. Ich will die Sache online verfolgen, mal sehen, was ich herausfinden kann.«

»Jane ...«, sagte ihre Mutter, ohne etwas zu erreichen, als sie hinausging. Judy sah Allan hilflos an. »Wir können sie nicht dorthin zurückgehen lassen. Es ist auch ohne diese Sache schon schlimm genug, sich darüber Sorgen machen zu müssen, dass ihr bei einem Anschlag etwas passieren könnte.«

»Ich wüsste nicht, wie wir sie zurückhalten sollten. Sie ist erwachsen, Judy, und trifft selbst ihre Entscheidungen.«

»Hat sie das nicht schon immer gemacht?« Matthew stand auf und übergab Judy seinen Sohn. »Ich muss nach Hause«, sagte er, sammelte die Babysachen ein, die er überall bei sich hatte, wo er mit seinem Sohn hinging, und packte sie in den Kinderwagen. »Ach ja, morgen geh ich mit den Kindern zum Hadrianswall. Diane hat gesagt, sie wird auf jeden Fall am Vormittag zu Hause sein, falls Jane zum Kaffee vorbeikommen will. Könntet ihr ihr das vielleicht ausrichten, wenn sie mit ihrem Streifzug durch die Londoner Unterwelt fertig ist?«

Aber als er seinen Sohn ins Tal hinunterschob, war er in Gedanken nicht mit Mord beschäftigt. Dorcas Masons Name war ihm plötzlich wie aus heiterem Himmel begegnet. Er würde zu Hause nachsehen müssen, aber er war ziemlich sicher, dass er genau wusste, wo er die Nachkommen von Dorcas Mason finden konnte. Wenn er Jane half, ihr kostbares Manuskript aufzuspüren, würde er einen Teil des Ruhms abkriegen. Und es würde ihren paranoiden Klagen ein Ende setzen, dass er davon besessen sei, sich gegen sie durchzusetzen. Im Grunde seines Herzens hatte er die ständigen Grabenkämpfe und das Gezänk genauso satt wie Jane. Dies könnte seine große Chance sein, zu zeigen, dass er doch ein guter Bruder war. Eine Gelegenheit, die sie niemals so hindrehen konnte, dass er in einem schlechten Licht erschien. Das sonnige Lächeln ließ Matthews Augen wieder leuchten, und er begann beim Gehen leise zu summen.

Der Bus nach Lancaster hatte Verspätung, und Tenille verpasste den Anschluss nach Kendal, dem Tor zum Lake District. In der Nähe des Busbahnhofs hatte sie ein Hamburgerlokal gefunden, wo sie versuchte, sich mit einem Cheeseburger und einer Cola so lange wie möglich aufzuhalten. Aber der dünne Junge hinter dem Tresen starrte sie immer wieder an. Zuerst fragte sie sich, ob er ihre Verkleidung durchschaut hatte, aber als die Zeit langsam verrann und sie die anderen Gäste genauer betrachten konnte, wurde ihr klar, es ging wahrscheinlich eher darum, dass sie der einzige schwarze Teenager in der Imbissstube war. Sie hatte schon immer gewusst, dass es außerhalb von London nicht so viele Schwarze gab, aber das hatte sie nicht darauf vorbereitet, aufzufallen.

Wenn sie schon an einem Ort wie dem Schnellimbiss so wahnsinnig hervorstach, war ihr klar, dass es noch viel schwieriger sein würde, im Freien zu schlafen, als sie gedacht hatte. Dies hier war eine kleine Stadt, wo die Bullen ihre Leute kannten und sowieso gleich wüssten, dass sie von auswärts war. Wenn von den Polizisten in London weitergegeben worden war, dass sie sich abgesetzt hatte, würde selbst ein blöder Provinzpolizist nicht lange brauchen, um ihr auf die Schliche zu kommen.

Tenille starrte auf den Tisch hinunter. Sie hatte sich vorgemacht, es werde eine Art von Abenteuer sein. Aber das war es nicht. Sie war einsam und hatte Angst, und egal, wie sehr sie sich bemühte, es zu vergessen, Geno war tot. Und zwar ihretwegen.

Ihr Dad war nie ein Teil ihres Lebens gewesen. Sie hatte sich gesagt, das mache ihr nichts aus und es ginge ihr gut ohne ihn. Aber jetzt war er ein Teil ihres Lebens geworden, und sie konnte die widerstreitenden Gefühle, die dadurch entstanden waren, nicht einordnen. Sicher, sie war stolz, dass er ihr dadurch Respekt erwiesen hatte, dass er sich bei der Bedrohung für sie eingesetzt hatte. Aber die andere Seite dieses Stolzes war das Grauen vor dem, was und wie er es getan hatte und dass er Geno dort zurückgelassen hatte, wo sie ihn finden musste. Und jetzt war sie auf der Flucht wegen etwas, um das sie keineswegs gebeten hatte.

Tenille spürte einen Kloß im Hals, als wäre ein Stück Brötchen stecken geblieben. Alles war total verfahren. Sie war müde und erschöpft und wahrscheinlich draußen auf der Straße in größerer Gefahr, als ihr je von Geno gedroht hätte. Es war ungerecht. Sie sollte nicht so allein sein und für sich selbst sorgen müssen. Andere Leute mussten sich nicht mit so einem Mist herumschlagen.

Sie rieb sich die Augen, entschlossen, in dem hellen Licht der Imbissstube nicht in Tränen auszubrechen. Sie musste sich zusammennehmen, musste etwas finden, das sie beruhigte. Sie schloss die Augen und rief sich die Worte eines Gedichts ins Gedächtnis.

Mein Herz tut weh,
und eine schläfrige Betäubung schmerzt meinen Sinn,
als wenn ich Schierling getrunken.

Das war der richtige Weg, dachte sie erleichtert. Sich an den Worten berauschen, sie die Gedanken beherrschen lassen. Keats und Shelley, Coleridge und Byron. Sie würden ihr helfen, die Nacht zu überstehen. Sie war nicht allein. Sie konnte durchhalten.

Eine Autostunde entfernt saß Jane vor ihrem Laptop, den Kopf in die Hände gestützt. Ihre Mutter hatte sie zum Abendessen gerufen, aber sie hatte sich entschuldigt und einen verdorbenen Magen vorgeschützt. Judy hatte Janes Behauptung, sie hätte in Carlisle ein Sandwich mit nicht ganz einwandfreiem Geflügelsalat gegessen, nicht hinterfragt. Es passte zu gut zu ihrem Misstrauen gegenüber allen Speisen, die nicht von einem Mitglied des Landfrauenvereins zubereitet waren.

Es hatte zwar kein Sandwich gegeben, aber Jane war es trotzdem schlecht. Bei den Worten der Nachrichtensprecherin hatte sich ihr der Magen umgedreht, und ihr war übel geworden. Geno Marley war tot. Ermordet. Auf einer der Websites, die sie aufgerufen hatte, stand: mit einer Schrotflinte erschossen. Weggefegt für immer, und das nur Stunden nachdem sie John Hampton vor der Gefahr gewarnt hatte, die der Mann für seine Tochter darstellte. Das konnte kein Zufall sein.

Allerdings hatte sie so etwas nicht gewollt oder erwartet. Sie hatte gedacht, Hampton oder einer seiner Schläger würde Geno zurückhalten oder ihm vielleicht eine Abreibung verpassen, um ihrem Ratschlag Nachdruck zu verleihen. Aber mit einer so extremen Reaktion hatte sie nicht gerechnet. Sie war in eine Welt hineingestolpert, deren Regeln sie nicht verstand. Sie hatte ein Verbrechen verhindern wollen, nicht

eines verursachen. Und jetzt hatte sie sich schuldig gemacht, hatte das Leben eines Mannes auf dem Gewissen. Nichts in ihrer Vergangenheit hatte sie auf diese Bürde vorbereitet.
Ihre erste Reaktion war, dass sie die Polizei anrufen müsste. Aber sobald sie darüber nachdachte, wusste sie, dass das kein Ausweg war. Sie musste an Tenille denken. Warum die Polizei hinter ihr her war, war Jane rätselhaft. Wo war sie? Was hatte sie getan, dass sie so interessiert daran waren, sie zu finden? Der verflixte Matthew hatte Recht. Eine Suchmeldung gaben sie nicht wegen einer unschuldigen Person heraus. Irgendwie war Tenille in die Sache verwickelt. Jane verstand nicht, wie, aber sie spürte, dass es Tenille nicht helfen würde, zur Polizei zu gehen.
Außerdem hatte sie keinen Beweis dafür, dass John Hampton Geno getötet hatte. Wenn die Polizei anfing, ihn zu verhören, würde er wissen, wer seinen Namen ins Spiel gebracht hatte.
Ihre große Angst war, dass Hammer jetzt, wo Tenilles Name öffentlich genannt wurde, Jane als eine mögliche Schwachstelle betrachten könnte. Er wusste nichts über sie. Vielleicht traute er ihr nicht zu, dass sie die Polizei aus dem Spiel lassen würde. Und da Jane jetzt erlebt hatte, wozu er fähig war, glaubte sie nicht, dass er zögern würde, an ihr die Rache zu nehmen, die er für angebracht hielt. Und sie wollte nicht sterben.
Jane fröstelte trotz der gemütlichen Wärme in ihrem Zimmer. Sie hatte Tenille gerettet. Nur hatte sie nicht mit dem Preis für diese Rettung gerechnet.

Als freie Männer auf dem Ozean zu segeln war ein so belebendes und geradezu berauschendes Erlebnis, wie es kaum ein Engländer je erfahren hatte. Aber diese Gefühle wurden von der Verpflichtung gedämpft, die auf mir lastete, einen sicheren Ort für meine Mannschaft finden zu müssen. Die Männer, die zu mir gehalten hatten, verdienten es, leben zu können, ohne dass sie in ständiger Gefahr waren, entdeckt zu werden. Und nach Tahiti zurückzukehren hätte diese Freiheit gefährdet. Jeder Kapitän, der in dieser Gegend segelte, kannte die Insel als einen guten Ankerplatz, und zu viele Schiffe legten dort an, als dass es für so viele von uns ein sicherer Zufluchtsort sein konnte. Selbst wenn wir die Eingeborenen hätten überreden können, uns zu verstecken, hätte uns irgendjemand aus Versehen oder absichtlich verraten können. Ich brütete viele Stunden in der Kapitänskajüte über Blighs Karten und versuchte, eine Zufluchtsstätte zu finden. Schließlich fiel meine Wahl auf Toobouai, das dreihundertfünfzig Meilen südlich von Tahiti lag. Dort gingen wir am 24. Mai an Land. Ich hatte auch hier ein Inselparadies erwartet, hätte aber gar keinem größeren Irrtum unterliegen können.

21

In ihrem eigenen Bett aufzuwachen konnte Janes düstere Stimmung nicht aufhellen. Sie hatte schlecht geschlafen und war stündlich aufgewacht, in ihr Bettzeug und schlimme Träume verheddert. Bilder von Tenille, von Blut, Feuer und Rauch folgten auf chaotische Collagen, in denen ihre Familie und ihre Freunde durch die endlosen Betongalerien von Marshpool hetzten. Schuldgefühle sorgten für Aufruhr in ihrem Magen. Die Augen taten ihr weh, und ihr Kopf fühlte sich dumpf und unnütz an. Aber trotz ihrer gegenteiligen Erwartungen löste der Geruch von gebratenem Speck, der die Treppe heraufzog, plötzlich heftigen Appetit aus. Sie hasste sich wegen ihres Hungers.

Jane raffte sich auf und ging ins Bad. Was war nur los mit der Generation ihrer Eltern? Niemand über fünfzig besaß eine richtig funktionierende Dusche. Sie wünschte sich eine reinigende Sturzflut von heißem Wasser, nicht so ein schwächliches Getröpfel. Sie begriff, dass ihr Wunsch sich genauso auf die Symbolik wie auf ihre tatsächliche Lage bezog, aber diese Erkenntnis machte die Erfahrung auch nicht befriedigender.

Bevor sie nach unten ging, beschloss sie, noch einmal nachzusehen, ob sie eine E-Mail von Tenille hatte. Von ihr war nichts da, aber Dan hatte ihr noch spät am Abend eine Nachricht geschickt.

Hi, Süße,
wie geht's dir? Ich wünschte, ich hätte eine bessere Nachricht für dich, aber leider hab ich nichts erreicht. Ich habe fast den ganzen Tag im St. Catherine's House verbracht, kam aber mit Dorcas Mason nicht weiter. Ich fand die Geburtsurkunde, die du schon hast, aber danach nichts mehr. Es ist, als hätte sie, nachdem sie das Haus der Wordsworths verließ, der Erdboden verschluckt. Der einzige Grund, der mir dazu einfällt, wäre, dass sie jemanden aus Übersee geheiratet haben könnte. Das würde erklären, wieso sie aus den Akten verschwunden ist. Vielleicht hat sie einen Matrosen kennen gelernt und ist nach Frankreich oder Spanien gegangen. Ich bin durchaus bereit, am Montag weiterzusuchen, aber ehrlich gesagt sind die Dokumente hier nicht so schwierig durchzuarbeiten, und ich bin wirklich nicht sicher, wo oder wie ich die Suche woanders sinnvoll fortsetzen könnte.
Bis bald,
mit lieben Grüßen

Danny Boy

»Mist«, sagte Jane laut. Sie hatte ihre Hoffnung auf Dan gesetzt, aber er hatte auch nicht mehr Glück gehabt als sie. Ihr Verstand sagte ihr, dass es keine naheliegende Möglichkeit mehr gab, noch irgendwo zu suchen. Aber tief in ihrem Inneren saß ein hartnäckiger Wille, der sie nicht aufgeben ließ.
»Mir wird schon noch was einfallen«, murmelte sie.
Als sie in die Küche kam, war ihre Mutter dabei, Würstchen zu braten. Ein zugedeckter Teller mit Speck stand auf dem Herd. Judy sah über die Schulter und warf einen geübten mütterlichen Blick auf ihre Tochter. »Du siehst ja furchtbar aus«, sagte sie.
»Dan hat im St. Catherine's House kein Glück gehabt.«
Judy drehte sich besorgt um. »Ach, Jane, mein Schätzchen, es tut mir so leid. Ich weiß, das war dir sehr wichtig.«

Allan kam herein, während sie sprach. »Morgen«, sagte er und streifte an der Küchentür seine Stiefel ab.

»Jane hat keine gute Nachricht bekommen«, sagte Judy, während sie routiniert das Frühstück auf drei angewärmte Teller verteilte.

»Über das Mädchen im Fernsehen?« Seine Miene verfinsterte sich.

»Nein, über ihr Projekt«, sagte Judy, was bei dem Geräusch des fließenden Wassers, als Allan seine Hände wusch, fast nicht zu hören war. »Dan kann keine Spur von dieser Dorcas entdecken.«

Er sah zu Jane hinüber. »Warum machst du's nicht hier im Dorf bekannt, was du suchst, vielleicht hat jemand eine Idee.« Für ihren Vater war dieser Vorschlag eine lange Rede.

»Das ist eine richtig gute Idee«, sagte Jane. »Ich kann Bossy Barbara darauf ansetzen, mal sehen, was sie mit ihren Kontakten zu Heimatforschern ausgraben kann. Ich wette, sie steht auf einer Liste von Internetseiten mit begeisterten Ahnenforschern in Cumbria. Inzwischen gehe ich heute Vormittag mal ein bisschen spazieren. Vielleicht kann ein Ausflug auf den Berg mich aufmuntern.«

»Ach, das erinnert mich an was. Matthew hat gesagt, dass Diane heute Vormittag zu Hause ist, wenn du mit ihr Kaffee trinken willst«, sagte Judy.

»Wird Matthew zu Hause sein?«

»Nein, er macht heute mit den größeren Kindern einen Ausflug zum Hadrianswall. Das kann er gut, diese Ausflüge organisieren.«

Mit einer ganzen Herde von Eltern, die alle schwierige Arbeit erledigen, dachte Jane zynisch. »Ich schau mal bei Diane vorbei. Kann ja auch heute Nachmittag spazieren gehen.«

»Ja, ich glaub, das wäre besser«, sagte Allan. »Die Wolken lösen sich bis zum Mittag wahrscheinlich auf. Dann dürfte es einen schönen Nachmittag geben.«

Jane warf ihrem Vater einen dankbaren Blick zu. »Du hast

lauter gute Ideen heute früh. Ein schöner Nachmittag auf dem Langmere Fell ist genau das, was ich brauche.«

Jake wachte mit einem dumpfen Druck im Kopf auf, dem er nicht entkommen konnte. Er schwitzte, und der Geschmack in seinem Mund war so eklig wie der Gestank in einem Straßengraben. Er schielte auf die roten Ziffern der Radiouhr an seinem Bett und stöhnte. Zu spät, um auch nur daran zu denken, das er Fellhead beobachten könnte. Er ließ den Kopf aufs Kissen zurückfallen und fragte sich, was, in aller Welt, ihm so schön daran vorgekommen war, den ganzen Abend mit einer Rugbymannschaft zu saufen. Er mochte Rugby nicht mal. Er hustete und bedauerte es sofort. Am liebsten wäre er den Rest seines Lebens unbeweglich in der Dunkelheit liegen geblieben. Und wenn er Glück hatte, würde das nicht allzu lange sein.

Aber sein Körper sah das anders. Innerhalb von Minuten begehrten sein Magen und seine Eingeweide auf, und er taumelte auf die Toilette. Nach einem zweiten Besuch dort meldete sich das Gefühl, dass es vielleicht doch möglich wäre, weiterzuleben. Er schleppte sich unter die Dusche und lehnte sich an die Wand, während das Wasser sich über ihn ergoss. Eine halbe Stunde später hatte er es geschafft, sich anzuziehen und seinen Computer hochzufahren. Die Helligkeit des Bildschirms empfand er als unmenschlich, aber er hielt durch und ging online. Erneut stöhnte er, als er Carolines E-Mail sah. An diesem Morgen hatte er wirklich keine Lust auf eine Strafpredigt, nicht einmal eine virtuelle. Aber er öffnete die Mail trotzdem, denn es blieb ihm nichts anderes übrig.

Guten Morgen, Jake. Ich hab versucht, dich auf deinem Handy anzurufen, aber es war abgeschaltet. Ich nehme an, du verfolgst eine heiße Spur und bist hinter Jane her oder sprichst gerade mit jemandem von der forensischen Anthropologie. Jedenfalls sind hier die Ergebnisse vom

St. Catherine's House. Wie du sehen wirst, hat unser Knabe sehr gründliche Arbeit geleistet. Das ist das Schöne an professionellen Rechercheuren, dass sie genug Phantasie haben, für eine Zeit, wo es noch Glückssache war, ob die Leute lesen und schreiben konnten, auch mal eine andere Schreibweise auszuprobieren. Wie du sehen wirst, war aus Ms. Mason, als sie heiratete, offiziell eine Mayson geworden. Du kannst gleich anfangen, den Wohnort der jetzigen Nachfahren aufzuspüren. Lass mich wissen, wie du vorankommst.
Bis bald

Caroline xxx

Als Anhang hatte sie ein Dokument geschickt, auf dem der Stammbaum von Dorcas Ma(y)son skizziert war. Sie hatte einen Mann aus Yorkshire geheiratet und drei Kinder bekommen, bevor ihr Mann frühzeitig starb. Offensichtlich war sie nach Cockermouth zurückgekehrt, wo sie herstammte, denn dort war 1887 ihr Tod und die Heirat ihrer Kinder eingetragen.

Jake sah, dass sie mehrere direkte Nachkommen hatte. Ihm graute vor dieser Arbeit. Sie würde gar nicht spaßig werden. Aber die Mühe würde sich auf lange Sicht lohnen, sagte er sich, sie würde sich durchaus lohnen.

Er beschloss, einen Blick auf Janes E-Mails zu werfen, da er schon mal online war. Wenn sie Fortschritte gemacht hatte, wollte er es erfahren, bevor er seine Zeit auf Hinweise verschwendete, die sie bereits erledigt hatte. Als er Dans E-Mail öffnete, hatte er erwartet, die gleiche Reihe von Ergebnissen zu finden, die Caroline ihm geschickt hatte. Er war angenehm überrascht, zu lesen, dass Dan es nicht geschafft hatte.

»Typisch Dan«, murmelte er. »Zu faul oder zu dumm, um unter einer anderen Schreibweise nachzusehen.«

Schließlich wählte er die Nummer von Carolines Mobiltelefon.

»Jake, nett von dir zu hören«, sagte sie vergnügt.

»Ich hab deine E-Mail bekommen«, sagte er. »Eindrucksvoll, die Recherche.«

»Fand ich auch. Da hast du wirklich was, in das du dich vertiefen kannst.«

»Stimmt. Aber ich glaube trotzdem, es wäre besser, Jane auf der Spur zu bleiben und sie erst mal machen zu lassen.« *Alles ist recht, um Zeit zu gewinnen. Ich brauche Caroline ja nicht zu sagen, dass ich weiß, dass Jane nicht so bald Erfolg haben wird.* Stille am anderen Ende. »Die Leute werden ihre Motive für aufrichtiger halten. Sie wird vielleicht weiterkommen.«

Caroline lachte leise vor sich hin. »Ich glaube, du bist zu lange im öffentlichen Dienst gewesen, Jake. Geld bewegt die Welt. Wenn man ihnen genug Geld unter die Nase hält, werden sie ihre eigene Großmutter verkaufen, ganz zu schweigen von ein paar schimmeligen alten Dokumenten. Du bietest ihnen einen unerwarteten Gewinn, und sie werden verdammt begeistert sein von der Aussicht auf ein plötzliches Stück vom Kuchen. Also, leg los. Im Moment liegen wir vorne, lass uns das Beste aus unserem Vorsprung machen. Die Würfel fallen günstig für uns. Ich fange an, in dieser Sache ein gutes Gefühl zu bekommen, Süßer. Ich erwarte Großes von dir. Oh, und wenn du die Chance zu Annäherungsversuchen bei Jane hast, solltest du die Gelegenheit ergreifen. Aber wenn es nicht funktioniert, hast du ja noch den Zugriff auf ihre E-Mails.«

»Ja, ja«, sagte Jake. »Ich bin auf jeden Fall dabei.« Seiner früheren Freundin nachzuspionieren und die Ergebnisse vor der jetzigen Freundin geheim zu halten, gab ihm ein merkwürdiges Machtgefühl. Sie mochten wohl denken, sie könnten ihn übergehen, aber er würde ihnen zeigen, wer in diesem Spiel wirklich die Karten in der Hand hielt. »Ich ruf dich bald wieder an.«

»Hm. Denk an mich, wie ich in der Bucht schwimmen gehe.

Hier ist ein herrlicher Tag, du musst so bald wie möglich wieder herkommen, bevor das Wetter umschlägt.«
Die Verbindung brach ab. Jake starrte den Hörer an. Kurz angebunden, abweisend, nachsichtig – so hatte sie geklungen. Es war an der Zeit, dass er sich gegen diese Frauen behauptete.

Die Mutterrolle stand Diane gut, dachte Jane, als sie zusah, wie ihre Schwägerin Gabriel zum Schlafen in seine Schaukelwippe legte. Als sie noch in der Bank gearbeitet hatte, war sie eine Powerfrau gewesen, voller Energie, für die sie entweder im Beruf oder bei Projekten zu Hause ein Betätigungsfeld brauchte. Sie hatte ihre Küche fast ganz allein neu eingerichtet und Allan nur um Hilfe gebeten, wenn wirklich zwei Paar Hände gebraucht wurden. Sie war klug genug, den als ungeschickt bekannten Matthew nicht in diese praktischen Dinge zu verwickeln.
Die Schwangerschaft hatte sie mit der gleichen entschlossenen, erfolgsorientierten Haltung bewältigt. Aber irgendwie hatte diese Zeit sie reifer und sanfter werden lassen. Sie hatte ihre ständige hektische Geschäftigkeit abgelegt, nahm alles ruhiger und gelassener und fand offenbar jetzt endlich die Zeit, den Duft der Blumen zu genießen. Als Gabriels Augenlider zitterten und dann zufielen, setzte sie sich auf die Fersen zurück und sagte lächelnd: »Jetzt können wir uns wie Erwachsene unterhalten.«
»Er ist wirklich brav«, sagte Jane. »Ich glaube, ich habe noch nie ein friedlicheres Baby gesehen.«
»Du solltest ihn mal hören, wenn er sich um drei Uhr morgens bemerkbar macht. Oder wenn er Hunger hat«, sagte Diane. »Dann ist überhaupt nichts Friedliches an ihm.« Sie stand auf und setzte sich in die andere Sofaecke. »Aber im Allgemeinen ist er toll, ja. Ich wünschte nur, er würde anfangen durchzuschlafen. Ich kann dir gar nicht sagen, was ich für acht Stunden ununterbrochenen Schlaf geben würde.«

»Du hast also keine Pläne für noch ein Kleines in nächster Zeit?«, scherzte Jane.
Diane sah sie ernst an. »Ich will kein Kind mehr.«
»Wirklich? War es so schlimm?«
Diane sah sie kühl an. Sie war nie dafür, lange um den heißen Brei herumzureden, und sagte deshalb: »Die Leute meinen, ein Einzelkind zu sein ist eine Art Behinderung. Na ja, ich war ein Einzelkind und habe nicht das Gefühl, dass mir etwas gefehlt hat. Ehrlich gesagt, Jane, ich habe schon viel zu oft gesehen, wie ihr euch gegenseitig zerfleischt, du und Matt, und ich will nicht jeden Tag Zeugin solcher Streitereien werden.«
Jane war schon lange darüber hinaus, Dianes Freimütigkeit als kränkend zu empfinden, und akzeptierte sie als einen Teil ihrer Persönlichkeit genauso wie ihre Großzügigkeit und Treue. »So schlimm sind wir doch nicht«, sagte sie.
»Für denjenigen, der euch erlebt, schon.«
»Tut mir leid. Ich wünschte, er würde mir nicht immer alles so übelnehmen. Schließlich hat er doch ein perfektes Leben, er hat dich und Gabriel, er ist in Fellhead, wohnt in einem schönen Haus zu einem symbolischen Pachtzins, weil es zu seinem Beruf, den er ja auch sehr mag, dazugehört. Ich bin es doch, die in einer miesen Sozialwohnung sitzt und zwei Jobs hat, um über die Runden zu kommen, damit ich eine Chance für die Karriere habe, die ich machen möchte.«
Diane grinste. »Er ist nicht besonders gut darin, Dank für das zu empfinden, was er hat, nicht wahr? Aber im Grunde seines Herzens ist er ein guter Mensch, weißt du. Die Kinder halten große Stücke auf ihn, und Kinder sind gut im Beurteilen von Menschen.«
Jane wollte mit Diane wirklich nicht über dieses Thema sprechen. Sie hatte nie davon erzählt, wie Matthew sie als Kind gequält hatte, und wollte dieses Schweigen auch nicht seiner Frau gegenüber brechen. Aber sie wusste von Matthews bösem Charakterzug und glaubte nicht, dass er ihn abgelegt

hatte, egal, welches Gesicht er Diane und der Welt zeigte. »Ich glaube dir«, war daher die Notlüge, für die sie sich entschied.

»Wie geht's denn mit deinem Projekt?«, fragte Diane, die begriff, dass es Zeit war, das Thema zu wechseln. »Matt hat gesagt, dass du auf Schwierigkeiten gestoßen bist, aber Hoffnung hast, aus London Informationen zu bekommen.«

Jane strich sich die Haare an den Schläfen zurück. »Ich dachte, ich käme voran, aber dann ging es schief.« Sie spielte mit den Fransen an einem der Sofakissen mit Applikationen, die Diane gestickt hatte. »Hast du was dagegen, wenn wir es einfach dabei belassen? Schon darüber zu sprechen deprimiert mich.«

»Tut mir leid, Jane.« Diane tätschelte ihr auf merkwürdig unpersönliche Weise die Hand, als ob sie in Gedanken bereits bei der nächsten Sache wäre. Sie sprang auf. »Ich sag dir was, lass uns mal über die Stränge schlagen und uns einen Drink genehmigen.«

»Es ist erst halb zwölf«, wandte Jane zaghaft ein.

»Ja, aber ich bin schon seit sechs Uhr auf, da kommt es einem viel später vor. Komm, wir wollen mal schlimme Mädchen sein. Die Sonne scheint, und ich hab eine Flasche Pimms in der Küche.« Diane erwischte Janes Hand und zog sie vom Sofa hoch. »Ich glaube, du hast nicht genug Spaß gehabt, seit dieser Scheißkerl Jake sich abgesetzt hat.«

Jane ließ es zu, dass sie sie in die große Küche im hinteren Teil des Hauses führte. Die ansehnliche Wohnung mit fünf Zimmern wäre für die meisten Ortsansässigen unbezahlbar gewesen, aber für Matthew und Diane wurde einer dieser Exzentriker, die sich in den Lake District verliebt haben, zum Glücksfall. Früher, in den siebziger Jahren, hatte die Kreisbehörde beschlossen, die für Schulleiter gedachte Häuser, die es in den Dörfern noch gab, an den Höchstbietenden zu verkaufen. Richard Grace, ein Londoner, der mit Immobilien ein Vermögen verdient hatte, bevor er in Fellhead das größte

Haus als Wochenendheim kaufte, meinte, für sein Dorf am besten einen hohen Standard der Schulbildung garantieren zu können, wenn es hervorragende Lehrer in den Ort holte. Also hatte er das Schulleiterhaus gekauft und eine Stiftung gegründet, und dann stellte er dem Schulleiter das Haus für einen symbolischen Pachtzins zur Verfügung. Als in den nächsten Jahren die Immobilienpreise stetig anstiegen, hatte sich das als großes Plus erwiesen. Und jetzt wohnte ihr Bruder in dem Haus, von dem Jane immer geträumt hatte. Aber er war trotzdem nicht zufrieden. »Ich finde diese Aussicht wunderschön«, sagte sie und schaute aus dem Fenster auf die zackigen Gipfel des Langmere Fell.

»Es ist herrlich«, stimmte Diane zu und holte eine Gurke und eine Zitrone aus dem Kühlschrank. »Ach, Mist, ich hab den Krug vergessen. Sei doch so lieb und hol den großen Kristallkrug aus dem Schrank im Esszimmer, ja?«

»Alles klar.« Jane ging durch den Flur ins Esszimmer, das auf eine Wand aus dichtem Blattwerk hinausführte, ein Missgriff, der noch durch die dunklen Holzpaneele der Wände verschlimmert wurde. Selbst am hellsten Sommertag war es dunkel und düster in dem Raum. Kein Wunder, dass die Familie nie dort aß. Stattdessen hatte Matthew es übernommen und in eine Art Zusatzraum zu seinem Schulbüro umgewandelt, nur zum Korrigieren und für die Unterrichtsvorbereitung und nicht zu verwechseln mit dem vierten Schlafzimmer, aus dem er sein Arbeitszimmer gemacht hatte und wohin er sich zurückzog, um im Internet zu surfen und Computerspiele zu spielen. *Glück hat der Kerl*, dachte Jane, als sie das Licht anknipste und auf die auf dem langen Tisch ausgebreiteten Papierbögen blickte.

Sie ging zu dem hohen Schrank mit Glasscheiben, wo die Gläser zu sehen waren, aber irgendwie hatte sie halb unbewusst etwas wahrgenommen und blieb so plötzlich stehen, dass sie fast stolperte. Sie hielt sich an einem schweren Eichenstuhl fest, um das Gleichgewicht nicht zu verlieren, und sah auf eine Sammlung von Stammbäumen hinunter, die mit kindlicher Handschrift geschrieben waren. Manche hatten große Papierbögen benutzt, zwei hatten Stücke von Tapetenbahnen genommen, andere DIN-A4-Blätter mit Klebstreifen zu einem Mosaik aneinander geklebt, auf dem ihre Familien Platz fanden. Zwei waren auffällig zur Seite gelegt worden, und Janes Blick fiel unwillkürlich darauf.

Ein Stammbaum hatte Fotos an den unteren Zweigen, der andere war hingeschmiert worden, und die Verbindungslinien waren zittrig und krumm. Aber als Jane die Nachfahren von Sam Clewlow und Jonathan Bramley zurückverfolgte, begriff sie sofort, warum Matthew diese beiden zur Seite gelegt hatte.

Jonathan und Sam hatten im neunzehnten Jahrhundert einen gemeinsamen Ahnherrn gehabt. Dorcas Mason hatte im Alter von zwanzig geheiratet und dann drei Kinder zur Welt gebracht. Sams Linie ging auf ihren erstgeborenen Sohn zurück, Jonathans auf ihr jüngstes Kind, die einzige Tochter.

Jane konnte kaum glauben, was sie da vor sich sah. Die Schreibung war anders, aber durchaus im Rahmen der Abweichungen, die im neunzehnten Jahrhundert üblich waren. Es musste ihre Dorcas sein. Es konnten nicht zwei Frauen im gleichen Jahr geboren worden sein und noch dazu zeitgleich geheiratet haben. Hier war der entscheidende Beweis, den sie für ihren nächsten Schritt brauchte, der Hinweis auf Dorcas Masons Abstammung. Matthew hatte darüber nicht nur Bescheid gewusst, sondern es absichtlich verschwiegen. Wie konnte er ihr das antun? Und noch wichtiger, was wollte er damit machen?

Wut ergriff Jane, sie stürmte aus dem Esszimmer in die Küche. Diane sah auf und schaute genauer hin, als sie Janes Gesichtsausdruck bemerkte. Jane bemühte sich, die Beherrschung nicht zu verlieren, schaffte es aber nicht. »Welche Spielchen spielt Matthew, verdammt nochmal?«

Wir hatten Schwierigkeiten, die Lagune zu durchqueren, blieben zurück und schickten eines der Boote an die Küste. Bei unserem ersten Versuch, auf der Insel anzulegen, wurden wir von Kriegern in einem Kanu begrüßt, die versuchten, unser Boot zum Sinken zu bringen, und sich nur mit Gewehrschüssen vertreiben ließen. Am zweiten Tag gelang es uns, mit dem Schiff in die Lagune hineinzusegeln. Die Eingeborenen kamen in Scharen, um dabei zuzusehen. Die Kanus drängten sich nah an uns heran, die Krieger sangen und bliesen auf ihren Muschelhörnern, ein furchterregender Anblick in ihrer roten und weißen Kriegstracht, der unseren Mut auf die Probe stellte. Keiner der Eingeborenen konnte dazu bewegt werden, uns Zeichen der Freundschaft zu erweisen, obwohl wir mit ihnen im tahitianischen Dialekt reden konnten. Die Gefahr eines Gefechts lag in der Luft. Ich ließ Nachtwachen aufstellen, und am Morgen war die Zahl der Kanus so groß, dass man sie nicht mehr zählen konnte. Als wir schon drei Tage in Landnähe waren, kam ein Doppelkanu mit achtzehn Frauen längsseits, von einem Dutzend Männern herangepaddelt. Wir fassten dies als ein Freundschaftsangebot auf. Aber in Wirklichkeit war dies vielmehr das Trojanische Pferd der Eingeborenen.

22

Jake wusste, dass er etwas an sich hatte, das Frauen mochten. Vielleicht war das so, weil er wirklich mehr Vergnügen an ihrer Gesellschaft als an der von Männern fand. Oder vielleicht strahlte er eine gewisse Umgänglichkeit aus und schien ein Mann zu sein, der nicht herausforderte und keine Ansprüche stellte, sondern sich einfach auf ein ruhiges Leben einstellen wollte. Was immer es sein mochte, er wusste, dass er auf diese Weise gut durchs Leben kam, diese Art ihm allerdings auch die kaum verhehlte Verachtung seines Vaters einbrachte. Und er wusste ebenfalls, dass das irreführend war. Unter seinem Charme besaß er eine Rücksichtslosigkeit, deren er sich selten bedienen musste, die er aber ohne Zögern einsetzte, wenn er sie brauchte. Heute allerdings, meinte er, würde er sie nicht brauchen. Selbst verkatert würde sein Charme ausreichen, so glaubte er, um eine dreiundsiebzigjährige Witwe für sich zu gewinnen.

Laut der Information, die Carolines Rechercheur gefunden hatte, wohnte Edith Clewlow im Lark Cottage in Langmere Stile. Ihr Mann David, der Ururenkel von Dorcas Mason und Arnold Clewlow, war 1998 gestorben, und die Volkszählung von 2001 führte Edith als die einzige Bewohnerin des Häuschens auf. Jake hatte Edith als seine erste Zielperson ausgewählt, weil er folgerte, dass das Erbe im Allgemeinen an den erstgeborenen Sohn weitergegeben wird. Es war ganz gut, dass er auch wusste, wo Langmere Stile lag. In

seinem benebelten Zustand half jede Kleinigkeit. Er war nicht gerade begeistert, dass die Fahrt dorthin ihn durch Fellhead führte, aber er plante ja nicht, dort anzuhalten.
Als er losfuhr, empfand er das intensive Sonnenlicht als grausam hell. Die Sonnenbrille schien auch nicht zu helfen, und er spürte, dass die dumpfen Kopfschmerzen stärker wurden, als er an der Bergflanke hochfuhr. In Fellhead selbst war es ruhig. Die einzigen Fußgänger, an denen er vorbeikam, waren Wanderer, die sich dem ansteigenden, steil zum Grat hinaufführenden Wanderweg näherten. Eine Meile weiter stieß er auf eine Gruppe von Häuschen, und das war Langmere Stile. Vier niedrige Wohnhäuschen duckten sich an der Seite der Straße und sahen alle so aus, als könnten sie mehr Sorgfalt und Pflege vertragen, als ihre Bewohner ihnen zu geben bereit waren. Auf der kahlen Seite des Berges oberhalb der Baumgrenze, mit ungehinderter Sicht auf einen alten Steinbruch, sahen sie selbst an einem sonnigen Tag zu armselig aus, um die Wochenendpendler anzuziehen. Jake vermutete, dass sie ursprünglich für die Arbeiter im Steinbruch gebaut worden waren, die wahrscheinlich dankbar gewesen waren, ein Dach über dem Kopf zu haben.
Als er näher kam, fuhr er langsamer und suchte die Namen der Häuschen. Bluebell, Crocus, Daffodil und Hyacinth. Jemand hatte Sinn für Humor gehabt, dachte er. Aber kein Lark Cottage. Frustriert schaute Jake sich um, als wäre noch ein Häuschen irgendwo in der kahlen Landschaft versteckt. Weiter oben, wo die Straße eine scharfe Rechtskurve machte, entdeckte er ein Stück eines Steingiebels.
Als er um die Ecke kam, sah er ein einstöckiges Steinhäuschen mit frisch gestrichenen Fenstern und Türen in einem ordentlich gepflegten Garten. Lark Cottage gewährte, anders als seine Nachbarn, eine Aussicht nach Langmere hinunter und zum Helvellyn hinüber. Jake hielt ein Stück hinter dem Häuschen auf dem Seitenstreifen und ging die kurze Strecke zurück. Er steckte die Sonnenbrille in seine Hemden-

tasche und versuchte, seinem Gesicht einen offenen, freundlichen Ausdruck zu verleihen.

Die Frau, die an die Tür kam, sah älter aus, als sie war. Jakes eigene Großmutter war in den späten Siebzigern und sah gut zehn Jahre jünger aus als Edith Clewlow. Schmalschultrig und vornübergebeugt mit dem typischen Osteoporose-Buckel, wandte sie ihm ihr Gesicht zu. Blasse schlaffe Haut bedeckte die Knochen eines kleinen Kopfes. Ihr silbriges Haar war kurz und so einfach geschnitten wie das eines Kindes. Aber der Blick ihrer blauen Augen hinter ihrer großen Brille mit den Bifocal-Gläsern war wach, intelligent und misstrauisch. »Mrs. Clewlow?«, sagte Jake.

»Ja. Kenne ich Sie von irgendwoher, junger Mann?«

Er lächelte. »Nein, Mrs. Clewlow. Mein Name ist Jake Hartnell. Ich wollte Sie fragen, ob Sie ein paar Minuten Zeit hätten?«

»Nicht, wenn Sie irgendwas verkaufen wollen. Ich hab schon Doppelfenster, und ich mag meine Küche so, wie sie ist. Und wenn irgendwas gemacht werden muss, macht das mein Enkel Frank für mich.«

»Das ist sehr lobenswert von ihm. Aber ich will nichts verkaufen. Es ist eigentlich genau umgekehrt. Das, worüber ich mit Ihnen reden wollte, könnte vielleicht zu Ihrem Vorteil sein.« Er versuchte, ihr einen beruhigenden Blick zuzuwerfen.

»Es ist doch nicht eine Beteiligung an einer Ferienwohnung? Ich fahr nämlich nicht ins Ausland. Nicht seit Mavis Twiby etwas so Schreckliches in Griechenland passiert ist, sie hat sich die Hüfte gebrochen. Im Ausland, da riskiert man ja wirklich sein Leben, wissen Sie. Sie sind jung, da denken Sie wahrscheinlich, es ist egal, aber das stimmt nicht. Vor allem bei all dem Terrorismus.«

»Es hat nichts mit einer Ferienwohnung zu tun, Mrs. Clewlow. Ich will mit Ihnen über einen Ihrer Vorfahren sprechen.«

Sie zog den Kopf zurück, und die Augenbrauen schossen in die Höhe. »Über meine Vorfahren? Sie sind der Zweite, der mich in letzter Zeit nach meinen Vorfahren fragt. Na ja, eigentlich der Dritte, wenn man unseren Sam mitzählt.«
Jake zuckte innerlich zusammen bei diesen Worten. Wie konnte es sein, dass sie ihm zuvorgekommen war? Er war sicher gewesen, dass er Jane um einiges voraus war. »Jemand anders?«, sagte er. Er musste sich anstrengen, dass seine Stimme ruhig klang.
»Ja. Unser Sam, mein Urenkel, er hat in der Schule ein Projekt über Familiengeschichte gemacht. Er ist ein nettes Kerlchen, der Sam, macht seiner Mum und seinem Dad Ehre. Hat auch immer Zeit für seine alte Uroma, nicht nur, wenn er mich wegen seinem Stammbaum ausfragen will. Jedenfalls – er hat es scheinbar richtig gut gemacht. Der Rektor hat's heute Morgen gesagt. Hat mich extra angerufen und mit mir darüber gesprochen. Er hat gesagt, ich wär eine große Hilfe für Sam gewesen und er wolle mir persönlich danken.«
Jake schossen verschiedene Gedanken durch den Kopf. »Sie meinen Matthew Gresham?«
»Ja, stimmt. Kennen Sie Mr. Gresham?«
Jake nickte. »Ja. Seine Schwester Jane kenne ich besser, aber ich habe Matthew ein paarmal getroffen.« Was war hier los, verdammt nochmal? Hatte Jane es geschafft, Matthews Feindschaft ihr gegenüber so weit zu überwinden, dass sie ihn dafür gewinnen konnte, ihr zu helfen?
Ediths Misstrauen war angesichts von Jakes Vertrauenswürdigkeit völlig gewichen. »Dann kommen Sie doch mal rein. Ich kann nicht so lange stehen, ich habe chronische Rückenschmerzen, wissen Sie. Und alles, was sie mir geben, hilft überhaupt nicht«, fuhr sie fort und führte ihn in ein bestürzend vollgestopftes, aber unnatürlich sauberes Wohnzimmer. Nichts schien in seinem ursprünglichen Zustand belassen. Ein durchsichtiger Plastikläufer bedeckte den Teppich von

der Tür bis zu den Sesseln. Auf den Sesseln selbst waren über den losen Bezügen Sesselschoner, Lehnenschutz und Überwürfe, um ebendiese losen Bezüge zu schonen. Die Fotorahmen waren mit Schleifen geschmückt, wie Floristen sie in ihren Blumensträußen verarbeiten. Selbst das Buch, das Edith las, steckte in einer Polyesterhülle. Im Zimmer hing ein chemischer Geruch nach Möbelpolitur und Luftverbesserer in der Luft.

Jake war erstaunt, dass er seine Schuhe nicht an der Tür ausziehen und einen dieser weißen Schutzanzüge der Spurensicherung tragen musste.

»Ärzte«, fuhr Edith fort, während sie sich auf dem Sessel neben dem Kamin niederließ. Sie rollte sich wie ein Igel zusammen. »Was wissen die schon? Sie geben einem irgendeine Sorte Tabletten, und im Handumdrehen kann man seine Arme nicht mehr bewegen, weil sie sich mit einer von den anderen Pillen nicht vertragen, die man schon einnimmt. Gegen Bluthochdruck, Cholesterin, Herztabletten. Wenn man mich schüttelt, müsste es scheppern. Ich weiß nicht, was ich ohne meine Familie hier machen würde. Setzen Sie sich doch, junger Mann, stehen Sie da nicht rum wie bestellt und nicht abgeholt.«

Jake setzte sich vorsichtig auf die Kante eines Sessels. »Danke. Ich bin Ihnen dankbar, dass Sie sich Zeit nehmen, mit mir zu sprechen.«

Edith lachte. »In meinem Alter muss man zusehen, wie man die Zeit rumbringt. Als ich jung war, hatte der Tag nie genug Stunden. Jetzt kann es einem ewig lang vorkommen vom Frühstück bis man zu Bett geht. Ich hab genug Zeit übrig für ein Schwätzchen, mein Junge. Also, was war es denn, was an meinen Vorfahren so interessant sein könnte, dass Sie bis hier rauf nach Langmere Stile kommen? Sie sind doch nicht aus der Gegend hier, oder?«

Jake schüttelte den Kopf. »Ich wohne in London. Ich bin Spezialist für alte Manuskripte. Früher hatte ich eine Stelle an der British Library, aber jetzt arbeite ich privat als Makler zwischen Käufern und Verkäufern.«

Edith war verwirrt. »Das versteh ich nicht. Was hat das mit mir und meiner Familie zu tun?«

»Es ist eigentlich die Familie Ihres verstorbenen Mannes, die mich interessiert. Das heißt, ein Mitglied dieser Familie, genauer gesagt. Seine Ururgroßmutter Dorcas. Hat er sie je erwähnt?«

Edith runzelte die Stirn. »Nicht, dass ich mich erinnere. Sie lag doch sicher schon längst im Grab, als er geboren wurde?«

»Mehr als vierzig Jahre. Aber Sie wissen ja, wie das ist mit Familien – manchmal werden die alten Geschichten noch an Generationen danach weitergegeben.«

Edith rieb sich das Kinn mit Daumen und Zeigefinger. »Ich erinnere mich überhaupt nicht an solche alten Geschichten. Und das kommt nicht daher, dass mein Gedächtnis schlechter wird. Mein Körper baut zwar langsam ab, aber ich hab immer noch alle Tassen im Schrank.« Edith tippte sich an die Schläfe. »Ich glaube, ich habe nie etwas gehört, das weiter zurücklag als die Zeit, wo Großonkel Eddie im Ersten Weltkrieg einen Orden bekam. Davon hat er aber was gehabt! Er ist in der zweiten Schlacht von Ypern umgekommen. Aber Dorcas? Ich hab nie Geschichten über sie gehört. Ihren Namen kenne ich nur aus der Familienbibel. Das hab ich alles für unseren Sam nachsehen müssen. Deshalb ist es mir noch frisch in Erinnerung.«

Jakes Hoffnung belebte sich aufs Neue. Wenn sie eine Familienbibel hatte, könnte sie auch Familienpapiere haben. »Sie haben die Familienbibel?«

»Ja. Sie fällt schon auseinander, aber sie ist seit 1747 in Familienbesitz.«

»Das ist ja faszinierend, so etwas zu haben. Gibt es auch andere Familienpapiere?«

Edith lachte. »Sie reden ja, als seien wir aus dem Königshaus. Leute wie wir haben keine Familienpapiere, Junge. Wir konnten kaum lesen und schreiben in der alten Zeit. Nee, das Einzige, was ich von Davids Familie habe, ist die alte Bibel. Warum meinen Sie, wir hätten Familienpapiere, die für so jemand wie Sie interessant wären?«

»Ich hab mich nur gefragt, ob Dorcas Papiere hinterlassen hat. Ein Tagebuch vielleicht. Oder so etwas Ähnliches.«

»Aber warum denn? Wieso denken Sie das?« Edith stieß ein leises ungläubiges Lachen aus. »Was ist so Besonderes an Dorcas Clewlow?«

Jake hob die Arme und wollte damit die Bedeutung seines Interesses herunterspielen. »Es war nur so eine Idee. Das Interessante an Dorcas ist, dass sie bei der Familie Wordsworth als Dienstmädchen war, bevor sie heiratete. Sie hat dort in den letzten Lebensjahren von William Wordsworth gearbeitet und blieb noch eine Weile, als er gestorben war.«

Edith schien sich aufzurichten. »William Wordsworth, sagen Sie? Na, da brat mir einer einen Storch! Wer hätte das gedacht? Das muss man sich mal vorstellen, dass ich in die Geschichte eingeheiratet hab und hab's nicht mal gewusst.«

»Sie verstehen also, warum ich an allem interessiert bin, was Dorcas hinterlassen haben könnte. Es gibt viele Gelehrte und Sammler, die gutes Geld für alles zahlen würden, was mit Wordsworth zu tun hat. Ich habe Dorcas' Namen in Familienbriefen gefunden und dachte, es wäre einen Versuch wert. Aber ich sehe, ich habe Ihre Zeit verschwendet.« Jake machte sich bereit, aufzustehen.

»Nein, Sie haben mich nicht aufgehalten. Aber selbst wenn ich Ihnen besser helfen könnte, würde ich doch so was nicht aus der Familie weggeben. Ich sag Ihnen, was ich tue, ich werde es Frank erzählen, wenn er morgen früh kommt. Er ist ein netter Bub, unser Frank. Kommt jeden Morgen und guckt, ob ich die Nacht gut überstanden hab. Ich werd ihn bitten, in der Familie herumzufragen, ob irgendjemand mal etwas gehört hat.«

»Das würde helfen.« Jake suchte in seiner Brieftasche nach einem Kärtchen. »Sie können mich auf dem Handy erreichen«, sagte er. »Ich ruf Sie dann gleich zurück, dann wird's nicht so teuer.«

»Freuen Sie sich nicht zu früh«, sagte Edith und quälte sich aus ihrem Sessel hoch. »Man sagt, wir hier in der Gegend hätten ein langes Gedächtnis. Aber nach meiner Erfahrung gilt das nur für Streitigkeiten.« Sie lächelte. »Und von denen gibt's ziemlich viele hier.«

Jake stapfte zu seinem Wagen zurück und versuchte, nicht allzu niedergeschlagen zu sein. Positiv war, dass Dorcas' Vergangenheit in ihrer Familie ein Geheimnis zu sein schien. Und das bedeutete, dass irgendjemand irgendwo einen kleinen Schatz haben könnte, der noch nie gründlich erkundet wurde. Je mehr er darüber nachdachte, desto weniger gefiel ihm der Gedanke, dass Edith Clewlow es in der Familie herumerzählen würde. Er zweifelte nicht daran, dass die jüngere Generation eher ein Auge für den eigenen Vorteil haben und sich weniger darum kümmern würde, dass Dinge in der Familie blieben, die eventuell eine Goldmine sein konnten. Es würde besser sein, direkt mit ihnen zu sprechen, als wenn Edith ihnen in den Ohren lag, dass sie ihre Erbstücke nicht hergeben sollten. Er fragte sich, ob er sie später anrufen sollte, um vorzuschlagen, doch niemandem von dem Besuch zu erzählen. Würde es eine Wirkung haben, oder würde es sie einfach misstrauisch machen? Er trat mit dem Fuß gegen ein Grasbüschel, denn er ärgerte sich über sich selbst, dass er die Sache mit Edith nicht besser überlegt hatte.

Als er den Wagen erreichte, merkte er, dass sein Kopf wieder klar war. Er brauchte Bewegung, um seinen Kater endgültig loszuwerden. Danach konnte er entscheiden, ob er heute noch mehr alte Weiber belästigen oder versuchen wollte, mit Jane Kontakt aufzunehmen. Er griff in den Wagen, nahm die Wanderkarte heraus und breitete sie auf dem Dach aus. Als er seinen Standort betrachtete, wurde ihm klar, dass er bis auf eine Meile an Carts Moss herangekommen war. Einer der zahllosen Fußwege, die es im Lake District gab, überquerte die Straße ungefähr eine Viertelmeile entfernt. Von dort war es nur etwa eine Meile bis zum Moor, wo die Leiche gefunden worden war. Es wäre doch interessant, den mutmaßlichen Ruheort von Fletcher Christian zu sehen, dachte er, packte den Rucksack und ging los.

Eine halbe Stunde später stand er am Rand einer merkwürdigen Landschaft. Auf einem langen ebenen Moorstück hatten Menschen, zusammen mit den Witterungseinflüssen, merkwürdige Gestalten geformt, die Torfhexen – bizarr geformte Flächen aus Grasbüscheln, die wie Inseln im schwarzen Morast lagen. Pfützen mit braunem Wasser schienen aus dem Boden zu quellen, und ein leichter Geruch von Fäulnis hing in der Luft. Es war ein recht trostloser Ort, um seinem Ende entgegenzusehen, dachte Jake. Wie anders war es wohl vor so vielen Jahren gewesen, wenn einer auf dem Weg über diese Berge seinen Tod fand? Er würde es nie erfahren. Wenn der Tote wirklich Fletcher Christian war, hatte sein dramatisches Leben ein banales Ende genommen.

Die Gegend deprimierte ihn, er schlug eine andere Richtung ein und stieg den Berg hinauf. Fünfzehn Minuten später kam er auf der breiten Flanke des Langmere Fell an eine Biegung, und eine wunderschöne Aussicht auf das Lakeland lag vor ihm. Zu seiner Überraschung sah er genau auf Fellhead hinunter. Und da war die Farm der Familie Gresham. Er griff in seinen Rucksack und holte den Feldstecher heraus.

Als er damit über das Dorf hinwegstreifte und den Weg erreichte, der zu der Farm führte, war er erstaunt, Jane dort entlanggehen zu sehen. »Mist«, sagte er laut. »Hab ich dich wieder verpasst.« Er beobachtete, wie sie den Berg hinaufkletterte, ihre vertrauten Bewegungen weckten in ihm Erinnerungen an die guten Zeiten. Sie waren ein paarmal zusammen hier in den Bergen gewandert, und er hatte über ihre Stärke und Geschicklichkeit gestaunt. Eigentlich hätte es ihn bei der sexuellen Energie, die sie miteinander erlebt hatten, nicht überraschen sollen, aber es verblüffte ihn doch, als ihm klar wurde, dass sie ihn in den Bergen weit hinter sich lassen konnte.

Als sie durch das Farmtor trat, kam eine andere Gestalt ins Bild und legte den Arm um Jane. Jake war verblüfft. Er drehte an der Scharfeinstellung, als würde das irgendwas an der Person ändern, die er sah. »Was'n da los, verdammt?«

Was trieb sie da? Hatte sie ihn durchschaut? Inszenierte sie eine komplizierte Farce, um ihn an der Nase herumzuführen? Jake ließ den Feldstecher sinken und kaute auf seinem Daumennagel. Er hatte kein gutes Gefühl bei dieser Sache, er hatte sogar ein verdammt schlechtes Gefühl.

Wir beschenkten die Frauen und waren höflich zu ihnen. Die fünf Männer, die mit den Frauen an Bord kamen, waren wie Elstern. Sie versuchten zu stehlen, was immer sie konnten, und ich hielt einen Eingeborenen davon ab, unsere Kompassscheibe zu entwenden. Ich verjagte ihn mit Peitschenhieben, und seine Gefährten folgten ihm schnell. Wir freuten uns, dass sie gegangen waren, aber inzwischen hatte eine andere Gruppe die Boje entfernt, die die Stelle zum Ankern markierte. Ich feuerte mit einer Muskete hinter ihnen her und befahl der Mannschaft, einen Vierpfünder mit Bleikugeln abzuschießen. Als sie flohen, beschloss ich, unseren Vorteil zu nutzen, und wir gingen in den Beibooten unseres Schiffes an Land. Sie warfen Steine, und wir feuerten unsere Musketen ab, bis sie flohen. Wir töteten elf von ihnen ohne Verlust auf unserer Seite. Die Männer tauften den Landeplatz Bloody Bay. Und doch gefiel mir der Anblick dieses Orts, und ich meinte, er läge versteckt genug, um uns als Zufluchtsort zu dienen. Aber die Mannschaft beschwerte sich so sehr über Toobouai, dass ich beschloss, für kurze Zeit nach Tahiti zurückzukehren.

23

Es war viel schwerer, als es sich anhörte, dieses Bergwandern, dachte Tenille, während sie sich eine weitere Steigung hinaufquälte. Sie hielt sich für ziemlich fit, aber Geschicklichkeit und Schnelligkeit zählten nicht viel bei diesen mörderisch steil ansteigenden Pfaden. Und der Abstieg war fast noch schlimmer. Es fühlte sich an, als hätte ihr jemand einen glühenden Eisenstab in die Oberschenkel gesteckt. Sie hatte in ihrem Herzen neuen Respekt für Wordsworth entdeckt, der viele Meilen über diese Berge gewandert war, als wäre es nichts weiter als ein Spaziergang im Park.

Aber natürlich musste Wordsworth sich nur um seine Gedichte kümmern. Er war weder auf der Flucht vor den Bullen noch pleite und übernächtigt, voller Angst und schmutzig von der Reise. Tenille zog die Karte noch einmal aus ihrer Tasche und versuchte, die geheimnisvollen Linien und blauen Punkte der Landschaft mit dem abzugleichen, was sie vor sich sah. Die offizielle Wanderkarte war ihr ebenso wenig vertraut wie die Berge und Täler um sie herum. Sie hatte sie am Busbahnhof in Kendal gekauft, als ihr klar wurde, dass samstags kein Bus nach Fellhead fuhr. Einer der Fahrer hatte ihr gesagt, dass der Bus nach Keswick sie am Ende der Straße absetzen konnte, aber sie hatte sich dagegen entschieden, da sie gemerkt hatte, dass ihre schwarze Hautfarbe in der Gegend hier auffiel wie ein Schweinskopf in einem muslimischen Metzgerladen. Die Leute würden sich an einen schwarzen Jugendlichen erinnern, der aus dem Bus ausstieg, und wenn die Bullen erst darauf gekommen waren, wo Jane war, könnte irgendjemand die richtigen Schlüsse ziehen. Also hatte sie die Karte gekauft und sich den Kopf zerbrochen. Es war wie mit den IQ-Tests, die sie in der Grundschule hatte machen müssen. Was war der Unterschied zwischen einem Pfad, einem Fußweg und einem Saumpfad, um Gottes willen? Und war das wichtig?

Schließlich tüftelte sie aus, dass sie, wenn sie wie alle Touristen auf den Spuren Wordsworths am Dove Cottage ausstieg, den Fußweg über Grasmere Common nehmen konnte, der sie auf der richtigen Seite des Langmere Fell herauskommen lassen würde. Dann konnte sie den Berg direkt nach Fellhead hinuntersteigen und sich in Sicherheit bringen. Sie würde sich ein Versteck suchen und dort bleiben, bis sie sich in der Dunkelheit der Farm nähern konnte.

Das war ein guter Plan, fand sie. Vor allem war sie einfach nur dankbar, nicht mehr in Lancaster zu sein. Wenn sie daran dachte, was dort passiert war, lief es ihr kalt über den Rücken. Sie hatte geglaubt, alles sei in Ordnung, als sie nach langem Herumlaufen auf einen kleinen Park in der Nähe der Stadtmitte gestoßen war. Es war fast Mitternacht, als sie eine Bank fand, die an drei Seiten von einer hohen Hecke umgeben war. Obwohl sie fror und auch nach dem Hamburger, den sie gegessen hatte, immer noch hungrig war, rollte sie sich wie ein Ball zusammen und war sofort fest eingeschlafen.

Sie war sich nicht sicher, was sie aufgeweckt hatte, aber als sie erschrocken die Augen aufriss, sah sie die Silhouette eines Mannes gegen das verschwommene Licht der fernen Straßenlaternen. Er war klein und stämmig und roch nach Alkohol. Tenille wurde nervös, drückte sich gegen die Rückenlehne der Bank und rechnete sich schon Chancen zur Flucht aus, um die es zu diesem Zeitpunkt allerdings nicht gut stand. »Biste frei, Kleener?«, fragte der Mann in seinem vom Alkohol noch verstärkten nordenglischen Akzent.

Sie brauchte einen Moment, um den Sinn seiner Worte zu verstehen. Natürlich wusste sie über solche Dinge Bescheid, aber sie hatte nie daran gedacht, dass sie in ihrer derzeitigen Rolle zum Objekt sexueller Avancen werden könnte. Was sollte sie nur tun, verdammt nochmal? »Nein«, sagte sie und bemühte sich, ihre Stimme tiefer und rauer klingen zu lassen. »Ich hab geschlafen, alles klar?«

Der Mann brummte: »Du wärst doch nicht da, wenn du nicht frei wärst. Stimmt was nich? Magste mich nich?« Seine Hand griff nach vorn, und sie hörte das unmissverständliche Geräusch eines Reißverschlusses, der aufgezogen wurde. Sein Gesicht konnte sie nicht sehen und deshalb nicht abschätzen, wie ernst es ihm war. »Sieh dir das mal an.«

Sein blasser Penis hob sich gegen seine Jeans ab.

Tenille wich zurück, die Füße gegen den Sitz der Bank gestemmt und halb geduckt, um bei der ersten Gelegenheit loszulaufen. Sie spürte, wie ihr vor lauter Panik der Schweiß über den Rücken lief, und nahm ihre eigene üble Ausdünstung wahr. Der Mann schob sich an sie heran. »Komm, kleiner Wichser, zier dich nich so. Ich will ja nur einen geblasen haben, ich zahl dich ja dafür, zum Kuckuck.« Er wollte ihren Kopf packen, aber sie wich ihm aus und verlor fast das Gleichgewicht.

Dann war seine Hand zwischen ihren Beinen. Doch plötzlich ließ er sie los und wich zurück. »Du kleiner Scheißer«, rief er. »Du bist ja 'ne verdammte Schlampe. Willst du mich verarschen, oder was?«

Er zog seinen Reißverschluss hoch, und das war ihre Chance, weglaufen zu können. Als sie von der Bank sprang und an ihm vorbeizuschlüpfen versuchte, traf seine Faust ihre Schulter, aber der Schlag war nicht fest genug, um sie aufzuhalten. Sie rannte in die Dunkelheit hinaus und warf sich heftig schluchzend zwischen die wirren Zweige eines Rhododendrongebüschs, kämpfte sich zur Mitte des Gestrüpps durch und rollte sich mit rasendem Puls und laut keuchend

zusammen. Ihre Augen brannten vor zurückgehaltenen Tränen, und es dauerte lange, bis sie ruhig wurde, aber schließlich gelang es ihr doch, wieder einzuschlafen.
Sie schlief nur leicht und wachte öfter auf. Jedes Geräusch in der Nacht genügte, um ihre Ruhe zu stören und sie aufzuwecken. Als das Licht endlich langsam am Horizont heraufzog, war Tenille mehr als bereit, den Staub von Lancaster abzuschütteln. Mit einem frühen Bus fuhr sie nach Kendal, und dann hatte sie der öffentliche Nahverkehr der Entdeckung des Lake Districts näher gebracht. Sie hatte zwar Janes Fotos gesehen und in Gedichten und Büchern darüber gelesen, aber nichts hatte sie auf das hier vorbereitet. Sie hatte immer einen gewissen Zweifel gehegt, ob eine Landschaft wirklich solche tiefen Gefühle auslösen könne.
Tenille war selten aus London herausgekommen, und wenn, dann nur in Seebäder wie Southend und Clacton gefahren. Ihre eigene begrenzte Erfahrung hatte ihren Augen und ihrem Herzen keine Inspiration geboten, mit der sie leben konnte. Aber als sich die Schönheit Meile um Meile vor ihr ausbreitete, fing sie an, einen ersten Funken von Verständnis für die Leidenschaft zu spüren, die allein daher kam, dass man einen solchen Ort wie den hier erleben durfte. Sie wollte plötzlich unbedingt den Bus verlassen, in die Landschaft hinauslaufen und sie in sich aufnehmen. Es war so überwältigend, dass sie vergaß, wie müde, hungrig und schmutzig sie war.
Aber jetzt, zwei Stunden später, war die erste Begeisterung über die Schönheit der Natur verflogen, und ihre Beine spürten die Meilen, die sie zurückgelegt hatten. Sie fand einen flachen Felsen, setzte sich hin und war wieder mal verwundert, wie menschenleer es hier war. Grasmere war voller Touristen gewesen, aber als sie sich zehn Minuten von dem Dorf entfernt hatte, war es, als hätte sie die ganze Menschheit hinter sich gelassen. Nie hatte Tenille so viel Platz für sich allein gehabt, und beim Abstieg war sie nur an zwei

anderen Menschen vorbeigekommen. Sie waren so schnell aufgetaucht, dass sie nichts tun konnte, um ihnen auszuweichen, und sie war erstaunt gewesen, dass sie ihr zugelächelt und gesagt hatten: »Herrlicher Tag für so was, nicht?«

Sie hatte als Antwort den Kopf gesenkt, denn sie war nicht sicher, was man in solchen Situationen tat. Was sollte sie erwidern? Wenn sie etwas sagte, würden sie das als eine Aufforderung zur Unterhaltung verstehen? Aber dann waren sie an ihr vorbeigelaufen, und ihre Stiefel knirschten auf den losen Steinen am Rande des Weges. Jetzt war sie wieder allein, außer dass ab und zu ein Vogel über ihr kreiste. Tenille studierte die Karte und versuchte herauszufinden, wo sie war. Nach und nach fing sie an, den Zusammenhang zwischen den auf der Karte dargestellten Einzelheiten und der Wirklichkeit zu erkennen. Vor ihr war eine leichte Erhebung. Wenn sie die bewältigt hatte, müsste sie Fellhead sehen.

Sie steckte die Karte in ihren Rucksack zurück. Ihr war heiß, und sie wünschte, sie hätte noch genug Geld, um sich Wasser und etwas zu essen zu kaufen. Aber sie hatte nur noch ein paar Pfund, und die wollte sie nicht ausgeben. Zuvor hatte sie einen Bach überquert und überlegt, ob sie daraus trinken sollte, aber sie hatte Angst gehabt, dass das Wasser verschmutzt sein könnte. Weiter oben lag vielleicht ein totes Schaf, das konnte sie ja nicht wissen. Es gab einen guten Grund, weshalb sie Chemikalien ins Wasser taten, bevor man es trinken durfte.

Müde stand Tenille auf und fing an, den kleinen Hang hochzuklettern, von dem aus sie Fellhead und Janes Zuhause würde sehen können. Als sie um einen Felsvorsprung am Gipfel herumkam, sah sie auf dem Weg unter ihr in geringer Entfernung eine männliche Gestalt stehen. Er hielt einen Feldstecher vor die Augen und sah ins Tal hinunter. Sie blieb stehen, denn sie wollte nicht bemerkt werden.

Der Mann ließ den Feldstecher sinken, und Tenille stieß einen kleinen Schrei aus. Sie war nicht die Einzige, die Jane in den Lake District gefolgt war. Aber was, zum Teufel, tat Jake hier, spionierte er hinter seiner Exfreundin her?

Jane ging langsam den Hügel hinauf und kochte vor Wut, in die sich aber auch Freude mischte. Diane hatte Matthew natürlich verteidigt. Diese Aufgabe für die Klasse sei schon längst geplant gewesen, bevor Jane nach Hause gekommen war. Es gab keinen Grund, anzunehmen, dass er sich an einen bestimmten Namen erinnern sollte, der in dem Projekt der Familienstammbäume vorkam. Offensichtlich hatte Matthew gerade diese beiden Fälle herausgenommen, weil sie einen gemeinsamen Vorfahren hatten. Wenn er die Absicht gehabt hätte, ihr diese Information vorzuenthalten, warum hätte er dann die Papiere offen auf dem Tisch liegen lassen, wo jeder sie sehen konnte? Jane sei doch paranoid. Matthew würde nie absichtlich ihre Recherchen stören, und es sei schlimm, dass Jane behauptete, er hätte geplant, ihre Arbeit an sich zu reißen. Wie konnte sie glauben, dass ihr eigener Bruder hinter ihrem Rücken versuchen würde, das Manuskript für sich selbst zu entdecken?

Einerseits hatte Diane Recht. So etwas sollte undenkbar sein. Aber was Matthew anging, fiel es Jane nur allzu leicht, sich vorzustellen, dass er sein Wissen für sich behielt und dazu nutzte, seine eigenen Nachforschungen durchzuführen. Wenn er nicht plante, ein falsches Spiel mit ihr zu treiben, warum sollte er dann das Wissen über Dorcas Mason für sich behalten?

Jane hatte sich bemüht, ihre Wut nicht an Diane auszulassen, aber ein wenig war doch zu spüren gewesen. Der Pimms blieb ungeöffnet, und Jane hatte darauf bestanden, die entsprechenden Stammbäume abzuschreiben, bevor sie ging. Die Kinder hatten sich zwar auf ihre direkten Abstammungslinien beschränkt, aber mit dem Material, das sie von den Arbeiten von Matthews Schülern erhalten hatte, würde sie wieder zu Barbara Field gehen und feststellen, ob sie alle jetzt noch lebenden Nachkommen Dorcas' finden könnte. Dann würde sie mit den Befragungen beginnen und sehen, was sich herausfinden ließ.

Selbst dieser positive Gedanke reichte nicht aus, um Janes gute Laune wiederherzustellen. Aber der Anblick, der sich ihr bot, als sie in den Hof einbog, ließ sie Matthews Falschheit vorerst vergessen. Auf der Bank, die an der Wand des Farmhauses stand, saß, das Gesicht der warmen Sonne entgegengestreckt, der letzte Mensch, den zu sehen sie erwartet hatte. Abrupt blieb sie stehen.

»Dan! Was, in aller Welt, machst du denn hier?«, sagte Jane.

Dan richtete sich auf und grinste. »Zwei Köpfe sind besser als einer, selbst wenn sie gemeinsam gegen die Wand rennen«, sagte er. »Ich dachte, wir sollten zusammen überlegen, ob wir einen neuen Aktionsplan basteln könnten, da ich dich bisher enttäuscht habe.« Er stand auf, sie trafen sich mitten im Hof und umarmten sich herzlich. Jane fühlte sich plötzlich wieder stark. Vielleicht war ihr Bruder zu nichts zu gebrauchen, aber sie hatte Freunde, die sie so gern hatten, dass sie sich für sie ins Zeug legten.

»Wo ist dein Wagen?«, fragte Jane.

»Ich hab ihn unten an der Dorfkneipe stehen lassen. Ich wollte deinen Eltern nicht das Gefühl geben, mich unterbringen zu müssen, sondern ich hab dort ein Zimmer genommen.«

»Ach, du Idiot. Natürlich übernachtest du hier. Wir machen das mit dem Zimmer gleich nach dem Essen rückgängig.«

Sie gingen zum Farmhaus, und Dan hatte den Arm um Janes Schultern gelegt. »Du hast mich nicht enttäuscht, ich bin dankbar, dass du es probiert hast. Und ich freu mich, dich zu sehen«, sagte sie. »Besonders jetzt. Du wirst nicht glauben, was ich gefunden habe.«

Dans Augen wurden größer, und sein gut aussehendes Gesicht wurde starr vor Schreck. »Doch nicht das Manuskript?«

Jane lachte leise und spöttisch. »Nein, damit hatte ich kein Glück. Aber ich habe herausgefunden, warum du im St. Catherine's House nichts gefunden hast.«

»Wie meinst du das?«

Sie blieb stehen und zeigte ihm die Kopien von Sams und Jonathans Familienstammbäumen. »Weil jemand mit der Rechtschreibung auf Kriegsfuß stand.« Sie wies auf den entsprechenden Ast des Familienstammbaums. »Mayson, nicht Mason.«

Dan war erstaunt. »Aber das ist ja phantastisch, Jane. Wie hast du das herausgefunden?«

Sie fasste Matthews Verrat kurz zusammen.

»Das kann ich kaum glauben«, sagte er, und vor Zorn traten die Falten zu beiden Seiten seines Mundes scharf hervor.

»Glaub's nur. Aber ich habe, was ich brauche. Jetzt wird es leicht sein, das Fehlende zu ergänzen.«

Dan breitete die Arme aus und zog sie an sich. »Perfektes Timing, wie man sieht. Jetzt, wo ich hier bin, können wir die Gespräche mit den Leuten zusammen führen.«

»Kannst du bleiben?« Jane runzelte die Stirn. »Aber ist es nicht dein Wochenende im Hospiz?«

Dan zog die Augenbrauen hoch. »Sieh mal an, du erinnerst dich daran. Ja, ich sollte dort sein und den Sterbenden vorlesen. Aber ich dachte, die Lebenden sind wichtiger. Ich habe Seb gebeten, für mich einzuspringen. Er schuldet mir sowieso noch ein Wochenende. Alles hat wunderbar geklappt.«

»Nur dass Harry nicht hier ist«, sagte Jane und stieß die Haustür auf.

Dan warf ihr seinen boshaften Kleine-Jungen-Blick zu, den Kopf leicht gesenkt und unter den Lidern hervor nach oben schielend. »Ich habe Harry nicht gesagt, dass ich hierher komme. Er meint ja, dass du hinter einem Hirngespinst herjagst, und ehrlich gesagt ist es mir ganz recht, wenn ich diese Woche mal nicht dauernd kritisiert werde. Er ist sowieso nach Yorkshire gefahren und will da bei irgend so einem

Kriegsspiel mitmachen. Sie werden die Schlacht am Marston Moor nachspielen. Wieder mal.« Er verdrehte die Augen. »Wer weiß, vielleicht geht sie ja diesmal anders aus.«

»Ehrlich, Dan, du zettelst wohl gern Verschwörungen an, was?« Jane ging in die Küche voraus, wo Judy sich mit einem Stoß Rechnungen auf dem Tisch abmühte. »Mum, das ist mein Freund Dan.«

»Wir haben uns schon begrüßt«, sagte Judy. Sie schob die Unterlagen zusammen und stand auf. »Kommen Sie, Dan, setzen Sie sich. Ich habe mit dem Abendessen nur auf Jane gewartet.« Über die Schulter sagte sie zu Jane: »Dein Dad ist nach Borrowdale rübergefahren, um sich einen Bock anzusehen. Er will neues Blut in die Herde bringen. Da sind wir also nur zu dritt.« Sie nahm eine Pastete aus dem Ofen und stellte sie auf den Tisch, dazu eine Schüssel mit Bratkartoffeln und noch eine mit pürierten Kohlrüben.

»Wow«, sagte Dan. »Esst ihr immer so gut?«

»Jawohl«, erwiderte Jane und bediente Dan und sich selbst von der Pastete. »Meine Mutter will mich bestechen, hier zu bleiben, indem sie mich mästet.«

Dan nahm einen Bissen von der Steakpastete. »O Gott, Mrs. Gresham, das ist ja göttlich.«

»Danke, Dan, es ist immer schön, einen Gast zu haben, der das Essen zu schätzen weiß. Sie bleiben doch, nehme ich an?« Judy lächelte ihm ermutigend zu.

Dan nickte und kaute hektisch, bevor er antwortete. »Wenn das geht. Ich wollte morgen zurückfahren, aber jetzt ... na ja, ich kann ein paar Tage bleiben, um Jane zu helfen.«

»Wir müssen Gespräche führen.« Jane lächelte entschlossen. »Ich habe es geschafft, da Fortschritte zu machen, wo ich es am wenigsten erwartet hatte. Es hat sich gezeigt, dass Matthew die ganze Zeit gewusst hat, wo wir die Nachkommen von Dorcas Mason finden können. Er hat sich nur nicht die Mühe gemacht, es mir zu sagen. Diane hat mich gebeten, etwas aus dem Esszimmer zu holen, und da lagen die Informationen auf dem Esstisch. Zwei wichtige Teilstücke aus Dorcas Masons Stammbaum. Mit freundlicher Genehmigung von Matthews Klasse, die ein Projekt über Ahnenforschung macht«, erklärte sie knapp und in verbissenem Ton.

»Was für ein tolles Glück du hast, Schatz«, erwiderte ihre Mutter, aber die Angst in ihren Augen strafte ihren warmen Tonfall Lügen. »Und wie nett von Matthew, dass er sie aussortiert hat, um sie dir zu zeigen.«

Jane seufzte tief. »Wie auch immer«, sagte sie. »Aber ich muss wieder zu Bossy Barbara gehen. Was ich habe, ist unvollständig, und ich glaube, sie wird mir helfen können, die Lücken zu schließen. Ich rufe sie nach dem Mittagessen an, um zu sehen, wann sie Zeit hat.«

»Sei still, mein pochendes Herz«, sagte Dan.

»Ich bin so froh, dass du da bist«, sagte Jane. »Zumindest habe ich jetzt die Gelegenheit, dir etwas von der Gegend hier zu zeigen. Wir können auf den Berg hinaufgehen, und ich zeig dir Dads Schafe.«

Dan sah auf seine Designer-Sportschuhe hinunter. »Hurra, ich kann's kaum erwarten.«

»Du kannst dir ein Paar Gummistiefel ausleihen. Du wirst begeistert sein«, sagte Jane.

»Und können wir dann auch Dove Cottage anschauen?«

Jane nickte vergnügt. »Ja, können wir. Und wenn du sehr brav bist, werde ich dich Anthony Catto vorstellen, dem größten Wordsworth-Experten unter den Lebenden.«

Dan tat so, als sei ihm bange. »Na toll. Dann wird sich zeigen, was für ein Banause ich in Sachen Literatur bin.«

Jane lachte. »Mach dir keine Sorgen, er wird dich nicht fressen. Ich verspreche dir, Dan, das wird ein Besuch, den du nicht so schnell vergisst.«

Am sechsten Juni gingen wir in der Matavai-Bucht auf Tahiti an Land. Ich sorgte mich wegen des Empfangs, der uns dort erwarten würde, aber die Not verleiht uns ja die Fähigkeiten, die wir zum Überleben brauchen. Ich konnte, wie ich zu meiner Überraschung entdeckte, so überzeugend lügen, dass die Eingeborenen mir glaubten. Ich erinnerte mich, dass Bligh die Eingeborenen überzeugt hatte, Captain Cook sei noch am Leben und segele auf dem Pazifik, und so sagte ich dem Häuptling Teina, dass ich auf Cooks Befehl gekommen sei, um die notwendigen Dinge zur Gründung einer neuen Siedlung zu erwerben, und dass Bligh mit Cook vorausgefahren sei, um schon anzufangen. Wir erwarben von den Eingeborenen 312 Schweine, 38 Ziegen, acht Dutzend Geflügel, einen Bullen und eine Kuh. Dazu neun eingeborene Frauen, die ausgewählt wurden, mit uns zu kommen, darunter meine Isabella. Auch acht Männer und zehn Jungen. Diesmal wurden wir zu meiner Überraschung gut aufgenommen.

24

Halt an, mir wird schlecht.« Gegen die Dringlichkeit in Dans Stimme ließ sich kaum etwas einwenden. Jane fuhr auf den schmalen Grasstreifen und schaltete die Warnblinkanlage an, als der Wagen zum Stehen kam. Bevor sie richtig angehalten hatte, stieß Dan die Beifahrertür auf und stolperte hinaus. Fast sofort hörte Jane, wie er sich erbrach und hustete. Sie beugte sich über den Beifahrersitz und sah ihn im Licht der matten Innenbeleuchtung gebückt dastehen.

»Ist alles in Ordnung?«, fragte sie, wobei ihr klar wurde, wie albern die Frage war.

»O Gott«, keuchte er, richtete sich taumelnd auf und lehnte sich gegen das Auto. »Ich dachte doch, eine von diesen Muscheln hatte ’n komischen Geschmack.«

»Meine Güte, Dan, das tut mir so leid.«

»Ist ja nicht deine Schuld«, stöhnte er und ließ sich auf den Sitz fallen. »Ich kann dir keinen Vorwurf machen, wenn der Scheißkoch es nicht merkt, dass seine Meeresfrüchte nicht mehr in Ordnung sind.«

Sie reichte ihm eine Flasche Wasser. »Trink mal was.«

Dan nahm zwei Schlucke und zitterte. »Tut mir leid.« Er wischte sich das Gesicht mit dem Handrücken ab. »Herrgott nochmal, ich fühl mich so beschissen.«

»Du musst ins Bett. Ich setz dich auf der Farm ab und geh dann allein zu Barbara.«

»Aber ich will hören, was sie zu sagen hat«, widersprach er schwach.
»Du wirst alles morgen früh erfahren. Glaub mir, du wärst bestimmt nicht gern in Barbaras Wohnung, wenn dein Magen nicht in Ordnung ist. Ich schwöre, sie lässt sich nur von Werbespots für neue Produkte verführen. ›Bringen Sie mit unserem batteriebetriebenen Ventilator und unserem Luftreinigungsgel den frischen Duft des Waldes in Ihr Heim.‹ Danach lechzt sie. Ein Atemzug da drin, und du müsstest kotzen. Nein, es ist am besten, du erholst dich. Es wird angenehm ruhig sein, Mum und Dad sind zu einer Silberhochzeit nach Grasmere gefahren und werden erst spät zurückkommen.«
»Nein, ich will nicht zur Farm zurück. Bring mich zum Pub, ich bleibe lieber dort. Sie haben bestimmt ein Zimmer mit Bad. Ich will nicht alle stören, wenn ich in der Nacht aufstehen muss, weil mir schlecht wird oder sonst was. Und ich will mich nicht unwohl fühlen. Bring mich bitte ins Pub, Jane.«
»Sei doch nicht albern, Dan. Das bringt dir doch nichts, in der Kneipe zu übernachten. Es ist zu laut, da hast du keine Ruhe. Es ist schon in Ordnung, niemand wird dich in Verlegenheit bringen, weil dir schlecht ist.«
Er machte ein unglückliches Gesicht. »Es ist nicht wegen dir oder deinen Eltern. Es ist meinetwegen. Es ist mir einfach peinlich, ich wäre lieber im Pub.«
»Nein. Da gehst du nicht hin.« Jane war unerbittlich, ihr Gesichtsausdruck energisch. »Ich habe eine bessere Idee. Wir haben eine Ferienwohnung oben am Berg. Sie steht im Moment leer. Da kannst du bleiben. Du hast dort Ruhe und Frieden, so viel du brauchst, und kannst so viel Lärm machen, wie du willst. Ich glaube nicht, dass es den Schafen etwas ausmacht. Und deine Tasche ist schon im Kofferraum, wir haben sie ja nach dem Mittagessen geholt.«
»Na gut, ich hab nicht genug Energie zum Streiten«, sagte

Dan schwach, zog die Tür zu und drehte die Fensterscheibe herunter. »Versprich mir, dass du langsam fährst.«
Jane fuhr im Alte-Damen-Tempo los, durch Fellhead und den Weg an der Farm vorbei, und versuchte, Dans Stöhnen zu überhören. Nachdem sie eine halbe Meile den Langmere Fell hochgefahren war, hielt sie auf einer schmalen Einfahrt an. »Hier ist es«, sagte sie.
Dan folgte ihr in das niedrige Steingebäude, dessen einziges Stockwerk in Schlafzimmer, Wohnzimmer, Küche und Bad unterteilt war. Er ging sofort ins Bad, während Jane die Heizung einschaltete, das Bett machte und den kleinen Schrank aufschloss, wo Judy einen Vorrat an Teebeuteln, Kaffeetütchen, Zucker und Toilettenpapier aufbewahrte. Als sie fertig war, klopfte sie an die Badezimmertür. »Bis morgen früh«, sagte sie.
»Danke«, stöhnte Dan. »Tut mir leid.«
Es war ein schöner Abend, also brachte Jane den Wagen zur Farm und ging dann zu Fuß zurück nach Fellhead hinunter. Barbara wartete schon auf sie und entführte sie schnell in den strategischen Mittelpunkt ihres Genealogie-Projekts. »Kein Wunder, dass wir sie nicht finden konnten, wenn sie in Yorkshire geheiratet hat«, sagte sie, und es klang, als wäre Dorcas nach Tahiti gezogen. »Ganz zu schweigen von der falschen Schreibweise. Aber da wir jetzt so viele Informationen haben, dürfte die Suche eine Lappalie sein. Also, fangen wir an.«
Es war schon fast zehn Uhr, als Jane das Haus verließ und ein Bündel Ausdrucke in der Hand hielt. Tiefhängende Wolken hatten den Mond verdeckt, während sie bei Barbara gewesen war, und machten die Nacht düster. Ein Fremder hätte sich sehr anstrengen müssen, um den Weg zur Farm zu finden, aber Jane ging mit sicherem Schritt und ohne zu zögern auf dem bekannten Pfad durch die Dunkelheit.
Dank Barbara hatte sie jetzt einen kompletten Stammbaum von Dorcas. Vielleicht konnte sie ihn am Morgen mit Dan

durchgehen und einschätzen, welche der noch lebenden Familienmitglieder wohl am ehesten das Manuskript haben könnten. Es würde helfen, ein Paar Augen mehr zu haben, um den eng gedruckten Text zu analysieren. Und aus eigennützigen Gründen war sie froh, dass sie jemanden hier hatte, der sie beschäftigte. Sie stellte fest, dass sie seit Dans Ankunft nicht ein einziges Mal an Geno Marleys Ermordung gedacht hatte.

In Rigstons Traum kamen die Klänge von Jan Hammers »Crockett's Theme« vor. Es dauerte einen Moment, bis er merkte, dass er wirklich Töne hörte und sein Mobiltelefon klingelte. Er setzte sich schlaftrunken auf und griff nach dem Telefon auf dem Nachttisch. »Tut mir leid«, murmelte er und rieb sich mit der freien Hand die Augen. »DI Rigston«, meldete er sich und stemmte sich hoch. »Warum ich? Kann es nicht bis morgen früh warten?«, seufzte er. »Gut, ich hol was zu schreiben.« Er schwang die Beine über den Bettrand und ging nackt zu seiner Lederjacke, fummelte in der Innentasche nach Stift und Notizbuch und setzte sich aufs Bettende. »Okay, geben Sie mir die Einzelheiten ... Wie schreibt sich das? Okay – Aha, ich werde DI Blair anrufen ... Klar ... Fellhead? Ich werde eine gute Stunde brauchen, bis ich dort bin. Okay, sagen Sie dem Chef, ich bin unterwegs.« Er legte auf und sah reumütig zu River hinüber.

»Tut mir wirklich leid, Schätzchen. Ich muss los.«

Sie schlängelte sich zum Bettende und fuhr ihm über den Rücken. »Mach dir keine Sorgen, ich verstehe. So ist eben dein Beruf: Man hat nie richtig dienstfrei.«

Er erschauerte unter ihrer Berührung und wählte die Nummer, die ihm der diensthabende Kollege gegeben hatte. »DI Blair?«, sagte er, als sich jemand meldete. »Hier DI Rigston in Keswick.«

»Sie werden sich um Jane Gresham kümmern, oder?« Die Frau klang gestresst.

»Klar tu ich Ihnen den Gefallen. Ich vermute, es gibt keinen Grund, anzunehmen, dass diese« – Rigston sah auf seine Notizen – »Tenille Cole aggressiv wird?«
»Weiß ich genauso wenig wie Sie. Sie ist nicht vorbestraft, aber sie hat Beziehungen.«
»Beziehungen?«
»Ihr Dad gibt in Marshpool den Ton an, eine unserer Talentschmieden für Kriminelle. Er ist ein skrupelloser Mann. Ein richtiger Gangster. Man sagt, sie hätte nicht direkt etwas mit ihm zu tun, aber da sie gesucht wird, weil sie einen Mann mit einer abgesägten Schrotflinte weggepustet und dann die Wohnung abgefackelt haben soll, um ihre Spuren zu verwischen, würde ich sagen, man irrt sich wohl.«
Rigston lief es kalt über den Rücken, und das nicht wegen der Kälte in seinem Schlafzimmer. »Meinen Sie, dass sie bewaffnet ist?«
»Nein, ich denke, sie hat Panik gekriegt und ist weggelaufen. Ich glaube nicht, dass sie sich zu Jane Gresham auf den Weg gemacht hätte, wenn sie sich mit einer Waffe sicher fühlen würde.«
»Und Sie glauben nicht, dass ihr Dad hier oben ist und auf sie aufpasst?«
Donna Blair lachte. »Das ist nicht sein Stil.«
Rigston hatte kein gutes Gefühl dabei, aber war bereit, sich etwas von jemandem sagen zu lassen, der ein Stück näher an der Action dran war als er. »Okay. Ich geh jetzt hin. Und ich halte Sie auf dem Laufenden.« Er legte auf und wandte sich an River. »Ich bin zurück, sobald ich kann.«
»›Bewaffnet‹? Hab ich richtig gehört?«, sagte River, und ihre grauen Augen schauten ihn beunruhigt an.
»Offenbar nicht«, erwiderte Rigston. Er zog sich ein Rugbyhemd über den Kopf. »Hoffen wir, dass die Met das richtig sieht, was?«

Die Wolke war sein Freund, denn sie verringerte die Chance, dass er gesehen wurde, und dämpfte den Wunsch, draußen herumzustehen und den Nachthimmel zu genießen. Er hatte nur ein paar Leute bemerkt, die innerhalb der letzten Stunde im Pub ein und aus gingen, und war verdammt sicher, dass sie weder seinen Wagen und noch viel weniger ihn, den Fahrer am Steuerrad, gesehen hatten. Er war bereit loszufahren, sobald er entdeckt wurde. Risiken einzugehen, das war etwas für Dummköpfe, und er war kein Dummkopf. Außerdem würde es bessere Gelegenheiten geben, mit dem Hindernis fertig zu werden, zu dem sie geworden war. Ahnungslose Opfer waren am leichtesten wegzuputzen, das wusste er aus Erfahrung. Aber er hatte Glück gehabt. Niemand hatte ihn gesehen, schon gar nicht die eine Person, die ihn interessierte.

Sie kam aus dem Haus, ohne nach links oder rechts zu sehen, als hätte sie zu viel im Kopf, um auf irgendetwas außer sich selbst zu achten. Er hatte gewartet, bis sie den Weg betrat, bevor er den Motor anließ. Er gab ihr eine volle Minute Vorsprung und wappnete sich für das, was er geplant hatte. Er fuhr von seinem Beobachtungspunkt aus langsam die Dorfstraße hinunter und bog dann auf den Weg ein.

Das grelle Scheinwerferlicht traf sie als schwarze Silhouette vor der Hecke. Er holte tief Luft und schaltete in den zweiten Gang. Der Motor heulte auf, als er den Fuß auf das Gaspedal drückte und auf Jane zufuhr.

Auf den Straßen war es still. Um neun Uhr am Samstagabend waren die meisten Leute im Lakeland entweder zu Hause und saßen vor dem Fernseher oder hatten es sich dort bequem gemacht, wo sie den Rest des Abends zu verbringen planten. Während der Fahrt dachte Rigston über das Pech nach, aus dem Bett gerufen worden zu sein. Die Gangster anderer Leute. Die brauchte er nun wirklich nicht. Wenigstens hatte die Kriminalpolizistin der Met den Anstand beses-

sen, ihn vorzuwarnen, dass die Medien an der Sache Interesse hätten.
Er musste unwillkürlich an seine eigene Tochter denken, die kaum jünger war als diese Mordverdächtige. Er hätte gerne geglaubt, dass so etwas in seinem Revier nie passieren konnte, aber er wusste, dass das nicht stimmte. Er musste an Dewsbury denken. Eine ruhige kleine Stadt mitten in West Yorkshire. Ein Ort, wo sich nicht viel tat. Und trotzdem hatte die Polizei von Dewsbury sich innerhalb von zwei Monaten damit befassen müssen, dass eine Jugendliche einen fünfjährigen Jungen entführte und ihn an einem verflixten Baum erhängte, und auch noch mit einem Selbstmordattentäter, der eine U-Bahn in London in die Luft gejagt hatte. Solche Dinge passierten früher nur in Großstädten bei einer gewaltbereiten Unterschicht. Aber er wusste, dass das Gift sich ausbreitete, und hatte Angst um sein eigenes Kind.
Und diese besagte Jugendliche war nicht ohne Geldmittel. Ein Gangster als Vater im Hintergrund, das konnte man nicht außer Acht lassen. In einer Welt, die durch Autobahnen und elektronische Kommunikation immer mehr zusammenrückte, waren die Kriminellen nicht mehr auf ihr Revier beschränkt. Jemand konnte in London beim Abendessen sitzen, während der Mord, den er mit seinem Mobiltelefon angeordnet hatte, in Manchester passierte. Oder, vermutete Rigston, im Lakeland. Kein tröstlicher Gedanke.
Rigston bog in den Weg ein, der zu der Farm der Greshams führte. In der Ferne sah er vor sich zwei Rücklichter verschwinden und bremste abrupt, als er jemanden am Straßenrand liegen sah.
Rigston hielt an, sprang aus seinem Geländewagen und rief: »Ich bin Polizeibeamter. Ist alles in Ordnung?« Nichts. Kein Laut, keine Bewegung. Rigston lief hin und erkannte im Wechsel von dunkel und hell, als er vor den Scheinwerfern vorbeirannte, einen Körper wie in Streifen unterteilt daliegen.

Als er sich bückte, um die Person besser zu sehen, stützte sie sich auf einem Ellbogen hoch.
Eine junge Frau blickte zu ihm auf, deren Gesicht dreckverschmiert war. Vor Schreck hatte sie die Augen aufgerissen, und in ihrem Haar hingen Blätter. »Haben Sie diesen Irren verfolgt?«, keuchte sie.
»Nein, ich habe nur Rücklichter gesehen. Was ist passiert?« Er hielt der Frau die Hand hin und half ihr, wieder auf die Beine zu kommen.
»Ein Auto. Kam den Hang herauf, viel zu schnell.« Sie schüttelte den Kopf, wie um sich darüber klar zu werden. »Und dann ...« Sie runzelte die Stirn und sah ungläubig vor sich hin. »Ich weiß, das klingt verrückt, aber es war, als wäre er direkt auf mich losgefahren. Ich musste mich in die Hecke werfen.« Sie rieb sich die Schulter. »Ich glaube, dahinter ist noch eine kleine Mauer.«
»Wahrscheinlich ein Betrunkener«, sagte Rigston. »Haben Sie das Auto gesehen? Modell? Nummer?«
»Nein, ich war von den Scheinwerfern geblendet. Und dann lag ich in der Hecke.« Sie strich mit der Hand über ihre Kleider.
»Wenn wir kein Kennzeichen vom Wagen haben, bringt es nicht viel, es zu melden«, sagte Rigston mit einem ärgerlichen Seufzer.
»Wenigstens bin ich nicht verletzt.«
»Haben Sie noch weit?«
»Nein.« Die Frau wies nach links. »Ich wohne auf der Farm gleich hier oben.«
Rigston runzelte die Stirn. »Sind Sie Jane Gresham?«
Sie trat einen Schritt zurück. »Woher wissen Sie meinen Namen?«
»Hab ich geraten. Ich war auf dem Weg zu Ihnen, Ms. Gresham. Wollen Sie die letzten paar Meter einsteigen?«
Sie verschränkte mit einer abweisenden Geste die Arme vor der Brust. »Entschuldigen Sie, aber wie soll ich wissen, dass

Sie derjenige sind, für den Sie sich ausgeben?« Sie sah aus, als schaffe sie es gerade noch, die Fassung zu bewahren.

»Es ist klug von Ihnen, vorsichtig zu sein.« Rigston nahm seinen Ausweis mit Foto und hielt ihn vor das Scheinwerferlicht, damit sie ihn erkennen konnte. »Ich hatte gehofft, wir könnten uns kurz unterhalten.«

»Es ist schon nach zehn«, sagte Jane. »Kann das nicht bis morgen warten? Ich meine, ich bin vor einer Minute fast überfahren worden.«

»Leider nicht, es ist etwas Ernstes.« Interessant, dachte er, dass sie nicht sofort gefragt hat, worum es geht. Und dass sie es hinauszögern wollte.

Ein paar Minuten später folgte er Jane in eine gemütliche Bauernküche. Er sah, dass sie attraktiv war, mit markanten Gesichtszügen und dunklem Haar. Es war ein Gesicht, das man nicht so schnell vergessen würde, mit tief liegenden Augen, vollen Lippen und einer ausgeprägten, aber nicht zu großen Nase.

Sie warf ihre schmutzige Jacke auf einen Stuhl, ging zur Spüle und fuhr sich mit den Fingern durchs Haar, um Blätter und Ästchen zu entfernen. »Geben Sie mir einen Moment Zeit«, sagte sie, ließ Wasser laufen und wusch sich Gesicht und Hände. Dann lehnte sie sich mit blassem Gesicht gegen den Herd, die Arme vor der Brust verschränkt. »Geht es um Tenille?«

»Warum nehmen Sie das an?«

»Wir haben auch Fernsehen hier oben, Chief Inspector. Ich habe den Aufruf gesehen, dass man sich melden solle, wenn man Tenille gesehen hat. Und ich kann mir keinen anderen Grund dafür vorstellen, dass ein höherer Polizeibeamter um diese Zeit an einem Samstagabend mit mir sprechen will.« Sie starrte ihn wütend an.

»Haben Sie Tenille Cole seit Mittwochabend gesehen?«

Jane schüttelte den Kopf. »Ich bin am Mittwoch hier heraufgekommen. Nein, ich habe sie nicht gesehen.«

»Haben Sie von ihr gehört? Eine E-Mail vielleicht? Eine SMS, ein Anruf?«

»Tut mir leid, dass ich Sie enttäuschen muss. Nein, ich habe überhaupt nichts von Tenille gehört. Was nicht besonders überraschend ist, ich glaube, sie hat mir noch nie eine E-Mail oder SMS geschickt oder angerufen, seit ich sie kenne. Wenn Sie mir nicht glauben, können Sie meinen Laptop überprüfen.«

»Ich glaube, das wird im Moment nicht nötig sein. Wie nimmt Sie normalerweise mit Ihnen Kontakt auf?«, fragte Rigston.

»Sie steht einfach vor meiner Tür.«

»Wie würden Sie Ihre Beziehung zu Tenille Cole beschreiben?«

»Ich würde mich als ihre Ratgeberin bezeichnen. Und ihre Freundin.«

»Ihre Ratgeberin? In welchem Sinn?«

Jane seufzte. »Ich weiß, es ist schwer für Leute wie Sie, das von einem schwarzen Teenager zu glauben, aber Tenille mag Gedichte. Und sie mag sie nicht nur, sie versteht auch, worum es dabei geht. Sie hat eine Sensibilität für romantische Lyrik, die die meisten Anglistikstudenten beschämen würde. Und das ist zufällig mein Spezialgebiet. Sie kommt zu mir in die Wohnung und liest Gedichte und Literaturkritik, und manchmal reden wir über das, was sie gelesen hat.«

»Sie sprechen über Dichtung?«

»Und über Literaturkritik.« Jane lächelte herablassend. Ewan nahm es als einen Versuch, ihn zu ärgern.

»Und Sie finden das nicht merkwürdig?«

»Es ist sehr merkwürdig. Aber so ist es eben. Nichts Ungesundes. Nichts Verdorbenes. Nichts Kriminelles.«

Rigston schüttelte verblüfft den Kopf. »Sprechen Sie auch über ihr eigenes Leben?«

»Sehr wenig. Sie kommt zu mir, um von ihrem Leben wegzukommen. Sie will es hinter sich lassen.«

»Sie wissen also nicht, warum sie vielleicht ...« Rigston sah auf seine Notizen. »Geno Marley erschossen hat?«
»Tenille hat Geno Marley nicht erschossen«, sagte Jane mit einer Sicherheit, die Rigston schon von anderen Fällen vertraut war und ihn deprimierte. Diese tragische Fehleinschätzung hatte er schon allzu oft erlebt.
»Woher wissen Sie das?«, fragte er sanft.
»Weil sie nicht so ist. Sie gehört nicht zu den Möchtegerngangstern und den halbwüchsigen Müttern. Sie verachtet dieses Leben.«
»Nach dem, was man mir gesagt hat, steht ihr Vater im Mittelpunkt dieses Lebens.«
Jane schüttelte ungeduldig den Kopf. »Tenille hat keinen Vater. Zumindest keinen, den sie bewusst wahrgenommen hätte. Sie ist von ihrer Tante erzogen worden. Ihre Mutter ist tot. Sie hat nie einen Dad gehabt.«
»Der Name John Hampton sagt Ihnen also nichts?«
»Natürlich tut er das. Ich lebe schließlich in Marshpool.«
»War Ihnen klar, dass er Tenilles Vater ist?«
»Ich habe den diesbezüglichen Klatsch gehört. Aber ich habe nie mitbekommen, dass er sie auch nur beiläufig akzeptiert hätte.« Jane wandte den Blick ab, ihr Gesichtsausdruck war traurig. »Tenille sagt, dass sie keinen Vater hat. Und ich neige eher dazu, das zu glauben.«
Rigston versuchte es anders und hoffte, Jane zu überrumpeln. »Ist sie hier, Ms. Gresham?«
Jane sah schockiert auf. »Natürlich nicht. Sie hat doch keine Ahnung, wie sie die Farm hier finden könnte.«
»Dann würde es Ihnen also nichts ausmachen, wenn ich mich hier umsehe?«
Jane war verwirrt und zornig. »Ach, ihr Polizisten«, sagte sie bitter. »Wenn ich nein sage, denken Sie, ich habe etwas zu verbergen. Wenn ich ja sage, werde ich mich beleidigt und angegriffen fühlen.« Sie hob den Kopf und sah Rigston direkt in die Augen. »Bitte. Suchen Sie, so viel Sie wollen.« Es

war ein direkter Blick, aus dem Rigston schließen konnte, dass er seine Zeit verschwenden würde. Aber trotzdem wäre es ihm nicht recht gewesen, dass jemand ihn klein beigeben sah.

»Danke«, sagte er.

Sie zuckte die Schultern. »Sie tun ja nur Ihre Arbeit. Ich habe nichts zu verbergen.«

Ich hatte von Toobouai als unserem neuen Eden geträumt, ein kleines Paradies für diejenigen von uns, die schlimmste Stürme überstanden hatten. Ich nutzte die neu entstandene, scheinbare Freundlichkeit der Eingeborenen, verhandelte mit ihnen wegen Land für ein Fort, und zuerst waren die Beziehungen gut. Aber die Bildung unterschiedlicher Gruppierungen in der Mannschaft entwickelte sich weiter. Es gab nicht genug tahitianische Frauen für alle, und die eingeborenen Frauen waren nur mit Gewalt zu nehmen, was ich nicht billigen konnte. Manche der Männer wollten nach Tahiti zurückkehren, andere waren nur darauf aus, meine Autorität zu untergraben, weil sie meinten, sie seien jetzt ihre eigenen Herren, und sie begriffen nicht, dass Führung vonnöten war, weil Einigkeit zum Erreichen eines Ziels bestehen musste, um eine Kolonie richtig aufbauen zu können. Schließlich beschloss ich, dass wir nach Tahiti zurückkehren würden, um die, die es wünschten, an Land gehen zu lassen. Aber während wir noch mit den Vorbereitungen für die Abreise beschäftigt waren, kam es zum offenen Kampf mit den Eingeborenen auf Toobouai, und mir wurde klar, dass wir niemals als Siedler dorthin würden zurückkehren können. Ich war bitter enttäuscht und konnte nicht umhin, mich als verantwortlich für diesen Misserfolg zu betrachten.

25

Tenille zitterte im kalten Wind, der in den Spalt zwischen den Felsen fuhr, wo sie am späten Nachmittag Schutz gesucht hatte. Als sie Jake auf dem Hang entdeckt hatte, war sie auf den Berg geklettert und hatte sich zwischen die braunen Farnwedel gekauert, bis er endlich aus ihrem Blickfeld verschwunden war. Feucht und frierend war sie ihm dann vorsichtig gefolgt und stand jetzt dort, wo er gestanden hatte.

In ihrem Blickfeld lag eine Farm, und sie überlegte, dass dies Janes Zuhause sein musste. Wem sonst würde er nachspionieren? Sie nahm an, dass sie ihm dafür dankbar sein sollte, denn sie hatte nicht gewusst, wie sie die Farm finden könnte. Sie wollte sich nicht einfach an irgendjemanden wenden und nach dem Weg fragen, ohne sich abzusichern. Und obwohl sie ziemlich sicher war, dass sie den Hof nach Janes Fotos erkennen würde, wusste sie nicht, wie viele Farmen um Fellhead herum verstreut lagen.

Als sie den Hof ausgemacht hatte, war das nächste Problem, wie sie hinkommen sollte. Sie runzelte beim Blick auf die Karte die Stirn. Am einfachsten wäre es, den Pfad weiterzugehen, bis sie zur Straße kam, die nach Fellhead hineinführte. Dann würde sie durchs Dorf und den Weg zur Farm der Greshams laufen müssen. Wenn sie das ohne Gefahr tun wollte, müsste sie warten, bis es dunkel wurde, und würde nicht wissen, wer gerade im Haus war. Mit Jane Kontakt

aufzunehmen, ohne dass jemand anders es merkte, würde schwierig sein.
Die Alternative war, übers offene Gelände den Berg schräg hinunterzugehen, wobei sie dann oberhalb der Farm herauskommen würde. Sie sah einen Felsvorsprung, der ihr genug Sichtschutz bieten würde, um warten und beobachten zu können, bis sie sicher war, dass sie Jane allein erwischen konnte. So wenig verlockend diese Route von hier aus schien, war dies doch die einzig vernünftige Entscheidung.
Sie hatte sich den Hang hinunter auf den Weg gemacht, aber innerhalb von ein paar Minuten war ihr klar geworden, dass dies viel schwieriger war, als auf richtigen Wegen zu gehen. Der Boden war uneben, kräftige Wollgrasbüschel und Heidekraut konnten ihren Knöcheln gefährlich werden. Hin und wieder trat sie versehentlich in Torfschlamm, der drohte, ihr die Schuhe von den Füßen zu ziehen. Sie kam nur langsam voran, und der Nachmittag war schon fast vorbei, als sie die Felsen erreichte, die sie sich zum Ziel gesetzt hatte. Sie war erleichtert, dass an der Seite der Felsnase zur Farm hin eine schmale Spalte war, und zwängte sich hinein. Da der überhängende Felsen ihn schützte, war der Boden ziemlich trocken, und sie setzte sich mit einem Seufzer tiefer Erleichterung hin. Sie konnte sich nicht erinnern, je so müde gewesen zu sein. Das Einzige, was sie wach hielt, war der nagende Hunger, der ihren Magen knurren ließ.
Tenille war überrascht, wie ausgedehnt die Farm mit ihren Nebengebäuden war. Unter Farmen stellte sie sich von Feldern umgebene Cottages mit Strohdächern vor, vielleicht hier und da mit einer alten Steinscheune dazwischen. Aber hier bestanden drei Seiten des Gehöfts aus Gebäuden. Das Bauernhaus selbst war ein zweistöckiges, stabiles Haus, das fast die ganze Breite des Hofes gegenüber der Einfahrt einnahm. An den zwei Längsseiten standen verschiedene Nebengebäude, von einem langen niedrigen Schuppen mit Stellwänden aus Blech und einem gewellten Plexiglasdach bis zu

diversen flachen Steinbauten. Sie hatte keine Ahnung, wozu die gut waren.
Das erste Zeichen von Leben war ein Landrover, der auf eine Seite des Hofs fuhr. Ein Mann stieg aus, gefolgt von zwei schwarz-weißen Hunden. Die Hunde verschwanden in einer Holzhütte neben dem großen Schuppen, und der Mann ging ins Haus. Eine halbe Stunde später kam er wieder heraus, lud zwei Heuballen in den Landrover und fuhr mit den Hunden weg. Zwanzig Minuten später war er wieder da.
Kurz vor sieben fuhr ein grüner Geländewagen auf den Hof. Ein Mann und eine Frau kamen aus dem Haus und stiegen in den Fond, bevor er wieder wegfuhr. Janes Eltern, vermutete sie. Aber immer noch keine Spur von Jane. Tenille fing an, nervös zu werden. Was sollte sie machen, wenn Jane nicht hier war, wenn sie mit Freunden ausgegangen war, sich einen schönen Abend machte und woanders übernachtete? Was wäre, wenn sie wegen ihres Forschungsprojekts irgendwohin gefahren wäre? Tenille wusste nicht, was tun. Ihr war schlecht vor Hunger, und ihr Mund war so trocken, dass sie glaubte, nicht mehr sprechen zu können.
Kurz nach acht gingen die Lichter auf dem Hof an und zeigten einen roten Fiesta, der auf den Hof fuhr. Tenille sprang begeistert auf, als sie Jane vom Fahrersitz rutschen und aussteigen sah. Aber statt zum Haus ging sie wieder durch das Tor hinaus und den Hügel nach Fellhead hinunter.
Niedergeschlagen sackte Tenille neben dem Felsen zusammen. Sie blinzelte, um die Tränen zurückzuhalten. So weit war sie in jeder Hinsicht bereits gekommen, aber jetzt waren ihre Reserven erschöpft. Sie wusste, dass sie auf keinen Fall die Nacht im Freien auf dem Berg überstehen würde, und fasste einen Entschluss. Wenn Jane bis Mitternacht nicht zu Hause war, würde sie zur Farm hinunterschleichen und einen Platz suchen, wo sie schlafen konnte. Das dürfte nicht allzu schwer sein.

Die Zeit zog sich in die Länge. Tenille entdeckte Dinge, die sie erstaunten: Die Stille legte sich bei Eintritt der Dunkelheit wie ein Tuch über die Welt. Der Sternenhimmel war ihr, die als Stadtkind im ständig beleuchteten London aufgewachsen war, ebenso fremd wie die Luft, deren Geruch sich veränderte, sobald es kälter wurde. Aber am meisten wunderte es sie, dass ihr all dieses Fremdartige keine Angst machte. Wie konnte Jane den Lärm, Gestank und das ewige Neonlicht Londons ertragen, wenn sie hier aufgewachsen war?

Kurz nach zehn Uhr fuhr ein anderer Geländewagen vor. Und, halleluja, es war Jane. Der Mann am Steuer stieg aus und folgte ihr ins Haus. Minuten verstrichen, dann ging überall im Haus Licht an und aus. Was war nur los?

Nachdem es im ganzen Haus, außer hinter einem Fenster, wieder dunkel war, ging die Tür auf, und der Mann kam heraus. Er ging von Gebäude zu Gebäude, betrat jedes einzelne und kehrte schließlich ins Haus zurück. Tenille hatte genug Erfahrung, um genau zu wissen, was da vor sich ging. Der Mann war zwar allein und nicht in Uniform, aber sie wusste sofort Bescheid, wenn sie eine polizeiliche Durchsuchung vor sich hatte. Sie hielt die Arme vor der Brust gekreuzt und umfasste ihre Schultern. Sie waren informiert über Jane. Im Grunde hatte sie gewusst, dass die Polizei diese Verbindung letzten Endes herausfinden würde. Aber andererseits hatte sie glauben wollen, Jane könne ihr sicherer Zufluchtsort sein.

Und es war noch schlimmer, weil Jane jetzt über sie Bescheid wusste. Na ja, sie kannte die Version der Polizei. Tenille erwartete keine faire Darstellung von den Bullen. Sie wusste nicht, ob es Beweise gegen sie gab, aber unabhängig davon hatte sie eine Verbindung zu der Wohnung und würde ganz oben auf der Liste der Verdächtigen stehen. Sie mochten so tun, als suchten sie nur nach ihr als Zeugin, aber sie wusste, es würde mehr sein, viel mehr als das. Und wenn die Polizei sie erst mal in den Krallen hatte, war sie geliefert. Sie konnte ihren Dad nicht verpfeifen, auf keinen Fall. Nicht weil sie Angst vor ihm hatte, sondern weil er bewiesen hatte, dass er in dem Sinn, auf den es ihr ankam, ihr Dad war. Er hatte sie beschützt. Sie würde das Gleiche für ihn tun, weil niemand auf der Welt das je für sie getan hatte.

Außer Jane natürlich. Aber sosehr Tenille sie mochte und respektierte, wusste sie doch, dass sie beide völlig verschiedener Wesensart waren. Nicht wegen der Hautfarbe, sondern weil ihr bisheriges Leben ihnen ein ungleiches Verständnis davon vermittelt hatte, wie die Welt funktionierte. Als Jane zu Hammer ging, hatte sie wirklich nicht gewusst, wie die Sache enden würde. Tenille dagegen hatte gewusst, dass es zu Gewalt kommen würde, zu extremer Gewalt. Und sie hatte nichts getan, um es zu verhindern. Obwohl also Jane den Samen für Genos Untergang gesät hatte, war es Tenille, die das hätte verhindern können. Und sie kannte ihre Freundin gut genug, um zu wissen, dass Jane trotzdem die Last der Schuld auf sich nehmen würde.

Also schuldete sie auch Jane Dank. Sie musste Jane beschützen, genau so wie sie ihren Dad geschützt hatte. Und das hieß, dass sie den Bullen nicht in die Hände fallen durfte. Es war gut, dass sie noch nicht zur Farm hinuntergegangen war, um sich ein Versteck für die Nacht zu suchen.

Nach endlos langer Zeit, zumindest schien es ihr so, kehrte der Mann ins Farmhaus zurück. Ein paar Minuten darauf kam er wieder heraus, stieg in den Geländewagen und fuhr in Richtung Fellhead davon. Tenille sah dem Lichtstreifen seiner Scheinwerfer nach, als er an der Kreuzung rechts abbog und zur Hauptstraße fuhr. Er war tatsächlich fort.

Nur Jane war noch da.

Es dauerte viel länger, als Tenille erwartet hatte, zu der Farm hinunterzukommen. Sie hatte noch nie etwas gelernt, das ihr in der Dunkelheit beim Abstieg über ein so unsicheres Gelände hätte helfen können. Mehrmals stolperte sie, zweimal fiel sie auf den Rücken. Als sie es endlich bis zur Ecke des

Farmhauses geschafft hatte, war ihre Hose durchnässt, und auf dem Ärmel hatte sie einen langen schwarzen Schlammfleck.

Sie spähte um die Ecke des Gebäudes und versuchte herauszufinden, wo der Bewegungsmelder im Hof war. Schließlich fand sie ihn, er war neben der Tür angebracht. Über solche Dinge wusste sie Bescheid. Sie schätzte, dass sie, wenn sie sich an die Wand drückte, außerhalb des Bereichs des Sensors bleiben würde. Aber es gab nur eine Möglichkeit, das herauszufinden.

Mit dem Gesicht zur Mauer, schlich Tenille um die Ecke. Sie bewegte sich langsam an zwei dunklen Fenstern und der Tür vorbei zum Rand des Fensters ohne Vorhang, aus dem ein langer gelber Lichtschein auf den rauen Beton des Hofs fiel. Sie riskierte einen schnellen Blick. Es war die Küche. Einer dieser Kochherde, die sie in stinkfeinen Häusern im Fernsehen zeigten, dann das Ende eines Küchentischs. Aber keine Spur von Jane.

Sie kroch gebückt unter dem Fenster entlang und richtete sich am anderen Ende wieder auf. Diesmal wurde ihr schneller Blick belohnt. Jane saß am Esstisch mit einem Bündel Papiere vor sich und einem Glas Wein daneben. Kein Anzeichen von sonst jemandem im Raum. Tenille holte tief Luft, trat vor das Fenster und klopfte fest an die Scheibe.

Janes Kopf fuhr hoch, und sie starrte zum Fenster. Tenille trat nah an die Scheibe heran. Schockiert öffnete Jane den Mund und sprang auf. Dabei stieß sie vor lauter Hast fast ihren Stuhl um. Sie verschwand durch die Küchentür. Einen Moment danach ging die Tür nach draußen auf. Als Jane heraustrat, ging mit einem Klicken das Licht im Hof an. Tenille stand verlegen da, den Kopf zur Seite geneigt, nicht sicher, wie Jane sie empfangen würde.

»Tenille?« Jane klang argwöhnisch. »Bist du das?«

Tenille nahm die Baseballmütze ab. »Ja. Ich musste mir die Haare schneiden.« Bei allen Möglichkeiten, das Gespräch zu

beginnen, die sie den ganzen Tag geübt hatte, war diese überhaupt nicht vorgekommen.
»Was, zum Teufel, machst du hier? Die Polizei sucht dich.«
Tenille spürte, dass ihre Unterlippe zitterte. Sie hatte sich so lange beherrscht, und jetzt konnte sie einfach nicht mehr. Tränen traten ihr in die Augen. »Kann ich reinkommen? Ich friere furchtbar«, sagte sie kleinlaut und zitterte am ganzen Körper.
»Natürlich, komm rein. Meine Güte, du bist ja total nass.«
Jane drückte Tenille an sich und schob sie dann in die Küche.
»Warte, ich hol dir eine trockene Hose.« Sie kam nach ein paar Minuten mit einer Fleecehose zurück. »Zieh die an. Und stell dich neben den Herd, wo es warm ist.«
Tenille war zu erschöpft, um irgendetwas anderes zu tun als das, was ihr gesagt wurde. Die Wärme vom Herd fühlte sich herrlich an. Sie zog die nassen Tennisschuhe aus und wechselte die Hose. Inzwischen hatte Jane eine tief gefrorene Hausmachersuppe aus der Kühltruhe genommen und stellte sie in die Mikrowelle. Immer wieder sah sie Tenille an, als hätte sie tausend Fragen, sagte aber nichts.
»Bin zu Fuß gekommen«, sagte Tenille, als ihre Zähne zu klappern aufgehört hatten.
»Das hab ich mir gedacht«, sagte Jane, während sie Teller und Löffel holte und auf den Tisch stellte. »Die Polizei vom Ort war schon hier.«
»Ich weiß, ich hab zugesehen.«
Jane zog die Augenbrauen hoch. »Die Londoner Polizei hat sie geschickt. Aber ich wusste das von Geno schon aus den Nachrichten. Komm, setz dich und iss die Suppe. Dann können wir richtig reden. Meine Eltern kommen erst in einer Stunde oder so wieder.«
Nachdem der erste Teller Suppe schnell und fast wirkungslos verschwunden war und Jane ihn noch einmal gefüllt hatte, sagte Tenille: »Hast du Brot?«
Jane holte zwei Brötchen und Butter und sah zu, wie sie im

Rekordtempo vertilgt wurden. »Das hast du wohl gebraucht«, sagte sie, als Tenille fertig war.

»Ich hab seit gestern Abend nichts gegessen. Und ich bin heute ziemlich viel gelaufen. Ich habe es von Grasmere über die Berge geschafft und mich nicht ein Mal verirrt. Ich sag dir, da oben braucht man aber wirklich eine Karte. Zwei Mal hab ich mich fast total verlaufen, bis ich herausgekriegt hab, welcher Berg welcher war. Und ich weiß nicht, wie Wordsworth und die anderen damals das Wandern ganz ohne Karten geschafft haben.« Sie wischte sich mit dem Handrücken über den Mund. »Das war toll. Vielen Dank, Jane.«

»Bitte. Aber du musst mir sagen, was passiert ist.«

Tenille zog die dünnen Schultern hoch und seufzte. »Mein Dad hat Geno weggepustet. Ich hab ihn tot in der Wohnung gefunden. Ich hab ... also ich konnte nicht richtig denken, wollte nur sicher sein, dass er deshalb nicht erwischt wird, da hab ich die Wohnung angezündet. Ich hab versucht, mich in deiner Wohnung zu verstecken, aber die Bullen sind gekommen, und ich hab gewusst, es war nur eine Frage der Zeit, bis sie mich dort finden würden, da bin ich abgehauen.« Ihr Mund zuckte, und sie verzog das Gesicht. »Ich konnte zu niemand sonst gehen. Da bin ich hierher gekommen.« Sie sah Jane schnell an. »Du bist mir doch nicht böse, oder?«

»Ich bin nicht böse, nein. Ich mach mir Sorgen. Wie ich sagte, die Polizei war schon hier ...«

»Hast du ihnen erzählt, dass du bei meinem Dad warst?«, unterbrach sie Tenille.

Jane schüttelte den Kopf. »Nein. Ich wollte warten, bis ich die Gelegenheit hatte, mit dir zu reden. Aber sie fahnden wirklich nach dir. Sie haben hier alles kontrolliert und den Schlüssel zu meiner Wohnung verlangt, damit sie hineinkönnen, um dich dort zu suchen. Ich habe gesagt, das sei sinnlos, aber das reichte nicht. Du wirst dich stellen müssen, Tenille. Das geht nicht einfach so vorbei.«

Tenille warf Jane einen finsteren trotzigen Blick zu. »Doch, klar geht das vorbei. Ist doch nur so ’n übler Schwarzer, den ’s erwischt hat. In einer oder zwei Wochen wird es vorbei sein, und niemand kümmert sich mehr drum.«

»Vielleicht, wenn alles ganz normal läuft. Aber es geht nicht, dass du dich ewig versteckst. Du bist dreizehn, nicht dreiundzwanzig. Und sobald du wieder auftauchst, werden sie hinter dir her sein.« Jane klang ratlos.

»Ich weiß«, sagte Tenille, jetzt ganz der schmollende Teenager. »Aber vielleicht finden sie einen anderen Verdächtigen. Das nimmt den Druck von mir, dann kann ich zurückkommen.«

»Das wird aber nicht passieren, solange sie sich darauf konzentrieren, dich zu finden. Tenille, du wirst ihnen die Wahrheit sagen müssen. Eigentlich müssen wir beide ihnen die Wahrheit sagen. Du über Geno und ich, dass ich bei deinem Dad war.«

»Sie werden uns nicht glauben«, sagte Tenille dumpf.

»Warum nicht? Dein Dad ist als Verdächtiger doch viel glaubwürdiger als du. Er hat einen gewissen Ruf und, ich vermute, eine Liste von Vorstrafen, die dazu passt.«

»Ja, aber ich glaube, an der Flinte sind Fingerabdrücke von mir.«

Jane sah sie erschrocken an. »Du *glaubst*, du hast Fingerabdrücke auf der Waffe hinterlassen? Wie ist denn das passiert?«

Tenille verteidigte sich: »Ich hab sie hochgehoben, ja? Und danach hab ich sie nicht abgewischt. Hab’s vergessen. Ich war total daneben. Vielleicht ist sie im Feuer verbrannt, aber wenn nicht, werden sie nicht glauben, dass ich es nicht war.«

»Tenille, sie glauben bestimmt viel eher, dass es dein Vater war.«

Sie schüttelte trotzig den Kopf. »Ich verpfeif ihn nicht. Und du auch nicht.« Sie sah Jane abwägend an. »Also, versteckst du mich, oder was?«

Jane sah sie völlig fassungslos an. »Dich verstecken?«

»Ja, versteck mich. Nur bis sich alles beruhigt hat und wir uns ausdenken können, was wir sagen wollen.«

»Ich kann dich hier nicht verstecken. Die Polizei hat schon einmal alles durchsucht.«

»Dann ist es umso sicherer, dass sie nicht nochmal suchen. Sie haben nachgesehen, und ich war nicht hier.«

Jane schüttelte den Kopf. »Das ist eine schlechte Idee, Tenille. Pass auf, schlaf heute Nacht hier, und morgen früh gehen wir zur Polizei und sagen ihnen die Wahrheit.«

»Die Wahrheit – das wird nicht funktionieren. Wir müssen uns etwas Besseres ausdenken als die Wahrheit. Mein Dad hat zu mir gestanden, ich muss zu ihm halten.«

»Er hat einen Mann ermordet, Tenille.«

Tenille sah weg. »Nein. Geno war doch nur Abschaum, er hat verdient, was er gekriegt hat. Meinst du vielleicht, ich bin das erste Kind, an das er sich rangemacht hat? Meinst du, ich wäre das letzte gewesen? Nein. Mein Dad hat etwas Gutes getan, und ich lass nicht zu, dass er deshalb in den Knast kommt.« Sie schob den Stuhl vom Tisch zurück. »Wenn du mir nicht hilfst, gut, dann geh ich einfach wieder raus auf die Straße. Ich hab's bis hierher geschafft, ich komm auch noch 'n bisschen weiter.«

Jane fasste sie am Handgelenk. »Warte. Du gehst nicht weg.«

»Ich bleib aber nicht hier, wenn du mich verraten willst.« Tenille entriss Jane ihren Arm, sie war gekränkt. »Du sagst, du bist meine Freundin. Aber das bist du nicht. Du bist genauso wie alle anderen Weißen. Wenn es darauf ankommt, bist du ganz genauso. Ich hätt bei meinem Dad bleiben sollen. Er weiß, was man mit Verrätern macht.« Tränen traten ihr in die Augen, und sie wischte sie ungeduldig weg. »Vergiss es, Jane. Verpiss dich.«

Am 22. Juni erreichten wir wiederum Matavai Bay. Dort teilten wir alles auf dem Schiff, was man mitnehmen konnte, in gleiche Teile. Sechzehn Männer beschlossen, das Schiff zu verlassen, acht entschieden sich, bei mir zu bleiben. Mein Herz war am schwersten, als ich Peter Heywood Lebewohl sagte. Aber es war recht für ihn, uns zu verlassen. Er war nicht direkt an der Meuterei beteiligt gewesen, und ich meinte, es würde ihm nicht allzu sehr schaden, dass er bei mir geblieben war. Im Schutz der Dunkelheit ging ich an Land, um von ihm Abschied zu nehmen. Bei Tageslicht konnte ich nicht gehen, denn ich hätte mich zu sehr geschämt, Häuptling Teina in die Augen sehen zu müssen, wenn die Lügen herausgekommen wären, die ich ihm aufgetischt hatte. Wir gingen miteinander an dem sandigen Strand entlang, Peter und ich, und ich bat ihn, meinem Bruder die Wahrheit über das mitzuteilen, was sich zwischen Bligh und mir zugetragen hatte. Ich hatte ihm bis zu dem Zeitpunkt noch nichts von Blighs bösem Vorwurf erzählt, und sein Abscheu überzeugte mich, dass ich Recht gehabt hatte, lieber zu meutern, als unsere Namen durch Blighs grundlose Verleumdungen beschmutzen zu lassen.

26

Derwent Water glänzte silbern und blau im Sonnenlicht. Einige Dingis glitten schon durchs Wasser, und an der Schräglage ihrer Segel zeigte sich, wie stark die Brise war, die die Oberfläche des Sees kräuselte. Aber Jake hatte keine Augen für die Schönheit dieses Morgens. England und sein Auftrag hatten ihn innerhalb von ein paar Tagen müde und kraftlos werden lassen. Er freute sich auf nichts mehr, was vor ihm lag – weder auf weitere Treffen mit den Alten noch auf eine möglicherweise schmerzliche Begegnung mit Jane.
Wenigstens konnte er Letzteres aufschieben, solange Dan Seabourne sich hier herumtrieb. Jake war mit Dan und Harry nie warm geworden und hatte ihr ständiges Flirten unnötig und peinlich gefunden. Er hatte den Verdacht, dass der Mangel an Zuneigung gegenseitig war, und erhoffte sich von Dans Anwesenheit keine Hilfe bei seinem Versuch, sich Jane wieder zu nähern.

Aber seine Sorgen wegen Dans Anwesenheit gingen über das rein Persönliche hinaus. Soweit Jake nach der Lektüre von Janes E-Mail wusste, waren Dans Nachforschungen im St. Catherine's House fehlgeschlagen. Dan hatte nichts erreicht, wogegen Carolines Experte reiche Beute an Material vorgelegt hatte.

Oder jedenfalls hatte das in Dans E-Mail gestanden. Wenn es stimmte, hatte seine Ankunft in Fellhead eigentlich wenig Sinn. Warum sollte er die lange Fahrt von London hierher

machen, wenn er eigentlich gar nichts zu berichten hatte? Jake bekam Gänsehaut, als ihm die einzig vorstellbare Erklärung dazu aufging. Als Jane merkte, dass jemand ihre E-Mail gelesen hatte, hätte sie Dan schreiben oder ihn anrufen und ihm sagen können, er solle ihr seine Ergebnisse nicht schicken. Und vielleicht hätte sie noch eins draufsetzen und ihm eine E-Mail-Lüge schicken können, um Jake eins auszuwischen. Wenn ihr klar war, dass jemand ihre Mails las, musste sie ja Jake im Verdacht haben. Und wenn sie ihn eines solchen miesen Tricks verdächtigte, dann war es unmöglich, an ihre Forschungsergebnisse heranzukommen.
Er würde also auf andere Weise das erreichen müssen, was er wollte. Jake hob einen Kieselstein auf und warf ihn so weit aufs Wasser hinaus, wie er konnte. Er versank und hinterließ Ringe auf der Wasserfläche, die sich mit den kleinen Wellen vereinigten, die der Wind schuf und die fast sofort wieder verschwanden.
Versunken, ohne eine Spur zu hinterlassen. Was immer ich dafür tun muss, mit mir wird's nicht so gehen.

»Du siehst ja furchtbar aus«, sagte Jane, als sie Dans blassgraues Gesicht und seine schweißnasse Haut sah. »Diese Muschel hat dich wirklich geschafft, was?«
»Ich hab diese Schalentiere noch nie gemocht«, sagte Judy. »Wenn man sich überlegt, was sie fressen, hat man keine Lust mehr, sie in den Mund zu nehmen. Kann ich Ihnen eine Tasse Tee bringen, Dan? Oder etwas zu essen? Wir haben schon vor einer Weile gefrühstückt. Ich hoffe, es macht Ihnen nichts aus, dass wir nicht auf Sie gewartet haben, aber Jane hat gesagt, wir sollten Sie schlafen lassen.«
»Da hatte sie Recht«, sagte Dan mit dünner, schwacher Stimme. »Ich glaube, ich könnte kaum daran denken, etwas zu essen, aber eine Tasse Tee wäre ein Gottesgeschenk. Ich hab gedacht, die frische Luft würde mir gut tun, als ich vom Cottage hierher gelaufen bin.« Er seufzte und schloss die

Augen. »Aber ich kann mich nicht erinnern, wann ich mich zum letzten Mal so miserabel gefühlt habe.«
Judy tätschelte seinen Arm, dann setzte sie den Wasserkessel auf.
»Ein Polizist hat mich gestern Abend gerettet.« Jane versuchte, sorglos und unbekümmert zu klingen. Aber es klang ein bisschen wie das Pfeifen im Wald.
Dan riss überrascht die Augen auf. »Was?«
»Ich kam von Bossy Barbara zurück, als ein Betrunkener mich fast über den Haufen gefahren hätte. Mum meint, es muss wohl Billy West gewesen sein, von drüben überm Berg, der wilde Halbstarke, der die Gegend hier unsicher macht. Ich stand gerade aus der Hecke auf, als ein Detective Inspector hier aufkreuzte.«
Jane spielte mit den Fransen eines Tischsets und vermied es, den anderen in die Augen zu sehen.
»Einfach so per Zufall? Oder war er hinter einem Betrunkenen her?«
»Das hab ich zuerst auch gedacht. Aber nein, es war ein Zufall. Er war unterwegs, um herauszufinden, ob ich wüsste, wo Tenille ist. Und dann meinte er, er müsse hier alles durchsuchen, wo er schon mal da war. Damit seine Chefs nach Scotland Yard melden könnten, sie hätten ihre Arbeit richtig erledigt, nehme ich an.«
»Ich verstehe immer noch nicht«, sagte Judy und goss kochendes Wasser in die Teekanne. »Ich meine, wieso weglaufen, wenn man nichts zu verbergen hat?«
»Ich vermute, weil sie glaubt, dass sie sie nicht fair behandeln würden. Meinst du, sie hätten sie so schnell verdächtigt, wenn sie ein nettes weißes Mittelklasse-Mädchen aus Hampstead wäre? Ich glaube kaum. Und das wird der Grund sein, warum sie weggelaufen ist.«
Dan schüttelte den Kopf. »Das arme Mädchen. Sie haben also gedacht, dass sie sich vielleicht bei dir aufhält?«
Jane zuckte die Schultern. »Ich glaube nicht. Nicht im Ernst.

Ich glaube, der Inspektor hat nur pro forma so getan. Was er tatsächlich wissen wollte, war nur, ob ich von ihr gehört hätte. E-Mail, SMS, was immer.«

»Und, hast du von ihr gehört?«, fragte Dan.

Lüg nicht, wenn du nicht unbedingt musst. »Ich sage dir genau das, was ich ihm gesagt habe: Nein, ich habe überhaupt nichts von Tenille gehört.«

»Ich begreife immer noch nicht, wieso sie sich so schnell ein Urteil über Tenille bilden. Ich meine, sie ist doch eine außergewöhnlich intelligente Schwarze, oder? Sie ist doch nicht wie die anderen in Gangs oder so was. Oder gibt es da etwas, das du mir nicht erzählt hast?«

Jane wartete, bis ihre Mutter in die Speisekammer gegangen war, und sagte dann leise: »Ihr richtiger Vater ist der Gangster, der in Marshpool die Fäden in der Hand hält. Er erkennt sie nicht als seine Tochter an, aber alle wissen es. Einschließlich, wie es scheint, der Polizei.«

»Ah«, sagte Dan.

»›Ah‹, da hast du Recht. Aber das heißt noch nicht, dass Tenille wegen irgendeiner Sache schuldig ist, auch wenn sie Angst hat.«

»War also allerhand los gestern Abend. Ist alles in Ordnung? Hast du dich verletzt?«

»Ich hab mich an der Schulter gestoßen. Der Wagen hat mich erschreckt, als käme er direkt auf mich zu. Ich hatte nur den Bruchteil einer Sekunde Zeit, aber ich wusste ja, wohin ich springen musste.«

»Gott sei Dank. Die verflixten Teenager, dass die sich einen Spaß daraus machen müssen, die Leute zu erschrecken. Also, wie bist du mit Bossy Barbara klargekommen?«

Jane zog das Bündel Papiere zu sich heran. »Mehr Stammbäume, als man unterbringen kann.« Als Judy mit einer Hammelkeule hereinkam, sagte Jane: »Bossy Barbara hat ihre Sache großartig gemacht, Mum. Danke, dass du mich auf die Idee gebracht hast.«

»Ich freu mich, Schatz. Wir wollen doch alle, dass du Erfolg hast, weißt du.«

Während Judy mit dem Braten beschäftigt war, gab Jane einige der Papiere an Dan weiter.

»Ich hab gedacht, wir könnten sie durchsehen und sie dann nach dem Erstgeburtsrecht in der Reihenfolge der Wahrscheinlichkeit sortieren.«

Dan sah sie an, als hätte sie vorgeschlagen, ins Dorf hinunterzugehen und ein kleines Kind für das Mittagessen einzufangen. »Ich glaube nicht, dass ich lesen könnte, ohne dass mir schlecht wird. Eigentlich hatte ich vor, zum Cottage zurückzugehen und auszuschlafen. Wenn deine Mutter nichts dagegen hat.«

»Natürlich, wie gedankenlos von mir. Du könntest oben bleiben, bis du zurückfährst, wenn du möchtest.«

Jane versuchte zu verbergen, wie erleichtert sie war. Es war nicht so, dass sie Dan loswerden wollte. Aber nach dem letzten Abend brauchte sie jetzt Handlungsfreiheit, ohne dass jemand sie fragte, wohin sie ging oder was sie vorhatte.

Dan trank einen Schluck Tee und schauderte leicht. »Vielleicht würde ich ein bisschen Toast vertragen«, sagte er unsicher.

Während Judy ihn versorgte, begann Jane die Informationen zu ordnen, die sie von Barbara Field bekommen hatte. Sie fing an, sie in Stapel zu sortieren, und machte sich dabei Notizen. Es war ein mühsamer und komplizierter Vorgang, und bald wurde ihr klar, dass sich diese Arbeit sowieso leichter von einer einzigen Person erledigen ließe. Sie sah zu Dan auf, der unter Judys bangem Blick vorsichtig Toast mit Erdbeermarmelade kaute. »Ach ja, und ich dachte, ich sollte vielleicht versuchen, mit der Pathologin zu reden, die sich um die Moorleiche kümmert. Ich könnte vorschlagen, dass sie ein paar DNA-Proben von Fletcher Christians direkten Nachkommen nehmen sollte, um zu sehen, ob sie zueinander passen.«

Dan stand auf. »Gute Idee. Ich glaube, ich werde zum Pub runtergehen und mein Auto holen. Dann leg ich mich wieder ins Bett.«

»Ich kann Sie auf dem Weg zur Kirche absetzen, wenn Sie möchten«, sagte Judy.

»Schon gut, danke«, sagte er. »Ich glaube, ich brauche frische Luft.« Er zog Jane zu sich heran und umarmte sie. »Morgen früh geht's mir besser, und dann können wir mit den Befragungen anfangen.«

Sie küsste ihn auf seine stoppelbärtige Wange. »Danke. Ich arbeite an der Liste.«

Sie begleitete ihn bis zum Farmtor und winkte ihm nach, als er langsam den Abhang hinunterging. Aber statt an den Küchentisch zurückzukehren, überquerte Jane den Hof und verschwand zwischen der langen Scheune und dem Schuppen, wo die Schafe geschoren wurden.

Sie kam auf ein kleines Feld mit einem quadratischen Steingebäude in der am weitesten vom Haus entfernten Ecke. Eine Reihe rechteckiger Fenster mit mattierten Glasscheiben zogen sich in zwei Bahnen unter dem Dachvorsprung entlang, fast wie eine dekorative Umrandung. Die Eisentür war mattgrün gestrichen und mit einem starken Schloss gesichert. Ihr Vater hatte das Gebäude vor zwölf Jahren renoviert, als die EU-Vorschriften es ihm unmöglich machten, seine Schafe vor dem Verkauf an die Metzger in der Gegend selbst zu schlachten. Das alte Schlachthaus war weiter oben am Hang, und Allan hatte es in ein Ferienhaus umgebaut, das er Sheperd's Cott, Schäfers Landhaus, nannte, was in der Dorfkneipe Anlass zu großer Heiterkeit gab. Aber Allan wollte noch einen Raum haben, wo er für den Bedarf der Familie selbst schlachten konnte. Deshalb hatte er den baufälligen Schuppen umgebaut und Wasser und elektrisches Licht gelegt. Er hatte sogar ein kleines Klo und eine Dusche eingebaut, damit kein Schmutz vom Schlachten ins Haus getragen wurde.

Jane überquerte das Feld und hielt inne, scheinbar, um die Aussicht zu genießen, in Wirklichkeit aber, um sich zu vergewissern, dass sie nicht beobachtet wurde. Als sie so sicher war, wie sie sein konnte, dass die Luft rein war, schloss sie schnell die Tür auf, schlüpfte hinein und rief leise: »Ich bin's.«

Tenille saß auf einer der Steinbänke, durch den Schlafsack, den Jane am Abend zuvor aus dem Keller geholt hatte, vor der Kälte geschützt. Ein Buch war achtlos zur Seite geworfen worden, und ihre Augen waren angstvoll aufgerissen. Als sie sah, dass es Jane war, zog sie die Stöpsel aus den Ohren, und der unverwechselbare Klang von Hip-Hop-Musik erklang blechern in dem stillen Raum.

»Alles klar?«, sagte sie.

»Mir geht's gut, wie ist es mit dir? Hast du schlafen können?«

Tenille zuckte eine Schulter. »Ja. Hab 'ne Weile gebraucht, bis ich mich beruhigt hab. Aber als ich erst mal eingepennt war, Mann, da hab ich geschlafen wie ein Klotz.« Sie brachte eine schiefe Variante ihres üblichen Lächelns zustande. »Muss die Landluft sein, was?«

»Hast du genug zu essen?«

Tenille zeigte auf das Gebäck und die Wurst im Teigmantel, die Jane aus der Kühltruhe ihrer Mutter genommen hatte. »Ich hab alle Äpfel gegessen. Es ist 'n bisschen monoton, weißt du, was ich meine? Aber schon in Ordnung.«

»Morgen hol ich dir ein paar Sachen in Keswick. Meine Mum weiß bis auf die letzte Dose Tomaten, was in ihren Schränken und im Kühlschrank ist. Ich will nicht, dass sie merkt, wenn etwas fehlt, und sich zu wundern anfängt, was hier los ist. Gibt's irgendwas Besonderes, was du haben willst?«

Wieder das halbe Schulterzucken. »Schokokekse? Chips? Und vielleicht Sandwiches? Aber keine mit Thunfisch oder Krabben, Fisch mag ich nicht so. 'ne Zahnbürste wäre gut.

Oh, und Batterien für den hier«, fügte sie hinzu und zeigte auf den MP3-Player.
»Ich seh mal, was ich tun kann.« Jane setzte sich auf die Kante der Bank neben Tenille. »Hast du nochmal darüber nachgedacht, zur Polizei zu gehen?«
Tenille schüttelte den Kopf, halsstarrig bis ins Innerste. »Das geht nicht, Jane. Ich könnte nicht damit leben, wenn ich das täte.«
»Du kannst aber auch nicht ewig hier bleiben.« Bevor Tenille sie unterbrechen konnte, hob Jane die Hand, um sie daran zu hindern. »Und ich meine das nicht, weil ich dir sagen werde, dass du gehen sollst. Ich meine nur, dass es eine zeitlich beschränkte Möglichkeit ist. Ich muss in etwas über einer Woche nach London zurückfahren und kann dich nicht hier wohnen lassen, wo du selbst für dich sorgen müsstest. Außerdem« – sie grinste – »könnte mein Dad hier mal ein Schaf schlachten wollen.«
»Pfui.« Tenille schien angeekelt. »Ich hab's gerade so halbwegs geschafft, nicht daran zu denken, was sich hier drin tut, und da musst du es wieder erwähnen. Hör mal, das ist in Ordnung, ich weiß, dass ich nicht ewig hier bleiben kann. Aber ich brauche einfach Zeit, um meinen Kopf in Ordnung zu bringen, damit ich nicht dauernd Angst habe, okay?«
»Okay.« Jane stand auf.
Tenille schnippte mit den Fingern und schnalzte ärgerlich mit der Zunge. »Ach, bei all den Sachen, die sich getan haben, da hab ich was vergessen. Etwas, das ich dir sagen wollte.«
»Was?« Jane gab sich Mühe, nicht allzu besorgt zu klingen.
»Jake. Er ist wieder da. Und er verfolgt dich.«
Das war das absolut Letzte, was Jane von Tenille erwartet hätte. Schockiert sagte sie: »Was meinst du damit? Er ist doch auf Kreta.«
»Nein, ist er nicht. Er ist an dem Tag, als du weggefahren bist, zur Wohnung gekommen, als ich noch dort war.«

»Du hast ihn reingelassen?«
»Natürlich nicht.« Tenille klang verächtlich. »Er ist nur an die Tür gekommen, ich hab ihn durch den Spion gesehen. Er hat deinen Namen durch den Briefschlitz gerufen, dann hat er sich verpisst.«
Janes Herz machte einen Sprung, als sie daran dachte, dass Jake zurückgekommen war, und sie fand es schrecklich, dass er immer noch die Macht hatte, in ihr dieses Gefühl hervorzurufen.
»Das bedeutet aber nicht, dass er mich verfolgt, Tenille«, sagte sie und versuchte, ihre Gefühle zu verbergen.
»Ich weiß. Aber gestern hab ich ihn wieder gesehen, als ich versuchte, hierher zu kommen. Ich war auf dem Weg von Grasmere nach hier herüber. Und da hab ich ihn gesehen. Er war auf dem Weg oberhalb der Farm und schaute mit einem Feldstecher runter. Als würde er dich beobachten.«
Jane runzelte verwundert die Stirn. »Er hat die Farm beobachtet? Warum, in aller Welt, sollte er das tun?«
»Als ob ich das wüsste. Er ist ein fieser Typ, Jane. Du hast was Besseres verdient.«
»Du kennst ihn ja gar nicht«, erwiderte sie. »Aber ich verstehe nicht, warum er mir nachspionieren sollte. Warum kommt er nicht einfach direkt zur Farm?«
Tenille zuckte die Schultern. »Vielleicht wollte er sichergehen, dass sonst niemand dabei ist. Oder vielleicht macht es ihm Spaß, dich zu kontrollieren. Wie gesagt, er ist ein gemeiner Kerl.«
»Bist du sicher, dass er es war? Ich meine, er muss ja mit dem Rücken zu dir gestanden haben.«
Tenille schnaubte wieder verächtlich. »Sicher bin ich sicher. Ich hab ihn doch oft genug gesehen, wenn er zu dir kam. Er verfolgt dich, Jane.«
Von Tenilles Aussage verunsichert, schüttelte Jane den Kopf. »Ich begreife es nicht.« Sie strich sich das Haar aus dem Gesicht, als wolle sie so ihre Gedanken ordnen. »Ich muss

gehen. Ich habe Arbeit, mit der ich weitermachen muss. Kommst du klar?«

»Ja. Mach dir keine Sorgen um mich. Ich bin ganz ruhig.«

»Du weißt aber, dass du kein Licht anmachen darfst, wenn es dunkel wird? Das kann man nämlich vom Haus aus sehen.«

Tenille nickte niedergeschlagen. »Ich weiß. Ich vermute, ich werd mich einfach ans Schlafen gewöhnen müssen, oder?«

»Stimmt. Hör mal, ich werde versuchen, später heute Abend nochmal zu kommen, aber ich kann's nicht versprechen. Es kann auch morgen werden. Aber ich tu mein Bestes.« Jane streckte den Arm aus und tätschelte Tenilles Hand. Sie war sich kein bisschen bewusst, dass sie damit das Benehmen ihrer eigenen Mutter nachahmte. »Versuch, dich nicht verrückt zu machen.«

Ihre Worte klangen selbst in ihren eigenen Ohren hohl, als sie zum Haus zurückging. *Versuch, dich nicht verrückt zu machen*. Ja, toll. Als ob man die Wahl hätte. Wie lange, fragte sie sich, bekam man wohl dafür, wenn man einen Flüchtigen vor der Justiz versteckte? Das würde Matthew gefallen.

Nicht davon zu reden, dass dadurch für ihn der Weg zu dem Manuskript frei würde, das sie als das ihre zu betrachten begann.

Dieser Gedanke brachte sie wieder an den Küchentisch zu den Urkunden über Geburten, Heiraten und Todesfälle zurück, die sie noch nicht durchgesehen hatte. Als Judy vom Gottesdienst zurückkam, war sie fast fertig. »Wie kommst du voran?«, fragte ihre Mutter, nachdem sie in den Ofen geschaut hatte.

»Besser, als ich dachte. Und die beste Nachricht ist, dass die Person, die mit der größten Wahrscheinlichkeit in Frage kommt, hier nur ein Stück weiter oben wohnt.«

»Tja, so ist es eben im Lakeland. Kleine Welt. Also, wer ist es?«

»Edith Clewlow.« Jane suchte den Zettel, auf dem sie sich die Notiz gemacht hatte.
»Edith Clewlow?«, wiederholte Judy bestürzt.
»Du weißt doch, sie wohnt oben in Langmere Stile. Wir haben mit ihrem jüngsten Enkel Jimmy gespielt.« Jane hob den Blick und sah den Gesichtsausdruck ihrer Mutter. »Was ist los?«
Judy setzte sich schwerfällig hin. »Sie ist gestern Abend gestorben. Edith Clewlow ist gestern Abend gestorben.«

Wir verließen Tahiti zum letzten Mal am 23. September. Edward Young, John Adams, John Williams, William McKoy, Isaac Martin, Matthew Quintal, John Mills und William Brown begleiteten mich. Auch sechs eingeborene Männer und zwölf Frauen waren dabei. Mein Ziel war es, eine unbewohnte Insel zu finden, wo es schwierig war, vor Anker zu gehen, die abseits der Segelrouten lag und uns ernähren konnte. Wir reisten einige Monate und suchten nach einem passenden Ort für eine Siedlung, aber obwohl wir auf mehreren Inseln recht friedlich Handel trieben, um Nahrung und Wasser zu erhalten, konnten wir keinen Ort mit den Voraussetzungen finden, die ich mir für unseren Wohnort vorgestellt hatte. Schließlich begriff ich, dass wir die Inselgruppen hinter uns lassen mussten, wo die Eingeborenen frei von Insel zu Insel fuhren, und einen entfernten Ort suchen mussten, wo wir keine Nachbarn in unserer Nähe haben würden. Nachdem ich lange Blighs Karten studiert hatte, beschloss ich, dass wir uns nach Pitcairn aufmachen sollten.

27

Matthew starrte, ohne etwas wahrzunehmen, auf die über die Tische gebeugten Köpfe im Klassenzimmer. Die Kinder waren still und arbeiteten an den Rechenaufgaben, die er ihnen gegeben hatte. Er fing die Woche immer gern mit einer Aufgabe an, die Konzentration verlangte, um eine klare Trennlinie zwischen der Freizügigkeit ihrer freien Tage und der Disziplin in der Schule zu ziehen. Er hatte ihnen eine Weile Zeit gegeben, um die an der Tafel angeschriebenen Aufgaben zu lösen, bevor er nach der großen Pause zum Ahnenforschungsprojekt überging.

Was Jane ihm beim gestrigen Mittagessen vorgeworfen hatte, schmerzte ihn immer noch. »Wann wolltest du mir denn von Dorcas Mason erzählen?«, hatte sie sofort gefragt, als er die Küche betrat.

»Heute«, sagte er und war sich bewusst, dass er ihr moralisch überlegen war. »Als du neulich ihren Namen erwähntest, dachte ich, das erinnert mich an etwas, aber ich wollte dir keine falsche Hoffnung machen. Deshalb ging ich nach Hause und sah mir die Arbeitsunterlagen der Kinder nochmal an. Es war zu spät, um dich anzurufen, und gestern war ich den ganzen Tag unterwegs.«

»Du hast immer eine Antwort parat, oder?«, sagte Jane. »Warum kannst du's nicht zugeben, Matthew? Du wolltest versuchen, das Manuskript selbst zu finden und den Ruhm für dich in Anspruch zu nehmen.«

»Ich hab dir doch gesagt, dass er es dir erzählen wollte«, mischte sich Diane ein. »Aber du denkst ja immer das Schlimmste von Matt.«

»Nur deshalb, weil das gewöhnlich stimmt«, sagte Jane. »Du hast kein Interesse an meiner Arbeit gezeigt, bis ich den Namen Dorcas Mason erwähnte. Bis dahin hast du dich darüber nur lustig gemacht. Dann wolltest du plötzlich alles wissen: Wer sie war, was sie mit dem Manuskript zu tun hatte, welche Rolle sie bei meiner Forschungsarbeit spielte. Und kein Wort, kein Hinweis, dass du etwas wissen könntest, das mir helfen würde.«

»Ich hab's dir doch gesagt. Ich wollte keine Hoffnungen bei dir wecken, nur um sie dann zu enttäuschen.« Matthew beugte sich zu ihr hinüber und goss sich ein Glas Wein ein.

»Ach komm, Matthew. Sag doch die Wahrheit. Du hast geplant, meine Forschungsarbeit zu klauen und mir ganz gewaltig eins reinzuwürgen.«

»Hast du eine Ahnung, wie paranoid du dich anhörst?«

Allan schlug mit der flachen Hand so laut auf den Tisch, als bräche ein Felsbrocken von einer Klippe. »Genug, ihr beiden. Wenn ihr streiten müsst, tut's irgendwo anders. Ihr seid beide viel zu alt, um euch so zu benehmen.«

Und damit war der mit Worten geführte Streit zu Ende. Aber die Geschwister kochten vor Wut, Matthew umso mehr, als sein seltener großherziger Impuls so gründlich missverstanden worden war. Unter Janes verächtlichem Blick beschloss er wutentbrannt, wenn er schon die Prügel bekäme, dann könne er auch den Frevel begehen. Jane mochte ihre akademischen Qualifikationen haben, aber er hatte die Beziehungen. Er wohnte hier. Er war der Rektor, und die Leute kamen seinen Wünschen entgegen.

Die Unruhe im Klassenzimmer holte Matthew in die Gegenwart zurück. Mehrere Kinder hatten die Aufgaben gelöst, immer dieselben, dachte Matthew. »Okay. Ihr habt genug Zeit gehabt. Legt eure Bleistifte hin. Aufgabe eins – wer gibt

mir die Antwort?« Unweigerlich streckte Sam seine Hand in die Luft. »Ja, Sam?«
»Fünfhundertsechsundsiebzig, Sir.«
»Stimmt. Hat jemand das nicht richtig gehabt?« Zwei Hände hoben sich langsam. »Okay, Sam, komm an die Tafel und zeig uns, wie du's gemacht hast.« Matthew sprach mit der Klasse die Aufgaben durch und war wie geplant genau beim Klingeln zur großen Pause fertig. Als die Kinder aufstanden und zur Tür gingen, sagte er: »Sam, Jonathan, könnt ihr einen Moment hier bleiben?«
Sie kamen an seinen Schreibtisch, Sam versuchte, sein Interesse zu verbergen, und Jonathan seine Unsicherheit. Matthew legte ihre Stammbäume vor sie hin. »Übers Wochenende habe ich etwas sehr Interessantes herausgefunden. Dorcas Mason, eine von euren Ahnen, hat für eine sehr wichtige Person hier in Cumbria gearbeitet. Könnt ihr euch vorstellen, wer das sein könnte?«
Jonathan stand stumm wie ein Kalb da. Aber Sam traute sich zu raten. »War es Beatrix Potter?«, fragte er.
»Du liegst mit der Zeit ein bisschen daneben, Sam. Es war, als Dorcas sehr jung war, bevor sie Arnold geheiratet hat.«
Sam steckte beim Nachdenken den Finger ins Ohr. »War es dann vielleicht Wordsworth?«, fragte er.
»Stimmt genau. Dorcas Mason war als Mädchen ein paar Jahre Dienstmagd im Dove Cottage. Was haltet ihr davon?«
»Cool. Wir können das auf unsere Stammbäume schreiben, dass sie William Wordworth' Magd war«, sagte Sam.
Jonathan trippelte unruhig hin und her. »Heißt das, dass sie berühmt war?«, murmelte er.
Ausnahmsweise einmal fand Matthew, dass Jonathan eine sinnvolle Bemerkung gemacht hatte. »Na ja, nein, nicht wirklich. Aber sie hat wahrscheinlich Leute kennen gelernt, die damals sehr berühmt waren. Und deshalb habe ich mich gefragt, ob ihr vielleicht einmal von Familienpapieren gehört

habt, die aus Dorcas' Zeit stammen. Sie hat vielleicht ein Tagebuch geführt oder Briefe aufbewahrt, die mit ihrer Arbeit im Dove Cottage zusammenhingen. Vielleicht hat sie sogar Papiere aufgehoben, die William Wordsworth weggeworfen hat – frühe Fassungen von Gedichten oder Notizen, die er nicht mehr brauchte. Habt ihr schon mal von so was gehört?«

Jonathan schüttelte mit leerem Blick den Kopf. Matthew war froh, dass die Chance recht gering war, dass das Manuskript an die Bramleys vererbt worden sein könnte. Sie hätten es wahrscheinlich genommen, um ihre Einkaufslisten darauf zu schreiben. Aber Sams Familie war clever. Sam selbst sah enttäuscht aus. »Ich erinnere mich nicht, dass jemand irgendwann mal über so was geredet hätte«, sagte er.

»Na, vielleicht könntet ihr beide mal fragen, wenn ihr heute Nachmittag nach Hause kommt?«, schlug Matthew freundlich vor. »Wenn es etwas gäbe, könnten wir es in die Ausstellung aufnehmen. Das wäre gut, nicht wahr? Wenn wir unser Projekt mit dem größten Sohn Cumbrias in Verbindung bringen könnten?«

Sam nickte begeistert. »Das wäre wirklich cool. Ich frag heute Abend meinen Dad.« Dann verfinsterte sich sein Gesicht. »Aber vielleicht ist jetzt keine gute Zeit dafür.« Seine Unterlippe zitterte, und er presste die Lippen zusammen.

»Seine Urgroßmutter ist am Samstag gestorben«, erklärte Jonathan ungefragt. »Vielleicht will sein Dad jetzt nicht über die Familie reden oder so.«

Matthew verbarg seinen Anflug von Ärger. »Oder aber er würde vielleicht verstehen, dass wir ihr damit Achtung erweisen, wenn wir Papiere von Dorcas, die sich bei ihren Sachen fanden, in das Projekt aufnehmen würden. Du kannst ja mal fragen, Sam, oder?«

Der Junge nickte tapfer. »Ich frag mal.«

»Und du auch, Jonathan. Also, geht jetzt, damit ihr noch ein bisschen was von der Pause habt.« Matthew sah ihnen nach.

Es war nicht leicht, bei den beiden gemeinsame Gene zu erkennen, dachte er. Er hoffte, dass es Sam war, der nach Dorcas geraten war. Es würde einem das Herz brechen, sich vorzustellen, dass Wordworth' großes episches Werk zum Feueranzünden gedient hätte. Aber in Cumbria, wo die Menschen stolz darauf waren, sich keinem Herrn beugen zu müssen, war alles möglich.

Jane hatte ihren Aktionsplan mit ihrer Mutter besprochen. Judy hatte ihr gesagt, dass Edith Clewlow von Gibson, dem Bestatter in Keswick, bereits in die Leichenhalle gefahren worden, dann aber zurückgebracht und im Haus ihrer Enkelin Alice aufgebahrt worden sei. »Erinnerst du dich an Alice?«, fragte Judy.

»Eigentlich nicht, sie war um einiges älter als wir.«

»Sie hat nicht geheiratet, ging ins College und ist Bibliothekarin geworden. Ein paar Jahre hat sie in Kendal gearbeitet, aber jetzt lebt sie wieder in Keswick. Als Leiterin der Bibliothek. Sie wohnt in diesem neuen Baugebiet in der Braithwaite Road. Sie hat mehr Platz für den Leichenschmaus als die anderen.«

»Was meinst du, wie würde sie es aufnehmen, wenn ich sie fragen würde, ob ihre Großmutter alte Papiere aufbewahrt hatte?«

Judy warf ihrer Tochter einen belustigten Blick zu. »Na ja, ich hoffe, du würdest es in hübschere Worte kleiden.«

»Ich werde diplomatisch sein, Mum. Aber meinst du, Alice würde wissen, ob Edith Familienpapiere hatte?«

»Wahrscheinlich schon. Aber Frank ist derjenige, den du fragen musst. Er hat seine Oma sehr gern gehabt. Ist jeden Morgen hingefahren, hat ihr die Milch und die Zeitung gebracht und nachgesehen, ob es ihr gut ging. Frank hat sie am Sonntagmorgen gefunden. Er wollte sie abholen, damit sie zur Kirche gehen konnte. Aber sie lag tot in ihrem Sessel im Wohnzimmer, so friedlich, als wäre sie kurz eingeschlafen.«

»Schade, dass es nicht Jimmy war, der sich um sie gekümmert hat. Den habe ich immer um den Finger wickeln können.« Jane lächelte, als sie sich an Jimmys freches Grinsen und seine unbekümmerte Art erinnerte. Sie hätte sich fast in ihn verknallt und hatte es sich von ihrer besten Freundin ausreden lassen, die gesagt hatte, er sähe wie ein Affe aus, besonders wenn er gebückt und mit den Armen fuchtelnd vor seiner Trommel saß.

Judy presste die Lippen aufeinander. »Jimmy Clewlow ... ich glaube nicht, dass er zur Beerdigung kommen wird. Man hat ihn kaum hier gesehen, seit er das Studium aufgegeben hat und dieser Popgruppe beigetreten ist.«

»Es ist keine Popgruppe, Mum, es ist ein modernes Jazz-Quintett. Und sie haben einen guten Namen. Ich habe schon öfter Kritiken ihrer CDs gelesen.«

»Ja, vielleicht, aber das ist doch keine richtige Arbeit, oder?«

»Es ist genauso eine richtige Arbeit wie das, was ich mache. Und er verdient wahrscheinlich mehr als ich.« Das Gespräch hatte sich dann Erinnerungen an die Schulzeit, an ihre Freundinnen und was sie jetzt taten, zugewandt. Aber Judy hatte ihr nicht geraten, dass sie nicht gehen solle, also fuhren sie nach Thistlethwaite Court zu einem freundschaftlichen Treffen mit der Clewlow-Sippe.

Jane war erleichtert, dass Dan sich von seiner Lebensmittelvergiftung wieder erholt hatte. Als sie ihn am Cottage abholte, war er wieder ganz der Alte mit strahlendem Blick, Kopf und Wangen frisch rasiert. »Ich habe eine E-Mail von Anthony Catto bekommen«, sagte sie, als sie die Hauptstraße hinunterfuhren. »Er hat ein interessantes Wordsworth-Zitat über flüchtige Gesetzesbrecher ausgegraben, die sich im Lake District versteckten. Ich habe ihm zurückgemailt und mitgeteilt, wie wir den Stammbaum geknackt haben. Man weiß ja bei Anthony nie – er hat tolle Quellen. Vielleicht findet er irgendetwas.«

»Wir brauchen jede Hilfe, die wir kriegen können«, sagte Dan. »Also, erzähl mir von den Clewlows.«

Kindheitserinnerungen beschäftigten Jane auf der Fahrt nach Keswick. Aber selbst wenn sie den silbernen Audi bemerkt hätte, der ihr vom Ortsrand in Fellhead an nachgefahren war, hätte sie sich wahrscheinlich nichts weiter dabei gedacht. Es gibt so wenige Straßen im Lakeland und so wenige Orte, an denen man vorbeikommt, dass es möglich wäre, einige Zeit ein Fahrzeug hinter sich fahren zu sehen, ohne dass man diesen Umstand für verdächtig halten würde.

Alices Haus stand in einer Sackgasse mitten in der Zeile von Reihenhäusern, die mit Fachwerk und Gips einen traditionellen Stil repräsentieren sollten. Diese Häuser wirkten in der Landschaft nicht ganz so deplatziert wie die der leitenden Angestellten aus dunkelrotem Backstein, die überall in der Gegend gebaut worden waren. Drei Autos standen eng hintereinander in der Einfahrt und noch ein paar andere halb auf dem Gehweg an beiden Straßenseiten. Jane hielt hinter dem am weitesten entfernt geparkten Fahrzeug an, und sie gingen ein Stück zurück, wobei Jane den selbstgebackenen Apfel-Zimt-Kuchen trug, den ihre Mutter ihr noch schnell mitgegeben hatte. »Du kannst doch nicht mit leeren Händen dort auftauchen«, hatte sie erklärt.

Jane klingelte und wartete. Die Stimme eines Mannes rief: »Ich geh schon«, und die Tür wurde geöffnet. Sie konnte kaum glauben, dass sie so ein Glück hatte. Auf der Schwelle stand Jimmy Clewlow, der genauso aussah, wie sie ihn in Erinnerung hatte, und erstaunt ausrief: »Jane Gresham!« Er machte den Mund ein paarmal auf und wieder zu, als versuche er, die rechten Worte für diese Begegnung zu finden.

»Es tut mir so leid, ich wollte nur mein Beileid aussprechen«, sagte sie.

»Ja, klar. Komm rein«, stammelte er. »Halb Fellhead ist schon hier. Aber du, ich bin einfach … gerührt, nehme ich an. Über dich. Einfach so vorbeizukommen.«

Jane nickte. »Meine Mum konnte nicht kommen. Sie hat mich gebeten, euch das zu bringen.« Sie überreichte ihm den Kuchen. »Und das ist mein Kollege, Dan Seabourne. Er ist zur Zeit hier auf Besuch.«
Jimmys Aufmerksamkeit richtete sich auf Dan. Auch sein Gesichtsausdruck veränderte sich, aus Verwirrung wurde deutliches Interesse. Jimmy schüttelte Dan die Hand. Dan legte seine andere Hand darüber und sah ihm mitfühlend in die Augen. »Herzliches Beileid.«
Jimmy nickte. »Danke. Kommt doch rein. Alle sind im Wohnzimmer, außer Grandma natürlich, sie ist im hinteren Zimmer. Möchtest du ... du weißt schon ...?«, fragte er Jane.
Sie schien verlegen. »Schon gut ... Ich hab für solche Dinge nicht so viel übrig.« Sie folgten ihm durch den Flur in einen Raum mit niedriger Decke, der sich über die ganze Länge des Hauses erstreckte. Jimmy hatte nicht übertrieben. Halb Fellhead war da, und die meisten Leute betrachteten sie und Dan neugierig.
Alice bemerkte, dass neue Gäste gekommen waren, und entschuldigte sich bei der Frau, die die Geschenkeboutique in Fellhead führte. Alice hatte sich im Lauf der Jahre überraschend wenig verändert. In ihrem braunen Haar zeigten sich an den Schläfen erste Silberfäden, aber die wenigen Falten auf ihrem Gesicht zeugten eher vom Lachen als von Unzufriedenheit. Sie trug einen schlichten schwarzen Hosenanzug und große halbmondförmige Silberohrringe. »Danke fürs Kommen«, sagte sie automatisch, und ihr breiter Mund verzog sich zu einem unbeschwerten Lächeln.
»Es tut mir sehr leid. Ich hab deine Großmutter sehr gern gehabt«, sagte Jane wahrheitsgemäß.
Alice runzelte leicht die Stirn, als wisse sie nicht recht, wo sie Jane zuordnen sollte.
»Das ist Jane Gresham und ihr Freund Dan Seabourne«, warf Jimmy hilfsbereit ein. »Du erinnerst dich doch an Jane, oder, Alice? Aus Fellhead? Ich hab oft mit ihr und ihrem

Bruder Matthew oben in Langmere Stile gespielt.« Er hielt den Kuchen hoch. »Sie hat einen Kuchen gebracht.«

Alice neigte bestätigend den Kopf. »Danke. Natürlich erinnere ich mich an dich. Du lebst jetzt in London, oder?«

»Stimmt. Ich bin für zwei Wochen hier, weil ich mit Dan an einem Forschungsprojekt arbeite. Mum hat mir gestern erzählt, was passiert ist, und ich wollte vorbeikommen und sagen, wie leid es mir tut.«

»Das ist schön, dass du nach Hause gekommen bist. Manche Leute brauchen erst einen Todesfall in der Familie, bevor sie uns mit ihrem Besuch beehren«, fügte Alice spitz hinzu.

Jimmy seufzte wie jemand, der das alles schon mal gehört hat, aber nicht streiten wollte.

Jane lächelte Alice zu. »Eigentlich hatten wir gehofft, deine Großmutter diese Woche besuchen zu können.«

Alice schien verwirrt. »Ich wusste nicht, dass du sie manchmal besucht hast. Sie hat es nie erwähnt.«

»Nein, ich bin noch nie bei ihr gewesen. Aber ich dachte, sie könnte mir vielleicht bei unserer Arbeit helfen.«

»Gran?« Alice klang skeptisch.

»Cool«, sagte Jimmy. »Was machst du, etwas mit mündlicher Überlieferung? Gran hatte ein tolles Gedächtnis, jede Menge Geschichten. Sie wäre genau die Richtige gewesen, mit der man über solche Sachen hätte reden können.«

»Ihr zwei seid doch nicht aus London gekommen, um die Lebensgeschichte meiner Großmutter zu hören«, sagte Alice unverblümt mit herausforderndem Gesichtsausdruck.

»Nein.« Sie sahen Jane erwartungsvoll an, aber Alices Gesichtsausdruck war jetzt deutlich weniger freundlich. »Ich weiß nicht, ob ihr das wisst oder nicht, aber vor sechs Generationen hat ein Mitglied eurer Familie für die Familie Wordsworth im Dove Cottage gearbeitet. Sie war Dienstmagd und hieß Dorcas Mason. Dann hat sie euren Ururururgroßvater geheiratet«, sagte Jane und zählte die Generationen an den Fingern auf.

»Und du meintest, meine Gran wüsste vielleicht etwas über diese Dorcas?« Alice klang skeptisch.
»Eigentlich hatte ich gehofft, dass sie mir womöglich sagen könnte, ob es Papiere gab, die weitervererbt worden sind. Tagebücher, Briefe, vielleicht sogar Entwürfe von Gedichten, die William weggeworfen hatte.« Jane hoffte, mit einem Lächeln Alice versöhnlich stimmen zu können.
Aber Alice sah sie eindeutig feindselig an. »Was ist denn los mit deiner Familie? Zuerst ruft dein Bruder an und will wissen, ob sie alte Familienpapiere hätte, dann kreuzt du hier auf und tust so, als wolltest du dein Beileid aussprechen, willst aber in Wirklichkeit nur herumschnüffeln, ob meine Gran etwas hinterlassen hat, was sich zu begrabschen lohnt.«
»Mein Bruder?«
»Tu nicht so, als wüsstest du das nicht. Ich denke mir, du hast ihm aufgetragen, den ersten Kontakt zu knüpfen, weil er der Rektor ist, unseren Sam in der Klasse hat und Grandma ihm trauen würde. Und als das nichts geworden ist, kommst du hier an wie ein Aasgeier und willst sehen, ob wir etwas Wertvolles haben, das man uns abknöpfen könnte.«
Jane schüttelte bestürzt den Kopf. Sich der vielen auf sie gerichteten Blicke bewusst, sagte sie stotternd: »Ich hab nicht die Absicht, euch etwas abzuknöpfen. Ich arbeite für die Uni, ich bin Wissenschaftlerin und keine Betrügerin. Ich will es doch nur anschauen. Und ich hatte keine Ahnung, dass mein Bruder mit Mrs. Clewlow gesprochen hat.«
Alice schnaubte verächtlich. »Du musst wohl denken, wir hier oben sind doofe Landeier. Also, bevor du den Rest der Familie belästigst, sag ich dir klipp und klar: Meine Gran hat nichts von Wert. Keine alten Dokumente, keinen wertvollen Schmuck, keine Aktien oder Wertpapiere. Du kannst uns also in Ruhe lassen, weil es für dich hier nichts zu holen gibt. Geh und verschone uns mit deinen Londoner Grabräubermethoden.«

Inzwischen war es im Raum still geworden, und alle Anwesenden sahen Jane und Dan an.
»Sie haben das alles falsch verstanden, Ms. Clewlow«, sagte Dan versöhnlich. »Wir wollen Ihnen oder Ihrer Familie nichts wegnehmen.«
»Und ich glaub Ihnen nicht. Da trifft es sich ja ganz gut, dass es nichts mitzunehmen gibt, oder? Also, ich möchte, dass ihr beide mein Haus verlasst.«
Jimmy war völlig entgeistert, aber er streckte eine Hand aus, berührte Janes Ellbogen, sagte leise: »Komm«, und führte sie aus dem Zimmer hinaus.
Jane war zutiefst schockiert und fühlte sich grundlos angegriffen. »Wir haben wirklich nicht versucht, euch reinzulegen«, sagte sie, als sie an der Haustür standen.
»Ich weiß. Alice ist einfach durcheinander. Sie hat Gran wirklich sehr gern gehabt. Morgen wird es ihr furchtbar leid tun.«
»Ich kann's kaum fassen, dass sie mich so missverstanden hat.«
»Es ist so, wie Jimmy gesagt hat, sie ist durcheinander. Die Leute benehmen sich merkwürdig, wenn sie einen lieben Menschen verloren haben«, sagte Dan.
Jimmy nickte eifrig. »Mach dir keine Gedanken. Hört mal, ihr seid doch noch 'ne Weile hier? Ich bin nämlich noch bis zur Beerdigung da. Aber ich dreh durch, wenn ich mir bis dahin den Verein hier anhören muss. Habt ihr Lust, mal was trinken zu gehen?«
Jane war verblüfft, wie schnell sich der Zweck ihres Besuchs geändert hatte. »Okay, ja. Ruf bei meinen Eltern an. Sie stehen im Telefonbuch.«
Dan warf Jimmy ein Lächeln zu. »Gute Idee. Hören Sie, ich weiß, das passt jetzt nicht so richtig hierher … aber ich mag Ihre Musik wirklich sehr.«
Jimmy war überrascht. »Danke. Das hör ich hier oben nicht oft.«

»Es wäre mir ein Vergnügen, Sie zu einem Drink einzuladen«, fügte Dan hinzu.
»Ich freu mich drauf.« Jimmy öffnete die Tür und blieb stehen, während sie auf ihr Auto zugingen. »Jane«, rief er, als sie ein paar Meter weg war. »Es gibt keine Papiere. Ehrlich.«
Sie blickte über ihre Schulter zurück und sah sein unsicheres Lächeln und wusste, dass er die Wahrheit sagte. »Jetzt sind wir genauso weit wie vorher«, murmelte sie.
Dan schaute zu Jimmy zurück. »Ach, ich würde nicht sagen, dass das reine Verschwendung war. Er ist total süß.«
Jane verdrehte die Augen. »Er ist hetero. Und du hast schon einen Freund.«
Dan machte die Wagentür auf. »Wie auch immer. Ich glaube, Jimmy könnte uns sehr nützlich sein. Wir müssen ihn auf unsere Seite bekommen und zusehen, dass es so bleibt.«

Sharon Cole saß zusammengekauert in Donna Blairs Büro. Sobald sie die Postkarte aus ihrer Tasche gezogen und sie der Kriminalbeamtin gegeben hatte, war Donna weggegangen. Sie hielt die Karte an einer Ecke fest und sagte Sharon, sie solle sitzen bleiben, bis sie zurück sei. Das war vor fast zwanzig Minuten gewesen, und Sharon wünschte, sie hätte sich nicht darum gekümmert. Wenn das so weiterging, würde sie zu spät zur Arbeit kommen – und wofür? Tenille war ja nicht blöd. Sie wollte Sharon nur wissen lassen, dass es ihr gut ging. Sie nahm bestimmt an, dass Sharon die Karte der Polizei zeigen würde. Wenn sie sie in Oxford abgeschickt hatte, war es so sicher wie das Amen in der Kirche, dass sie vorhatte, sich mit dem nächsten Bus oder Zug von dort abzusetzen. Es würde die Bullen nicht einen Zentimeter bei ihrer Suche nach Tenille weiterbringen, und ihr vermasselte es den ganzen Tag.
Weitere zehn Minuten vergingen, bevor Donna zurückkam. »Danke, dass Sie das gebracht haben, Sharon«, sagte sie, als

wären sie gute Freundinnen oder so ähnlich. »Das macht es mir leichter, Ihnen zu glauben, wenn Sie sagen, Sie hätten mit alldem nichts zu tun. Und Sie sind sicher, dass das Tenilles Schrift ist?«

Sharon nickte. »Sie macht immer diese komischen kleinen Kreise über dem *i.*«

»Ich werde das überprüfen, wissen Sie. Sie muss ja hin und wieder in der Schule etwas geschrieben haben.« Sie hielt inne und wartete auf eine Reaktion, aber es kam keine. »Kennt sie jemanden, der in Oxford oder in der Nähe wohnt, soweit Sie wissen?«

Sharon warf Donna einen Blick zu, der so viel besagte wie ›Sind Sie noch bei Trost?‹.

»Wie soll sie jemand von dort kennen? Sie ist ja kaum mal aus London rausgekommen und schon gar nicht nach Oxford.«

»Vielleicht ist eine Schulfreundin weggezogen?«, versuchte es Donna weiter.

»Nicht, dass ich je so etwas gehört hätte. Ich hab Ihnen ja gesagt, sie hatte nicht viele Freunde. Und zu einer Schulfreundin konnte sie sowieso nicht gehen. Wie sollte die sie denn verstecken? Die hat doch eine Familie, und selbst in den miesesten Familien würde man es merken, wenn ein Kind mehr im Haus ist.«

»Ich muss alle Möglichkeiten überprüfen. Sie glauben also nicht, dass sie sich für Oxford als Reiseziel entscheiden würde?«

Sharon schnaubte. »Ich glaube nicht mal, dass sie weiß, wo Oxford liegt.«

Donna ging durch ihr Büro und starrte auf ihre vollgestopften Regale. Dann zog sie etwas heraus und löste beinah eine Papierlawine aus. Sie knallte den Straßenatlas auf ihren Schreibtisch und öffnete ihn auf der Seite mit den Fahrtrouten. »Ich weiß, wo Oxford ist«, sagte sie. »Und ich weiß auch, dass man durch Oxford fahren muss, um in eine be-

stimmte Gegend zu kommen.« Sie stieß mit einem Finger auf die Karte.
Sharon runzelte die Stirn. »Welche wär das denn?«, fragte sie und schaute ausdruckslos auf Städtenamen, von denen sie noch nie gehört hatte.
»Es ist der Lake District, Sharon. Wo Jane Gresham herkommt.«

Zwei Monate lang kreuzten wir in den kalten südöstlichen Winden und unwirtlichen Gewässern des Pazifik, viel weiter südlich als das freundliche Meer in der Gegend von Tahiti und Toobouai. Die Kälte drang uns bis auf die Knochen, und wir waren erschöpft von der Arbeit, ein so großes Schiff mit so wenigen Männern auf Kurs zu halten. Das Pfeifen des Windes in der Takelage trieb uns mit seinem hohen und nie abreißenden Ton fast in den Wahnsinn. Die Bounty war inzwischen nicht mehr gut in Schuss, die Planken waren verzogen und undicht, auch ihr Rumpf musste abgedichtet werden, viele von den Segeln fehlten, und die vorhandenen waren in schlechtem Zustand. Als das neue Jahr anfing, brauchten wir unbedingt eine Gelegenheit, an Land zu gehen. Endlich kamen wir an den Ort, wo nach der Admiralitätskarte Pitcairn zu finden war. Aber es gab kein Anzeichen von Land. In jeder Himmelsrichtung sahen wir nichts als Wasser.

28

Jane fuhr ins Zentrum von Keswick zurück und fragte sich, wie sie Dan ablenken könnte, damit sie für Tenille einkaufen konnte. »Ich muss ein paar Dinge erledigen. Und wir brauchen die aktuellen Adressen zu den Namen auf der Liste«, sagte sie.

»Das könnte ich machen, wenn du mich an der Bibliothek absetzt«, sagte Dan. »Normalerweise bin ich bei solchen Recherchen gut«, fügte er bußfertig hinzu.

»Es ist hilfreich, wenn die Namen richtig geschrieben sind. Bist du sicher, dass es dir nichts ausmacht?«

»Ja. Und kannst du mir einen Gefallen tun – wenn du in der Nähe eines Supermarkts bist, könntest du mir gemahlenen Kaffee mitbringen?«

»Kein Problem. Ich muss sowieso Verschiedenes für zu Hause holen.« Sie vereinbarten, dass sie sich in einem Café in der Stadtmitte treffen würden, dann ging Jane in den Supermarkt, um sich mit Vorräten für Tenille einzudecken. Glücklicherweise war Montag, und Judy hatte wie immer eine Einladung zum Lunch und zu einem Whist-Nachmittag bei einer Freundin im Dorf. Ab Mittag würde die Luft also rein sein, und sie könnte ihre Einkäufe abliefern. Wenn ihr Dad auf dem Hof wäre, würde sie die Einkäufe im Wagen lassen müssen, bis er wieder auf den Hang hinaufging.

Am Vormittag war das Café voller Frauen, die zwischen den Einkäufen eine Pause machten, und Touristen, die sich für einen Ausflug in die Berge stärkten. Sie fand einen Tisch hinten neben der Tür zur Küche und bestellte eine Tasse heiße Schokolade und ein Stück Teekuchen. Sie musste sich etwas Gutes tun, das Ruhe in das Durcheinander in ihrem Kopf brachte. Es passierte so viel, und so wenig davon machte Sinn.

Beim Mittagessen am Sonntag hatte sie fast geglaubt, Matthew sage die Wahrheit. Selbst nach einem ganzen Leben voll schlechter Erfahrungen mit ihm wünschte sie sich trotzdem, er möge fähig sein, sich zu ändern. Aber als Alice Clewlow von Matthews Anruf bei Edith sprach, sah Jane sich gezwungen, zu akzeptieren, dass sie Recht hatte. Matthew war bei diesen Nachforschungen ihr Gegner. Seine selbstgerechte Behauptung, auf ihrer Seite zu sein, war wieder nichts anderes als eine seiner eigennützigen Lügen, die dazu dienen sollte, ihm aus der Patsche zu helfen und Jane als kleinlich und paranoid hinzustellen.

Bitte, lieber Gott, lass ihn nicht ahnen, dass sie Tenille versteckte. Er würde sie beide bei der Polizei verpfeifen, ohne weiter darüber nachzudenken. Und das war natürlich das nächste Problem. Was sollte sie mit Tenille machen? Sie konnte sich nicht vorstellen, wie man ihrer eisernen Entschlossenheit, ihren Vater zu schützen, beikommen könnte. Es war ja nicht so, dass Tenille die Gefahren ihrer gegenwärtigen Strategie nicht verstand. Sie war nicht dumm, sondern nur eigensinnig. Aber irgendetwas musste früher oder später passieren. Die aktuelle Situation konnte nicht mehr als eine Warteschleife sein, bis Jane eine Entscheidung treffen würde, die Tenille vielleicht nicht begreifen könnte. Es durfte nicht so weitergehen. Eine Flüchtige zu verstecken, die zufällig die Tochter eines Mannes war, der offenbar vor nichts zurückschreckte, um sie schützen, das war schon schlimm genug. Aber die Polizei und ihre Eltern zu belügen, das ließ sie die ganz Nacht wach liegen und sich sorgen, was wohl als Nächstes passieren würde.

Und dann war da noch Jake. Was, zum Teufel, wollte er? Sie musste Tenille glauben, denn es gab keinen Grund, warum das Mädchen lügen sollte. Sie starrte in ihre heiße Schokolade, als würden sich in deren dunklen Tiefen die Antworten finden lassen.

Vom Geräusch des Stuhls gegenüber, der zurückgezogen wurde, schreckte sie hoch und kam wieder zu sich. Aber der Mann, der die Hand auf die Stuhllehne gelegt hatte, war nicht der, den sie erwartet hatte.

»Darf ich mich zu dir setzen?«, fragte Jake.

»Du verfolgst mich also«, sagte Jane mit überraschend ruhiger, gelassener Stimme.

Jake schrak zurück, auf seinem Gesicht zeigte sich Bestürzung. »Was meinst du damit – dich verfolgen?«

»Du spionierst mir nach, folgst mir. Du solltest dankbar sein, dass ich nicht die Polizei angerufen habe«, sagte Jane und genoss den Adrenalinstoß, den die Empörung in ihr auslöste.

Jake hob die Hände, die Handflächen nach oben – ein Zeichen dafür, dass er sich ergab. »Moment. Können wir mal ein bisschen auf die Bremse treten? Ich wollte dich besuchen, Jane, um mit dir zu reden. Weil ich dir sagen wollte, dass ich einen Fehler gemacht habe.« Er sah zerknirscht aus. »Bitte, kann ich mich setzen? Die Leute gucken ja schon.«

Jane merkte, dass sie in dem Café tatsächlich im Mittelpunkt der Aufmerksamkeit standen. Sie hatte für heute Vormittag genug von Leuten, die sie anstarrten. »Setz dich, wenn's sein muss«, sagte sie mit verkniffenen Lippen.

Die Bedienung näherte sich, unverhohlen neugierig. »Ich nehme …«, begann Jake, aber Jane fiel ihm ins Wort.

»Er bleibt nicht«, sagte sie bestimmt. Die Bedienung wandte sich ab und warf im Weggehen einen Blick zu ihnen zurück.

»Was ist denn bloß los mit dir?«, fragte Jane.

Jake seufzte und starrte auf das Tischtuch. »Hör mir einfach zu, bitte. Ich bin zurückgekommen, weil du mir gefehlt hast.

Ich weiß, dass ich dumm bin. Ich wollte sehen, ob es noch eine Chance für uns gibt, um es nochmal zu versuchen.« Er sah schnell auf.

»Und warum hast du mich nicht angerufen?«

»Weil es zu leicht für dich gewesen wäre, einfach aufzulegen.«

Es war schwer, bei seinem kläglichen Gesichtsausdruck nicht weich zu werden. Aber Jane war entschlossen, ihre Würde zu bewahren. »Da hast du also gedacht, du könntest stattdessen hinter mir herspionieren?«

»Ich rief bei der Uni an, und man sagte mir, du wärst hier oben. Also dachte ich, ich würde hierher kommen und versuchen, dich allein zu sprechen. Nun ja, ich nehme an, du könntest das verfolgen nennen. Aber es war ja nur, weil ich mit dir unter vier Augen reden wollte.« Er hatte eine Armesündermiene aufgesetzt. »Das war nicht sehr schlau, nehme ich an, aber ich wusste nicht, wie ich es sonst machen sollte. Ich wollte dir keine Angst einjagen.«

»Ich hatte keine Angst. Ich war nur verärgert. Was hat sich so auf Kreta getan? Hat sie dich rausgeschmissen?«

Jake schien gekränkt. »Nein, Jane. Es ist so, wie ich gesagt habe. Mir ist klar geworden, dass ich mir wirklich alles versaut habe, und ich wollte, dass es zwischen uns wieder wie früher wird. Was wir hatten, war etwas Besonderes. Und ich war blöd genug, es wegzuwerfen.«

»Du bist also auf Kreta eines Morgens aufgewacht und hast plötzlich gedacht: ›O Gott, ich habe einen schrecklichen Fehler gemacht‹?«

Jake nahm einen Kaffeelöffel und spielte damit herum. Sie erinnerte sich an das Gefühl, diese langen Finger auf ihrer Haut zu spüren, und bemühte sich, nicht zu zeigen, wie schwach sie das machte. »Es war ein bisschen komplizierter.«

»Dann lass mich die Geschichte mal hören.«

»Ich ... äh, ich hab einen Artikel in den Zeitungen gesehen.

Über die Leiche im Moor. Und ich erinnerte mich daran, wie aufgeregt du warst, wenn du mir deine Theorie über Willy und Fletcher erzählt hast.« Er sah ihr direkt in die Augen, ohne zu blinzeln oder zu zucken. »Und ich erinnerte mich, dass das viel mehr Spaß machte als meine Abenteuer auf Kreta. Da hab ich meine Koffer gepackt und bin nach Hause gekommen.«

Sie wusste nicht, was sie denken sollte. Er klang aufrichtig und sah ehrlich aus. Sie wünschte sich, dass er aufrichtig war. Aber er war gut darin, sich ehrlich zu geben. Das wusste sie schon lange. Sie neigte den Kopf zur Seite und überlegte. »Bist du meinetwegen nach Hause gekommen, oder bist du gekommen, um bei der Sache mit dem Manuskript zum Zug zu kommen, falls ich es finden würde?«

»Warum sollte ich überhaupt denken, dass du es suchst?«, fragte er. »Du redest doch schon davon, solange ich dich kenne. Aber du bist nie aktiv auf die Suche gegangen. Tust du das jetzt? Hast du eine Spur gefunden? Bist du deshalb hier oben?«

»Würde es einen Unterschied machen, wenn ich nein sagte? Würdest du plötzlich das Interesse verlieren?«

Jake schüttelte den Kopf. »Ich bin deinetwegen zurückgekommen, Jane. Nicht wegen des schönen Traums von einem Manuskript, das wahrscheinlich überhaupt nicht existiert.«

Sie hätte ihm gerne geglaubt. Aber er hatte ihr zu sehr wehgetan, als dass sich das so einfach machen ließ. »Warum sollte ich es nochmal versuchen wollen?«, sagte sie traurig. »Du hast mich verletzt, hast mich belogen und verlassen.«

»Ich weiß, ich verdiene es nicht, noch einmal eine Chance zu bekommen, aber ich liebe dich, Jane.«

»Arbeitest du noch für sie?«

»Caroline? Ja. Ich hab keine andere Wahl, ich brauche ja eine Arbeit. Aber ich werde mich nach etwas anderem umsehen.« Er zuckte die Schultern. »Ich war einfach ein Idiot. Jane, bitte, gib mir noch eine Chance.«

Jetzt war es an ihr, wegzusehen, um seinem forschenden Blick zu entgehen. »Ich bin noch nicht soweit, Jake«, sagte sie langsam. »Aber vielleicht können wir uns nochmal treffen, wenn du ein paar Tage hier bist.« Sie brachte ein schwaches Lächeln zustande. »Vorausgesetzt, dass du aufhörst, hinter mir herzuspionieren.«
»Okay, abgemacht. Wie wär's mit Lunch?«
»Ich kann nicht. Hab zu tun.«
»Morgen?«
Nachdem er noch kurz auf sie eingeredet hatte, stimmte Jane zu, ihn zum Lunch in seinem Hotel zu treffen. Als er aufstand, um zu gehen, beugte er sich über sie und küsste sie aufs Haar. Ein Kribbeln durchlief sie von Kopf bis Fuß. »Bis morgen«, sagte er. Dann war er fort und ließ sie grübelnd zurück.

Tenille untersuchte den Inhalt der Einkaufstüte und äußerte schließlich Zufriedenheit. »Danke«, sagte sie. »Ich zahl dir's zurück, wenn ich kann.«
»Nicht nötig«, sagte Jane. »Sagen wir, es ist ein verspätetes Geburtstagsgeschenk. Also, wie geht's dir?«
Tenille nahm eines der Taschenbücher, die Jane vom Supermarkt mitgebracht hatte. »Eigentlich ist mir einfach wahnsinnig langweilig. Ich kann dir gar nicht sagen, wie ich mich auf die hier freue.«
»Ich bring dir noch welche vom Haus mit. Meine Bücher sind fast alle in London, aber mein Dad hat eine große Sammlung alter Krimis, wenn du die magst?«
»Hab nie welche gelesen. Könnt es mal probieren, denk ich.«
Jane setzte sich auf die Bank neben ihr. »Ich hab nachgedacht«, sagte sie. »Wie würdest du es finden, wenn ich deinen Dad anrufen und ihm die Situation erklären würde?«
Tenille saß mit finsterem Blick da. »Ich will nicht, dass er denkt, du schlägst ihm vor, sich zu stellen.«

»Daran hatte ich gar nicht gedacht.«
»Na ja, das solltest du aber. Genauso wie ich mich hinter ihn stelle, hält er zu mir. Ich will nicht, dass er sich meinetwegen den Bullen stellt.«
»Ich hab nur gedacht, er könnte vielleicht einige Ideen beisteuern, wie wir dich aus diesem Schlamassel rausholen könnten. Er hat mehr Erfahrung mit der Polizei als wir, vielleicht fällt ihm etwas ein. Außerdem sollte er wissen, dass ich keine Bedrohung für ihn bin.«
Tenille war skeptisch. »Vielleicht. Aber wie würdest du mit ihm Kontakt aufnehmen? Ich hab keine Telefonnummer.«
»Mir wird schon was einfallen«, sagte Jane, allerdings war ihr Kopf im Moment total leer.
»Vielleicht könnte deine verrückte Nachbarin ihm etwas ausrichten.«
»Mrs. Gallagher?« Jane war verblüfft. »Warum gerade sie?«
Tenille schien etwas zu verschweigen. »Ich denke einfach, sie würde uns helfen, weiter nichts. Sie ist immer nett gewesen, weißt du, was ich meine?«
»Ich werde darüber nachdenken.« Jane stand auf. »Okay, ich muss gehen. Dan wird gleich vom Cottage zurück sein, und wir müssen nach Grasmere fahren. Oh, übrigens, du hattest Recht. Jake ist hier. Und er hat hinter mir herspioniert. Er sagte, er hätte sicher sein wollen, mit mir allein reden zu können, deshalb sei er mir gefolgt.«
Tenille sah sie missmutig an. »Ich hab dir doch gesagt, er hat nichts Gutes im Sinn. Was will er denn?«
»Er will, dass wir uns wieder vertragen.«
»Sag, dass du das nicht tust. Du bist viel zu gut für ihn. Ich hab gesehen, wie du dich aufgeregt hast, als er abgehauen ist. Niemand, der dich wirklich mag, würde dich so behandeln. Ich sag dir, Jane, du solltest ihm einfach erklären, er soll sich dorthin verziehen, wo er hergekommen ist.«
Jane musste über Tenilles Ernsthaftigkeit lächeln. Manchmal

konnte man kaum glauben, dass dieses Mädchen erst dreizehn Jahre alt war. »Ich danke dir, dass du dich sorgst. Und ich werde vorsichtig sein, das verspreche ich dir.« Sie strich über Tenilles krause Haare. »Bis später.«

Tillie Swain war die Nächste auf ihrer Liste. Sie war Edith Clewlows Schwägerin, aber laut Judy waren Tillie und Edith nie gut miteinander ausgekommen. Tillie war der Meinung, dass ihr Bruder nicht standesgemäß geheiratet hatte, und die beiden Zweige der Familie lebten so weit voneinander entfernt, wie es bei einer Distanz ihrer Häuser von sechs Meilen Luftlinie nur möglich war. Jedenfalls erinnerte sich Jane nicht, dass Jimmy jemals über seine Cousins aus der Familie Swain geredet hatte, und sie war ziemlich sicher, dass heute Vormittag niemand von den Swains bei Alice Clewlow gewesen war.

Tillie wohnte in einem Bungalow am südlichen Rand des Dorfs, einem von vieren, die zusammen in einiger Entfernung von der Hauptstraße eine kleine Oase bildeten. Sie war Anfang fünfzig Witwe geworden, als ihr Mann Don bei einem Autounfall am berüchtigten Wryone Pass umgekommen war. Seit damals war sie von Bitterkeit, im Doppelpack mit Arthritis, gezeichnet. Als sie, vornübergebeugt und auf einen Stock gestützt, Jane die Tür öffnete, sah sie argwöhnisch zu ihr auf. »Mrs. Swain?«, sagte Jane.

»Wer sind Sie?«

»Ich bin Jane Gresham. Ich lebe oben am Langmere Fall, oberhalb von Fellhead.«

»Greshams Farm? Judy Greshams Mädchen?«

»Stimmt. Und das ist mein Kollege Dan Seabourne. Ich wollte fragen, ob wir wohl kurz mit Ihnen sprechen könnten?«

»Mit mir? Worüber? Ich warne euch, ich krieg nur meine Rente, es bringt also nichts, sich hier Hoffnungen auf Spenden für dies oder jenes zu machen.«

Jane schüttelte den Kopf. »Darum geht es nicht.«

Tillie schnaubte heftig. Ihre Augen hinter der Brille mit dem großen Gestell wurden schmal, als sie überlegte. »Dann kommt mal rein. Wir wollen ja nicht die ganze Wärme rauslassen.«

Sie folgten ihr in ein kleines, überheiztes Wohnzimmer, das nach Körperpuder und alten Keksen roch. In dem großen Fernseher, der das Zimmer beherrschte, lief eine australische Seifenoper. »Sie werden eine Minute warten müssen«, sagte Tillie. »Ich will das Ende nicht verpassen. Brad hat Ellie geschwängert, und jetzt wird er ihrem Mann sagen, dass das Baby nicht von ihm ist.«

»Das wird aber ein Schock für Jason sein«, sagte Dan, der auf der Sofakante saß und wie gebannt auf den Bildschirm starrte. »Sie sind doch seit Jahren Freunde, er und Brad.«

Tillies Mund verzog sich zu einem entspannten Lächeln. »Sie sind ein Fan?«

»Ich find's toll«, sagte Dan.

Sie nickte. »Es ist 'ne prima Show. Nie langweilig. Erinnert mich an die Zeit, als ich noch jung war.«

Endlich lief der Abspann über den Schirm, und einlullende Musik erklang. Tillie drehte den Ton leiser und wandte sich ihnen zu. »Außerdem ist es an den meisten Tagen meine einzige Gesellschaft, das will ich nicht verpassen«, sagte sie. »Also, was führt Sie zu mir, Jane Gresham?«

Jane war durchaus darauf gefasst, sich einiges über die Nachbarn in den Häusern nebenan anhören zu müssen, bevor sie zum Grund ihres Besuchs kommen konnte. Aber sie war ziemlich sicher, dass es nichts bringen würde, Small Talk mit Tillie Swain zu machen, außer wenn es um Seifenopern ging, ein Gebiet, auf dem Janes Wissen augenscheinlich ungenügend war. Und wenn sie Dan in diesem Bereich freie Hand ließ, fürchtete sie, dass ihr die Lust am Leben abhanden kommen würde. Sie konnte also nur hoffen, dass sie ihre eigene Mission etwas melodramatisch gestalten konnte. »Ich bin auf einer Art Schatzsuche.«

Tillie lachte spöttisch: »Hier ist kein Schatz zu finden, meine Kleine.«

Dan grinste. »Na, Mrs. Swain. Sie sind doch eine Kennerin in Sachen Seifenopern und sollten wissen, dass Schätze an den unwahrscheinlichsten Orten auftauchen. Hören Sie einfach mal zu, was Jane zu sagen hat, bevor Sie es von vornherein zurückweisen.«

»Ich bin Wordsworth-Forscherin«, sagte Jane. »Ich habe Gründe, zu glauben, dass einer der Bediensteten der Familie ein geheimes Manuskript anvertraut wurde, ein sehr wichtiges Manuskript: ein noch unentdecktes Gedicht von William Wordsworth. Und wir versuchen, es aufzuspüren.«

Jetzt hatte sie Tillies Aufmerksamkeit. »Würde es etwas wert sein?«

»Es wäre viel Geld wert, ja. Und es wäre eine Sensation im Fernsehen und in den Zeitungen. Wer immer es fände und wer immer es besäße, würde über Nacht berühmt werden.«

»Das ist alles gut und schön, aber warum sprechen Sie mit mir über ein geheimes Manuskript?«

»Die Bedienstete, der das Manuskript anvertraut wurde, war Ihre Ururgroßmutter, Dorcas Mason. Ich habe mich gefragt, ob Sie etwas darüber wissen.«

Verschiedene Gefühlsregungen huschten über Tillies faltiges Gesicht: Gier, Verlangen, Frustration. »Ich wünschte, ich wüsste etwas«, sagte sie betrübt. »Wenn ich an Geld käme, würde mir schon was einfallen, wie ich es ausgeben könnte.« Sie seufzte lange und tief. »Aber Sie verschwenden hier Ihre Zeit. Ich hab noch nie von so was gehört. Nicht mal ein Gerücht.«

Jane erkannte, dass dies der Wahrheit entsprach. Enttäuscht stand sie auf.

»Es tut mir leid, dass wir Sie gestört haben«, sagte sie, und Dan erhob sich ebenfalls.

»Das Leben ist doch gemein, oder?«, sagte Tillie. »Heute früh hatte ich keine Ahnung, dass ich hätte reich sein kön-

nen. Und jetzt habe ich das Gefühl, dass mir etwas vor der Nase weggeschnappt worden ist.«
»Glauben Sie mir, Mrs. Swain, so leid wie mir tut es Ihnen bestimmt nicht.«
Tillie sagte in leicht verächtlichem Ton: »Darauf würd ich nicht wetten. Sie wissen in Ihrem Alter noch gar nicht, was Enttäuschung bedeutet.«
Ich weiß es doch, dachte Jane, als sie zum Wagen zurückgingen. *Ich weiß es wirklich.*

Man wird sich ohne Zweifel leicht vorstellen können, wie schwer mir ums Herz wurde, als sich offenbarte, dass wir unseren Zufluchtsort nicht finden konnten. Doch das Gegenteil trat ein. Wenn ich Pitcairn mit den besten Admiralitätskarten und den vorzüglichsten Navigationsinstrumenten nicht finden konnte, dann würde es auch sonst niemandem gelingen. Aber das Problem blieb, wie ich die Insel finden sollte, wenn die Karten fehlerhaft waren, da sie einsam inmitten tausender Quadratmeilen von Wassermassen lag. Nun, Cartaret entdeckte Pitcairn 1767 als Erster, vier Jahre bevor dem hochverehrten John Harrison der Preis für die Lösung des Längenproblems verliehen wurde. Ich schloss daraus, dass Cartaret sehr wahrscheinlich den Längengrad falsch bestimmt hatte. Im Gedanken daran legte ich unseren Kurs fest, eine großzügige Zickzacklinie am ganzen Breitengrad entlang. Am 15. Januar tauchte die Insel endlich am Horizont auf, und als es Abend wurde, kamen wir näher an sie heran. Aber unsere Reise war noch immer nicht vollendet. Denn wir wurden noch zwei Tage bei hoher See hin und her getrieben und konnten nicht vor Anker gehen. Es schien nur eine Stelle auf der Insel zu geben, wo man an Land gehen konnte, und als die See sich beruhigt hatte, ruderten wir durch die schäumende Brandung. Wir waren nach Hause gekommen, ob uns dies nun gefiel oder nicht.

29

Jake war so zufrieden mit sich selbst, wie er es seit der Abreise von Kreta nicht mehr gewesen war. Seine Begegnung mit Jane hatte sich schwierig gestaltet, aber er hatte Schlimmeres erwartet. Es war ärgerlich, dass sie herausgefunden hatte, dass er ihr nachspionierte, aber er fand, er hatte das gut hingekriegt. Er nahm den Telefonhörer ab und rief Caroline an, froh, dass er etwas Interessanteres zu berichten hatte als den Tod einer Rentnerin.

»Hallo, Liebling«, sagte sie. »Wie geht's voran?«

»Ich hab's heute endlich geschafft, mit Jane Kontakt aufzunehmen.«

»Wie lief es denn?«

»Ich glaube, ich liege richtig. Ich treffe sie morgen zum Lunch.«

»Hat sie dir berichtet, was sie erreicht hat?«

»Sie hat mir noch nicht mal gesagt, dass sie ein Projekt laufen hat. Sie lässt sich nicht so leicht in die Karten schauen. Aber ich glaube, ich kann mich an ihrer Wachsamkeit vorbeimogeln.«

»Und dann hast du ja noch die E-Mails«, sagte Caroline. »Du musst das im Auge behalten. Und was ist mit den lieben Alten? Hast du dir heute noch welche vorgenommen?«

»Ich werde die nächste heute Abend besuchen. Hoffen wir, dass sie lange genug durchhält, bis ich eventuellen Familiengeheimnissen auf die Spur gekommen bin.«

»Genau. Wir wollen nicht, dass noch mehr von ihnen tot umfallen, bevor du etwas aus ihnen herausbekommen hast. Vielleicht solltest du versuchen, Jane zu überreden, dass sie zu den Gesprächen mitkommt, da du jetzt wieder auf ihrer Seite stehst. Mit ihren Beziehungen vor Ort und deiner Rolle als Geldbote seid ihr vielleicht gemeinsam erfolgreicher.«

»Ich werde mein Bestes tun.« Jake versuchte, nicht so unverbindlich zu klingen, wie ihm zu Mute war.

Jetzt, da er wirklich das Manuskript an sich bringen wollte, statt nur darüber zu theoretisieren, glaubte er, dass Janes rücksichtsvolle und freundliche Methode nicht die Ergebnisse bringen würde, die sie sich erhoffte. Die Leute brauchten einen besseren Grund, ihre Familiengeheimnisse preiszugeben, als nur einer Forscherin eine Freude zu bereiten, mochte sie auch aus demselben Dorf stammen. Seine Methode garantierte Resultate, doch er wollte Jane wirklich nicht als Zeugin dabeihaben.

»Gibt es noch weitere Neuigkeiten darüber, ob die geheimnisvolle Leiche wirklich Fletcher Christian ist?«

»Ich habe nichts gehört. Aber wenn es etwas zu hören gäbe, hätte ich es mitbekommen. Neuigkeiten verbreiten sich hier wie ein Lauffeuer.«

»Wenn dem so ist, solltest du vielleicht doch die Anthropologin mal besuchen. Es kann sein, dass jemand sie angesprochen hat, der sich für das interessiert, was wir suchen, und clever genug ist, zu begreifen, dass die Identität dieser Leiche alles nur noch wertvoller macht. Gib mir Bescheid, sobald du etwas Neues weißt.« Die Verbindung brach ab.

Jake fühlte sich nach dem Anruf merkwürdig unwohl. Wenn er jetzt mit Caroline sprach, spürte er nichts mehr von der Erregung, die ihn am Anfang immer erfasst hatte. Es war, als wäre ihre Beziehung unmerklich vom Vergnügen in den Bereich Arbeit abgerutscht. Das Unangenehme daran war, dass er sich selbst fragte, wie sehr er sie, abgesehen vom Sex, überhaupt noch mochte.

Er schüttelte den Gedanken ab, wandte sich seinem Laptop zu und ging als Jane wieder online. Er würde aufpassen müssen – er wollte nicht, dass sie beim Versuch, sich einzuloggen, ihre Leitung blockiert fand, weil sie bereits online war. Aber nach dem, was er über ihre Familie wusste, gab es um sechs Uhr Abendessen, und im Moment müsste sie eigentlich am Küchentisch beim Essen sitzen. Er sah sich die Liste abgeschickter E-Mails an und fand eine an Anthony Catto. Bald war klar, dass Jane und Dan das Hindernis des falsch geschriebenen Namens überwunden und es geschafft hatten, eine brauchbare Liste von Dorcas' Nachfahren zusammenzustellen.

Es war Zeit, näher an Jane heranzukommen.

Er schaltete den Computer aus und beschloss, auf einen Drink in die Bar hinunterzugehen, bevor er nach Grasmere hinausfuhr, um mit Tillie Swain zu sprechen. Er setzte sich auf einen Hocker in der halb leeren Bar und bestellte sich ein Theakston's Bier. Der Barkellner war zum Plaudern aufgelegt und fragte ihn, ob es ihm hier im Ort gefalle. Jake redete eine Weile über Belanglosigkeiten und fragte dann beiläufig: »Gibt's was Neues über die Leiche im Moor?«

Der Barkellner schüttelte den Kopf. »Nicht, dass ich etwas gehört hätte. Aber zufällig ist die Person, die Sie fragen können, gerade hier.« Er wies auf einen Ecktisch, wo eine Frau über eine Mappe gebeugt saß, deren Gesicht von einer Mähne dunkelbrauner Haare verdeckt war. »Das ist Dr. Wilde. Sie untersucht die Leiche. Wie die im Fernsehen in *Silent Witness*. Sie machen eine Dokumentation darüber, wissen Sie.«

»Vielleicht könnte ich rübergehen und mal mit ihr reden.«

Der Barkellner zwinkerte. »Ich würd mich beeilen. Sie wartet wahrscheinlich auf die hiesige Polizei.«

»Aber die interessiert sich doch bestimmt nicht für eine so alte Leiche?«

»DI Rigston interessiert sich wohl mehr für die Wissen-

schaftlerin als für die Leiche. Man sagt, sie gingen öfter miteinander aus.«
»Aha.« Jake stand auf. »Ich rede nur ein bisschen mit ihr, während sie wartet.« Er ging zu Rivers Tisch hinüber und räusperte sich. Sie sah auf. *Hübsche graue Augen*, dachte er. »Dr. Wilde? Mein Name ist Jake Hartnell. Entschuldigen Sie, dass ich Sie störe, aber ich wollte Sie fragen, ob Sie einen Moment Zeit hätten, um über die Moorleiche zu reden.«
»Sind Sie Journalist, Mr. Hartnell?«
Jake schüttelte den Kopf. »Nein. Ich bin Experte für alte Dokumente. Und ich interessiere mich beiläufig für diesen Fall.«
»Klingt faszinierend. Setzen Sie sich doch.« Als Jake ihr gegenüber Platz nahm, sagte sie: »Warum ist ein Experte für alte Dokumente an meiner Moorleiche interessiert? Bei meinem Subjekt wurden keine gefunden.«
»Es ist ein bisschen kompliziert«, sagte Jake. »Ich kann mir vorstellen, dass Sie schon gefragt worden sind, ob diese Leiche Fletcher Christian sein könnte?«
River lachte. »Mehrmals. Es wird langsam etwas ermüdend. Die Anwort ist, ich weiß es im Moment noch nicht. Es gibt mehrere interessante Übereinstimmungen, aber bis ich einen richtigen DNA-Vergleich mit Christians direkten Nachkommen machen kann, ist es unmöglich, sicher zu sein – weder so noch so. Aber ich verstehe immer noch nicht, was das mit einem Dokumentenspezialisten zu tun hat.«
»Na ja, ich habe ein Gerücht gehört, dass ein sehr interessantes Manuskript existieren soll, dessen Echtheit bewiesen werden könnte, wenn wir sicher wüssten, dass Fletcher Christian in den Lake District zurückkam«, sagte Jake.
»Sehr geheimnisvoll.«
»Bei meiner Arbeit muss man diskret sein.«
River lächelte. »Bei meiner auch. Jemand gibt jetzt also Tipps über Mr. Christians Memoiren, was?«
Jake lachte. »Sie wollen mich aushorchen.«

»Natürlich. Es ist mein Beruf, Anhaltspunkte zu finden, daraus Theorien zu entwickeln und zu sehen, ob sie funktionieren. Sind Sie also darauf aus?«

Jake schüttelte den Kopf. »Ich wollte, ich könnte es Ihnen sagen. Aber alles ist noch sehr unsicher.«

»Na, wenn das auf meinem Tisch wirklich Mr. Christian ist, werden Sie nicht der Einzige sein, der Freudensprünge macht.«

»Eine Eintrittskarte zu den Talkshows, was?«

River schüttelte den Kopf. »Das ist nicht mein Ding. Eher eine Möglichkeit, es in eine bestimmte Position zu schaffen.« Plötzlich hellte sich ihr Gesicht auf. »Hi«, sagte sie und sah an Jake vorbei. Jake drehte sich um, und ein großer Mann stand hinter ihm. Er sah nicht wie einer aus, mit dem man sich anlegen sollte, und er schaute Jake auch keineswegs freundlich an. »Ewan, das ist Mr. Hartnell. Er interessiert sich für die Moorleiche.«

Rigston lächelte. »Wer tut das nicht? Wofür genau interessieren Sie sich, Mr. Hartnell?«

Jake stand auf. Dieser Mann hatte etwas an sich, das Antworten forderte, und er hatte keine so starke Persönlichkeit in diesem Kaff vermutet. »Ich bin neugierig, ob es Fletcher Christian ist«, sagte er.

»Sind wir das nicht alle?« Rigston wandte sich an River. »Tut mir leid, dass du warten musstest, es tauchte in letzter Minute ein Problem auf.« Dann wieder an Jake gewandt: »Sie entschuldigen uns bitte, wir haben fürs Abendessen reserviert.«

River sammelte ihre Papiere zusammen. »Hat mich gefreut, Sie kennen zu lernen, Mr. Hartnell. Wir sollten alle die Daumen drücken.« Im Vorbeigehen klopfte sie ihm auf den Arm. Jake sah den beiden neugierig nach. Er wäre nie darauf gekommen, dass sie ein Paar waren. Sie sah viel zu unkonventionell aus, klang viel zu spritzig, um sich mit einem Cop abzugeben. Er fragte sich beiläufig, wie sie wohl im Bett wäre. Dann riss er sich zusammen und trank sein Bier aus. Er hatte Wichtigeres zu tun, als sinnlosen Spekulationen über das Sexleben anderer Leute nachzuhängen. Er hatte ein Treffen mit Tillie Swain geplant, das vielleicht die Richtung ihrer beider Leben ändern könnte.

Die Dunkelheit kam mit den Ausläufern der niedrigen Wolkenbank, die bereits über den Bergen aufgezogen war. Allan Gresham betrat kurz vor sechs die Küche und rieb sich nach der kalten Nässe draußen die Hände.

»Was haltet ihr von einer Pizza und einem Film im Kino?«, sagte er zu Judy, Dan und Jane, die Tee trinkend am Herd saßen.

»Klingt sehr gut«, sagte Judy. »Ich hab Curryhähnchen gemacht, aber das schmeckt morgen noch besser.«

»Tut mir leid, Allan, aber ich werde bald nach London aufbrechen«, sagte Dan, »da ich morgen Janes Seminare halten muss.«

»Und ich danke dir sehr dafür. Was läuft denn, Dad?«, fragte Jane.

»Keine Ahnung.« Er wühlte im Briefständer und zog den Programmzettel von Zeffirelli's in Ambleside heraus, wo es eine Pizzeria mit zwei Kinos gab. »Hier«, sagte er.

Jane überflog den Zettel. Einen der Filme hatte sie schon gesehen, und auf den anderen hatte sie keine Lust. »Geht ohne mich«, sagte sie. »Ich hab jede Menge Arbeit, mit der ich weiterkommen muss.«

Judy versuchte sie zu überreden, mitzukommen, aber Jane blieb standhaft. Sie hatte schon daran gedacht, dass ein Abend ohne ihre Eltern ein paar Stunden Freiheit für Tenille bedeutete, da Dan bereit war, nach London aufzubrechen.

»Ich bin morgen Abend wieder zurück«, versprach er.

Nachdem alle gegangen waren, beschloss sie, zwanzig Minuten zu warten, bevor sie zum Schlachthaus ging. Inzwischen würde sie eine Möglichkeit suchen, John Hampton zu

erreichen. Sie hatte sich das Gehirn zermartert, aber keine bessere Idee gehabt als Tenilles Vorschlag.
Sie ließ sich von der Auskunft Noreen Gallaghers Nummer geben. Nach zweimaligem Klingeln nahm sie ab. »Mrs. Gallagher?«, sagte Jane und identifizierte das schwere Keuchen als nichts Schlimmeres als das normale Atmen der Irin.
»Wer spricht?«, fragte ihre Nachbarin.
»Jane Gresham von nebenan«, sagte sie.
»Es ist alles in Ordnung, wissen Sie. Ich hab sie die Tür nicht eintreten lassen. Ich hab ihnen gesagt, Sie wären eine anständige Frau. Ich weiß ja nicht, wo wir hinkommen, wenn die Polizei die Arbeit der Einbrecher selbst machen will.« Sie hielt inne und hustete heftig.
»Ich danke Ihnen. Gut zu wissen, dass man sich auf seine Nachbarn verlassen kann.«
»Es gibt sehr wenige hier, auf die ich bauen würde, wirklich wahr. Sie können also beruhigt sein, der Wohnung ist nichts passiert, und ich glaub, Ihr Kumpel ist sicher davongekommen.«
»Mein Kumpel?«
»Das schwarze Mädchen, das sich immer bei Ihnen aufhält. Ich hab den von der Polizei abgelenkt, da ist sie ihm entwischt. Na ja, ist doch klar, oder? So ’n schmächtiges kleines Ding, die läuft doch nicht rum und bringt Leute um, oder?«
Jane war irritiert, aber sie dachte, wenn sie jetzt eine Erklärung verlangte, würde sie das nur noch mehr verwirren.
»Ich bin sicher, dass Sie das Richtige getan haben, Mrs. Gallagher. Hören Sie, ich muss Sie um einen großen Gefallen bitten. Und wenn Sie nein sagen wollen, geht das in Ordnung.«
»Fragen Sie nur. Kostet ja nix. Wenn ich Ihnen helfen kann, tu ich’s.«
»Ich muss an jemanden in der Siedlung eine Nachricht schicken … an John Hampton.«

Außer Noreens keuchendem Atem war kein Geräusch zu hören. »Der Hammer?«, fragte sie schließlich.
»Geht schon in Ordnung. Ich habe ihn getroffen. Er weiß, wer ich bin.«
»Aber deshalb ruhiger schlafen würd ich nicht, das kann ich Ihnen sagen. Bei solchen Männern, da ist es besser, wenn die nicht wissen, wer man ist.«
»Ist schon gut, Mrs. Gallagher. Ich weiß, was ich tue.«
Mrs. Gallagher schnaubte laut. »Ich glaube, dass Sie nicht die geringste Ahnung haben, was Sie da tun. Der Mann ist gefährlich, täuschen Sie sich bloß nicht.«
»Ich verspreche Ihnen, Sie werden durch mich keinen Ärger haben. Sie sollen ihm nur einen Zettel zukommen lassen, auf dem ich ihn bitte, mich anzurufen.«
»Und ich muss den Zettel nur durch seine Tür stecken? Ich muss nicht mit meinem Namen unterschreiben, oder so was?«
»Nein, nichts Derartiges. Nur einen Zettel mit der Bitte, Dr. Gresham anzurufen.«
»Weil – es werden ihm schreckliche Dinge nachgesagt. Ich würd ihn nicht gern verärgern.«
»Sie werden ihn nicht verärgern. Er wird erfreut sein, von mir zu hören, ehrlich.«
Mrs. Gallagher seufzte laut. »Wissen Sie, wo er wohnt?«
»D siebenundachtzig.«
»Gut, dann geben Sie mir Ihre Nummer. Ich mach's gleich, heute Abend. Bevor ich kalte Füße kriege.«
Jane gab ihr die Nummer ihres Mobiltelefons und wiederholte sie, um sicherzugehen. »Sie sind ein Schatz, Mrs. Gallagher«, sagte sie. »Das werde ich Ihnen nicht vergessen. Es ist mir wirklich wichtig.«
»Passen Sie auf sich auf. Für so eine Frau wie Sie ist es nicht richtig, mit solchen Typen wie dem Hammer Umgang zu pflegen.«
Jane schaffte es endlich, die Unterhaltung mit dem Versprechen abzuschließen, dass sie ihre Nachbarin besuchen wer-

de, sobald sie nach London zurückkäme. Mit einem Seufzer der Erleichterung legte sie auf. Sie hatte keine Ahnung, was Tenille und Mrs. Gallagher getrieben hatten, und sie wollte es auch gar nicht wissen.

Einige Minuten später machte sie die Tür zum Schlachthaus auf und richtete den Lichtstrahl der Taschenlampe auf die blinzelnde Tenille. »Wie würden dir zwei Stunden im Haus gefallen? Dan ist nach London zurückgefahren, und Mum und Dad sind im Kino in Ambleside. Sie werden erst nach zehn heimkommen. Du könntest sogar ein Bad nehmen, wenn du willst.«

Tenille schälte sich schnell aus ihrem Schlafsack. »Das ist super«, sagte sie grinsend. »Mann, ich bin ja schon fast verrückt geworden hier drin. Bei Licht geht's ja noch, aber es wird so früh dunkel. Ich hab nicht gewusst, wie verdammt dunkel es auf dem Land ist.«

Tenille folgte ihr in die Küche und stürzte sofort auf den warmen Herd zu. »Das ist cool hier,« sagte sie und sah sich in der Küche um. »Mann, du hast Glück, dass du so 'n Zuhause hast.«

»Ich weiß«, sagte Jane. »Vielleicht kannst du später mal zu Besuch kommen, wenn das alles vorbei ist.«

»Das wär grandios«, sagte Tenille.

»Übrigens, Mrs. Gallagher bringt eine Nachricht zu deinem Dad, mit der Bitte, mich anzurufen. Hoffen wir also, dass er eine gute Idee hat, wie wir dir aus der Klemme helfen können.«

Tenille warf ihr einen finsteren Blick zu. »Ich will nicht, dass er denkt, ich bin ihm nicht dankbar für das, was er getan hat.«

»Lass uns jetzt nicht darüber reden. Willst du baden? Etwas Warmes essen?«

»Eine Dusche ist mir recht. Baden mag ich eigentlich nicht. Aber etwas Heißes zu trinken wäre toll. Kaffee, vielleicht?« Sie sah zu, wie Jane den Kessel mit Wasser füllte und auf den

Herd stellte. »Ich hab dich noch gar nicht gefragt. Was machst du eigentlich hier oben?«

»Ich bin freigestellt. Ein Forschungsprojekt, an dem ich nur hier oben arbeiten kann.«

»Forschung worüber? Komm, Jane, hilf mir, meinen Kopf mit was anderem als dem Mist hier zu beschäftigen. Sag mir, woran du arbeitest. Du weißt doch, dass ich mich für das alles interessiere.«

Jane sah die Begeisterung in Tenilles Augen und dachte, sie konnte es ihr nicht abschlagen. Sie kochte für sie beide Kaffee und setzte sich dann an den Tisch, um Tenille die ganze Geschichte zu erzählen. Sie holte sogar die Stammbäume, um zu zeigen, wie sie die Liste der Leute, mit denen sie sprechen musste, zusammengestellt hatte. Tenille unterbrach sie mehrmals, um überraschend scharfsinnige Fragen zu stellen, und beim Erzählen verging die Zeit wie im Flug. »Das ist wirklich cool«, sagte sie, als Jane am Ende ihrer Schilderung ankam. »Aber du wirst nichts erreichen, wenn du so nett bist, weißt du.«

»Was meinst du damit?«

»Wenn das Manuskript existiert, glaube ich nicht, dass keiner in der Familie etwas über Dorcas und ihre Papiere weiß. Wenn es also existiert, müssen sie es geheim gehalten haben wie etwas Heiliges, das ihnen anvertraut wurde. Oder sie wissen, dass es ihnen eigentlich nicht gehört, also sagen sie nichts darüber. So oder so werden sie nicht einfach sagen: ›Ach, Jane, wir haben schon darauf gewartet, dass jemand kommt und uns danach fragt.‹ Sie werden eher sagen: ›O Mist, jemand hat das große Familiengeheimnis erraten, wir müssen die Köpfe zusammenstecken und sie von der Spur ablenken.‹ Es macht keinen Unterschied, wie nett du zu ihnen bist, die werden sich einigeln.«

»Meinst du? Du glaubst, dass sie nach all der Zeit immer noch ihr Geheimnis hüten wollen? Was würde das bringen?«

Tenille zuckte die Schultern. »Wer weiß. Aber die Leute sind komisch, wenn es um Familiensachen geht. So was kennst du doch.«

»Was schlägst du also vor?«, fragte Jane.

»Nichts, was dir gefallen würde, Sister«, sagte Tenille trocken.

Bevor Jane antworten konnte, klingelte das Telefon.

Sie schrak zusammen, sah auf die Uhr und sagte: »O Mist, schau mal, wie spät es ist.« Sie nahm den Hörer ab. »Hallo?«

»Jane, hier ist Jimmy. Jimmy Clewlow. Es ist doch nicht zu spät, um anzurufen, oder? Ich weiß, dass Bauern mit den Hühnern zu Bett gehen.«

Von dem Anruf abgelenkt, bemerkte Jane nicht, dass Tenille ein Blatt Papier unter ihrer Jacke verschwinden ließ. »Ist schon gut, Jimmy. Gib mir bloß ’nen Moment.« Jane bedeckte die Sprechmuschel mit der Hand. »Du musst gehen. Mum und Dad werden bald zurückkommen.«

Tenille nickte. »Danke für den Abend. Es war echt cool. Bis morgen dann, ja?« Sie war schon fast an der Tür.

»Morgen.« Jane winkte ihr flüchtig zu und wandte sich dann wieder ihrem Gespräch zu. »Sorry, Jimmy, ich musste nur etwas vom Herd nehmen, bevor es überkocht. Es tut mir leid wegen heute früh.«

»Vergiss es einfach. Alice ist manchmal auch zu ihren besten Zeiten kratzbürstig, und heute früh war nicht gerade ein günstiger Moment. Hör zu, ich wollte fragen, ob du und dein Kollege Dan, ob ihr vielleicht morgen mit mir essen gehen würdet?«

»Hört sich gut an. Aber Dan musste nach London runter. Er wird erst um acht oder so wieder zurück sein.«

»Dann hol ich euch um halb neun ab. Ist dir das recht?«

»Alles klar.« Sie plauderten noch ein bisschen und verabschiedeten sich dann.

Jane legte lächelnd den Hörer auf. Zwei Fliegen mit einer

Klappe. In ihm hatte sie möglicherweise einen Verbündeten bei ihrem Versuch, der Erinnerung der Familie Clewlow auf die Sprünge zu helfen, und zugleich war es eine perfekte Ausrede, um eine Einladung zum Abendessen von Jake zu umgehen, die er ziemlich sicher beim Lunch aussprechen würde. Die Dinge entwickelten sich zusehends besser.

Als wir unsere neue Heimat erforschten, wurde uns bald klar, dass sie schon einmal von Menschen bewohnt gewesen war. Es gab im Unterholz Spuren von Wegen und an den Osthängen seit langer Zeit überwucherte Gärten. Die üppige rote Erde sah fruchtbar aus, und wir entdeckten einen reichen Bestand von einheimischen Pflanzen, die wir als Grundstoffe der Versorgung kannten – Maulbeerbäume für Tuch, Kukuinuss zur Beleuchtung, Palmen als Material für Dächer, wild wachsende Früchte und Gemüse. Es gab reichlich frisches Wasser. Kurz, alles, was wir brauchten, war sogleich zur Hand. Zuerst würde es schwierig sein, aber ich glaubte, dass wir hier mit harter Arbeit und in Freiheit Beachtliches leisten konnten. Bei unseren Erkundungen hatten wir auch im östlichen Teil der Insel noch einen Ankerplatz entdeckt, und wir brachten die Bounty dorthin und bereiteten uns darauf vor, uns in unserem neuen Eden niederzulassen. Vor lauter Freude über unsere Ankunft und unsere guten Aussichten vergaß ich, dass es in jedem Paradies auch eine Schlange geben muss.

30

In totenstiller Nacht und ohne Licht mit dem Rad herumzufahren wäre in London tödlich. Aber totenstill war die Nacht in London ja auch nie. Nicht so wie hier, dachte Tenille, als sie den sanften Hügel von Fellhead zur Landstraße hinuntersauste. Jetzt, wo es bedeckt war und sie die Sterne nicht sehen konnte, kam es ihr so vor, als führe man unter der Erde. Tenille stellte sich vor, sie sei eine Untergrundbahn, die unbeleuchtet und ohne Passagiere durch die stillen Tunnel raste. Nur sie und die Ratten, die einzigen anderen Lebewesen. Sie nahm an, dass es da draußen Tiere gab, die ihren nächtlichen Aktivitäten nachgingen, jagten und töteten oder getötet wurden.

Als sie die Landstraße erreichte, bog sie rechts in Richtung Grasmere ab. Dove Cottage war leicht zu finden, einfach weiter auf der gleichen, gut beschilderten Straße. Tenille bog von der Straße ab und lehnte Janes Fahrrad an die Mauer. Sie schlich um das Cottage herum und stellte sich Wordsworth vor, der drinnen, über den Stuhl gebeugt, eine Zeile kritzelte und dann gedankenverloren innehielt. Es war merkwürdig, daran zu denken, was innerhalb dieser Mauern geschrieben worden war. An dem Haus war nichts Besonderes, meinte sie. Wenn man es ansah, würde man nicht denken: »Mann! Hier muss jemand ganz Besonderes wohnen.«

Sie ging zum Fahrrad zurück und dachte wieder, welches Glück sie hatte, dass sie das Rad durch die offene Tür eines

Nebengebäudes entdeckt hatte, als Jane mit ihr zum Haus gegangen war. Sie hatte gleich daran gedacht, dass sie es sich für eine nächtliche Spazierfahrt ausleihen könnte. Alles war recht, was ihr dazu verhalf, aus dem Schlachthaus herauszukommen, wo sie fast verrückt wurde. Sie wusste, es wäre sinnlos, Jane um Erlaubnis zu bitten, deshalb hatte sie beschlossen, bis nach Mitternacht zu warten, bevor sie sich hinausschleichen und losfahren würde. Als Jane ihr dann von ihren Recherchen erzählt hatte, entstand ein ganz anderer Plan.

Jetzt war sie also hier, um ein Uhr nachts, der einzige Mensch weit und breit. Tenille bog von der Landstraße ab und fuhr leise ins Dorf hinein.

Und da wurde ihr klar, dass ihr Plan nicht ganz so einfach war, wie sie gedacht hatte. Sie hatte keine Ahnung, wo Tillie Swains Bungalow sein könnte, aber trotzdem hatte sie nicht geglaubt, dass er in einem so kleinen Ort so schwer zu finden sein würde. In London waren die Straßen gut beschildert, und selbst in Siedlungen wie Marshpool klebten Nummern an den Türen. Doch Grasmere war etwas ganz anderes. Sicher, es war hübsch, aber es war nicht so angelegt, dass es Fremden das Leben leicht machte. Manche Gassen hatten überhaupt keinen Namen, und die meisten Häuser waren ohne Nummer und hatten nur einen Namen. Und natürlich war niemand da, den man fragen konnte.

Schließlich fand sie in einem Glaskasten vor einem Geschenkeladen einen Plan vom Dorf. Tenille konnte fast nichts lesen, aber sie strengte sich an und bekam schließlich heraus, wo sie war und wo Tillie Swains Haus stand. Sie fuhr die Hauptstraße zurück und bog nach Süden ab. Und da war es, am Dorfrand.

Nirgends in der Gruppe der vier Bungalows war Licht zu sehen. Tenille ließ das Fahrrad am Eingang des Weges stehen, ging dann zu Tillies Haus und hielt sich dabei möglichst im Dunkeln. Mit leisen Schritten schlich sie wie eine Katze an der Seite des Bungalows entlang. Am Haus waren Verandatüren, von denen sie wusste, dass man sie angeblich leicht aus dem Rahmen herausbrechen konnte. Aber sie hatte kein Brecheisen und wollte es nicht riskieren, Lärm zu machen. Also blieb nur die Hintertür, die ziemlich stabil aussah und ein Einsteckschloss statt eines Sicherheitsschlosses hatte. Schon früh hatte sie einiges über Schlösser gelernt, aber das war bereits eine Weile her, und sie hatte nicht die richtigen Werkzeuge, nur eine Zange und starken Draht, die sie aus der Hütte mitgenommen hatte. Sie würde es hinkriegen, aber sie wollte lieber die Finger davon lassen. Ihre größte Hoffnung waren die schweren Kübel, die am Rand der Veranda aufgereiht standen. Vielleicht hatte Tillie einen Schlüssel unter einem Blumentopf versteckt.

Tenille kauerte sich zusammen und kippte einen nach dem anderen die Töpfe zur Seite und tastete darunter, ob da etwas lag, das sich wie ein Schlüssel anfühlte. Beim vierten Topf hatte sie Glück, zog einen Schlüssel hervor und grinste. Sie rieb den Schmutz an ihrer Hose ab und ging auf die Hintertür zu.

Ein paar Minuten später musste sie jedoch ihre Niederlage eingestehen. Was immer es sein mochte, der Schlüssel zur hinteren Tür war es jedenfalls nicht. »Scheiße«, murmelte sie. Das Einzige, was sie noch probieren konnte, war die Tür vorne, die im Blickfeld jedes schlaflosen Rentners lag, der vielleicht im Dunkeln saß und aus seinem Fenster blickte. Na ja, da konnte man nichts machen. Sie würde es eben in Angriff nehmen müssen.

Sie schlich zur Vorderseite des Bungalows und probierte den Schlüssel. Er drehte sich lautlos im Schloss, und innerhalb von Sekunden war sie im Flur und atmete den Geruch nach alter Dame ein. Im Haus war es dunkel und still. Leise ging sie den Flur entlang und warf einen Blick in das erste Zimmer links. Das Wohnzimmer. Ein guter Ort, um mit dem Suchen anzufangen. Sie schloss die Tür hinter sich und stand in undurchdringlichem Dunkel, tastete nach dem Lichtschalter und knipste das Licht an. Wenn jemand das Licht sah, würde derjenige wahrscheinlich vermuten, dass Tillie nicht schlafen konnte, hoffte Tenille.

Schnell verschaffte sie sich einen Überblick über den Raum. Ein altmodisches Büfett stand an einer Wand, und sie ging direkt darauf zu. Beide Schubladen waren vollgestopft mit Papieren. Tenille zog den ersten Stoß heraus und fing an, ihn durchzublättern. Quittierte Rechnungen, Postkarten, Versicherungspolicen, ein Testament in einem Umschlag mit dem Namen eines Rechtsanwalts. Nichts von Interesse. Die zweite Schublade war genauso unergiebig. Warum irgendjemand seine Stromrechnungen bis zurück in die achtziger Jahre aufheben musste, war Tenille unbegreiflich.

Sie holte tief Luft. Wahrscheinlich würde die alte Dame etwas wirklich Wichtiges im Schlafzimmer verstecken. Aber es war nicht möglich, dort zu suchen. Allerdings würde es nicht schaden, mal reinzuschauen.

Tenille schaltete das Licht aus und ging in den Flur zurück. Die gegenüberliegende Tür war geschlossen, und sie öffnete sie ganz langsam und unendlich vorsichtig. Es war ein Schlafzimmer, kein Zweifel. Aber die Vorhänge waren zurückgezogen, und das Bett war leer. Und doch war es offensichtlich Tillies Schlafzimmer. All die Dinge, die eine alte Dame brauchte, befanden sich auf dem Nachttisch – ein Glas Wasser, ein Brillenetui, zwei Bücher. Eine Strickjacke war achtlos auf einen Stuhl geworfen. Tenille spürte eine starre Kälte in ihrem Magen. Wo war die alte Frau? Sie konnte hier nirgendwo verschwinden.

Egal, sagte sie sich. Sie übernachtete vielleicht bei Verwandten. Was auch immer. Die Sache war die: Wenn sie nicht da war, war dies eine wunderbare Gelegenheit. Tenille zog die Vorhänge vor, schaltete das Schlafzimmerlicht ein und fing an zu suchen.

Zwanzig Minuten später musste sie zugeben, dass sie Pech

gehabt hatte. Die einzigen Papiere, die sie gefunden hatte, waren Briefe und die Heiratsurkunde von Donald Swain und Matilda Clewlow, die mit einem verblassten roten Band zusammengebunden waren. Sie schaute auf ihre Uhr. Es war fast zwei. Zeit, von hier zu verschwinden, da sie sich Edith Clewlows Häuschen auch noch ansehen wollte. Nur die Küche und das Badezimmer waren noch übrig, und sie glaubte nicht, dass man dort Dokumente aufbewahrte.

Sie knipste das Licht aus, zog die Vorhänge wieder zurück und ging leise hinaus, legte den Schlüssel zurück und holte sich das Fahrrad. Es schien, als hätte Tillie Swain doch die Wahrheit gesagt.

Als sie durch die stillen Straßen zurückfuhr, begegnete sie niemandem außer einem Lkw mit dem Logo eines Supermarkts, der in die entgegengesetzte Richtung fuhr. Selbst hier oben brauchten die Leute ihre Dosis an Markenartikeln. Den Hügel nach Fellhead wieder hinaufzufahren war anstrengend, aber Tenille hielt durch. Im Dorf war es still und dunkel, das einzige Licht kam von der einen Straßenlaterne auf dem Dorfanger. Hier hielt Tenille an, um auf ihrer Karte und der Liste mit Namen und Adressen, die sie hatte mitgehen lassen, nachzusehen. Die verstorbene Edith Clewlow hatte in Langmere Stile gewohnt, was nach der Karte eine Meile den Berg hoch lag. Nicht weit, aber nach den Höhenangaben auch nicht gerade ein Vergnügen. Mit einem Seufzer schwang sich Tenille wieder auf das Rad und fuhr hügelaufwärts los. Mann, würde sie fit sein, wenn sie nach London zurückkam.

Sie fand Lark Cottage ohne große Schwierigkeiten. Diesmal schob sie das Rad um das Haus herum nach hinten. Sie erwartete, dass dieses Haus leer war, und wollte nicht riskieren, dass irgendjemand vorbeikam und das Rad draußen stehen sah. Ein Einheimischer würde sofort misstrauisch werden und die Polizei anrufen.

Diesmal hatte sie nicht so viel Glück mit der Hintertür. Aber das Küchenfenster war nicht richtig zugemacht, und sie konnte das Schiebefenster so weit hochdrücken, dass sie sich durchzwängen konnte. Mit lautem Geklapper landete sie in der Spüle, erstarrte für ein paar Sekunden und hielt den Atem an. Aber in der Stille war nichts zu hören.

Es dauerte viel länger, Edith Clewlows Haus zu durchsuchen, denn sie war eine leidenschaftliche Sammlerin gewesen. Tenille fragte sich, ob die alte Frau jemals davon gehört hatte, dass man Papier recyceln kann. Es gab Schachteln voller Fotografien, Schubladen vollgestopft mit Briefen und Postkarten, eine Sammelmappe mit allen Dokumenten, die Edith und David je erhalten hatten. Die Familienbibel fand sich auf dem Schränkchen neben dem Bett auf einem Stoß gekritzelter Notizen über Ediths Kindheit in Seatoller. Darunter lag eine Mappe mit ausgeschnittenen Zeitungsartikeln über die Großtaten ihrer Familie, von den Fußballspielen am Ort bis zu Prüfungen von Hütehunden und den Gemüseausstellungen im Dorf. Aber nichts über William Wordsworth oder Dorcas Mason.

Als Tenille ihre Suche abgeschlossen hatte, war die Zeit vorgerückt, es war schon nach vier Uhr. Sie wusste, dass sie zurück sein musste, bevor die Welt um sie herum aufzuwachen begann. Und sie hatte auch schon mitbekommen, dass die Leute hier nichts dabei fanden, mitten in der Nacht aufzustehen und mit ihren Traktoren durch die Landschaft zu fahren. Sie stopfte ein letztes Bündel Fotos in eine geschnitzte Holzschatulle zurück und verließ das Haus auf dem gleichen Weg, wie sie gekommen war.

Innerhalb von fünfzehn Minuten war sie wieder am Schlachthaus und hatte das Fahrrad sicher verstaut, kroch in den Schlafsack und hatte das Gefühl, diese Nacht gute Arbeit geleistet zu haben. Zugegeben, sie hatte nichts gefunden. Aber wenigstens konnten jetzt zwei Namen definitiv von der Liste gestrichen werden.

Jane trank ihre zweite Tasse Kaffee, als ihr Vater verdrossen in die Küche kam und die Morgenpost mitbrachte. Sie wusste, dass er schon oben auf den Weiden gewesen war, um nachzusehen, wie es einem Hammel ging, der vielleicht Wasserbruch hatte, deshalb sagte sie: »Was meinst du? Musst du den Tierarzt anrufen?«

Er schien kurz verwirrt und sagte dann: »Der Hammel? Nein, ich glaub, dem geht's gut. Der Tierarzt kommt sowieso am Donnerstag, da soll er sich ihn mal anschauen.«

»Das ist gut. Ich dachte, dass es ihm schlechter geht, weil du so ernst aussiehst.«

»Ehrlich gesagt, was ich gerade von Adam gehört habe, hat mich den Hammel vergessen lassen«, antwortete Allan, ging zum Kühlschrank und goss sich ein Glas Milch ein.

Adam Blankenship trug, solange Jane sich erinnern konnte, in Fellhead die Post aus, und sein Lieferwagen schien wie ein Magnet für alle Neuigkeiten aus der Umgegend zu wirken.

»Schlechte Nachrichten?«, fragte Jane.

Allan sah zur Seite. »Du hast gestern Nachmittag Tillie Swain besucht, oder? In Grasmere unten?«

»Ja. Warum? Hat sie sich über mich beklagt?«

Allan setzte sich ihr gegenüber.

»Sie wird sich nicht mehr beklagen, Schatz. Sie ist gestern Nacht gestorben.«

Janes Augen weiteten sich vor Schreck. »Was? Es schien ihr gut zu gehen, als ich sie gesehen habe. Von ihrer Arthritis abgesehen, war sie ganz munter.«

Allan breitete hilflos die Arme aus. »Sie war alt. So etwas passiert.«

»Weiß man, was es war?«

Allan schüttelte den Kopf. »Adam wusste keine Einzelheiten. Offenbar war ihre Arthritis immer am Morgen am schlimmsten, und sie hatte eine Hilfe, die gleich morgens kam und ihr beim Aufstehen und im Bad half. Als die Frau heute früh kam, fand sie Tillie auf dem Boden im Badezimmer. Vielleicht ist sie gefallen, vielleicht ein Schlaganfall oder ein Herzinfarkt.«

»Die arme Frau. Man würde sich nicht wünschen, so zu sterben, oder? Im Bad auf dem Boden liegen und spüren, wie das Leben zu Ende geht. Man mag gar nicht darüber nachdenken. Allein zu sterben muss schon schlimm genug sein, ohne dass man auch noch seine Würde dabei verliert.«

Allan fuhr mit dem Daumen an der Seite des Glases hinauf und herunter. »Ich glaube, im Tod gibt es keine Würde, in welcher Form er auch kommt. Wir können nur versuchen, in Würde zu leben.«

Jane fiel darauf keine Antwort ein. »Es ist ein bisschen unheimlich, findest du nicht? Zwei Todesfälle innerhalb von ein paar Tagen. Das scheint ziemlich viel für so einen kleinen Ort. Besonders, da beide Frauen mit dem Projekt zu tun haben, an dem ich gerade arbeite.«

Allan zuckte die Schultern. »Es ist nur ein Zufall. Ich weiß nicht, warum das passiert, aber alte Leute scheinen oft zu mehreren kurz hintereinander zu sterben. Es ist, als ob einer geht und drei oder vier weitere beschließen, ebenfalls den Geist aufzugeben. Ich finde es nicht merkwürdig, dass sie beide aus der gleichen Familie sind. Alle hier sind irgendwie mit allen anderen verwandt. Du bist irgendwie mit dem halben Dorf verbunden, vergiss das nicht.«

»Ja, ich nehme an, das stimmt.« Jane trank ihren Kaffee aus und stand auf. »Ich muss gehen. Ich besuche zwei Leute in Keswick.«

»Wo ist deine Mutter?«

»Sie pflückt Holunderbeeren.«

»Ist es dieses Jahr schon so weit? Die Zeit vergeht immer schneller.«

Jane küsste ihren Vater auf die Wange. »Hör auf, so zu tun, als wärst du ein alter Mann.«

Allan verzog das Gesicht zu einem schiefen Lächeln. »Wer sagt, ich tu nur so?«

Anderthalb Stunden später verabschiedete sich Jane von Eddie Fairfield, einem gebrechlichen Zweiundachtzigjährigen mit wässerigen Augen und ledriger Haut, dessen silbernes Haar einen Gelbstich von der Nikotinwolke aus seiner Pfeife hatte, die ihn ständig umgab. »Ich hab's aufgegeben, als ich fünfzig war, hab mir dann geschworen, wenn ich es bis achtzig schaffen würde, fang ich wieder an. Das Beste, was ich je getan hab, mein einziges Vergnügen dieser Tage«, hatte er gesagt, nachdem er Jane höflich um Erlaubnis gebeten hatte, rauchen zu dürfen. »Ich schaff's kaum bis zum Ende der Straße und kann mich ums Verrecken nicht daran erinnern, was ich gestern Abend gegessen habe. Unser Mädchen bringt mir jeden Abend ein warmes Essen, sonst würd ich wahrscheinlich überhaupt nicht daran denken, etwas zu mir zu nehmen. Mein Sohn wollte, dass ich in ein Heim gehe, aber ich hab ihm gesagt, solange ich noch schnaufen kann, bleib ich in meinen eigenen vier Wänden. Sind Sie mal in einem von diesen Altenheimen gewesen?«

Jane hatte kaum Zeit, dies zuzugeben, bevor er fortfuhr: »'ne Menge alte Frauen, die in die Luft gucken. Oder sie sind nicht bei Trost und unruhig wie 'n Sack Flöhe und denken, sie wären wieder achtzehn. Kein Mann ist vor diesen bekloppten alten Weibern sicher, wissen Sie. Man würde doch denken, dass sie inzwischen das Interesse verloren hätten, aber weit gefehlt.« Er zwinkerte ihr lächelnd zu. »Wenn sie nur halb so bereitwillig gewesen wären, als sie wirklich achtzehn waren, hätten sie viele junge Burschen sehr glücklich gemacht, das kann ich Ihnen sagen.«

Er hatte darauf bestanden, ihr einen schwachen Milchkaffee zu machen, und war von der Küche mit einem Teller Schokoladenkekse ins Wohnzimmer getrippelt. »Ich krieg ja nicht oft Besuch von einem hübschen jungen Mädchen«, sagte er. »Da kann ich Sie ja wenigstens herzlich empfangen.«

Als sie endlich auch ein paar Worte sagen konnte und den Zweck ihres Besuchs erklärt hatte, wurde er ganz aufgeregt.

»Ja, ich hab von dem Mädchen da gehört, als ich noch ’n Stift war«, sagte er, und sein Dialekt wurde ausgeprägter, als er sich in die Vergangenheit zurückversetzte.
Jane spürte eine leise Erregung. War dies der Anfang des Endes ihrer Mission? »Wirklich?«, sagte sie. »Was haben Sie gehört?«
Er schloss die Augen. »Lassen Sie mich überlegen. Es war meine Granny Beattie, die davon gesprochen hat. Sie war eine geborene Clewlow. Beatrice Clewlow, geboren 1880. Sie war die Älteste. Ihre Eltern, Arthur und Annie, hatten vier Kinder: Beattie; Alice, die zu Hause blieb und nie geheiratet hat; Edward, der in der zweiten Schlacht von Ypern gefallen ist, hatte nie Kinder, soweit ich weiß.« Er zwinkerte ihr verschmitzt zu. »Aber mit den französischen Mädchen, da weiß man ja nie, oder? Und dann gab es noch Arthur junior. Jedenfalls diese Dorcas, die Sie suchen, war ihre Granny. Und ich schätze, sie war genau so eine Geschichtenerzählerin wie Granny Beattie.« Er schlug die Augen auf. »Sie hat mit mir und Annie, meiner Zwillingsschwester, ziemlich viel über ihre Granny Clewlow gesprochen. Komisch, ich hab schon jahrelang nicht mehr daran gedacht.« Er lächelte triumphierend, erfreut über seine Gedächtnisleistung.
»Was hat sie Ihnen von Dorcas erzählt?«, fragte Jane und bemühte sich, nicht so aufdringlich zu klingen, wie sie eigentlich gern gewesen wäre.
Er spitzte seufzend die Lippen. »Es ging hauptsächlich um ihr späteres Leben, als sie Witwe war und die Kinder großzog. Aber ich erinnere mich tatsächlich, dass Beattie sagte, ihre Granny, also Dorcas, sei eine zuverlässige Dienstmagd der Familie Wordsworth gewesen. Sie sagte, ihre Granny sei dort gewesen, als William Wordsworth seinen letzten Atemzug tat, und dass sie darüber gesprochen hätte, wie traurig es war, einen so edlen Mann zu Boden gestreckt zu sehen.« Er schüttelte den Kopf. »An mehr kann ich mich nicht erinnern.«

Sie hatten sich noch eine Weile unterhalten, aber Jane wurde bald klar, dass sie aus seinem Erinnerungsschatz alles gehoben hatte, was es zu heben gab. Eddie Fairfield hatte keine Erinnerung an irgendwelche Familienpapiere oder an ein Geheimnis, das mit Dorcas zu tun hatte. Das Einzige, was er sich gemerkt hatte, war ihr Anspruch auf Berühmtheit – an Willys Sterbebett anwesend gewesen zu sein.

Es war offensichtlich, dass Eddie den ganzen Tag mit ihr geredet hätte, aber Jane dachte an ihre Verabredung mit Jake zum Lunch und schaffte es schließlich, sich von ihm loszueisen.

Leichten Herzens ging sie die Hauptstraße hinunter. Sie war heute Vormittag vorangekommen. Zumindest konnte sie sicher sein, dass sie sich auf die richtige Familie konzentrierte. Und sie ging mit Jake zum Essen. Trotz ihrer Entschlossenheit, ihm nicht zu trauen, konnte sie nicht verhindern, dass ihr das Blut zu Kopf stieg bei dieser Aussicht. Das hieß nicht, dass sie wieder seinem Charme erliegen würde.

Natürlich nicht.

Die erste Zeit auf Pitcairn war grausam und hart. Es war mitten im Sommer, und es war eine anstrengende, schweißtreibende Arbeit, alles, was gerettet werden konnte, von unserem ramponierten Schiff zu holen. Trotzdem zeigten alle Matrosen gleich viel Bereitschaft, unsere Sachen an Land zu befördern. Als wir schließlich alles geholt hatten, was wir wegtragen konnten, setzten wir die Bounty am 23. Januar neben einer 230 Meter hohen Klippe auf Grund und steckten sie zur Vorsicht noch in Brand, damit wir nicht entdeckt würden. Sie brannte bis auf die Kupferhülle ihres Rumpfes aus und versank schließlich, von den Wellen hin und her geworfen, im drei Meter tiefen Wasser. Jetzt gab es keine andere Möglichkeit, als in Eintracht unsere Kolonie aufzubauen. Wir teilten das Land unter den weißen Männern in neun gleiche Teile auf und beschlossen, dass die Eingeborenen kein eigenes Land haben, sondern für uns arbeiten sollten, da dies ihrer kindlichen Geistesart angemessen war. Zuerst wohnten wir in vorläufigen Unterkünften aus Segeln und Ästen, aber wir zeigten bald unsere Absicht, indem wir uns dauerhafte Bauten aus Holz erstellten. Dann, wie um unseren Plan auf der Insel zu besiegeln, gebar meine Frau Isabella mein erstes Kind, Thursday October Christian, neun Monate nachdem wir an Land gegangen waren. Ich schätzte mich in der Tat glücklich.

31

Jake saß schon am Tisch, als Jane das Restaurant betrat. Sie blieb einen Moment auf der Schwelle stehen und überdachte ihre Reaktion. Das Bild war ihr so vertraut. Die Welle dunklen Haares, die ihm in die Stirn fiel, die perfekten Bögen seiner Augenbrauen über den blauen Augen mit den langen Wimpern, der kaffeebraune Leberfleck direkt auf seinem rechten Wangenknochen, der einem vom Daumen einer Mutter halb weggewischten Schmutzfleck ähnelte, die lange gerade Nase und die schmalen Lippen. Manchmal dachte sie, er sähe aus, wie Sherlock Holmes ausgesehen hätte, wenn er für Sinnlichkeit mehr übrig gehabt hätte als für den Verstand. Früher hätte ein so unverhoffter Blick auf ihn ihr Herz ergriffen, aber jetzt wurde jede Reaktion von der Vorsicht diktiert. Sie hatte ihren Plan, sie musste ihn nur noch ausführen.

Als sie näher kam, schaute er von der Speisekarte auf, sah sie und sprang auf.

Er trat an sie heran, um sie auf die Wange zu küssen, als sie den Mantel auszog, aber sie wich zur Seite aus. »Du siehst phantastisch aus«, sagte er.

Treffer Nummer eins. Sie hatte absichtlich nichts Besonderes unternommen, was ihr Äußeres betraf. Jane wusste, dass sie passabel aussah. Nicht phantastisch. »Nett von dir, das zu sagen«, antwortete sie, setzte sich auf ihrem Stuhl zurecht und nahm die Speisekarte zur Hand. Sie bestellte sich ein

Glas Weißwein bei der wartenden Bedienung und lächelte Jake zu. »Also, wie verbringst du denn deine Zeit hier oben am Ende der Welt?«
Das war offensichtlich nicht der einleitende erste Schritt, den Jake erwartet hatte. Er schien durcheinander, fasste sich dann und zuckte leicht die Schultern. »Na ja, jetzt, da ich dich nicht mehr verfolge, habe ich mich mit dem Bleistiftmuseum begnügen müssen. Wusstest du, dass die einen ganzen Prospekt über verschiedene Anspitztechniken haben?«
»Wir mögen die einfachen Freuden des Lebens hier oben«, sagte Jane trocken.
Sie blickte auf die Speisekarte, und als die Kellnerin die Getränke brachte, sagte sie: »Ich hätte gern einen Caesar-Salat mit Geflügelbrust, bitte.«
Als Jake sein Steak bestellt hatte und sie wieder allein waren, sagte Jane: »Und du bist wirklich extra von Kreta hierhergekommen, um zu versuchen, unsere Beziehung wieder zu kitten?«
Jake bemühte sich um einen passenden Gesichtsausdruck. »Ich hab's dir doch gesagt. Mir wurde klar, dass ich einen Fehler gemacht habe. Ich weiß nicht, ob es zu spät ist, ob zu viel Schaden entstanden ist. Aber ich will, dass wir es nochmal versuchen.«
»Okay. Das akzeptiere ich. Aber ich will es langsam angehen lassen. Mich nicht kopfüber in irgendwas reinstürzen.«
Er nickte. »Du bist der Boss.« Er lächelte, und es kribbelte in ihrem Magen. »Es reicht mir, mit dir hier zu sitzen. Das fühlt sich wie ein ziemlich guter neuer Anfang an.« Er hob sein Glas und stieß mit ihr an. »Auf einen neuen Anfang.«
»Auf einen neuen Anfang.«
»Was machst du so zu Hause? Man hat in der Uni gesagt, du wärst zu Studienzwecken freigestellt.«
Treffer Nummer zwei. Die Frage kam zu schnell und war zu direkt. Ihr Verdacht in Bezug auf seine Motive wurde immer stärker. Aber sie lächelte und sagte: »Willy und Fletcher. Ich

habe Material gefunden, das noch nicht im Archiv beim Trust katalogisiert ist, und es ist sehr aufschlussreich.«

»Aufschlussreich – inwiefern?« Jake versuchte, lässig zu klingen, aber sie sah, dass seine Finger, die den Stiel des Glases hielten, sich verkrampften.

»Es hat definitiv irgendein Manuskript gegeben, das die Familie geheim halten wollte. Und in den Briefen gibt es Hinweise, die auf Fletcher Christian hindeuten. Ich habe mit den Nachfahren der letzten Person gesprochen, von der man wusste, dass sie das Manuskript hatte, und bin zuversichtlich, dass ich einen guten Anhaltspunkt habe.« Das war eine Lüge, die aber im Vergleich zu denen, die er ihr früher aufgetischt hatte, nicht schwer wog.

»Wirklich? Du hast eine Spur zu einem Wordsworth-Manuskript, das sich auf Fletcher Christian bezieht?« Sein Eifer war ungebremst, was unter diesen Umständen völlig normal war. Was als Nächstes kam, würde entscheidend sein. »Ich kann dir helfen, weißt du.«

Treffer Nummer drei. Aber Recht zu haben verschaffte ihr diesmal keine Genugtuung. Zu wissen, dass sie Jake richtig eingeschätzt hatte, versetzte ihr einen Stich. Jane schob ihren Stuhl zurück und griff nach ihrem Mantel. »Lieber nicht. Ich hab mich das gleich gefragt, als du aufgetaucht bist. Ich leide ja nicht an mangelndem Selbstbewusstsein, und ich glaubte auch nicht, dass jemand, der so von sich selbst eingenommen ist wie du, eine so große Anstrengung unternehmen würde, um sich mit mir zu versöhnen, außer wenn es ihm etwas bringen würde. Na ja, jetzt weiß ich, dass ich Recht hatte. Du hast kein Interesse an mir, sondern an dem Manuskript.«

Panischer Schreck zeichnete sich auf Jakes Gesicht ab. »Du hast das alles falsch verstanden, Jane. Das Manuskript ist mir scheißegal im Vergleich zu dir.«

»Ich glaube dir nicht. Ich meine, du bist nur aus diesem einzigen Grund hier. Damit ihr, du und deine liebe Caroline, reich werdet. Das wird aber nicht passieren, nicht durch meine harte Arbeit. Und ich werde der Familie, die das Manuskript besitzt, sagen, dass sie euch nicht trauen soll.« Sie stand auf, und die Fassungslosigkeit auf dem Gesicht, das sie einmal bis zur Raserei geliebt hatte, ließ sie kalt. Es tat weh, aber sie war entschlossen, nicht rückfällig zu werden. »Wiedersehen, Jake.«

»Jane«, rief er, als sie zur Tür ging. Aber er folgte ihr nicht, und sie war froh darüber, denn das bestätigte noch einmal ihre Interpretation der Lage. Er wollte nicht sie, sondern das Manuskript.

Jane stieg in den Wagen ihrer Mutter und fuhr ans östliche Ende der Stadt, wo Eddie Fairfields Cousine Letty in einer an das Haus ihres Sohnes in Chestnut Hill angebauten Wohnung lebte.

Er hatte ihr gesagt, dass Letty Beatties liebstes Enkelkind gewesen sei. Und wenn Beatrice irgendjemandem mehr über Dorcas anvertraut hätte, wäre es Letty gewesen.

Jane hielt an der Ausfahrt des Parkplatzes an und wartete auf eine Lücke im Verkehr. Dabei schalt sie sich wegen ihrer Gefühlsschwankungen, statt auf ihre Stärke stolz zu sein. Ihr innerer Monolog wurde unterbrochen, als sie zu ihrer Überraschung ihren Bruder vorbeifahren sah. Sie blickte auf die Uhr im Auto. Zwanzig vor zwei. Matthew musste die Schule in der Mittagspause verlassen haben.

Jane fragte sich, was er wohl vorhatte. Der Zahnarzt der Familie hatte seine Praxis in Ambleside, der Arzt war in Grasmere. Sie konnte sich nur schwer vorstellen, was so dringend war, dass Matthew die Schule früher verlassen würde, um es zu erledigen.

Außer natürlich sein Wunsch, ihr zuvorzukommen.

Sie überlegte, ob sie ihm folgen sollte, aber es war bereits zu spät. Drei weitere Wagen waren vorbeigefahren, bevor sie sich in den Verkehr einfädeln konnte, und da war er schon nicht mehr zu sehen. Leise fluchend schluckte Jane ihren

Ärger hinunter und machte sich auf den Weg zu Letty. Zumindest konnte sie ziemlich sicher sein, dass Matthew nicht dort auftauchen würde, da er in die entgegengesetzte Richtung gefahren war.

Sie dachte zu diesem Zeitpunkt nicht daran, dass er schon vor ihr bei Letty gewesen sein könnte. Aber kaum über der Schwelle, hatte sie bereits einen neuen Grund, sich für die Dummheit zu verfluchen, dass sie sich die Zeit genommen hatte, mit Jake essen zu gehen. Letty schien durch ihr Kommen verwirrt zu sein. Zuerst dachte Jane, es gehe einfach um eine Verwechslung. Dann wurde ihr klar, wie es tatsächlich war: Während sie mit Jake gesprochen hatte, war Matthew bei Letty gewesen.

»So ein netter junger Mann«, sagte sie. »Ich habe ihm versprochen, ich würde ein paar Papiere heraussuchen. Ich war nicht sicher, wo sie sind, wissen Sie.«

Jane nickte und versuchte, ihre Gefühle unter Kontrolle zu halten. »Es geht um alte Familienpapiere?«

»Ja, stimmt, meine Liebe. Ich dachte, sie wären in einer der Schachteln in Gavins Garage. Gavin ist mein Sohn. Das hier ist sein Haus, er hat eine Wohnung anbauen lassen, damit ich in der Nähe und trotzdem unabhängig sein könnte. Aber dann, gleich als Ihr Bruder weggegangen war, habe ich mich erinnert, dass ich ein paar Schachteln mit Familienandenken in den Schrank im leeren Zimmer gestellt habe, und als ich nachsehen ging, waren sie da. Das war Glück, oder?«

Janes Herz schlug etwas schneller. *Ruhig, kann ja sein, dass es nichts mit dem zu tun hat, was du suchst.* »Auf jeden Fall. Darf ich vielleicht einen Blick auf die Papiere werfen? Matthew und ich, wir arbeiten bei diesem Projekt zusammen, und er könnte sich die Fahrt sparen, bräuchte nicht nochmal hierher zu kommen, um sie anzusehen. Da ich ja sowieso hier bin …?«

»Natürlich, kommen Sie mit, sie liegen auf dem Küchentisch.«

Als sie Letty in die Küche folgte, sah sie sofort ihre Beute. Ein Stoß alter vergilbter Papiere, die zu einem losen Bündel geschichtet und mit einem Bindfaden zusammengebunden waren. »Hier, meine Liebe. Sehen Sie die Unterlagen ruhig durch, ob das dabei ist, was Sie suchen. Ihr Bruder hat sich nicht klar ausgedrückt, er sagte nur, es könnten Wordsworth-Papiere von meiner Ururgroßmutter dabei sein. Ich glaube nicht, dass so etwas dabei ist, aber Sie dürfen gerne nachsehen, ob Sie etwas finden können.«
Jane setzte sich hin und löste den Bindfaden von dem Bündel. Das erste Blatt war nicht erfolgversprechend. Es war ein an Arthur Clewlow gerichteter Brief aus dem Jahr 1886, in dem ihm zur Geburt seines zweiten Sohnes, der auch Arthur hieß, gratuliert wurde. Jane überflog ihn schnell und legte ihn zur Seite. Das Nächste war ein Rezept für Rhabarberschaumcreme. Die folgenden Papiere waren Haushaltsberichte von 1883. Sie machte trotzdem weiter und überflog jedes Stück Papier gewissenhaft auf Hinweise. Letty saß neben ihr und lieferte Kommentare von sensationeller Belanglosigkeit. Jane musste sich zusammennehmen, damit sie sie nicht bat, aus ihrer eigenen Küche zu verschwinden.
Eine Stunde später musste Jane ihre Niederlage eingestehen. Sie wusste jetzt mehr über die häuslichen Einzelheiten der Seitenlinie der Clewlows, die von Dorcas' ältestem Sohn Arthur abstammte, als irgendein Mensch sich vernünftigerweise wünschen konnte. Aber es war weder etwas über Dorcas selbst dabei, noch wurde ein Manuskript erwähnt, das sich im Besitz der Familie befand. Jane drehte das letzte Blatt um und schüttelte den Kopf. »Es tut mir leid, es ist nicht das, was ich zu finden gehofft hatte.«
»Oje, ich habe Ihre Zeit mit den dummen Nichtigkeiten der Familie verschwendet«, sagte Letty ehrlich betrübt.
»Das macht doch nichts. Ich bin dankbar, dass Sie sich die Zeit genommen und die Mühe gemacht haben, das hier für uns herauszuholen. Ist das denn alles, was Sie haben? Nichts

von Dorcas selbst? Vielleicht in den Schachteln in der Garage …?«

Letty schüttelte den Kopf. »Tut mir leid, das ist alles, was ich aus der alten Zeit habe. Granny Beattie hat öfter über ihre Granny gesprochen, dass sie bei William Wordsworth arbeitete und an seinem Totenbett gewesen war, aber ich glaube nicht, dass sie Briefe von ihr hatte oder so etwas.«

»Schon gut.« Jane spürte das mittlerweile schon vertraute Gefühl der Enttäuschung. »So geht es eben.« Sie stand auf. »Vielen Dank für Ihre Zeit.«

»Keine Ursache. Es ist ein Vergnügen, junge Leute hier zu haben. Das fehlt mir, seit ich hier wohne. Als ich in meinem alten Haus in Braithwaite gewohnt habe, hatte ich so nette Nachbarn. Sie hatten zwei Jungs, Teenager, die sind immer vorbeigekommen. Sie hörten unheimlich gern Geschichten aus der alten Zeit. Aber jetzt sehe ich sie nie mehr«, sagte sie wehmütig. »Niemand kommt jemals hier herauf.«

Jane fiel keine Antwort ein, die ihr passend erschien. »Es tut mir leid«, sagte sie.

»Werden Sie bloß nicht alt, Kleine«, sagte Letty traurig, als sie sie zur Tür brachte. »Wie war noch dieser Song, den Gavin immer in den Sechzigern gespielt hat? ›Hope I die before I get old‹, so ging's. Die sind inzwischen auch schon alte Männer, nehm ich an.«

»Nur zwei«, sagte Jane. »Die anderen beiden haben es hingekriegt. Aber ich glaube, sie waren beide nicht sehr glücklich darüber.«

»Nein, ich denke, wahrscheinlich nicht. Also, viel Glück. Ich hoffe, Sie finden, was Sie suchen.«

Jane winkte ihr zum Abschied zu, niedergedrückt von diesem Tag. Wenigstens konnte sie sich auf das Essen mit Jimmy und Dan freuen. Zwei Stunden, in denen sie Verrat und Scheitern vergessen konnte.

Jake trank seinen Kaffee aus und hatte noch daran zu knabbern, wie Jane ihn behandelt hatte. Herrgott nochmal, was war bloß mit den Frauen los? Er demütigte sich vor ihnen wie ein Hund, der dem Alphatier des Rudels den Bauch hinhält. Und sie hatte sich vorgenommen, ihn einfach sitzen zu lassen. Was für ein Weibsstück. Wenn er sich auf ihre Loyalität verlassen hätte, hätte er ganz schöne Probleme mit Caroline bekommen.

Allerdings würde es jetzt, nachdem Jane ihre Wut an ihm ausgelassen hatte, etwas schwieriger sein, als er gehofft hatte. Er spitzte die Lippen und sah so grimmig aus, dass die Bedienung sich von seinem Tisch abwandte. Blödes Weib. Er war so sicher gewesen, dass er Jane an der Angel hatte. Aber er hatte genug davon, sich mit den Resten zu begnügen, die vom Tisch der Frauen in seinem Leben abfielen. Bald würde er ihnen zeigen, wer in Wirklichkeit der große Macher war. Er würde seine eigenen Pläne weiterverfolgen und das verdammte Manuskript selbst finden. Und dann würde er Jane beweisen, wie dämlich es von ihr war, ihn zu verlassen. Er würde alles dafür tun, dass sie niemals auch nur in die Nähe von William Wordsworths Meisterwerk kam.

Jane überlegte, ob sie an der Schule anhalten und Matthew sagen sollte, er brauche seine Zeit nicht damit zu verschwenden, nach Keswick zurückzufahren und Lettys Papiere durchzuschauen. Und um ihm die Meinung zu sagen. Aber sie beschloss, es nicht zu tun. Es hatte am heutigen Tag schon genug Ärger gegeben, der reichte ihr für ein paar Wochen. Außerdem verdiente er es, diese sinnlose Fahrt zu machen, als Strafe für sein mieses Benehmen. Sie nahm den Hörer ab und rief Dan an.

»Wo bist du?«, fragte sie.

»Ich bin gerade auf die M1 gefahren«, sagte er. »Missy Elliott hat mich am Mittag nach dem Seminar geschnappt, ich glaube, sie hat mich kontrollieren wollen.«

»Du Armer. Wie sind die Seminare gelaufen?«
»Ich bringe dir unendlichen Respekt entgegen, dass du dieses Semester noch keinen Gewaltakt verübt hast.« Sie lachten. »Aber im Ernst, ich glaube, sie liefen gut. Niemand hat etwas gefragt, das mich in Verlegenheit brachte, was meine Hauptsorge war. Und du? Wie war dein Tag?«
Jane berichtete. »Um ehrlich zu sein, das Beste war, Jake abblitzen zu lassen.«
»Das ist gut. Wir werden es heute Abend feiern.«
»Apropos, wann denkst du, wirst du hier sein?«
»Sieben, halb acht? Es kommt auf den Verkehr an. Warum?«
»Jimmy Clewlow holt uns um halb neun zum Dinner ab.«
»Konnte es einfach nicht lassen, was? Siehst du, das ist eben meine elementare magnetische Anziehungskraft.«
Jane streckte dem Telefon die Zunge heraus. »Da liegst du falsch. Du siehst überall nur Schwule.«
»Wir werden ja sehen.«
»Ich leg jetzt auf, bin zu Hause angekommen. Bis dann, wann immer.«

Als sie auf den Hof fuhr, bemerkte sie einen fremden Wagen und fragte sich beiläufig, welche der Freundinnen ihrer Mutter sich einen neuen BMW geleistet hatte. Niemand von den Farmern, bei den mageren Gewinnen aus der Landwirtschaft zur Zeit. Jane seufzte tief und stieg langsam aus.
Sie öffnete die Küchentür und sah zwei Fremde am Tisch sitzen, und ihre Mutter sah aus, als hätten die vier apokalyptischen Reiter gerade ihre Pferde in der Scheune untergestellt.
»Da bist du ja«, sagte Judy und klang erleichtert, aber auch gereizt.
Jane betrachtete die Besucher, die sich ohne eine Spur von Eile erhoben hatten. Wer immer dieses Paar sein mochte, sie waren jedenfalls keine Freunde ihrer Mutter. Der Mann sah zerknittert aus, sein enger Anzug zeigte, dass der Wulst um

seine Taille relativ neu war. Die Frau sah im Gegensatz dazu aus, als trainiere sie jeden Tag mit Begeisterung. Aber der Stil ihrer Garderobe zerstörte die Wirkung. Der feminine Geschmack passte nicht besonders gut zu den Schultern eines sowjetischen Kugelstoßers.

»Jane Gresham?«, fragte die Frau. Ihr Londoner Akzent war schon in diesen paar Silben zu erkennen. »Ich bin Detective Inspector Blair. Das ist Detective Sergeant Chappel. Wir müssten kurz mit Ihnen sprechen.«

Jane stellte ihre Tasche auf dem Tisch ab.

»Ausweis?«, sagte sie. Beide Polizeibeamte zeigten Ausweise vor, die sie ausführlich prüfte. »Von der Met, was? Ich nehme an, Sie sind wegen Tenille hier«, sagte sie und ließ sich auf einen Stuhl fallen. »Setzen Sie sich doch, Sie machen meiner Mutter Angst, wenn Sie wie zwei Hünen in ihrer Küche herumstehen.«

Sie nahmen wieder Platz. »Warum vermuten Sie das?«, fragte Donna.

»Erstens: Ich habe in letzter Zeit keine strafbaren Handlungen begangen. Zweitens: Meine Freundin Tenille ist auf der Flucht vor der Polizei, bei der man die bizarre Idee hatte, dass sie in London einen Mann ermordet hat, der zweimal so groß und doppelt so alt wie sie ist. Und drittens«, fügte sie hinzu und zählte die Gründe an den Fingern auf, »ein sehr netter Polizist aus Keswick ist am Samstagabend herübergekommen und hat die ganze Farm durchsucht, ohne sie zu finden.«

»Haben Sie von Tenille gehört, seit sie London verlassen hat?«

»Ich habe keinen Anruf, keine E-Mail, keine SMS oder sonst etwas von Tenille erhalten, seit ich London verlassen habe, was vor der Zeit war, als das Verbrechen begangen wurde. Wie ich schon DI Rigston am Samstag sagte. Nichts ist seitdem geschehen, das diese Aussage ändern würde«, sagte Jane und war sich durchaus bewusst, dass sie arrogant klang, aber das war ihr egal. Donna Blair wandte keinen einzigen Moment den Blick von ihr ab.

»Tenilles Tante hat gestern Vormittag eine Postkarte von ihr erhalten, auf der sie schreibt, sie sei in Sicherheit und wohlauf. Möchten Sie raten, woher diese Postkarte kam?«

Jane versuchte, ihr Pokergesicht beizubehalten. »Nein. Raten scheint ja Ihre starke Seite zu sein, da ich mir nur vorstellen kann, dass es nichts weiter als eine haltlose Vermutung ist, Tenille mit einem Mord in Verbindung zu bringen.«

»Wir haben Grund, zu glauben, dass Tenille die Absicht hatte, zu Ihnen zu kommen. Wenn Sie die Wahrheit sagen, dann ›rate‹ ich, dass ihr etwas Schlimmes zugestoßen ist, das sie davon abhielt. Machen Sie sich keine Sorgen?« Donna beugte sich beim Sprechen vor und legte die Arme auf den Tisch.

»Natürlich mache ich mir Sorgen. Die ganze Sache macht mir Sorgen. Und wenn ich Informationen hätte, würde ich sie Ihnen mitteilen. Ich bin eine unbescholtene Bürgerin, Inspector. Ich glaube nicht, dass Polizisten Unmenschen sind. Wenn ich feindselig wirke, kommt das daher, dass ich weiß, Tenille ist zu einem Mord nicht fähig. Sie ist dreizehn Jahre alt, und anders als viele der anderen Jugendlichen aus ihrer Umgebung treibt sie sich nicht mit Möchtegerngangstern herum. Sie nimmt keine Drogen. Soweit ich weiß, trinkt sie nicht einmal Alkohol. Und während Sie Zeit und Geldmittel verschwenden, indem Sie versuchen, sie zu finden, läuft der wahre Mörder irgendwo herum und lacht Sie aus.« Jane hielt inne, sie spürte, dass sie erregt war, und ärgerte sich darüber.

»Dann werden Sie ja nichts dagegen haben, wenn wir uns umsehen?«, sagte Donna sanft.

»Sie sollten meine Mutter fragen, es ist ihr Haus.«

Donna wandte sich an Judy. »Haben Sie bemerkt, dass Essen verschwunden ist, Mrs. Gresham?«

Judy war verblüfft. »Essen?«

»Wenn sie hier ist, muss sie essen«, sagte Donna.

»Nein, nichts in der Art. Und ich würde es merken, das können Sie mir glauben«, sagte Judy entrüstet.
»Schön. Macht es Ihnen etwas aus, wenn wir uns umsehen?«
Judy sah Jane hilflos an, die nickte. »Schon gut, Mum. Ich gehe mit ihnen.«
Sie führte Donna und den Sergeant durchs Haus. Als sie in ihr Zimmer kamen, bemerkte Donna den Laptop. »Würden Sie Ihren Computer hochfahren«, sagte sie. »Ich möchte einen Blick auf Ihre gespeicherten E-Mails werfen.«
Jane sagte nichts, tat, was von ihr verlangt wurde, und ging online, um der Kripobeamtin die Arbeit zu erleichtern. Donna verbrachte zehn Minuten damit, alles zu überprüfen, inklusive den Ordner mit kürzlich gelöschten Mails. »Danke«, sagte sie, als sie fertig war.
Sie zogen durch die restlichen Räume, dann verlangte Donna die Farmgebäude zu sehen. Jane machte es großes Vergnügen, sie auf dem unangenehmsten Weg herumzuführen und achtete darauf, dass sie durch Schlamm und Schafkot gehen mussten. Es dauerte länger als eine Stunde, bevor sie zufrieden waren.
Das Schlachthaus, das in einem entfernten Winkel des Felds hinter dem Haus versteckt lag, bemerkten sie nicht. Aber natürlich hatte sie die Route so geplant, dass jede Möglichkeit, auch nur einen flüchtigen Blick darauf zu erhaschen, ausgeschlossen war.
Schließlich gab Donna widerwillig zu, dass Tenille nicht auf der Farm zu sein schien.
»Machen Sie sich keine dummen idealistischen Gedanken über das Beschützen von Unschuldigen«, sagte sie, als Jane mit ihnen zum Wagen ging. »Wenn Sie von ihr hören, teilen Sie es uns mit. Wie Sie sagten, wir sind keine Unmenschen. Wenn sie unschuldig ist, hat sie nichts zu befürchten.«
»Das werde ich tun«, log Jane. Sie beobachtete, wie die beiden abfuhren. Wenn sie die lange Fahrt von London hierher

gemacht hatten, nahmen sie diese Sache sehr ernst. Würden sie sie so ernst nehmen, dass sie die Farm überwachen ließen? Ein Mann auf dem Hügel mit Nachtsichtgläsern würde ihre nächtlichen Besuche im Schlachthaus bemerken. Aber dieses Risiko musste sie eingehen. Sie konnte Tenille jetzt nicht aufgeben.

Sie musste das Mädchen zumindest so lange schützen, bis sich der Hammer meldete.

Unsere kleine Gemeinschaft begann sich wie eine alteingesessene Kolonie mit eingezäunten Gärten und Weideplätzen für die Tiere auszunehmen. Wir fischten und bebauten das Land, und die Zäune ließen uns wie gute Nachbarn zusammenleben. Unsere Frauen gebaren Kinder, und wir erforschten unsere neue Heimat. Unter den vielen merkwürdigen Entdeckungen waren Meißel und Äxte und vier Götzenbilder, primitive Abbilder von Menschen, aus rauem Stein gehauen. Diese Steine nahmen wir als Fundament für unsere Bauten, denn wir sahen keinen Sinn darin, sie herumliegen zu lassen. Wir setzten so etwas wie eine Regierungsform fest, nach der wichtige Entscheidungen von einer einfachen Mehrheit der weißen Männer gefällt wurden. Ich selbst führte ein Tagebuch unseres täglichen Lebens, einerseits aus Gewohnheit, die vom Leben an Bord herrührte, andererseits, damit unsere Nachfahren ihre eigenen Anfänge verstehen könnten. Obwohl wir von Zeit zu Zeit die unverwechselbare Silhouette eines Walfangschiffs am Horizont sahen, kam nie eines nahe genug, uns zu stören. Kurz, wir schienen auf einem ganz guten Weg, auf unserer Prospero-Insel eine schöne neue Welt zu bauen.

32

Letzten Endes blieb Dan im Verkehr auf der M6 stecken, und Jimmy und Jane waren miteinander losgefahren, nachdem sie mit Dan vereinbart hatten, sich im Restaurant zu treffen. Jimmys Gesellschaft war das perfekte Gegenmittel gegen Janes frustrierenden Tag. Seine lässige Art, das Leben zu nehmen, seine augenscheinliche Weigerung, sich selbst ernst zu nehmen, und seine freimütige, humorvolle Unterhaltung machten es ihr unmöglich, sich anders als er zu verhalten.

Er hatte ein italienisches Restaurant in Ambleside vorgeschlagen, dessen Besitzer es gern sah, wenn Jazzgruppen live bei ihm spielten. An diesem Abend war keine Gruppe da, aber die coolen Töne eines Tenorsaxofons kamen aus den Lautsprechern, als sie das Lokal betraten. »Ich komme immer wieder gern hierher«, sagte Jimmy. »Hier hatte ich meinen ersten bezahlten Auftritt, als ich in der zwölften Klasse war. Fünf Pfund für jeden – und ehrlich gesagt, das hieß, wir wurden überbezahlt. Wenn dein Kumpel Dan unsere Musik mag, dann dürfte es ihm hier gefallen.«

Jane lächelte. »Er ist ziemlich wählerisch.«

»Gehört ihr beiden zusammen?«

Jane konnte das Lachen nicht unterdrücken. »Ich und Dan? Aber nein. Selbst wenn er mein Typ wäre, wäre es verlorene Liebesmüh. Dans Puls kommt bei Frauen nicht auf Touren.«

»Ist er schwul?«

»So schwul, wie es nur geht«, sagte Jane und nahm die Speisekarte, denn sie wollte ihr Vergnügen daran, dass Jimmy sich dafür interessierte, welcher Art ihre Beziehung war, nicht zeigen.

Nachdem sie bestellt hatten, lächelte Jimmy sie mit seinen braunen Augen an, in denen die gute Laune blitzte. »Es ist sehr schön, dich zu sehen«, sagte er. »Ich denke oft an diese langen Sommertage, die wir als Kinder auf Langmere Fell verbrachten.«

So viel zu Dans feinfühliger Antenne, dachte Jane und genoss Jimmys Aufmerksamkeit. »Wir haben bestimmt jeden Zentimeter auf dieser Bergseite erkundet, haben Schatzinsel gespielt und Überfälle der Wikinger«, sagte Jane. »Ich war immer froh, dass du mich nicht als schöne Prinzessin eingesetzt hast, die gerettet werden musste. Bei Matthew musste ich immer nur das spielen. Aber bei dir durfte ich Pirat oder Wikinger sein.«

Jimmy zuckte die Schultern. »Das half ja auch dabei, dass das Zahlenverhältnis stimmte. Ich habe es aber immer schade gefunden, dass wir nicht mehr viel miteinander zu tun hatten, als wir größer wurden.«

»So geht es eben. Die Mädchen müssen ihre Mädchendinge tun, und die Jungs müssen so tun, als hassten sie uns. Bis wir an den Punkt kommen, wo wir anfangen können, uns sympathisch zu finden.«

»Aber das hat eigentlich auch nichts mit Freundschaft, sondern mit dem rituellen Initiationstanz zu tun«, sagte Jimmy. »Pickel und sexuelle Unsicherheit, das ist so ungefähr alles, woran ich mich aus diesen mittleren Schuljahren erinnere.«

Und so hatten sie den Pfad der Erinnerungen beschritten. Es gab unterschwellige Strömungen in der Unterhaltung. Jane spürte sie, zögerte aber zuzugeben, dass es sie gab. Jimmy war nicht unbedingt gut aussehend, aber er hatte etwas unbestreitbar Attraktives an sich. Etwas, das mit seiner offensichtlichen Intelligenz zusammenhing, aber auch etwas, das mit Offenheit und Toleranz zu tun hatte. Das genaue Gegenteil von Jake, dachte sie. Jake, dessen Gesicht immer verschlossen war, der nie alles sagte, sie immer raten ließ, wie die Situation war.

Als dieser Gedanke ihr in den Sinn kam, tauchte Dan auf und sah bemerkenswert entspannt aus für einen Mann, der sich stundenlang durch den Berufsverkehr gekämpft hatte. Jimmy sprang auf, und ein breites Grinsen belebte sein Gesicht. Zu Janes Überraschung umarmten sich die Männer zur Begrüßung. Während sie die Getränke bestellten, schien Jimmy kaum die Augen von Dan abwenden zu können. Einmal warf Dan ihr einen schnellen wissenden Blick zu. Ihr Instinkt hatte sie also getrogen. Jimmys Verhalten ihr gegenüber war nur Freundlichkeit gewesen. Dan hatte Recht gehabt. Er war derjenige, für den Jimmy sich interessierte. Jane war kurz gekränkt, betrachtete die Sache aber dann von der heiteren Seite. Sie machte sich auch nichts daraus, dass sie an den Rand der Unterhaltung gedrängt wurde, als Jimmy und Dan über Musik sprachen.

Sie hatten schon fast das Hauptgericht verzehrt, als Jimmy das Gespräch wieder dorthin zurückführte, wo sie es wirklich haben wollte. »Also, worum geht es bei diesem Forschungsprojekt, an dem du arbeitest? Das, das du mit Gran besprechen wolltest?«

»Was gestern passiert ist, tut mir wirklich leid«, sagte Jane. »Alice hat das völlig missverstanden.«

»Wofür Alice immer schon ein Talent hatte«, sagte Jimmy trocken. »Ich hab's eigentlich nicht so verstanden wie sie. Aber sie hatte schon losgelegt, bevor ich sie daran hindern konnte. Tut mir leid, dass sie dich so fertig gemacht hat. Das hattest du nicht verdient.«

»Wahrscheinlich war ich nicht sehr taktvoll. Aber ich wusste tatsächlich nicht, dass mein verflixter Bruder schon mit Edith gesprochen hatte.« Jane seufzte und schüttelte den Kopf.

»Zieht Matthew wieder seine alten Tricks ab?«

Jane war überrascht. »Was meinst du damit?«
»Matthew war doch immer darauf aus, dich schlecht zu machen, besonders, wenn Erwachsene dabei waren. Er hat von Anfang an Probleme mit Jane gehabt«, fügte er hinzu und wandte sich an Dan. »Für mich war das immer offensichtlich, und es hat mich ihm gegenüber vorsichtig gemacht. Ich dachte mir, wenn er seiner Schwester gegenüber so boshaft sein kann, ist es besser, sich nicht mit ihm anzulegen.«
Jane blinzelte, um die Tränen zurückzuhalten. Jemanden zu finden, der die Situation mit Matthew von ihrer Seite aus sah, war etwas Neues für sie. »Ich hatte keine Ahnung, dass jemand anders das erkennen kann. Ich bin daran gewöhnt, dass er es immer fertigbringt, mich in ein falsches Licht zu rücken. Mittlerweile wehre ich mich, aber ich musste erst weggehen und wieder zurückkommen, bevor ich es wirklich mit ihm aufnehmen konnte.«
»Was will dir Matthew denn diesmal kaputtmachen?«
Also erzählten sie ihm alles: Die Leiche im Moor, die Briefe, die Suche nach Dorcas Mason, die Intrige ihres Bruders und das Komplott von Jake und Caroline. Jimmy hörte zu und stellte gelegentlich eine Verständnisfrage. Als ihr Bericht sein lahmes, unbefriedigendes Ende erreicht hatte, pfiff er leise. »Kein Wunder, dass ihr so interessiert an meiner Großmutter wart. Es hört sich nach der Stelle an, wo man anfangen sollte.«
»Sie war die Person, bei der die Wahrscheinlichkeit am größten war«, sagte Dan. »Jedes Gespräch, das wir jetzt führen, bringt uns weiter von der direkten Linie des Erstgeburtsrechts weg.«
»Ich könnte herumfragen«, bot Jimmy an, ohne sich Zeit zum Nachdenken zu nehmen. »Alle werden zu den Begräbnissen da sein – alle von unserer Seite der Familie und auch alle Verwandten von Tante Tillie.«
Dan schüttelte den Kopf. »Wir wollen nicht, dass du deine Familie verärgerst.«

Jimmy grinste. »Es gibt einige in meiner Großfamilie, die zu verärgern mir ein wahres Vergnügen wäre, glaub mir. Ich werde nur ein paar Fühler ausstrecken – bei dem Tratsch, den die ältere Generation verbreitet, wird das bald heftiger zirkulieren, als der Kreislauf der Herrschaften dieser Tage funktioniert.«

»Du warst immer einer von den Netten, Jimmy«, sagte Jane.

Er zuckte verlegen die Schultern. »Ihr verdient ’ne Chance«, sagte er. »Ich weiß, wenn es um ein unentdecktes Stück von Duke Ellington ginge, wäre ich ganz verrückt darauf, es zu hören. Ich tue, was ich kann, um euch zu helfen.«

Es war schon nach Mitternacht, als Jane endlich zum Schlachthaus gehen konnte. Ihre Unterhaltung war sehr ausgelassen geworden, als sie sich näher kamen. Jane hatte versucht, sich nicht allzu viel daraus zu machen, als klar wurde, dass Jimmy und Dan eine Liebesnacht im Sheperd's Cott planten, nachdem sie sie abgesetzt hatten.

Als sie aus Jimmys Kombi ausstieg, bemerkte sie Licht in der Küche. Sie ging hinein und fand ihre Mutter, die so tat, als wäre sie nicht aufgeblieben, um zu warten, bis ihr Küken nach Hause kam.

»Ich hab etwas im Fernsehen geguckt und hatte Lust auf heiße Schokolade, um mich zu beruhigen«, verteidigte sich Judy, sobald Jane die Küche betrat.

Jane grinste. »Hat nichts damit zu tun, dass ich mit einem Mann zum Essen aus war, den du als knapp eine Stufe über Sozialhilfeniveau einstufst.«

»Das hab ich nie über Jimmy gesagt.«

»Aber so gut wie. Er ist sehr erfolgreich auf seinem Gebiet, weißt du. Nicht viele Musiker können von ihrer Arbeit leben, aber bei ihm scheint es so zu sein.«

Judy räusperte sich missbilligend. »Natürlich sagt er das, oder?«

»Mum, du kannst dich beruhigen. Er ist an Dan interessiert, nicht an mir.«

Es war komisch, zu beobachten, wie Judy so zu reagieren versuchte, als wäre dies ein alltägliches Gesprächsthema in Fellhead. »Ach«, sagte sie. »Na, guck an.«

»Ich mach mir einen Kaffee«, sagte Jane.

»Um diese Zeit? Da kannst du doch nicht schlafen«, erwiderte Judy, klang aber erleichtert.

»Mutter, ich bin fünfundzwanzig, nicht zwölf.« Und so ging es mit dem sanften Geplänkel zweier Frauen weiter, die einander mochten, ohne sich zu verstehen. Judy war schließlich zu Bett gegangen und ließ Jane Kaffee trinkend und das Gemeindeblatt lesend am Herd zurück. Jane gab ihrer Mutter fünfzehn Minuten Zeit zum Einschlafen, dann tauschte sie ihre schicken Schuhe gegen die Gummistiefel aus und schlich leise aus dem Haus.

Jane bewegte sich an der Mauer entlang und bemühte sich, den Bewegungsmelder im Hof nicht auszulösen. Dann drückte sie sich gegen die Hecke und schaffte es bis aufs Feld. Sie drehte den Schlüssel im Schloss und schlüpfte langsam ins Schlachthaus. Sofort spürte sie, dass der Schuppen leer war. In panischem Schrecken schaltete sie die Taschenlampe ein und leuchtete durch den Raum. Es war ihr weniger wichtig, nicht entdeckt zu werden, als zu beweisen, dass ihr Gefühl sie getrogen hatte. Aber ihr Instinkt hatte ihr die Wahrheit angezeigt. Tenille war fort.

Jedoch nicht endgültig. Ihre Sachen waren noch da. Tenille wäre bestimmt nicht ohne ihren MP3-Player oder ihre Bücher weggegangen. Allerdings fehlte ihr Rucksack. Aber ihre Kleider zum Wechseln waren noch da. Wo war sie, zum Teufel? Machte sie einen Nachtspaziergang, weil sie dachte, zu dieser Zeit sei sie sicher? Und noch wichtiger, würde sie in der Dunkelheit den Weg zurückfinden?

Jane überlegte, ob sie warten sollte, bis sie zurückkam. Sie wäre beruhigt, wenn sie wüsste, dass das Mädchen sicher im

Schlachthaus untergebracht war, selbst wenn sie das Gefühl hatte, dass sie sich wie ihre eigene Mutter benahm. Und sie hatte den Verdacht, dass Tenilles Reaktion ihrer eigenen ziemlich ähnlich wäre – rutsch mir den Buckel runter, lass mich in Frieden, es geht dich nichts an. Nur würde Tenille sich nicht so zurückhalten, wie Jane das getan hatte. Sie würde loslegen, und der dünne Faden des Vertrauens zwischen ihnen würde reißen.

Und was würde dann geschehen? Was würde geschehen, wenn Tenille so wütend wurde, dass sie endgültig in die Nacht hinauslief und verschwand? Die Polizei würde sie früher oder später finden. Aber was wichtiger für Janc war: Sie hatte eine Botschaft für John Hampton in die Welt hinausgesandt. Wie würde er reagieren, wenn er anrief, nur um zu hören, dass Jane Tenille vertrieben hatte? Oder noch schlimmer: Was wäre, wenn er und Tenille schon Kontakt aufgenommen hätten? Was wäre, wenn er jetzt mit ihr auf dem Weg hierher war? Jane schauderte bei den Möglichkeiten, die ihr durch den Kopf gingen und Gestalt annahmen.

Nein, es war besser, es dabei zu belassen und in ihr eigenes Bett zurückzukehren. Das Beste war, alles in eine Schachtel zu packen und es bis zum Morgen stehen zu lassen. So konnte sie zumindest ein wenig schlafen. Da draußen in der Dunkelheit tat sich einiges. Aber sie wollte gar nicht wissen, was es war oder wie es sich auf sie auswirken würde. Sollten sie doch ihr eigenes Ding machen. Sie wollte den Tag mit tiefem Schlaf zudecken.

Es war total gespenstisch, dass nur ein paar Tage, die sie außerhalb von London verbrachte, ihren Kopf so durcheinander gebracht hatten, dachte Tenille, als sie sich dem Randbezirk von Keswick näherte. Eigentlich war das die Art von Gegend, in der sie sich sicher fühlte, wo es Straßen und Läden gab statt Schafe und Hecken. Aber es kam ihr trotzdem so vor, als sei dies kein günstiger Ort für sie, ein Ort mit

Menschen und Verkehr. Denn beides bedeutete auch Cops. Auf diesen Straßen zu sein war unheimlich und machte ihr Angst.

Das Schlimmste war, nicht zu wissen, wohin sie ging. Die offizielle Wanderkarte war hier für die Katz. Und mit einem Fahrrad ohne Licht konnte man auf den Straßen, wo ab und zu Autos vorbeikamen, Ärger bekommen. Als die Abstände zwischen den Häusern schmaler wurden, schob Tenille das Rad in eine Gasse und ging zu Fuß Richtung Stadtmitte weiter. Ohne Plan nutzte sie die schattigen Stellen aus, denn sie konnte niemanden fragen, nicht bei ihrem Aussehen. Fast hatte sie Heimweh nach London. Dort hätte sie einen Taxifahrer nach dem Weg fragen oder in ein durchgehend geöffnetes Internetcafé gehen und mit Hilfe von Google die Adresse orten können.

Aber sie hatte Glück. Als sie der Stadtmitte näher kam, liefen Straßen mit eng gedrängt stehenden viktorianischen Reihenhäusern nach beiden Seiten auseinander, deren Namen auf die Erbauungszeit hinwiesen. Diese Namen bedeuteten Tenille nichts. Aber als Sebastopol Street auf Inkerman Street und Crimea Street folgte, war sie sehr erleichtert. Sie wusste, dass ein glücklicher Zufall ihren Abend gerettet hatte.

Eddie Fairfields Haus stand in der Mitte der Häuserzeile. Als sie an der schmalen Fassade hochschaute, verließ sie fast der Mut. Es lag viel zu offen da, um von vorne hineinzukommen, und sie hatte keine Ahnung, wie sie sich der Rückseite nähern konnte. Sie ging an das Ende der Straße, wo sie einen engen Durchgang zwischen dem letzten Haus und einem Laden an der Ecke entdeckte. Tenille lief ein paar Schritte den Weg entlang und sah, dass er zu einem breiten Durchgang wurde. Und es war sehr praktisch, dass an jedem Tor ein Müllcontainer Wache stand. Diese Container hatten an der Seite aufgemalte Zahlen, sodass Tenille sich ausrechnen konnte, welches Haus Eddie gehörte.

Als sie gegen das Tor in der Backsteinwand drückte, war sie

angenehm überrascht, dass es sich leicht und lautlos öffnen ließ. Sie gelangte in einen kleinen Hof hinterm Haus, nur ein Dutzend Quadratmeter Beton, begrenzt von Backsteinmauern und dem Haus.

Sie schlich über den Hof und hätte fast laut aufgeschrien, als eine Katze hinter ihr miauend auf die Mauer sprang. Mann, sie würde Nerven wie Drahtseile haben, wenn sie Janes Forschungsprojekt für sie erledigt hatte.

Noch überraschender war, dass die Hintertür des Hauses unverschlossen war und aufging, als sie den Griff hinunterdrückte. Tenille konnte sich nicht vorstellen, dass irgendjemand, den sie kannte, seine Tür nach Mitternacht unverschlossen lassen würde. Außer wenn er den dringenden Wunsch hatte, alle seine weltlichen Güter loszuwerden. Sie trat vorsichtig ein und machte die Tür hinter sich zu. Ein schwaches Licht schien im Flur und ließ sie erkennen, dass sie in einer winzigen Küche war. Zwei Becher standen auf dem Abtropfbrett, und ein gebrauchter Teller mit Besteck lag in der Spüle.

Tenille ging in den Raum neben der Küche, der einen Esstisch, Stühle und eine Vitrine enthielt, wie sie sie sonst nur in den Schaufenstern von Antiquitätengeschäften gesehen hatte. Keine Papiere, nur schreckliche Porzellanschäferinnen und anderer Ramsch für den Flohmarkt. Die Tür zum Flur war offen, und als sie näher kam, nahm sie einen eigenartigen Geruch wahr. Es roch wie ein Katzenklo, das schon eine Weile nicht saubergemacht worden war: der dunkle Gestank von Kot, der scharfe beißende Geruch von Urin, und über allem hing ein bitterer Mief von altem Tabakrauch. Sie konnte nicht verstehen, warum die Leute Katzen im Haus hielten. Sie waren für draußen gedacht und sollten nicht die ganze Wohnung vollstinken.

Der Gestank wurde stärker, als sie all ihren Mut zusammennahm und in den Flur trat. Sie schlich auf die andere offene Tür zu und musste wegen des Geruchs fast würgen. Als sie

am Türpfosten vorbeispähte, hätte sie fast einen eigenen Beitrag zu dem Gestank geliefert.
Halb der Tür zugewandt, lag ein alter Mann auf einem Sessel, sein Mund war offen, und die Augen starrten ins Leere. Das helle Licht von oben ließ zwei Flecken auf seiner grauen Flanellhose erkennen. Diese Erklärung für die schlechte Luft hatte Tenille nicht erwartet. Lange stand sie wie erstarrt da, starrte die Leiche an, und ihr Herz pochte so laut, dass es sich in ihrem Kopf wie Trommelschläge anhörte.
»O Scheiße«, sagte sie. Was sollte sie jetzt bloß tun?

Aber die gleiche Schlange, die den ersten Adam umgarnte, hob den Kopf, um uns mit ihrem Gift zu treffen. Von Anfang an war unsere Anzahl nicht genau passend. Wir waren fünfzehn Männer und zwölf Frauen. Es wurde verabredet, dass jeder weiße Mann eine Frau zu seiner Gesellschaft haben sollte und dass die sechs eingeborenen Männer nach ihrer eigenen Sitte sich die drei übrig gebliebenen Frauen teilen sollten. Aber bald nachdem wir unsere Heimat auf Pitcairn errichtet hatten, starb Williams Frau, und er bestand auf seinem Recht auf eine Frau für sich allein. Obwohl ich damit nicht einverstanden war, wurde ich von der Mehrheit überstimmt, und der Entschluss wurde gefasst, dass die Eingeborenen eine ihrer Frauen verlieren sollten. Es war keine Überraschung, dass die Eingeborenen dies als Demütigung betrachteten. Aber ich glaubte nicht, dass sie es als Gelegenheit nutzen würden, um sich gegen ihre Herren zu verschwören. Zwei Eingeborene erwiesen sich als Rädelsführer bei diesem bösen Komplott, und wir sahen uns gezwungen, zu handeln, um uns und unsere Familien zu schützen. Durch Überredung ließen wir sie von ihren eingeborenen Gefährten töten. So wurde der Friede und die Harmonie unserer kleinen Welt wiederhergestellt. Das glaubte ich jedenfalls, aber nur kurze Zeit danach zeigte sich mein Irrtum.

33

Jane drehte sich um und sah auf die Uhr. Zehn nach zwei. Neun Minuten, seit sie zuletzt nachgesehen hatte. Der Schlaf schien ihr genauso unerreichbar wie das Wordsworth-Manuskript. Immer wieder döste sie fast ein, aber die Ereignisse des Tages vermischten sich zu einem unerfreulichen Kaleidoskop, das sie wieder aufschrecken ließ. Sie hatte das unangenehme Gefühl, dass sie etwas Wichtiges vergessen hatte, das mit Donna Blairs Besuch zu tun hatte. Aber es ließ sich nicht fassen.

Irgendwann stellte sich richtiger Schlaf ein, und als sie wieder aufwachte, konnte sie kaum glauben, dass sie bis Viertel vor zwölf geschlafen hatte. Sie hatten doch Arbeit. Warum hatte Dan nicht angerufen? Selbst in ihrem benebelten Zustand wusste Jane die Antwort auf diese Frage. Sie schlug die Decke zurück, schnappte sich ihren Morgenmantel und lief nach unten. »Warum hast du mich nicht geweckt?«, rief sie und stürzte in die Küche. Sie war leer. Eine Nachricht stand an eine Vase mit späten Rosen gelehnt. *Dad und ich sind nach Dalegarth gefahren, wollen uns einen Wurf junger Hunde ansehen. Würstchen im Teigmantel im Kühlschrank, musst du nur warm machen, stell sie unten in den Ofen, während du duschst. Sind bis zum Tee zurück. Bis später. Gruß Mum*

Ärgerlich vor sich hin murmelnd und auf Dan fluchend, tat Jane, was ihr geraten worden war. Zwanzig Minuten später kam sie wieder in die Küche, geduscht und angezogen, die feuchten Locken hingen ihr auf die Schultern herab. Sie nahm das heiße Essen aus dem Ofen und verteilte es auf zwei Teller, bedeckte sie mit einem Tuch und machte sich voller Angst, was sie wohl vorfinden würde, zum Schlachthaus auf.

Als sie diesmal die Tür öffnete, entdeckte sie Tenille auf einer der Steinbänke. Sie lag vollständig angezogen in ihrem Schlafsack, einen Arm hoch über den Kopf gestreckt. Sie sah viel zu jung aus, um für sich selbst sorgen zu können. »Morgenstund hat Gold im Mund«, rief Jane, stieß die Tür mit der Hüfte zu und brachte das Essen zu Tenille hinüber.

Das Mädchen wachte auf, rieb sich die Augen und gähnte. Sie sagte etwas, das wie »Walo?« klang und das Jane in »Was ist denn los?« übersetzte.

»Wasiert?«, antwortete Jane, eine Antwort, die sie von Tenille gelernt hatte und die hieß: »Was ist denn passiert?«

»Gestern Nacht«, fuhr Jane fort. »Wo warst du da?«

»Mann, ist das warmes Essen?« Tenilles Augen wurden groß, und ihre Nasenflügel weiteten sich. »Riecht gut.«

»Ich dachte, wir könnten zusammen Brunch essen. Da wir gestern Nacht offenbar beide lange wach waren«, sagte Jane mit einer verborgenen Warnung in der Stimme.

»Du bist vorbeigekommen?« Tenille klang überrascht. »Ich dachte, du könntest nicht kommen. Hab gedacht, du bist zu Bett gegangen.« Sie streckte sich genüsslich. »Teilst du das mit mir, oder willst du mich nur quälen?«

»Ich bin nicht sicher, ob du es verdient hast. Was, zum Teufel, soll das, dass du einfach so rausgehst? Jemand hätte dich sehen können.«

Tenille schüttelte den Kopf und streckte die Hand nach einem Teller aus, den Jane aber außer Reichweite schob. »Hier ist doch um diese Zeit nachts niemand unterwegs«, sagte Tenille abschätzig. »Sie liegen alle im Bett. Ich glaube, sie stellen um Mitternacht den Strom ab. Und selbst wenn irgendjemand mich sieht, sieht er einfach jemand auf einem Fahrrad. Es ist ja nicht so, dass man merken würde, dass ich schwarz bin.«

»Auf einem Fahrrad?«, sagte Jane schwach.

»Ich leihe mir dein Fahrrad. Ich dachte, es würde dir nichts ausmachen. Also, gibst du mir jetzt das Essen, oder was?«

Jane gab ihr den Teller. Tenille betrachtete das Essen misstrauisch. »Was 'n das?«, sagte sie.

»Würstchen im Teigmantel.«

»Sieht eher aus wie 'n Hundehaufen im Mantel«, sagte Tenille. »Ich hab noch nie 'ne Wurst gesehen, die aufgerollt war wie Hundescheiße.«

»Es ist Cumberland-Wurst. Eine Delikatesse aus der Gegend hier«, sagte Jane. »Iss sie auf, sonst tu ich's. Ich kann es nicht fassen, dass du mit meinem Fahrrad mitten in der Nacht draußen herumfährst. Was wäre, wenn dich ein Polizist angehalten hätte?«

»Warum sollten sie das tun? Es ist nicht illegal, auf einem Fahrrad zu fahren, selbst mitten in der Nacht.«

»Aber nicht, wenn es kein Licht hat. Und ich weiß bestimmt, dass das Licht für mein Rad auf dem Regal im Flur liegt.«

Jane starrte sie wütend an.

Tenille zuckte die Schultern und hatte den Mund voller Wurst und dem zartmürben Teig. »Darauf lass ich es ankommen«, murmelte sie, als sie endlich runtergeschluckt hatte. »He, das schmeckt gut.«

»Unser Glück, dass meine Mutter meint, ich hätte einen Appetit wie eine ganz Kompanie«, sagte Jane. »Aber warum bist du mitten in der Nacht in der Gegend herumgefahren?«

Tenille sah schuldbewusst aus. »Ich musste doch mal hier raus. Mann, ich hab fast 'n Koller gekriegt. Lass du dich mal hier drin rund um die Uhr einsperren, dann werden wir sehen, wie lange du das aushältst.«

»Es geht um mehr als das«, sagte Jane. »Ich merke, dass du mir etwas verheimlichst.«

Jetzt sah das Mädchen definitiv durchtrieben aus. »Frag nicht, dann wirst du nicht angelogen.«
»Ich will die Wahrheit wissen, Tenille. Hör auf mit diesen verdammten Ausflüchten. Ich riskiere viel für dich, da ist es das Mindeste, dass du ehrlich mit mir bist.« Jane war echt wütend.
Tenille weigerte sich, ihr in die Augen zu schauen. »Ich wollte doch nur helfen«, sagte sie.
»Helfen – wie denn? Was ist denn so hilfreich daran, wenn du mitten in der Nacht herumfährst?«
Tenille zappelte mit den Füßen in ihrem Schlafsack. »Ich habe die alten Leute besucht«, sagte sie.
»Was? Welche alten Leute?«
»Die, mit denen du über dieses Manuskript gesprochen hast. Ich dachte, du bist zu gutmütig, Jane. Jeder könnte dich anlügen, und du würdest es nicht merken, da du ihnen vertraust. Also hab ich mir gedacht, sie haben vielleicht gelogen, als sie behaupteten, sie hätten keine Papiere.«
Jane war völlig entgeistert. »Du bist in ihre Häuser eingebrochen?«
»Ich hab nichts kaputtgemacht«, protestierte Tenille. »Ich hab eine Möglichkeit gefunden, reinzugehen, dann hab ich mich umgesehen.«
Ein schrecklicher Verdacht meldete sich in Janes Kopf, obwohl sie das Mädchen so gut kannte. »Du hast sie doch nicht erschreckt, oder?«
Tenille sah sie voller Verachtung an. »Natürlich nicht. Als ich zu dieser Edith gegangen bin, war sie schon tot und erledigt, das Haus war leer. Und bei der anderen Leiche im Haus in Grasmere genauso. Wenn irgendjemand jemanden erschreckt hat, dann waren sie es. Mann, ich hab mir gestern Nacht fast in die Hose gemacht. Ich bin zu dem Haus von diesem Typen Edward Fairfield in Keswick gegangen. Sobald ich reinkam, hab ich gedacht, da ist doch irgendwas faul. Es hat so komisch gerochen. Wie Scheiße. Jedenfalls bin ich ins

Wohnzimmer gegangen, und da war er, saß auf seinem Sessel, mausetot.« Sie schüttelte den Kopf. »Ich sag dir, ich hab in letzter Zeit genug tote Leute gesehen, das reicht mir jetzt mal 'ne Weile.«

Jane erholte sich endlich so weit, dass sie wieder sprechen konnte. »Er war tot?«, fragte sie. »Eddie Fairfield war tot?«

Tenille nickte. »Ich hab seine Hand berührt, nur um sicherzugehen. Er war eiskalt, Jane. Es war nicht schön. Sein Mund war offen, und ich konnte seine falschen Zähne sehen und alles. Und er hatte sich vollgeschissen. Daher kam der Gestank.«

»Was hast du gemacht?«

Tenille mampfte weiter. »Ich *konnte* ja nix tun, oder? Er war schon längst hinüber. Da hab ich nur das gemacht, weshalb ich gekommen war, und hab das Haus durchsucht.« Sie sah zu Jane auf. »Schau mich nicht so an. Verdammt, was hätte ich denn tun sollen? Er war schon tot, Jane. Alte Leute sterben dauernd, so sind sie eben. Ich bin hingegangen, weil ich etwas vorhatte, und das habe ich erledigt. Ich hab niemandem wehgetan, und ich hab auch nichts gefunden, es ist, als wäre ich nie dort gewesen.«

Jane stützte ihren Kopf in beide Hände. »Ich fass es nicht.«

»Ich wollte doch nur helfen«, sagte Tenille weinerlich.

»Ich meine, ich kann es nicht glauben, dass wieder einer von den Alten gestorben ist. Das sind schon drei, alle von Dorcas' Seite der Familie. Drei innerhalb von vier Tagen. Das ist nicht normal.«

Ihre Worte klangen gedämpft, aber Tenille hörte sie deutlich genug.

»So geht es eben, Jane. Sie kommen an einen Punkt, wo sie das Gefühl haben, sie haben nichts mehr, wofür es sich zu leben lohnt. Dann stirbt jemand, der ihnen nahe steht, und es ist, als würden sie den Willen zu leben verlieren. So ist es auch mit der Cousine von meiner Oma gegangen. Als meine Gran gestorben ist, ist ihre Cousine zwei Tage später auch gegangen. Und sie waren nicht eng befreundet, nur Familie, weißt du?«

Jane schüttelte den Kopf wie ein Schwimmer, der aus dem Wasser auftaucht. »Es ist einfach zu eigenartig, das ist alles.« Sie schob ihren Teller weg, ihr war der Appetit vergangen.

»Bist du fertig? Kann ich das haben?«

»Nimm's ruhig.« Jane wartete, bis Tenille zu Ende gegessen hatte, dann nahm sie den Teller von ihr entgegen. »Versprich mir, dass du hier bleibst. Andernfalls nehme ich dir den Schlüssel ab.«

Tenille grinste. »Da müsstest du ihn erst finden.« Sie hielt die Hände hoch, mit den Handflächen nach oben. »Okay, ich geb auf. Ich werde hier bleiben. Aber du musst dir was ausdenken, ich geh nämlich ein, wenn ich noch länger hier bleiben muss.«

»Das bezweifle ich«, sagte Jane trocken. »Bis später.«

Sie ging schockiert und nachdenklich in die Küche zurück. Sie begriff das nicht. Eddie Fairfield war gebrechlich, aber er war doch putzmunter gewesen. Jane konnte nicht glauben, dass er so leicht aus dem Leben geschieden war. Sie nahm ihr Mobiltelefon und überlegte, ob sie jemanden über Eddies Tod informieren sollte, als sie bemerkte, dass sie eine Voicemail erhalten hatte. Sie wählte die entsprechende Nummer und hörte Dans Stimme. Ihre Erleichterung wurde schnell zur Bestürzung, als sie den Sinn seiner Worte erfasste.

»Hi, Jane. Hier ist Dan. Jimmy hat mich gerade angerufen.« Er räusperte sich. »Ich habe eine schlechte Nachricht für dich. Eddie Fairfield – der Alte, den du gestern besucht hast – Jimmy hat gerade gehört, dass er letzte Nacht gestorben ist. Jimmy wollte dort vorbeigehen und ihn wegen des Manuskripts fragen. Er glaubte, wenn die Papiere bei diesem Zweig der Familie verblieben waren, dann wäre Eddie derjenige, der es gewusst hätte. Wir sind also in dieser Hinsicht aufgeschmissen. Jedenfalls, ich dachte, ich sollte es dir sagen. Ruf mich an, wenn du kannst.«

Jane ließ den Kopf in die Hände sinken. Sie war die Bürde los, irgendjemanden über Eddies tragisches Ende zu informieren. Aber sie fing an, sich wie der Todesengel zu fühlen, und das war erschreckend. Mit besorgtem Gesicht wählte sie Dans Nummer. Er nahm gleich ab.

»Hast du meine Nachricht bekommen?«, sagte er unvermittelt.

»Ja, ich kann's nicht glauben. Das ist die dritte Person auf unserer Liste, die gestorben ist. Das ist ein zu großer Zufall, Dan.«

»Warum? Alte Leute sind schwach, und sie sterben, das passiert doch dauernd. Die Sterbeurkunden werden gewöhnlich von ihrem Hausarzt unterschrieben, oder? Na ja, wenn es etwas Verdächtiges gegeben hätte, würde der Arzt es doch gleich merken und eine Obduktion anordnen. Wenn die drei nicht aufgrund natürlicher Ursachen gestorben wären, hättest du davon gehört, und es würde nicht erlaubt werden, sie zu bestatten.«

»Meinst du?«

»Ja.«

»Man bekommt einfach ein komisches Gefühl. Sie waren auf meiner Liste und sind in der gleichen Reihenfolge gestorben.« Sie stieß einen Seufzer aus und strich sich das Haar aus dem Gesicht. »Hattest du viel Spaß mit Jimmy?«

»Das willst du gar nicht wissen, wie viel Spaß«, sagte Dan selbstgefällig. »Sagen wir einfach, es war sehr spät, als wir zu Alices Haus zurückgefahren sind.«

»Na ja, da bin ich froh, dass sich wenigstens einer von uns amüsiert«, sagte sie scharf.

»Was ist für heute geplant?«, fragte Dan.

»Weiß nicht. Ich bin ziemlich mitgenommen. Ich ruf dich später an, wenn ich wieder richtig denken kann. Du könntest ja Jimmy anrufen und sehen, ob er dir helfen will, die Zeit herumzukriegen.«

»Das mach ich vielleicht. Bis später dann.«

Jane sagte sich, Tenille und Dan hatten wahrscheinlich Recht. Edith, Tillie und Eddie waren alle weit über achtzig. Alte Leute starben tatsächlich, und manchmal warfen sie einfach das Handtuch, wenn die Gebrechen und Wehwehchen ihnen zu viel wurden. Aber sie wollte auf irgendeine Weise ihres Todes gedenken. Ihr Erlebnis mit Alice Clewlow hatte ihr gezeigt, dass sie sich von Feiern und Begräbnissen besser fern halten sollte, wenn sie nicht wieder mit dem Etikett der Grabräuberin belegt werden wollte. Aber sie konnte ihnen trotzdem ihren Respekt erweisen. Familien beauftragten meist den gleichen Bestatter. Jane war sich sicher, dass Tillie Swain und Eddie Fairfield bei Gibson's in Keswick lagen.

Etwas später betrat Jane das große viktorianische Gebäude, das, so lange man sich erinnern konnte, schon ein Bestattungsunternehmen mit Leichenhalle war. Ein deprimierend salbungsvoller junger Mann in einem schwarzen Anzug kam in der Halle auf sie zu. Sie konnte den Gedanken an Uriah Heep nicht unterdrücken, während sie ihm den Zweck ihres Besuchs erklärte. »Mrs. Swain ist in Derwent, hier den Flur entlang«, sagte er ihr. »Aber leider bereiten wir Mr. Fairfield noch vor, man kann ihn noch nicht sehen. Sie werden morgen wieder kommen müssen. Würden Sie mir bitte folgen?«

Jane ging hinter ihm her durch die holzgetäfelte Halle und ließ sich durch eine Tür führen, auf der in gotischen Lettern ›Derwent‹ stand. In dem Raum befanden sich ein Dutzend mit rotem Samt bezogene Polsterstühle, und auf einem glänzenden Gestell aus Eichenholz stand ein einfacher Kiefernsarg. Uriah schloss die Tür hinter ihr, und Jane ging langsam zu dem Sarg. Sie hatte noch nicht allzu viele Tote gesehen und war überrascht, wie profan Tillie Swains Leiche aussah. Sie war kunstgerecht geschminkt, aber die Blässe war schwer zu überdecken. Sie trug ein Kleid mit einem Mandarinkragen in taubenblauer Seide mit dazu passender Halskette und Ohrringen. Sie sah eher wie eine abschreckende Schaufensterpuppe aus.

Jane versuchte, diese Gedanken zurückzudrängen und sich auf etwas Sinnvolles zu konzentrieren. Aber ihr Gehirn bot ihr nur Klischees an, und, von sich selbst enttäuscht, beschloss sie nach ein paar Minuten, zu gehen. Als sie zu der Eingangstür zurücklief, betrat eine kleine Frau auf sehr unfeierliche Art den Raum. Lange schwarze Haare wellten sich um ihr Gesicht, und sie lächelte den jungen Angestellten an, als sie an ihm vorbeieilte. »Hi, Chris«, sagte sie vergnügt.
»Guten Tag, Frau Dr. Wilde«, antwortete er in so würdevollem Ton, dass es sich wie ein Tadel ihrer unbändigen Energie anhörte.
Verblüfft blieb Jane stehen. Als die Frau an ihr vorbeiging, sagte sie: »Entschuldigen Sie, sind Sie Dr. Wilde, die forensische Anthropologin?«
River hielt an. »Stimmt, ja.«
»Sie arbeiten an der Moorleiche?«
River wies auf eine Treppe, die nach unten führte. »Er ist hier unten in diesem Raum.«
»Darf ich Sie etwas fragen?«
River lächelte. Sie war immer gewillt, ihr Fachwissen mitzuteilen. »Natürlich.«
»Die Tätowierungen. Sind sie typisch für die Südseeinseln? Besonders Tahiti?«
»Ja, das sind sie tatsächlich. Warum fragen Sie?«
»Ich habe eine Theorie, dass Ihre Moorleiche Fletcher Christian ist.« Als sie Rivers neugieriges Stirnrunzeln sah, fügte sie hinzu: »Sie wissen doch? Die Meuterei auf der *Bounty*. Mr. Christian ...«
»Schon wieder«, sagte River ungeduldig. »Ja, ich weiß, wer Fletcher Christian ist. Sie sind nicht die Erste, die genau diese Möglichkeit erwähnt. Ich fange an, mich zu fragen, ob hier etwas im Leitungswasser ist, weil alle überlegen, ob mein Moorpirat Fletcher Christian ist.«
»Moorpirat?«
»Mein Spitzname für die Moorleiche. Wir machen eine Fern-

sehdokumentation, die TV-Leute mögen so etwas Auffälliges. Was interessiert Sie daran?«

»Ich bin Wordsworth-Forscherin und will die Möglichkeit untersuchen, dass Fletcher in seine Heimat zurückkam und William seine Geschichte erzählt hat.«

»Klingt ziemlich vage, finde ich.« River sah auf ihre Uhr. »Hören Sie ...«

»Ich habe Indizien. Und zwei Briefe, die diese These belegen. Ich glaube nicht, dass es hier in der Gegend irgendjemanden gibt, der mehr über Fletcher Christian weiß als ich. Wenn Sie für Ihr Fernsehprogramm genaue historische Einzelheiten brauchen, könnte ich Ihnen helfen.«

River lächelte. »Aber eigentlich wollen Sie wissen, ob das hier Ihr Mann ist?«

Jane nickte. »Ja, aber das Angebot steht. Sehen Sie eine Möglichkeit, dass er es ist?«

River traf eine Entscheidung. »Kommen Sie mit runter, dann werde ich Ihnen zeigen, was ich bis jetzt festgestellt habe«, sagte sie und ging auf die Treppe zu. »Wie heißen Sie übrigens?«

»Jane Gresham.«

River drehte sich um, und sie tauschten auf der Treppe einen flüchtigen Händedruck. »Sind Sie hierher gekommen, weil Sie mich sehen wollten?«

»Nein, ich kam, um jemandem, mit dem ich vor zwei Tagen ein Gespräch geführt habe, meinen Respekt zu erweisen. Niemand, der mir nahe stand, ich wollte nur ... ach, ich weiß auch nicht. Alle scheinen zu sterben.«

»Alle?«

»Na ja, nur die, mit denen ich wegen meines Forschungsprojekts spreche.«

»Was? Die Wordsworth-Sache?« River fuhr am Fuß der Treppe herum und sah Jane mit einem skeptischen Gesichtsausdruck an.

Jane blieb auf der untersten Stufe stehen und seufzte. »Ja,

die Wordsworth-Sache. Ich habe eine Liste der Leute erstellt, mit denen wir sprechen wollten, Nachfahren der letzten Person, die das Manuskript hatte. Und diese alten Leutchen geben alle einfach den Geist auf. Das ist doch ein wenig unheimlich.«

»Unerklärliche Häufung von Todesfällen bei älteren Menschen gibt es von Zeit zu Zeit. Es liegt immer ein Grund vor – Herz, was auch immer –, aber oft weist keine besondere Ursache darauf hin, warum sie heute und nicht an einem anderen Tag gestorben sind.« Sie legte Jane eine Hand auf den Arm. »Nehmen Sie es sich nicht zu Herzen. Kommen Sie, ich stelle Ihnen den Moorpiraten vor. Wir sind für heute mit dem Filmen fertig, und die Studenten kommen erst in einer Weile, also können wir ihn für uns allein haben.«

Jane folgte River in einen Raum, der als Kulisse eines viktorianischen Operationssaals hätte dienen können. Auf einem Tisch in der Mitte lag ein überraschend kleines Bündel. Ohne Muskeln und Fleisch sah der Moorpirat wie ein mit Knochen gefüllter Lederbeutel in menschlicher Form aus. Die Tätowierungen waren gut zu sehen, die verzierten Streifen liefen um die Körpermitte herum. Jane suchte nach der anderen Tätowierung Fletcher Christians, von der sie wusste: dem Stern des Hosenbandordens auf der linken Seite der Brust. Aber diese Stelle fehlte, es waren nur zerklüftete Reißspuren am Rand eines Lochs von ungefähr zwanzig Zentimeter Durchmesser zu sehen. »Was ist da passiert?«, fragte sie und deutete darauf.

»Wahrscheinlich irgendwann von Tieren weggefressen worden«, sagte River.

»Könnte es absichtlich herausgeschnitten worden sein? Vom Mörder?«

River runzelte die Stirn und betrachtete den Riss genauer. »Ich glaube nicht, es sieht eher so aus, als hätten Zähne es herausgerissen. Wieso meinen Sie, dass es absichtlich gemacht wurde?«

»Weil Fletcher Christian genau an dieser Stelle eine charakteristische Tätowierung hatte.«
River zog die Augenbrauen hoch. »Sie sind ja wirklich so gut, wie Sie sagten, Jane. Voller interessanter Informationen. Ich sag Ihnen was, ich werde es mir unter dem Mikroskop nochmal ansehen, ob ich eine definitive Antwort geben kann …« Sie schwieg, als sei ihr gerade ein Gedanke gekommen. »Dieses Manuskript – ist es etwas, für das sich ein Händler interessieren würde?«
»Darauf können Sie wetten«, sagte Jane. »Wenn es wirklich ein Gedicht in der Originalhandschrift gibt, würde es bei einer Auktion wahrscheinlich über eine Million bringen. Und da gäbe es für den Händler eine nette Provision. Warum fragen Sie?«
»Ein Typ sprach mich neulich abends an, in der Hotelbar drüben. Er sagte, dass er mit Dokumenten handelt und Hinweisen nachgeht, dass es möglicherweise ein Manuskript gebe, das mit Fletcher Christian zu tun habe. Und er interessierte sich dafür, ob ich meine, dass diese Leiche Fletcher sein könne.« Sie wies auf die Leiche auf dem Tisch.
Jane wurde das Herz schwer. »Sein Name war wohl Jake Hartnell, oder?«
»Kennen Sie ihn?«
»Nur zu gut«, sagte sie ernst. Wenn sie noch eine Bestätigung gebraucht hätte, dass Jake mehr Interesse an dem Manuskript hatte als an ihr, hier war sie. »Sagen wir einfach, wir sind uns im Hinblick auf die meisten Dinge nicht einig.«
River zog erneut eine Augenbraue hoch. »Ich muss sagen, ich fand ihn auch nicht besonders sympathisch.«
Jane lächelte gequält. »Dann können Sie lebende Menschen mindestens so gut beurteilen wie Tote.« Sie warf einen Blick auf ihre Uhr. »Ich gehe jetzt besser. Danke, dass Sie mir das gezeigt haben.«
»War mir ein Vergnügen. Und ich halte Sie auf dem Laufen-

den. Wenn sich herausstellt, dass das hier wirklich Fletcher Christian ist, werden Sie es als Erste erfahren.«

Ewan Rigston informierte sein Team gerade über einen bewaffneten Raubüberfall auf eine Tankstelle, als vom Empfang die Meldung kam, Alice Clewlow warte auf ihn und wolle ihn sprechen. Nachdem er die Einsatzbesprechung zu Ende gebracht hatte, ließ er sie zu sich ins Büro kommen. Er erinnerte sich an Alice. Sie war ein paar Jahre jünger als er, und er hatte sie einmal zu einem Tanzabend des Rugbyclubs eingeladen. Sie hatte gelacht, allerdings nicht unfreundlich, und ihm gesagt, er verschwende seine Zeit. Er war damals beleidigt gewesen, aber im Lauf der Jahre war ihm klar geworden, dass die Zurückweisung generell und nicht gegen ihn persönlich gerichtet war. Nicht dass sie die Sache an die große Glocke gehängt hätte. Denn in einer kleinen Stadt war immer Diskretion angesagt.

Er hatte sie ein paar Jahre nur noch von Weitem gesehen und war angenehm überrascht, wie wenig sie sich verändert hatte. Ein paar Fältchen mehr, einige Silberfäden im Haar, aber sonst die alte Alice. Sie hatte immer noch die selbstbewusste und kompetente Ausstrahlung, die er damals an einem Teenager so erstaunlich gefunden hatte. Als sie sich setzte, bemerkte er an ihren Augen, dass sie angespannt war, was er zuerst nicht bemerkt hatte. »Hallo, Alice«, sagte er und wartete, bis sie Platz genommen hatte, bevor er sich hinsetzte.

»Danke, dass du dir für mich Zeit nimmst, Ewan. Oder sollte ich dich jetzt Detective Inspector Rigston nennen?« Hinter dem leichten Ton verbarg sich eine ernsthafte Frage.

»Ewan ist in Ordnung«, sagte er. »Mein Beileid wegen deiner Großmutter«, fügte er hinzu, denn er erinnerte sich, dass Edith Clewlows Tod in der Wochenendausgabe erwähnt worden war.

»Deswegen bin ich hier«, sagte Alice.

Rigston runzelte die Stirn. »Du meinst, an Mrs. Clewlows

Tod sei etwas Verdächtiges gewesen?« Ihm wurde mulmig. Es gab nichts Lästigeres als Verwandte, die eine fixe Idee hatten und total normale Sterbefälle verdächtig fanden.

»Als es passierte, war ich nicht dieser Meinung«, sagte Alice. »Aber seit damals sind noch zwei Verwandte gestorben, die allerdings beide schon älter waren. Eine war die Schwägerin meiner Großmutter, Tillie Swain. Drüben in Grasmere. Der andere war Tillies zweiter Cousin, Eddie Fairfield. Er wohnte hier in Keswick. Sie sind alle nachts gestorben, und bei allen ist bescheinigt worden, dass sie eines natürlichen Todes gestorben sind.« Sie hielt inne, und es war ihr anzusehen, dass sie vorsichtig war. »Du glaubst, ich spinne, was?«

»Nein, Alice, ich würde nie denken, dass du spinnst. Aber ich versuche zu verstehen, warum du meinst, dass sich die Polizei darum kümmern sollte. Ich weiß, es ist schwer zu akzeptieren, aber alte Leute sterben oft, ohne dass es einen dubiosen Zusammenhang gibt.«

»Das begreife ich, Ewan. Aber würdest du es genauso sehen, wenn ich dir sagte, dass es etwas gibt, das sie gemeinsam haben?«

»Und was für ein Etwas ist das?«, fragte er und beugte sich vor, denn jetzt war sein Interesse geweckt.

»Es gibt da eine Frau, Jane Gresham …«

»Aus Fellhead?«, unterbrach sie Rigston. »Greshams Farm?«

»Stimmt. Kennst du sie?«

»Sagen wir, unsere Wege haben sich wegen einer beruflichen Sache gekreuzt. Wie hängt Jane Gresham mit deiner Großmutter zusammen?«

»Sie sucht ein Manuskript und meint, dass einer unserer Vorfahren es von Wordsworth bekommen hat. Sie ist mit einem Kollegen zu mir nach Hause gekommen, als meine Großmutter noch kaum kalt war, und tat so, als wolle sie ihr Beileid aussprechen. Aber in Wirklichkeit wollte sie herausfinden, ob Gran diese Papiere hatte. Ihr Bruder – er ist Rektor an der Grundschule in Fellhead – hat Gran deswegen an dem Tag, an dem sie starb, angerufen. Wollte seiner Schwester helfen, nehme ich an.«

»Mir ist immer noch nicht ganz klar, wo das hinführen soll«, sagte Rigston, dessen Interesse wieder abnahm.

»Du erinnerst dich doch an meinen kleinen Bruder. Jimmy, der Schlagzeuger.« Rigston nickte, und Alice fuhr fort: »Er war oft mit Jane zusammen, als sie noch Kinder waren. Sie haben beim Leichenschmaus wieder Kontakt aufgenommen. Gestern Abend sind sie zum Essen ausgegangen. Jimmy ist erst gegen Morgen heimgekommen, und als ich ihm heute früh das von Eddie erzählte, schien er wirklich schockiert. Er sagte, Jane Gresham hätte eine Liste von Leuten, bei denen sie dieses Manuskript vermutet. Grans Name stand ganz oben auf der Liste. Der nächste Name war Tillie Swain, und danach kam Eddie Fairfield.« Alice schwieg und warf Rigston einen kühlen Blick zu. »Meinst du jetzt, dass es verdächtig sein könnte?«

»Seltsam ist es schon, das gebe ich zu. Aber willst du damit wirklich sagen, dass Jane Gresham hier im District herumläuft und alte Leute umbringt, nur um ein altes Manuskript in die Hände zu kriegen?«

Alice zuckte die Schultern. »Keine Ahnung, was ich denken soll, Ewan. Ich weiß nur, dass meine Verwandten nacheinander wegsterben. Und ich glaube, du solltest dich darum kümmern.«

Während wir noch auf dem Schiff waren, hatte ich die Autorität eines Kapitäns ausüben können. Aber sobald wir an Land waren, hielten meine Schiffskameraden an der Überzeugung fest, dass kein Mensch je wieder ihr Herr sein solle. Sie betrachteten sich als den Landadel von Pitcairn, und manche entdeckten bei sich das Verlangen, andere zu unterdrücken, um ihre Macht zur Gänze auskosten zu können. Quintal und McCoy taten sich besonders durch diese Neigung hervor, und sie pflegten ihre Eingeborenen unter dem geringsten Vorwand zu schlagen. Sie hatten aus Blighs Schicksal nichts gelernt und konnten nicht begreifen, dass solch grausame und tyrannische Behandlung sich verdientermaßen gegen sie richten könnte. Wie sehr ich ihnen auch vor Augen hielt, dass solches Vorgehen unnötig und aufreizend sei, sie änderten ihr Verhalten nicht. Ich begann, für uns alle zu fürchten, und beschloss, dementsprechende Vorkehrungen zu treffen.

34

Janes Handy fing auf den Stufen von Gibson's zu klingeln an, und sie schrak schuldbewusst zusammen. Gut, dass es sich nicht gemeldet hatte, als sie bei Tillie Swain war. Sie zog es aus ihrem Rucksack heraus und schaute auf das Display. Eine unbekannte Telefonnummer. Es gab nur eine Möglichkeit, herauszufinden, wer da anrief. Sie drückte auf den Knopf und hielt es ans Ohr. »Hallo?«

Die Stimme am anderen Ende klang tief und förmlich. »Dr. Gresham? Ich glaube, Sie wollten mich sprechen? Vergessen wir nicht, dass die Verbindung von einem Mobiltelefon zum anderen nicht wirklich sicher ist ...«

Der Hammer, wurde ihr klar, und sie sah sich instinktiv um, ob auch niemand sie beobachtete. *Schönen Dank, irre Mrs. Gallagher.* »Danke, dass Sie anrufen. Ich muss mit Ihnen über die Sache sprechen, über die wir uns letzte Woche unterhalten haben.«

»Schon wieder?« Ein leises Lachen klang in seiner Stimme an, das sie mehr erschreckte, als jede Drohung es hätte tun können.

»Die Lösung, die Sie letztes Mal fanden, scheint neue Probleme geschaffen zu haben«, sagte Jane, vorsichtig ihre Worte wählend.

»Das habe ich gehört.«

»Unsere Freundin weigert sich jetzt, ihre Probleme auf eine bestimmte Art und Weise zu lösen, weil ihre Loyalität das nicht zulässt. Und sie ist der festen Überzeugung, dass auch Sie diese bestimmte Vorgehensweise vermeiden müssen.«

»Ich glaube, ich verstehe. Beide möchten wir nicht mit William sprechen, nicht wahr?«

Der Name brachte Jane aus dem Konzept. Warum sprach der Hammer zu ihr über Wordsworth? Sie brauchte einen Moment, um die Verbindung zu begreifen. William, Bill, Old Bill – die Polizei. »Das kommt so ungefähr hin«, sagte sie vorsichtig.

»Sie sind ganz in der Nähe unserer Freundin, ja?«

Wie schafften es Spione, diese Art von verdeckter Unterhaltung zu führen, fragte sich Jane. Sie fühlte sich so unsicher, als hätte sie in einem Haifischbecken den Boden unter den Füßen verloren. »Ja, aber ich weiß nicht, wie lange das so bleiben kann«, sagte sie und hoffte, er würde verstehen.

»Wenn Sie es bis zum Wochenende schaffen, werde ich die Sache in Ordnung bringen.« Hampton klang ruhig und zuversichtlich.

»Ihnen beiden wird nichts passieren?«

»Oh, darauf können Sie sich verlassen, Dr. Gresham«, sagte er und beendete das Gespräch.

Jane stand da und starrte dümmlich auf das Handy. Sie brauchte einen Drink. Normalerweise nahm sie nicht gleich zu Alkohol Zuflucht, aber sie hatte auch nicht jeden Tag einen Killer an der Strippe.

Sie ließ den Wagen stehen, ging den Hang hinunter in die Stadtmitte und kehrte im ersten Pub ein, an dem sie vorbeikam.

Sie holte sich einen Southern Comfort und eine Cola und fand eine stille Ecke, wo sie dem Raum den Rücken zukehren und sich erholen konnte. So kam es, dass sie nicht vorgewarnt war, als Jake auftauchte. Gerade noch war sie allein, dachte über John Hamptons unergründlich dunkle Welt nach und hoffte, dass sie ihr nie wieder so nah kommen musste, wie sie gerade gewesen war. Im nächsten Moment stand Jake neben ihr, eine Hand auf der Stuhllehne, die andere am Tischrand. »Jane, was für eine Überraschung«, sagte er.

Sie fuhr so schnell herum, dass ihr eine Locke ins Auge schlug, das daraufhin zu tränen begann. Sie rieb es wütend und sagte: »Verfolgst du mich schon wieder? Wie viel klarer soll ich mich denn noch ausdrücken? Wir. Sind. Fertig miteinander.«

Jake war verwirrt und warf schnell einen Blick über die Schulter, ob jemand in dem halb leeren Pub ihr privates Melodrama mitbekommen hatte. Aber alle waren zufrieden ins Gespräch oder in Sudoku-Spiele vertieft. »Ich bin dir nicht gefolgt«, sagte er. »Ich war spazieren, und da fing es an zu regnen. Ich bin schnell hier reingegangen, um im Trockenen zu sein.« Er zeigte den Ärmel seiner Jacke, die dunkle runde Flecken aufwies. »Schau, Regen.« Er sah sie mit dem Lächeln an, bei dem früher Schmetterlinge in ihrem Bauch flatterten, doch jetzt drehte sich ihr der Magen um.

»Wie auch immer. Das ändert nichts an meiner Botschaft an dich.« Jane wandte demonstrativ den Blick ab, starrte auf ihr Glas auf dem Tisch und versuchte, nicht auf seine Hand zu blicken. Er zog die Hand weg, und sie dachte einen Augenblick, er werde sie beim Wort nehmen. Aber nein, er setzte sich neben sie. Sie schob ihren Stuhl zurück und wollte gehen. Aber er griff nach ihrer Hand und bildete mit den Fingern eine Handschelle um ihr Gelenk.

»Lass mich gehen«, zischte sie, immer noch der englischen Gepflogenheit treu, in der Öffentlichkeit keine Szene zu machen.

»Ich akzeptiere, was du gesagt hast.« Jake sprach schnell. »In Bezug auf uns. Ich will es nicht, aber ich akzeptiere es. Aber ich will mit dir über etwas anderes reden.«

»Du willst mit mir darüber reden, wie ich dir helfen kann, schnell reich zu werden«, sagte Jane verächtlich. »Jetzt lass mich gehen.«

Jake ließ ihr Handgelenk los, und sie rieb es mit der anderen Hand. »So ist es nicht«, sagte er.

»Nein? Wozu hast du dann Dr. Wilde gefragt, ob die Moorleiche Fletcher Christian sei? Und warum bist du noch hier? Du versuchst doch, aus meiner harten Arbeit Profit zu schlagen.«

»Ich will dich überhaupt nicht um irgendetwas bringen«, wehrte sich Jake. »Ja, da lässt sich was verdienen. Aber bitte, tu doch nicht so, als sei dir Geld gleichgültig. Ich weiß, wie ungern du die zwei Jobs machst, um klarzukommen, und wie lieb es dir wäre, nur deine richtige Arbeit machen zu können. Na ja, wenn wir in der Sache zusammenarbeiteten, wäre das für dich alles möglich. Ich würde eine Provision für den Verkauf bekommen, und du könntest dir als Erste das Gedicht vornehmen.«

»Hör auf, Jake«, sagte Jane. »Deine kleinen Intrigen interessieren mich nicht. Du sitzt hier und redest über Provision, aber in Wirklichkeit willst du die Leute über den Tisch ziehen. Ich kenne dich. Wenn du dieses Manuskript findest, wirst du demjenigen, der es hat, ein Angebot machen, das er nicht ausschlagen kann. Sie sind hier ja keine gewieften Londoner Spekulanten, sondern einfache Leute aus dem Lakeland – sie lassen sich von den Nullen hinterm Komma blenden. Sie werden nicht wissen, dass du ihnen nur einen Bruchteil von dem bietest, was der Text wert ist.«

»Das ist ja Unsinn«, protestierte er. »Ich bin nicht hier, um irgendjemanden auszunehmen. Ich will fair sein.«

»Du vielleicht, aber ich wette, deine liebe Caroline nicht. Jake, jetzt hör mir mal zu. Ich mache mir wirklich nichts aus dem Geld.«

Jake wurde wütend, stand auf und beugte sich ganz nah zu ihr vor. »Vielleicht nicht, Jane. Aber andere Leute machen sich schon was daraus. Und sie werden sehr weit gehen, um dich aus der Sache herauszuhalten.«

Er wandte sich auf dem Absatz um und marschierte in den

Regen hinaus. Jane starrte ihm verblüfft nach. Zum ersten Mal, seit sie von der Moorleiche gehört hatte, ging ihr auf, dass sie durch das, was sie tat, persönlich in Gefahr geraten könnte. Es gab da draußen üble Leute, so schien es, die weit weniger deutlich zu erkennen waren als John Hampton.

DCI Rigston starrte durch den Regen, der an seiner Fensterscheibe herunterrann, zu den grauen Dächern auf der anderen Straßenseite hinüber. Abscheulicher, erbärmlicher Nachmittag, dachte er. Er hatte doch Besseres zu tun, als am Telefon zu sitzen und auf die verflixte Verbindung mit einem Arzt zu warten, der ganz offensichtlich meinte, die einzigen Menschen, deren Zeit etwas galt, seien die Mediziner. Und er erwartete sich auch nichts Welterschütterndes von dem Gespräch. Nicht, wenn man nach den zwei vorherigen Telefonaten gehen konnte.

»Ja? Spricht da Inspector Rigston?«, sagte die Stimme an seinem Ohr. Sie klang verdrießlich und schien einem Zwölfjährigen zu gehören.

»Am Apparat.«

»Jerry Hamilton hier. Dr. Jerry Hamilton. Meine Sprechstundenhilfe sagte mir, Sie wollen mit mir über einen Patienten sprechen. Sie sollten sich aber darüber im Klaren sein, dass ich nicht über die Krankengeschichten sprechen kann …«

»Wenn die Patienten tot sind, können Sie das«, schnauzte Rigston ihn an, der die Geduld verlor. »Besonders wenn Sie den Totenschein unterschrieben haben.«

»Ah ja, nun, das ist etwas anderes«, sagte Hamilton wesentlich freundlicher. »Und der Tote, um den es geht, wäre …?«

»Edward Fairfield. Ich glaube, Sie waren heute früh bei ihm.«

»Ah ja, Mr. Fairfield. Ganz einfach, Inspector: Herzversagen.«

»Hatte Mr. Fairfield Herzprobleme?« Rigston kritzelte Herzen nebeneinander auf seinen Notizblock.

»Er hatte vor etwas weniger als zwei Jahren einen leichten Herzanfall. Seit damals ging es ihm recht gut. Aber so etwas passiert bei älteren Leuten häufig. Das Herz hört irgendwann auf zu schlagen.«

»Sie würden also sagen, es war kein unerwarteter Tod?«, fragte Rigston und fügte Pfeile hinzu, die die kleinen Herzen durchbohrten.

»Im Gegenteil, Inspector. Ich würde sagen, er war unerwartet – aber bei seinem Alter und seinem allgemeinen Gesundheitszustand nicht überraschend. Macht das die Sache klarer?« Der mürrische Tonfall war wieder da.

»Und es gab keine verdächtigen Umstände?«

»Ich weiß nicht, was Sie mit verdächtig meinen.«

»Anzeichen einer Auseinandersetzung? Fleckenförmige Hämatome, die beim Ersticken auftreten? Irgendein Zeichen einer tödlichen Injektion?«, sagte Rigston und strengte sich an, nicht gereizt zu klingen. Diese verflixten Ärzte.

»Nichts von alledem. Nichts, was irgendwie nicht mit natürlichen Ursachen in Einklang gewesen wäre. Warum stellen Sie mir diese Fragen, Inspector?«

»Ich führe eine Ermittlung durch, Sir. Sie haben mir sehr geholfen. Danke, dass Sie sich die Zeit genommen haben«, sagte er automatisch und hängte auf. Rigston lehnte sich auf seinem Stuhl zurück. Drei alte Leute waren gestorben. Drei verschiedene Ärzte. Dreimal war eindeutig ein natürlicher Tod festgestellt worden. Er sollte zufrieden sein.

Aber er war es nicht.

Dan lehnte sich auf dem Sofa zurück und schüttelte den Kopf. »Ich weiß nicht, was ich sagen soll. Einerseits würde man meinen, dass jemand es bemerken würde, wenn ein Wahnsinniger alte Leute kaltmacht. Andererseits hat Harold Shipman jahrelang ältere Patienten ermordet, bevor jemand etwas bemerkt hat.«

»Da sie an verschiedenen Orten wohnten, müssen Edith, Tillie und Eddie verschiedene Ärzte gehabt haben«, sagte Jane. »Es ist also kein verrückter Arzt, der seine eigene Art der Euthanasie betreibt.«

»Da sind wir wieder bei den natürlichen Ursachen.«

»Vielleicht wurden sie zu Tode erschreckt«, sagte Jane, die im Schaukelstuhl saß, der in der Wohnzimmerecke des Cottage stand.

Dan verzog das Gesicht. »Ich glaube nicht, dass man jemanden so einfach zu Tode erschrecken kann. Und man kann sich auch nicht darauf verlassen, das es immer wieder funktioniert. Ich glaube, Dr. Wilde hat Recht: Sie beißen einfach ins Gras, wenn sie genug haben. Wenn jemand in der Familie stirbt, lenkt das vielleicht ihre Gedanken auf den Tod. Was weiß ich? Ich bin ja nur ein einfacher Literaturwissenschaftler.«

»Meinst du, wir sollten Jimmy sagen, er soll Letty warnen? Ich meine, wenn etwas Bedenkliches vor sich geht, ist sie die Nächste auf der Liste.«

Dan lachte. »O ja, wir sollten zusehen, dass wir sie zu Tode erschrecken. ›Übrigens, Letty, jemand hat es auf dich abgesehen.‹ Das wird ihr sehr helfen. Jane, wenn es keine Morde gibt, gibt es auch keinen Mörder. Und auch kein Risiko für Letty.«

Jane blickte ihn finster an. »Es würde nicht schaden, wenn sie auf der Hut wäre. Und Jimmys Familie auch.«

Dan setzte ein katzenhaftes Lächeln auf. »Er gehört ja zu unserer Familie.«

»Davon will ich nichts hören«, sagte Jane bestimmt. »Harry ist auch mein Freund, das weißt du ja.« Sie stand auf und streckte sich. »Ich geh mal ’n bisschen frische Luft schnappen. Seit Jake mich angesprochen hat, fühle ich mich, als müsste ich immer über die Schulter zurückschauen. Als ob mich jemand beobachtet.« Sie sah aus dem Fenster auf das Tal hinunter und zitterte. »Es ist kein schönes Gefühl – ich wünschte, ich könnte es abschütteln.« Sie wandte sich um und sah ihn an. »Jetzt hat es sich aufgeklärt. Ich glaube, ich fahre den Berg hoch und gehe spazieren, damit ich wieder einen klaren Kopf bekomme.«

»In Ordnung. Haben wir Pläne für später?«

Jane schüttelte den Kopf. »Lassen wir es bis morgen gut sein.«

Als Jane im schwindenden Nachmittagslicht den Hang hinunterfuhr, sah sie Matthew den Kinderwagen bei der Post über die Straße schieben. Sie hielt an und drehte die Scheibe herunter. »Auf Letty Brownrigg brauchst du keine Hoffnung zu setzen«, rief sie ihm zu. »Ich habe die Papiere gesehen, und sie hat außerdem nichts von Dorcas.«

Matthews Augen wurden schmal, und er runzelte zornig die Augenbrauen. »Du bist erbärmlich«, stieß er hervor, wandte sich seiner Einfahrt zu und verschwand hinter der Hecke.

Die Genugtuung war kleinlich, sie wusste das, aber trotzdem war es eine Genugtuung. Jane trat aufs Gas und fuhr nach Langmere Stile hinauf. Es gab ihr einen Stich, als sie an Edith Clewlows Häuschen vorbeifuhr. *Hat nichts mit mir zu tun.* Aber sie war von diesem Gedanken nicht sehr überzeugt.

Eine Meile weiter bog sie nach links ab und fuhr auf den Parkplatz des National Trust am Langmere Force. Zu dieser Zeit am Nachmittag war kein anderer Wagen da, und Jane spürte, wie sich die Stille auf sie herabsenkte, als sie die Stufen hinter sich gelassen hatte und den Waldweg zu dem zwölf Meter hohen Wasserfall entlangging, der von weit oben in den Dark Tarn hinunterstürzte.

Nach einem kurzen anstrengenden Anstieg führte der Weg aus dem Wald heraus auf eine kleine Kalksteinplatte, deren unregelmäßige Risse und Sprünge wie ein riesiges Mosaik aussahen. Jane trat nah an den Rand, setzte sich vorsichtig hin und ließ die Beine über den Felsenvorsprung baumeln, wie sie es immer tat, seit Matthew sie als Kind zum ersten Mal herausgefordert hatte. Der Felsen bildete eine Art flachen U-förmigen Bogen um den Wasserfall, der bernsteinfarben und weiß zu ihrer Linken schäumte, und von ihrem Platz aus bot sich ihr eine atemberaubende Aussicht auf den Wasserfall und den Bergsee darunter. Jane konnte sich nicht erinnern, von Langmere Force jemals nicht fasziniert gewesen zu sein. Auch an diesem Nachmittag war es nicht anders, die Dinge rückten wieder in die richtige Perspektive, und langsam spürte sie, dass der Druck nachließ.

Eine Gegend mit wenigen Straßen hatte den großen Vorteil, dass es einfach war, jemandem zu folgen. Man konnte weit zurückbleiben, weil man wusste, es kamen keine Abzweigungen, und man konnte den Abstand verringern, wenn man sich einer der seltenen Kreuzungen näherte. Aber er hatte nicht einmal so raffiniert sein müssen, als er an diesem Nachmittag Jane folgte. Sie war den Berg in Richtung Langmere Stile hochgefahren, und es war leicht, sie zu beschatten. Und als er hinter ihr herfuhr, hatte er ihren Wagen auf dem Parkplatz von Langmere Force bemerkt. Man konnte ihn eigentlich gar nicht übersehen, da er so einsam und allein am Anfang des Weges stand.

Sie war schon nicht mehr zu sehen, als er anhielt. Trotzdem parkte er seinen Wagen wohlweislich in der äußersten Ecke, mehr oder weniger versteckt und von der Straße kaum zu sehen. Er holte tief Luft und rieb sich die Hände an der Hose ab. Alte Leute umzubringen, die man nicht kannte, das war eine Sache. Was er jetzt plante, war etwas ganz anderes – falls man dieses Vabanquespiel einen Plan nennen konnte. Aber bis jetzt hatte er es ganz gut gemacht. Keine lebenden Zeugen. Er würde dafür sorgen müssen, dass es so blieb. Jane beseitigen und den Weg zum Manuskript freimachen.

Er stieg aus und fröstelte in der kalten Luft. Er blickte zum Wegweiser am Anfang des Weges hoch und begriff, dass der Wasserfall ihm die ideale Gelegenheit bieten könnte. Wenn er sie dort einholte, würde das Tosen des Wassers seine Schritte übertönen. Und es wäre die perfekte Stelle, um die

Leiche zu entsorgen. Aber er brauchte eine Waffe. Als er zwischen den Bäumen hindurch hinaufkletterte, suchte er den Boden zu beiden Seiten des steilen Pfads nach etwas Geeignetem ab. Endlich entdeckte er etwas Passendes. Ein heruntergefallener Ast war in einzelne Teile zersägt worden, vermutlich von einem der Park-Ranger, der sie am Wegrand aufgestapelt hatte. Er wählte ein Aststück aus, das ungefähr einen Meter lang war und einen Durchmesser von sechzehn bis achtzehn Zentimeter hatte, stellte ein Ende auf den Boden und stützte sich darauf, um zu prüfen, wie stabil es war. Es wäre nicht ratsam, mit einem verfaulten Stück Holz einen Mord zu versuchen.

Er stieg weiter bergan, und die Brust wurde ihm eng, sowohl vom Klettern als auch vor Angst. Er wollte es nicht tun, aber es musste sein. Als der Wald sich lichtete, ging er langsamer, da er nicht wollte, dass er Jane plötzlich gegenüberstand. Er hatte Recht gehabt mit dem Wasserfall, dessen Rauschen die Luft erfüllte und die Geräusche seiner vorsichtigen Schritte übertönte. Als er Jane erblickte, machte sein Herz einen Sprung. Die Götter spielten ihm geradezu in die Hände. Sie saß am Rand eines Vorsprungs aus Kalkstein, und ihre ganze Aufmerksamkeit galt dem Wasser unter ihr.

Er schlich näher und hielt den Stock wie einen sperrigen Baseballschläger. Seine leisen Schritte verloren sich im Dröhnen des Wassers. Ein feiner Dunst legte sich auf sein Haar und Gesicht und ließ ihn blinzeln. Er packte das Stück Holz fest und schob alle Skrupel beiseite. Es musste sein. Er atmete tief ein, hob den Stock hoch über die Schulter und drehte sich seitwärts Jane zu.

Der Ast sauste ohne jede Vorwarnung und so plötzlich auf ihren Kopf herunter, dass sie sich nirgends festhalten konnte, um zu verhindern, dass sie über die Felskante stürzte, denn der Schlag hatte sie fast betäubt. Bevor sie es auch nur gemerkt hatte, flog sie schon durch die Luft und ins Wasser. Sie

sank immer tiefer, um sie herum war nur glatter Fels, und sie war zu benommen, um Widerstand zu leisten.
Der Sturz in den See presste die Luft aus ihrer Lunge. Blasen stiegen aus Nase und Mund, als die Wucht des Wasserfalls sie nach unten drückte. Das Blut pochte in ihren Ohren, ein roter Schleier legte sich vor ihre Augen. Ein letzter Funke ihres Bewusstseins sagte ihr, sie müsse sich zurück an die Oberfläche kämpfen, aber dieser Befehl erreichte ihre Gliedmaßen nicht mehr.
Der Abstand zwischen Leben und Tod verringerte sich mit jeder Sekunde.

Tenille fing fast an, sich zu amüsieren, obwohl sie lieber gestorben wäre, als das zuzugeben. Es war schon frustrierend, tagsüber nicht hinausgehen zu können, aber sie hatte Bücher zum Lesen, Musik, die sie hören konnte, Essen und auch Wärme genug, wenn sie in ihrem Schlafsack lag. Allein zu sein war für sie nie ein Problem gewesen, und Jane kam ja oft genug, sodass sie sich nicht ganz ausgeschlossen vorkam.
Jane hatte heute eine gute Nachricht gebracht. Sie schien irgendwie distanziert, als wäre sie mit sich selbst beschäftigt und fände es zu mühsam, sich von ihren Gedanken loszureißen. Aber sie hatte ausführlich von ihrer Unterhaltung mit Hammer berichtet. Jetzt wusste er, dass Tenille ihn nicht verraten würde. Jane hatte ihm gesagt, Tenille wolle weder, dass er irgendwelche Signale gebe, die doch nichts brächten, noch, dass er die Schuld auf sich nehme, um ihr aus der Klemme zu helfen. Tenille hatte keine Ahnung, was ihr Vater geplant hatte, aber sie vertraute ihm. Obwohl er sich dreizehn Jahre lang aus ihrem Leben herausgehalten hatte, hatte er seine Liebe bewiesen, als es darauf ankam. Sie bezweifelte nicht, dass er zu ihr halten würde. Er würde einen Plan austüfteln, der sie beide von dem Verdacht befreien konnte. In ein paar Tagen würde sie ihr Versteck verlassen und ihr altes Leben wieder aufnehmen können.

Sie fragte sich, wo Sharon wohnte, jetzt, da die Wohnung ausgebrannt war. Ob der Stadtrat sie in eine der leeren Wohnungen in Marshpool einquartiert hatte? Oder würde sie bei einem ihrer Liebhaber kampieren und ihren Kummer in Alkohol und Drogen ertränken? Tenille hatte nichts gegen den Gedanken, wieder bei Sharon zu wohnen. Ihre Tante hatte sie meistens sich selbst überlassen, und sie hatten einen Lebensstil entwickelt, der ihnen mehr oder weniger beiden zusagte. Aber vielleicht würde sich jetzt ihr Dad einschalten. Er wollte wahrscheinlich nicht, dass sie bei ihm wohnte, überlegte sie. Sie wusste genug über das Leben, das er führte, und ihr war klar, er würde seine Tochter nicht mittendrin haben wollen. Aber vielleicht würde er ein Auge auf sie haben und dafür sorgen, dass Sharon keine perversen Schnorrer wie Geno mehr anschleppte.

Und vielleicht konnte sie, mit ihrem Dad im Hintergrund, die Träume verwirklichen, die sie immer beiseite geschoben hatte, weil sie völlig unmöglich waren. Träume vom Lernen, vom Studieren, und vielleicht würde sie eines Tages sogar selbst Gedichte schreiben. Wenn sie wusste, dass es einen Sinn hatte, konnte sie sich zwingen, zur Schule zu gehen, das Spiel mitspielen und den Weg gehen, den Jane ihr gezeigt hatte. Sie konnte ihrem Dad beweisen, dass es keine Geldverschwendung war, ein paar Scheine springen zu lassen. Sie könnte ihn stolz machen.

Aber das alles lag in der Zukunft. Jetzt konzentrierte sie sich darauf, wie sie Jane dafür danken konnte, dass sie einiges für sie riskiert hatte.

Es spielte keine Rolle, dass sie ein Versprechen gegeben hatte. In ihrer Welt waren Versprechen flexibel. Man hielt sich an sie, wenn es Sinn machte, man brach sie, wenn es nichts brachte. Jane war zu gutmütig, sie verstand nicht, dass man sich nicht auf das verlassen konnte, was die Leute sagten. Deshalb kam sie mit den alten Leuten nicht weiter. Niemand gab irgendjemandem etwas freiwillig, seien es Informationen

oder Besitztümer, außer wenn etwas für einen selbst dabei heraussprang.
Tenille wartete bis Mitternacht, dann ging sie los. Schon gestern Nacht hatte sie das Haus von Letitia Brownrigg besuchen wollen, aber dass sie Eddie Fairfield tot in seinem Sessel gefunden hatte, war ihr doch näher gegangen, als sie zugab. Danach konnte sie Mrs. Brownriggs Wohnung nicht mehr unter die Lupe nehmen.
Die Adresse auf Chestnut Hill war recht leicht zu finden, obwohl sie etwas Zeit brauchte, um herauszukriegen, dass 12A der niedrige Anbau war, der sich links an ein großes Steinhaus mit der Nummer 12 anschloss. Sie versteckte ihr Fahrrad hinter den Büschen am Eingang der Einfahrt und ging leise über den Grasstreifen. In zwei Fenstern des großen Hauses schimmerte Licht, aber sonst lag alles im Dunkeln. Tenille dachte wegen des Lichts auf dem Treppenabsatz, dass es Kinder gab, die vielleicht aufwachen und zur Toilette gehen würden. Sie fragte sich, wie es wohl war, in einem so großen Haus zu wohnen, dass man sich auf dem Weg vom Schlafzimmer zum Bad verlaufen konnte. Sie mochte den Gedanken und überlegte, ob sie vielleicht eines Tages in einem solchen Haus wohnen würde.
Der Eingang lag an der Seite, eine rustikale Tür aus massiven Holzbohlen mit Eisennägeln, deren quadratische Köpfe vorstanden. Aber der Griff und das Schloss darunter waren modern. Tenille drückte den Türgriff vorsichtig nach unten und dann gegen die Tür, um herauszufinden, ob es außer dem Schloss noch weitere Riegel gab. Zu ihrem Erstaunen ging die Tür auf, und sie fiel fast ins Haus. Es war also tatsächlich wahr, dass die Leute auf dem Land ihre Türen immer noch nicht abschlossen. Das war ja verrückt. Ihr Herz pochte, sie schlüpfte ins Haus und ließ die Tür hinter sich einen Spalt aufstehen.
Verstohlen schlich sie den Flur entlang auf die erste geschlossene Tür zu. Wieder gab sie sich unendlich viel Mühe, kein

Geräusch zu machen, als sie die Tür öffnete. Was sie sah, ließ sie aufstöhnen. Ein Mann stand an einem Sekretär und blätterte im schmalen Lichtstrahl einer Taschenlampe, die er im Mund hielt, in Papieren. Als er Tenilles unterdrückten Ruf »Scheiße« hörte, schrak er zusammen, fuhr herum, und das Licht fiel auf sie. Tenille wich aus dem Zimmer zurück und rannte den Flur entlang, riss die Tür auf und schlug sie hinter sich zu, um sich ein paar kostbare Sekunden Vorsprung zu verschaffen.

Sie rannte durch die Einfahrt und zog das Fahrrad aus den Büschen auf die Straße, schwang sich darauf und fuhr den Hügel hinunter, so schnell sie in die Pedale treten konnte. Durch das Rauschen des Fahrtwindes horchte sie voller Panik auf das Geräusch eines Autos, das sie verfolgte. Wenn er einen Wagen hatte, müsste sie das Rad stehen lassen und durch die Gärten an der Straße fliehen. Aber sie hatte Glück. Kein Auto kam hinter ihr her. Trotzdem hielt sie nicht an, bis sie schwitzend und erschöpft in Fellhead angekommen war. Sie stellte das Fahrrad ab, rannte zum Schlachthaus und schloss die Tür hinter sich.

Keuchend lehnte sie sich gegen die Tür und versuchte, sich zu beruhigen. Er hatte sie nicht richtig sehen können, da sie die Baseballmütze tief ins Gesicht gezogen und ihre Jacke so weit zugemacht hatte, dass sie den unteren Teil ihres Gesichts bedeckte. Selbst wenn er sie gesehen hatte, konnte er nicht wissen, wer sie war oder wo sie wohnte. Offensichtlich hatte er kein größeres Recht, dort zu sein, als sie. Er konnte also nicht zu den Bullen gehen und ihnen sagen, er hätte einen jungen schwarzen Einbrecher gesehen. Umso besser, denn wenn die Polizisten am Ort schlau genug waren, würden sie bald zwei und zwei zusammenzählen und auf Tenille Cole und Greshams Farm kommen. Sie war sicher. Sie war wirklich in Sicherheit.

Aber in Bezug auf Letitia Brownrigg war sie sich nicht so sicher. Wenn jemand anders hinter Janes Manuskript her war, dann spielte sich vielleicht wirklich irgendetwas Merkwürdiges ab, weil alle diese alten Leute gestorben waren. Tenille spürte, wie sich ihr die Brust zuschnürte. Was war, wenn sie dem Mörder gegenübergestanden hatte? Wenn er von dem Manuskript wusste, kannte er vielleicht Jane. Und wenn er Jane kannte, konnte es sein, dass er über Tenille Bescheid wusste. Und wenn er von Tenille wusste, würde er sich vielleicht ausrechnen können, wo sie sich versteckte. Würde er sie wirklich am Leben lassen, damit sie diese Geschichte erzählen konnte?

Vielleicht war sie doch nicht so sicher, wie sie meinte.

Als wir die Bounty versenkten, behielten wir das Beiboot und die Jolle. Sie waren sechseinhalb und fünf Meter lang und somit ideal für unsere Fahrten zum Fischen. Wir ließen sie auf dem Kiesstrand liegen, über die Gezeitenlinie hochgezogen, damit sie jedem zugänglich waren, der fischen wollte. Da ich immer mehr eine gewaltsame Rebellion befürchtete, begann ich, insgeheim Schritte zu unternehmen, um mein eigenes Überleben und das meiner Familie zu sichern. In der Nähe der Boote legte ich ein Versteck an und begann Vorräte zu sammeln: getrockneten Fisch und getrocknetes Fleisch, Kokosnüsse, getrocknete Früchte und Häute mit frischem Wasser, genug Segeltuch, um ein Segel zu setzen, den Sextanten, den ich bei mir behalten hatte. All dies versteckte ich zusammen mit einem beträchtlichen Teil des Goldes, das wir von der Bounty geholt hatten. Es lag eine gewisse Ironie darin, dass gerade dieses Metall, das auf Pitcairn überhaupt keinen Wert besaß, mir vielleicht helfen konnte, meine Freiheit zu erringen. Ich sagte niemandem etwas von meinen Vorbereitungen, nicht einmal meiner Frau Isabella, denn obwohl ich nicht an ihrer Liebe für mich zweifelte, taten die Frauen doch nichts lieber, als bei der täglichen Arbeit über uns Männer zu klatschen. Ich konnte es nicht darauf ankommen lassen, dass meine Vorbereitungen entdeckt wurden, und zog sie deshalb nicht ins Vertrauen.

35

Der Donnerstag brachte genau das Wetter, nach dem Jane sich sehnte, wenn sie in London war: ein hoher blauer Himmel, an dem dünne Wolkenfetzen vorüberzogen, grüne, goldene, rotgelbe, braune und dunkelrote Blätter, am Horizont klar sichtbare, gezackte Gipfel, Vogelzwitschern und der Geruch von Herbst in der Luft. Sie konnte es kaum fassen, dass sie noch lebte, um das alles zu sehen. Sie hatte Blutergüsse und Verstauchungen, an einem Arm war eine lange offene Wunde und hinten am Kopf eine Beule. Aber davon abgesehen, schien sie den Anschlag mit bemerkenswert wenig körperlichem Schaden überstanden zu haben.

Die wahren Verletzungen waren nicht äußerlich, glaubte sie. Jane war nie irgendwelcher Gewalt zum Opfer gefallen, hatte nie die tief sitzende Angst kennen gelernt, wenn jemand versucht, einem etwas anzutun. Und dass sie keine Ahnung hatte, wer der Angreifer war, machte es noch schwerer, mit der Angst fertig zu werden.

Sie verdankte ihr Leben einem Schafbauern und seinem Hund, einem Mann wie ihr Vater, der die Furchen auf dem Berg genauso gut kannte wie seine Wange unter dem Rasiermesser. Er war mit dem Hund zurück zu seinem Landrover gegangen, als er Jane in den Bergsee fallen sah. Mann und Hund waren über den Hang gestürmt, und er hatte das Tier ins Wasser geschickt. Sie hatte keine Erinnerung daran, dass der Hund ihren Kragen gepackt hatte. Sie wusste noch, dass sie voller Panik an die Oberfläche gekommen und überzeugt war, der Hund hätte sie angegriffen, und dass sie verzweifelt versuchte, sich von ihm zu befreien. Erst als der Bauer ins Wasser watete, hörte sie auf, sich zu wehren, und ließ sich ans Ufer ziehen. Sie war erschöpft, aber so weit bei Bewusstsein, dass sie es zum Landrover zurückschaffte, einen Arm um die Schultern des Mannes gelegt, an den sie sich vage von Schafmärkten und sommerlichen Grillfesten her erinnerte.

Ihre Mutter hatte die Krise mit der gewohnten Ruhe gemeistert. Judys sorgenvolles Gerede bezog sich immer auf abstrakte Situationen. Wenn ein konkreter Notfall eintrat, tat sie einfach, was getan werden musste. Jane wurde ausgezogen, in ein heißes Bad gesteckt und bekam süßen Tee mit Milch. Nachdem Janes Wunde gesäubert war, wurde sie in ein warmes Handtuch gewickelt und in einem Flanellschlafanzug, den sie noch nie im Leben gesehen hatte, ins Bett gebracht. Erst dann hielt ihre Mutter inne und fragte, was passiert sei.

»Ich weiß es nicht«, hatte Jane ausweichend geantwortet. »Ich muss ausgerutscht sein.« Da jetzt der praktische Teil erledigt war, wollte sie ihrer Mutter nicht die Wahrheit sagen. Es würde Judy einen Schrecken einjagen, aber sie selbst würde es noch mehr in Angst versetzen, diese Augenblicke noch einmal erleben zu müssen, nachdem sie den Schlag gespürt hatte und sie, Mund und Nase voller Wasser, halb betäubt unterging und nicht mehr wusste, wo oben und unten war. Aber als Dan auf ihren Anruf hin erschienen war, hatte sie ihm alles sofort erzählt, sobald sie allein waren.

»Hast du einen Verdacht, wer es war?«, fragte er, die Hände zu Fäusten geballt.

»Keine Ahnung. Ich sagte dir ja, es kam mir so vor, als würde ich verfolgt, aber ich kann mir nicht denken, wer so etwas machen würde. Jake nicht und Matthew auch nicht.«

»Wer immer es getan hat, er meinte es ernst«, sagte Dan. »Du solltest es der Polizei melden.«

»Aber warum sollte jemand wünschen, dass ich tot bin? Ich hab das Manuskript doch gar nicht.«

Dan nahm ihre Hand. »Vielleicht will er die Konkurrenz ausschalten.«

»In dem Fall könnte er auch hinter dir her sein.«

Sein Gesicht erstarrte, er war schockiert. »O Gott, daran hab ich noch gar nicht gedacht.« Er atmete heftig. »Also, von jetzt ab keine Besuche mehr bei den alten Leuten ohne Begleitung. Und du wirst nicht mehr allein draußen spazieren gehen. Wir bleiben zusammen, ja?«

Jane nickte, sie war des Grübelns müde. »Vielleicht hast du Recht. Vielleicht sollte ich mit Rigston reden.«

»Überschlaf es«, riet er ihr. »Wir sprechen morgen früh darüber.«

Jetzt war der Morgen da, und ihre Sorgen plagten sie immer noch. Jeder Bereich ihres Lebens schien in Aufruhr zu sein. Judy hatte beim Frühstück versucht, sie aufzumuntern, aber Janes Geheimnisse wogen zu schwer. Dann erschien Dan wie die rettende Kavallerie.

Judy versuchte, Jane davon abzubringen, das Haus zu verlassen, aber sie bestand hartnäckig darauf. Sie und Dan wollten nach Coniston zu Jenny Wright fahren, der jüngeren Schwester von Letty Brownrigg, geborene Fairfield. Sie war erleichtert, der erdrückenden Obhut ihrer Mutter entkommen zu sein.

»Wie fühlst du dich?«, fragte Dan, als sie aus dem Hof hinausfuhren. »Wie fühlst du dich konkret, meine ich.«

»Beschissen«, sagte Jane. »Mir tut alles weh. Aber ich habe nicht die Absicht aufzugeben.«

»Und wie steht's mit dem Gespräch mit Rigston? Hast du es dir überlegt?«

»Ich weiß nicht, und wenn er mir nicht glaubt?« *Oder noch schlimmer, wenn er mir glaubt und vorschlägt, dass die Farm überwacht werden muss, und mir Schutz anbietet? Dann gäbe es kein Versteck mehr für Tenille.*

»Warum sollte er dir nicht glauben?«

Jane seufzte. »Wenn an diesen Todesfällen etwas nicht normal ist, muss er mich für eine mögliche Verdächtige halten. Er könnte denken, ich hätte den Angriff erfunden, um den Verdacht von mir abzulenken.«

Dan warf ihr einen schnellen Blick zu. »Das sind sehr raffinierte Überlegungen«, sagte er.

»So denken Polizisten doch«, erwiderte Jane trocken.

Eine Weile fuhren sie schweigend weiter, an Ambleside vorbei, durch Clappergate und über die Skelwith Bridge, wo der Old Man of Coniston bedrohlich vor ihnen aufragte. Jane hatte das Dorf Coniston immer gemocht. Es hatte etwas Einfaches, Ungezwungenes an sich. Es wirkte wie das, was es war: ein Dorf aus der nachindustriellen Zeit ohne große Ansprüche. Es war nach der Entdeckung der Kupferschicht in dem Berg, der sich hinter dem Dorf erhob, entstanden, und die meisten der grauen Steinhäuser waren klein und bescheiden. Irgendwie hatte Coniston der touristischen Verschönerungswelle besser standgehalten als die meisten Dörfer der Gegend. Es schien immer noch ein Ort zu sein, wo Einheimische wohnten und arbeiteten.

Jane wies Dan die Richtung, von der Landstraße herunter auf einen schmalen Weg, der nach Coppermines Valley führte. Sie wünschte fast, sie hätte den Landrover ihres Vaters genommen statt Dans Golf, der holpernd und klappernd durch das Tal und über Miner's Bridge fuhr. Vor ihnen stand eine Reihe winziger Häuschen, die ursprünglich für die Bergleute und ihre Familien gebaut worden waren. Irish Row war aufgegeben worden und verfallen, als die Förderung von Kupfer eingestellt wurde, aber die modernen Straßen und das zur Verfügung stehende Geld machten den Lake District für Wochenenden und Ferien schnell erreichbar und reizvoll. Die Immobilien in der Gegend stiegen wieder im Wert, und die Steinhäuserreihe wurde entkernt und in begehrte Wochenend- und Ferienhäuschen umgewandelt, die zu kaufen kein Arbeiter aus der Gegend sich vorstellen konnte. Jane erinnerte sich, dass sie in ihrer Kindheit manchmal Ausflüge hier herauf gemacht und unter den wachsamen Augen ihres Vaters die Überreste des alten Bergwerks erkundet hatten. An Irish Row hatte sie keine Erinnerung, nur an das Haus, das hundert Meter weiter vorne an der Straße stand, wo Jenny Wright wohnte.

Ihre Erinnerung daran hatte nichts mit ästhetischen Aspekten zu tun. Copperhead Cottage war ein hohes, schmales Gebäude, dessen Naturstein mit dunkelgrauem Rohbewurf verputzt war. Es hockte unheildrohend wie eine Kröte in der Landschaft, hinter den quadratischen blinden Fensterscheiben hingen Gardinen. Beim ersten Ausflug hier herauf waren sie und Matthew vor ihren Eltern hergerannt. Als sie um die Biegung kamen, hatte Matthew sie am Arm gepackt. »Da wohnt die Hexe«, hatte er geflüstert. »Die isst kleine Mädchen. Wenn du wegläufst, schnappt sie dich, als Schaf verkleidet, und frisst dich auf.«

Soweit Jane sich erinnern konnte, war sie erst fünf Jahre alt gewesen, und Matthews Worte klangen nur allzu überzeugend. Ihre Freude war also immer ein wenig getrübt gewesen, wenn sie bei ihren Familienausflügen nach Coniston gekommen waren. Deshalb fühlte Jane trotz des herrlichen Wetters und ihrer inzwischen erwachsenen Betrachtungsweise immer noch ein leichtes Unbehagen, als sie vor Dan den Weg zu Copperhead Cottage entlangging. Und als sich die Tür schließlich auf ihr Klopfen hin öffnete, verspürte Jane das Zittern uralter Angst.

Die Frau auf der Schwelle hatte eine unheimliche Ähnlichkeit mit dem Hexenbild aus Kindertagen. Ihr graues Haar war zu einem unordentlichen Knoten gebunden, ihre Augen waren dunkel und saßen tief in ihren Höhlen neben der Hakennase, die sich zu ihrem vorstehenden Kinn hin krümmte. Eine Schulter war höher als die andere, und sie stützte sich auf einen knorrigen Stock. Als solle das Bild noch ergänzt werden, rieb sich eine graue Katze an ihren Beinen. »Das ist privat hier«, verkündete sie. »Keine Übernachtungen, kein Frühstück, kein Tee mit Sahne. Und ich lass niemand aufs Klo gehen.«

»Mrs. Wright?«, fragte Jane entmutigt.

Die Frau schaute sie durch ihre kleinen runden Brillengläser an. »Wer sind Sie?«

»Mein Name ist Jane Gresham. Ich bin eine Freundin von Jimmy Clewlow – David und Ediths Enkel«, sagte Jane, sich instinktiv an die Verwandtschaft haltend. Jemand, der Fremden gegenüber so abweisend war, würde sich bestimmt nicht von ihren Referenzen beeindrucken lassen »Und das ist mein Freund Dan Seabourne.«

»Auch ein Freund von Jimmy, Ma'am«, sagte Dan, ein Lächeln auf den Lippen, mit dem er sich einzuschmeicheln versuchte.

»Ihr kommt einen Tag zu früh, wenn ihr mich zur Beerdigung mitnehmen wollt«, sagte sie ungnädig.

»Deshalb sind wir nicht gekommen. Jimmy dachte, Sie könnten uns vielleicht bei einem Forschungsprojekt helfen. Jane und ich, wir arbeiten zusammen an einer Universität in London«, mischte sich Dan ein und bot all seinen Charme auf.

Jenny Wright runzelte die Stirn. »Was für ein Forschungsprojekt bringt Sie hier herauf?«

»Ich komme von hier oben. Ich bin in Fellhead aufgewachsen«, sagte Jane und brachte ihre Referenzen an.

»Schön blöd, von da wegzugehen. Was ist das also für ein Projekt, von dem Jimmy Clewlow glaubt, dass ich dabei helfen könnte?«

»Vielleicht könnten wir reinkommen und es erklären, damit Sie nicht in der Kälte auf der Türschwelle stehen müssen«, schlug Dan vor.

Die alte Frau schüttelte den Kopf. »Wenn ihr ein oder zwei Namen erwähnt, heißt das nicht, dass ihr in meine Wohnung reinkommt. Wie soll ich wissen, dass ihr diejenigen seid, die ihr zu sein behauptet? Woher soll ich wissen, ob ihr nicht darauf aus seid, eine alte Frau auszurauben?«

Dan verbarg seine Frustration gut. »Sie könnten ja Jimmy anrufen und ihn fragen.«

Jenny schnaubte verächtlich. »Ich hab seine Nummer nicht.«

»Ich hab sie.«

»Und wie weiß ich, dass er es wirklich ist? Nein, Sie können Ihr Anliegen ganz gut hier draußen vorbringen.«

»Wie es Ihnen lieber ist«, sagte Jane höflich. »Ich bin spezialisiert auf die Werke von William Wordsworth. Ich hörte, dass jemand aus Ihrer Familie, Dorcas Mason, damals für die Familie Wordsworth im Dove Cottage gearbeitet hat. Und ich glaube, sie hat sich vielleicht gewisse Papiere angeeignet.«

»Wollen Sie damit sagen, dass sie sie gestohlen hat?« Die Frau klang noch feindseliger.

»Nein. Wir meinen, dass sie ihr zur Aufbewahrung übergeben wurden.«

»Nun, wenn es so war, dann hat sie sie bestimmt sicher aufgehoben. Wir in unserer Familie wissen etwas über Pflichtbewusstsein.« Sie spitzte die Lippen und nickte selbstzufrieden.

»Das hatten wir gehofft. Wir wollen herausfinden, ob es die Papiere noch gibt, und wenn möglich, möchten wir sie ansehen.«

»Was interessiert Sie daran?«

Jane lächelte. »Wenn ich Recht habe, ist dies ein unentdecktes Gedicht von Wordsworth. Ein langes Gedicht. Ich wäre gern die Erste, die es liest. Und ich hätte gern die Gelegenheit, es zu studieren und darüber zu schreiben.« Sie versuchte, noch besänftigender zu klingen. »Es wäre ein sehr wertvolles Manuskript. Wer immer es besitzt, könnte reich werden.«

»Sehen Sie? Ich hab's ja gesagt, Sie wollen mich ausrauben. Also, ich hab nichts, was sich zu stehlen lohnt, junge Frau. Kein Manuskript. Keinen Schmuck. Und auch kein Geld. Sie und Ihr junger Mann verschwenden hier Ihre Zeit. Ich hab nichts für Sie.« Die Tür begann sich zu schließen, dann ging sie wieder auf. »Und sagen Sie Jimmy Clewlow, er soll auf jeden Fall dafür sorgen, dass mich morgen jemand abholt. Ich will Ediths Beerdigung nicht verpassen, weil alle vergessen haben, dass es mich gibt.« Diesmal schloss sich die Tür endgültig, und Jane und Dan standen draußen und starrten auf die schwarze Fläche.

»Und schönen Tag noch«, murmelte Jane und drehte sich auf dem Absatz um.

Sie hatte das Gefühl, dass die Fenster des Hauses sie anglotzten, als sie wegging. Wieder eine Fahrt, die absolut nichts gebracht hatte. Wenn das so weiterging, würde sie nach London zurückkommen, ohne für ihre zwei Wochen Freistellung etwas vorweisen zu können. Nichts außer einer schmerzhaft pochenden Beule am Hinterkopf, verschiedenen Schnittwunden, blauen Flecken und bis zum Äußersten strapazierten Nerven.

Nachdem Dan sie an der Farm abgesetzt hatte, ergriff Jane die Gelegenheit, nach Tenille zu sehen. Sie fand sie in einer Ecke zusammengekauert vor, mit weit aufgerissenen Augen und nervös.

»Was ist los?«, fragte sie, ließ sich neben dem Mädchen nieder und legte ihr den Arm um die Schultern.

»Gruselige Geschichte«, murmelte Tenille.

»Drehst du durch, weil du hier drin eingesperrt bist?«

Tenille lehnte sich an sie. »Du weißt doch, du hast mich ja versprechen lassen, hier drin zu bleiben?«

Jane konnte den Gedanken an noch mehr Probleme kaum ertragen. Nach dem Angriff auf sie lagen ihre Nerven blank. »Was ist passiert?«

Tenille krümmte sich in Janes schützendem Arm zusammen. »Ich bin zum Haus von dieser Letitia Brownrigg gegangen – gestern Abend. Gegen ein Uhr nachts bin ich hingekommen. Die Tür war offen, also bin ich einfach rein. Aber da war ein Mann im Wohnzimmer.«

»O Mist, Tenille. Was ist, wenn er die Polizei angerufen hat?«

»Nein, du verstehst das falsch. Das war ein Einbrecher. Er hielt eine Taschenlampe im Mund und hat die Sachen im Schreibtisch in dem Zimmer durchgesehen. Hat Papiere durchgeblättert. Genauso wie ich es gemacht hätte, wenn ich vor ihm hingekommen wäre.«

Jakes Worte kamen Jane plötzlich wieder in den Sinn. Jemand, der nicht so verdammt viele Skrupel hatte wie sie, war darauf aus, das Manuskript zu finden. Und Tenille hatte ihn überrascht. Das Herz klopfte ihr bis zum Hals. Konnte es der gleiche Mann sein, der versucht hatte, sie am Wasserfall zu töten? »Hat er dich gesehen?«

»Na ja, er hat eine Person gesehen. Ich glaube nicht, dass er mich tatsächlich richtig sehen konnte, nicht so gut, dass er weiß, wer ich bin, wenn du weißt, was ich meine.«

»Hast du ihn erkannt?«

Tenille verzog das Gesicht. »Sein Gesicht hab ich nicht gesehen. Ich hatte nur so einen Eindruck von ihm, weißt du? Dass er, also, er war ziemlich groß, nicht dick, nicht dünn. Ich glaube, er trug eine Beanie-Mütze. Irgendein Typ. Hätte jeder sein können.«

»Hätte es Jake sein können?« Sie musste fragen, aber die Antwort wollte sie nicht hören.

»Ich glaube nicht, aber ich kann es nicht ganz sicher sagen. Wie gesagt, es hätte jeder sein können.«

»Was hast du gemacht?«

»Bin weggerannt. Hab bis hierher nicht aufgehört, in die Pedale zu treten. Mann, hab ich Angst gehabt. Ich dachte, weißt du, was ist, wenn er gesehen hat, dass ich schwarz bin? Nämlich hier sind nicht viele schwarze Jugendliche, oder? Und wenn er hinter der gleichen Sache her ist wie du, kann es sein, dass er dich kennt. Und das heißt, er weiß, wer ich bin. Nämlich, vielleicht redest du über mich, oder?« Ihre Stimme wurde lauter, ihre Angst war offensichtlich.

»Ich rede schon über dich, da hast du Recht. Aber selbst wenn diese Person herausgekriegt hätte, dass du es warst, würde sie nicht wissen, wo sie dich finden kann.«

Tenille lachte. »Natürlich weiß er das. Er weiß doch, dass er da suchen muss, wo du bist.«

Gegen ihre Logik ließ sich nicht viel sagen.

»Desto mehr Grund hast du, hier drinnen zu bleiben«, sagte Jane und versuchte, ihre eigene Angst nicht zu zeigen. »Wir können nichts daran ändern und müssen uns einfach bedeckt halten. Ich werde versuchen, Jimmy zu fragen, ob er etwas von einem Einbruch bei Letty gehört hat.« Sie drückte Tenille noch einmal fest an sich und stand auf. »Lass dir das eine Lehre sein. Bleib drin – diesmal meine ich es wirklich ernst.«

»Ja, ja. Du hast Recht.« Sie gähnte. »Ich bin sowieso zu müde für noch mehr Abenteuer. Mann, ich fühle mich, als wäre ich letzte Nacht bei einem Marathonrennen mitgelaufen.«

Jane ging über den Hof, in ihrem Kopf drehte sich alles. Wer war dieser geheimnisvolle Mann? Er musste mit ihrer Suche nach dem Manuskript zu tun haben. Alles andere wäre ein zu großer Zufall. Aber wie sehr Matthew oder Jake sich auch wünschten, das Manuskript vor ihr zu finden, Jane konnte sich nicht vorstellen, dass sie diese Unverfrorenheit besaßen, und schon gar nicht, dass sie Lust auf einen Einbruch und noch viel weniger auf einen Mord hatten. Oder war es jemand anders, über den sie nichts wusste, dessen Existenz Jake angedeutet hatte? Bevor sie sich noch weiter in ihre Gedanken verstricken konnte, riss das Klingeln ihres Mobiltelefons sie in die Gegenwart zurück. »Hallo?«, meldete sie sich.

»Ist da Jane Gresham?« Die Stimme kam ihr irgendwie bekannt vor.
»Ja. Wer spricht?«
»Detective Chief Inspector Ewan Rigston. Wir haben uns auf der Farm Ihrer Eltern am Samstagabend kennen gelernt.«
»DCI Rigston. Wie kann ich Ihnen helfen? Ist Tenille gefunden worden?«
»Nein, es hat nichts mit Tenille zu tun. Ich muss mit Ihnen wegen eines plötzlichen Todesfalls sprechen.«

Und doch hatte ich trotz all meiner Vorbereitungen das Ende, als es kam, genauso wenig erwartet wie irgendjemand sonst. Eines unguten Tages im September 1793 lieh sich ein eingeborener Diener ein Gewehr. Er sagte, er wolle für die weißen Männer zum Abendessen ein Schwein schießen. Dies war an sich nichts Außergewöhnliches. Wir hatten sie oft ohne schlimme Folgen für solche Zwecke Feuerwaffen benutzen lassen. Die Frauen hatten, wie es üblich war, das Dorf verlassen, um Eier von Seevögeln zu sammeln. Die weißen Männer waren auf ihren Pflanzungen bei der Arbeit, während ich in der Nähe meines Hauses geblieben war. Meine Frau war mit unserem dritten Kind schwanger, und ich wollte zur Stelle sein. Als ich auf meinem Jamswurzelacker arbeitete, hörte ich einen Schuss und war so töricht, mich zu freuen, weil ich glaubte, der Schuss kündige einen Schweinebraten zum Abendessen an. Meine Freude währte aber nur kurz. Eine kleine Weile später schlichen sich die aufständischen Eingeborenen von hinten an mich heran und schossen mich in den Rücken, die Kugel drang in meine Schulter. Ich fiel mit einem Schrei zu Boden. Dann spürte ich einen Schlag auf den Kopf, und um mich herum wurde alles schwarz.

36

Jane kämpfte gegen die Angst an, die ihre Brust beengte, und stieß ein kurzes Stoßgebet aus. »Ein plötzlicher Tod?«, fragte sie und bemühte sich, so zu klingen, als sei das die unwahrscheinlichste Sache, zu der ein Polizeibeamter sie befragen könnte. »Wer ist gestorben?«

»Eine ältere Frau namens Letty Brownrigg. Sie lebte auf Chestnut Hill am Rand von Keswick. Die Sache ist die, Ihr Name und Ihre Telefonnummer standen auf dem Notizblock neben dem Telefon in ihrem Wohnzimmer.« Er ließ die Worte im Raum stehen.

Jane fühlte sich, als hätte sie jemand vor die Brust gestoßen. Sie versuchte, ruhig zu bleiben. »Ja. Ich habe sie ihr am Dienstag aufgeschrieben, als ich sie besuchte. Aber ich verstehe nicht, warum Sie mich anrufen. Stimmt etwas nicht? Ist etwas verdächtig?« Jane suchte verzweifelt nach den typischen Worten einer unschuldigen Person. Sie wusste schon jetzt, dass sie Tenilles Anwesenheit am Tatort nicht verraten würde. Es war besser, Beweise zurückzuhalten, als Tenille dem Verdacht auszusetzen, dass sie in einen zweiten Todesfall verwickelt sein könnte.

»Tja, warum sollten Sie das denken?«

Jane seufzte frustriert. »Wenn sie einfach im Schlaf gestorben wäre, wäre kein Kommissar mit der Sache befasst und würde mich schon gar nicht anrufen und Fragen stellen, die mir sinnlos vorkommen.«

»In Ordnung. Folgendes: Mrs. Brownrigg war bereits einige Zeit nicht beim Arzt gewesen, deshalb müssen wir herumfragen, um sicherzugehen, dass alles mit rechten Dingen zuging. Sie sagen, Sie haben sie am Dienstag gesehen?«

»Ja. Es schien ihr gut zu gehen. Sie war eigentlich recht vergnügt.«

»Okay. Sie hatte ein Herzproblem, aber in letzter Zeit ging es ihr gut. Sie sind auch nicht die letzte Person, die sie lebend gesehen hat. Ihre Schwiegertochter ging mit ihr gestern zum Essen, wir haben also eine Aussage, die kürzere Zeit zurückliegt als Ihre. Es war nur merkwürdig.«

»Wie meinen Sie das?« Jane bekam eine Gänsehaut. Etwas an der Lässigkeit seines Tonfalls beunruhigte sie.

»Es ist eben nur so, dass bereits der vierte Todesfall dieser Woche mit Ihnen in Verbindung steht«, sagte er ohne Umschweife.

Jane schwieg. Im Moment fiel ihr nichts ein, was sich nicht unaufrichtig angehört hätte.

»Edith Clewlow, Tillie Swain, Eddie Fairfield und jetzt Letty Brownrigg. Ich glaube, diese vier Namen stehen auf einer Liste, die in Ihrem Besitz ist.«

»Das kommt daher, dass sie alle im gleichen Stammbaum vorkommen. Die Einzige, die ich schon vorher kannte, war Edith Clewlow. Und sie war bereits tot, bevor ich die Möglichkeit hatte, mit ihr zu sprechen. Wenn etwas Merkwürdiges vor sich geht, meinen Sie nicht, Sie sollten ein bisschen näher an der Quelle nachforschen?« Jane hörte den defensiven Ton in ihrer Stimme, aber sie wusste, es war ein starkes Argument.

»Das wäre ein guter Einwand, wenn nicht alles erst losgegangen wäre, als Sie kamen und nach einem verschwundenen Manuskript gefragt haben.«

»Umso mehr ein Grund, sich die Familie anzusehen. Wenn das Manuskript existiert, ist es viel Geld wert. Wir sprechen hier von einer siebenstelligen Summe, Inspector. Wenn ich der Typ wäre, der Morde begeht, dann würde ich vielleicht denken, dass es sich lohnen würde.«

»Vielleicht, ja.«

»Und soweit ich weiß, handelte es sich in den ersten drei Fällen um natürliche Todesursachen. Deshalb weiß ich nicht recht, warum Sie mir diese Fragen stellen.«

Rigston räusperte sich. »Man sagt, Drei ist die magische Zahl, nicht wahr? Nun, mir liegen jetzt vier Todesfälle vor, und mein Instinkt sagt mir, dass da etwas anderes eine Rolle spielt als reiner Zufall. Und was immer es ist, Sie stecken mitten drin, Dr. Gresham. Wir sprechen uns noch.«

»Und meine Antworten werden die gleichen sein.«

»Haben Sie etwas von Tenille gehört?«, fügte er hinzu und brachte sie damit fast aus der Fassung.

»Nein«, antwortete sie bestimmt. »Wiederhören, DI Rigston.« Janes Herz pochte im Takt mit ihrer Beule am Kopf. Edith, Tillie, Eddie und jetzt Letty. Alle tot. Die ersten vier Namen auf der Liste, alle tot. Jakes Worte *Und sie werden sehr weit gehen* schossen ihr durch den Kopf. Wer waren diese Leute? Und bestimmt würden sie keine vier Morde begehen, um dem nachzujagen, was sich als wenig mehr als Janes reine Einbildung erweisen konnte. Verdammt, *ein* Mord wäre schon zu viel. Aber vier Morde – das war unfassbar.

Und der Angriff auf sie war ein zusätzlicher Beweis. Ein Angriff, von dem sie Rigston jetzt nichts erzählen konnte, das stand fest. Er behandelte sie ja sowieso schon als Verdächtige. Sie konnte nicht damit rechnen, dass er an ihren unbekannten Angreifer glauben würde.

Sie taumelte in die Küche und ließ sich auf einen Stuhl fallen. Sie musste mit Dan sprechen, wählte seine Nummer, und er antwortete beim dritten Klingeln. »Ich kann jetzt nicht sprechen«, sagte er. »Kannst du mich in einer Stunde in Keswick treffen?«

»Ja«, erwiderte Jane müde. »Wo?«

Sie hörte ein gedämpftes Gespräch und meinte, Jimmys Stimme zu erkennen. »Unten am See. Auf dem Parkplatz an der Straße nach Friar Cragg. Okay?«
»Ich seh dich dort in einer Stunde.« Jane starrte ihr Telefon an, als erwarte sie, dass es ihr einen unwiderlegbaren Hinweis gebe.
Ihr Misstrauen bedrückte sic sehr, und sie wusste nicht, mit wem sie sprechen sollte. Bestimmt nicht mit Rigston. Sie sah in ihm einen Mann, der viel zu clever war, um sich mit den Halbwahrheiten abspeisen zu lassen, die sie ihm zu bieten hatte. Aber sie konnte auch nicht einfach den Mund halten. Wenn jemand alte Leute umbrachte, musste sie dafür sorgen, dass die Fälle nicht folgenlos blieben, ohne dass jemand eingestehen musste, was hier los war.
Dann ging ihr ein Licht auf: Es gab eine Person, die mehr Interesse an den Todesfällen haben könnte als an dem, was Jane verbergen mochte.

Eine halbe Stunde später saß Jane im Keller von Gibsons Bestattungsunternehmen und leistete einer zweihundert Jahre alten Leiche und einer forensischen Anthropologin Gesellschaft. *Wenn man mich jetzt sehen könnte*, ging es ihr durch den Kopf. Sie hatte River gerade noch erwischt, als diese auf dem Weg nach draußen war, um ein Sandwich zu essen.
»Das wird sich ziemlich merkwürdig anhören«, sagte Jane.
»Na gut, merkwürdige Sachen mag ich«, sagte River und setzte sich auf einen Laborstuhl.
»Haben Sie Geduld mit mir. Ich weiß, einiges von diesen Dingen habe ich Ihnen schon erzählt, aber ich muss meine Gedanken ordnen. Es hat mit dem Manuskript zu tun, das ich suche. Die letzte Person, die, soweit ich weiß, es in Händen hatte, war eine Magd namens Dorcas Mason. Ich dachte mir, sie hat es vielleicht sicher aufbewahrt, statt es zu zerstören. Wenn es also noch existiert, gibt es die Möglichkeit, dass es an einen ihrer Nachfahren weitergegeben wurde.«

»Macht Sinn«, sagte River.
»Ich habe einen Stammbaum aufgezeichnet und dann die überlebenden Nachfahren in der Abfolge der größten Wahrscheinlichkeit aufgrund des Erstgeburtsrechts aufgelistet.«
River nickte. »Der vernünftigste Grundsatz, besonders für die Zeit damals.«
»Die erste Person auf meiner Liste starb in der Nacht, bevor ich sie besuchen wollte. Die zweite Person auf meiner Liste starb in der Nacht, nachdem ich sie besucht hatte. Die dritte Person auf meiner Liste starb in der Nacht, nachdem ich sie besucht hatte. Und ich habe gerade einen Anruf von DI Rigston erhalten, der mir sagte, die vierte Person auf meiner Liste sei letzte Nacht gestorben. Zwei Nächte nach meinem Besuch.« Sie legte ihren grob skizzierten Stammbaum vor und erläuterte ihre Argumentation.
River studierte ihn mit Interesse. »Es ist eigenartig, das gebe ich zu. Aber, wie ich schon sagte, alte Leute sterben nun mal.«
»Ich weiß. Und keiner der Todesfälle ist als verdächtig eingestuft worden. Aber die alten Leute sind alle miteinander verwandt. Gut, zwar nur entfernt, aber sie gehören doch zur gleichen Großfamilie. Zu der gleichen Familie, die einen sehr wertvollen und sehr gut transportierbaren Besitz in Händen haben könnte. Und da alte Leute nicht oft ausgehen, ist die zuverlässigste Methode, wenn man nach so etwas suchen und sicher sein will, dass man nicht gestört wird, sie umzubringen.«
»Das kommt mir schon verdächtig vor«, sagte River langsam. »Es hat durchaus schon mal eine Häufung von Todesfällen in einer Familie gegeben, aber diese Häufung hier ist doch recht auffällig.« Sie zog an ihrem Pferdeschwanz. »Was war das mit dieser Frau, derentwegen Ewan Rigston anrief, warum genau hat er Sie angerufen?«
»Er sagte, er wolle wissen, ob ich die letzte Person war, die sie lebend gesehen hat. Etwas über einen plötzlichen Tod, sie

sei in letzter Zeit nicht beim Arzt gewesen. Aber schließlich tat er so, als sei ich des Mordes verdächtig oder so.«

Rivers Augenbrauen hoben sich prompt. »Wirklich? Na, wenn sie in letzter Zeit nicht beim Arzt war, dann wird es eine Obduktion geben müssen. Ich sage Ihnen, was ich tun werde, ich werde mit einem Kollegen in Carlisle reden. Normalerweise würde er beauftragt werden, die Obduktion durchzuführen. Aber ich bin hier direkt vor Ort und eine qualifizierte Pathologin, und es wird mir bei meinem Chef Pluspunkte einbringen, wenn ich aushelfe. Also kann ich mir Ihre alte Dame mal genau ansehen, ob es irgendetwas Verdächtiges gibt. Wie finden Sie das?«

Jane lächelte. »Sie haben ja keine Ahnung, welche Last Sie von mir genommen haben.«

»Warten Sie erst mal ab«, sagte River. »Es kann sein, dass ich nichts finde.«

»Ich wäre sehr froh, wenn Sie nichts fänden. Das hat alles nur angefangen, weil ich entschlossen war, ein Manuskript zu finden, das vielleicht nicht einmal existiert. Und ich will wirklich nicht vier Todesfälle auf dem Gewissen haben.«

Die beiden Männer waren schon da, saßen auf einer Bank und starrten auf das silbrig glitzernde Wasser hinaus. Dan sah sich um, als sie sich näherte, sein Lächeln war so heiter wie der Sonnenschein.

»Tut mir leid, dass ich am Telefon so kurz angebunden war«, sagte er, stieß sich vom Auto ab und zog sie zu sich heran. Er küsste sie leicht auf den Mund. »Du weißt ja, wie es ist. Also, wie geht's?«

»Noch nicht schmerzfrei. Und da ist etwas, über das ich mit euch reden muss. Ich weiß nicht, wie ich es sagen soll, ohne es einfach auszusprechen«, gab sie zu. »Letty Brownrigg ist gestern Nacht gestorben.«

Jimmys Gesichtsausdruck zeigte, wie schockiert er war. »Großvaters Cousine Letty? Die oben auf Chestnut Hill

wohnt? Sie war am Montag bei Alice. Sie sah kerngesund aus. Was ist passiert?«
»Sie meinen, die Todesursache sei eine natürliche gewesen, aber es müsse eine Obduktion durchgeführt werden.« Jetzt, da sie darüber sprach, schien Lettys Tod noch schwerer auf ihr zu lasten. Jane hatte Letty so nett gefunden, und jetzt war sie tot. Vielleicht wegen Jane.
Jimmy fuhr sich mit der Hand übers Gesicht und mit den Fingerspitzen über die Augenbrauen, ließ die Hände sinken und seufzte. Dan legte den Arm um seine Schultern. »Die arme Letty. Herrgott, es ist, als hätten all diese alten Leutchen sich einfach vorgenommen, sich hinzulegen und zur gleichen Zeit zu sterben.« Er blickte trostlos ein paar Minuten schweigend auf das Wasser. Dann wandte er sich mit fragendem Ausdruck an Jane. »Aber woher weißt du das alles?«
»Die Polizei hat mich angerufen und gefragt, wieso mein Name und meine Telefonnummer auf ihrem Notizblock standen. Ich war am Dienstag dort, das weißt du ja. Sie wollten sich vergewissern, dass ich nicht die letzte Person war, die sie lebend gesehen hat.« Dann brach der Damm, und Jane ließ ihren Gefühlen freien Lauf. »Es ist, als ob alle sterben, mit denen ich wegen des Manuskripts reden muss. Zuerst deine Großmutter, dann Tillie, dann Eddie. Und jetzt Letty. Es macht mir Angst.«
Dan legte den anderen Arm um sie und zog sie instinktiv an sich. »Ich verstehe schon, warum.«
»Und jetzt behandelt mich Ewan Rigston so, als wäre ich eine Verdächtige. Nur weil sie auf meiner Liste stehen.«
»Na ja, es kommt zu vieles zusammen, als dass es Zufall sein könnte«, sagte Jimmy. »Und ich nehme an, du bist die Verbindung, die sich anbietet. Hast du irgendwelche besseren Ideen?« In seiner Frage lag nichts Feindseliges, es war eher eine Bitte.
»Jemand, der glaubt, dass das Wordsworth-Manuskript irgendwo existiert, und der es unbedingt haben will. Aber seht

ihr, die Sache mit alten Leuten ist ja die: Sie gehen nicht viel aus. Andere Leute kommen zu ihnen. Die Familie kümmert sich um sie. Sie sind immer zu Hause und haben bekanntermaßen einen leichten Schlaf. Deshalb ist es schwierig, bei ihnen einzubrechen. Wenn man ihre Wohnungen richtig durchsuchen will, muss man sie zum Schweigen bringen. Und dieser Typ bringt sie endgültig zum Schweigen.«

Dan zitterte. »Mensch, Jane, das ist aber kaltschnäuzig.«

»Ich weiß. Aber es ist die einzige Erklärung, die mir einfällt.«

»Bestimmt hätte es doch jemand bemerkt, wenn sie alle ermordet worden wären«, sagte Jimmy, der die Logik ihrer Argumentation entkräften wollte, weil sie zu ungeheuerlich war, um sie zu akzeptieren.

»Nicht, wenn es keine offensichtlichen Anzeichen für eine Auseinandersetzung und keine Verletzungen gibt. Sie waren alle alt und ziemlich gebrechlich und leicht zu erschrecken. Vielleicht hat sie das umgebracht.«

Jimmy schüttelte den Kopf, als wolle er etwas abwehren. »Was hat die Polizei vor? Außer dass sie dich als Verdächtige behandelt.«

»Ich weiß nicht. Ewan Rigston schien die Angelegenheit ernst zu nehmen.«

»Das sollte er auch tun.« Jimmy drehte ihr das Gesicht zu, und seine Augen blitzten zornig auf. »Das sind alles Leute, die ich schon mein ganzes Leben lang kenne, Leute, die mir wichtig sind. Meine Verwandten. Können wir nichts tun?«

»Ich versuche es ja. Ich habe mit Dr. Wilde gesprochen, der Pathologin, die an der Moorleiche arbeitet. Sie wird eine Obduktion an Letty vornehmen. Wenn sich irgendetwas findet, auch nur das Geringste, das auf ein Verbrechen hindeutet, wird sie die Leiche bis in die kleinsten Details untersuchen.«

Jimmys Gesicht hellte sich auf. »Das ist zumindest ein Anfang.«

»Noch etwas anderes: Dan und ich haben heute früh Jenny Wright in Coniston unten besucht. Sie war die Nächste auf meiner Liste. Ich meine, sie sollte nicht allein sein da unten, bis wir wissen, was los ist.«

Jimmy verzog das Gesicht. »Oje, diese alte Hexe.«

»Sie hat sehr darauf beharrt, dass jemand sie morgen zur Beerdigung abholen soll. Vielleicht könntest du schon heute Nachmittag hingehen und sie mitnehmen?«

»Das ist keine schlechte Idee«, stöhnte Jimmy. »Aber sie ist so eine leidige alte Ziege.«

»Aber trotzdem willst du doch nicht, dass sie ermordet wird, oder?«

»Nein, das nicht. Könnten wir nicht die Polizei damit beauftragen?«

»Sie werden sich aber nicht so gut um sie kümmern wie ihre Familie«, sagte Dan.

»Okay, dann gehe ich jetzt.« Jimmy schien niedergeschlagen zu sein.

»Ich könnte mitkommen«, sagte Dan. »Zu zweit ist es einfacher.«

Jimmy schüttelte den Kopf. »Danke, aber ich komme lieber ohne die Spanische Inquisition aus, die wir damit auf den Plan rufen würden.«

Er stand auf und klopfte Dan auf die Schulter. »Ich ruf dich später an.«

Dann beugte er sich vor und küsste Dan auf den kahlen Schädel.

Schweigend sahen sie ihm nach, als er wegfuhr. »Er ist ein netter Typ«, sagte Dan.

»Ich weiß.«

Dan kniff beim Blick auf das glänzende Wasser leicht die Augen zusammen. »Ich gebe zu, ich habe mit ihm etwas angefangen, weil ich dachte, er könnte eine nützliche Quelle für uns sein.« Er seufzte tief. »Aber jetzt beginne ich, ihn viel zu sehr zu mögen.«

Diesmal hatte Jane keine Lust, sich mit seinem Gejammer abzugeben. Sie stand auf und ging zum Wagen zurück. Nach ein paar Metern drehte sie sich um und sagte: »Weißt du was, Dan? Vier alte Menschen sind gestorben. Jemand hat gestern Abend versucht, mich umzubringen. Und dein Liebesleben ist mir scheißegal. Du scheinst mich wohl mit jemandem zu verwechseln.«

Als ich wieder zu mir kam, begriff ich schnell, dass sie mich hatten liegen lassen, weil sie mich für tot hielten. Ich wusste, dass sie, wenn ich da liegen blieb, bestimmt wiederkämen und das zu Ende bringen würden, was sie auf so feige Weise begonnen hatten. Ein fürchterlicher Schmerz pochte in meinem Kopf, und meine Schulter blutete heftig. Aber ich wusste, wenn ich nicht wegging, würde ich bestimmt umkommen. Ich kam mühsam auf die Knie und wurde fast ohnmächtig vor Schmerz. Dann sah ich etwas, das ich zuerst für eine Erscheinung hielt. Es nahm die Gestalt meiner Frau Isabella an, und ich glaubte mich dem Tode näher, als ich zuerst gedacht hatte. Aber als die Erscheinung zu mir sprach, verstand ich, dass es wirklich Isabella war. »Lieber Mann, ich bin gekommen, um dir zu helfen«, sagte sie. »Sie haben mir gesagt, du seist tot, aber ich habe ihnen nicht geglaubt. Sie töten alle weißen Männer.« Mit ihrer Hilfe kam ich auf die Beine, und zusammen stolperten wir in den Banyanwald in der Nähe. Ich war in Sicherheit, fürchtete aber, das würde nicht lange so bleiben.

37

Dr. River Wilde hatte die Fähigkeit entwickelt, das zu kriegen, was sie wollte. Es hatte etwas mit Entschlossenheit zu tun, aber noch wichtiger war ein tiefes Verständnis dafür, was die Menschen motiviert. Wohlüberlegte Schmeichelei, berufliches Entgegenkommen und die Bereitschaft, hier und da jemandem einen Gefallen zu tun, oft schon, bevor darum gebeten wurde – all dies half ihr, die Welt so zu beeinflussen, dass sie sich ihrem Willen beugte. Als sie ihren Anruf beendet hatte, war der Pathologe am anderen Ende überzeugt, dass sie ihm einen Gefallen tat, wenn sie Letty Brownrigg obduzierte.

Da Lettys Leiche bereits in den Leichensaal des Krankenhauses gebracht worden war, dauerte es nicht lange, bis alles vorbereitet war. Als Jimmy nach Coniston losfuhr, stand River kurz davor, die tote Frau zu obduzieren. Ihr Assistent und der uniformierte Constable, den Ewan Rigston gebeten hatte, dabei zu sein, ignorierten recht lässig, was hier gleich stattfinden würde, und unterhielten sich über Fußball. River sah zu dem sich so leger gebenden Polizisten hinüber und fragte: »Sind Sie schon einmal bei einer Obduktion dabei gewesen?«

»Ja«, antwortete der unerschütterliche junge Mann. »Öfter als die meisten. Sie schicken immer mich. Mein Dad war Metzger. Leichen machen mir nichts aus.«

»Da bin ich aber froh«, sagte River. »Ich mag es nicht, wenn ich abwarten muss, bis die Leute ihr Mittagessen losgeworden sind.«

»Bei mir passiert das nicht. Ist ja nur Fleisch, oder? Ich meine, was immer einen menschlich macht, das ist schon lange weg, wenn sie auf den Tisch kommen«, sagte er. »Wir sind alle nur Haut mit Blut und Gedärm drin, wenn wir erst mal tot sind. Ich habe nie verstehen können, wie empfindlich die Leute werden, wenn ihre Angehörigen obduziert werden müssen.«

»Manche Leute haben aus religiösen Gründen etwas dagegen«, sagte River, während sie begann, den Schädel der Frau nach Anzeichen von Quetschungen und Abschürfungen abzusuchen.

»Und das macht ja besonders wenig Sinn, wenn man es genau überlegt«, sagte der Polizist. »Gut, ich akzeptiere, dass manche Leute an die Auferstehung des Körpers glauben. Aber wenn man diesen allmächtigen Gott hat, müsste er doch sicherlich in der Lage sein, die Stücke wieder zusammenzusetzen, so wie sie vorher waren? Für die Frommen sollte es noch weniger eine Rolle spielen, weil sie angeblich diejenigen sind, die daran glauben, dass ihr Gott alles kann. Das ist das Problem mit der Religion. Bringt man Gott ins Spiel, dann ist es mit der Logik vorbei.«

River grinste. »Wie kommt es, dass Sie noch Constable sind? Philosophische Diskussionen von Männern in Uniform bin ich nicht gewöhnt.«

»Ich mag einfache Arbeit. Da hab ich mehr mit Menschen zu tun, nicht mit Papierkram. Ich muss mir keine Gedanken machen über die diplomatischen Spielchen bei der Polizei oder wie man die hohen Tiere bei Laune hält. Wenn ich abends nach Hause gehe, brauche ich mich nicht über die Last, Befehle zu geben, aufzuregen. Es ist kein schlechtes Leben.«

»Manche würden das vielleicht einen Mangel an Ehrgeiz nennen«, sagte River. Plötzlich erweckte etwas ihre Aufmerksamkeit, und sie hörte nicht mehr hin, sondern beugte sich vor und nahm sich eine Lupe. »Das ist ja interessant«, murmelte sie.

»Was denn?«, fragte der Polizist.

»Ein sehr schwacher blauer Fleck über dem Karotissinus über der Halsschlagader«, sagte sie und zeigte darauf.

»Komische Stelle für 'nen blauen Fleck«, sagte er. »Ich meine, da stößt man sich doch nicht. Was glauben Sie, was das verursacht haben kann? Hat jemand versucht, sie zu erdrosseln?«

River schüttelte den Kopf. »Ich glaube nicht. Es gibt keine anderen, dazu passenden Flecken. Na, wir werden mehr wissen, wenn wir sie aufgemacht haben.«

Aber Rivers zuversichtliche Voraussage bestätigte sich im Folgenden nicht. Als sie ihren Assistenten den Y-förmigen Schnitt wieder schließen ließ, teilte sie ihre Befunde dem Constable mit.

»Herzversagen, schlicht und ergreifend. Ihr Herz zeigt die Anzeichen von Kardiomyopathie, die Arterien sind ziemlich verkalkt. Das Herz hörte auf zu schlagen.«

»Passiert das nicht letzten Endes bei uns allen?«, sagte der philosophierende Polizist.

»Ja, aber aus einer ganzen Reihe verschiedener Gründe. Da wir keine anderen offensichtlichen Todesursachen haben, wie zum Beispiel eine Schusswunde oder Anzeichen einer Vergiftung oder Ersticken, bleibt uns hier nur noch Herzversagen.«

»Okay. Der Totenschein wird also bald fertig sein, oder?«

»Ich kümmere mich darum.«

River zog ihre Latexhandschuhe aus. Oberflächlich betrachtet war nichts Verdächtiges an Letty Brownriggs Tod, aber sie konnte ein unbehagliches Gefühl nicht abschütteln. Jane Greshams Sorgen hatten sich nicht in Luft aufgelöst, wie sie gehofft hatte. Was sie als Nächstes zu tun plante, lag vollkommen außerhalb ihrer Zuständigkeit und war gegen die beruflichen Gepflogenheiten, aber sie wollte es genau wissen.

Als der Polizist gegangen war und River wieder ihre Straßenkleidung angelegt hatte, ging sie zu Gibson's zurück. Sie nickte dem jungen Mann zu, der die Trauernden grüßte, und ging zum Abschiedsraum. Als sie zu Tillie Swain hineinschaute, saß eine Frau mittleren Alters mit gesenktem Kopf auf einem Stuhl.

River ging in den Korridor zurück und weiter zu Eddie Fairfield.

Der Sarg stand glänzend und verlassen da, und ein breiter Sonnenstrahl verlieh der Leiche Farbe. Schnell ging River zum Sarg hinüber und schaute hinein. Eine weiße Rüsche verdeckte Eddies Hals, aber sie brauchte nur einen Moment, um sie zur Seite zu schieben und seinen Hals zu betrachten. Sie zog ihre Lupe heraus und betrachtete ihn sich noch genauer. Nur sehr schwach, aber er war da. Ein kleiner blauer Fleck auf dem Karotissinus, ungefähr in der Größe und Form von zwei Fingerspitzen. »Um Gottes willen«, murmelte sie, nahm ihre Digitalkamera heraus und machte eine Reihe Fotos, Nahaufnahmen des blauen Flecks und Aufnahmen aus größerer Entfernung, die bewiesen, dass es sich unbestreitbar um ein Mal an Eddie Fairfields Körper handelte. »Um Gottes willen«, wiederholte sie und schob die Rüsche wieder zurück.

Im Flur schnappte sie sich den jungen Mann und fragte: »Wo ist Edith Clewlow?«

»Schon zugeschraubt und fertig für die Bestattung morgen Vormittag«, sagte er lakonisch.

River lächelte einnehmend. »Könnten Sie den Sarg für mich eventuell nochmal aufmachen?«

Er schrak leicht zurück, als hätte sie ihm ein unschickliches sexuelles Angebot gemacht. »Wozu? Ich dachte, Sie sollten nur die Moorleiche machen?«

»Nennen Sie es professionelle Neugier«, sagte sie. »Ich habe da eine Theorie und möchte etwas überprüfen. Nur fünf Minuten, mehr brauche ich nicht.«

Er sah sich zweifelnd um. »Ich sollte nicht, wirklich …«

Sie legte ihm eine Hand auf den Arm. »Das ist mir klar, aber vertrauen Sie mir. Wenn ich Unrecht habe, braucht niemand es je zu erfahren. Aber wenn ich Recht habe, werden wir der Familie eine Menge Kummer ersparen. Niemand ordnet gern eine Exhumierung an …«

Er sah bestürzt aus. »Exhumierung?«

»Scht«, warnte ihn River. »In einer Leichenhalle hört man dieses Wort nicht gern.«

Er sah sich verstohlen auf dem Flur um. »Sie versprechen, dass Sie es nicht ausplaudern werden?«

»Ich werde es niemandem sagen.« Sie folgte ihm in einen kleineren Raum am Ende des Flurs, wo Ediths Kiefernsarg auf einem Gestell stand. Aus einem Schrank nahm er einen Drillschraubenzieher, und es dauerte nur ein paar Minuten, bis Ediths Sarg aufgeschraubt war, und noch schneller war der Deckel abgenommen. River untersuchte den Hals der alten Frau mit ihrer Lupe und nickte bestätigend. »So ein Mist«, murmelte sie, nahm die Kamera heraus und machte wieder eine Reihe von Fotos.

Inzwischen tänzelte der junge Mann nervös um sie herum. »Sind Sie fertig?«, fragte er nach jeder Aufnahme.

River trat von dem Sarg zurück und steckte ihre Kamera ein. »Jetzt, ja. Sie können ihn wieder zumachen.«

Sie waren innerhalb von zehn Minuten zurück in der Leichenhalle, gerade rechtzeitig, um die Trauernde aus Tillie Swains Raum herauskommen zu sehen. »Ich bin gleich wieder da«, sagte River zu dem jungen Mann, als er losging, um die andere Frau hinauszubegleiten, und kehrte zu Tillie zurück.

Aber Tillie war eine Enttäuschung. Die Position, in der sie nach dem Tod gelegen hatte, hatte bewirkt, dass sich das Blut unter der Haut genau an der Stelle sammelte, die River interessierte. Es war unmöglich, festzustellen, ob da ein blauer Fleck war. »Aber bei drei von vier Toten«, sagte sie vor sich hin. Jane Gresham hatte Recht gehabt. Irgendetwas tat sich hier.

Zwei Stunden später betrat River Ewan Rigstons Büro. Sein Gesicht strahlte, als er sie sah, sein Ausdruck wurde aber sofort zurückhaltend, als der Gedanke an korrektes Benehmen sein Verlangen unterdrückte. »Ich hab nicht erwartet, dich zu sehen«, sagte er, und sein erfreuter Tonfall nahm den Worten jede negative Bedeutung.

»Ich hatte auch nicht erwartet, dass ich hier sein würde.« Sie setzte sich. »Du weißt ja, dass ich Mrs. Brownrigg obduziert habe?«

»Ja. Ich war etwas überrascht, da ich dachte, der Professor würde das machen. Normalerweise übernimmt er es.«

»Ja, also, ich habe die Qualifikation dazu, und er dachte, es wäre so einfacher.«

Ewan suchte unter seinen Papieren auf seinem Schreibtisch herum. Schwungvoll zog er eine handgeschriebene Notiz heraus. »Und das war es ja angeblich auch. Herzversagen, sagtest du.« Er warf ihr einen prüfenden Blick zu. »Aber das stimmt nicht, oder? Du wärst nicht hier, wenn es unkompliziert wäre.«

»Es gab einen Grund, weshalb ich die Obduktion selbst machen wollte. Heute Vormittag hatte ich Besuch von Jane Gresham.«

»Das ist aber interessant.«

»Sie sagte, du hättest ihr zugesetzt. Sie war ziemlich aufgeregt, als sie zu mir kam. Sie hat Angst, jemand könnte diese alten Leute umbringen, weil einer versucht, dieses Manuskript in die Hände zu kriegen.«

Es folgte eine lange Pause. »Da ist sie nicht allein. Und hast du etwas gefunden, das diese Befürchtung bestätigt?«

River nickte düster. »An Mrs. Brownriggs Hals war ein merkwürdiges kleines Hämatom. Nichts, das die Alarmglocken schrillen lässt, aber genug, dass ich mir Gedanken machte. Also ging ich nochmal zu Gibson's Bestattungsinstitut und sah mir die drei anderen Leichen an. Und an zweien fand ich ähnliche Flecken. Bei der vierten Leiche war ich nicht sicher.« Sie zog einige Papiere aus ihrem Rucksack. »Ich hab ein paar Fotos gemacht.« Sie legte sie Rigston vor. »Letty. Eddie Fairfield. Edith Clewlow.«

»Was bedeutet das, dieser blaue Fleck? Ist es von einem Einstich, oder was?«

River schüttelte den Kopf. »Bei keinem ein Anzeichen eines Nadelstichs. Aber der Fleck scheint über dem Karotissinus zu sein.«

»Welches Gefäß ist das genau?«

»Die Karotis, die Halsschlagader, läuft an der Seite des Halses entlang.«

River zog den Kragen ihrer Bluse zur Seite, um sie zu zeigen.

»Und genau hier unten, mehr oder weniger direkt unterhalb des Ohrs teilt sie sich in zwei Arterien. Die äußere Karotis bleibt an der Oberfläche, die innere läuft unter den Schädelknochen. Wenn man auf die Karotis am Sinus Druck ausübt« – sie hielt inne, um zu zeigen, was sie meinte –, »kann das Bradykardie auslösen. Verlangsamter Herzschlag in der Sprache des Laien. Aber es gibt eine Schulmeinung, die behauptet, dass bei älteren Menschen oder solchen mit einer Herzkrankheit der Druck auf den Karotissinus tödliche Herzrhythmusstörungen auslösen kann.«

»Eine Schulmeinung?«, sagte Rigston schwach.

»Man nennt das einen Vorgang, der aufgrund der Wirkung vorausgesetzt wird, weil man natürlich keine Experimente machen kann, um zu sehen, ob dadurch wirklich Leute umkommen oder nicht. Deshalb ist niemand ganz sicher, ob es funktioniert oder nicht. Es sind Fälle belegt, wo Menschen dies zur Intensivierung sexueller Lust getan haben, allerdings nicht mit tödlichem Ausgang. Aber man möchte ja seinen Sexpartner nicht tot sehen, sodass man also den Druck nur bis zum ersten Anzeichen von Bewusstlosigkeit ausüben würde. Wenn es sich in der Art und Weise auswirkt, wie vorausgesetzt, eignet es sich sehr gut, um ältere Menschen oder jemanden mit einer Herzkrankheit umzubringen. Keine Spuren, verstehst du. Keine fleckförmigen Blutungen, wie man sie bei Erstickung bekommt, kein gebrochenes Zungenbein wie bei Strangulierung. Es sieht einfach wie ein Herzanfall aus.«

»Müsste man stark sein, um jemanden so umzubringen?«

»Eigentlich nicht. Ich glaube nicht, dass ein starker Druck erforderlich wäre. Und es wäre nicht schwierig, das Opfer zu überwältigen. Es würde wahrscheinlich genügen, es einfach nach unten zu drücken.«

»Könnte eine Frau das tun?«

»Wenn sie einigermaßen fit und stark wäre.«

Rigston rieb sich das Kinn. »Und du meinst, diese alten Leutchen sind auf diese Weise ermordet worden?«

»Ich würde sagen, es ist auf jeden Fall möglich. Es ist ein zu großer Zufall, dass ich an dreien von vier Leichen das gleiche merkwürdige Hämatom finde.«

Rigstons Gesichtsausdruck verhärtete sich. »Ich hab's doch geahnt. Das ist kein Zufall. Das ist verdächtig.«

»Finde ich auch. Einzeln gesehen wären diese blauen Flecken relativ unbedeutend, aber zusammen mit dem, was Jane mir gesagt hat ... na ja, du musst es schon ernst nehmen.«

Rigston lächelte grimmig. »Das tu ich auch. Danke, dass du damit direkt zu mir gekommen bist. Ich muss sagen, es sieht nicht gut aus für Dr. Gresham.«

»Du kannst doch nicht im Ernst meinen, dass sie dahintersteckt?«

»Sie steht in Verbindung zu allen mutmaßlichen Opfern. Das wissen wir beide.«

River schüttelte verwirrt den Kopf. »Das heißt doch noch nicht, dass sie verdächtig ist. Ewan, niemand hätte einen Beweis gehabt, dass etwas faul ist, wenn Jane Gresham nicht zu mir gekommen wäre. Sie hat doch damit angefangen. Warum, in aller Welt, sollte sie die Aufmerksamkeit auf die Tatsache lenken, dass sie ungeschoren mit einigen Morden davongekommen ist?«

Rigston setzte sich auf seinem Stuhl zurecht. »Bei diesem vierten Mord musste es ja herauskommen. So stellt sie sich selbst ins Rampenlicht, indem sie die Aufmerksamkeit auf sich zieht. Nach dem, was du mir sagst, hat sie ihren Ton geändert, seit ich mit ihr gesprochen habe.«

»Weil du ein respekteinflößender Polizist bist und ich nicht.«

River seufzte frustriert. »Ewan, ich weiß, dass es deine Aufgabe ist, alle Möglichkeiten in Betracht zu ziehen. Aber ich bin verdammt sicher, dass Jane nur auf die Aufmerksamkeit aus ist, die ihr entgegengebracht wird, wenn sie dieses kostbare Manuskript findet. Sie hat mir die Stammbäume ihrer Gesprächspartner in der Reihenfolge der Wichtigkeit gezeigt. Ich kenne den Namen der nächsten Person auf der Liste. Warum würde sie mich das sehen lassen, wenn sie die Mörderin wäre?«

»Du hast den Namen?«

River gab ihm einen Zettel. »Hier. Ewan, du musst herausfinden, wer sonst noch hinter diesem verdammten Gedicht herjagt und so scharf darauf ist, dass er dafür Leute umbringt.«

Rigston runzelte die Stirn.

»Und das ist auch noch so 'ne Sache. Wie kommt dieser Mörder überhaupt dem Manuskript dadurch näher, dass er die Leute umbringt?«

»Jane hatte dazu eine Theorie. Sie wies darauf hin, dass alte Leute nicht viel ausgehen. Wenn man ihre Wohnung nach einem versteckten Schatz durchsuchen will, muss man sie vorher außer Gefecht setzen.«

»Siehst du? Sie hat alles ausgetüftelt. Ich sage dir, River, Jane Gresham weiß mehr, als sie uns sagen will.«

»Sie ist so stur wie ein Maultier«, sagte Jimmy und ging auf dem Weg vor Copperhead Cottage auf und ab. »Sie rührt sich nicht von der Stelle. Sie will ihre Katzen nicht allein lassen, sie tut kein Auge zu, wenn sie nicht in ihrem eigenen Bett schläft, sie ist nicht gern unter Fremden – und so geht das weiter. Ich will sie nicht erschrecken und dadurch aus ihrem eigenen Haus vertreiben, aber ich weiß nicht, was ich sonst noch versuchen kann.«

Jane starrte, das Handy am Ohr, aus ihrem Schlafzimmerfenster. »Bleib doch einfach über Nacht im Cottage. So ist sie sicher, ohne dass sie ihr Haus verlassen muss.«

Jimmy stöhnte: »Ich dachte, du magst mich. Sie ist ein verflixter Albtraum.«

»Ich weiß. Ich hab sie ja kennen gelernt.« Jane kam plötzlich ein unheimlicher Gedanke. Jemand, der so kaltblütig war, dass er vier Menschen umgebracht hatte, würde sich vielleicht von Jimmys Anwesenheit nicht abhalten lassen. Und sie wollte ihn nun wirklich nicht auch noch in Gefahr bringen. Aber sie musste eine Möglichkeit finden, einen Rückzieher zu machen, ohne ihm das Gefühl zu geben, dass seine Männlichkeit angezweifelt wurde. »Allerdings«, sagte sie langsam, »nehme ich an, wenn du dort bleibst, ist das auch keine Garantie für ihre Sicherheit. Du würdest dich ja nicht auf der Schwelle zu ihrem Zimmer zum Schlaf hinlegen wie der getreue Hund Gelert.«

»Sehr unwahrscheinlich.«

»In diesem Fall kann man nichts machen. Du wirst ihr sagen müssen, dass es nicht sicher für sie ist, dort zu bleiben. So lange, bis alles aufgeklärt ist.«

Jimmy seufzte.

»Ich dachte mir schon, dass du das sagen würdest. Ich wollte ihr wirklich keine Angst einjagen, weißt du? Trotz all ihrem Geschimpfe ist sie eigentlich nur eine einsame alte Frau, die ihr Heim liebt. Ich will nicht, dass das ein Ort wird, wo sie sich nicht mehr sicher fühlt.«

»Ich weiß. Aber lieber verängstigt und in Sicherheit, als tot.«

»Wünsch mir Glück«, sagte er bedrückt. »Wenn du später nichts von mir hörst, dann weißt du, dass sie mich bei lebendigem Leib aufgefressen hat.«

Als wir weit genug zwischen den Bäumen waren, wies ich Isabella an, mir das Hemd auszuziehen und in Streifen zu reißen. Nach meiner Anleitung machte sie einen Verband für meine Wunde, der die Blutung zum Stillstand bringen würde. Als das geschehen war, bestand ich darauf, tiefer in den Hain mit den Banyanbäumen hineinzugehen. Als wir zum Ausruhen anhielten, sagte ich Isabella, dass die Zeit für uns gekommen sei, Pitcairn zu verlassen. Wir würden dort doch nie in Sicherheit sein, jetzt nicht mehr, wo die Eingeborenen auf den Geschmack gekommen waren, selbst die Macht zu haben. Aber sie legte meine Hand auf ihren gewölbten Leib und erinnerte mich an ihre Umstände. »Du musst gehen, wenn du willst, lieber Mann. Aber ich kann nicht.« Es war nicht zu leugnen, dass ihre Entgegnung zwingend war, und ich wusste, dass sie sicher sein würde, ich hingegen nicht. Meine Kinder würden auch keine Vergeltung zu erleiden haben. Den Tahitianern sind Kinder sehr teuer, und je heller die Haut, desto höher werden sie geschätzt. »Dann hilf mir zum Fuß der Klippe«, sagte ich. Das tat sie, und als wir noch in einiger Entfernung von meinem Versteck waren, verabschiedeten wir uns unter Tränen. (Ich wollte nicht, dass sie wusste, wo ich zu finden war. Die Wahrheit, dass man den Eingeborenen nicht trauen konnte, selbst denen nicht, die wir zu unseren eigenen Familien zählten, hatten wir alle durch leidvolle Erfahrung erkannt, und ich wollte sie nicht der Versuchung aussetzen.)

38

Ewan Rigston war nie Pfadfinder gewesen, aber dennoch war er gern allzeit bereit. Trotz der Dinge, die River gesagt hatte, war er sich in Bezug auf Jane Gresham immer noch nicht schlüssig. Aber er beabsichtigte, gewappnet zu sein, bevor er sie auf ihre Liste ansprach. Und es mussten Vorkehrungen getroffen werden.

Er musste zu den Häusern der Toten gehen und sie als Tatort behandeln, obwohl etwaige Beweise durch den Notfalleinsatz und das Herumtrampeln der Familienmitglieder bereits zerstört waren. Aber das Team, das die Fingerabdrücke nahm, konnte vielleicht trotzdem Spuren entdecken, die dort nichts zu suchen hatten. Auch mit den Familien musste er sprechen. Oder vielmehr mit der Familie, da die Toten alle zu dem gleichen Clan zu gehören schienen. Er kannte die Clewlows und die Fairfields, die Swains und die Brownriggs. Anständige Leute, hier verwurzelt, die meisten mit Gemeinschaftsgeist. Er hatte nie einen Grund gehabt, einen von ihnen festzunehmen, nicht einmal einen Jugendlichen, der einen Unfall verursachte, weil er zu viel getrunken hatte.

Er hatte River zum Parkplatz hinausbegleitet und versprochen, sie später anzurufen. Sie hatten Pläne für den Abend gehabt – ein Curryessen und einen Folk-Abend in Carlisle –, aber das war jetzt Geschichte. Sie waren beide der Ansicht gewesen, dass die anderen drei Opfer obduziert werden mussten, und River hatte hartnäckig darauf bestanden, das

sofort zu machen. Mit einem kurzen Anruf beim Coroner versicherte er sich dessen Zustimmung. Rigston wusste, dass dies einer der Vorteile der Arbeit in einer kleinen Stadt war. Die Maschinerie konnte viel schneller in Gang gesetzt werden als in den Großstädten. Aber trotzdem erwarteten sie beide nicht, vor Mitternacht fertig zu sein.
Dann war er ins Büro zurückgegangen und hatte den Einsatz der kleinen Gruppe von Spurensicherungsspezialisten organisiert, die ihm so spät noch zur Verfügung standen. Er wollte schnell vorgehen, aber gleichzeitig musste er mit dem Zuteilen von Überstunden vorsichtig sein, bevor die offizielle Ermittlung zu einem Mord begonnen hatte. Scheißbürokratie. Die Leute fragten sich, warum sie den Eindruck hatten, dass die Polizei es nicht schaffte, entschieden gegen die Kriminalität vorzugehen. Die sollten mal eine Woche in seinen Schuhen stecken, den Papierkram erledigen und die Mittel verwalten, dann hätten sie mehr Ahnung.
Zwei Anrufe bei seinen Kontaktleuten vor Ort, und er hatte festgestellt, dass der ganze Clan sich in Alice Clewlows Haus versammelt zu haben schien. Er tauchte unangekündigt und allein auf. Alice öffnete die Tür, und nach dem Willkommensgruß veränderte sich ihr Gesichtsausdruck, als sie sah, wer es war, und sie schien höchst zufrieden. »Ein Inspektor kommt«, sagte sie trocken. »Hallo, Ewan. Du hast also doch beschlossen, mich ernst zu nehmen. Es tut mir nur leid, dass es noch einen Todesfall in der Familie geben musste, bis du dich aufraffen konntest.«
»Na, komm, Alice, das ist ja wohl kaum fair. Ich habe Ermittlungen angestellt.«
»Eine Verhaftung wäre besser gewesen.«
»Mir wären ein paar Worte mit dir recht.«
»Da drin ist die ganze Sippschaft versammelt. Komm hier an der Seite entlang, im Garten steht eine Bank.«
Er folgte ihr durch ein Holztor im Zaun, das in einen großen, gepflegten Garten führte. Die nassen Köpfe einiger

Rosen hingen von einer Pergola, neben der eine gusseiserne Bank stand. Sie setzten sich, und einen Moment war Stille.
»Spuck's schon aus, Ewan.«
»Ich wollte dich nur auf dem Laufenden halten. Obwohl wir noch keine unnatürliche Todesursache in diesen vier Fällen festgestellt haben, untersuchen wir die Umstände«, sagte er vorsichtig.
Alice schüttelte bekümmert den Kopf. »Es waren doch nur normale, harmlose alte Leute.«
»Ich weiß. Und wenn sich diese Todesfälle als Morde entpuppen, werde ich dafür sorgen, dass diese Tat nicht ungestraft bleibt. Die Sache ist so, wir glauben, dass jemand meint, ein Mitglied deiner Familie hätte etwas sehr Wertvolles in Besitz und ...«
»Ich hab's dir doch gesagt. Diese verflixte Jane Gresham«, unterbrach ihn Alice wütend. »Geht es darum?«
»Vielleicht. Aber Dr. Gresham ist wahrscheinlich nicht die einzige Person, die davon weiß. Ich muss also über deine Verwandten Erkundigungen einziehen. Wer sie zuletzt gesehen hat. Alles, was sie vielleicht darüber gesagt haben, dass Jane Gresham oder jemand anders nach diesem Manuskript gefragt hat. Nun, ich weiß, dass ihr alle in Trauer seid und auch, dass morgen Ediths Beerdigung ist, aber es wäre wirklich gut, wenn ich heute Abend mit den Leuten reden könnte.«
»Aber die Beerdigung – bestimmt wirst du doch eine Obduktion machen lassen müssen oder so etwas? Wenn sie ...« Alice brachte das Wort nicht heraus. Rigston verstand, er hatte dieses Verleugnen der Tatsachen schon öfter erlebt.
»Das erledige ich alles«, sagte er. »Der Trauergottesdienst muss nicht verschoben werden. Aber ich fürchte, ihr werdet eure Großmutter nicht beisetzen können.«
»Was meinst du damit, wir werden sie nicht beisetzen können?«
Rigston breitete hilflos die Arme aus. »Tut mir leid, Alice.

Die Vorschriften besagen, dass die Leiche für die Verteidigung zur Verfügung stehen muss, für den Fall, dass diese ihre eigene Autopsie durchführen lassen will.«

»Aber was ist, wenn du niemanden verhaftest? Wie lange sollen wir damit warten, meine Großmutter zu begraben?« Alices Stimme wurde immer schriller.

»Wenn wir nach einem Monat noch niemanden verhaftet haben, lassen wir eine zweite unabhängige Obduktion machen. Dann geben wir die Leiche für die Familie frei.«

Alice ließ den Kopf in die Hände sinken. »Das ist entsetzlich, Ewan.«

»Ich weiß, Alice. Und es tut mir sehr leid. Aber ich wäre dir im Moment sehr dankbar für deine Hilfe. Du kannst für Edith und die anderen jetzt am ehesten etwas tun, indem du mit uns zusammenarbeitest. Es ist unsere Aufgabe, für die Toten einzutreten. Aber wir brauchen eure Hilfe.«

Sie sah mit tränenfeuchten Augen zu ihm auf. »Was immer nötig ist. Gib mir nur fünf Minuten, um es ihnen zu sagen. Ich komme und hole dich.«

Rigston sah ihr nach, als sie mit gesenktem Kopf und hängenden Schultern ins Haus ging. Er konnte ihre Gefühle nachvollziehen. Dass er sich ins Zentrum des Clewlow-Clans begeben musste, darauf freute er sich nicht.

Jimmy Clewlow war alles andere als glücklich. Es hatte einige Zeit in Anspruch genommen, Jenny Wright davon zu überzeugen, dass ihr Leben in Gefahr sein könnte, wenn sie allein in Copperhead Cottage blieb. Als er sie endlich überredet hatte, dauerte es noch Stunden, bis ihr Auszug vorbereitet war. Den Katzen musste genügend Futter und Wasser hingestellt werden. Die Entscheidung, was sie packen sollte, erforderte offenbar, dass Jenny ihre gesamte Garderobe durchsah, einschließlich einer Truhe, die seit den napoleonischen Kriegen nicht mehr geöffnet worden war. Alle elektrischen Geräte mussten abgeschaltet werden, einschließlich eines antiken Kühlschranks, dessen Inhalt in Plastikdosen gefüllt werden musste, damit man alles nach Keswick mitnehmen konnte.

Jimmy war von Natur aus geduldig, aber selbst seine Langmut hatte Grenzen, die Jenny schon lange überschritten hatte, bevor sie zu gehen bereit war.

Es half auch nicht, dass sie die schlimmste Beifahrerin war, die er je mitgenommen hatte. Wann immer er schneller als dreißig Meilen fuhr, schnappte sie nach Luft und wollte wissen, ob er sie umbringen wolle. Wenn er mit dem Wagen auf ihrer Seite bis auf einen Meter an den Grasstreifen herankam, schrie sie auf, sie würden hinunterstürzen. Als sie endlich in Alices Straße einbogen, fragte sich Jimmy, warum er sie nicht einfach sich selbst überlassen hatte.

Zu seinem Erstaunen saß bei ihrem Eintreten in Alices Wohnzimmer Ewan Rigston mit einem Becher Tee in der Hand in einem Sessel. Er hatte Rigston schon jahrelang nicht mehr gesehen, erkannte ihn aber sofort. Alice stand auf und bugsierte ihn und Jenny in die Küche. »Was macht er hier?«, wollte Jimmy wissen.

»Ich weiß, das ist ein Schock für dich, Jimmy, aber die Polizei meint, Edith und die anderen könnten ermordet worden sein«, sagte Alice mit einem besorgten Blick auf Jenny.

»Deshalb ist Jenny hier«, sagte Jimmy. »Jane Gresham befürchtet, sie könnte die Nächste sein.«

Alice sah aus, als würde sie gleich in Tränen ausbrechen. »Um Gottes willen, Jimmy, was ist denn los?«

»Es ist eine lange Geschichte«, sagte er. »Und Jenny ist müde. Sie muss ein paar Tage hier bleiben.«

»Du brauchst nicht über mich zu reden, als wäre ich nicht hier, Klein-Jimmy«, sagte Jenny bissig. »Ich kann für mich selbst sprechen. Alice, ich muss irgendwo übernachten. Kann ich hier bleiben?«

»Natürlich«, sagte Alice zerstreut. »Ich bring dich ins Gästezimmer.«

»Alles zu seiner Zeit«, sagte Jenny. »Jimmy, sei so lieb und bring mir einen Brandy.«

Jimmy verdrehte die Augen und ging ins Wohnzimmer zurück, wo Alice den Brandy bereitgestellt hatte. Über die Köpfe der anderen hinweg, die Jimmy als den Ältestenrat erkannte, sah ihm Ewan Rigston in die Augen. »Jimmy«, grüßte er ihn.

Jimmy nickte. »Sollten Sie nicht da draußen unterwegs sein und versuchen, die Person einzufangen, die meine Familie umbringt?«, fragte er sanft und griff nach dem Brandy.

»Genau das versuche ich ja zu tun.«

»Hier werden Sie ihn nicht finden.« Jimmy goss einen großzügigen Schluck in ein Glas.

»Ihre Familie versorgt mich mit Hintergrundwissen. Ich versuche, mir ein Bild davon zu machen, was vor den Todesfällen geschehen ist. Es ist komisch, dass Ihre Freundin Jane Gresham wie ein falscher Fuffziger immer wieder auftaucht.«

Wenn Rigston beabsichtigt hatte, Jimmy zu ärgern, dann hatte er voll ins Schwarze getroffen. »Ja. Aber sie und Dan sind auch Opfer«, sagte er trotzig.

»Wer ist Dan?«

»Ihr Kollege, Dan Seabourne.« Jimmy spürte, wie er rot wurde, und hoffte, dass Rigston es seinem Ärger zuschreiben würde.

»Wie kommen Sie darauf, dass sie Opfer sind?«, fragte Rigston.

»Jemand klaut ihnen die Ergebnisse ihrer Arbeit. Und lässt Jane wie den Bösewicht des Stücks dastehen. Sie sollten sie heranziehen, Ihnen zu helfen, und ihr nicht unterstellen, sie sei ein Teil des Problems.«

»Jimmy«, sagte seine Mutter warnend. »Ewan macht doch nur seine Arbeit.«

»Tatsächlich? Warum muss ich mich dann um Jenny kümmern? Wenn er den Verstand einsetzen würde, den ihm der liebe Gott gegeben hat, würde er sich von Jane die Liste geben lassen und dafür sorgen, dass nicht nochmal jemand stirbt.«

»Sie haben mir nicht zu sagen, wie ich meine Arbeit machen soll, Jimmy.«

»Jemand muss es tun«, erwiderte Jimmy verächtlich. »Wenn Jane nicht wäre, würde Jenny in ihrem Häuschen sitzen und warten, bis der Mörder auftaucht. Also, wenn Sie mich entschuldigen, ich muss ihr einen Drink bringen.« Er wandte sich um und sah Jenny auf der Schwelle stehen und ihm zum ersten Mal an diesem Tag zulächeln.

»Gut gesagt, Junge. Ich hätte mehr von Ihnen erwartet, Ewan Rigston. Wenn Jimmy nicht wäre, könnte ich tot in meinem Bett liegen. Es ist Zeit, dass Sie dem Unsinn ein Ende machen. Also, Jimmy, wie wär's, meinst du, du könntest mir das Zimmer zeigen?«

Tenille lag mit sich selbst im Streit. Sie hatte auf ihren Ausflügen in letzter Zeit zwei große Schocks erlitten und wollte keinen dritten erleben. Aber sie glaubte, Jane immer noch etwas dafür schuldig zu sein, dass sie sich um alles kümmerte. Außerdem konnte sie das ständige Eingesperrtsein nicht mehr ertragen. Wenn sie also sowieso rausging, machte es da nicht Sinn, gleichzeitig etwas Nützliches zu tun? Und wie groß war schon die Chance, zwei Nächte hintereinander Einbrecher zu treffen?

Letzten Endes wurde ihr die Entscheidung abgenommen. Sie hatte sich daran gewöhnt, zu anderen Zeiten zu schlafen als mitten in der Nacht, und jetzt ließ der Schlaf auf sich warten. Sie gab es kurz vor Mitternacht auf, sich hin und her zu werfen, und machte sich nach Coniston auf den Weg. Copperhead Cottage zu finden dauerte eine Weile, aber sie war erleichtert, zu sehen, dass es keine Nachbarn in der Nähe gab, besonders als sie merkte, dass es nicht einfach sein würde, hineinzukommen. Nach einigen zeitaufwendigen Versuchen, die Schlösser vorne und hinten zu knacken, gab sie es schließlich auf. Alle Fenster waren verschlossen. Sie ging wieder um das Haus herum, suchte verzweifelt nach einer Möglichkeit, hineinzukommen, und war schon kurz davor, aufzugeben.

Es war eine Katze, die ihr den Weg wies. Eine langhaarige weiße Katze kam aus dem Gebüsch gelaufen, sprang auf eine Gartenbank und von dort auf das Dach einer Hütte, die an das Giebelende angebaut war. Die Katze lief über die Schieferplatten auf einen Fenstersims. Als sie nach drinnen verschwand, wurde Tenille klar, dass das Fenster ein paar Zentimeter offen war. Sie stieg auf die Lehne der Bank und hielt sich an der Dachrinne fest. Die Bank wackelte, hielt aber ihrem Gewicht stand. Beim dritten Versuch gelang es ihr, sich auf das Dach hochzuziehen, dann kroch sie, leise vor sich hin fluchend, behutsam über die glatten Schieferplatten.

Als sie das Fenster erreichte, hielt sie sich am Sims fest, als wäre es ein Rettungsgürtel auf stürmischer See. Sie spähte hinein, denn sie wollte das Fenster nicht hochschieben, falls es das Schlafzimmer einer alten Frau war. Viel konnte sie nicht sehen, aber genug, um zu wissen, dass der Raum leer war; eine unbezogene Matratze auf einem eisernen Bettgestell war der einzige Hinweis darauf, dass früher einmal jemand in diesem Raum geschlafen hatte.

Sie stützte sich am Dach ab und drückte das Fenster nach oben. Es quietschte und knarrte, aber nicht so laut, dass sie ausflippte. Tenille rutschte über den Fenstersims und landete weich auf einem mit Teppich belegten Boden. Vorsichtig ging sie durchs Zimmer und stolperte fast über die weiße Katze, die sich schnurrend an ihre Beine schmiegte.

Auf dem Treppenabsatz saßen noch mehr Katzen, deren gelbe Augen leuchteten. In der Luft lag ein schwacher Geruch von Katzenpisse und altem Fleisch. Zu ihrer Überraschung standen alle Türen des Stockwerks offen, und sie sah, dass in keinem Zimmer die Vorhänge vorgezogen waren. Ein schneller Rundgang im oberen und unteren Stockwerk zeigte, dass das Haus leer war. Sie atmete erleichtert auf. Diesmal würde es einfach sein.

Sie fing in dem Schlafzimmer an, das benutzt zu werden schien. Eine gründliche Suche brachte nichts Interessantes zutage. Im zweiten Schlafzimmer die gleiche Geschichte. Im dritten aber fand Tenille eine alte messingbeschlagene Kiste, die nichts als alte Fotos zu enthalten schien. Aber als sie sie herausnahm, bemerkte sie, dass die Kiste innen nicht so tief war, wie sie hätte sein sollen. Sie wagte es, sie auf den Treppenabsatz zu tragen, schloss alle Türen und machte das Licht an. Als sie genauer hinsah, erblickte sie unten in einer Ecke eine Lederschlinge. Sie zog daran, und der Boden löste sich und öffnete ein zweieinhalb Zentimeter tiefes Geheimfach.

Tenille hob ein dünnes Bündel Papiere heraus. Das Papier war dick und brüchig, an den Rändern vergilbt. Es roch nach Staub und chemischer Reinigung und war mit einer altmodischen Handschrift mit vielen Kringeln und Schnörkeln beschrieben. Zuerst konnte sie es kaum lesen. Dann fiel es ihr wie Schuppen von den Augen, und sie las die einführenden Worte. *Heute Abend wurde ich an unsere Zeit in Alfoxden erinnert, wo auf Coleridge und mich der Verdacht fiel, wir seien Agenten des Feindes und sammelten als Spione Informationen für Bonaparte. Ich habe Coleridges Erklärung noch in Erinnerung, dass es gegen den gesunden Menschenverstand verstieße, zu meinen, Dichter eigneten sich für ein solches Unterfangen, da wir doch alles als Material für unsere Verse ansehen und keine Neigung dazu hätten, Geheimnisse, die unserer Berufung dienen könnten, in der Brust zu verschließen.*

Da sollten jetzt doch Pauken und Trompeten ertönen, dachte sie etwas albern. Pauken und Trompeten oder Jubelgeschrei. Das hier war es tatsächlich. Was sie in Händen hielt, war von einem der größten Dichter geschrieben worden, den die Welt je gesehen hatte. Fast niemand hatte es jemals angeschaut. Und sie durfte es berühren, daran riechen, es lesen. Sie wäre lieber gestorben, als dass sie es zugegeben hätte, aber Tenille war überglücklich. Sie setzte sich auf die Fersen zurück und verschlang gierig den Text.

Sie hatte keine Ahnung, wie lange sie zusammengekauert und überwältigt dagesessen hatte. Sie war trunken vor Aufregung. Aber schließlich kam sie zu sich und begriff, dass sie mit dieser Nachricht zu Jane zurückkehren musste. Sie war in Versuchung, das ganze Manuskript mitzunehmen, wusste aber instinktiv, dass das nicht richtig wäre. Sie blätterte in den Papieren, um zu sehen, ob ein Gedicht zwischen dem Prosatext steckte. Aber nein. Sie konnte nur Notizen finden. Sollte sie eine der Seiten aus der Mitte nehmen? Dann würde Jane wissen, dass sie die Wahrheit sagte, und die ganze Mühe wäre nicht umsonst gewesen, wenn sie Janes Gesicht sehen würde, wenn diese begriff, was sie da vor sich hatte.

Tenille nahm aufs Geratewohl eine Seite und steckte sie vorsichtig zwischen ihr T-Shirt und ihr Sweatshirt. Dann legte sie alles dahin zurück, wo sie es gefunden hatte, und trug vorsichtig das Kästchen genau zu der Stelle, wo es gewesen war, damit der Staub außen herum nicht verwischt wurde. Ihr war schwindelig vor Glück, als sie zum Katzenfenster zurückging.

Die kalte Nachtluft und die Aussicht, vom Dach hinunterklettern zu müssen, ernüchterte sie. Sie schob das Fenster behutsam wieder herunter und lag jetzt mit ausgestreckten Armen und Beinen auf den Schieferplatten. Vorsichtig rutschte sie Zentimeter um Zentimeter über das Dach. Als sie den Rand erreichte, wurde ihr klar, dass sie sich auf den Boden fallen lassen musste. Die Bank war zu weit von der Mauer weg, um hinüberzukommen und wieder daraufsteigen zu können.

Tenille war das egal. Sie kam sich unbesiegbar vor. Sie hing an der Dachrinne und ließ los. Es war nur etwas mehr als ein Meter, und sie landete sicher auf der weichen Erde. Als sie sich taumelnd aufrichtete, legten sich schwere Hände auf ihre Schultern.

Wütend versuchte sie, sich zu befreien, aber es half nichts. Ihre Angreifer waren größer, stärker und schwerer. Innerhalb von Sekunden lag sie mit dem Gesicht auf dem Boden, und ihre Arme wurden grob nach hinten gezogen.

Sie spürte kaltes Plastik auf ihrer Haut, und eine Stimme sagte: »Ich verhafte dich wegen Verdachts auf Einbruch.«

Tenille verzog frustriert das Gesicht. »Ach, Scheiße.«

Mein Versteck gab mir ein gewisses Gefühl der Sicherheit, was ich sehr nötig hatte, denn ich war nicht in der Lage, ein Boot zu beladen und bei dem trügerischen Wetter, das Pitcairn drohte, die Segel zu setzen. Einige Tage hatte ich keine andere Wahl, als mich zu verstecken, fiebrig und schwach, wie ich war. Mein Kopf pochte unaufhörlich vor Schmerz, und meine Schulter brannte. Im Schutz der Nacht zwang ich mich, ans Wasser zu gehen und meine Wunde zu waschen, aber das war der einzige Ausflug, den ich wagte. Ich wusste, meine größte Chance, zu überleben, war, mich vollkommen unsichtbar zu machen. Die Eingeborenen waren zu einfältig, um zu verstehen, dass ich überlebt haben und entkommen sein könnte, da sie mich für tot gehalten hatten. Was das Verschwinden meiner Leiche angeht, verließ ich mich darauf, dass Isabella eine Geschichte erfinden würde, was sie auch getan haben muss, denn ich sah und hörte nichts von einem Suchtrupp.

39

Rigston blickte wütend über den Tisch auf das rebellische Kind, das ihm gegenübersaß. Er musste auf eine für die Situation geeignete Person warten, bevor er sie befragen konnte, und der Sozialarbeiter, der Bereitschaft hatte, nahm sich Zeit, um zur Wache zu kommen. Das Kind hatte drei Stunden in einer Zelle verbracht und Zeit gehabt, die Möglichkeiten zu überdenken. Er hoffte, dass sie das ein bisschen mürbe gemacht hatte.

Er hatte die Formalitäten mit Hilfe des Tonbands erledigt, aber Tenille hatte sich geweigert, ihre Identität zu bestätigen. »Ich sag kein' Ton, Mister«, war alles, was sie zu bieten hatte.

»Du tust dir damit keinen Gefallen«, sagte Rigston. »Ich weiß, dass du Tenille Cole bist. Ich weiß, dass die Londoner Polizei dich wegen eines Mordes und einer Brandstiftung da unten sucht. Wir haben deine Fingerabdrücke genommen, und sie passen zu denen, die die Met uns geschickt hat. Es ist nur eine Frage der Zeit, bevor sie kommen und dich abholen. Es sei denn, du erklärst mir, was du mit den vier verdächtigen Todesfällen hier oben zu tun hast. In dem Fall werde ich dich hier behalten.«

Sie starrte ihn mit zusammengezogenen Augenbrauen an. Sie war ihm ein Rätsel. Die meisten Kinder im Alter von dreizehn, mit denen er zu tun hatte, waren von der Umgebung und seiner Anwesenheit so eingeschüchtert, dass ihre angeberische Aufgeblasenheit zerplatzte wie eine Seifenblase. Aber sie war ein hartgesottenes Luder, keine Frage. Nicht viel älter als seine eigene Tochter, aber sie hätte von einem anderen Planeten sein können.

»Wir haben die ganze Nacht Tatorte untersucht, Tenille«, sagte er diesmal etwas sanfter. »Wir haben in allen Wohnungen – bei Edith Clewlow, Tillie Swain, Eddie Fairfield und Letty Brownrigg – überall Fingerabdrücke von dir gefunden. Du warst in ihren Häusern. Aber es gibt kein Anzeichen, dass etwas gestohlen wurde, du warst also nicht wegen eines gewöhnlichen Einbruchs dort. Und jetzt schnappen wir dich, wie du aus Jenny Wrights Cottage kommst mit einem Stück Papier, das mir ziemlich alt auszusehen scheint. Willst du darüber sprechen?«

Tenille schüttelte den Kopf.

»Für das Tonprotokoll: Tenille Cole hat den Kopf geschüttelt.«

Rigston rollte seine Hemdsärmel hoch, stützte sich mit seinem kräftigen Unterarm auf den Tisch und senkte vertraulich die Stimme. »Also, ich denke, es ist so gelaufen: Jane Gresham hat dich versteckt. Ich meine, warum sonst würde ein Londoner Spatz wie du hier heraufkommen? Und Jane Gresham hat eine Mission. Eine Suche, in die sie dich verwickelt hat. Sie meint, dass jemand hier oben etwas besitzt, das sie unbedingt haben will. Und als sie es auf dem normalen Weg nicht finden konnte, hat sie dich geschickt, es zu suchen. Ist es so gelaufen?«

Tenille gab nur einen leisen verächtlichen Ton von sich und veränderte ihre Haltung auf dem Stuhl, um seinem Blick auszuweichen.

»Nur ist die Sache dann außer Kontrolle geraten. In all den Häusern, wo Jane dich suchen ließ, ist jemand gestorben. Du bist in großen Schwierigkeiten, Tenille. Aber wir können vielleicht einen Weg finden, dass du besser wegkommst. Ich glaube, dass dich Jane Gresham dazu angestiftet hat. Sie sagte dir, was du tun und wie du es machen solltest, damit niemand erfahren würde, dass es Mord war. Und dadurch wird es nicht ganz so schlimm für dich werden. Du bist noch nicht erwachsen. Du hast getan, was Jane Gresham von dir verlangte, weil du Angst hattest, wenn du es nicht tätest, würde sie dich wegen Geno Marleys Ermordung der Polizei übergeben. Man nennt das Nötigung, und dadurch würde die Sache leichter für dich.«

Tenille drehte ihm wieder ihr trotziges Gesicht zu. »Und das nennt man Bluff«, sagte sie. »Sonst hab ich nichts zu sagen.« Sie wandte sich an den Sozialarbeiter. »Sie sollten mir einen Anwalt besorgen. Sie bringen mir nichts, Mann.« Sie verschränkte die Arme, lehnte sich auf dem Stuhl zurück und betrachtete die Decke.

»Du willst die Strafe für Jane Gresham auf dich nehmen?«, sagte Rigston. »Sehr solidarisch. Ich frage mich, ob sie dir gegenüber auch so loyal sein wird? Ich wette, du wirst am Ende für alles die Schuld kriegen, Tenille. Es ist leicht, dich zur Zielscheibe zu machen. Schwarze Göre, die die Schule schwänzt, Kind der Liebe eines Topgangsters. Du wirst dir für deine nette Mittelklasse-Dozentin von der Uni den ganzen Mist aufladen. Während du die absehbare Zukunft im Knast verbringen wirst, macht sie sich einen Namen mit dem Manuskript, das du gefunden hast.«

Sie warf ihm einen kurzen verächtlichen Blick zu.

Rigston lachte. »Du glaubst nicht, dass es so ausgehen wird? Ich dachte, du wüsstest besser, wo's langgeht. Jane Gresham kommt davon und du nicht. So sieht's aus.«

»Ich finde, Sie bedrängen sie jetzt«, sagte der Sozialarbeiter. »Wenn Sie Beweise haben, rücken Sie damit raus.«

»Ich habe Beweise für den Einbruch«, sagte Rigston. »Meine Männer haben Jenny Wrights Haus überwacht und auf einen Mörder gewartet. Sieht aus, als hätten sie auch einen erwischt. Bis wir diesen Teil des Falls bestätigen können, behalten wir Tenille wegen Einbruchs hier. Und jetzt sperren

wir sie fürs Erste ein.« Er schob seinen Stuhl zurück und stand auf.
»Befragung um 3 Uhr 53 beendet. Inspector Rigston und Constable Whitrow verlassen den Raum.« Er tat, was er angekündigt hatte, und ging auf den Korridor.
»Sie haben kein Blatt vor den Mund genommen, Chef«, sagte Whitrow.
Rigston fuhr sich mit der Hand übers Gesicht und rieb sich die müden Augen. »Hat ja nichts gebracht. Können Sie glauben, dass die Göre dreizehn ist? Rigoros und hart im Nehmen. Braucht nicht mal einen Anwalt, um zu wissen, dass sie den Mund halten soll.« Er ging weiter den Korridor entlang. »Jetzt wollen wir mal 'n bisschen Druck machen und sehen, was dabei herauskommt. Schicken Sie zwei Uniformierte nach Fellhead raus, die sollen Jane Gresham holen.«
»Sollen sie sie festnehmen oder nur auffordern, zur Befragung zu kommen?«
»Festnehmen. Wir überrumpeln sie. Verabredung zum Einbruch, das dürfte genügen. Sie hat nicht das Zeug, endlos zu mauern, wie Tenille Cole. Jagen wir ihr doch mal einen höllischen Schrecken ein. Ich habe vier Leichen hier im Revier, und ich will, dass sich was tut.« Rigston eilte in sein Büro und schloss energisch die Tür hinter sich.

Jane zuckte zusammen und setzte sich verwirrt im Bett auf, als sie vom Klingeln und dem Hämmern an der Tür aufgeschreckt wurde. Der Wecker auf dem Nachttisch zeigte 4 Uhr 23 an. Was war nur los?
Mühsam und stöhnend stand sie auf, wobei sich ihre malträtierten Muskeln meldeten. Sie griff nach ihrem Morgenmantel und öffnete die Schlafzimmertür. Ihre Mutter stand oben an der Treppe, ihr Gesicht war schlaftrunken, und sie sah verwirrt aus. Sie hörte die Schritte ihres Vaters auf der Treppe. »Ich komme ja schon«, rief er.
Dann hörte sie, dass die Tür aufging, und bei Stiefelgetrap-

pel auf den Steinplatten der Diele sagte Allan erschrocken: »Was ist denn los?«
»Wir suchen Jane Gresham«, sagte eine männliche Stimme.
»Ist sie hier im Haus?«, fügte eine weibliche Stimme hinzu.
Judy wandte sich erschrocken ihrer Tochter zu. »Das ist die Polizei.«
Jane drückte sich an ihr vorbei und ging ein paar Schritte die Treppe hinunter. Ihr Vater stand mit dem Rücken zur Wand. Er wiederholte immer wieder seine ursprüngliche Frage. Zwei Polizisten in Uniform nahmen den Rest des Raums ein, und die Enge ließ sie noch bedrohlicher wirken als ihre Uniformen und die breiten Gürtel für ihre Ausrüstung.
»Ich bin Jane Gresham«, sagte sie leise. »Was soll der Aufruhr hier?«
Die Polizistin trat vor. »Jane Gresham, ich verhafte Sie wegen des Verdachts auf Verabredung zum Einbruch. Sie brauchen nichts zu sagen, aber es kann Ihre Position schädigen, wenn Sie etwas bei der Befragung nicht erwähnen, auf das Sie sich später berufen. Alles, was Sie sagen, ist Teil der Beweisaufnahme.«
Jane starrte sie mit offenem Mund an, zu erstaunt, um etwas anderes als Schock zu verspüren.
»Was?«, sagte Allan. »Sind Sie nicht ganz bei Trost?
Judy folgte Jane und ergriff ihre Hand. »Das muss ein Irrtum sein.«
Die Frau drückte sich an Allan vorbei und fing an, die Treppe hinaufzugehen. »Bitte, treten Sie zurück, Mrs. Gresham.« Als sie Jane und Judy erreichte, sagte sie: »Bitte, ziehen Sie sich an, Dr. Gresham, ich werde Sie begleiten müssen.«
»Das ist ja ungeheuerlich«, rief Judy. »Wie können Sie es wagen, in mein Haus einzudringen und meine Tochter zu verhaften?«
»Bitte, Mrs. Gresham. Wir tun nur unsere Arbeit. Ich rate Ihnen, es nicht noch schwieriger zu machen.« Die Frau kam näher heran und zwang Judy, ohne sie tatsächlich zu berüh-

ren, zurückzuweichen und zur Seite zu treten. Sie nahm Jane nicht unsanft am Arm und führte sie nach oben. »Wo ist Ihr Zimmer?«

Jane gewann so weit die Sprache wieder, dass sie sagen konnte: »Das hier.« Sie befreite ihren Arm und ging hinein, wobei sie die Tür offen ließ, damit die Polizistin ihr folgen konnte. Unter ihrem Morgenmantel streifte sie den Schlafanzug ab und zog Jeans und eine Bluse an. »Sie machen einen schrecklichen Fehler«, sagte sie, als sie der Polizistin nach unten folgte.

Ihre Mutter kauerte in den schützenden Armen ihres Vaters, wobei ihr die Tränen über die Wangen rannen.

»Es wird schon gut werden«, sagte Jane, kam sich aber hilflos vor. »Das ist alles eine Verwechslung«, fügte sie hinzu.

»Was können wir tun?«, fragte ihr Vater bange.

»Seht zu, dass ihr euch keine Sorgen macht. Ich werde bald wieder zu Hause sein.« Als sie an ihrer Mutter vorbeiging, drückte sie ihr kurz die Hand.

»Ich hoffe, dass Sie jetzt zufrieden sind«, sagte Jane bitter, als sie durch die Haustür zum wartenden Polizeiauto begleitet wurde. »Wollen Sie hier ein Exempel statuieren? Oder gehört es zu den Vorteilen des Jobs, dass man unschuldige Leute in ihrem eigenen Zuhause terrorisieren kann?«

»Seien Sie still«, sagte der Beamte, während er ihren Kopf nach unten drückte, damit sie sich nicht am Türrahmen des Autos stieß. »Sie können den Mund aufreißen, wenn Sie in Keswick sind.«

Die Fahrt dauerte lang genug, dass der Zorn sich in Angst wandeln konnte. Was bedeutete Verabredung zum Einbruch? Es musste etwas mit Tenille zu tun haben, aber was genau? Jane verfluchte sich dafür, dass sie Tenille nichts von dem Angriff auf sie erzählt hatte. Sie hatte sie schützen wollen, aber hätte sie es ihr gesagt, dann hätte es vielleicht den heilsamen Effekt gehabt, sie vom Herumstreifen in der Dunkelheit abzuhalten. Was hatte sie getan? Und wie hing es mit

Jane zusammen? Sie konnte sich nicht vorstellen, dass Tenille einem Polizisten erzählt haben könnte, Jane habe gewusst, was sie vorhatte. Es musste eine falsche Beschuldigung sein. Als sie schließlich in das Verhörbüro geführt wurde, bekämpfte Jane ihre Angst mit Selbstgerechtigkeit. Sobald Rigston hereinkam und bevor er auch nur die Chance hatte, sie zu grüßen, ging sie auf Kollisionskurs. »Wie können Sie es wagen, mitten in der Nacht Ihren Sturmtrupp in das Haus meiner Eltern zu schicken«, sagte sie. »Ich kann nicht glauben, dass das, was Sie mir zu sagen haben, nicht bis zu einer vernünftigeren Zeit hätte warten können.«

»Sie sind verhaftet, Dr. Gresham«, sagte Rigston sarkastisch. »Wir verhaften Leute nicht, wann es ihnen, sondern dann, wann es uns passt. Und jetzt heben Sie sich, was immer Sie zu sagen haben, für das Tonbandprotokoll auf.« Er schaltete das Gerät ein und setzte sich ihr gegenüber.

»Ich möchte einen Anruf machen. Ich habe das Recht auf einen Anruf«, sagte sie.

»Wollen wir uns vorher nicht kurz unterhalten?«

»Ich habe Ihnen nichts zu sagen.«

»Nein? Wir haben Ihre Freundin Tenille hier in einem Raum weiter vorne. Haben sie auf frischer Tat bei einem Einbruch ertappt. Sie kam gerade aus Jenny Wrights Haus. Die nächste Person auf der Liste, wenn ich mich nicht irre.«

Janes Augen weiteten sich. Woher hatte er diese Information? Dann erinnerte sie sich, dass sie den Familienstammbaum mit der Liste River gezeigt hatte. Sie machte den Mund auf, schloss ihn aber wieder.

»Nichts zu sagen? Okay. Machen wir weiter. Wir haben an allen vier der kürzlich in Edith Clewlows Großfamilie Verstorbenen Obduktionen durchführen lassen und haben Grund, zu glauben, dass es verdächtige Umstände gibt.«

Jane warf ihm einen wütenden Blick zu, sagte aber nichts.

»Wir haben auch die Orte untersucht, wo diese Leute tot aufgefunden wurden. Würden Sie vielleicht gern raten, wessen Fingerabdrücke sich überall fanden?« Er hielt inne. »Nein? Die Ihrer Freundin Tenille. Die Kleine, die auch schon gesucht wird, damit sie wegen eines anderen Mordes befragt werden kann. Fangen Sie an, hier ein Muster zu sehen? Die Sache ist folgende: Die einzige Verbindung zwischen einem schwarzen Londoner Teenager und vier toten älteren Leuten in Cumbria sind Sie, Dr. Gresham. Der Gedanke drängt sich auf, dass Sie Tenille zu ihren nächtlichen Fahrten angestiftet haben. Fahrten, nach denen vier Leute nicht mehr am Leben waren.«

Jane hatte die Augen zugekniffen. Es war ein Albtraum, aus dem sie erwachen wollte. Sie grub ihre Nägel in die Handflächen, aber es geschah nichts, außer dass es wehtat. »Ich will einen Anruf machen«, sagte sie wieder.

»Alles zu seiner Zeit. Wissen Sie, was das Ironische dabei ist? In der einen Nacht, in der Tenille sich erwischen ließ, hat sie zufällig das gefunden, was Sie gesucht haben.«

Jane riss die Augen auf. »Was?«

Rigston öffnete einen Hefter, den er mitgebracht hatte. Er nahm eine durchsichtige Plastikhülle heraus, in der ein kleines Stück Schreibpapier steckte, und schob sie ihr hin. Jane war wie versteinert, als sie die vertraute Handschrift las. *In dieser Nacht lag ich wach und überdachte die Bedeutung von Blighs Worten. Es war mir klar, dass ich gezwungen sein würde, eine andere Qual zu ertragen, wenn ich seine ungerechte und ungerechtfertigte Behandlung nicht über mich ergehen ließ …*

Seit der Zeit, als sie den ersten Hinweis gefunden hatte, hatte sie sich nicht erlaubt, wirklich daran zu glauben. Sie hatte versucht, es als Forschungsprojekt zu sehen, nicht als eine romantische Suche. Jetzt konnte sie sich wenigstens entspannen und sich erlauben, etwas zu fühlen. Die Tiefe ihrer Emotionen überraschte sie. Sie war fast zu Tränen gerührt von diesem einfachen Stück Papier. Mit dem Finger fuhr sie über die Buchstaben und zog die Bewegungen von Wordsworths

Feder nach. Der ketzerische Gedanke kam ihr, dass sie es verstehen könnte, wenn jemand morden würde, um dies hier zu besitzen.

Und bei diesem Gedanken meldeten sich Schuldgefühle und Reue. Ihre Suche hatte Dämme brechen lassen, deren Existenz sie nicht einmal geahnt hatte. Und jetzt waren vier Menschen tot.

Rigston wartete geduldig, behielt sie aber ununterbrochen im Auge. Als sie endlich aufschaute, sagte sie mit unsicherer Stimme: »Ich will einen Anruf machen.«

»Wenn es nicht Sie und Tenille sind, Jane, wer ist es dann, der sich so viel aus einem Stück Papier macht, dass er dafür mordet? Wer kennt sonst noch die Daten Ihrer Suche?« Rigstons Stimme klang jetzt entgegenkommender, seine Körpersprache war weniger drohend.

Selbst in ihrem benommenen Zustand merkte sie, dass er ihren Vornamen benutzt hatte. Er versuchte, sie weich zu kriegen. Und sie konnte ihm etwas mitteilen, ohne dass es sie oder Tenille etwas kostete. »Die meisten Mitglieder von Ediths Großfamilie«, sagte sie. »Es war ein ganzes Zimmer voller Leute da, als ich mit Alice sprach.«

Rigston schüttelte den Kopf. »Netter Versuch, aber das war nach Ediths Tod. Wir brauchen Namen von Leuten, die Bescheid wussten, *bevor* sie ermordet wurde.«

»Mein Bruder rief Edith am Samstagvormittag an, um zu fragen, ob sie Familienpapiere hätte. Ich bin sicher, dass sie es dann anderen Familienmitgliedern erzählt hat. Sie hatten alle engen Kontakt. Und ich wette, sie werden es jetzt nicht zugeben, wenn sie es ihnen tatsächlich gesagt hat.«

Rigston stürzte sich auf die konkrete Tatsache. »Matthew wusste davon?«

Jane seufzte. »Ja. Und mein Kollege Dan Seabourne und Anthony Catto am Wordsworth Centre und ein Dokumentenhändler mit Namen Jake Hartnell. Ich bin nicht sicher, wie viel er weiß oder wann er es erfahren hat, aber er weiß etwas.

Und das sind so ungefähr die unwahrscheinlichsten Mörder, die ich mir denken kann. Es muss jemand anders sein, jemand, der viel weniger Skrupel hat.«
»Jemand wie Tenille?«, sagte Rigston.
Jane starrte auf das Manuskript hinunter. Sie hatte davon geträumt, dies in Händen zu halten. Sie hatte nur nicht erwartet, dass das in einem Verhörbüro der Polizei sein würde. Wie war es dazu gekommen? Sie sah zu Rigston auf. »Jemand hat gestern versucht, mich umzubringen, und das war sicher nicht Tenille«, sagte sie.
Rigston war skeptisch. »Wie passend. Noch ein Betrunkener, der Sie überfahren wollte, was?«
Jane hob erschrocken die Hand an die Lippen. »O mein Gott, da bin ich noch gar nicht draufgekommen. Das muss sein erster Versuch gewesen sein.«
»Jetzt greifen Sie aber wirklich nach dem letzten Strohhalm«, sagte er sarkastisch.
»Im Ernst«, beharrte sie. »Ich bin oben beim Langmere Force spazieren gegangen. Ich saß auf einem Felsvorsprung, wie ich es schon jahrelang mache. Und jemand hat sich von hinten angeschlichen und mir einen Schlag auf den Kopf versetzt. Ich bin in den Wasserfall gestürzt und hatte Glück, dass Derek Thwaite mich gesehen hat, als ich fiel. Er und sein Hund haben mich rausgeholt. Andernfalls wäre ich ertrunken.«
»Vielleicht haben Sie gewartet, bis ein Retter in der Nähe war, und haben sich dann hinuntergestürzt«, sagte Rigston, genau wie sie es vorhergesehen hatte.
Jane beugte sich vor und schob die Locken auseinander, um ihm die empfindliche Beule zu zeigen. »Das hätte ich mir doch nicht selbst beibringen können, oder?«
»Unmöglich ist es nicht«, sagte Rigston. »Sie hätten mit dem Kopf gegen einen Baum oder so etwas rennen können.«
Jane schlug mit der Faust auf den Tisch. »Warum glauben Sie mir nicht?«
»Weil Sie nicht sehr glaubhaft sind, Sie und Tenille.«

»Also gut. Das war's. Ich sage kein Wort mehr, bis ich meinen Anruf machen darf.«

»Sind Sie sicher?«, sagte Rigston. »Jetzt haben Sie nämlich die Chance, Tenille eine vierfache Anklage wegen Mordes vom Hals zu schaffen. Wenn Sie sich weiter so verhalten, landet sie im Knast. Mit ihrer Vorgeschichte und ihrem Umfeld passt sie gut zu der Anklage. Wenn Sie nicht zugeben, dass sie das, was sie getan hat, auf Ihre Veranlassung hin tat, wird sie keinerlei Chance haben. Sie wird ganz allein den Schwarzen Peter zugeschoben bekommen.«

Einen Moment wäre Jane fast darauf hereingefallen. Schuldgefühle und die Verantwortung brachten beinah ihre Vernunft zu Fall. Aber im letzten Moment hielt sie sich zurück und sagte: »Ich möchte telefonieren.«

Rigston stand auf. »Dann tun Sie's eben. Jemand begleitet Sie zum diensthabenden Kollegen. Auf seinem Apparat können Sie telefonieren.«

Nach einiger Zeit hatte ich das Gefühl, dass ich mich genug erholt hatte, um meine eigentliche Flucht in die Tat umzusetzen. Ich wartete auf die erste Nacht mit schwachem Wind und ruhiger See und belud dann meine Jolle mit den Vorräten. Von meinem linken Arm konnte ich noch kaum Gebrauch machen, und es war sehr mühsam, das Boot zum Wasser zu ziehen. Als ich an Bord war, kam die Schwierigkeit dazu, dass ich die Ruder betätigen musste. Zum Glück hatten die Eingeborenen für die Boote Paddel angefertigt, da sie unsere Methode nicht kannten. Es gelang mir besser, das Paddel zu bewegen, aber ich kam nur quälend langsam voran. Als das erste Licht der Dämmerung als Streifen am Horizont erschien, war ich weit weg von Bounty Bay und konnte endlich mein Ersatzsegel hissen. Ich warf einen letzten Blick auf mein misslungenes Eden, wandte ihm dann entschlossen den Rücken zu und fuhr mit einer Mischung aus Erleichterung und Furcht auf den Pazifischen Ozean hinaus.

40

Es war, dachte Dan, als sei man in einem Haus, wo kürzlich jemand verstorben ist. Die Bewohner waren so schockiert, dass sie die Fähigkeit zur Kommunikation verloren hatten.

Sie wollten unbedingt etwas tun, wussten aber nicht, was – und im Mittelpunkt des Raums klaffte der Abgrund von Janes Abwesenheit.

Judy und Allan Gresham saßen am Küchentisch, die Hände gefaltet, Becher mit Tee vor sich, der kalt wurde, ohne dass sie sie angerührt hatten. Matthew ging rastlos auf und ab, er konnte keine Ruhe finden.

»Ich verstehe nicht, warum sie Sie angerufen hat«, hatte Matthew gesagt, als Dan erklärte, dass er auf einen Anruf von Jane hin zur Farm gekommen sei.

»Weil sie dachte, Ihre Eltern würden zu aufgeregt sein, um es zu begreifen. Sie wusste nicht, dass Sie hier sind.«

»Natürlich bin ich hier. Wen sonst würden Mum und Dad anrufen?« Matthew packte tatsächlich ein Büschel seiner Haare und zog daran. »Was hat sie Ihnen gesagt?«

Dan zog einen Stuhl heran und setzte sich Judy und Allan gegenüber, die ihn mit stummer Furcht betrachteten. »Es stellte sich heraus, dass sie Tenille, ihre Freundin aus London, versteckt hat.«

Judy war verwirrt. »Warum sollte sie das tun? Und wo?«

»Weil sie an Tenilles Unschuld glaubte. Ich bin nicht sicher, wo sie sie versteckt hat. In einem der Nebengebäude, glaube ich.«

»Total verrückt«, murmelte Matthew und ließ sich auf einen Stuhl sinken. »Aber ich verstehe immer noch nicht, was heute Nacht passiert ist.«

»Die Polizei hat Tenille auf frischer Tat bei einem Einbruch ertappt. Und offenbar hat Tenille endlich gefunden, was sie schon so lange sucht.«

»Was? Wo? Wo hat sie es gefunden?«, unterbrach ihn Matthew.

»Spielt das eine Rolle?«, fragte Dan, der ein kurzes zorniges Aufblitzen seiner Augen nicht unterdrücken konnte. »Jane hatte keine Zeit, ins Detail zu gehen. Wichtig ist, dass die Polizei die falschen Schlüsse gezogen hat. Jane suchte nach dem Manuskript, Tenille ist in das Haus eingebrochen und kam mit einer Manuskriptseite heraus, Jane kennt Tenille, also muss Jane sie dazu angestiftet haben.«

Judy schüttelte den Kopf. »Das kann nicht stimmen. Jane würde so etwas nie tun. Das würde sie einfach nicht tun.«

»Das wissen wir alle«, sagte Matthew ungeduldig. »Wir müssen ihr einen Anwalt besorgen. Wir müssen sie da rausholen.«

»Darum hat sie mich gebeten«, sagte Dan.

»Warum Sie? Sie kennen doch keine Anwälte hier oben«, sagte Matthew.

»Sie hat mich gebeten, mit Ihnen und Ihren Eltern zu sprechen«, sagte Dan sanft. »Matthew, sie hat mich nur angerufen, weil sie Ihnen allen nicht noch mehr Mühe machen wollte, als Sie sowieso schon haben. Also, wen sollen wir anrufen?«

Matthew hob frustriert die Arme. »Ich weiß nicht. Ich kenne keine Anwälte für Strafsachen. Ich bin Lehrer, zum Kuckuck.«

»Ich kann es nicht ertragen, mir vorzustellen, dass sie eingesperrt ist«, flüsterte Judy. »Ich kann's nicht ertragen.«

Allan ließ Judys Hand los und schob seinen Stuhl zurück. »Ich rufe Peter Muckle an.«
»Er hat doch nur mit Grundstücken und Verträgen zu tun, Dad. Er weiß nichts über Strafrecht«, sagte Matthew.
»Er kennt bestimmt jemanden, der sich auskennt«, erwiderte Allan unerschütterlich.
»Es ist ja kaum sechs Uhr«, sagte Judy schwach. »Er wird sich nicht gerade freuen.«
»Ich war mit Peter in der Klasse, es wird ihm nichts ausmachen.«
Dan sah ihm nach, als er aus der Küche schlurfte, klein und gebeugt von Angst und Unsicherheit. Er lehnte sich vor und legte seine Hand auf die Judys. »Es wird schon wieder gut, Mrs. Gresham«, sagte er.
Judy warf ihm einen verständnislosen Blick zu. »Sie haben keine Ahnung, Junge, oder? Überhaupt keine Ahnung.«

Obwohl es erst kurz nach acht war, rief Rigston Anthony Catto an, der klang, als schlafe er noch halb. Als Rigston sich vorstellte, war es einen Moment still, dann räusperte sich Anthony.
»Tut mir leid, ich bin gestern sehr spät ins Bett gekommen. Ich verstehe das nicht. Sie sind bei der Polizei in Keswick?«
»Stimmt. Ich wollte fragen, ob Sie mir bei etwas behilflich sein könnten.«
»Das hört sich ziemlich ominös an, Inspector – der Polizei bei ihren Ermittlungen zu helfen.« Anthony klang zurückhaltend.
»So etwas ist es nicht, Sir. Ein Manuskript ist uns in die Hände gefallen, und ich wollte Sie bitten, es in Augenschein zu nehmen und mir mitzuteilen, ob Sie meinen, dass es echt sein könnte.«
Rigston verdrehte die Augen, er ärgerte sich über sich selbst. Immer wenn er mit Leuten zu tun hatte, die er bildungsmäßig

für überlegen hielt, wurde er förmlich und schon fast arrogant. Es war ein Wunder, dass das seine Beziehung zu River nicht kaputtgemacht hatte.

»Ich bin kein Experte für Manuskripte«, sagte Anthony schnell. »Mein Arbeitsgebiet ist recht begrenzt.«

»Das ist mir klar, aber wenn es das ist, wofür wir es halten, dann ist es Ihr Arbeitsgebiet.«

»Jetzt bin ich aber neugierig, Inspector.« Die Stimme war wärmer, und er klang interessierter. »Wann möchten Sie, dass ich komme und es mir ansehe?«

»Am besten gleich, Sir. Ich könnte Ihnen einen Wagen schicken.«

Eine kurze Pause. »Nein, das ist nicht nötig. Es wird schneller gehen, wenn ich selbst fahre. Ich dürfte, sagen wir, in vierzig Minuten bei Ihnen sein.«

»Perfekt.« Rigston legte auf. Ein weiterer Stein in der Mauer. Bevor er den nächsten Anruf machen konnte, klingelte das Telefon.

»Abteilung U-Haft hier«, sagte die Stimme. »Neil Terras ist hier. Er sagt, er vertritt Jane Gresham.«

Die Familie trödelt nicht lange herum, dachte Rigston und versuchte, seinen Ärger zu unterdrücken, dass Jane Gresham ihre Rechte so prompt wahrnahm. Seine Chance, etwas aus ihr herauszukriegen, war jetzt wahrscheinlich dahin. Terras war der geschickteste Anwalt für Strafrecht weit und breit. Er war überrascht, dass die Greshams das wussten. »Dann sollten Sie ihn wohl zu ihr lassen«, sagte er.

»Er möchte über alles informiert werden«, sagte der Sergeant von der U-Haft.

»Ich komm gleich runter.«

Eine halbe Stunde später fühlte sich Rigston so ausgenommen und leer wie ein Bückling. Terras' Fragen zum kriminaltechnischen Stand der Dinge ließen ihm keine Chance. »Alles beruht nur auf einem Verdacht«, hatte Terras gesagt.

»Ich würde sagen, der Begriff ›Indizien‹ ist noch beschönigend. Sie haben überhaupt nichts gegen meine Mandantin in der Hand. Ich werde jetzt mit ihr sprechen, und wenn ich herauskomme, erwarte ich, dass Sie sie gehen lassen.«

Rigston wusste, dass seine Beschuldigungen gegen Jane Gresham auf schwachen Beinen standen, aber er hatte gehofft, dass ihre mangelnde Vertrautheit mit juristischen Abläufen sie dazu bringen würde, eine Aussage zu machen. Jetzt gab es diese Möglichkeit nicht mehr. Wenn er sich überhaupt die Mühe machte, sie noch einmal zu verhören, wusste er, dass sie mit »kein Kommentar« antworten würde, während die Frist, die das Gesetz über Beweisrecht ihm setzte, mit dem Ticken der Uhr verrann.

Es war am besten, das Verhör aufzuschieben, bis er mehr Möglichkeiten hatte, sie unter Druck zu setzen. Fürs Erste war das Spiel zu Ende.

Er sah Terras nach, der ging, um mit seiner Klientin zu sprechen, und wandte sich dann an den Vollzugsbeamten: »Wenn er fertig ist, lassen Sie sie bis zur weiteren Befragung auf Kaution raus.«

Auf dem Weg zurück in sein Büro spürte er jede Minute der langen Nacht in den Knochen. Er wurde zu alt für so etwas. Die Nacht durchzuarbeiten war etwas für einen jungen Mann.

Anthony Catto wartete auf ihn im Büro der Kripo. Er sah eher wie ein vorsintflutlicher Hippie aus, der einen Kater hatte, als wie ein weltweit bekannter Wordsworth-Experte, dachte Rigston mürrisch, als er ihn in sein Büro führte. »Danke, dass Sie gekommen sind«, sagte er und wies auf einen Stuhl.

»Ich konnte nicht widerstehen«, sagte Anthony und schlug ein Bein über das andere.

»Fühlen Sie sich jetzt etwas besser? Als ich am Telefon mit Ihnen sprach, hörten Sie sich ziemlich angeschlagen an.«

»Wie gesagt, es wurde spät gestern Abend. Ich war drüben

in Newcastle, hab dort einen Vortrag gehalten, dann sind ein paar von uns noch essen gegangen. Ich bin erst nach zwei Uhr zurückgekommen«, erklärte er. »Aber der Gedanke daran, was Sie mir vielleicht zu zeigen haben, hat mich richtig aufgeweckt.« Er warf Rigston einen erwartungsvollen Blick zu.

Rigston gab ihm die Plastikhülle, in der die Manuskriptseite steckte.

Anthony hielt sie vorsichtig an den Ecken fest und studierte den Text. Nach zwei Minuten sah er auf. »Darf ich fragen, wo das herkommt?«

»Ich möchte das im Moment für mich behalten. Es gehört zu einer Ermittlung, die wir durchführen. Spielt es eine Rolle?«

»Im Grunde schon, ja. Es ist eine Frage der Provenienz. Sehen Sie, Inspector, dies scheint zu etwas zu gehören, dessen Existenz sich bis jetzt nur auf Gerüchte und Theorien stützen konnte. Aber in letzter Zeit hatte sich ein ... sagen wir, gewisses Interesse darauf gerichtet.«

»Wer hat sich dafür interessiert?« Sie redeten hier umständlich und lange um den Brei herum, aber Rigston störte das nicht. Informationen konnten immer nützlich sein.

»Es gibt da eine junge Frau, Jane Gresham, die ursprünglich aus Fellhead kommt. Sie ist Wissenschaftlerin, arbeitet in London, und ich kenne sie gut. Sie hat kürzlich Informationen gefunden, die darauf hinweisen, dass es ein unentdecktes Wordsworth-Manuskript geben könnte. Und sie hat danach gesucht.« Er tippte auf das Papier. »Das hier scheint genau das zu sein, was sie suchte. Wenn es echt ist.«

»Sie haben immer noch nicht gesagt, wofür Sie es halten«, sagte Rigston.

»Die Schrift ist entweder die von William Wordsworth oder die eines fachkundigen Fälschers. Man müsste das Papier und die Tinte analysieren, um sicher sein zu können, dass es keine Fälschung ist. Um beurteilen zu können, wie wahrscheinlich die Echtheit ist, müsste man auch wissen, woher es stammt. Es scheint sich um einen Bericht in Ichform zu handeln, der sich auf die Meuterei auf der *Bounty* bezieht.«

»Und Sie wissen, dass es das ist, was Jane Gresham suchte?«

»O ja, ich weiß alles darüber. Das neue Material, das sie gefunden hat, war in unserem Archiv. Ich konnte ihr gleich zu Anfang ein wenig helfen.«

»Welcher Art war diese Hilfe?«

Anthony sah Rigston in die Augen. »Warum haben Sie so großes Interesse daran, Inspector?«

»Tun Sie mir den Gefallen. Ich mag Rätsel.«

Anthony zuckte die Schultern. »Es war eigentlich nicht besonders viel. Sie fand einen Hinweis, dass einer Dienstmagd Papiere anvertraut wurden. Jane kannte nur den Vornamen. Ich konnte ihr mit einem Familiennamen aushelfen, und das hat ihr eine Richtung gegeben, in die sie mit ihrer Recherche vorstoßen konnte.«

»Sie wussten also, dass sie die Familie Clewlow im Blick hatte?«, fragte Rigston.

»Hieß der Mann, den Dorcas heiratete, so? Das wusste ich nicht«, sagte Anthony zerstreut und studierte wieder die Manuskriptseite.

»Sie hatten kein Interesse daran, selbst nachzuforschen? Obwohl es Ihr Arbeitsgebiet ist?«

Anthony schien bestürzt. »Ach, um Gottes willen, nein. Es war Janes Entdeckung. Sie ist eine sehr fähige Forscherin und hat eine Leidenschaft für dieses bestimmte Projekt entwickelt. Selbst wenn ich es gern getan hätte, habe ich am neuen Jerwood Centre viel zu viel zu tun, um noch Zeit übrig zu haben, in der ich etwas so Unwahrscheinlichem hinterherjagen könnte. Ich habe ihr gerne jede Hilfe angeboten, aber die Recherchen waren ihre Sache.«

Entweder war er gut im Lügen, oder er sagte die Wahrheit, dachte Rigston.

Er konnte sich nicht vorstellen, dass Anthony Catto versuchen würde, etwas durch Einbruch und Mord zu erreichen. Der Mann war zu sehr mit seiner eigenen Welt beschäftigt.
»Das ist wirklich sehr interessant«, sagte Anthony, als wolle er damit Rigstons Sicht der Dinge bestätigen. »Ich sage Ihnen, es ist auf diesem Gebiet sehr selten, dass man eine wirklich wichtige neue Entdeckung macht. Und wenn es sich hier um das handelt, wofür ich es halte, und es noch mehr Seiten gibt, dann ist es wahrscheinlich seit einigen Generationen einer der bedeutendsten Funde der englischen Literaturgeschichte. Ich würde wahnsinnig gern den Rest sehen.« Sein Lächeln war gequält. »Können Sie mir wirklich nicht sagen, woher es kommt?«
»Vielleicht sollten Sie Jane Gresham fragen«, sagte Rigston, der eine gewisse Bitterkeit im Tonfall nicht unterdrücken konnte. »Wir dürften sie jetzt gleich gehen lassen.«

Jane folgte benommen ihrem Anwalt zum Parkplatz. »Ich danke Ihnen wirklich sehr«, sagte sie. »Rigston hat mir tatsächlich einen Schreck eingejagt.«
»Jedenfalls hat er's versucht. Aber er hat nichts gegen Sie in der Hand. Und er wird damit nicht weiterkommen, es sei denn, dass Tenille Cole anfängt, Ihnen die Schuld zuzuschieben. Aber selbst dann wird Ihr Wort gegen ihres stehen, und Ihr Wort wird mehr Gewicht haben«, sagte Terras und sah auf seine Uhr.
»Sie wird nichts sagen, sie ist sehr anständig«, antwortete Jane. »Kann ich irgendetwas tun, um ihr zu helfen?«
»Sie hat einen eigenen Anwalt.« Er grinste. »Nicht so gut wie ich, aber nicht schlecht für einen Pflichtverteidiger. Vielleicht möchte sie mit Ihnen sprechen. Wenn ja, sollte ich dabei sein.« Er sah wieder auf seine Uhr. »Ich würde Sie nach Hause fahren, aber ich habe einen Termin bei Gericht. Kommen Sie klar?«
»Sie kommt schon klar«, warf eine vertraute Stimme ein.

Jane drehte sich schnell um. »Anthony? Was machst du denn hier?«

»Ich warte, damit ich dich nach Hause fahren kann. Ich habe der Polizei bei ihren Ermittlungen geholfen«, sagte er.

»Dann gehe ich«, sagte Terras. »Melden Sie sich.«

Jane nickte, durch Anthony abgelenkt. »Du denkst doch wohl nicht, dass ich etwas mit diesen Morden zu tun hatte?«

»Morde?« Anthonys Gesichtsausdruck zeigte, wie überrascht er war. »Mord wurde überhaupt nicht erwähnt. Tatsächlich, jetzt, wo ich es überlege – es kam überhaupt kein einziges Verbrechen in der Unterhaltung vor.« Er ging zu seinem Wagen, und Jane folgte ihm. »Aber was mir Sorge macht, ist, wieso man dich verhaftet hat.«

»Gleich«, sagte Jane, die gespannt war, welche Geschichte er zu erzählen hatte. »Zuerst du. Sagst du mir, was zwischen dir und der Polizei lief?«

Bei der Fahrt aus Keswick hinaus erzählte ihr Anthony von seiner Unterredung mit Rigston.

»Ich kann dir gar nicht sagen, wie merkwürdig es sich angefühlt hat, dieses Stück Papier in meiner Hand zu halten«, sagte er. »Ich bin verdammt sicher, dass es das Original ist.«

»Das glaube ich auch.«

»Du hast es also gefunden?« Er konnte sich vor Aufregung kaum auf die Straße konzentrieren. »Aber warum ist es dann bei der Polizei? Und was hat diese Sache mit einem Mord zu bedeuten?«

Jane stöhnte. »Vier Morde und ein Einbruch. Und nach dem, was du mir gesagt hast, hört es sich an, als hätte Rigston dich als eventuellen Verdächtigen überprüft.«

Anthony stand vor Erstaunen der Mund offen, und der Wagen schlingerte besorgniserregend zur Seite. »*Vier* Morde?«

»Vergiss nicht den Einbruch. Und dabei ging es dann um die Manuskriptseite.«

»Ich verstehe kein Wort. Könntest du bitte von Anfang an erzählen?«
Jane seufzte. »Es hat alles mit einem Teenager angefangen, mit Tenille«, begann sie. Als sie am Ende ihres Berichts angekommen war, fehlten Anthony die Worte, und er reagierte nur mit einem erstaunten Schweigen. »Und so weit sind wir jetzt«, schloss Jane.
»Aber du musst unbedingt den Rest des Manuskripts finden«, sagte Anthony. »Weißt du, wo es ist?«
»Ich weiß nur, dass es aus Jenny Wrights Haus kam. Dort haben die Polizisten Tenille gefasst.«
»Du musst unbedingt mit dieser Frau reden, damit sie dir den Rest zeigt«, sagte Anthony, während er auf den Hof der Farm fuhr.
»Ich bin jetzt einfach zu müde, um darüber nachzudenken«, sagte Jane beim Aussteigen. Anthony folgte ihr ins Haus und versuchte dabei immer noch, sie zu überreden. Kaum war sie in die Küche getreten, als ihre Mutter sofort zu ihr lief und sie tränenreich umarmte. Ihr Vater, Matthew und Dan schlossen sich an, und alle schlangen in einer Art kollektiver Umarmung die Arme um sie, und es dauerte eine Weile, bis Jane sich befreien konnte.
Ein Chor von Fragen drang an ihr Ohr, denn alle wollten wissen, was passiert war.
Jane hielt sich die Ohren zu und rief: »Nur einer, bitte. Ich weiß, ihr freut euch, mich zu sehen, aber lasst mich erst mal zu mir kommen.«
Es dauerte ein paar Minuten, bis sie sich beruhigt hatten, aber bald saßen sie alle Tee trinkend am runden Tisch, und Jane sah sich gezwungen, die ganze Geschichte noch einmal zu erzählen. Ihre Worte wurden oft durch ungläubige, missbilligende und empörte Ausrufe ihrer Zuhörer unterbrochen.
»Hat Tenille also diese alten Leutchen umgebracht?«, fragte Matthew.

»Natürlich nicht«, sagte Jane. »Wofür hältst du mich? Meinst du, ich würde jemanden verstecken, der zu so etwas fähig ist?«

Diesmal gab sich Matthew versöhnlich. »Ich zweifle nicht an deinem Urteilsvermögen, sondern ich versuche nur, mir zu erklären, was passiert ist.«

»Abgesehen von der Tatsache, dass sie keine Mörderin ist, wusste Tenille bis nach Edith Clewlows Tod nichts von alldem«, sagte Jane. »Damit ist sie aus der Klemme.«

»Ehrlich gesagt, ich sehe keinen Sinn darin, dass wir hier ein Agatha-Christie-Partyspiel betreiben«, sagte Anthony und unterbrach die Diskussion. »Es ist die Aufgabe der Polizei, Klarheit in dieses Durcheinander zu bringen. Du hast dem Manuskript gegenüber eine Verantwortung, Jane. Du musst Jenny Wright überzeugen, dass sie dir erlaubt, es zu sehen.«

Jane unterdrückte ein Gähnen. »Ich glaube nicht, dass das klappen wird. Vergiss nicht, ich bin die Hauptverdächtige für die Morde an vier ihrer Verwandten. Ich glaube nicht, dass sie mir in nächster Zeit das Manuskript einfach so übergeben wird.«

»Vielleicht nicht«, sagte Dan. »Aber Jimmy ist im Moment ihr Lieblingsneffe. Ich könnte mit ihm reden, um zu sehen, ob er sie dazu bringen kann, dass du es dir ansehen darfst.«

Jane versuchte, ihre Enttäuschung zu verbergen. »Wenn du meinst, dass das funktioniert«, sagte sie niedergeschlagen, denn sie spürte, dass ihr Traum sich ihrem Zugriff zu entziehen begann.

»Ich weiß, dass es deine Sache ist«, sagte er. »Und ich will dir nicht deinen Ruhm stehlen. Ich könnte sie vielleicht bitten, mich eine Abschrift machen zu lassen? Dann könntest du schon mal anfangen.«

»Das ist keine schlechte Idee, Jane«, sagte Anthony.

»Und das bedeutet, dass du hier bleiben kannst, wo ich ein Auge auf dich haben und aufpassen kann, dass du nicht noch

mehr Probleme bekommst«, fügte ihre Mutter vielsagend hinzu.
Jane seufzte. »Na gut, rede mit Jimmy.« Sie stand auf. »Ich gehe zu Bett. Ich bin total kaputt.« Bevor sie den Raum verlassen konnte, klingelte das Telefon. Sie blieb stehen, während ihr Vater abnahm.
»Moment«, sagte er. »Es ist für dich«, fügte er hinzu und reichte ihr den Hörer.
»Hallo«, sagte sie ungeduldig.
»Dr. Gresham? Hier ist DI Blair von der Met.«
Jane stöhnte innerlich. Nicht noch mehr Zoff wegen Tenille.
»Kann ich Ihnen helfen?«, sagte sie müde.
»Ich wollte Ihnen mitteilen, dass wir Tenille Cole nicht mehr wegen des Mordes an Geno Marley suchen«, sagte Donna kurz und bündig.
Jane traute kaum ihren Ohren.
»Was?«, sagte sie. »Warum? Was ist passiert? Haben Sie jemanden verhaftet?«
»Ein junger Mann ist heute früh bei einer Verfolgungsjagd wegen eines gestohlenen Autos gestorben«, sagte Donna im knappen Ton des offiziellen Polizeijargons. »Bei seinen Sachen war Geno Marleys Brieftasche. Der Beifahrer gab zu, dass der Fahrer damit angegeben hätte, er wolle Geno umlegen. Dieser Fall scheint also abgeschlossen.«
»Das ist eine tolle Nachricht. Ich meine, nicht dass jemand umgekommen ist, natürlich, sondern dass Tenille nicht mehr unter Verdacht steht.«
»Sie ist den Verdacht nicht ganz los. Da ist noch die Sache mit der Brandstiftung.«
Jane war so schnell die Stimmung verdorben, wie sie innerlich schon Luftsprünge gemacht hatte. »Aber …«
Bevor sie weitersprechen konnte, unterbrach Donna sie. »Dr. Gresham, kann ich ehrlich mit Ihnen reden?«
»Natürlich«, sagte Jane.
»Ich glaube, Tenille ist eines der wenigen dieser Kinder, das

man retten kann. Alles, was ich über sie gehört habe, weist darauf hin, dass sie etwas aus sich machen könnte. Sie juristisch zu verfolgen würde jede Chance zerstören, die sie hat. Ich meine, es gibt nicht viele Anzeichen dafür, dass sie wieder straffällig wird. Außer natürlich, wenn wir sie durch die Mühle drehen und ihr keine Alternative bieten. Aber sie wird jemanden hinter sich wissen müssen, wenn sie diesem Versprechen gerecht werden soll. Um es geradeheraus zu sagen: Werden Sie für sie da sein?«

Jane musste nicht mal überlegen. »Sie ist wie eine kleine Schwester für mich. Ich lasse sie nicht allein. Ich verspreche Ihnen, DI Blair, wenn Sie Tenille diese Chance geben, werde ich nicht zulassen, dass sie sie verschenkt. Und ich glaube, ihr Vater auch nicht.«

»Ja, na ja, reden wir besser nicht von ihm. Sagen Sie ihr, dass es in Ordnung ist, nach Hause zu kommen, ja?«

»Äh ... das ist nicht ganz so einfach«, sagte Jane. »Sie werden mit DCI Rigston sprechen müssen.«

»In Keswick? Gibt es ein Problem?«

»Es wäre mir lieber, wenn Sie es von ihm hörten. Ich wäre dankbar, wenn Sie ihm die gleiche Nachricht über Tenille geben könnten wie mir.«

»Das hört sich aber nicht sehr vielversprechend an«, sagte Donna, und die Zweifel an ihrem eigenen Urteilsvermögen waren selbst am Telefon deutlich zu hören.

»Sie ist im Grunde anständig, DI Blair. Sie wird sich rehabilitieren lassen.«

»Ich werde mit DCI Rigston sprechen und hoffe, dass sich unsere Pfade nicht noch einmal kreuzen, Dr. Gresham.«

»Das hoffe ich auch, im freundlichsten Sinn des Wortes. Danke, Inspector. Ich werde mein Bestes tun, damit Ihre Nachsicht nicht vergebens ist.«

»Viel Glück.« Donna hängte auf.

Jane schaute sich im Raum um, seit Tagen sah sie zum ersten Mal wieder fröhlich aus. »Das war die Polizei in London.

Tenille wird da unten nicht mehr wegen Mordes und Brandstiftung verdächtigt.«

»Das sind ja wunderbare Nachrichten«, sagte Dan.

»Vielleicht wird Rigston dich und Tenille jetzt in Ruhe lassen und anfangen, sich nach dem wirklichen Killer umzusehen«, fügte Matthew hinzu.

»Hoffen wir's. Jetzt geh ich aber wirklich zu Bett«, sagte Jane. »Vielleicht macht das alles Sinn, wenn ich aufwache.«

Dan grinste. »Darauf würde ich keine Wette eingehen.«

Die Ironie meiner Lage war mir natürlich klar. Ich war dafür verantwortlich gewesen, dass mein Kapitän in einem offenen Boot dem Wind und den Wellen preisgegeben wurde. Und jetzt war ich nur vier kurze Jahre später in genau der gleichen misslichen Lage. Ausgleichende Gerechtigkeit, in der Tat. Jetzt würde ich herausfinden, ob ich Blighs Lehren zur Navigation wirklich gelernt hatte. Ich nahm Kurs auf die Westküste Südamerikas und betete zu Gott um gutes Wetter. Meine Gebete wurden erhört, denn ich hatte Glück, und das Wetter war mir gnädig. Der Regen, den ich ertragen musste, war ein Segen, weil er mir erlaubte, meine Frischwasservorräte aufzufüllen. Ich segelte zwölf Tage und Nächte und sah weder Segel noch Land am Horizont. Am dreizehnten Tag kam ein Walfangschiff von Neufundland in Sicht, und ich segelte hinter ihm her. Mein Gold würde genügen, um mir eine Überfahrt zu kaufen, ohne dass mir Fragen gestellt wurden, und mit meinen Kenntnissen als Seemann würde ich eine willkommene Ergänzung der Besatzung sein. Ich fühlte mich wieder wie ein freier Mann und war entschlossen, meinen Weg in meine englische Heimat zu finden und meinen Namen reinzuwaschen.

41

Jimmy rutschte auf den Beifahrersitz von Dans Wagen, der am Ende von Alices Straße geparkt war. »Mysteriöser Anruf«, sagte er und beugte sich hinüber, um ihn zu küssen. »Ich komme mir vor wie ein Spion.«

»Ich wollte nicht zum Haus kommen, ohne vorher mit dir zu sprechen, da die Vorbereitungen für die Beerdigung in vollem Gang sind. Hat sich die Polizei mit Jenny in Verbindung gesetzt?«, fragte Dan.

Jimmys freches Gesicht verzog sich zu einem Stirnrunzeln. »Nein, hätten sie das tun sollen?«

»Gestern Nacht wurde in ihrem Haus eingebrochen.«

»Ist nicht möglich«, flüsterte Jimmy. »Mann, bin ich froh, dass wir sie da rausgeholt haben. Das hätte der Killer sein können, Dan. Sie hätte heute Morgen tot daliegen können.« Er schüttelte den Kopf.

»Wir glauben nicht, dass der Einbrecher der Killer war, Jimmy.« Dan fasste kurz die Ereignisse der vergangenen Nacht zusammen. »Ich glaube nicht, dass es Tenille war. Das heißt, der Mörder ist immer noch frei. Ehrlich gesagt, das Beste, was Jenny jetzt tun kann, ist, uns das Manuskript zu geben. Wenn es erst mal in der Öffentlichkeit bekannt ist, machen weitere Todesfälle keinen Sinn mehr. Wenn Jenny sicher sein will, dass sie am Leben bleibt, muss sie sich aus dem Zielbereich entfernen.«

Jimmy nickte, das war ein überzeugendes Argument. »Lass

uns gleich mit ihr reden«, sagte er. »Alice ist bei Gibson's, die Luft ist also rein.«

Sie fanden Jenny im Wintergarten, wo sie Tee trank und den Vögeln zusah, die sich an dem Futter in Alices Vogelhäuschen gütlich taten.

Sie schaute Dan argwöhnisch an. »Sie sind der junge Mann, der neulich bei Jane Gresham dabei war«, sagte sie in unfreundlichem Tonfall.

»Dan ist ein Freund von mir«, sagte Jimmy.

Jenny zog eine Augenbraue hoch. »O ja? Du solltest deiner Vernunft 'n bisschen mehr folgen als deinem Herzen, Jimmy, mein Junge. Edel ist, wer edel handelt, und der hier ist auf alles aus, was er kriegen kann.«

»Aber Tante Jenny«, protestierte Jimmy. »Das ist wirklich nicht fair. Wenn Dan und Jane nicht wären, würdest du jetzt vielleicht tot in deinem Bett liegen. In deinem Haus ist letzte Nacht eingebrochen worden.«

Jenny legte erschrocken die Hand auf die Brust. »O mein Gott. Was haben sie mitgenommen? Haben sie alles kaputtgemacht?«

»Bei dem Einbruch wurde nur ein Gegenstand mitgenommen«, sagte Dan. »Ein Stück Papier. Nur eines. Eine Probe, könnte man sagen.«

»Was reden Sie da?« Jenny spielte ganz die kleine ängstliche, verwirrte alte Frau, aber Dan nahm ihr das nicht ab.

»Sie haben das Manuskript, Jenny. Wir wissen das jetzt.« Er ging in die Hocke, damit er auf gleicher Höhe mit ihr war. »Ich will Sie wirklich nicht erschrecken, aber vier Personen sind schon gestorben, damit jemand dieses Manuskript in seine Hände bekommt. Solange es versteckt ist, sind Sie die Nächste auf der Liste. Aber wenn Sie es herausgeben, es Jane anvertrauen oder Anthony Catto vom Wordsworth Trust, dann schützen Sie sich selbst. Ich will nicht, dass Sie wegen eines Bündels Papier sterben. Niemand möchte das. Geben Sie es heraus, Jenny.«

Die alte Frau streckte trotzig die Unterlippe vor. »Ich weiß nicht, wovon Sie reden«, sagte sie.
»Das Blatt Papier stammt aus Ihrem Haus. Die Polizei hat das Haus überwacht und die Einbrecherin geschnappt, als sie das Haus verließ. Sie hatte es bei sich.«
Jenny hob widerspenstig den Kopf. »Und woher weiß man, dass sie es nicht schon dabeihatte, als sie reinging? Woher wissen wir, dass es nicht alles eine schlaue Finte ist? Sie und Ihre Uni-Freunde, ihr seid alle so verflixt raffiniert, das ist doch genau so was, wie Sie es sich ausdenken würden. Ich sag Ihnen, ich weiß nicht, wovon Sie reden, und es wäre mir recht, wenn ihr gehen würdet, damit ich in Frieden meinen Tee trinken kann.« Sie wandte sich ab und beobachtete demonstrativ wieder die Vögel.
»Tante Jenny«, sagte Jimmy bittend. »Es ist doch in deinem eigenen Interesse.«
»Das wäre es, wenn ich die Papiere hätte, von denen er redet. Aber ich habe sie nicht, so ist es eben. Jetzt sei ein braver Junge und bring ihn hier raus, bevor Alice zurückkommt und ausrastet, wenn sie ihn sieht.«
Jimmy folgte Dan auf die Straße hinaus. »Was kann ich dazu sagen? Sie ist einfach eine störrische alte Frau.«
Dan zuckte die Schultern. »Wir haben uns bemüht. Versuche, auf sie einzuwirken, Jimmy. Um ihretwillen.«

Matthew sah Ewan Rigston finster an. »Ich glaube nicht, dass meine Schwester mich als eine Art Scheusal hinstellt, das herumläuft und alte Damen ausraubt. Wir sind vielleicht nicht immer einer Meinung, aber sie kennt mich zu gut, um so etwas zu denken.«
»Wenn Menschen in der Klemme sitzen, sagen sie gewöhnlich die Wahrheit«, antwortete Rigston.
»Warum sprechen Sie dann von Lügen und geben vor, dass Jane mich verdächtigt hätte?«
»Ich habe nie behauptet, dass sie Sie verdächtigt. Ich sagte

nur, sie hat uns mitgeteilt, dass Sie eine der wenigen Personen seien, die wussten, dass sie an der Familie Clewlow interessiert war. Und dass Sie wussten, was sie suchte. Es ist meine Aufgabe, mit den Leuten, die im Besitz dieser Information waren, zu sprechen, Mr. Gresham. Vier Menschen sind schon gestorben.«

»Also, es hat nichts mit mir zu tun. Ich wollte Jane nur helfen.« Er schmollte wie ein kleines Kind. »Das hab ich jetzt davon.«

»Die Person, die wir gestern Abend dabei erwischt haben, als sie in ein Haus einbrach, wollte auch nur Jane helfen, vermuten wir. Es scheint eine Menge Leute zu geben, die willens sind, Ihrer Schwester behilflich zu sein.«

»Hören Sie auf, mich wie einen Idioten zu behandeln, Rigston. Es wird Ihnen nicht gelingen, mich mit Ihren Tricks dazu zu bringen, dass ich etwas zugebe. Weil es nichts zuzugeben gibt. Wie ich schon sagte, ich wollte nur helfen. Und das ist der Dank dafür. Die halbe Nacht war ich auf den Beinen, um meine Schwester aus dem Gefängnis herauszuholen. Dann kommt die Polizei in die Schule und stellt mich als Verbrecher hin.« Matthew rutschte gereizt auf seinem Stuhl herum. »Sind Sie fertig? Jetzt sollte nämlich meine Mittagspause sein, und bisher hab ich noch keine gehabt.«

»Ja, für heute bin ich fertig. Aber ich werde das überprüfen, was Sie mir gesagt haben, und vielleicht werde ich noch weitere Fragen an Sie haben.«

»Na prima, ruinieren Sie doch vollends meinen Ruf. Hören Sie, ich begehe keine Morde. Ich bin nur ein Schullehrer vom Land, einfallslos und langweilig. Leute wie ich fangen nicht plötzlich an, reihenweise alte Menschen um die Ecke zu bringen.«

»Ich bin sicher, dass die Leute das Gleiche über Harold Shipman gesagt haben«, meinte Rigston trocken und ging. Er mochte Matthew Gresham nicht. Er hielt den Mann für einen eitlen, aufgeblasenen Kerl. Aber das hieß noch nicht, dass er ein Mörder war. Und auch die Tatsache, dass er mit zwei der Opfer gesprochen hatte, machte ihn nicht dazu. Es war nicht sehr wahrscheinlich, dass er ein Killer war. Aber so wie Rigston es sah, war er noch nicht aus dem Schneider.

Es war bereits mitten am Nachmittag, als Jane endlich wieder auftauchte. Dan und Judy saßen in der Küche und tranken eine weitere Kanne Tee. »Hat's geklappt?«, fragte Jane Dan, während sie sich eine Tasse eingoss.

»Die eigensinnige alte Hexe ist keinen Zentimeter gewichen«, sagte Dan. »Sie gibt nicht einmal zu, dass sie weiß, wovon wir sprechen. Jimmy wird versuchen, sie zu überzeugen, aber freu dich nicht zu früh.«

»Ich wünschte, ich wüsste, wie es Tenille geht«, sagte Jane. »Ich habe gefragt, ob ich sie sehen könnte, aber sie ließen mich nicht in ihre Nähe.« Sie starrte einen Moment gedankenverloren vor sich hin und warf ihrer Mutter dann einen fragenden Blick zu. »Du könntest doch gehen«, sagte sie. »Bring ihr etwas zu essen und zu lesen. Damit sie nicht denkt, dass sie aufgegeben worden ist.«

»Ich? Du willst, dass ich sie besuche? Nach dem Ärger, den sie dir gemacht hat?«

Jane seufzte. »Sie ist im Grunde ein gutes Mädchen. Bitte, Mum. Es würde mich sehr beruhigen.«

Judy schien unentschieden. »Über was sollte ich mit ihr sprechen?«

Jane verdrehte die Augen. »Das ist doch egal. Nur dass du da bist, wird schon genügen. Bitte? Tu's für mich.«

Judy presste die Lippen aufeinander. »Ich weiß nicht, warum ich mir solche Dinge aufschwatzen lasse, wirklich nicht. Also gut, ich rufe die Polizei an und frage, ob man mich mit ihr sprechen lässt.«

Als sie den Raum verließ, klingelte Janes Mobiltelefon. »Hallo? Jane Gresham hier.«

Die nörgelnde Stimme am anderen Ende kam ihr irgendwie

bekannt vor, aber zuerst konnte sie sie nicht zuordnen. »Ich will mit Ihnen über etwas Wichtiges reden, aber Sie müssen mir versprechen, dass Sie keiner Menschenseele etwas davon erzählen«, sagte die Stimme.
»Entschuldigung, ich weiß nicht …«
»Hier ist Jenny Wright«, sagte die Frau ungeduldig. »Versprechen Sie, dass Sie niemand anderem verraten, was ich Ihnen jetzt sagen werde.«
Janes Blick zuckte zu Dan hinüber. Er hatte die Zeitung genommen und war offenbar am Lesen. Sie wandte den Kopf leicht zur Seite. »Das kann ich tun«, sagte sie.
»Ich würde selbst gehen, aber heute ist ja Ediths Beerdigung, und ich kann nicht einfach kurz verschwinden. Und ich glaube, es ist dringend. Ihr Kollege, Jimmys junger Mann, er hat mir gesagt, mein Leben wäre in Gefahr, solange die Papiere im Versteck bleiben. Er hat gesagt, ich wäre auf einer Liste. Ich will nicht sterben, Mädchen. Es sieht für Sie vielleicht nicht so aus, als hätte ich ein großartiges Leben, aber mir ist es recht so.«
»Das kann ich verstehen. Und ich finde das auch«, sagte Jane sanft. Sie wartete verzweifelt darauf, dass Jenny zur Sache käme, aber sie wusste, es würde nichts bringen, sie zu drängen.
»Ich weiß, dass er Ihr Kollege ist und alles, aber ich hab den Homo-Bübchen nie getraut«, sagte sie, sich scheinbar vom Thema entfernend. »Ich verstehe nicht, wie aus Jimmy so etwas geworden ist, aber er gehört zur Familie und ist ein Junge, der weiß, wie wichtig die Familie ist. Aber dem anderen traue ich nicht. Also, selbst wenn er Recht hat, lass ich ihn trotzdem nicht ran.«
»In Ordnung«, sagte Jane. »Es ist Ihre Entscheidung.« Ihr Herz zersprang fast in ihrer Brust, und die Erwartung machte sie ganz wirr.
»Ich will, dass Sie es holen. Unten am Ende des Gartens ist ein alter Schuppen mit ein paar alten Farbdosen auf einem

Regal. Der Extraschlüssel zur Hintertür liegt unter einer Dose mit weißem Glanzlack. Gehen Sie in das leere Schlafzimmer hoch, und Sie werden eine alte, messingbeschlagene Kiste sehen. Sie ist voller Kram, aber unter all den Sachen ist ein falscher Boden. Heben Sie ihn hoch, und Sie finden die Papiere. Gehen Sie und holen Sie sie und bringen Sie sie zu dem Wordsworth Trust. Die können dann eine richtige Show abziehen. Dann weiß der Mörder Bescheid und wird mich in Ruhe lassen. Haben Sie das alles verstanden?«

»Natürlich. Danke, vielen Dank.« Sie wollte nicht zu begeistert klingen, um Dans Aufmerksamkeit nicht auf die Bedeutsamkeit des Anrufs zu lenken. Es war ihr nicht angenehm, ihn außen vor zu lassen, aber ein Versprechen war ein Versprechen.

»Und zu keinem Menschen ein Wort. So sind auch Sie sicher.«

»Machen Sie sich keine Sorgen. Ich lasse Sie wissen, wie es läuft.« Sie hörte, dass Jenny aufhängte, hielt aber den Hörer weiter ans Ohr und tat so, als sei die Unterhaltung immer noch in Gang. »Okay, Neil. Meine Mum wird versuchen, sie heute Nachmittag zu besuchen, aber ich werde dafür sorgen, dass sie nicht über den Fall spricht. Danke für den Anruf.« Sie legte das Telefon hin.

Dan sah fragend auf.

»Mein Anwalt«, sagte sie. »Er hat mit Tenilles Anwalt gesprochen. Er meint, ich sollte eine Aussage dahingehend machen, dass Tenille bis nach Ediths Tod nichts von dem Manuskript wusste. Es kann nicht schaden, und vielleicht hilft es ihr.«

»Das würde ich auch denken«, sagte er, streckte sich und gähnte. »Ich glaube, ich geh mal zum Cottage zurück und mache ein Nickerchen. Ist das in Ordnung, wenn du allein bist?«

»Ja, ich glaube, ich leg mich auch nochmal hin. Ich bin total fertig.«

Als Dan aufstand, kam Judy zurück. »Das wäre dann alles erledigt. Ich kann sie in einer Stunde besuchen. Jane, du musst mir helfen, ein Fresspaket zu packen.«

»Das überlasse ich euch Damen«, sagte Dan und ging auf die Tür zu.

Es dauerte zwanzig Minuten, bis Jane ihre Mutter durch die Tür hinausbefördert hatte.

Sie war fast fiebrig vor Ungeduld. Dann fiel ihr ein, dass sie keinen Wagen hatte, wenn ihre Mutter weg war. Und ihr Fahrrad stand vermutlich von Tenilles Ausflug noch beim Copperhead Cottage. »Scheiße«, murmelte Jane. Sie suchte ihre Geldbörse und sah nach, wie viel Bargeld sie hatte. Genug für ein Taxi nach Coniston, aber nicht genug für die Rückfahrt. »Mist«, rief sie aus und nahm sich das Telefonbuch. Sie könnte Anthony auf dem Handy anrufen, wenn sie das Manuskript hatte. Sie glaubte nicht, dass es ihm das Geringste ausmachen würde, sie mit ihrem kostbaren Gut abzuholen.

Jake saß in der Bar seines Hotels bei einem Bier und fragte sich, warum er noch immer hier in diesem gottverlassenen Loch herumhing. Er hatte es so satt, an Türen zu klopfen, die sich nicht öffneten, und hatte schließlich endgültig aufgegeben, als er beim dritten Versuch bei Eddie Fairfields Haus gleichzeitig mit einem Team der Spurensicherung ankam. Er hatte nicht einmal angehalten, sondern war einfach vorbei- und direkt zum Hotel zurückgefahren. Er hatte Caroline gesagt, er verschwende hier seine Zeit, aber sie hatte darauf beharrt, dass er bleiben solle. »Man weiß ja nie, was sich noch tut«, hatte sie geheimnisvoll gesagt und sich dann nichts weiter entlocken lassen.

Wenn das hier die Arbeit in der Privatwirtschaft war, musste er sagen, dass er einen Fehler gemacht hatte. Er hatte mehr Action erwartet, mehr Nähe zu den alten Manuskripten, die ihn schon immer faszinierten. Nicht dieses ewige Warten in

Hotelzimmern, um wie ein Laufbursche Anweisungen entgegenzunehmen.

Wie zur Bestätigung seiner Gedanken klingelte sein Telefon.

»Hi«, sagte er und versuchte, nicht so gelangweilt zu klingen, wie er sich fühlte.

»Lass uns mal ’n bisschen Druck machen«, sagte Caroline. »Showtime.«

»Was?« Er richtete sich kerzengerade auf seinem Stuhl auf.

»Ich weiß, wo du eine Wordsworth-Handschrift finden kannst«, sagte Caroline.

»Wie zum Teufel …«

»Jake, du bist nicht mein einziges Paar Augen und Ohren«, sagte sie. »Aber du bist mein einziges Paar Hände. Ich weiß, wo sie ist, und du musst sie holen. Ich fliege morgen zurück. Wir werden den Gewinn gemeinsam genießen.«

Es ging alles viel zu schnell für ihn. »Okay, okay, bin schon unterwegs.«

»Lass mich nicht im Stich, Jake. Du musst Folgendes tun …«

Einige Monate segelte ich mit den Walfängern, bis sie im Hafen von Valparaiso anlegten. Ich jauchzte, wieder auf trockenem Land zu sein, aber meine Reise hatte ja noch kaum begonnen. Ich heuerte auf einem Handelsschiff an, mit dem Ziel Savannah, Georgia. Von dort hoffte ich, die Überfahrt nach England auf einem Baumwollschiff zu machen. Aber obwohl meine Taten auf der Bounty vielleicht anders klingen mögen, bin ich kein Mann, der zur Unbesonnenheit neigt, und da es mir gelungen war, Savannah zu erreichen, quartierte ich mich in der Stadt ein und schickte eine Nachricht an meinen Bruder über meinen Aufenthaltsort und fragte ihn, ob er es für möglich hielte, dass ich sicher zu unseren Inseln zurückkehren und die Gründe für meine Handlungen in Bezug auf Bligh benennen könnte. Man wird sich die Ungeduld ausmalen können, mit welcher ich auf seine Antwort wartete, gleichermaßen mein Entsetzen über seinen Bericht von Blighs Reise, von dessen Rückkehr, bei der er wie ein Held in England begrüßt wurde, und von den Kriegsgerichtsprozessen gegen die bekannten Meuterer. Ich hätte mir keinen schlimmeren Ausgang für mich selbst ausdenken können. Statt nach Hause zurückzukehren, konnte ich mir nichts anderes vorstellen als eine grausame und dauerhafte Trennung von meinen Familien, der einen in England und der anderen auf Pitcairn. Es schien fast zu viel, um es ertragen zu können.

42

Als das Taxi kam, verlosch hinter dem Langmere Fell gerade das letzte Tageslicht. Als sie Coniston erreicht hatten, war nur in den Fenstern Licht zu sehen, vor denen die Vorhänge noch nicht zugezogen waren. Einige Leute waren unterwegs von und zum Pub, und Jane bat den Fahrer, sie dort abzusetzen. Sie wollte keine Aufmerksamkeit auf sich lenken, indem sie sich bis unmittelbar zum Copperhead Cottage bringen ließ.

Zum Cottage war es ein flotter Fußmarsch von fünfzehn Minuten, und Jane genoss das Gefühl der frischen Luft auf ihrer Haut. Wenn es auch nur ein paar Stunden hinter Gittern gewesen waren, diese Zeit hatte ihr Bedürfnis verstärkt, im Freien zu sein. In der Luft lag ein herbstlicher Duft von vermodernden Blättern und dem Rauch von Kohlefeuern. Dieser Geruch ließ Jane mit Sehnsucht an ihre Jugend denken, die Verkleidungen zu Halloween, die offenen Feuer und die Feuerwerkskörper am Guy Fawkes Day, gemütliche Abende in der Küche, wo sie ihre Hausaufgaben beim Klang der Geräusche, die ihre Mutter beim Backen und Marmeladekochen machte, erledigte.

Sie war so sehr in ihre Erinnerungen vertieft, dass sie, bevor sie es merkte, schon bei Copperhead Cottage angekommen war. Sie war froh, dass sie daran gedacht hatte, eine Taschenlampe mitzunehmen, um sich einen Weg durch den Garten zu suchen, wo die leeren Stängel und morschen, in Sackstoff eingewickelten Pflanzen standen, der traurige Überrest vom Glanz des Sommers. Der Schuppen war nicht schwer zu finden, und der Schlüssel lag genau an der Stelle, die Jenny beschrieben hatte.

Jane schloss auf und tastete nach einem Lichtschalter. Sie betätigte ihn, aber nichts geschah. Fluchend erinnerte sie sich an Jimmys Bericht von Jennys sorgfältigen Vorbereitungen beim Verlassen des Hauses. Sie musste wohl den Strom am Hauptschalter abgestellt haben. Jane war zu ungeduldig, um in dem finsteren Haus nach dem Sicherungskasten zu suchen, deshalb stieg sie beim Licht der Taschenlampe die Treppe hinauf.

Das Zimmer mit der Kiste war die dritte Tür nach der Treppe. Als sie mit der Taschenlampe hineinleuchtete, bemerkte Jane eine altmodische Öllampe, die auf einer Kommode stand, und eine Schachtel Streichhölzer daneben. Das würde die Sache leichter machen, dachte sie, hob den Glasschirm und drehte das Rädchen, mit dem man den Docht hochschob, damit man ihn anzünden konnte. Die Flamme zitterte und rußte. Jane drehte den Docht etwas herunter und setzte den Glasaufsatz auf den Lampenfuß. Es war nicht so gut wie elektrisches Licht, aber tausendmal besser, als mit der Taschenlampe und dem Inhalt der Kiste gleichzeitig jonglieren zu müssen.

Jane kauerte sich vor die Kiste und hob den Deckel. Begierig und voller Hast nahm sie den Inhalt heraus und legte alles auf den Boden neben sich. Beim Schein der Lampe entdeckte sie die kleine dünne Lederschlinge. Sie hielt die Luft an, zog daran und legte den falschen Boden beiseite.

»O mein Gott«, murmelte sie, streckte die Hand aus und ließ die Finger zärtlich über die brüchigen vergilbten Seiten gleiten.

Es war wirklich wahr. Sie hob das Bündel heraus und starrte es an. *William Wordsworth hat das geschrieben. Dorcas Mason hat es aufgehoben.* »Danke, Dorcas«, sagte sie, stand auf und hielt den Blick immer noch auf die vertraute Handschrift gerichtet.

»Ich nehme das jetzt.«

Die Stimme schockierte sie nicht weniger als das kalte Wasser des Langmere Force.

Jane fuhr herum und presste die Papiere an ihre Brust. »Ist schon gut«, stotterte sie. »Ich hab sie sicher in der Hand, ist schon gut.«

Dan schüttelte den Kopf, und sein Mund verzog sich zu einem mitleidigen Lächeln. »Gib sie einfach her, Jane.«

»Warum? Was willst du hier?«

»Hast du wirklich gedacht, ich würde mich von dem Spruch über einen Anruf von deinem Anwalt täuschen lassen? Alle deine Gefühle waren dir schon immer ins Gesicht geschrieben. Auf dem ganzen Planeten gibt es keinen Anwalt, dessentwegen du so aussehen würdest. Jetzt gib mir einfach die verdammten Papiere.«

»Aber warum?«

»Weil ich sie haben will. Weil ich mein beschissenes Leben satt habe. Weil ich es satt habe, ein Niemand zu sein, der es zu nichts bringen wird. Weil ich etwas Besseres verdient habe, und dieses Manuskript ist meine Eintrittskarte in eine neue Welt.«

Er machte eine ungeduldige Bewegung mit der freien Hand, in der anderen hielt er eine schwere Gummitaschenlampe.

»Weil ich es kann. Jetzt gib mir die verdammten Papiere.«

Er kam einen Schritt näher, Jane wich zurück und wäre fast über die Kiste gestolpert.

»Das ist doch verrückt, Dan. Wir können gemeinsam daran arbeiten, wir haben hier genug Material, dass wir beide eine tolle Karriere daraus machen können.«

Er lachte. »Meinst du, ich will den Rest meines Lebens ein bescheuerter Wissenschaftler sein? Was für ein kleines erbärmliches Ziel. Ich will Dinge, die du dir gar nicht vorstellen kannst.«

Kalte Angst ergriff sie. Sie hatte nie den Verdacht gehabt, dass ein Mann, den sie für einen Freund hielt, von solcher Bösartigkeit sein könnte. »Dinge, für die es sich zu töten lohnt?«

»Es war Zufall, beim ersten Mal. Ich wollte sie nur erschrecken. Aber« – er schnippte mit den Fingern – »sie erlosch wie eine Kerze, und das machte alles leichter. Es ist keine große Sache, Jane. Sie waren alt. Ich habe gesehen, wie der Tod sich an die Leute heranmacht, und das ist nicht schön. Man könnte sogar sagen, ich habe ihnen einen Gefallen getan, habe sie vor dem langsamen und einsamen Niedergang gerettet.«

»Du hast kein Recht, diese Entscheidung zu treffen. Sie haben ihr Leben hoch geschätzt, wie kannst du dir erlauben, den lieben Gott zu spielen?«

Sie hatte keine Ahnung, wie sie ihm entkommen würde, aber sie wusste, sie musste versuchen, ihn dazu zu bringen, dass er weiterredete.

»Und was ist mit mir? Ich bin nicht alt, aber du hast versucht, auch mich zu töten.«

»Darauf lasse ich mich nicht ein, Jane. Hör auf, Zeit zu schinden. Gib mir die Papiere.« Er wollte sich auf das Manuskript stürzen, aber sie stieß ihn mit der freien Hand zurück.

Plötzlich ergriff ihn rasende Wut, seine Augen waren nur noch schmale Schlitze. Er stieß erbost hervor: »Hör auf, mich hinzuhalten«, und traf sie mit der Taschenlampe an der Schläfe.

Ein helles Licht zuckte hinter ihren Augen auf, dann war alles schwarz.

Es war der scharfe Rauchgeruch, der auf Jane so belebend wie Riechsalz wirkte und ihr half, die aus der Bewusstlosigkeit heraufführende Spirale zu überwinden. Mit trüben Augen und schwer angeschlagen, stützte sie sich auf einen

Ellbogen, unsicher, wo sie war und wie sie dorthin gekommen war.
Die Flammen halfen ihr, die Orientierungslosigkeit zu überwinden, und aktivierten ihr Bewusstsein.
Jane richtete sich so weit auf, dass sie saß. Ein zwei Meter langes Feuerband breitete sich auf dem verschütteten Öl der Lampe aus. Der Teppich brannte, und die Farbe an den Türrahmen fing an, Blasen zu werfen. Dichter Rauch lag in der Luft, und Funken schossen wie von kleinen Feuerwerkskörpern hoch. Über dem schimmernden Schleier der Flammen sah sie Dan, der die Ausbreitung des Feuers aufmerksam beobachtete und sich vergewisserte, dass die lodernde Glut sie festhielt.
»Du hättest es mir geben sollen«, schrie er gegen das dröhnende, krachende Feuer an. »Ich hätte es dir leicht gemacht. Verbrennen, das ist kein schönes Ende, Jane. Ein schlimmes Ende.«
Noch immer auf dem Boden kauernd, wandte Jane den Kopf zum Fenster, um zu sehen, ob es keine Fluchtmöglichkeit gab. Aber die schweren Holzfensterläden waren oben und unten verriegelt, und es war unmöglich, an die oberen Riegel heranzureichen. Die einzigen Möbelstücke im Zimmer waren für eine Person zum Schieben zu schwer. Sie schaute zu Dan zurück. »Du Scheißkerl«, schrie sie. »Du elender Scheißkerl.«
Er grinste, der vertraute offene, unbekümmerte Gesichtsausdruck, den sie so gut kannte. Es war wie ein körperlicher Schlag.
»Ich habe immer deine Energie bewundert, Jane. Nur deinen Ehrgeiz habe ich verachtet.« Das Feuer stieg jetzt höher, und sie konnte ihn kaum noch sehen. »Ich geh jetzt, es wird hier 'n bisschen zu heiß für meinen Geschmack.«
Und er war fort.
»Scheiß drauf«, sagte Jane und hustete.
Sie würde das nicht zulassen. Jetzt oder nie. Sie bewegte sich

seitwärts so nahe an die Flammen heran, wie sie es wagte. Gegen die Tränen anblinzelnd, zog sie ihren Mantel über den Kopf und warf sich mit einem Hechtsprung und einer Rolle vorwärts durch die Flammen.

Jane rappelte sich auf und ließ ihren glimmenden Mantel fallen. Dan war fast am oberen Ende der Treppe angekommen, und sie stürzte sich mit einem Schrei grenzenloser Wut auf ihn.

Dan blieb stehen, wandte sich um und bekam die ganze Wucht ihres Schlages gegen die Rippen ab. Er stöhnte wutentbrannt und versetzte ihr einen Schlag an die Seite des Kopfes, von dem ihr schwindelig wurde. Auch sie schlug wieder zu und traf seine Rippen. Diesmal schrie er auf, und einen Moment lang erfüllte sie grimmige Genugtuung.

Aber er stürzte sich erneut auf sie und schlug sie in den Magen. Der plötzliche Stoß presste ihr die Luft aus der Lunge. Jane taumelte rückwärts, und Dan packte ihr Handgelenk, bog es nach hinten und drohte, es zu brechen. Er schubste sie, und sie spürte, dass sie fiel. Aber gerade noch rechtzeitig erwischte sie seine Jacke und riss ihn um. Sie fielen beide krachend zu Boden und landeten an der Treppe. Jane kroch weg von Dan und versuchte, auf die Füße zu kommen, aber er war schneller als sie, torkelte nach vorne und packte sie am Bein. Sie trat ihm mit dem freien Fuß ins Gesicht, und er ließ sie mit einem Aufschrei los.

Jetzt schaffte sie es, aufzustehen. Drei Schritte, und sie war an der Treppe. Sie wagte einen Blick über die Schulter, gerade als er sich auf sie warf.

Instinktiv wich sie zur Seite aus.

Er flog krachend gegen den Endpfosten des Geländers und prallte zurück. Einen Augenblick schien er unbeweglich in der Luft zu hängen, einen Fuß auf der obersten Stufe, den anderen frei im Raum. Dann war es mit seinem Gleichgewicht vorbei, er taumelte seitwärts und hatte jede Kontrolle verloren. Ein Fuß blieb an einer Stufe hängen, und mit dem

ganzen Körper Rad schlagend, schoss er nach unten und landete mit dem Kopf voraus und mit einem widerlichen Knirschen am Fuß der Treppe.
Jane war vor Schreck erstarrt. Sie konnte keinen Muskel regen, dann fing sie an zu zittern. Sie klammerte sich an das Treppengeländer, um sich zu stützen, und starrte auf das unbewegliche Bündel hinunter. Diesmal war es das Krachen und Zischen des Feuers, das sie wieder in Bewegung brachte. Schritt um Schritt ging sie nach unten. Selbst in dem finsteren Flur konnte sie sehen, dass er tot war. Niemand konnte den Kopf in diesem Winkel zum Körper verdrehen und noch lebendig sein.
Ein Schluchzen stieg aus ihrer Kehle auf. Es war ihr egal, dass Dan derjenige war, der es so weit getrieben hatte, dass es um Leben und Tod ging. Was sie im Kopf wusste, war noch nicht bis zu ihrem Herzen vorgedrungen. Sie schaute in diesem Augenblick auf ihren Freund, dessen Leben ausgelöscht war.
Ein lautes Krachen vom oberen Stockwerk ließ sie schlagartig aktiv werden. Sie beugte sich über ihn und versuchte herauszukriegen, wo die Papiere waren. Es half nichts, sie musste ihn umdrehen. Stöhnend vor Anstrengung gelang es ihr, ihn auf die Seite zu drehen. Seine Jacke öffnete sich, und eine zusammengerollte Plastikhülle war in seiner Innentasche zu sehen. Hastig packte sie sie, um zu prüfen, ob es tatsächlich das war, was sie suchte. Sie warf einen Blick nach oben, gerade noch rechtzeitig, um zu sehen, dass das Geländer unter der Wucht der Flammen zusammenbrach und nicht weit von ihr in den Flur stürzte. Sie musste weg.
Jane rannte zur Hintertür, die noch unverschlossen war. Keuchend stürzte sie in die kalte Luft hinaus, und ihr Puls hämmerte bis in ihren Kopf.
Sie wusste, sie musste von dem Haus weg, weil es gefährlich war, in der Nähe zu bleiben. Nach der Anstrengung taumelte sie um die Ecke des Hauses auf den Weg zu. *Feuerwehr,*

Polizei. Sie klopfte automatisch auf ihre Taschen. *Die Jacke.* Da war das Handy, in der Jacke, die sie ausgezogen und auf dem Treppenabsatz hatte liegen lassen.
Jane taumelte mit benebeltem Kopf und wackeligen Beinen auf den Weg zur Irish Row.

Jake hatte am Ende von Irish Row gute zwanzig Minuten im Auto gesessen, als ihm klar wurde, dass er nicht länger mit dem Pinkeln warten konnte. Er stieg aus, wandte sich um und wollte hinter den Wagen treten, als er am Himmel einen leichten orangeroten Schimmer bemerkte. Zuerst dachte er, es sei ein offenes Feuer im Freien, aber als es stärker und größer wurde, dämmerte ihm, dass es etwas viel Ernsteres war.
Er machte seinen Reißverschluss zu und eilte zu dem Weg, wobei er fast über ein Mountainbike stolperte, das hinter einem Busch versteckt stand. Er hielt sich fest, um nicht zu fallen, taumelte auf den Weg zurück und lief in Richtung Feuer.
Als er um die Kurve kam, sah er Flammen aus zwei der oberen Fenster eines einsam stehenden Hauses hochzüngeln.
»O Gott«, rief er aus und griff nach seinem Mobiltelefon. Als er den Notdienst erreicht hatte, erklärte er, die Feuerwehr werde gebraucht. »Ein Haus brennt. In Coniston. Fahren Sie an Irish Row vorbei, vielleicht eine Viertelmeile weiter. Es ist ein riesiges Feuer«, sagte er, die Stimme hebend, als ein weiteres Fenster wie eine Bombe explodierte und im roten Schein der Flammen leuchtende Glassplitter durch die Luft flogen.
Der Selbsterhaltungstrieb hätte Jake unter normalen Umständen vom Schauplatz vertrieben, da er befürchtete, dass der Brand etwas mit dem Erwerb des Manuskripts zu tun haben könnte. Aber eine alte Faszination für Feuer ließ ihn bleiben. Gebannt beobachtete er, wie die Flammen wie Messer in den Himmel stachen, die rauchenden Funken ver-

schwanden, wenn sie zur Erde fielen, und die Rauchschwaden sich wie Wolken schnell weiterschoben.
Die Gestalt, die den Pfad vom Haus heruntergewankt kam, war schon fast bei ihm angekommen, als er aus seiner Versunkenheit erwachte.
Zuerst sah er nur, dass die Person, die dem Feuer entkommen war, zerzaust und schmutzig war, blutete und stolperte, hustete und keuchte. Er sah Augen in einem rußgeschwärzten Gesicht schimmern, dann krächzte eine Stimme, die er so gut wie seine eigene kannte: »Du auch? Du hast auch mitgemacht?«
»Jane?«, konnte er nur sagen, bevor sie sich auf ihn stürzte und schluchzend und Unverständliches rufend auf ihn einschlug. Er versuchte, sie abzuwehren, ohne sie zu verletzen, aber sie war wie besessen und schlug nur immer weiter auf ihn ein.
Plötzlich fassten starke Hände seine Arme und Schultern. Jake versuchte loszukommen, aber er wurde entschlossen festgehalten.
Er merkte, dass auf beiden Seiten ein Mann stand, und sie hatten offensichtlich nicht vor, ihn gehen zu lassen. Ein dritter Mann hatte seine Arme von hinten um Jane gelegt, hielt sie fest und versuchte, sie mit nichtssagenden Phrasen zu beruhigen.
»Was ist hier los, zum Teufel«, sagte einer der Männer.
»Ich habe keine Ahnung«, rief Jake verzweifelt. »Ich habe ein Feuer gesehen und die Feuerwehr angerufen. Dann kam Jane aus dem Feuer gestolpert und hatte die verrückte Idee, dass ich etwas damit zu tun hätte, und fing an, auf mich einzuschlagen.«
Während er das sagte, wurde ihm klar, wie unwahrscheinlich seine Version der Ereignisse sich anhörte.
»Das hört sich nach großem Blödsinn an«, sagte ein zweiter Mann. »Ich nehme an, wir werden alle warten, bis die Polizei kommt und sich die Sache vornimmt.«

»Geht's?«, fragte der Mann, der Jane festhielt, lockerte seinen Griff und drehte sie um, damit sie ihm gegenüberstand. Jane brach von neuem in Schluchzen aus und lehnte sich an ihn.

»Nein, Mädchen, ist ja schon gut«, sagte er und schaute über ihren Kopf hinweg seine Gefährten mit einem Ausdruck der Bestürzung an. Bevor jemand etwas sagen konnte, zerrissen Blaulicht und Sirenen die Nacht.

Jake wurde klar, dass er geliefert war.

Ich lebte fünf Jahre in Savannah und heuerte für kurze Reisen auf Handelsschiffen an, wenn ich Geld brauchte. Aber mein Herz schrie nach der Heimat, und schließlich beschloss ich, dass ich es wagen müsse. Das Land war wieder im Griff des Krieges gegen Bonaparte, und ich glaubte, meine Rückkehr werde vielleicht nicht bemerkt werden. Ich informierte meinen lieben Bruder Edward über meine Entscheidung und legte mein Leben in seine Hände. Als ich in Bristol landete, hatte er mir die Nachricht geschickt, dass ich ihn in einem Gasthof in der Nähe von Bath treffen solle. Als wir uns zum ersten Mal nach zehn Jahren wieder in den Armen lagen, schwoll mir das Herz in der Brust, und ich konnte kaum atmen. Wir einigten uns, dass ich zur Isle of Man reisen solle, wo unsere Freunde und Verwandten gerne meine Identität vor anderen geheim zu halten bereit waren. Mein Bruder hatte Papiere für mich, die auf den Namen John Wilson lauteten, und ich reiste sicher an einen Ort, den ich fast als meine Heimat empfand. Aber ich gestehe, dass dieses ruhige Leben mir nicht gut tat. Ich bin kein Mensch, der für die Untätigkeit geschaffen ist. Außerdem rief mich das Meer wie das Lied der Sirenen. Ich wagte es nicht, auf einem normalen Schiff unter britischer Flagge anzuheuern, aus Angst, selbst nach all diesen Jahren erkannt zu werden. Schließlich sah ich für mich nur noch eine Möglichkeit, und seit zwei Jahren habe ich als Schmuggler ein gutes Einkommen. Ich bin nun sehr vertraut mit den Untiefen des Solway Firth und befördere Brandy und Rotwein für den Adel und die

Bürgerlichen, ohne die Intervention des Steuereinnehmers. Ich behaupte nicht, dass dies ein edles Gewerbe sei. Aber es passt zu meinem Naturell und gibt mir die Gelegenheit, meine Fähigkeiten als Seemann einzusetzen. Mein Leben ist jedoch nicht ohne Gefahr und Rivalitäten, und ich fürchte, meine Knochen werden wohl kaum alt werden. Aus diesem Grunde bin ich zu dir gekommen, damit du die wahre Geschichte von Fletcher Christian aufzeichnen mögest, dem Meuterer von der Bounty, damit die Menschen mein wirkliches Schicksal erfahren.

43

Jane mochte das Krankenzimmer. Es war weiß und still, und sie fühlte sich nicht so krank, dass sie sich vor dem Grund ihres Hierseins fürchten musste. Nach Aussage des Arztes hatte sie eine leichte Rauchvergiftung, hatte einen schmerzhaften, aber medizinisch nicht ins Gewicht fallenden Schlag auf den Kopf erhalten und diverse Schnitte und Quetschungen erlitten. Man hatte sie nur zur Beobachtung dabehalten, weil man glaubte, ihre Orientierungslosigkeit bei der Einlieferung könnte mit einer Gehirnerschütterung zu tun haben. Schließlich waren Ärzte ja nicht dafür ausgebildet, Kummer zu diagnostizieren.

Sie wusste, dass vor ihrer Tür ein Polizeibeamter stand. Derjenige, der gleich zu Anfang Dienst hatte, war wirklich sehr hilfsbereit gewesen und hatte Rigston angerufen und ihm gesagt, sie sei bereit, eine Aussage zu machen. Sie wusste, dass sie ihre Emotionen nicht lange würde kontrollieren können, und wollte schnellstmöglich über die Ereignisse der Nacht sprechen.

Der Inspector war innerhalb von zwanzig Minuten gekommen, und obwohl die Schwestern dagegen waren, hatte er Jane aussagen lassen. Allerdings hatte er es ihr nicht leicht gemacht und einmal gedroht, ihr Behinderung der Polizeiarbeit zur Last zu legen, wenn auch nur, um sicherzustellen, dass sie lange genug an einem Ort bleiben würde, bis er seine Befragungen ohne weitere Katastrophe durchgeführt hätte.

Aber am Ende ihres Gesprächs spürte sie, dass er ihre Version der Geschehnisse widerstrebend akzeptierte.
»Sie müssen bis nach der Beweisaufnahme hier bleiben, bis ich überprüft habe, ob Sie die Wahrheit sagen«, erklärte er bestimmt, als sie fertig waren. »Ich lasse einen Beamten hier vor der Tür. Er hat den Befehl, Sie zu verhaften, wenn Sie versuchen zu verschwinden.«
»Ich verspreche, dass ich hier bleibe, wenn Sie mir zwei Fragen beantworten«, sagte Jane.
»Ich bin hier derjenige, der die Fragen stellt.«
Jane zog ein Gesicht. »Verschonen Sie mich doch mit der abgebrühten Polizistennummer. Erstens will ich wissen, was mit den Papieren passiert ist, die ich gestern Abend in meinen Rockbund gesteckt hatte.«
»Ihr kostbares Manuskript ist in den Händen der Besitzerin«, sagte Rigston. »Es ist jetzt Mrs. Wrights Recht, zu entscheiden, was sie damit macht. Und ich will nicht, dass sie irgendwie bedrängt wird. Sie ist eine alte Frau und hat gerade unter traumatischen Umständen ihr Haus verloren. Ist das klar?«
Jane schloss die Augen und seufzte. »Ich bin nicht in der Verfassung, herumzulaufen und alten Damen einen Schreck einzujagen. Das können Sie mir glauben.«
»Was war Ihre andere Frage?«, sagte Rigston.
»Würden Sie bitte dem Beachtung schenken, was DI Blair über Tenille zu sagen hat? Man muss ihr eine Chance geben. Ich weiß, sie hat das Gesetz gebrochen, aber betrachten Sie es doch so: Was sie getan hat, war der Auslöser für die Geschehnisse gestern Abend. Ohne ihre Einmischung hätten Sie die Morde vielleicht nie aufgeklärt.«
Rigston schüttelte empört den Kopf. »Ich kann nichts versprechen. Es ist nicht meine Aufgabe, Kriminelle laufen zu lassen.«
Sie hatte ihn so weit gebracht, aber er hatte nichts Konkretes zu sagen, und sie war zu müde, um weiter darauf zu behar-

ren. Da er das begriff, ging er und überließ sie der Stille und dem weißen Zimmer und dem hartnäckig an ihr nagenden Kummer.

Ihr Alleinsein dauerte nicht sehr lange. Die Krankenschwester gab ihren Eltern zwanzig Minuten. Judy weinte achtzehn davon, während ihr Vater dasaß und Janes Hand umklammerte, als wolle er sie nie wieder loslassen. Matthew, Diane und Gabriel wurden zehn Minuten Besuchszeit zugestanden. Es wurde wenig gesprochen, bei dem es nicht um Gabriel ging, aber es schien so, als gäbe es einen neuen Anfang zwischen ihnen.

Nichts von alledem besänftigte den schrecklichen Schmerz in ihrem Inneren.

Dans Verrat war entsetzlich, und ihre Überzeugung, dass auch Jake mit dahintersteckte, verstärkte nur noch den bitteren Geschmack verratenen Vertrauens. Und irgendwo war Tenille in diesem Geflecht untergegangen. Sie hatte Versprechen abgegeben, die sie nicht gehalten hatte, und das tat fast so weh wie das, was Dan und Jake ihr genommen hatten. Und wer, fragte sie sich, hatte Harry die Nachricht überbracht, dass sein Lover von jemandem umgebracht worden war, mit dem er gut befreundet war? Die Gründe für den Kummer häuften sich.

Rigston kam am späten Nachmittag zu ihr und strahlte eine gewisse Zufriedenheit aus. »Ich glaube, wir haben's geschafft«, sagte er. »Wir haben Dan Seabournes Abdrücke in Edith Clewlows Haus gefunden, wo sie nichts verloren hatten, weil Sie nie mit ihm zusammen dort waren. Kein Erfolg, was die anderen betrifft, aber, ehrlich gesagt, diese späteren Morde waren vorsätzlich, und er war wahrscheinlich schlau genug, Handschuhe zu tragen. Wir haben Jimmy Clewlow gefragt, und obwohl er Seabourne ein teilweises Alibi für zwei der Todesfälle gibt, hatte Seabourne doch genug Gelegenheit, die Morde zu begehen.

Wir haben auch in seinem Computer nachgesehen. Neben der E-Mail-Adresse, die Sie hatten, benutzte er noch eine anonyme. Und wir fanden einen Austausch von Mails mit Caroline Kerr, der Chefin Ihres Freundes Jake Hartnell. Sie standen in Verhandlungen, weil sie den Verkauf des Manuskripts arrangieren sollte. Das war der Grund, weshalb Jake oben bei Irish Row parkte. Er sollte sich angeblich mit dem Verkäufer treffen, allerdings gaben weder er noch Ms. Kerr zu, den Verkäufer zu kennen, und genauso wenig, dass sie Verhandlungen über gestohlenes Eigentum führen wollten.«

»Dummer habgieriger Kerl«, sagte Jane. Aber zumindest waren Dummheit und Habgier nicht so schlimm wie Verschwörung zum Mord. Es war ein schwacher Trost, aber besser als nichts.

»Das sind sie meistens. Leider kann ich nichts finden, dessen ich ihn anklagen könnte.« Er seufzte und starrte mit verdrossenem Gesichtsausdruck aus dem Fenster. »Kann auch nichts finden, dessen ich Sie beschuldigen könnte. Dieser Job geht einem manchmal wirklich auf die Nerven.«

»Und Tenille?« Jane wagte kaum zu fragen.

»Ihre Tante kommt sie morgen abholen.« Er schüttelte den Kopf. »Ich komme mir manchmal wirklich blöd vor. Ich verlasse mich darauf, dass Sie ihr helfen, auf dem rechten Weg zu bleiben.«

»Danke«, sagte Jane. »Ich werde Sie nicht enttäuschen.«

»Vergessen Sie's nicht.« Er stand auf. »Oh, und Dr. Wilde sagt, sie wird sich melden, wenn es etwas Konkretes zu berichten gibt.« Er blieb auf dem Weg zur Tür stehen und drehte sich um. »Holen Sie sich professionelle Hilfe«, sagte er barsch. »Fünf Tote – das heißt, Ihr Gewissen hat eine Menge zu verkraften. Besonders, da es noch nicht mal Ihre Schuld ist.«

•

Auf Rigston folgte kurz darauf der Arzt, der erklärte, es gehe ihr gut genug, dass sie nach Hausse gehen und das akut benötigte Bett freimachen könne. Als sie in den frischen Kleidern, die ihre Mutter gebracht hatte, aus dem Zimmer kam, war sie überrascht, dass ihr Vater weiter vorne im Flur wartete und seine Mütze in den Händen drehte. Er sprang auf, als sie wackelig auf ihn zuging. »Ich hab deine Mutter mit Diane und Matthew heimgeschickt«, sagte er. »Sie macht ja doch nur alle verrückt.«

Jane spürte das Kribbeln, das neue Tränen ankündigte. »Ich hab dich lieb, Dad«, sagte sie und hakte sich bei ihm unter.

Als sie auf der Farm ankamen, war Jane so müde, dass sie kaum aus dem Landrover klettern und ins Haus gehen konnte. Die Treppe kam ihr so hoch wie ein Berg vor, aber sie schleppte sich trotzdem hinauf.

Oben angekommen, drehte sie sich um und schaute auf das besorgte Gesicht ihres Vaters hinunter. »Jetzt muss ich erst mal ungefähr eine Woche schlafen«, sagte sie. »Sag Mum, sie soll mich bitte schlafen lassen.«

Jane ging langsam die Treppe hinunter und bereitete sich auf eine große Umarmungs- und Kussattacke ihrer Mutter vor. Als sie die Küchentür aufmachte, staunte sie, dass Alice Clewlow mit dem unvermeidlichen Becher Tee am Tisch saß. Ihre Mutter war nirgends zu sehen. »Judy ist schnell einkaufen gegangen«, sagte Alice, als sei ihre Anwesenheit genauso wenig bemerkenswert wie die Aussicht aus dem Fenster.

»Ich bin überrascht, dich hier zu sehen«, sagte Jane schwach und plumpste auf den nächsten Stuhl.

»Jemand muss ja da sein und mit dir reden, und Jimmy ist zu beschäftigt mit seinem eigenen bescheuerten Psychodrama, um irgendjemandem von Nutzen zu sein. Da hab ich gedacht, ich sollte wohl einspringen.« Alice sah sie prüfend an. »Du siehst ja schrecklich aus.«

»So fühl ich mich auch. Hör zu, es tut mir leid wegen Jennys Haus. Ich ...«

»Ich bin nicht gekommen, um eine Entschuldigung zu hören,

sondern um eine auszusprechen. Es tut mir leid, dass ich bei Ediths Beerdigungsfeier so furchtbar unhöflich war. Ich hätte wissen müssen, dass eine Gresham aus Fellhead nicht darauf aus sein würde, meine Familie über den Tisch zu ziehen. Wenn ich dich damals angehört hätte, hätten wir vielleicht einigen Leuten das Leben gerettet.«

Jane schüttelte den Kopf. »Ich habe schon so oft darüber nachgedacht. Dan hatte seinen Weg eingeschlagen. Ich glaube nicht, dass irgendetwas ihn hätte aufhalten können, solange er das Manuskript nicht in Händen hatte. Es ist sinnlos, dass wir uns Vorwürfe machen.«

»Allerdings wird uns das nicht daran hindern, es trotzdem zu tun«, sagte Alice trocken. »Jedenfalls – was ich gesagt habe, tut mir leid.«

»Schon gut, Alice.« Jane brachte ein schwaches Lächeln zustande. »Und ich sollte mich dafür entschuldigen, dass ich Jimmy Dan vorgestellt habe.«

Alice lachte leise. »Er hatte schon immer einen entsetzlichen Geschmack, was Männer betrifft.« Sie trank von ihrem Tee.

»Kann ich dich etwas fragen, Alice?«

Alice schien leicht argwöhnisch. »Sicher.«

»Wie ist das Manuskript in Jennys Hände gelangt?«

Alice sah erleichtert aus. »Das ist einfach. Es wurde von Dorcas an ihren Ältesten, Arthur, weitergegeben, und er hat es seiner Ältesten, Beattie, anvertraut. Und Jenny war Beatties Liebling. Also bekam sie das Familienerbstück mit der strengen Anweisung, das Geheimnis der Familie Wordsworth unter Verschluss zu halten. Erst als sie begriff, dass Menschen wegen des Manuskripts umkamen, wurde ihr klar, dass sie das Geheimnis lüften musste.«

»Das leuchtet ein«, sagte Jane.

Alice spielte am Griff ihres Bechers herum. »Jane, ich bin nicht nur gekommen, um dir zu sagen, dass es mir leid tut. Ich bin gekommen, weil ich gute und schlechte Nachrichten für dich habe.«

»O Gott«, sagte Jane. »Ich weiß nicht, ob ich noch mehr schlechte Nachrichten aushalte. Das war die schlimmste Woche meines Lebens.« Sie strich sich das Haar aus dem Gesicht. »Sag mir lieber die schlechte zuerst. Dann hab ich wenigstens etwas, worauf ich mich freuen kann.«
»Jenny war nicht ganz ehrlich mit dir«, sagte Alice zögernd und verlegen. »Sie ist von Natur aus vorsichtig, die Jenny. Sie hat dir die Notizen zukommen lassen, um zu sehen, wie du das aufnehmen würdest. Ob du zum Beispiel ein Geheimnis für dich behalten konntest. Würdest du versuchen, sie zu überreden, damit sie sie verkaufen würde? Würdest du die Notizen mit Respekt behandeln, oder würdest du nur versuchen, dir damit einen Namen zu machen? Es war eine Art Prüfung …«
Jane wurde plötzlich ganz kalt. »O Gott, Alice. O bitte, nein …«
Alice blinzelte heftig. »Leider doch. Sie hatte auch das Gedicht, Jane. Ungefähr sechzig Seiten lang, lose in Leder gebunden. Mit der Hand geschrieben. Sie bewahrte es getrennt auf, für den Fall, dass jemals bei ihr eingebrochen würde. Damit sie, wenn sie jemals das eine verlieren würde, das andere noch als eine Art Sicherheit hätte. Sie hat das Gedicht in einem Kissen in ihrem Schlafzimmer aufgehoben.« Alice holte tief Luft. »Also, ja. Es hat ein Gedicht gegeben. Aber jetzt gibt es keines mehr.«
Tränen standen Jane in den Augen. »O Gott, nein«, heulte sie. »Das ist eine Katastrophe.«
»Die Sache ist die«, fuhr Alice fort, »es ist eine Katastrophe, von der niemand erfahren wird. Niemand gibt dir die Schuld. Die Familie hat es besprochen, und wir stimmen alle überein, dass niemand etwas über das, was verloren gegangen ist, sagen wird. Dein Ruf wird nicht darunter leiden.«
»Ach, zum Teufel mit meinem Ruf«, stotterte Jane. »Das Gedicht ist für alle Zeiten verloren. Und das ist alles meine Schuld. Wenn ich mich nicht so reingesteigert hätte, wäre es

noch in Sicherheit. Deine Verwandten wären noch am Leben und auch der verdammte Dan.« Sie schniefte. »Wie kann ich jetzt noch in den Spiegel sehen?«

Alice stand auf, legte den Arm um Janes Schultern und klopfte ihr sanft auf den Arm. »Hör jetzt auf«, sagte sie, und ihre leise Stimme klang wirklich tröstlich. »Solche Reden bringen doch nichts. Was geschehen ist, ist geschehen. Du konntest ja nicht wissen, dass dies alles passieren würde. Ich meinte es ernst, als ich sagte, niemand gibt dir die Schuld, und wir sind ja diejenigen, die das Recht auf Schuldzuweisungen hätten. Und hier ist die gute Nachricht. Jenny möchte, dass du dich als Erste an den Notizen versuchst. Du kannst immer noch etwas Wunderbares aus diesem Schlamassel machen. Bitte, lass dich nicht von deinen Schuldgefühlen überwältigen.«

»Ich kann nicht anders«, schluchzte Jane. »Ich fühle mich so schlecht wegen der ganzen Sache.«

Alice zog einen Stuhl heran, damit sich Jane an ihre Schulter lehnen konnte.

»Ich habe dir noch etwas zu sagen, das dir vielleicht helfen wird, das Positive daran zu sehen. Ich bin gestern Nachmittag mit Jenny zu ihrem Haus gegangen. Und ein halbes Dutzend Katzen ist wie durch Zauberei aus den Büschen gekommen, und sie haben sich an ihre Beine geschmiegt. Und weißt du, was sie gesagt hat? Sie sagte: ›Ich habe dieses Haus immer gehasst, Alice. Der verdammte elende Kasten. Aber es war seit Generationen im Besitz der Familie, und ich hatte nicht das Recht, es einfach zu verlassen. Jetzt kann ich einen netten kleinen Bungalow mit großen Fenstern und einer guten Aussicht haben. Ich kann meine Tage in einem gemütlichen Zuhause beschließen.‹ Du siehst also, es ist wirklich nicht alles schlecht.«

Der Hauptgedanke in der Geschichte meines Freundes enthält alle nötigen Elemente, um eine fesselnde und doch moralische Erzählung von eines Mannes Stolz und Fehlbarkeit zu verfassen. Ich kann mich der Vorstellung nicht erwehren, dass dies der ideale Stoff für einen Dichter mit meinen Gaben ist, und ich spüre schon, wie es in meinem Inneren klingt. Die Tragödie ist, dass ich den Ruhm dafür in meinem Leben nicht mehr ernten werde, denn die Veröffentlichung würde meinem Ruf und dem meiner Familie schaden. Nach meinem Tod mag es der Welt gefallen, die Wahrheit über die Sache zu erfahren, die in der Zeit von Blighs Rückkehr so sehr die Gazetten bewegte. Ich verbürge mich dafür, dass jeder Mann, der meine Worte liest, bewegt sein wird von dem tragischen Fall des Mr. Fletcher Christian, eines Mannes, gegen den mehr gesündigt wurde, als er gesündigt hat.

Postskript: Nach jenem letzten Tag im Garten von Dove Cottage sah ich meinen Freund nie wieder. Sein Bruder berichtet, dass er aus dem Blickfeld seiner Familie verschwunden ist. Ob er lebt oder tot ist, niemand kann es sagen. So hinterlässt uns Fletcher Christian ein weiteres Rätsel, das sich nicht leicht lösen lässt.

44

Januar 2006

Die Bar »The Viking« befand sich vor der Stoßzeit am Mittag wie gewohnt im Zustand der Schläfrigkeit. Statt zu bedienen, saß Jane heute ausnahmsweise an einem Ecktisch. Sie hatte den Job im Viking aufgegeben, um mehr Zeit für die Arbeit am Wordsworth-Manuskript zu haben. Jetzt, wo Jane die *Bounty*-Erzählung bei sich verwahrte, hatte Professor Elliot auf wundersame Weise genug Geld in ihrem Budget gefunden, um ihr eine volle Stelle geben zu können.

Jane schaute auf ihre Uhr. Sie war zehn Minuten zu früh, noch kein Grund, sich zu sorgen. Harry brachte ihr ein Glas Weißwein und setzte sich ihr gegenüber. »Es ist nicht mehr so wie damals, als du noch hier warst«, sagte er. »Ich überlege, ob ich mir etwas anderes suchen soll.«

Seit Dans Tod und seit sich das ganze Ausmaß seiner Verbrechen gezeigt hatte, schien Harry sich zu Janes Überraschung nach ihrer Gesellschaft zu sehnen. Sie hatte erwartet, dass er ihr die Schuld geben und sie dafür verantwortlich machen würde, seinen Partner vom Pfad der Tugend fortgelockt zu haben, und in letzter Konsequenz auch dafür, dass er umgekommen war. Aber das Gegenteil war geschehen. Harry klammerte sich an sie, weil sie außer ihm selbst der einzige Mensch war, so behauptete er, der Dan wirklich in seiner ganzen Komplexität verstanden hatte. Sie hatte ihn so sehr gemocht, dass sie mit ihm befreundet war, aber niemand wusste jetzt besser als sie, wie perfide er sein konnte. »Du solltest dir das gut überlegen«, sagte Jane. »In anderen Kneipen musst du eventuell wirklich alle Stunden arbeiten, für die du bezahlt wirst, und kannst nicht mehr an der Bar stehen und lesen, während du auf Gäste wartest.«

»Ja, stimmt. Also, gibt es was Neues?«, fragte er.

»Jennys neuer Bungalow ist fast fertig. Sie kann es kaum erwarten, einzuziehen. Er wird mit allen Schikanen wie ein Palast ausgestattet, und sie lässt sogar ein Katzenhaus bauen. ›Die Enkel sollen mir den Buckel runterrutschen‹, sagt sie. Sie hat vor, ihr Geld auszugeben. Und ich habe gestern mit Anthony gesprochen. Er meint, dass sie genug Geld zusammenkriegen werden, um es mit dem Preis bei der Auktion aufnehmen und das Manuskript hier im Land behalten zu können.«

»Das ist gut, ich will mir gar nicht vorstellen, dass es in der Sammlung eines Millionärs in den Staaten landen könnte.«

»Oh, und Anthony hat mir eine interessante Klatschgeschichte erzählt, die er gerüchteweise gehört hat. Offenbar hat Caroline Jake fallen lassen. Beruflich und auch persönlich.«

»Hätte keinem netteren Kerl passieren können«, sagte er und klang an diesem Tag zum ersten Mal vergnügt. »Und wie geht's Tenille?«

Jane grinste. »Das ist alles sehr improvisiert, aber es klappt ganz gut mit uns. Es ist ein bisschen eng, aber es macht mir eigentlich nichts aus, mein Arbeitszimmer aufzugeben, da ich jetzt in der Uni ein richtiges Büro habe. Und sie ist zwei Nächte in der Woche bei ihrem Dad, da habe ich dann freie Zeit für gutes Benehmen. Die beste Nachricht ist, dass sie tatsächlich zur Schule geht. Ihr Dad spricht davon, dass er versuchen will, sie in eine Privatschule zu schicken, und ich glaube, das wäre vielleicht die beste Lösung. Zumindest wird sie dann nicht jedesmal fertiggemacht, wenn sie ihre Hausaufgaben abgibt.«

»Und sie hat bewiesen, dass sie zäh genug ist, um mit dem fertig zu werden, was diese piekfeinen Zimtzicken ihr auftischen könnten.«

Während sie noch sprachen, setzte River Wilde ihren Rucksack auf dem Boden ab, stellte ihr Glas Wein auf den Tisch und ließ sich auf den Stuhl fallen. »Schön, Sie wieder mal zu sehen, Jane.«

»Gleichfalls. Und das ist mein Freund Harry«, sagte Jane und fragte sich besorgt, ob River wusste, an welche Stelle im Puzzle der letzten Monate Harry passte.

»Freut mich, Sie kennen zu lernen, Dr. Wilde«, sagte Harry höflich und streckte ihr die Hand hin. »Also, wenn Sie mich entschuldigen, ich muss wieder an die Arbeit.«

»Ist das ...?«, fragte River, als er wegging.

»Ja«, sagte Jane.

»Aha. Nur damit ich es weiß.« Sie bückte sich und holte eine Mappe aus ihrem Rucksack. »Der Moorpirat, das ungelöste Rätsel.« Sie öffnete die Mappe und nahm ein Bündel Papiere heraus.

»Die Frage: Ist die Leiche im Moor Fletcher Christian, der Meuterer von der *Bounty?*« Sie schaute zu Jane auf. »Das ist verdammt faszinierend«, sagte sie. »Danke, dass Sie mir diese Möglichkeit gegeben haben. Also, zuerst musste ich so viele Informationen wie möglich über Ihren Fletcher sammeln und sie dann mit dem vergleichen, was ich auf dem Tisch hatte. Haben Sie die Kassette bekommen, die ich Ihnen geschickt habe?«, fragte sie Jane und meinte damit ein Video von den Aufnahmen, als River die ersten Einzelheiten des Vergleichs vor der Kamera erläutert hatte.

»Ja, es war wirklich spannend. Ich freue mich darauf, die fertige Version zu sehen.«

River verzog das Gesicht. »Ich sehe so idiotisch aus«, sagte sie. »Hatte keine Ahnung, dass mein Mund so häufig offen steht bei der Arbeit. Jedenfalls werden Sie sich ja erinnern, dass bei diesen ersten Untersuchungen nichts der Möglichkeit widersprach, dass es Fletcher sein könnte, und es gab einige Hinweise, die es bestätigten. Jetzt habe ich die Testergebnisse aus der Trickkiste der Topexperten.« Sie zog ein einzelnes Blatt heraus. »Die Zähne. Nach der TCA-Untersuchung hat unser Individuum das richtige Alter. Und die Isotopenanalyse der Zähne verrät uns, dass er in Cumbria lebte, als seine Zähne wuchsen. Mit ungefähr sechs oder sieben Jahren wohnte er also hier, genau wie Fletcher.«

»Das können Sie alles aus der Zahnanalyse ablesen?«

»Ja. Das nennt man Wissenschaft«, sagte River, und ihr Grinsen nahm den Worten den Sarkasmus. »Und dann«, fuhr sie fort und holte ein weiteres Blatt heraus, »noch mehr Isotopenanalysen, diesmal vom Oberschenkelknochen. Und ich kann Ihnen sagen, dass er in den letzten fünfzehn Jahren seines Lebens im Südpazifik gelebt hatte.« Sie grinste. »Ganz schön cool, was?«

»Das ist ja erstaunlich. Und die DNA?«

»Geduld, Geduld. Ich komme gleich dazu. Also, er hatte lange Haare, was ziemlich nützlich ist, um uns etwas über seine Ernährung zu sagen. Sein Haar lässt Zeiten erkennen, wo er gut aß, eine ausgeglichene Ernährung genoss, mit vielen Vitaminen und Mineralien, dazwischen eine Zeit mit weniger gesunder Kost. Vielleicht also ein Seemann, der lange Zeiten auf dem Land verbrachte, wo er gutes Essen bekam, gefolgt von langen Seereisen ohne Obst oder Gemüse. Auch dies sehr vielsagend.

Dann ist da diese Wunde auf der Brust, wo die Sterntätowierung gewesen wäre, wenn er Ihr Fletcher ist. Erinnern Sie sich, dass ich bei der ersten oberflächlichen Untersuchung sagte, ich dächte, Fleisch und Haut wäre von einem Tier herausgerissen worden? Nun, als ich es näher betrachtete, stellte ich fest, dass ich mich geirrt hatte. Die Haut wurde mit einem gezackten Messer weggeschnitten. Also, ja, wir könnten hier tatsächlich eine primitive Entfernung einer Tätowierung vor uns haben.«

Sie schob die Papiere zur Seite und legte die Fingerspitzen wie zu einem Dach zusammen. »Es gibt keinen einzigen Beweis, der der Theorie widerspricht, dass der Mann, der in Carts Moss ermordet wurde, Fletcher Christian war. Also gleich große Wahrscheinlichkeit für ja und nein? Na ja, es gab damals viele Seeleute. Wir hatten gerade einen Krieg hinter uns, und außerdem hatte sich das Netz der Handelswege im achtzehnten Jahrhundert enorm erweitert. Aber wenn ich im Wettgeschäft wäre, würde ich ein paar Schilling darauf setzen, dass der Moorpirat und Fletcher ein und dieselbe Person waren. Abgesehen von der lästigen kleinen Tatsache, dass er auf Pitcairn ermordet wurde.«

»Was gemäß dem *Bounty*-Manuskript nicht geschehen ist«, sagte Jane.

»Eben. Und dann bleibt noch die DNA.« River hielt inne und trank einen Schluck Wein. »Ich hatte wirklich große Hoffnung in dieser Hinsicht. So sehr, dass ich mich gleich am Anfang darum bemühte, Vergleichsproben von Fletchers direkten Nachfahren auf Pitcairn und Neuseeland zu bekommen. Bei Moorleichen gibt es aber ein großes Problem. Die DNA jeder Moorleiche wird denaturiert wegen der Umgebung, in der sie liegt. Das Moor ist sauer, und deshalb ›schmelzen‹ die Knochen, und die Haut ist in hohem Maße nachgedunkelt. Die Säure im Torf denaturiert die Doppelhelix des DNA-Strangs und entfernt die unteren Basenpaare. Die DNA-Detection-Kits können feststellen, dass DNA da ist, weil sie das Phosphat-Rückgrat ausmachen, aber es kann nicht mehr vervielfältigt werden, weil die Basenpaare nicht mehr da sind. Und nur die Vervielfältigung der DNA durch PCR – das heißt für normale Leute die Polymerase-Kettenreaktion – erlaubt eine Verdoppelung in ausreichender Menge, um einen DNA-Fingerabdruck und damit einen Vergleich zu ermöglichen. Obwohl man also, wenn man viel Glück hat, kleine Teilchen von DNA bekommen kann, ist das meistens nicht genug, um sie für eine DNA-Sequenzanalyse zu verwenden. Und das macht einen Vergleich unmöglich. Aber ich hatte bei dieser Leiche große Hoffnung, wirklich. Wir haben jede Methode eingesetzt, die zur Verfügung steht. Ich habe sogar meine Beziehungen zu einem Labor in der Schweiz spielen lassen, wo man ganz außerordentliche Sachen mit der DNA macht.« River schüttelte den Kopf.

»Es tut mir wirklich leid, Jane. Ich hab es einfach nicht geschafft. Ich konnte nicht genug DNA bekommen, um einen Vergleich anstellen zu können.«

»Wir werden es also nie definitiv wissen?« Jane war niedergeschmettert.

River nickte. »Wir werden es nie sicher wissen.«

Danksagung

Die Idee zu diesem Buch beruht auf einem Vortrag, den Alan Hankinson vor einigen Jahren vor der Sektion Nord des Verbands der Krimischriftsteller hielt. Ich schulde Reginald Hill Dank für die Organisation und Robert Barnard für die Klärung der anschließenden Fragen. Die Wordsworth-Expertin Juliet Barker ermutigte mich, mit dem Projekt fortzufahren. Großzügige Unterstützung erfuhr ich durch das enzyklopädische Wissen des früheren Direktors des Wordsworth Trust, Robert Woof. Professor Sue Black stellte mir wichtige Informationen zur Arbeit forensischer Anthropologen und zu den gerichtsmedizinischen Details im Text zur Verfügung. Die Verantwortung für alle eventuellen Ungenauigkeiten liegt allein bei mir. Auch bei Cherry Cappel bedanke ich mich, die mir half, den Titel zu finden, als ich damit gestrandet war. Das Buch wäre nie geschrieben worden, hätte ich nicht die engagierte Unterstützung meiner Lektorin Julia Wisdom, meiner Agentin Jane Gregory und die von Anne O'Brien, der Jedi-Meisterin des Korrekturlesens, gehabt. Schließlich möchte ich noch Kelly Smith danken, die mir Licht im Dunkeln spendete.